新版

古今和歌集

現代語訳付き

高田祐彦＝訳注

角川文庫
15767

新版　古今和歌集　目次

凡例

一　本書は藤原定家自筆『古今和歌集』（伊達家旧蔵。いわゆる伊達本）の複製本『藤原定家筆古今和歌集』（久曽神昇編　汲古書院）を底本として翻刻、作製した本文に注解を施したものである。底本に欠く真名序は、冷泉家時雨亭文庫蔵『古今和歌集　貞応二年本』の複製本『冷泉家時雨亭叢書　古今和歌集嘉禄二年本　古今和歌集貞応二年本』（朝日新聞社）をもって補った。

二　本文は文庫本として読みやすい形にするために、次のような方針で作製した。

1　仮名遣いを歴史的仮名遣いに統一し、句読点、濁点、送り仮名を補った。仮名のおどり字は用いなかった。適宜底本の仮名表記を漢字に改め、あるいは漢字表記を仮名に改め、漢字には必要に応じて読み仮名を付した。漢字は原則として通行の字体を用いた。

2　原則として底本の本文を重んじたが、他本の本文がすぐれていると考えられる箇所については、底本の本文を改め、その旨を注解欄に記した。底本の傍記なども本文としてとる場合は同様に注記した。ただし、行間に存する勘物の類は翻刻しなかった。

3　歌番号は『新編国歌大観』（角川書店）第一巻所収『古今和歌集』によった。

4　真名序は返り点のみ付した原漢文と見開きページに読み下し文を掲げた。真名序、仮名序ともに、底本では段落を設けていないが、読みやすさを考慮して、私意により設けた。

三　注解は次のような方針で施した。

1　仮名序、真名序の両序は、本文（真名序では読み下し文）に注番号を付して、語釈は脚注形式で示した。通釈を本文（真名序では読み下し文）の次に掲げた。

2　歌集部分では偶数ページの本文にほぼ対照しうるように、奇数ページに歌ごとに注解を掲げた。注解は、まず通釈を施し、次いで○ごとに詞書の説明や歌句の解釈、説明を続けたのち、必要に応じて▽を付して歌全体の解釈や鑑賞のために参考になると考えられる事柄を記した。注解には、『古今和歌集』以前の作品はもとより、『古今和歌集』の影響の大きさに鑑み、後代の作品との関連もできるだけ示した。

3　通釈はわかりやすい現代語訳を心がけたが、歌によってはそのまま現代語訳するのは不可能な場合もあり、訳というよりも説明とならざるをえない場合がある。おおよその意味の把握の目安とされたい。

4　『万葉集』の作品を引用する場合は、研究史の重みに照らして、旧国歌大観番号を用いた。

5　「↓」によって、参照すべき歌番号などを掲げた。

6　巻末に、定家本以外に存する「異本の歌」を掲げ、右と同様の方針で注解を施した。

7　文庫本としての性格上、一つ一つの説の出所を掲げることはできなかったが、先学同学の学恩を蒙ることが多大であった。

四　解説では、『古今和歌集』の成立への歴史から、作品の内容、表現、伝本などについて略述し、主要参考文献を掲げた。

五　巻末に、作者略伝（作者索引を兼ねる）、初句四句索引を付した。

やまとうた[1]は、人の心を種[2]として、よろづの言の葉とぞなれりける。世の中にある人、ことわざ[3]しげき[4]ものなれば、心に思ふことを、見るもの聞くものにつけて[5]言ひ出《いだ》せるなり。花に鳴く鶯、水に住むかはづ[6]の声を聞けば、生きとし生ける[7]もの、いづれか歌をよまざりける。力をも入れずして、天地《あめつち》[8]を動かし、目に見えぬ鬼神《おにがみ》[9]をもあはれと思はせ、男女の仲をもやはらげ、たけき武士《もののふ》[10]の心を

1　日本の歌。「倭歌」「和歌」などと表記する。これに対して漢詩は、「からうた」。
2　心がもとになって歌になるのを、植物の種が育って葉になることにたとえる。「ことのは」は「ことば」であるが、ここでは、「葉」のイメージを生かす。
3　「ことわざ」で一語と見てよいが、「こと」は出来事、「わざ」は行為、仕事。
4　多いこと。植物の繁茂する様子を「繁し」というので、「種」「言の葉」と縁語のような関係。
5　託して。心に思うことをそのまま詠むのではなく、外界の事物に即して詠む。
6　かえるの歌語。清流に棲み秋に鳴く河鹿（かじか）のことともいうが、限定する必要はない。
7　すべての生きているもの。「と」は同じ動詞を結び強調する。「ありとある人」（竹取物語）など。「し」も強調。
8　天と地。以下『毛詩』大序による表現。

もなぐさむるは歌なり。

この歌、[11]天地の開け始まりける時より出で来にけり。〈[12]天の浮橋の下にて、[13]女神男神となりたまへることをいへる歌なり。〉しかあれども、世に伝はることは、[14]ひさかたの天にしては、[15]下照姫《したてるひめ》に始まり、〈下照姫とは、天稚御子《あめわかみこ》の妻なり。[16]兄《せうと》の神のかたち、岡、谷に映りてかかやくをよめる[17]夷歌《えびすうた》なるべし。これらは[18]文字の数も定まらず、歌のやうにもあらぬことどもなり。〉[19]あらかねの地《つち》にしては、[20]素戔嗚《すさのを》尊《みこと》よりぞおこりける。ちはやぶる神代には、歌の文字も定まらず、[21]すなほにして、[22]ことの心わきがたかりけらし。[23]人の世となりて、素戔嗚尊よりぞ、三十文字あまり一文

9　死者の霊魂。
10　貴族から見て、ものに感ずる心を持たない存在。ここまでの四句、「をも」をくり返してリズムを生む。
11　天地開闢以来歌があったとする考え方。
12　以下、〈 〉内は、本来の仮名序とは別に後から書き加えられたもので、古注と呼ばれる。
13　伊弉諾尊（いざなぎのみこと）と伊弉冉尊（いざなみのみこと）が天の浮橋の下に立って夫婦と成ったこと。互いに唱和するが、その言葉にはさまざまな異伝がある。
14　「天」にかかる枕詞。
15　国つ神の娘。天稚彦（あめわかひこ）の妻。
16　下照姫の兄、味耜高彦根神（あじすきたかひこねのかみ）。その容貌の美しさを詠んだ歌が『日本書紀』『古事記』に伝わる。
17　地方の、異民族の歌。『日本書紀』には、下照姫と天稚彦の歌が「夷曲」（ひなぶり）とある。「夷曲」は歌曲のことであるが、音数が整わないこれら

字はよみける。〈素戔嗚尊は[24]天照大神の兄《このかみ》なり。女とすみたまはむとて、出雲国に宮造りしたまふ時に、その所に、[25]八色の雲の立つを見て、よみたまへるなり。八雲立つ出雲八重垣妻ごめに八重垣つくるその八重垣を。〉

かくてぞ花をめで、鳥をうらやみ、霞をあはれび、露をかなしぶ心言葉多く、さまざまになりにける。[26]遠き所も、出で立つ足もとより始まりて、年月をわたり、高き山も、麓の塵泥《ひぢ》よりなりて、天雲たなびくまでおひのぼれるごとくに、この歌もかくのごとくなるべし。[27]難波津《なにはづ》の歌は、[28]帝の御はじめなり。〈[29]大鷦鷯《おほさざき》の帝の、難波津にて、皇子ときこえける時、東宮をたがひに譲りて位につきたま

の歌を「夷歌」と呼んだものか。
18 ここは、音。仮名ができて一字一音の表記ができるようになったために、「文字」は「音」の意味も表した。
19 「地（つち）」にかかる枕詞。
20 天照大神の弟。
21 ここでは、心に思うことをそのまま表現すること。
22 真意。音数も整わず、思ったままの表現であることによって、かえって何を言いたいのかわからない、ということ。
23 素戔嗚尊は神代の存在。出雲国へ来て後出の「八雲立つ」の歌を詠んだため、人の世の始まりと見なされたか。
24 アマテラスオオミカミのことであるが、平安時代には「あまてるおんかみ」とも呼ばれた。兄は弟のまちがい。
25 「八」は数が多いこと。続く歌の「八雲」を「八色の」と誤解したもの。
26 『白氏文集』巻二十二「続座右銘」の「千里は足下より始まり、高山は微塵より起こる。吾が道も亦此くの如く、之を行ひて日に新たなるを貴ぶ」による。

はで、三年になりにければ、王仁《わに》[30]といふ人のいぶかり思ひて、よみてたてまつりける歌なり。この花は梅の花をいふなるべし。〉安積山《あさかやま》[31]のことばは、采女《うねめ》のたはぶれよりよみて〈葛城王《かづらきのおほきみ》[32]を、陸奥《みちのおく》へつかはしたりけるに、国のつかさ、事おろそかなりとて、まうけなどしたりけれど、すさまじかり[33]ければ、采女なりける女の、かはらけとりてよめるなり。これにぞおほきみの心とけにける。〉この二歌は、歌の父母のやうにてぞ、手習ふ[34]人のはじめにもしける。

そもそも、歌のさま[35]、六つなり。唐《から》[36]の歌にもかくぞあるべき。その六くさの一つには、そへ歌[37]。大鷦鷯の帝をそへたてまつれる歌。

27 「難波津に咲くやこの花冬ごもり今は春べと咲くやこの花」（一二頁）。
28 ややわかりにくい表現。通説では、仁徳天皇の御代の最初の歌とする。
29 仁徳天皇。『日本書紀』によれば、応神天皇の没後、弟の菟道稚郎子（うじのわきいらつこ）と皇位を譲り合った末、菟道稚郎子が自ら命を絶ち、大鷦鷯が即位した。
30 百済から菟道稚郎子の師として招かれた学者。「難波津」の歌が王仁の作であることは文献に見えない。
31 「安積山影さへ見ゆる山の井の浅くは人を思ふものかは」（→異本の歌1）。原歌は、『万葉集』巻十六・三八〇七。下句「浅き心をわが思はなくに」。次の古注部分は、その万葉歌の左注と同内容。
32 橘諸兄（たちばなのもろえ）か。
33 王の機嫌が悪かったために、座が白けていたこと。
34 「難波津」の歌は、木簡や土器などに書き付けられたものが多く出土し、「安積山」の歌も木簡に書かれたものが確認されている。

難波津に咲くやこの花冬ごもり今は春べと咲くやこの花

といへるなるべし。

二つには、かぞへ歌[38]。

咲く花に思ひつくみ[39]のあぢきなさ[40]身にいたつき[41]のいるもしらずて

といへるなるべし。〈これは、ただごと[42]にいひて、ものにたとへなどもせぬものなり。この歌いかにいへるにかあらむ。その心、得がたし。五つに[43]、ただごと歌といへるなむ、これにはかなふべき。〉

三つには、なずらへ歌[44]。

35 歌の体。詠みぶり。以下の六分類は、漢詩の六義説による。
36 漢詩。「からうた」ともいう。ここの言い方は、六義説によりながら、中国のまねをしたのではなく、普遍的な分類であるとして、日本と中国を対等とする。
37 六義の「風」に相当。遠回しな表現の歌。
38 物の名を並べ立てる歌、の意か。例歌からは、一首の意味とは関わりなく、物の名前を詠み込む、物名の歌であり、複数の物の名が詠み込まれている。六義の「賦」にあたる。
39 鳥の「つぐみ」が詠み込まれる。
40 鳥の「あぢ」（アジガモ）を詠み込む。
41 病・労苦の意と、矢の意を掛け、さらに「たづ」（鶴）を詠み込む。この歌、『拾遺集』「物名」に、大伴黒主の歌として入る。
42 比喩などを用いず、思いのままを詠むこと。ただし、例歌から見る限り、「かぞへ歌」の理解としては適当ではない。

[45]君にけさあしたの霜の[46]おきていなば恋しきごとに[47]消
　えやわたらむ

といへるなるべし。〈これは、物にもなずらへて、それがやうになむあるとやうにいふなり。この歌よくかなへりとも見えず。[48]たらちめの親のかふ蚕《こ》のまゆごもりいぶせくもあるか妹にあはずて、かやうなるや、これにはかなふべからむ。〉

四つには、[49]たとへ歌。

わが恋は[50]よむともつきじ荒磯海《ありそうみ》の浜の真砂《まさご》はよみつ
　くすとも

といへるなるべし。〈[51]これは、よろづの草木、鳥獣につけ

43　のちに第五としてあげる「ただごと歌」の例歌が、この分類にはふさわしい、ということ。
44　比喩の歌。例歌や古注の挙げる歌によれば、景物を心情の比喩とした歌か。六義の「比」にあたる。
45　「君に」の「に」の用法やや不審。尊敬をこめて主体を表す「…におかれては」の意か。
46　「置き」と「起き」の掛詞。
47　霜が消えることと消え入るような思いとの両義。
48　「たらちめの」は、親にかかる枕詞。この歌、『万葉集』巻十二・二九九一とほぼ同じ。
49　例歌によれば、比喩の歌で、心情と景物が対比されている歌。
50　数えること。
51　以下、古注は、寄物陳思の歌と見ている。
52　比喩であることがはっきりとわかるということか。
53　→恋四・七〇八。
54　「直言歌」であろう。事物や景物を用いずに、思いをそのままに詠んだ歌。

て、心を見するなり。この歌は、[52]かくれたる所なむなき。されど、初めのそへ歌と同じやうなれば、少しさまをかへたるなるべし。[53]須磨のあまの塩焼く煙風をいたみ思はぬ方にたなびきにけり、この歌などや、かなふべからむ。〉

五つには、[54]ただごと歌。

[55]いつはりのなき世なりせばいかばかり人の言の葉うれしからまし

といへるなるべし。〈[56]これは事のととのほり、ただしきをいふなり。この歌の心さらにかなはず。[57]とめうたとやいふべからむ。山桜あくまで色を見つるかな花散るべくも[58]風吹かぬ世に。〉

『万葉集』の分類で「寄物陳思」と対をなす「正述心緒」にあたる。六義の「雅」に相当するが、意味は異なる。
55　→恋四・七一二。
56　以下、古注は、六義の「雅」を『毛詩正義』に拠り、政教の正しい状態を詠む歌とみて、「正事歌」とでも理解したものらしい。
57　「求め歌」の意か。
58　太平の世。この歌、『兼盛集』に見える平兼盛の歌。
59　祝意を表す歌。六義の「頌」にあたる。
60　催馬楽の歌。「三枝」は枝が三つに分かれる植物で、ここは「三つ」の枕詞。「三つば四つば」は、明解を得ない表現であるが、いくつもの棟と解する。
61　→賀・三五七。
62　以下、六分類そのものへの批判。
▽以上の、「六分類」は、漢詩の六義に拠りながら、それをそのまま和歌に適用するのではなく、和歌の表現の特質にふさわしいようにアレンジしてある。しかも、六分類そのものの無理は、仮名序執筆者にも先刻承知済みのことと

六つには、[59]いはひ歌。

[60]この殿はむべもとみけり三枝《さきくさ》の三つば四つばに殿づくりせり

といへるなるべし。〈これは世をほめて神につぐるなり。この歌、いはひ歌とは見えずなむある。[61]春日野に若菜摘みつつよろづ代をいはふ心は神ぞ知るらむ。これらや少しかなふべからむ。[62]おほよそ六くさに分かれむことは、えあるまじきことになむ。〉

今の世の中、[63]色につき、人の心[64]花になりにけるより、[65]あだなる歌、[66]はかなき言のみ出でくれば、[67]色好みの家に、[68]埋もれ木の人知れぬこととなりて、[69]まめなる所には、[70]花

思われる。古注は、六義の理解を基準にして、この六分類の無理を言い立てているが、いささか的外れである。

63 「色」は、華美、浮薄の意。「つく」は傾く、一体化する。

64 上の「色」と重なる意味だが、「うつろいやすさ」に重点があるものと見る。

65 軽々しい。

66 その場限りで中身のないこと。

67 風流を気取る人。

68 「色好みの家に埋もれ」と「埋もれ木のように」という比喩との二重表現。

69 公式なあらたまった場所。たとえば、帝の御前や宮中。

70 「出す」を修飾する。「花すすきが穂を出すように」。ここまで、現在、宮廷文学として和歌が衰微しているという時代認識。平安前期の漢詩文が盛んであった、いわゆる唐風謳歌時代とも関わり、和歌史の認識として重要な一節。解説参照。

71 以下、仮名序作者が思い描く、古代和歌の理想的な時代。

72 ある時は。

すすき穂に出すべきことにもあらずなりにたり。

その初めを思へば、かかるべくなむあらぬ。[71]いにしへの代々の帝、春の花の朝《あした》、秋の月の夜ごとに、さぶらふ人々を召して、ことにつけつつ、歌をたてまつらしめたまふ。[72]あるは[73]花をそふとて、[74]たよりなき所にまどひ、あるは月を思ふとて、しるべなき闇にたどれる、心々を見たまひて、[75]賢《さか》し、愚かなりとしろしめしけむ。

[76]しかあるのみにあらず、[77]さざれ石にたとへ、[78]筑波山《つくばやま》にかけて君を[79]ねがひ、[80]よろこび身にすぎ、たのしび心にあまり、[81]富士の煙によそへて人を恋ひ、[82]松虫の音に友をしのび、[83]高砂《たかさご》、住《すみ》の江《え》の松も、[84]相生《あひおひ》のやうにおぼえ、[85]男山

73 「そふ」は不審。「恋ふ」の誤写とする説が有力。託すの意を表す「そふ」であれば「花にそふ」とあるべきところ。

74 下の「しるべなき闇にたどれる」と対をなして、良い歌を詠もうとしてさまよい歩く人々の様子。『万葉集』や平安前期の資料に照らしてみれば、宮中というよりも、帝の行幸した先での様子と解すべきか。宮中とすれば、詠作に苦労している様子の比喩。

75 和歌の出来映えによって、官人たちの評価が決まる。和歌が政に不可欠な存在であったことを示す。

76 宮廷の公的な場以外の、さまざまな場で和歌が詠まれたことを、以下示す。

77 ↓賀・三四三。

78 ↓雑下・九六六、巻二十・一〇九五。

79 よい状態・境遇を望むこと。ここは主君の栄え。

80 ↓雑上・八六五が近い。

81 ↓恋一・五三四。

82 ↓秋上・二〇〇以下。ただし、松

の昔を思ひ出でて、[86]女郎花《をみなへし》のひとときをくねるにも、歌をいひてぞなぐさめける。

また、春の朝に花の散るを見、秋の夕暮に木の葉の落つるを聞き、あるは、年ごとに[87]鏡の影に見ゆる雪と波とを嘆き、[88]草の露、水の泡を見てわが身をおどろき、あるは、[89]きのふはさかえおごりて、時をうしなひ、世にわび、親しかりしもうとくなり、あるは[90]松山の波をかけ、[91]野中の水をくみ、[92]秋萩の下葉をながめ、[93]暁の鴫《しぎ》の羽掻きをかぞへ、あるは[94]呉竹《くれたけ》のうきふしを人にいひ、[95]吉野川をひきて世の中を恨みきつるに、今は[96]富士の山も煙立たずなり、[97]長柄《ながら》の橋もつくるなりと聞く人は、歌にのみぞ心をなぐ

虫の音にしのぶのが「友」であるという歌は集中には見出せない。
83 ↓雑上・九〇九、九〇五など。
84 一つの根から二つの幹が育つことをいうが、ここは、長寿のシンボルである松とともに、詠み手も長寿になったこと。
85 ↓雑上・八八九。
86 ↓雑躰・一〇一六。「くねる」は文句や皮肉をいうこと。一〇一六で、「かしがまし」い女郎花に対して、花の盛りはせいぜいほんの一時だ、と言い放っていること。
87 ↓物名・四六〇。雑躰・一〇〇三。
88 ↓哀傷・八六〇、恋五・七九二。
89 雑上・八八八などが指摘されるが、八八八が誰にでも人生の盛りはあるもの、というのに対して、ここでは権勢の頂点にあった人の凋落をいうので、異なる。そうした歌は集中には見出せない。詞書中では九六七。
90 ↓東歌・一〇九三。
91 ↓雑上・八八七。
92 ↓秋上・二二〇。
93 ↓恋五・七六一。

さめける。

いにしへよりかく伝はるうちにも、[98]ならの御時よりぞ広まりにける。かの御代や歌の心をしろしめしたりけむ。かの御時に、[99]正三位《おほきみつのくらゐ》柿本人麿なむ歌の聖《ひじり》なりける。これは、君も人も身を合はせたりといふなるべし。秋の夕べ、竜田川に流るる紅葉をば、[100]帝の御目には錦と見たまひ、春の朝、吉野の山の桜は、[101]人麿が心には、雲かとのみなむおぼえける。また、[102]山辺赤人といふ人ありけり。歌にあやしく妙なりけり。人麿は、赤人が上に立たむことかたく、赤人は、人麿が下に立たむことかたくなむあ

94　↓雑下・九五八。
95　↓恋五・八二八。
96　↓恋一・五三四。『古今集』撰進の頃は一時期富士山の活動が収まっていたらしい。
97　↓雑躰・一〇五一。「つくる」は「造る」。
98　諸説あるが、平城天皇の時代ととる。
99　人麿が正三位であったという記録はない。一〇〇三には人麿を「身は下ながら」とする。また、人麿は、天武・持統朝の人であり、その点でも史実とは合わないが、和歌の理想時代があったという前節以来の文脈を受けて、とりわけ君臣一体となった画期的な一時代として「ならの帝」の時代があったとする。
100　↓秋下・二八三。「ならの帝」の歌とする左注を持つ。
101　吉野山の桜を人麿が雲と詠んだ歌はない。「ならの帝」も人麿も、『古今集』の主たる歌風である見立ての歌をそれぞれ秋と春に詠んだものとして、君臣一体を強調する。

りける。〈ならの帝の御歌、竜田《たつた》川《がは》紅葉乱れて流るめり渡らば錦中や絶えなむ。人麿、[103]梅の花それとも見えずひさかたの天霧《あまぎ》る雪のなべてふれれば。[104]ほのぼのと明石の浦の朝霧に島がくれゆく船をしぞ思ふ。赤人、[105]春の野にすみれ摘みにと来《こ》し我そ野をなつかしみ一夜寝にける。[106]和歌の浦に潮満ち来らし潟をなみ葦べをさして鶴《たづ》鳴きわたる。〉この人々をおきて、またすぐれたる人も、[107]呉竹のよよに聞こえ、[108]片糸のよりよりに絶えずぞありける。[109]これより先の歌を集めてなむ、[110]万葉集と名づけられたりける。

[111]ここに、いにしへのことをも、歌の心をも知れる人わづかに[112]一人二人[113]なりき。[114]しかあれど、これかれ得たる所

102　聖武天皇の時代の人。真名序でも人麿と並び称される人物とする。

103　冬・三三四。人麿を作者とする左注を持つ。

104　羇旅・四〇九。人麿を作者とする左注を持つ。

105　万葉・巻八・一四二四。

106　万葉・巻六・九一九。

107　「よ」の枕詞。竹の節と節の間を「よ」といい、「世」を掛ける。

108　「片糸のよりよりに」は「絶えず」を修飾。片糸は細く弱いが、「縒る」ことによって切れにくくなる。

109　「ならの帝」までの時代。

110　ここでは『万葉集』は平城天皇の勅撰と考えられている。従来は、誤った伝承ないしは仮名序作者による牽強付会などと考えられていたが、近年、『万葉集』の成立が奈良朝ではなく、平安初期の平城天皇の時代に下がる可能性が指摘されている。

111　前段の『万葉集』の編纂から現代にいたるまで。

112　実際に一人か二人というのではなく、数が少ないことを誇張した言い方。

得ぬ所、たがひになむある。[115]かの御時よりこのかた、年は百年《ももとせ》あまり、世は十《と》つぎになむなりにける。いにしへのことをも歌をも知れる人よむ人おほからず。

いまこのことをいふに、官位《つかさくらゐ》高き人をば、[116]たやすきやうなれば入れず。そのほかに、[117]近き世にその名聞こえたる人は、すなはち、[118]僧正遍昭《そうじやうへんぜう》は、[119]歌のさまは得たれども、まことすくなし。[120]たとへば、絵にかける女を見て、いたづらに心をうごかすがごとし。〈[121]浅緑糸よりかけて白露を玉にもぬける春の柳か。[122]蓮葉《はちすば》のにごりにしまぬ心もて何かは露を玉とあざむく。[123]嵯峨野にて馬よりおちてよめる、名にめでてをれるばかりぞをみなへし我おちにきと人

113　「き」は過去にたしかにあったことを示す助動詞。数は少ないがたしかに存在した、という意味合い。
114　「いることはいたが」という意味合いで、それらの人々の存在に満足していないという気持。
115　「かの御時」は前段に出てきた「ならの御時」。平城天皇即位の大同元年(八〇六)から醍醐天皇の延喜五年(九〇五)まで。「百年あまり」は厳密には合わないが、天皇の代もちょうど十代。そこから、「ならの御時」が平城天皇の御代と確定する。なお、この一段落、本来行文が重複気味であることから、本来は、「かの御時」の一文が「ここに」の一文の前にあったとする説があり、「いにしへのことをも歌をも知れる人よむ人おほからず」を衍文(重複)と見て削除する注釈もある。たしかにその方が文脈はすっきりするが、仮名序の文体は、ときに重複を厭わない文体であるので、ここも、「ここに」以下で、まず「かの御時」から現在までを概観し、その後で、「かの御時よりこのかた」、なお百年もの年月が経っていながら、なお

にかたるな。〉
[124]在原業平《ありはらのなりひら》は、[125]その心あまりて、ことばたらず。しぼめる花の色なくてにほひ残れるがごとし。[126]〈月やあらぬ春や昔の春ならぬわが身一つはもとの身にして。[127]大かたは月をもめでじこれぞこのつもれば人の老いとなるもの。[128]寝ぬる夜の夢をはかなみまどろめばいやはかなにもなりまさるかな。〉
[129]文屋康秀《ふんやのやすひで》は、[130]ことばはたくみにて、そのさま身におはず。いはば、あき人のよき衣《きぬ》着たらむがごとし。[131]〈吹くからに野辺の草木のしをるればむべ山風をあらしといふらむ。
深草の帝の御国忌《こき》に、[132]草深き霞の谷に影隠し照る日の暮れ

すぐれた人が現れない嘆きをくり返している、と見て、そのまま理解する。
116　身分の高い人の名前を挙げることを、遠慮を知らない軽率なことだとする。以下の「近代歌人批判」という趣から見れば、本音は身分の高い人への批判は避けたいということか。
117　おおよそ九世紀の後半。以下、六人の人物が批評されるが、これらがいわゆる六歌仙。ただしここでは、「歌仙」というような崇めた扱いではなく、近代で名の知られている歌人を批判的に取り上げる、という趣である。
118　↓作者略伝。
119　見立てや擬人法を用いながら、機知を働かせた詠みぶりが人目を引くが、洒脱さを通り越してそらぞらしさが感じられる、という批評。
120　比喩による説明。以下、同じ方法を用いる。
121　春上・二七。
122　夏・一六五。
123　次の「名にめでて」(秋上・二二六)の歌は、『古今集』では「題知らず」であるが、『遍昭集』に「馬より落ちて」

し今日にやはあらぬ。〉

宇治山の僧[133]喜撰《きせん》は、[134]ことばかすかにして、はじめをはりたしかならず。いはば、秋の月を見るに、暁の雲にあへるがごとし。〈[135]わが庵《いほ》は都のたつみしかぞ住む世をうぢ山と人はいふなり。〉詠める歌おほく聞こえねば、かれこれを通はして、よく知らず。

[136]小野小町《をののこまち》は、いにしへの[137]衣通姫《そとほりひめ》の[138]流《りう》なり。[139]あはれなるやうにて、つよからず。いはば、よき女のなやめるところあるに似たり。つよからぬは、女の歌なればなるべし。〈[140]思ひつつ寝ればや人の見えつらむ夢と知りせばさめざらましを。[141]色見えでうつろふものは世の中の人の心の花にぞ

と見える。

124 ↓作者略伝。

125 一首の歌に詠みこみたい気持があり余っているために、それを表すことばが不足してしまい、心とことばのバランスを逸しているということ。

126 恋五・七四七。

127 雑上・八七九。

128 恋三・六四四

129 ↓作者略伝。

130 表現は巧みではあるが、装いを凝らした表現が歌の内容と釣り合いがとれない、ということ。

131 秋下・二四九。二句「野辺」は底本「よも」。他本により改める。

132 哀傷・八四六。

133 ↓作者略伝。

134 ことばの意味が明瞭でないため、一首全体で何を詠もうとしているのかがはっきりしないということ。

135 雑下・九八三。

136 ↓作者略伝。

137 允恭天皇の皇后の妹で、肌が衣服を通して輝くような美女であり、天皇のもとに出仕したが、姉の嫉妬によっ

ありける。[142]わびぬれば身をうき草の根をたえて誘ふ水あらばいなむとぞ思ふ。衣通姫の歌、[143]わがせこが来べきよひなりささがにのくものふるまひかねてしるしも。〉

[144]大伴黒主《おほとものくろぬし》は、[145]そのさまいやし。いはば、薪《たきぎ》おへる山人の花のかげに休めるがごとし。〈[146]思ひ出でて恋しき時は初雁のなきてわたると人はしらずや。[147]鏡山いざ立ちよりて見てゆかむ年へぬる身は老いやしぬると。〉

このほかの人々、その名聞こゆる、野辺《のべ》に生《お》ふる葛《かづら》の這《は》ひひろごり、林にしげき木の葉のごとくに多かれど、[148]歌とのみ思ひて、そのさま知らぬなるべし。

かかるに、今、[149]すべらぎの天の下しろしめすこと、[150]四

て天皇との仲を遠ざけられた、という。墨滅歌・一一一〇はそうした折に天皇の訪問を待つ歌。『日本書紀』に載る。

138　流派。系統。ここは、待つ恋の苦しみなどを詠む女の歌の系統、という意味か。

139　しみじみ身にしみるような哀感があり、思いを強く前面に出さず、優艶な歌いぶりにしているということ。

140　恋二・五五二。

141　恋五・七九七。

142　雑下・九三八。

143　墨滅歌・一一一〇。

144　↓作者略伝。

145　詠みぶりが卑俗で、格調に欠ける。真名序には、「大伴黒主は」と「そのさまいやし」の間に、「古の猿丸太夫の次なり。頗る逸興あり」とあって、小町への評と形がそろっている。仮名序の脱落とも言われるが、断定はできない。

146　恋四・七三五。五句「人知るらめや」。「人は知らずや」という伝本も多い。

147　雑上・八九九。

148　詠みさえすれば、それが歌である

つの時九《ここの》かへりになむなりぬる。あまねき御うつくしみの波、[151]八洲《やしま》のほかまで流れ、[152]ひろき御恵みの蔭、筑波山の麓よりも繁くおはしまして、よろづの政《まつりごと》[153]をきこしめすいとま、もろもろのことをすてたまはぬあまりに、いにしへのことをも忘れじ、旧《ふ》りにしことをも起こしたまふとて、今も[154]見そなはし、後の世にも伝はれとて、[155]延喜五年四月十八日に、[156]大内記《だいないき》[157]紀友則《きのとものり》、[158]御書所預《ごしよのところのあづかり》[159]紀貫之《きのつらゆき》、前《さきの》[160]甲斐少目《かひのせうくわん》[161]凡河内躬恒《おほしかふちのみつね》、[162]右衛門府生《うゑもんのふしやう》[163]壬生忠岑《みぶのただみね》らにおほせられて、[164]万葉集に入らぬ古き歌、[165]みづからのをも奉[166]らしめたまひてなむ、それが中にも、[167]梅をかざすよりはじめて、ほととぎすを聞き、紅葉を折り、雪を見るにい

としか思わず、歌の風体というものがいかなるものであるかを知らない。

149　天皇。

150　四季。四季が「九かへり」すなわち、九年。醍醐天皇の即位は八九七年。

151　もともとは数多くの島という意味で、転じて大八洲の国、日本の意となった。

152　東歌・一〇九五により、帝の庇護の恵みが筑波山の木陰より大きいことを表す。

153　ここは、（政務を）おとりになる、の意。

154　「見る」の最高敬語。和歌に目をおかけになる。

155　この一句がどこにかかると見るかによって、以下『古今集』の成立の把握が異なる。序文に載せる日付なので奏覧による完成の日付。八行先の「えらばせたまひける」にかかる。真名序には「四月十五日」とあり、異なる。解説参照。

156　詔勅の文案の作成や御所の記録をつかさどる。

157　→作者略伝。

たるまで、また、[168]鶴亀につけて君を思ひ、人をも祝ひ、[169]秋萩夏草を見て妻を恋ひ、[170]逢坂山《あふさかやま》に至りて手向《たむ》けを祈り、あるは[171]春夏秋冬にも入らぬくさぐさの歌をなむえらばせたまひける。すべて[172]千歌《ちうた》、二十巻《はたまき》、名づけて古今和歌集といふ。

かく、このたび集めえらばれて、[173]山下水の絶えず、[174]浜の真砂《まさご》の数多くつもりぬれば、今は[175]飛鳥川《あすかがは》の瀬になるうらみも聞こえず、[176]さざれ石の巌《いはほ》となるよろこびのみぞあるべき。それ[177]まくらことば、[178]春の花にほひ少なくして、[179]むなしき名のみ[180]秋の夜の長きをかこてれば、かつは人の耳に[181]おそり、かつは歌の心にはぢ思へど、[182]たなびく雲の

158 宮中の図書を管理する役所らしいが、詳細は不明。
159 →作者略伝。
160 甲斐国（今の山梨県）の四等官。
161 →作者略伝。
162 右衛門府の役人で、府生は四等官より下位。
163 →作者略伝。
164 実際には明らかな万葉歌→一九二、二四七のほか、数首の万葉異伝歌が収められている。
165 撰者の歌。
166 多くの注釈は、下の「なむ」で文を切るが、いったん献上させた数々の歌を、「それが中にも」以下のように部立に基づき精選させたと見て、ここは文を続ける。真名序も二段階の成立を記す。
167 →三六。ここは春の到来を喜ぶ歌というほどの意。以下、夏、秋、冬の歌。
168 長寿の鶴や亀に託して、天皇や主君、他の人々の長寿を寿ぐ。賀歌。
169 七八一、六八六参照。恋歌。
170 三七四など。離別歌。

たちゐ、[183]鳴く鹿の起き伏しは、貫之らが、この世に同じく生まれて、このことの時にあへるをなむよろこびぬる。

人麿亡くなりにたれど、[184]歌のこととどまれるかな。たとひ[185]時移り事去り、楽しび悲しびゆきかふとも、[186]この歌の文字ある[187]をや。[188]青柳の糸絶えず、[189]松の葉の散りうせずして、[190]まさきの葛《かづら》長く伝はり、[191]鳥の跡久しくとどまれらば、[192]歌のさまをも知り、ことの心を得たらむ人は、大空の月を見るがごとくに、[193]いにしへを仰ぎて、今を恋ひざら[194]めかも。

171 雑歌。
172 『古今集』は諸本ほぼ千百首を有するが、ここは概数を示した表現。
173 「絶えず」の比喩。
174 「数多く」の比喩。
175 九三三のように、飛鳥川は淵がすぐに瀬になる変わりやすいものと見られていた。ここは、先に和歌の衰退の歴史を嘆いていたことをふまえて、今や栄えた歌が衰える気遣いはない、ということ。
176 三四三により、小さな石が巌となるように、今後は栄える一方であるということ。
177 古来、難解の句として有名な箇所。種々の解が試みられているが、この箇所が真名序に「臣等」とあることより、「われら」の誤写と見て、「われらのことば」などの誤写と見るのが妥当か。
178 「にほひ」を修飾。
179 勅撰集の撰者としての虚名。謙遜である。
180 「長き」を修飾。
181 上二段活用の「恐る」の連用形。
182 「立ち居」を修飾。

183 鹿は「臥す」が結びつくが、「立ち居」と「起き伏し」で対。
184 歌ということ。歌の道。
185 陳鴻『長恨伝』「時移り事去り、楽しび尽き悲しび来たる」。ただし、ここは楽しみの後に悲しみが来るということではなく、悲喜こもごもの思いが去来すること。
186 『古今集』に代表される数々の歌を書き記した文字。
187 「を」「や」ともに強い詠嘆。
188 「絶えず」を修飾。
189 「散りうせ」を修飾。
190 「長く」を修飾。
191 鳥の足跡。転じて、文字のこと。ここは、『古今集』をさす。鳥の足跡が文字を指すのは、中国古代の蒼頡（そうきつ）が鳥の足跡を見て文字を発明したという故事による。
192 歌のことがわかる将来の人。
193 将来の人から見ての「いにしへ」。すなわち、『古今集』が編纂された今。
194 反語。次の「今」と同じ。

和歌は、人の心を種として、多くのことばとなったものである。この世に生きる人は、関わり合う事柄がまことに多いので、心に思うことを、見るものや聞くものに託して歌にするのである。花に鳴く鶯や、水に住む蛙の声を聞くと、すべて生あるものは、どれが歌を詠まないなどということがあろうか。力をも入れずに、天地を動かし、目に見えない霊に感じ入らせ、男女の仲をもうち解けさせ、荒々しい武士の心をもなぐさめるのは、歌である。

この歌というものは、天地開闢《かいびゃく》とともにこの世に現れたのである。〈その時に詠まれた歌は、天の浮橋の下で女神と男神とが結ばれたことを詠んだ歌である。〉しかしながら、この世に伝わったのは、天上では下照姫に始まり、〈下照姫とは、天稚御子の妻である。その歌は、兄の神の美しい容貌が岡や谷に照り映え輝くのを詠んだ夷曲《ひなぶり》のことをいうのであろう。これらの歌は音数も一定せず、歌ともいえないようなものである。〉地上では、素戔嗚尊から興ったのであった。神代には、歌の音数も定まらず、心に思ったままをそのまま詠みだしたので、歌われていることの意味がはっきりとはわからなかったようだ。人の世になって、素戔嗚尊から、三十一文字の歌を詠むようになった。〈素戔嗚尊は天照大神の兄である。妻と一緒にお住みになろうとして、出雲国に御殿をお造りになった時、その場所に八色の雲の立つのを見て、お詠みになった歌である。みごとな雲が立つ出雲の幾重にもめぐらした垣、妻を住まわせるために壮大な御殿を造るのだ、壮大な御殿を。〉

こうして、花を賞美し、鳥を慕い、春の霞にしみじみと感じ入り、秋の露に惹かれる心、そしてそれを詠んだ歌は、数多く、内容もさまざまになったのである。遠いところへ行くにも、旅立ちの第一歩から始まって長い年月にわたり、高い山も、麓の塵や泥からできあがって、雲のたなびく所まで成長するように、この歌もこのように長い時間をかけて大きく発展したのであろう。難波津の歌は、仁徳天皇の御代の最初のお歌である。〈大鷦鷯の帝、仁徳天皇が難波津にいらっしゃって、まだ皇子と申し上げていた時、弟皇子と皇太子の位を互いに譲り合って、位におつきにならないまま、三年になったので、王仁という人が気がかりに思って、詠んでさし上げた歌である。この花は梅の花をいうのであろう。〉安積山の歌は、采女が興に乗じて詠んだ歌で、〈葛城王を陸奥に派遣した折に、国司のもてなしがゆきとどかないということで、宴の席も設けられていたのだが、座が白けた感じだったので、都で采女として仕えていた女が、杯をとって詠んだ歌である。この歌によってようやく王の機嫌はなおったのであった。〉この二首の歌は、歌の父母のようなもので、字を習う人が最初に書くものにもなっていた。

さて、歌の「さま」は六つある。中国の詩においても、同様のはずである。その六種の第一には、「そへ歌」がある。仁徳天皇によそえ申し上げた歌。

難波津に咲くよ、この花は。冬の間はじっとこもっていて、今はようやく春になった
と咲いている、この花は。

という歌がこれにあたるであろう。

第二には、「かぞへ歌」。

咲く花に心を奪われている身はどうにも困ったものだ。身体に病が入り込むのも知らずに。

という歌がこれにあたるであろう。〈これは、ありのままに詠み、何かに喩えたりもしない歌である。この歌はどのように詠んでいるのであろうか。意味がわかりにくい。第五に「ただごと歌」といってあげてある歌が、この第二の分類にはふさわしいであろう。〉

第三には、「なずらへ歌」。

あなたが今朝、朝の霜が置くように起きて去ってしまったならば、恋しく思うたびごとに霜が消えるように消え入るような思いをしつづけるのであろうか。

という歌がこれにあたるであろう。〈これは、物にたとえて、そのようであるというように詠むのである。この例歌がうまく合っているとも思えない。親が飼う蚕が繭にこもるように、私の心もふさいでいることよ、恋しい人に会わないでいて。こういう歌が、この例として適して

いるのではないだろうか。〉

第四には、「たとへ歌」。

私の恋の思いはいくら数えても数え尽くすことはできまい。たとえ、波の荒い磯の砂の数は数え尽くすことができたとしても。

という歌がこれにあたるであろう。〈これは、あらゆる草木、鳥獣に託して、思いを表すものである。この例歌には、隠れた意味がない。けれども、最初の「そへ歌」と同じようなので、少し形を変えているのであろう。須磨の漁師が塩を焼く煙は風がはげしいので、思いも寄らない方向にたなびいてしまった。この歌などが、ふさわしいであろうか。〉

第五には、「ただごと歌」。

いつわりのない世であったならば、どれほど人の言葉がうれしいことだろう。

という歌がこれにあたるであろう。〈これは物事が整っていて、正しい状態をいう歌である。この例歌の内容はまったくふさわしくない。この歌は「とめ歌」というべきであろうか。山桜の美しさを十分に味わったことよ。花が散るような風も吹かないのどかな世に。〉

第六には、「いはひ歌」。

この御殿はなるほど豊かに富んでいる。たくさんの棟に分かれてお邸を建てている。

という歌がこれにあたるであろう。〈これは世をほめたたえて神に告げる歌である。この例歌は、「いはひ歌」とは見えないのである。春日野に出て若菜を摘みながらご長寿を祝う私の気持ちは、春日の神様がご照覧くださることでしょう。このような歌ならば少しはふさわしいだろうか。だいたい、六種に分かれるということが、とてもありそうもないことなのだ。〉

今の世の中は、華美に流れ、人の心が移ろいやすくなってしまったために、軽薄な歌や中身のない歌ばかりが詠まれるので、和歌は、好き者の家に、埋もれ木のように人に知れぬことになって、あらたまった所には、花すすきが穂を出すといったように堂々と出すこともできなくなってしまった。

歌の初めを思えば、このようなありさまであるはずはない。古代の代々の帝は、春の花の美しい朝や秋の月が澄んだ夜という折ごとに、侍臣たちをお召しになって、折々の事柄に寄せて和歌を詠ませて献上させなさった。ある時は、花に心を寄せるということで、不案内な場所に迷い込み、ある時は、月を慕うということで、道案内のいない闇の中をおぼつかない足取りで歩く、そのようにして歌を詠むそれぞれの心をご覧になって、賢愚のほどをご判断になったのであろう。

それればかりではなく、さざれ石にたとえたり、筑波山に託したりして君の栄えを祈り、喜びが分不相応にすばらしく、楽しい気持があふれ、富士山の煙に託して人を恋い慕い、松虫の音に友を思い、高砂や住の江の松も自分たちとともに生きているように思われ、男山からは昔の男盛りの自分を思い出し、女郎花の盛りの一時に皮肉を言うにも、歌を詠むことで心が慰められるのであった。

また、春の朝に花の散るのを見、秋の夕暮れに木の葉の落ちるのを聞き、あるいは、年が経つごとに鏡に映る姿に雪のような白髪と波のような皺とを見出して嘆き、草の露や水の泡を見てわが身のはかなさを知って嘆き、あるいは、昨日は栄え驕っていた人が、今日は力を失い、世の中をつらいものと思い、親しかった人も疎遠になり、あるいは松山の波に託して愛情を誓い、野中の水になぞらえて昔をしのび、秋萩の下葉をながめては独り寝をかこち、暁の鴫の羽搔きの音を数えて来る人を待ちわび、あるいは、呉竹の節にたとえて世の中の憂さを人に語り、吉野川を引き合いに男女の仲を恨むなどして、歌を詠んできたのであるが、今は、富士山の煙も立たなくなり、長柄の橋も新たに造り直したと聞く人は、歌によってのみ心を慰めるのであった。

古代からこのように伝わってきたその中でも、和歌は、奈良の帝の御代から広まったのであった。その御代には歌の心をよくごぞんじであったのだろうか。その御代には、正三位柿本人麿が歌聖であった。これは、君も臣下も和歌によって一体になっていたというべきであろう。秋の夕暮れに竜田川に流れる紅葉を、帝の御目には錦とごらんになり、春の朝、吉野の山の桜は、人麿の心にはただ雲かと思われたのであった。また、山部赤人という人もいた。和歌にふしぎなほどすぐれていた。人麿は赤人の上に立つことはむずかしく、赤人は人麿の下にたつことはむずかしいのであった。〈ならの帝の御歌、竜田川に紅葉が散り乱れて流れているようだ、もし渡ったならば美しい錦が二つに切り裂かれてしまうであろう。人麿、梅の花がどれであると見分けられない、空一面に雪が降っているので。ほのぼのと夜が明けてゆく明石の浦にかかる朝霧に島に隠れてゆく船を見てしみじみとした思いになる。赤人、春の野にすみれを摘みに来た私だが、この野から離れられなくなってしまったので、一晩宿ったのだ。和歌の浦に潮が満ちてくるようだ、干潟がないので葦の生えたあたりに向かって鶴が鳴いて渡ってゆく。〉この人々以外にも、ほかにすぐれた人も、代々とぎれることなく続いたのであった。これ以前の歌を集めて、万葉集と名づけられたのであった。

こうして今に至るまでには、昔のことをも、歌の本質をもわきまえている人は、わずかに一人か二人しかいないのであった。それにもかかわらず、わかっていること、わかっていないことがお互いにある。かの奈良の御代から今に至るまで、年は百年あまり、帝の御代は十代になったのであった。昔のことがわかり、歌を詠める人は多くない。

いま、このことをもう少し述べると、官位の高い人は、名前を挙げるのは軽率なようなので、挙げない。そのほかに、近い時代でその名前が知られている人は、まず、僧正遍昭は、歌の姿は備わっているが、真実味に乏しい。たとえば、絵に描かれた女を見て、むなしく心を動かすようなものだ。〈浅緑の色に糸を縒りかけて白露を玉に通している春の柳であるよ。蓮の葉の濁りに染められない心でありながら、どうして露を玉といつわるのであろうか。嵯峨野で馬から落ちて詠んだ歌。名前にひかれて手折っただけだ、女郎花よ。私が堕落したなどと人に語ってくれるなよ。〉

在原業平は、歌に詠みたい思いがあふれすぎていて、ことばの方が及ばない。しぼんだ花が色をなくして、匂いだけが残っているようなものだ。〈月はかつての月ではないのか、春は以前の春ではないのか。わが身一つはもとの身のままで。たいていは月を賞美するということはやめておこう。この月こそが積もり積もって人の老いとなるものなのだから。共寝をした夜の夢のような時がはかないものだったので、うとうととしていると、いよいよはかないものになってゆくのだった。〉

文屋康秀は、ことばの用い方は上手ではあるが、その歌の姿が歌の中身と釣り合わない。いわば、商人が上等な服を着ているようなものだ。〈吹くとたちまち秋の草木がしおれるので、なるほどそれで山風を「嵐」と書いて、「荒らし」というのだろう。仁明天皇の御一周忌に詠んだ歌、草深い霞の谷に姿を隠して、照る日が暮れた今日なのではないのか、まさにそうなのだ。〉

宇治山の僧喜撰は、ことばがはっきりせず、一首の初めと終わりが明瞭ではない。いわば、秋の月を見ていて、暁の雲に隠されてしまったようなものである。〈私の庵は都の東南。そのような所に住んでいます。世がつらいという宇治山だと人は言っているようです。〉詠んだ歌が多く知られていないので、あれこれの歌を通じてじゅうぶんに理解するということができない。

小野小町は、昔の衣通姫の系統である。しみじみと身にしみるような歌であるが、強くはない。いわば、美しい女が病を得た風情に似ている。強くないのは、女の歌だからであろう。〈あの人のことを恋しく思って寝たので、あの人が夢に見えたのであろうか。夢だと知っていれば、目をさまさずにいただろうに。色に現れずにあせてしまうものは、世の中の人の心という花なのであった。つらい思いで過ごしているうちに、わが身がいやになってしまいましたので、根のない浮草が水に乗って流れてゆくように、私も、誘ってくれる人がいるなら都を去ろうかと思っています。衣通姫の歌、私の恋しい人が来るはずの今宵です。蜘蛛の動きが今からそのことを予告するようにはっきりしています。〉

大伴黒主は、その歌の姿がいやしい。いわば、薪を背負った山人が花の蔭で休んでいるようなものだ。〈あの人を思い出して恋しい時は、初雁が鳴いて渡ってゆくように、私も泣きながら家のそばまで出かけて行っていると、あの人は知らないのであろうか。鏡山に、さあ立

ち寄って見てゆこう。年を経たわが身が本当に老いてしまっているかどうかと。〉

このほかの人々で、その名が知られている人は、野辺に生えている葛が這い広がるように世に広まり、林に繁っている木の葉のように多くいるけれども、詠めばそれが歌だとばかり思っていて、歌の「さま」というものを理解していないにちがいない。

このような事情で、今、陛下が天下をお治めになること、四季が九度になった。世の中にゆきわたる御慈愛の波は、大八洲の外まで広がり、広い御恩恵の蔭は、筑波山の麓よりも豊かでいらして、あらゆる政務をおとりになる暇に、さまざまなことをお捨てにはならないお気持の余り、昔のことをも忘れまい、古びてしまったことをも復興なさろうという思し召しで、今も目をおとめになり、後世にも伝わるようにということで、延喜五年四月十八日に、大内記紀友則、御書所預紀貫之、前甲斐少目凡河内躬恒、右衛門府生壬生忠岑らに仰せを下して、『万葉集』に入っていない古い歌やその者たち自身の歌をも献上させて、その中でも、梅をかざすことに始まり、ほととぎすを聞き、紅葉を折り、雪を見る歌に至るまでの四季の歌、また、鶴や亀につけて君を思い、人をも祝う賀歌、秋萩や夏草を見て妻を恋い慕う恋歌、逢坂山に至って旅の無事を祈る離別歌、あるいは春夏秋冬にも入らないさまざまな雑歌などをお選ばせになった。全部で千首、二十巻、名づけて『古今和歌集』という。

こうして、このたび編纂がなされて、山下水のように絶えることなく、浜の真砂のように歌が数多く集まったので、今は飛鳥川の淵が瀬になるように、栄えていた和歌が衰えるという恨みごともなく、さざれ石が巌となるように、ただ和歌の永遠の繁栄という喜びだけがあるはずである。さて、私どものことばには、春の花のようなすばらしいにおいが乏しく、虚名だけが秋の夜のようにいつまでも残りそうなので、一方では世間の評価を恐れ、また一方では歌の本質に照らして恥ずかしく思うのであるが、立ち居、起き伏しの日常では、貫之ら撰者が、この時代に同じく生まれ合わせて、この『古今集』勅撰という時にめぐりあったことを喜んでいるのである。

人麿は亡くなってしまったが、歌の道は今に伝わっていることよ。たとえ時が移り物事が移り変わり、楽しみ悲しみが過ぎ去ってしまうとしても、この歌の文字はあり続けるのだ。青柳の糸のように絶えることなく、松の葉のように散り失せず、まさきの葛のように長く伝わり、鳥の足跡のように久しく残っているならば、歌のさまをも知り、言葉の本質を理解しているような将来の人は、大空の月を見るように、古を仰ぎ見て、この『古今集』勅撰の成った今を恋い慕わないことがあろうか。

古今和歌集巻第一

春歌上

ふる年に春立ちける日よめる　在原元方

1 年のうちに春は来にけり一年《ひととせ》をこぞとやいはむ今年とやいはむ

春立ちける日よめる　紀貫之

2 袖ひちてむすびし水のこほれるを春立つけふの風やとくらむ

題知らず　よみ人知らず

3 春霞立てるやいづこみよしのの吉野の山に雪は降りつつ

二条の后の春のはじめの御歌

4 雪のうちに春は来にけり鶯のこほれる涙今やとくらむ

古今和歌集巻第一

春歌上

1　年のうちに春はやってきた。この一年を、今年と言おうか、それとも去年と言おうか。○ふる年　新年に対する旧年。ここは、年が改まった新年の一月から見た十二月をいう。○春立ちける　立春。いわゆる旧年立春、年内立春。平安時代には、ほぼ二年に一度の割合で起きた。○一年　その年の正月から、この立春の前日まで。○下句　立春を新年の始まりと見れば、それ以前は去年になるが、まだ、十二月の月末が来ていないので、一年が続いていると見れば、今年となる。春の始まりは年の始まりなのに奇妙だ、と季と年とのずれにとまどってみせたもの。

2　袖を濡らして掬った水が凍っていたのを、今ごろは、立春を迎えた今日の風が解かしているだろうか。○袖ひちて　袖が浸った状態で。訳は自然な現代語にした。○むすびし水　前年の夏、泉や池などで水を掬って涼んでいた情景。○風　立春の暖かい風。『礼記』月令「孟春の月東風氷を解く」に基づき、春は東から到来し、暖かい立春の風は氷を解かすものとして詠まれる。実際に暖かい風が吹いていなくともよい。「とく」は、「袖」「むすび」「立つ（裁つ）」と合わせて、「（帯や紐を）解く」という意味で服飾を連想させる。「むすぶ」「こほる」の結びつきに対して、「立つ（裁つ）」「解く」に開放的な春の到来の印象がある。○らむ　眼前にない事柄の推量。前年の夏に水を掬った場所は離れている。▽夏から春にかけての時間を緊密なことばの結合によって展開する。水（氷）の風景は、記憶と想像の中にある。

3　春霞が立っているのはどこだろうか。みよしのの吉野の山ではまだ雪が降っていて。○題知らず　歌の詠まれた事情や状況などが定かではないということ。特定の題を設けて歌を詠む「題詠」の「題」より広い意味。○よみ人知らず　作者不明。平安初期の古歌と見られる歌が多いが、必ずしも古歌とは限らない。○春霞　霞は春の到来を告げる景物。○みよしの　「山」「吉野の山」にかかる例が多い。「み」は美称の接頭語。○吉野の山　雪とともに詠まれることが多い。↓三一七、三二五など。はるか遠い所、隠遁の地。↓九五〇、九五一、一〇四九。

4　雪の中に春はやって来た。鶯の凍っていた涙は、いま解けているだろうか。○二条の后　清和天皇后藤原高子。↓作者略伝。帝や后の作者名は、詞書中に記す。○こほれる涙　鶯は、冬の間、谷間にいると考えられていた。↓一四。まだ雪景色の都よりもさらに寒い谷間で涙も凍っていたとする想像。鳥の涙、↓二二一、三〇六など。「籠の香銷（き）え火尽く　巾の涙滴氷と成す」（白氏文集・巻十三・寒閨夜）は、涙を氷に見立てた詩。鳥の涙が凍るという表現はめずらしい。▽初二句が一に、

題知らず　　よみ人知らず

5 梅が枝に来ゐる鶯春かけて鳴けどもいまだ雪は降りつつ

雪の木に降りかかれるをよめる　　素性法師

6 春立てば花とや見らむ白雪のかかれる枝に鶯の鳴く

題知らず　　よみ人知らず

7 心ざしふかくそめてしをりければ消えあへぬ雪の花と見ゆらむ

ある人のいはく、前太政大臣《さきのおほきおほいまうちきみ》の歌なり

二条の后の東宮の御息所ときこえける時、正月三日、御前にめしておほせごとあるあひだに、日は照りながら、雪のかしらに降りかかりけるをよませたまひける　　文屋康秀

8 春の日の光にあたる我なれどかしらの雪となるぞわびしき

四五句が二に近い表現。

5　梅の枝に来てとまっている鶯は、春を待ち望んで鳴いているけれども、いまだに雪は降り続いていて。○鶯　庭の梅の枝に来ている。四よりも時が進んでいる。○春かけて　春を待ち望んで。春に思いをかけて。「かけて」→四〇七。○五句　一首隔てた三と同じ。○つつ　ある状態が別の事態と並行しながら続いている様子。▽春の到来を告げる鶯の登場と雪の組合せ。鶯にふさわしい梅の花はまだ咲いていない。

6　春が立ったので花だと見ているのだろうか。白雪のかかっている枝に鶯が鳴いている。○見らむ　「見るらむ」に同じ。『万葉集』では、すべて「見らむ」であり、古風な形。○鶯の　底本「鶯ぞ」。他本により改める。▽この巻で最初に現れた「花」。鶯の眼には、雪が花に見えるのか、という想像。

7　思いを深く染めて（待って）いたので、なかなか消えない雪が花と見えるのだろう。○心ざし　花を待ち望む心。○し　強意の助詞。「まさしく」「ほかならぬ」という意味合い。○をり　古来「居り」「折り」の二説が対立する。底本は、藤原定家が後者を採ったので、「折」。「折り」では、雪のかかった枝をなぜ「心ざしふかく」折ったのか、理由がわからない。「居り」を採る。「染めて」の縁で、「織り」の連想があるか。○消えあへぬ　「あふ」は可能の意味で、「あへぬ」は、…しようとしてもできない。○ある人　以下、左注。作者についての異伝などを記す。○前太政大臣。藤原良房。→作者略伝。▽枝に残る雪が花に見える自分の心持ちを分析した歌。「染めて」から「織り」、下句の見立てへと連想がつながる。

8　春の日の光を浴びている私、東宮様と御息所様の恵みに与っている私ですが、頭に雪がかかり、白髪になってしまったのは、悲しいことです。○二条の后　→四。○東宮の御息所　東宮の母である御息所。高子がそう呼ばれたのは、貞観十一年（八六九）から十八年（八七六）の間。○日は照りながら…降りかかりける　日が照っていながら雪が降っている、というその場の情景を題にして。○春の日の光　新春の陽光と東宮および御息所の恩沢を掛ける。五行説では、東を春にあてるので、東宮の御息所と縁をなす表現。東宮は春宮とも書く。○かしらの雪　白髪を雪に見立てる。日にあたりながら溶けない雪、という機知。白髪にわが身の不遇の訴えもこめる。

9 雪の降りけるをよめる

紀貫之

霞立ち木《こ》の芽もはるの雪降れば花なき里も花ぞ散りける

10 春のはじめによめる

藤原言直《ことなほ》

春やとき花やおそきと聞きわかむ鶯だにも鳴かずもあるかな

11 春のはじめの歌

壬生忠岑

春来《き》ぬと人はいへども鶯の鳴かぬかぎりはあらじとぞ思ふ

12 寛平《くわんぴやうの》御時《おほんとき》后宮《きさいのみや》の歌合の歌

源当純《まさずみ》

谷風にとくる氷のひまごとにうち出づる波や春の初花

13 花の香を風のたよりにたぐへてぞ鶯さそふしるべにはやる

紀友則

9　霞が立ち木の芽も張る、そんな春の雪が降ると、花のない里にも花が散るのだった。○霞　春の到来を象徴する景物。○はる　木の芽も「張る」と「春」の雪、という掛詞。初二句は、必ずしも実景と見る必要はない。○花なき里　花が咲いていない里であるが、花の咲く木がない里ともとれる。→三一。▽雪と花の見立て。初二句でいかにも春らしい風景を示し、そうした春の雪だから花である、ということばの理屈に沿って想像上の景を展開する。春の初めの風景が雪によって時間が逆戻りしたかと思うと、晩春の落花へと変貌する、という美しい風景である。

10　春が来たのが早いのか、それとも花が咲くのが遅いのか、それを聞いて判断しようと思っていた鶯さえ、まだ鳴かないでいるなあ。○聞きわかむ　「分く」は、判断する、納得する。▽花も咲かず鶯も鳴かないことへのとまどい。この歌からは鶯を中心とする歌。

11　春が来たと人が言っても、鶯が鳴かないうちは、そうではないだろうと思う。○あらじ　「春来ぬにはあらじ」の意。▽暦の上ではなく、現実の鶯の声によって春の到来を実感しようとする。

12　谷風に解ける氷の隙間ごとにわき出す波が春の初花であろうか。○寛平御時后宮の歌合　宇多天皇の寛平五年（八九三）頃開催。春・夏・秋・冬・恋を題として、約二百首から成る。『古今集』の重要な採歌源で、五十首ほど入集。○谷風　「習々たる谷風、以て陰（くも）り以て雨降る」（詩経・邶（はい）風）。その古注に「東風、之を谷風と謂（い）ふ」とある。「東風」→二。○初花　波の見立て。▽花を待望する心が見出した見立て。前後の歌と比べるとこの歌のみ鶯が出てこないが、鶯は、冬の間谷にいると信じられていたので、「谷風」が鶯を連想させる。

13　花の香を風という使者に寄り添わせて、鶯を誘う道案内に送ろう。○たぐへ　「たぐふ」は、あるものに別のものを添える、の意。▽鶯を誘うには、暖かい風だけでは不十分で、花の香も添えようという趣向。前歌との関係からは、谷の「波の花」に見とれている鶯に、こちらは香もあるよ、と誘う趣。『寛平御時后宮歌合』では、冒頭に一二と番えられ、こちらが巻頭。

14 鶯の谷より出づる声なくは春来ることを誰か知らまし
大江千里

15 春立てど花もにほはぬ山里はものうかる音に鶯ぞ鳴く
在原棟梁《むねやな》

題知らず
よみ人知らず

16 野辺近く家居《いへゐ》しせれば鶯の鳴くなる声はあさなあさな聞く

17 春日野はけふはな焼きそ若草のつまもこもれりわれもこもれり

18 春日野の飛火《とぶひ》の野守《のもり》出でて見よいまいくかありて若菜摘みてむ

19 み山には松の雪だに消えなくに都は野辺の若菜摘みけり

20 梓弓おしてはるさめけふ降りぬ明日さへ降らば若菜摘みてむ

14　鶯が谷から出てきて鳴く声がなければ、春が来たことを誰が知ろうか。○谷　参考「伐木丁々たり鳥鳴嚶（あう）々たり　幽谷より出でて喬木に移る」（詩経・小雅）。○なくは「は」は係助詞。

15　立春になっても、花も咲かない山里では、おもしろくなさそうに鶯が鳴いている。○にほはぬ　「にほふ」は、花の色、香いずれにも用いるが、ここは前者。○ものうかる「もの憂し」の連体形。この鶯の思いは、人の思いでもある。参考「花鳥の色をも音をもいたづらにものうかる身はすぐすのみなり」（後撰集・夏・藤原雅正）

16　野辺に近く住まっているので、鶯の鳴く声は朝ごとに聞いている。○し　強意の助詞。○せれば「せ」は動詞「す」の未然形。「れ」は存続の助動詞「り」の已然形。▽一五と反対に常に鶯の声を聞ける喜び。「梓弓はる山近く家をらばつぎて聞くらむ鶯の声」（万葉・巻十・一八二九。古訓「家ゐせば」）。

17　春日野は今日は野焼きをしないでほしい。いとしい妻も私もひそんでいるのだから。○若草の「つま」の枕詞。○つま　妻、夫いずれをも指すが、ここは前者か。▽『伊勢物語』一二段に、初句「武蔵野は」として入る。『伊勢物語』では女の歌。

18　春日野の飛火野の野守よ、外に出て見ておくれ。あと何日すれば若菜が摘めるのかを。○飛火　烽火（のろし）。奈良時代に春日に設けられたことから、その一帯を飛火野と称したらしい。○野守　野の番人。「春日野の野守」は当時歌によく詠まれた。○若菜　早春に芽を出す草。その生命力にあやかり、これを食した。正月最初の子（ね）の日には、若菜摘みも行われた。

19　山ではまだ松の雪さえ消えないのに、都ではもう野辺の若菜を摘んでいるのか。○み山「み」は美称。○松の雪　下に「だに」があるように、消えやすいものとして詠まれる。○けり　山と都との違いへの発見、驚きを表す。▽山に住む人が、郊外の野辺に出てきて若菜摘みに驚いた、という趣。

20　梓弓をおして張る、春雨が今日降った。明日もまた降るようならば、もう若菜が摘めるだろう。○梓弓おして「張る」にかかる序詞。○はる「張る」と「春」の掛詞。→九。○はるさめ　草木の生長を促す。→二五。▽一九との関係で、「今日」すでに若菜が摘めると見て、今日は春雨で中止したが、明日も降るなら明日は摘もう、という解釈もある。ここでは、春雨の性質を重視した解をとった。

仁和の帝、親王《みこ》におましましける時に、人に若菜たまひける御歌

21 君がため春の野に出でて若菜摘むわが衣手《ころもで》に雪は降りつつ

歌たてまつれとおほせられし時、よみてたてまつれる　貫之

22 春日野の若菜摘みにや白妙の袖ふりはへて人のゆくらむ

題知らず　在原行平朝臣

23 春の着る霞の衣ぬきをうすみ山風にこそ乱るべらなれ

寛平御時后宮の歌合によめる　源宗于《むねゆき》朝臣

24 ときはなる松の緑も春来ればいまひとしほの色まさりけり

歌たてまつれとおほせられし時に、よみてたてまつれる　貫之

25 わがせこが衣はるさめ降るごとに野辺の緑ぞ色まさりける

21　あなたのために春の野に出て若菜を摘む私の袖に雪が降りかかっている。○仁和の帝　光孝天皇。↓作者略伝。天皇や后が作者の場合、詞書中に記す。○おましまし「おはしまし」に同じか。ほとんど例を見ない語。この歌の異同でも、定家本を含めてわずかにあるのみ。○若菜たまひける　若菜をお与えになった。相手や事情は不明。算賀のためとも考えられる。○衣手『万葉集』に多く詠まれる語。▽参考「君がため山田の沢にゑぐ摘むと雪消（ゆきげ）の水に裳の裾濡れぬ」（万葉・巻十・一八三九）。若菜摘みの歌は、女の歌が多いので、この歌も女の立場に立ったものか。『百人一首』に入る。仁和の帝の親王時代、という詞書、↓二四八、三四八、三九六。

22　春日野の若菜を摘みにというわけで、白い袖を振り、いかにもそれらしい様子で人々は出かけてゆくのであろうか。○おほせられし　同様の詞書が、二五、五九、三四二にあり、作者はいずれも貫之。同じ折かどうかは不明。「おほせられ」たのは帝であろう。○ふりはへて　袖を「振り」と、様子が表立って表れるという意の「ふりはへて」の掛詞。○人　三四句の華やいだ調子から、女性であろう。▽一八から若菜の歌。

23　春が着る霞の衣は、横糸が薄いので、山風によって乱れ破れてしまいそうだ。○春の着る　春を擬人化する。↓一三〇。○霞の衣　漢語「霞衣」による。霞を衣に見立てる。その衣が包むのは、花をはじめとする春の美しい風景。○ぬき　縦糸に対する横糸。↓二九一。○乱る　霞が山風によって、切れ切れになる様子。○べらなれ　助動詞「べらなり」。古今集時代に多く用いられた。▽二二との関係から、春を女性の比喩と見ることもできるが、女性の肉体を連想させる歌は古今集時代には少ない。二一から「衣手」「袖」「衣」と続く。

24　変わることのない松の緑でも、春が来ると、いま一染めして色がまさるのだ。○ときは　古くは「常磐（とこいは）」であったらしく、永久不変というイメージ。○ひとしほ　染色に関わることば。「一入」と書き、あらためて染めること。常緑の松が春に色新たになる様子を、あたかも染色によるものと見立てた。

25　私の夫の衣を張る――春雨が降るごとに、野辺の緑が一段と色づくのだ。○詞書　↓二二。○せこ　夫。古今集時代には、古風な語。○衣はるさめ　洗い張りの意味の「衣を張る」と「春雨」の「春」の掛詞。↓九、二〇。洗い張りから連想される晴天と対照的な春雨が結びつきながら、春が深まってゆく。▽作者貫之が、「せこ」の妻の立場で詠んだ歌。妻が自分で衣を張るのであれば、あまり高い身分ではない。『伊勢物語』四一段に、慣れぬ洗い張りをして夫の衣を破ってしまった妻の物語がある。↓八六八

26 青柳の糸よりかくる春しもぞみだれて花のほころびにける

西大寺《にしのおほてら》のほとりの柳をよめる　僧正遍昭

27 あさみどり糸よりかけて白露を玉にもぬける春の柳か

題知らず　よみ人知らず

28 ももちどりさへづる春はものごとにあらたまれどもわれぞふりゆく

29 をちこちのたづきもしらぬ山なかにおぼつかなくもよぶこどりかな

雁の声を聞きて、越《こし》へまかりにける人を思ひてよめる　凡河内躬恒

30 春くれば雁かへるなり白雲の道ゆきぶりにことやってまし

帰雁をよめる　伊勢

31 春霞立つを見すててゆく雁は花なき里にすみやならへる

26　青柳がその細い枝の糸を縒りかける春、そのような折も折、次から次と花が咲きほころぶのだ。○糸よりかくる　芽吹いたばかりの柳の細い枝を糸に見立てる。枝が下がる様子を、糸を縒って掛けた、と表現した。○しも　強調の助詞。「よりかくる」が表す糸の緊密な結びあわせと、そこから布地ができあがってゆく連想に対して、まったく反対に「みだれて」「ほころび」となる対照的な関係を示す。○下句　「みだれて」は、その下全体にかかり、「よりかくる」に対する動きをまず表す。「ほころぶ」は、花が開くこと。▽糸の縁語が、「より」「みだれ」「ほころび」と連なる。「春」に「張る」の連想もある。縒った糸で布地や服を作る前にほころびてしまった、という機知。美しい風景と洒脱な機知とが表裏一体となった貫之らしい歌。→九。初二句は、二七を意識した表現か。

27　浅緑の色に糸を縒りかけて白露を玉として通している春の柳であるよ。○西大寺　平安京朱雀大路の羅城門の西にあった寺。西寺。現在残る東寺は、その対となる寺。遍昭と西大寺との関係は不明。○玉　白露の見立て。▽柳の枝を糸に見立て、それを縒って丈夫なものにしているという仮構の世界を広げて、それは玉（白露）を貫くためだった、とする。

28　数多くのさまざまな鳥がさえずる春は、もの皆あらたまるのに、私は年老いてゆくのだ。○ももちどり　一般に「百千鳥」と書くが、「ももち」で百、数多く、の意。中世には、その正体が秘伝扱いされたが、現在は一種類の鳥ではないと認められている。▽春を迎えて新しくなる自然と、変わらずに年ばかりとる人間の対比。「冬過ぎて春し来たれば年月は新たなれども人はふりゆく」（万葉・巻十・一八八四）。

29　あちらかこちらか、どちらに行ってよいのかわからない山の中で、心もとなく呼ぶ、呼子鳥であるよ。○たづき　たより、手がかり。○おぼつかなく　「呼子鳥」の不安そうに鳴く様子。○よぶこどり　「よぶ」は掛詞。カッコウとも言われるが、不明。『万葉集』では、おもに春の鳥。鶯やほととぎすを呼んだ例もある。中世の古今伝授では、「ももちどり」（二八）、「いなおほせどり」（二〇八、三〇六）と並ぶ「三鳥」の一つ。前歌「ももちどり」と対。

30　春が来たので雁が帰ってゆく。白雲の立つ遥かな道行きのついでに、言伝てを託してみようか。○越　越前、越中、越後などを含む北陸道。○なり　いわゆる伝聞推定の「なり」。雁の声が聞こえること。○白雲の道　白雲が立つ空の道。類例に「空の通ひ路」（一六八）、「雲の通ひ路」（八七二）など。「白雲」はしばしば遠く隔たった場所と関わって用いられる。○道ゆきぶり　道の途中。「玉ほこの道ゆきぶりに思はぬに妹を相見て恋ふるころかな」（万葉・巻十一・二六〇五）。

31　春霞が立つのにそれを見すてて行く雁は、花のない里に住みなれているのであろうか。○春霞立つ

題知らず

よみ人知らず

32 折りつれば袖こそ匂へ梅の花ありとやここに鶯の鳴く

33 色よりも香こそあはれと思ほゆれ誰《た》が袖ふれし宿の梅ぞも

34 宿近く梅の花うゑじあぢきなく待つ人の香にあやまたれけり

35 梅の花立ちよるばかりありしより人のとがむる香にぞしみぬる

梅の花を折りてよめる

東三条左大臣《ひだりのおほいまうちぎみ》

36 鶯の笠に縫ふといふ梅の花折りてかざさむ老いかくるやと

題知らず

素性法師

37 よそにのみあはれとぞ見し梅の花あかぬ色香は折りてなりけり

霞が立つと開花が予想され（↓九）、霞は花を隠すものと見なされていた（五一、五八など）。○花なき里　→九。花そのものがない寂しい土地。雁の祖国を海の彼方の異界と見る見方に基づく。「常世出でて旅の空なる雁がねもつらにおくれぬほどぞなぐさむ」（源氏物語・須磨）など、雁は常世から来る鳥とされた。▽花を見ようとしない雁を不思議に思い、荒涼とした世界に住む内面に思いをはせる。伊勢の娘の中務に、この歌をふまえたらしい「藤の花咲くを見すてて行く春はうしろめたくや思はざるらむ」（中務集）の一首がある。

32　（梅の花を）折ったために袖が薫っているのに、梅の花がここにあると思ってか、鶯が鳴いている。○袖こそ匂へ　袖が梅の移り香で匂っているだけで、袖に梅の花はないという含み。▽手折った梅の移り香、それにひかれる鶯、いずれも現実にありそうもないことを想像によって描きながら、梅の香りの魅力を歌う。

33　色よりも香の方がすばらしいと感じる。いったい誰が袖を触れてその香を移していった宿の梅なのだろう。▽あまりの香りのすばらしさに、それを薫物（たきもの）の香りが花に移ったと理解して見せた。三二とは逆の見方をして、いっそう仮構性が強い。『万葉集』には見られない発想で、香の文化の発達が背景にある。二四〇も同様。

34　軒近くに梅を植えまい。訪れを待つ人の香とついまちがえて、つまらない思いをするのだから。○宿　大きく分けて、邸の建物と庭の二つの意味がある。ここは、前者。○あぢきなく　期待や予想がはずれて、つまらない思いをすること。○あやまたれ　「れ」は、いわゆる自発。それと意識しない行為や動作。▽女性の立場の歌。恋人の訪問を待ちこがれるあまり、その人のたきしめた香と梅の香をふとまちがえてしまい、落胆する気持。

35　梅の花の所にほんの立ち寄るくらいいただけなのに、人が「おかしい」と気をとめるくらい花の香がしみてしまった。○ありし　花のもとにいた。主語は、この歌の詠み手。○人　妻や恋人など、詠み手と深い関わりのある女性と見るのが妥当か。○とがむる　「人」が女性だとすると、詠み手がほかの女性のもとに行っていたために移り香が香っているのか、と疑い、その気持を示すこと。▽ここまでの四首、何らかの錯誤や錯覚を含みながら、梅の強い芳香を詠んだ歌。

36　鶯が笠に縫うという梅の花を折ってかざしにしてみよう、老いが隠れるかと思って。○初二句　一〇八一をふまえる。○かざさむ　花を挿してみよう。「かざす」は、花などを髪に挿すことだが、もともとは花の生命力によって邪気や老いを遠ざけることが目的。○老いかくる　梅は笠に喩えられるくらいだから、頭に挿せば老いが隠されるものと見なした。

37　（いままでは）遠くからばかり心ひかれて見ていた、その梅の花

梅の花を折りて人におくりける　友則

38
君ならで誰にか見せむ梅の花色をも香をも知る人ぞ知る

くらぶ山にてよめる　貫之

39
梅の花にほふ春べはくらぶ山闇に越ゆれどしるくぞありける

月夜に梅の花を折りてと人のいひければ、折るとてよめる　躬恒

40
月夜にはそれとも見えず梅の花香をたづねてぞしるべかりける

春の夜、梅の花をよめる

41
春の夜の闇はあやなし梅の花色こそ見えね香やはかくるる

よ、満ち足りることのない色や香の魅力は折ってはじめて感じられるのだった。○あかぬ「飽く」は、満ち足りる。○けり　いわゆる「気づき」の「けり」。今はじめてわかった、の意で、過去を表す「見し」と対になる。▽二句と三句は、文法的には「ぞ」の係り結びがあるので、二句切れであるが、ゆるやかにつながる。

38　あなたのほかに誰に見せましょうか、この梅の花を。色も香もわかる人だけがわかるのですから。○君　『万葉集』では、女性から男性を呼ぶ語であったが、この時代には、男女いずれに対しても用いる。▽参考「あたら夜の月と花とをおなじくはあはれ知れらむ人にみせばや」（後撰集・春下・源信明）。

39　梅の花の匂う春には、くらぶ山を夜の闇の中で越えても（梅のあることが）はっきりわかるのだった。○くらぶ山　諸所にあり、どこと特定できない。「暗し」の意味で歌に詠まれる。○春べ　春の頃。『万葉集』に多い語で、平安時代になると用例が減る。「難波津に咲くやこの花冬ごもり今は春べと咲くやこの花」（仮名序）。▽「くらぶの山にやどりもとらまほしげなれど、あやにくなる短夜にて」（源氏物語・若紫）。光源氏と藤壺との逢瀬の折の記述。

40　月夜には（梅の花は）はっきりそれであるとも見えない。梅の花は香をたよりに（どこにあるか）知るべきだったのだ。○折りて　折ってください。「人」の依頼のことば。○見えず　月明かりの白さと梅の白さが紛れて見えない。▽闇夜には梅は見えなくとも、月夜なら容易に梅のありかがわかるはず、という常識の裏をかいて、月光の白さと梅の白さが紛れて見えない、と意表をついた。「月影に色わきがたき白菊は折りても折らぬここちこそすれ」（躬恒集）など、躬恒の得意とする詠みぶり。二七七も同様の趣向。もとより誇張でありながら、詩的イメージが美しい。

41　春の夜の闇はむだなことをする。梅の花は、（たしかに）色は見えないけれど香は隠れることがあろうか。○あやなし　道理がない、筋道が立たない。そこから、無意味である、無益である、の意となる。▽闇が梅の花を意図的に隠していると見なし、それを非難する。霞が花を隠す類型に似る。同じく躬恒に「香をとめて誰折らざらむ梅の花あやなし霞立ちな隠しそ」（拾遺集・春）という類想歌がある。

初瀬にまうづるごとにやどりける人の家に、久しくやどらで、ほどへてのちにいたれりければ、かの家のあるじ、かくさだかになむやどりはある、といひ出してはべりければ、そこに立てりける梅の花を折りてよめる　　　　　　　　　貫之

42 人はいさ心もしらずふるさとは花ぞ昔の香ににほひける

水のほとりに梅の花咲けりけるをよめる　　　　　　　　　伊勢

43 春ごとに流るる川を花と見て折られぬ水に袖やぬれなむ

44 年をへて花の鏡となる水はちりかかるをや曇るといふらむ

家にありける梅の花の散りけるをよめる　　　　　　　　　貫之

45 くるとあくと目かれぬものを梅の花いつの人まにうつろひぬらむ

寛平御時后宮の歌合の歌　　　　　　　　　よみ人知らず

46 梅が香を袖にうつしてとどめてば春は過ぐとも形見ならまし

42　人というものは、さあ、心はわからないものです。この昔なじみの邸では、花は昔と同じ香に匂っているのですね。○初瀬　奈良の長谷寺。○やどりける　京の都から長谷寺までは距離があるので、途中で宿をとった。○かく…ある　貫之がしばらく来訪しなかったことへの恨み言。○いひ出し　家の中から外へ言う。女性の行為である場合が多く、ここも「あるじ」が女性とも考えられるが、女性に扮したポーズとも考えられる。○人　人間一般。宿の主人ととるのが通解だが、貫之自身も含め、まず「人間というものは」と切り出す。後半で梅の香との対比によって、宿の主人へと絞られる。○いさ　否定的な応答をする場合の感動詞。○花ぞ　「ぞ」に、あてにならない人の心と対比して、花の方は、と強調する気持がこもる。▽「あるじ」のふるまいに対して、貫之もまた、相手の心変わりを疑う、という恋歌の女性のような歌いぶりで応じる。『百人一首』に入る。

43　春が来るごとに流れる川を花だと見て、折ることのできない水に袖が濡れるのであろうか。○春ごとに　「見て」にかかる。○花　川の水面に花が映る情景から、川そのものを花と見立てる、めずらしい見立て。○折られぬ　「れ」は可能。○袖やぬれなむ　水面に映る花を手折ろうとしたため。▽『伊勢集』によれば、宇多上皇が京極院で花の宴を催した折、池に散った花を見て詠んだ歌。二句「流るる水」。次の四四も同じ。

44　年が経って花の鏡となる水は、花が散りかかる——塵がかかる——のを曇るというのであろうか。○上句　毎年くり返し花を映すこと。『伊勢集』は初句「年ごとに」。○ちりかかる　掛詞。落花の美しさを塵がかかるものと見る、意外な取り合わせ。○曇る　初句に対応して、古びた「水の鏡」が「曇る」とすれば、同じ「曇る」でも美しい落花によるという機知と耽美。

45　日が暮れても夜が明けても目を離さずに見ていたものなのに、梅の花は、いったいいつ人が見ていない間に散ってしまったのであろうか。○目かれ　「思へども身をしわけねば目離れせぬ雪の積もるぞわが心なる」(伊勢物語・八五段)。○うつろひ　事物の状態の変化、とくに盛りから衰えへの変化をいう語。花の場合、「色あせる」の意が多いが、ここは散ること。

46　梅の香を袖に移して留めておけるならば、春は過ぎ去ったとしても、春をしのぶよすがにできるであろうに。○とどめてば　下の「まし」と呼応して、いわゆる反実仮想。ありえないことを仮定する「ば」。○形見　人や物を思い出すよすが。↓六六。

47 散ると見てあるべきものを梅の花うたてにほひの袖にとまれる

素性法師

題知らず

48 散りぬとも香をだにのこせ梅の花恋しき時の思ひ出でにせむ

よみ人知らず

人の家にうゑたりける桜の、花咲きはじめたりけるを見てよめる

49 今年より春知りそむる桜花散るといふことはならはざらなむ

貫之

題知らず

50 山高み人もすさめぬ桜花いたくなわびそ我見はやさむ

よみ人知らず

または、里遠み人もすさめぬ山桜

51 山桜わが見にくれば春霞峰にも尾にもたちかくしつつ

47　（花は）散るものだと見ていればそれでいいのに、梅の花は、困ったことに、香りが袖に残っている。○初二句　落花をやむをえないものとして受け入れ、あきらめる気持。○うたて　困惑や不快を表す。散るものとあきらめた梅の香りだけが残り、いつまでも梅を忘れられないこと。▽四六とは逆に、梅への未練を断ち切りたい思いを強調して、意表をつく。

48　散ってしまうとしても、せめて香だけでも残しておくれ梅の花よ。恋しいときの思い出にしたいから。○だに　最小限の願望を表す。→九一。▽四七と逆に、いつまでも梅をしのぶ思い。以上、三首、散る梅と香りとを詠み、梅が散ったあとへ思いをはせながら、梅の歌群をしめくくる。

49　今年から春を知り始めた桜花よ、散るということは見ならわないでおくれ。○ならはざらなむ　この「ならふ」は、習得する。「慣れる」とも解釈できるが、「知りそむる」との対なので、前者が適当。▽桜の歌群の第一首。桜の咲いた喜びよりも、散ることへの心配が優先する。桜とは何よりも落花を惜しむものという、当時の考え方がよく出ている。

50　山が高いのでもてはやす人もいない桜花よ。ひどく悲しむことはない、私が美しいと思って見るから。○山高み　「み」は理由を表す接尾語。○すさめぬ　「すさむ」は、好む、賞美する。○なわびそ　「な…そ」で、柔らかい禁止。○はやさむ　「はやす」は、映えるようにする、引き立てる。見ることによって引き立てるとは、美しいと讃えながら見ること。○左注　里と山との距離を強調した形の上句。

51　山桜を私が見に来たところ、春霞が峰にも尾にも立って（桜を）隠していて…。○尾　尾根。○つつ　二つの事柄が同時並行していることをいう。ここは、霞が峰でも尾でも山桜を隠していること。▽五〇との関係では、山桜を讃えると約束した人が山へ来てみたところ、霞に遮られて見えなかった、という趣。

染殿《そめどの》の后の御前《おまへ》に、花瓶《はながめ》に桜の花をささせたまへるを見てよめる

前太政大臣《さきのおほきおほいまうちきみ》

52 年ふればよはひは老いぬしかはあれど花をし見ればもの思ひもなし

渚の院にて、桜を見てよめる

在原業平朝臣

53 世の中にたえて桜のなかりせば春の心はのどけからまし

題知らず

よみ人知らず

54 石ばしる滝なくもがな桜花手折《たを》りても来む見ぬ人のため

山の桜を見てよめる

素性法師

55 見てのみや人にかたらむ桜花手ごとに折りて家づとにせむ

花ざかりに、京を見やりてよめる

56 見わたせば柳桜をこきまぜて都ぞ春の錦なりける

52　年月が経ったので（私も）年老いてしまった。そうではあるが、花を見ると、何も思い煩うことはないのだ。○染殿の后　藤原良房の娘明子。文徳天皇の皇后。清和天皇の母。○よはひ　年齢。「年」に対して、人間の側に流れた時間。○しか　おもに男性の使うことば。○花　ここでは、桜とともに、娘の明子の比喩。▽『枕草子』「清涼殿の丑寅の隅」の段に、中宮定子から歌を書くよう求められた清少納言が、この歌を「君をし見れば」と改作して差し出した、という有名な逸話がある。

53　世の中にまったく桜というものがなかったならば、春を過ごす人の心はのどかなものであろうに。○渚の院　文徳天皇の皇子惟喬親王の別荘。今の大阪府枚方市にあった。○せば　下の「まし」と呼応して反実仮想の構文になる。▽業平らしい、意想外の大胆な仮定。桜はその美しさと引き換えにいつ散るのかという不安がつきまとう。いっそ桜がなければおだやかに春を過ごせるだろうに、と、人々を捉えてやまない桜の魅力を逆説的に詠む。『伊勢物語』八二段では、惟喬親王と業平主従たちが渚の院などに逍遥した折の歌。また、『土佐日記』では、淀川を上る貫之一行が渚の院を見ながら、この歌を話題にする。

54　激しく流れ落ちる滝がなければよいのになあ。桜花を手折って帰るつもりなのだが。見られない人のために。○石ばしる　「滝」や「垂水」にかかる枕詞。ここでは、石の上を激しく流れる、という意味も持つ。○滝　『万葉集』では、急流、早瀬という意味であったが、この時代には、現在と同じ意味の滝。ただし、歌の意味からは、あまり高いものではあるまい。○もがな　願望を表す。○来む　詠み手の帰りを待つ「見ぬ人」の立場に立った表現。

55　ただ見て話す、それだけではとても足りない。この桜花をめいめいで折って家のみやげに持ち帰ろう。○のみ　初二句全体にかかる。見て話すだけでは、桜のすばらしさを伝えられない、ということ。○や　反語。○手ごと　作者とともに来た人々それぞれに。

56　見わたすと柳と桜を（枝から取って）散りまぜていて、都は春の錦なのだ。○こきまぜ　「こく」が、花や実を枝からもぎとることで、もぎとったそれらを混ぜ合わすこと。○春の錦　秋の錦である紅葉に対して言う。紅葉がおもに山のものであるのに対して、春の錦を都に発見する。「ける」に発見の気持がこめられる。▽「こきまぜ」には、あたかも見えざる手が錦を織りだしている印象がある。植物の美を錦に喩えるのは、漢詩文に由来する。春の色とりどりの花を錦とする漢詩文はあるが、桜と柳とを錦という例は見出せず、これ以前の和歌にもない。

桜の花のもとにて、年の老いぬることを嘆きてよめる　紀友則

57
色も香もおなじ昔にさくらめど年ふる人ぞあらたまりける

折れる桜をよめる　貫之

58
誰しかもとめて折りつる春霞立ち隠すらむ山の桜を

歌奉れとおほせられし時に、よみてたてまつれる

59
桜花咲きにけらしなあしひきの山のかひより見ゆる白雲

寛平御時后宮の歌合の歌　友則

60
み吉野の山べにさける桜花雪かとのみぞあやまたれける

やよひにうるふ月ありける年よみける　伊勢

61
桜花春くははれる年だにも人の心にあかれやはせぬ

57　色も香りも昔と同じに咲いているのであろうが、年をとった自分はまったく変わってしまった。○さくらめど「咲くらめど」に「桜」を詠み込む。物名の歌（巻十）の手法と同じ。「らむ」は、眼前の桜の色香が昔と同じであろうという推量。○あらたまり　普通は、新しくなるの意。二八では、「あらたまる」自然と「ふりゆく」わが身との対。ここは、「年々歳々花相似たり　歳々年々人同じからず」（劉希夷「代悲白頭翁」）と同じ発想に立ちつつ、人間にとって「あらたまる」ことはすなわち年老いることという悲しみをこめた。「ぞ」によって「ふる」ことが「あらたまる」ことという矛盾を強調する。

58　いったい誰がわざわざ探し求めて折ったのだろうか。春霞が立って隠していたであろう山の桜を。○折れる桜　瓶などに挿してある桜であろう。○誰しかも　「し」は強意、「か」は疑問の助詞。「も」は副助詞。○とめ　「とむ」は探し求める、の意。▽霞が花を隠すという典型的な構図によって、あたかもすべての桜が霞に隠されているかのように思いなし、よくぞ折ったものと感心して見せた。

59　桜花がどうやら咲いたらしいよ。山の谷間から見える白雲は。○詞書　→二二。○けらし　「けるらし」が縮まった語。「らし」はある根拠を持った推定で、ここでは見えた白雲を根拠に桜の開花を推定した。○白雲　桜の見立て。「春の朝、吉野の山の桜は、人麿が心には、雲かとのみなむおぼえける」（仮名序）。「山のかひたなびきわたる白雲は遠き桜の見ゆるなりけり」（貫之集）。桜を白雲に見立てる歌、人麿になく、古今集時代にも貫之以外の確実な例がない。

60　吉野の山辺に咲いている桜花、雪ではないかとつい見まちがえてしまった。○吉野　古今集時代にはまだ桜の名所とはいえず、平安後期から結びつきが強まる。雪や霞が詠まれることが多く、この歌でも桜は雪に見立てられる。○あやまたれ　「過つ」は、見立てを詠んだ漢詩の「過」の訓読による。「れ」は自発の助動詞「る」。

61　桜花は、春がひと月多い年であっても、人が十分満ち足りるように咲くことはないのだろうか。○うるふ月　暦のずれを修正するためにひと月余分に設けられた月。ここは閏三月。○だに　ひと月余分に桜が咲けるという条件の良さを受ける。○あかれやはせぬ　「あく」は十分堪能して満ち足りる。「れ」は受身。「やは」は反語。

桜の花のさかりに、久しくとはざりける人の来たりける時によみける　よみ人知らず

62 あだなりと名にこそ立てれ桜花年にまれなる人も待ちけり

返し　業平朝臣

63 けふ来ずはあすは雪とぞ降りなまし消えずはありとも花と見ましや

題知らず　よみ人知らず

64 散りぬれば恋ふれどしるしなきものをけふこそ桜折らば折りてめ

65 折りとらば惜しげにもあるか桜花いざ宿かりて散るまでは見む

紀有朋

66 桜色に衣は深く染めて着む花の散りなむのちの形見に

62　浮気者であるという噂は立っていますが、この桜花は、一年のうちにめったに訪れない人でも待っているのですよ。○久しくとはざりける人　次の六三の作者、業平。○あだ　花としては散りやすい、人間としては浮気者、の両意。桜に寄せて、自分を卑下してみせる。▽六三が業平の歌なので、作者は女と見るのが自然か。四二とやや似る。

63　今日来なかったら明日は雪となって降っていたことでしょう。たとえ消えないとしてもそれを花と思って見ることができましょうか。○雪　桜を見立てる。○降り　桜が散る意と、六二の「詠み手」が他人に心を寄せる意とを掛ける。▽女の立場で詠まれた六二に対して、今日だから間に合っただけだと切り返す。業平らしい機知に富んだ返歌。この贈答歌、『伊勢物語』一七段にも載る。四季の部で贈答歌はこれ一組のみ。この歌から桜の落花への想像を詠む歌が配列される。

64　散ってしまえば恋しく思っても何のかいもないのだから、（花の散りそうな）今日こそ桜を折るならば折ってしまおう。

65　折り取ったならば惜しくみえるものだ、桜の花は。さあ、宿を借りて散るまで見よう。○あるか「か」は詠嘆。▽六四に対して、いくら散るからといって、やはり桜を折るのは惜しい、と返歌をしたような歌。撰者によって、贈答歌のように並べられたもの。

66　桜色に衣は深く染めて着よう。花の散ってしまったのち、それをしのぶよすがに。○桜色　ここは襲（かさね）の色目ではなく、桜の花の色。○形見　人や物を思い出すよすがとなるもの。▽四六と似る。梅は香り、桜は色が中心。

桜の花の咲けりけるを見にまうできたりける人に
よみておくりける
躬恒

67
わがやどの花見がてらに来る人は散りなむのちぞ恋しかるべき

亭子院《ていじのゐん》歌合の時よめる
伊勢

68
見る人もなき山里の桜花ほかの散りなむのちぞ咲かまし

67　わが宿の花を見に来てついでに立ち寄るような人は、散ってしまったあとになって、（もう来ないから）恋しく思われることだろう。○まうでき　「まうづ」はもともとは敬語で、貴人のもとや寺社に行くことをいうが、この「まうで来」には敬意はなく、やってくるの意。七八、八七など集中に多く例がある。○恋しかるべき　普通なら花を恋しく思うというところを、相手を恋しく思う、と言って、皮肉をこめた。

68　見る人もいない山里の桜花よ。ほかの花が散ってしまったあとに咲けばよいのに。○亭子院歌合　延喜十三年（九一三）三月十三日に宇多法皇が亭子院にて開催した歌合。他に、八九、一三四も同じ折の歌。この歌合からの採歌は、『古今集』の成立に関わって問題となる。解説参照。ただし、この歌は現存本の『亭子院歌合』には見えない。○まし　この場合は、現実に起こりにくいことでありながら、それをふさわしいこととして望む意。▽春上巻は、桜の落花を予感させて締め括られる。最後の三首すべてが「散りなむのち」という表現を含む。

古今和歌集巻第二

春歌下

題知らず　　よみ人知らず

69 春霞たなびく山の桜花うつろはむとや色かはりゆく

70 待てといふに散らでしとまるものならばなにを桜に思ひまさまし

71 のこりなく散るぞめでたき桜花ありて世の中はての憂ければ

72 この里に旅寝しぬべし桜花散りのまがひに家路忘れて

73 うつせみの世にも似たるか花桜咲くと見しまにかつ散りにけり

古今和歌集巻第二

春歌下

69　春霞がたなびく山の桜花、散ろうとしてか色が変わってゆく。○うつろはむ 「うつろふ」は、散ることまで含めて衰えてゆくこと。→四五。▽霞が立ちこめ、十分に桜の美しさを味わえないでいるのに、桜が早くも散る準備を始めたことへの嘆き。

70　待てと言って本当に散らずにとどまってくれるものならば、これ以上何を桜に思いを募らせることがあるだろうか。○散らでし 「し」は強意の助詞。○思ひまさまし 「思ひます」は、思いを深くすること。桜が散るのを惜しむ以上にさらに強い気持。「まし」は、「ものならば」と呼応して、反実仮想。

71　すっかり散ってしまうからこそすばらしいのだ、桜花は。何ごともこの世にあり続ければ、最後はいやなものだから。○二三句 「ぞ」の係り結びで二句切れだが、ゆるやかにつながる。→三七。○ありて 存在して。ここは、桜だけでなく、人間やその他の存在全般に対していう。○憂ければ 人間であれば、老醜や失意、死への恐怖、絶望など。▽参考「散ればこそいとど桜はめでたけれうき世に何かひさしかるべき」(伊勢物語・八二段)。前歌に反論する趣。

72　この里で旅寝をすることになりそうだ。桜花がさかんに散り乱れているので、帰り道を忘れて。○旅寝 家を離れて外で泊まること。『万葉集』では、長い旅路の途中のつらい宿泊をいうが、『古今集』では、逍遥などの折の気楽な外泊もいう。→一二六。○まがひ 花や紅葉などがさかんに散って視界を遮ること。「世の中は数なきものか春花の散りのまがひに死ぬべき思へば」(万葉・巻十七・三九六三・大伴家持)。

73　はかないこの世にも似ているなあ花桜は。咲いたと思って見るそばから散ってしまうのだから。○うつせみの 「世」にかかる枕詞。平安時代には、「空蟬の」と理解され、「はかない」「むなしい」の意味を持った。○花桜 桜の一品種か。『古今六帖』第六に「かにはざくら」「花ざくら」「山ざくら」という分類がある。「八重咲く花桜」(源氏物語・幻)からは、八重桜ともとれる。○かつ 一方では。

僧正遍照によみておくりける　惟喬親王《これたかのみこ》

74 桜花散らば散らなむ散らずとてふるさと人の来ても見なくに

雲《う》林院《りんゐん》にて桜の花の散りけるを見てよめる　承均《そうく》法師

75 桜散る花のところは春ながら雪ぞ降りつつ消えがてにする

桜の花の散りはべりけるを見てよみける　素性法師

76 花散らす風のやどりは誰か知る我にをしへよ行きてうらみむ

雲林院にて桜の花をよめる　承均法師

77 いざ桜我も散りなむひとさかりありなば人にうきめ見えなむ

あひしれりける人のまうできてかへりにけるのちに、よみて花にさしてつかはしける　貫之

78 一目見し君もや来ると桜花けふは待ち見て散らば散らなむ

74　桜花よ、散るならば散ってほしい、散らないからといって昔なじみの人が見に来るわけではないから。○散らなむ　「なむ」は相手に対する願望。○ふるさと人　自分がいた所に住んでいる人。「ふるさと」は、→四二。ここは、遍昭をさす。「ふるさと」の場所は不明だが、作者は小野に隠棲したことが知られ（雑下・九七〇）、そこで詠まれた歌であれば、かつて住んだ都をさすか。遍昭がいた雲林院とする説があるが、惟喬親王が雲林院にいたことは確認できない。

75　桜が散る花の場所、そこは春でありながら雪が降っていて、しかも消えにくそうにしている。○雲林院　紫野にあった寺。もと淳和天皇の離宮。常康親王に譲られたのち、遍昭が管理し、元慶寺の別院となった。宇多天皇が行幸したこともある。○ながら　…のまま。前後関係で逆接になる。ここもその例。○雪　桜の見立て。○消えがて　見立てられた雪にふたたび実体である桜が重なり、「消えない雪」の像が生まれる。

76　花を散らす風が泊まっている宿は誰か知っているか。私に教えてほしい。そこへ行って恨み言を言ってくるから。○やどり　人間以外の宿では、「鶯の去年の宿り」（一〇四六）がある。

77　さあ桜よ。私も一緒に散ってしまおう。一盛りあれば人にいやなところを見られてしまうだろうから。○いざ　桜に誘いかけることば。○ひとさかり　桜の花の満開の美しさと、人生の華やかな時期。○うきめ　老いたさまやおちぶれたさま。桜については、散り残って醜くなる様子。○見え　「見ゆ」で、見られるの意。▽二句と五句に「なむ」（いずれも、「ぬ」と「む」。ただし意味は異なる）がくり返され、「ありなば」の「な」をはさんで、リズムを作る。

78　ほんのわずかだけお目にかかったあなたがもう一度来るかと期待して、桜花よ、今日は待ってみて（もし来なければ）散るならば散ってしまえばよい。○まうでき　→六七。○のち　「人」が帰った当日か翌日など、まもない頃であろう。○なむ　相手に対する願望。▽惟喬親王の七四と「散らば散らなむ」が共通。業平の六三も、今日は咲いていて明日は散る桜という意味で似た趣向。貫之は、惟喬親王や業平に強い関心を持っていた（土佐日記）。この歌も二人の歌をふまえたものか。また、女性の立場に立った恋歌のような趣もあり、六二とも似る。

山の桜を見てよめる

79 春霞なに隠すらむ桜花散るまをだにも見るべきものを

心地そこなひてわづらひける時に、風にあたらじとて、おろしこめてのみはべりけるあひだに、折れる桜の散りがたになれりけるを見てよめる　藤原因香《よるか》朝臣

80 たれこめて春のゆくへも知らぬまに待ちし桜もうつろひにけり

東宮の雅院にて、桜の花のみかは水に散りて流れけるを見てよめる　菅野高世

81 枝よりもあだに散りにし花なれば落ちても水の泡とこそなれ

桜の花の散りけるをよみける　貫之

82 ことならば咲かずやはあらぬ桜花見る我さへに静心なし

79 春霞はどうして隠しているのだろう、桜花を。せめて散る間だけでも見ていたいのに。○だに 希望の表現などと呼応して、「せめて…だけでも」の意。▽霞が桜の花を隠すという類型によりながら、桜が散るのは悲しいが、それでも見たいという気持。それすら許してくれそうもない霞への抗議。作者は、底本では表記がないため、七八と同じ貫之となるが、古い系統の本文はみな清原深養父とする。

80 御簾を下ろし家に閉じこもって春の行方も知らないでいるうちに、待っていた桜も散ってしまった。○おろしこめて 蔀や御簾を下ろして家に籠もっていること。○折れる桜 瓶などに生けてあった桜か。○たれこめて 「おろしこめて」と同じ意だが、御簾や几帳のイメージが強い。○春のゆくへ 春がどのように移り変わり、暮れ方になっているかということ。○待ちし桜 咲き誇る様子を見ることを待っていた、外の桜。○うつろひにけり 室内の桜が散るのを見て、外の桜も散っているものとあきらめる。▽「雨にむかひて月を恋ひ、たれこめて春のゆくへしらぬも、なほあはれに情け深し」(徒然草・一三七段)。

81 枝からもはかなく散ってしまった花だから、落ちてもやはりはかない水の泡となるのだ。○東宮の雅院 内裏の中での東宮の住まい。この東宮は保明親王か。○みかは水 御溝水。遣水のこと。○泡 花の見立て。はかないものの象徴。

82 同じことなら、咲かないでいることはできないか、桜花よ。見る私まで落ち着かない気持になる。○ことならば 結果として同じならば、の意。ここは、同じ桜が見られないという状況であれば、散っても、はじめから咲かなくても同じということ。○さへに 「さへ」と同じ意味。桜自身だけでなく私もまた。○静心なし →八四。

桜のごと、とく散るものはなし、と人のいひければよめる

83 桜花とく散りぬともおもほえず人の心ぞ風も吹きあへぬ

桜の花の散るをよめる　紀友則

84 ひさかたの光のどけき春の日に静心なく花の散るらむ

東宮の帯刀《たちはき》の陣にて、桜の花の散るをよめる　藤原好風《よしかぜ》

85 春風は花のあたりをよきて吹け心づからやうつろふと見む

桜の散るをよめる　凡河内躬恒

86 雪とのみ降るだにあるを桜花いかに散れとか風の吹くらむ

比叡にのぼりて帰りまうできてよめる　貫之

87 山高み見つつわが来《こ》し桜花風は心にまかすべらなり

83　桜の花はすぐに散ってしまうとも思えない。人の心こそ風が吹きすぎる間もなく、あっという間に移り変わってしまう。○吹きあへぬ　「あふ」は、…に堪えうる、できる。風が吹くこともできないほどだ。すなわち、それほどの短い時間で「散る」、心変わりする。▽花を引き合いに、人の心の移ろいやすさを詠む歌。↓四二、七九七。

84　日の光がおだやかな春の日に、どうして花はあわただしく散るのだろう。○ひさかたの　「光」にかかる枕詞。○静心なく　↓八二。○らむ　目の前の事態がなぜ起きているか、その理由を推量する。ここは「なぜ」の意味を補って解釈する。▽日差しのおだやかな外界からは、「静心」ない花の内面は理解できず、とどめるすべもない、という悲しみ。『百人一首』に入る。

85　春風は花のあたりをよけて吹いてみよ。花が自分から散っているのかどうか確かめてみたいから。○帯刀の陣　「帯刀」は、東宮坊の舎人監の役人。帯刀し、東宮を警護した。「陣」は、その詰所。延喜年間（九〇一—九二三）の秋に、帯刀陣歌合という催しがあった。この歌も似た催しの時の歌か。東宮は保明親王か。○春風　東宮御所は、内裏内の東に位置する。また、東宮は、春や東を連想させる。↓八。▽春風に対して、言うことを聞かないと帯刀の役人に捕らえさせるぞ、と言外に脅している。作者好風は、帯刀経験者。この歌を詠んだ時に帯刀であるかどうかは不明。八四との関係では、花はみずから散っているのではなく、風に散らされていると信じたい気持。

86　ただでさえ雪のように散っているのに、このうえどのように散れというので、風は吹いているのだろうか。○雪　花の見立て。↓六三。○だに　ここは風が吹いていなくとも散る状態を、風が吹いて散るよりはまだよいものの、これ以上によくはならない限度としていう。

87　山が高いので見続けるだけで帰ってきた、その桜花を風は自分の思うとおりに吹き散らすようだ。○比叡　比叡山。延暦寺がある。○高み　「み」は理由を示す。○来し　詞書に「帰り」とあるように、（行って）帰ってきた、の意。▽ここまで三首、花に吹く風。

題知らず

88 春雨の降るは涙か桜花散るを惜しまぬ人しなければ

一本大伴黒主

亭子院歌合の歌

89 桜花散りぬる風のなごりには水なき空に波ぞ立ちける

貫之

ならのみかどの御歌

90 ふるさととなりにしならの都にも色は変らず花は咲きけり

春の歌とてよめる

91 花の色は霞にこめて見せずとも香をだにぬすめ春の山風

良岑宗貞《よしみねのむねさだ》

寛平御時后宮の歌合の歌

92 花の木もいまは掘りうゑじ春立てばうつろふ色に人ならひけり

素性法師

題知らず

93 春の色のいたりいたらぬ里はあらじ咲ける咲かざる花の見ゆらむ

よみ人知らず

88 春雨が降るのは涙なのか。桜花が散るのを惜しまない人など誰もいないから。○一本　ある本には、作者が「大伴黒主」とある、の意。○春雨　花を散らすものとして詠まれることもあるが、ここは、涙に見立てられる、悲しみが投影された風景。○人しなければ　「し」は強意の助詞。▽春雨を涙に見立てる思い、それは作者を含めて、桜が散るのを惜しむすべての人のものであろう。

89 桜花が散ってしまった風のなごりとしては、水のない空に（なんと）波が立っているのだ。○亭子院歌合　→六八。○なごり　物事の余韻という意味のほかに、余波という意味がある。○波　ここは、すでに散ってしまった桜の花びらの残像。○ぞ　「水なき空」と矛盾する「波」を強調。▽「なごり」という水を連想させることばから一旦「水なき空」と水の存在を否定しつつ、さらに反転して落花の残像を「波」とした。風に散らされる花の実像が過ぎ去っても、虚像としての花がいつまでも動き続けるという耽美的な風景。もはや目に見えない虚像の桜花だからこそ、ことばの矛盾によってどこまでも追いかけようとする歌。この歌まで、桜の歌群（四九から）。

90 旧都となってしまった奈良の都にも色は変わらずに花は咲くのであった。○ならのみかど　平城天皇。平安京に遷都したのちも、奈良に住んだ。○ふるさと　古い都。昔なじみの所。▽人の世の変遷と変わらぬ自然の対比。平城天皇は、平安遷都後、一度都を奈良へ戻そうと企てたこともあるだけに、この歌の感慨は深い。この歌から「花」の歌群（一一八まで）。詞書にも歌にも花の種類が示されない。

91 花の色は霞に隠しこめて見せないとしても、せめて香りだけでも盗んできておくれ、春の山風よ。○良岑宗貞　僧正遍昭の在俗時の名。この表記から、歌の詠作時は出家前（他に、八七二、九八五）。○見せず　主語は、二句とつながりは悪いが、霞。○だに　最低限の願望。○ぬすめ　歌にはめずらしい語。遍昭は、「あざむく」（一六五）「おつ」（二二六）など、角のあることばを用いて諧謔を弄するところがある。▽三三五の小野篁の歌とよく似る。篁の歌に対して、霞の意志や風の行為を詠む点に作為があるので、遍昭が篁の歌をふまえたと思われる。ただし、遍昭の出家は篁の生前なので、どちらが先かは厳密には不明。

92 花の木も今は掘って植えたりはすまい。春になると、花は咲いてはすぐに色移ろい、それに人がならうものだから。○うつろふ　「春立てば」との関係がわかりにくいが、花の習性として咲くやいなやすぐに散る用意をしていることと見る。○ならひ　花にならって、人が心変わりをする。

93 春の風情が行き渡っているところと行き渡っていないところがある、ということはあるまい。それなのにどうして花は咲いていたり咲いていなかったりするのであろうか。○春の色　漢語「春色」による。景

春の歌とてよめる　　貫之

94 三輪山をしかも隠すか春霞人に知られぬ花や咲くらむ

雲林院の親王《みこ》のもとに、花見に、北山のほとりにまかれりける時によめる　　素性

95 いざけふは春の山辺にまじりなむ暮れなばなげの花のかげかは

春の歌とてよめる

96 いつまでか野辺に心のあくがれむ花しちらずは千代もへぬべし

題知らず　　よみ人知らず

97 春ごとに花のさかりはありなめどあひ見むことは命なりけり

98 花のごと世の常ならば過ぐしてし昔はまたもかへりきなまし

99 吹く風にあつらへつくるものならばこのひともとはよきよと言はまし

色そのものというよりも、風情、雰囲気。○いたりいたらぬ　至る里と至らない里。○あらじ　「ないだろう」と直訳すると、二句と意味が通じない。春の色が至る里と至らない里がある、という事態そのものの打消。○らむ　「なぜ」を補う。▽二句と四句をリズムの上でも対にして、春という季節は地上全体に到来しているのに、その代表である花の開化は一様ではない、という小さな矛盾に興じる。

94　三輪山をそのようにしてまで隠すのか、春霞よ。人が知らない特別な花でも咲いているのだろうか。○初二句　「三輪山をしかも隠すか雲だにも心あらなも隠さふべしや」（万葉・巻一・一八・額田王）をふまえる。○三輪山　奈良県桜井市。大神神社の神体。○しか　→五二。指示する内容が明確ではないが、少しも花を見せないように、ということか。○人に知られぬ花　「れ」は受身。神の山なので、特別な花があるのかという。▽万葉歌をふまえつつ、貫之の好む花を隠す霞という構図を作る。

95　さあ今日は春の山辺に入り込もう。日が暮れると見栄えがしなくなる、そんな花の蔭ではまったくなさそうだ。○雲林院の親王　常康親王。仁明天皇第七皇子。○北山　指す範囲が広い。ここは雲林院の近く。雲林院　→七五。○まじり　山や野に入り込むこと。「野山にまじりて、竹をとりつつ」（竹取物語）。「まどひ」とする本文も多い。それだと、花に引かれる気持で心乱れつつさまよい歩くこと。○なげ　なさそうな。存在感に乏しい。ほんの形ばかりの。○かは　反語。日が暮れると興が尽きるような少なさではなく、数多くの花（おそらく桜）の木がある。

96　いったいいつまで野辺に心はさまよい出ているのだろう。もしも花が散ることがなかったならば、そのまま限りなく時間が経ってしまうにちがいない。○あくがれ　心や身体がふらふらとさまよい出ること。「もの思へば沢の蛍もわが身よりあくがれ出づる魂かとぞ見る」（後拾遺集・雑六・和泉式部）。▽この二首、同じ素性の九四七に通じる趣。

97　春が来るごとに花の盛りは必ずあるだろうが、その盛りにめぐりあって見ることは、命があってのことだ。○あひ見む　ここは、人が花に会い見ること。▽毎年盛りを迎えてくり返される花の命に比べて、いつ終わりを迎えるかわからない人間の命のはかなさをいう。「年たけてまた越ゆべしと思ひきや命なりけり小夜の中山」（新古今集・羇旅・西行）。

98　花のように人の世がいつまでも変わることがないのであれば、過ごしてきた昔もまた戻ってくるかもしれないのだが。○世の常　「の」は主格。「常」は、無常の反対に、変わることのない状態。○まし　事実に反することの仮想。▽花が変わることがない、というのは、毎年開花と落花をくり返すという意味。九七の上の句を受けたような表現。それに対して人間は、死に向かって変わ

100 待つ人も来ぬものゆゑに鶯の鳴きつる花を折りてけるかな

寛平御時后宮の歌合の歌　藤原興風

101 咲く花はちくさながらにあだなれど誰かは春をうらみはてたる

102 春霞色のちくさに見えつるはたなびく山の花の影かも

在原元方

103 霞立つ春の山辺は遠けれど吹きくる風は花の香ぞする

うつろへる花を見てよめる　躬恒

104 花見れば心さへにぞうつりける色には出でじ人もこそ知れ

題知らず　よみ人知らず

105 鶯の鳴く野辺ごとに来て見ればうつろふ花に風ぞ吹きける

106 吹く風を鳴きてうらみよ鶯は我やは花に手だにふれたる

りながら一方向に進み続ける。一般には、うつろう花こそが無常を感じさせる存在だが、ここは逆。

99　吹く風に注文をつけることができるならば、この（花の咲いている）一本だけはよけて吹いてくれと言うのにな。○よきよ　「よく」の命令形。→八五。▽九八と同じく「…ば…まし」の反実仮想。

100　待つ人も来ないのに、鶯が鳴いていた花の枝を折ったのだなあ。○人　男性と見るのが自然。○ものゆゑに　順接、逆接いずれの場合もある。逆接にとったが、順接にとり、待ち人が来ないので花を折って無聊を慰めた、とも解釈できる。▽待ち人が来ないので、せっかく折った花を見せる相手もいない。鶯がめでていた花をむなしく折っただけに終わってしまった、という寂しさを表した歌。

101　咲く花はどんな花でもすべてむなしく散り、あてにならないが、それでも誰が春をうらみとおすことができようか。○ちくさ　あらゆる種類。○ながら　すべて。○かは　反語。○うらみはて　「はつ」は、最後まで…する。春が花を散らすのを恨みつつ惜しみ、また翌年になると、花が咲くのを待ち望む気持。相手が花ではなく「あだ」な人であれば、うらみ通せるのに、という含みがある。

102　春霞が色とりどりに見えるのは、たなびいている山の花の影が映っているからであろうか。○ちくさ　→一〇一。▽霞に映る色から、霞に遮られて見えない花の美しさを想像する。

103　霞が立つ春の山辺は遠いけれど、吹いてくる風は花の香りがする。▽一〇二は、霞の向こうに花の色を想像し、これは香りから花の存在を想像した。

104　花を見ると心まで移ろってしまうものだ。顔色には出すまい、あの人に知られるといけないから。○さへに　「さへ」と同じ。花だけでなく心までも。○うつりける　心変わりをすること。○人　思いを寄せている相手。○もこそ　心配、懸念を表す。▽「色に出づ」は、一般に秘めた恋心が表に現れることをいう。ここは逆に衰えた恋心。しかも、「うつる」は本来「色あせる」の意味なので、色あせた心が（顔）色に出る、というおもしろい表現になっている。花を見て詠んだ歌だが、「うつる」「色」という花の縁語を用いながら、心情が中心となる。

105　鶯が鳴くあちこちの野辺に来てみると、どこも散り方になった花に風が吹いているのだった。▽落花を惜しんで鳴く鶯。以下、一一〇まで。

106　吹く風を鳴いて恨むがよい、鶯は。私は花に手さえ触れていようか。○我　鶯が鳴いて恨むのを自分に対するものと見なした。恨む相手は私ではなく風だよ、の意。

107 散る花のなくにしとまるものならばわれ鶯におとらましやは

典侍《ないしのすけ》洽子《あまねいこ》朝臣

仁和の中将の御息所の家に、歌合せむとてしける
時によみける

108 花の散ることやわびしき春霞たつたの山の鶯の声

藤原後蔭《のちかげ》

鶯の鳴くをよめる

109 木づたへばおのが羽風に散る花をたれにおほせてここら鳴くらむ

素性

鶯の花の木にて鳴くをよめる

110 しるしなき音をも鳴くかな鶯の今年のみ散る花ならなくに

躬恒

題知らず

111 駒なめていざ見にゆかむふるさとは雪とのみこそ花は散るらめ

よみ人知らず

112 散る花をなにかうらみむ世の中にわが身もともにあらむものかは

107　散る花が、ないて本当に散るのが止まるものならば、私は鶯に劣ることはないだろうに。○なく　「鳴く」と「泣く」。○し　強意の助詞。○二三句　七〇に似る。○おとらましやは　鶯以上に散るのを惜しんで泣く。「やは」は反語。

108　花の散ることがつらいのだろうか。春霞が立つ、竜田の山の鶯の声は。○仁和　光孝天皇の時代の年号。「仁和の帝」「仁和の御時」などとあるのが普通で、年号だけが著されているのは異例。○中将の御息所　誰であるか不明。「中将」は、「御息所」の父や兄などの官職であろう。○たつた　「立つ」と「竜田」の掛詞。竜田山は多く秋の紅葉とともに読まれ、春霞との取り合わせはめずらしい。▽一一四とほぼ同じ詞書。

109　枝から枝へ飛びうつるために自分の羽風で散る花を、（鶯は）誰のせいだといってこんなに鳴いているのだろう。○木づたへば　「いつしかもこの夜の明けむ鶯の木伝ひ散らす梅の花見む」（万葉・巻十・一八七三）など、木伝う鶯が花を散らすという構図は『万葉集』以来のもの。○羽風　『万葉集』に見られない語。○花　鶯との取り合わせで梅の可能性が高いが、ここは「花」の歌群なので種類を特定する必要はない。「桜花木伝ひ散らす鶯のうつし心もわが思はなくに」（古今六帖・六・さくら）のように、桜と鶯の取り合わせもある。○ここら　数量の多さ、程度の強さをいう。

110　何のかいもなく声を出して鳴いているな、鶯か。今年だけ散る花ではないのに。○しるしなき　効果のないこと。ここは鶯が鳴いても花が散るのは止められないということ。○音をも鳴く　「音を鳴く」は、声を出して鳴く。

111　馬を連ねてさあ見にゆこう。今ごろは、昔なじみのあの里ではただ雪さながらに花が散っているだろう。○駒　馬。和歌に詠まれる歌語。○雪と　雪となって。落花の比喩。

112　散る花をどうして恨むことがあろう。世の中にこのわが身も花と一緒に生きていられるわけではないのだ。▽花も人も無常の世を生きる同質の存在と見る。

113 花の色はうつりにけりないたづらにわが身世にふるながめせしまに　小野小町

仁和の中将の御息所の家に、歌合せむとしける時によめる

114 惜しと思ふ心は糸によられなむ散る花ごとにぬきてとどめむ　素性

志賀の山越えに女の多くあへりけるによみてつかはしける

115 梓弓はるの山辺を越えくれば道もさりあへず花ぞ散りける　貫之

寛平御時后宮の歌合の歌

116 春の野に若菜つまむと来しものを散りかふ花に道はまどひぬ

山寺にまうでたりけるによめる

117 やどりして春の山辺に寝たる夜は夢のうちにも花ぞ散りける

113　花の色は色あせてしまった、むなしく、長雨の間に。そして私もこの世の中に生き長らえてもの思いをしている間に、むなしく年老いてしまった。○花　植物と容色、両方の意味。○いたづらに　初二句にも四五句にもかかる。○ふる　「経る（古る）」と「降る」の掛詞。「わが身世にふる」という表現は、めずらしく、普通は、「わが身古る」（七八二）か「世に経る」（九五一）かどちらか。ここは「古る」と「経る」を兼ねるか。○ながめ　「眺め」（もの思い）と「長雨」の掛詞。▽花のうつろいから女の半生がたどられ、「ながめ」の掛詞によって、その二つが融合する仕組み。長雨によって色あせた花の姿に、もの思いをして長年過ごしてきた女の姿が象徴的に表される。部立が春下であることなどから、花に容色の意味を見ない解釈もあるが、それでは「わが身世にふる」と詠む意味が失われる。『百人一首』に入る。

114　花が散るのは惜しいと思う心を糸によることができればなあ。そうして、一つ一つの花を縫い合わせて散るのをとどめたい。○詞書　→一〇八。○よられなむ　「れ」は受身。「なむ」は、他に対する願望。「心」をわが身から抜け出すことのできるものと捉える。同じ素性の九六、九四七参照。▽心を糸に縒るという発想は斬新。→四一五。

115　梓弓を張る、春の山辺を越えてくると、道によけきれないほど花が散っているのだった。○志賀の山越え　志賀は、琵琶湖西岸の地。志賀寺（崇福寺）があった。山越えは、京都から志賀への山道。○はる　「張る」と「春」の掛詞。→二〇。○さりあへず　「さる」は「避る」。よける。「あへず」は、…することができない。○花　詞書の「女」の見立て。▽大勢の女がやってくる様子を、豪華な花吹雪に見立てた。実際の景色として、花が散っているのではない。

116　春の野に若菜を摘もうとやってきたのに、散りまがう花に道がわからなくなってしまった。○上句　「春の野にすみれ摘みにと来しわれぞ野をなつかしみ一夜寝にける」（万葉・巻八・一四二四・山部赤人）をふまえる。○若菜　長寿を願って食する。○下句　三四九をふまえる。▽初春の若菜と晩春の落花を取り合わせた想像上の風景。現実の風景としては、若菜に降る雪を落花に見立てたものか。三四九をふまえることによって、若菜が摘めなくとも、花吹雪が老いの到来を妨げている。

117　宿をとって春の山辺で寝た夜には夢の中まで花が散っているのだった。○山辺　詞書の山寺を含む一帯。→九五、一一五、一二六。○夢のうちにも　昼間に落花の風景を見ていた。▽昼と夜、現実と夢との区別が失われたような幻想的な世界。

寛平御時后宮の歌合の歌

118 吹く風と谷の水としなかりせば深山がくれの花を見ましや

志賀より帰りけるをうなどもの、花山に入りて、藤の花のもとに立ち寄りてかへりけるに、よみておくりける

僧正遍昭

119 よそに見てかへらむ人に藤の花はひまつはれよ枝は折るとも

家に藤の花の咲けりけるを、人の立ちとまりて見けるをよめる

躬恒

120 わがやどにさける藤波立ちかへり過ぎがてにのみ人の見るらむ

題知らず

よみ人知らず

121 今もかも咲きにほふらむ橘の小島の崎の山吹の花

122 春雨ににほへる色もあかなくに香さへなつかし山吹の花

118　吹く風と谷の水とがもしもなかったならば、山の中に隠れた花を見ることができるだろうか。○詞書　現存本の歌合には、この歌は見えない。○し　強意の助詞。○せば…まし　反実仮想。▽散った花が風に運ばれ、谷川を流れている情景から山の中の花を想像する。ただし、歌合の歌であれば、実際の風景を見て詠んだものとは限らない。九〇からこの歌まで、「花」の歌群。一一五からこの歌まで、一種の幻の花の歌を並べ、花の歌群を締め括る。

119　（この寺を）よそよそしく見るだけで帰ろうとする人に、藤の花よ、蔓を絡みつかせて引きとどめておくれ、たとえ枝が折れても。○志賀　→一一五。○をうな　女。「をみな」の転。○花山　花山寺。京都山科にあり、遍昭が住持した寺。○よそに見て　花を見るだけで、寺にきちんと参詣しない。さらには、遍昭に関心を持たないという意味を含める。○はひまつはれよ　這い纏わる。遍昭は僧として直接女性に関心を示す行動はとれない。その自分の代わりに女性たちが眺めた藤ならば引き止められるだろう、という機知。

120　わが家の庭に咲いているのは藤波、だから波が寄せては返すようにに行きつ戻りつ通り過ぎにくそうにして人は藤を見ているのだろう。○藤波　藤の花の連なる様子をいう語。○立ちかへり　波の縁語。ここは波の連想から行ったり来たりする人の姿へ転じる。○らむ　「人」の心中を、通り過ぎにくいのだろうな、と推量する。▽藤「波」だから「立ち帰り」、したがって通り過ぎにくい、ということばの緊密なつながり。通解は「どうして過ぎにくそうに」ととるが、ことばのつながりから通り過ぎにくい理由は明らかにされているので、疑問ととる必要はない。

121　今ごろは美しく咲いているだろうか、橘の小島の崎の山吹の花は。○かも　疑問を表す。○橘の小島の崎　宇治川にあったと言われる「橘の小島」の突端か。現在、平等院に近い場所に「橘の小島」があるが、当時の位置は不明。『源氏物語』浮舟巻に、匂宮と浮舟が舟で宇治川を渡る折、橘の小島を見ながら歌を詠み交わす場面がある。

122　春雨に濡れたしっとりとした美しい色もいくら見ても見飽きないほどなのに、その香りまで心ひかれる山吹の花よ。○にほへる　「にほふ」は、あたりににじみ出るような美しさ。○さへ　…まで、という添加の意を表す助詞。

123 山吹はあやなな咲きそ花見むと植ゑけむ君がこよひ来なくに

吉野川のほとりに山吹の咲けりけるをよめる　貫之

124 吉野川岸の山吹吹く風に底の影さへうつろひにけり

題知らず　よみ人知らず

125 かはづ鳴く井手の山吹散りにけり花のさかりにあはましものを

この歌は、ある人のいはく、橘のきよともが歌なり

春の歌とてよめる　素性

126 思ふどち春の山辺にうちむれてそこともいはぬ旅寝してしか

春のとく過ぐるをよめる　躬恒

127 梓弓はるたちしより年月のいるがごとくも思ほゆるかな

123　山吹は、かいのないこと、咲かないでおくれ。花を見ようと植えた人が今夜は来ないのだから。○あやな　「あやなし」の語幹。かいがない。筋が立たない。その理由は下句で示される。○な咲きそ　「な…そ」は禁止。

124　吉野川の岸の山吹は、風が吹いて散り方になるだけでなく、水底の影までもが散り方になっている。○さへ　添加を表す。ここは、上二句に示された現実の山吹の花に加えて、水底の影までも、ということ。▽水に映る山吹の景、「かはづ鳴く神奈備川に影見えて今か咲くらむ山吹の花」（万葉・巻八・一四三五）。なお、三〇四も参照。

125　蛙が鳴く井手の山吹は散ってしまった。花の盛りに来て見ればよかったのに。○かはづ　蛙の歌語。河鹿ととる説もあるが、季節が合わない。○井手　今の京都府綴喜郡井手町のあたり。○まし　現実に起きなかったことを仮想する。○橘のきよとも　橘諸兄の孫、清友とすると、

奈良時代の歌となる。真偽は確かめられないが、それほど古い歌だという言い伝え。

126　仲のよい者どうし春の山辺に群がって、どことあらかじめ決めていない旅寝をしてみたいものだなあ。○そこ　誰それの別荘、というような泊まり先。○てしか　希望を表す助詞。▽素性の、野山に対する愛好は、九五、九四七にも。

127　あずさ弓を張る――春が立った時から年月は、まるで弓を射るがごとくあっという間に過ぎ去ってしまうものだと思われるな。○はる　「（弓を）張る」と「春」の掛詞。↓一一五。○年月　「疾し」の連想もあるか。○いる　「弓」「はる」の縁語。また、「月が入る」の連想もあり、そこからは、「立つ」「月」「入る」が縁語。

弥生に、鶯の声のひさしう聞こえざりけるをよめる

128 なきとむる花しなければ鶯もはてはものうくなりぬべらなり

貫之

弥生のつごもりがたに、山を越えけるに、山川より花の流れけるをよめる

129 花散れる水のまにまにとめ来れば山には春もなくなりにけり

深養父

春を惜しみてよめる

130 惜しめどもとどまらなくに春霞帰る道にしたちぬと思へば

元方

寛平御時后宮の歌合の歌

131 声たえず鳴けや鶯ひととせにふたたびとだに来べき春かは

興風

弥生のつごもりの日、花つみより帰りける女どもを見てよめる

132 とどむべきものとはなしにはかなくも散る花ごとにたぐふ心か

躬恒

128　鳴いて散るのを引き止める花が散ってしまっていたので、鶯も最後はむなしい気持になってしまったようだ。○弥生　三月。○し　強意の助詞。鶯が鳴いて引き止めようにも、花そのものがない。○ものうく　→一五。

129　花が散っているその水の流れをたどって尋ねてくると、もう山には春もなくなっていたのだった。○つごもり　月末。○山川より　「より」は通過点を表す。厳密には「山川を通って」であるが、「山川に」の理解でよい。○まにまに　「…のままに」「…にまかせて」。○とめ来れば　「とむ」は尋ね求める。→五八。○春も　山にさえも花がないことをもって、春も終わりだとする。▽まるで桃源郷を尋ねるような趣から、一転して落胆の結末へ。深養父らしい機知。

130　（春を）惜しんでもとどまらないものなのになあ。春霞がまさに春が帰る道に立ったと思うと。○なくに　打消の逆接。○帰る　主語は、春。○道　季節が道を通って帰るという発想、→一六八、三一三。○し　強意の助詞。○たちぬ　霞が「立つ」に、春が帰路につくという意味の「発つ」が掛かる。「し」によって、霞の立つ場所が春の「発つ」場所であると強調。▽去りゆく春はただでさえ止められない。まして、春が「発つ」その道に、霞が「立つ」のでは、なおさら無理だという機知。「少年の春は惜しめどもとどまらぬものなりければ」（狭衣物語・冒頭）。

131　声を絶やさずに鳴くがよい鶯よ。一年にたったの二度だって来ない春だから。○かは　反語。▽「ひととせ」（一）と「ふたたび」（二）の対。二七八にも。一二八で消えた鶯の声に対して、春の最後の余韻を聞きとろうとする気持。

132　引き留めておくことはできないのに、はかないことに散る花ごとに寄り添う心なのか。○つごもりの日　「つごもり」は月末。「日」とあれば、月の最後の日。晦日。→一六八、三一二、三一三。○とどむ　花が散るのを。○散る花　文字どおりの意味のほかに、詞書にある「女ども」の見立て。去りゆく女たちを落花に見立てる。→一一五。○たぐふ心　花と女に寄り添う。花に心が寄り添う、という表現、→一一四。▽歌だけを読めば、落花を惜しむ風情。

弥生のつごもりの日、雨のふりけるに、藤の花を
折りて人につかはしける

業平朝臣

133
濡れつつぞしひて折りつる年のうちに春はいくかもあらじと思へば

亭子院歌合の春のはてのうた

躬恒

134
けふのみと春を思はぬときだにも立つことやすき花のかげかは

133　雨に濡れながら、それでも折りました。今年のうちに春はもう何日もないだろうと思いますので。○いくかも　○しひて　無理をして。○あらじ　詞書の「つごもりの日」と矛盾するが、まだ少し春の残りがあると詠むことで、春を惜しむ時間を少しでも長く共有したいという気持を表す。「つごもりの日」を単に下旬とする説はとらない。▽『伊勢物語』八〇段にも。物語の内容に小異がある。

134　今日限りで春は終わりだと思わない時でさえ、立ち去ることがたやすい花の蔭であろうか。まして、春の最後の日である今日は、とても立ち去れない。○詞書　→六八、八九。○かは　反語。▽春三月の終わり、いわゆる三月尽の歌。同じ躬恒に「暮れてまた明日とだになき春の日を花の蔭にて今日は暮らさむ」（後撰集・春下）「けふ暮れて明日とだになき春なれば立たまく惜しき花の蔭かな」（躬恒集）がある。

古今和歌集巻第三

夏歌

題知らず　　よみ人知らず

135 わがやどの池の藤波咲きにけり山ほとゝぎすいつか来鳴かむ
このうた、ある人のいはく、柿本人麿がなり

卯月《うづき》に咲ける桜を見てよめる　　紀利貞

136 あはれてふことをあまたにやらじとや春におくれてひとり咲くらむ

題知らず　　よみ人知らず

137 五月待つ山ほとゝぎすうちはぶき今も鳴かなむこぞのふる声

古今和歌集巻第三

夏歌

135 わが家の庭の池の藤波が咲いた。山ほととぎすは、いつになったら来て鳴くのだろうか。○藤波　池のほとりの藤の花。→一二〇。「波」は池の縁語。○山ほととぎす　ほととぎすは、里に来るまでは山にいると考えられていた。『万葉集』以来、夏を代表する景物で、この巻も、ほとんどがほととぎすの歌。

136 「すばらしい」ということばをほかの多くの木に贈らせまいと思って、この桜は春が過ぎ去ってから一人咲いているのであろうか。○卯月　四月。○あはれてふこと　「こと」は、ことば。→五〇二。○ひとり咲くらむ　「ひとり」は「あまた」の対。「咲くらむ」に「桜」を詠み込む。▽時期おくれで咲いた桜から、人々の賞賛を一人占めしたい、という気持を推測する。

137 五月を待つ山ほととぎすよ。はばたいて今すぐにでも鳴いてほしい。去年のあの聞き慣れた声で。○五月待つ　五月の到来を待つ。ほととぎすが本格的に鳴き始める前。○なむ　他に対して望む意。○こぞのふる声　去年の懐かしい聞き慣れた声。

138 五月来《こ》ば鳴きもふりなむほととぎすまだしきほどの声を聞かばや

伊勢

139 五月待つ花橘の香をかげば昔の人の袖の香ぞする

よみ人知らず

140 いつのまに五月来ぬらむあしひきの山ほととぎす今ぞ鳴くなる

141 けさ来鳴きいまだ旅なるほととぎす花橘に宿はからなむ

音羽山を越えける時に、ほととぎすの鳴くをききてよめる

紀友則

142 音羽山けさ越え来ればほととぎすこずゑはるかに今ぞ鳴くなる

ほととぎすのはじめて鳴きけるをききてよめる

素性

143 ほととぎす初声聞けばあぢきなくぬしさだまらぬ恋せらるはた

138　五月が来たらすぐに鳴き声は古びてしまうだろう。ほととぎすよ、まだ初々しいうちの声を聞きたいものだ。○ふりなむ　聞き慣れて古びてしまうだろう、ということ。○まだしきほど　ほととぎすが本格的に鳴き始めないうちのまだ幼い声。▽五月になって聞き慣れてしまう前に、まだ幼い鳴き声を聞きたいという気持。「ふる声」を惜しむ一三七とやや対照的。

139　五月を待って咲く花橘の香りをかぐと昔の人の袖の香りがする。○五月待つ　橘の花が咲くのは五月になってからであるという捉え方。○花橘の香　橘の香は『万葉集』以来よく詠まれる。○昔の人　作者と関わりのあった人。恋人であろう。○袖の香　袖にたきしめた薫香。橘はいわゆる香木ではないので、橘に似た香りである。▽橘は、垂仁天皇の時代、常世から田道間守（たじまもり）が持ち帰ったものとされる。「時じくのかくの菓（このみ）」（万葉・巻十八・四一一一・大伴家持）と呼ばれ、花と葉と実の美しさが時を超える存在と見られていた。この歌では、橘の不変のイメージを懐旧の情へと転用。以後、多くの本歌取りを生む。『伊勢物語』六〇段では、別れた夫が心変わりをしたもとの妻に対してこの歌を詠む。

140　いつの間に五月が来たのだろうか。山ほととぎすが今鳴くのが聞こえる。○今ぞ　「ぞ」は、ほととぎすが鳴くにふさわしい五月を強調。○なる　いわゆる推定の「なり」。耳に聞こえていることを示す。

141　けさやって来て鳴き、まだ宿を定めていないほととぎすよ、（わが家の）花橘に宿を借りておくれ。○旅　ほととぎすがあちらこちらに飛ぶ様子を、宿を定めてない旅人にたとえる。○なむ　他に対してあつらえ望む願望。▽ほととぎすと橘の取り合わせ、『万葉集』以来の定型。

142　音羽山をけさ越えてきたところ、ほととぎすが高い梢に今鳴いているのが聞こえる。○音羽山　京都の東山の一峰。逢坂や近江へ向かう道が通る。○五句　一四〇と同じ。同じ句を持つ歌を一首飛ばして配列する工夫。▽まだ里に出てくる前の山にいるほととぎすを詠む。音羽山の「音」から「声」「鳴く」へと連想がつながる。→三八四。

143　ほととぎすの初声を聞くと、おもしろくないことに、つい相手もいないのに恋の気持になりもするのだ。○あぢきなく　おもしろくない、無益である。下句全体にかかる。○ぬし　ここは、恋の相手。○恋せらる　「らる」は、自発。ほととぎすの声に誘われておのずと恋の気持が抱かれる。○はた　並列の関係を表す副詞。この歌は、初声を聞いたうれしさを表現せず、「あぢきなき」ことを詠んだ。初声を聞いて「あぢきなき」気持になった、と言いたいのではなく、あくまでそれは、うれしさの一方で起こることだ、という意味で最後に「はた」を添えた。

奈良の石上寺《いそのかみでら》にてほととぎすの鳴くをよめる

144 いそのかみふるき都のほととぎす声ばかりこそ昔なりけれ

題知らず　　　　　　　　　　　　　　よみ人知らず

145 夏山に鳴くほととぎす心あらばもの思ふ我に声なきかせそ

146 ほととぎす鳴く声きけば別れにしふるさとさへぞ恋しかりける

147 ほととぎす汝《な》が鳴く里のあまたあればなほうとまれぬ思ふものから

148 思ひ出づるときはの山のほととぎす韓紅《からくれなゐ》のふり出でてぞ鳴く

149 声はして涙は見えぬほととぎすわが衣手《ころもで》のひつをからなむ

150 あしひきの山ほととぎすをりはへてたれかまさると音《ね》をのみぞ鳴く

144　石上、古き都のあったこの地のほととぎす、その声だけが昔と変わらないものだ。○石上寺　良因院といい、素性が住持した寺。「奈良の」とあるが、石上は奈良の南。ここは、広く奈良を指した。○いそのかみ　「古」にかかる枕詞であるが、ここは、実際の石上の意味でも用いられている。○ふるき都　安康天皇や仁賢天皇の宮があった。石上の地名「布留」を掛ける。○昔　作者自身の知っている昔ではない。ほととぎすの声が昔を思い出させるという通念による。▽人の世の移り変りと、変らぬほととぎすの声。

145　夏山に鳴くほととぎすよ、おまえに心があるならば、もの思いをしている私に声を聞かせるな（よけいつらくなる）。▽ほととぎすの声は、懐旧や思慕の情をかきたてる。

146　ほととぎすの鳴く声を聞くと、別れてしまった昔なじみの土地までも恋しい気持になるのだ。○さへ　ここは、昔を思い出すだけでなく、住んでいた土地も恋しく思う、ということ。ほととぎすが昔を思い出させる鳥だからである。

147　ほととぎすよ、おまえが鳴いて尋ねる里がたくさんあるので、やはりうとましくなってしまう、おまえを思っているのに。○うとまれぬ　「れ」は自発、「ぬ」は完了。▽人間の男女関係を託したような歌。浮気な男を恨む歌と読める。『伊勢物語』四三段では、賀陽親王が寵愛していた女に思いを寄せる男が、他にも思いを寄せる男がいるのを知って贈った歌。

148　(昔を)思い出す時は、常盤の山のほととぎすが韓紅の色を染めるように声をふりしぼって鳴く、そのように私も泣くのだ。○思ひいづる　過去を。○ときは　「時は」と「常盤」の掛詞。○韓紅　朝鮮半島から渡来した紅の色。○ふり出でて　紅に染色をする時、水の中でよく染まるように衣を振る。その「ふりいづ」と声を振り絞る「ふりいづ」との掛詞。▽表向きはほととぎすの歌だが、ほととぎすに託して恋の苦しみを抱く人の心を詠む。ほととぎすは過去を思い出させる鳥なので、「思ひ出づ」と一種の縁語になる。常緑の「常盤」と「紅」という色の対比。

149　声はするものの涙は見えないほととぎすよ、私の衣手が濡れているのを借りておくれよ。○ひつ　→二。涙で濡れている。○なむ　他に対してあつらえ望む願望。涙に濡れた袖をほととぎすに貸すことによって、自分は涙にくれずにすめばよい、という気持。

150　山ほととぎすは、長い間にわたって、誰が自分より悲しみがまさっていようかと声をあげて鳴いてばかりいる。○あしひきの　「山」にかかる枕詞。○をりはへ　行為の持続を表す。▽下句は、ほととぎすに託した恋の嘆き。

151 今さらに山へ帰るなほととぎす声のかぎりはわが宿に鳴け

三国町

152 やよや待て山ほととぎすことつてむわれ世の中に住みわびぬとよ

寛平御時后宮の歌合の歌

153 五月雨にもの思ひをればほととぎす夜深く鳴きていづちゆくらむ

紀友則

154 夜や暗き道やまどへるほととぎすわが宿をしも過ぎがてに鳴く

155 やどりせし花橘もかれなくになどほととぎす声絶えぬらむ

大江千里

156 夏の夜のふすかとすればほととぎす鳴くひと声に明くるしののめ

紀貫之

151 今さら山へ帰るな、ほととぎすよ。声の続くかぎりは私の家で鳴くがよい。

152 ねえ、お待ち、山ほととぎす。ことづてがあります。私はもう世の中に住むのが疲れてしまった、とね。○やよや 呼びかけを表す感動詞。「やよ」だけでも用いる。○ことつてむ 相手は、山で隠棲している人。特定の相手かどうかは不明。

153 五月雨の降るなか、もの思いをしていると、ほととぎすが夜中に鳴く。いったいどこへ行くのだろうか。○五月雨 外出ができず鬱々とした気分になる。▽空を飛び、自由に行動できるほととぎすをうらやましく思いながら、ほととぎすもまた、自分同様にもの思いを抱えた存在であると捉える。

154 夜が暗いからなのか、それとも道に迷ったからなのか、ほととぎすがちょうどわが家のあたりを通り過ぎにくそうに鳴いている。○しも 強意の助詞。ほととぎすが思う相手のもとへ行けずにぐずぐずしている「わが宿」には、恋の思いを抱える詠み手がいるという符合。

155 宿にしていた花橘が枯れたわけでもないのに、どうしてほととぎすの声は絶えてしまったのだろう。○やどり →一四一。▽ほととぎすと橘の組合せは、夏歌のうち、一四一とこの歌の二首。しかし、いずれも橘のもとにほととぎすが来ているという情景ではない。典型的な構図を待望する歌とその構図が失われた姿を描く歌を選ぶのは、いかにも『古今集』らしい。なお、この歌、現存の『寛平御時后宮歌合』に見えない。

156 夏の夜、もう休もうかと横になったところ、ほととぎすが鳴いたその一声であけてゆくしののめよ。○夏の夜の 大まかに状況を提示する。「の」のかかる先は一つに限定できない。○しののめ 歌語。「あけぼの」にあたる。→六三七、六四〇。▽夏の短夜が巧みに捉えられている。夏の短夜は、恋の嘆きとつながることや、「しののめ」がしばしば明け方の男女の別れに詠まれることからすれば、この歌にも恋の気分が読みとれる。

157 暮るるかと見れば明けぬる夏の夜をあかずとや鳴く山ほととぎす　壬生忠岑

158 夏山に恋しき人や入りにけむ声ふりたてて鳴くほととぎす　紀秋岑

題知らず　よみ人知らず

159 こぞの夏鳴きふるしてしほととぎすそれかあらぬか声の変らぬ

ほととぎすの鳴くを聞きてよめる　貫之

160 五月雨の空もとどろにほととぎすなにを憂しとか夜ただ鳴くらむ

さぶらひにて、をのこどもの酒たうべけるに、召して、ほととぎす待つ歌よめ、とありければよめる　躬恒

161 ほととぎす声も聞こえず山びこはほかに鳴く音をこたへやはせぬ

157　日が暮れたかと思うともう明けてしまう夏の夜を、飽き足りないというので鳴くのだろうか、山ほととぎすは。○あかず　飽き足りない。多く人の別れに用いる。→四〇四、九九二。この歌でも、夏の短夜の男女の別れに連想がおよぶ。また、「明けぬる」に対して「明けず」に近い響きがあるので、諧謔味をもたらす。

158　夏山に恋しい人が入ってしまったのであろうか。声をふりしぼって鳴くほととぎすよ。○入り　仏道修行のための夏山入り。▽前二首の恋の気分に続き、ほととぎす自身の恋を想像する。

159　去年の夏、さんざん鳴いて聞き慣れたほととぎす。(今鳴いているのは)あの鳥なのか、ほかの鳥なのか、声が同じなのは。○鳴きふるして　鳴いて、その声を古びさせてしまった。▽詞書の「題知らず」を欠く本が多い。この歌、『寛平御時后宮歌合』に見えるので、「題知らず」とない方が妥当か。

160　五月雨が激しく空をとどろかせるなか、ほととぎすは何をつらいと感じて夜どおし鳴くのだろうか。○とどろに　激しく音を立てている様子。旧説では、ほととぎすの声ととる。▽五月雨の激しい音、それだけで十分憂鬱であるのに、ほととぎすは鳴き続ける。そこに、「憂し」という心情を忖度した。

161　ほととぎすの声も聞こえない。山びこは、よそで鳴いているほととぎすの声に答えてはくれないか。○さぶらひ　清涼殿の殿上の間。○をのこども　殿上人たち。○酒たうべける　酒をいただく。○召して　殿上人が躬恒を。○山びこ　山の霊。当時は、山がもとの音と同じ音を発すると考えられていた。○こたへやはせぬ　答えないのか、答えればいいのに、という願望をこめた反語。

山にほととぎすの鳴きけるを聞きてよめる　貫之

162 ほととぎす人まつ山に鳴くなれば我うちつけに恋ひまさりけり

はやく住みける所にて、ほととぎすの鳴きけるを聞きてよめる　忠岑

163 昔へや今も恋しきほととぎすふるさとにしも鳴きて来つらむ

ほととぎすの鳴きけるを聞きてよめる　躬恒

164 ほととぎす我とはなしに卯の花の憂き世の中に鳴きわたるらむ

はちすの露を見てよめる　僧正遍昭

165 はちす葉のにごりにしまぬ心もてなにかは露を玉とあざむく

月のおもしろかりける夜、あかつきがたによめる　深養父

166 夏の夜はまだ宵ながら明けぬるを雲のいづこに月やどるらむ

162　ほととぎすが人を待つ、松山で鳴くのが聞こえると、私もとたんに人を恋しく思う気持が募るのだ。○人まつ山　「人を待つ」と「松山」の掛詞。松山は、固有名詞ではなく、松の生えている山の意。「人」は、ほととぎすを擬人化して、そのほととぎすが待っている人。○うちつけ　突然。不意に。○恋ひまさり　ほととぎすと同じように自分も誰かを待っている気分がつのる。

163　昔が今も恋しいのかほととぎすよ。それでわざわざなじみの場所に来て鳴いているのだろうか。○はやく　以前に。○昔へ　「へ」は、「いにしへ」の「へ」に同じ。方向を表す。○ふるさと　→四二。○しも　強意を表す助詞。

164　ほととぎすはこの私とはちがうのに、どうして、卯の花の憂き——つらいこの世の中に鳴き続けているのであろうか。○卯の花　同音の「憂き」を導く。「ほととぎす鳴く峰の上の卯の花の憂きことあれや君が来まさぬ」（万葉・巻八・一五〇一）。卯の花の咲く情景を直接詠んだものではないが、万葉以来よく詠まれた卯の花にほととぎすが訪れるという情景が浮かぶ。○らむ　「なし…に」の逆接と呼応して、（どうして）…しているのだろうか。

165　蓮の葉の濁りに染まらない心でありながら、どうして露を玉といつわるのであろうか。○にごりにしまぬ心　「世間の法に染まらざること、蓮華の水にあるがごとし」（『法華経』従地湧出品）をふまえ、泥土の中から美しい花を咲かせる蓮の汚れのない心を表す。この歌では、花を葉に言いかえて、下句につなげる。○露を玉と　見立て。→二七。○あざむく　「にごりにしまぬ心」との矛盾を軽妙に示す。その対照のため、あえてあまり歌には用いない語を用いた。遍昭は、この手の意表をつく語をしばしば用いる。九一、二二六など。▽高僧である遍昭が、仏の心の象徴である蓮を素材に戯れる点もおもしろい。

166　夏の夜はまだ宵のつもりでいるうちに明けてしまうが、月は雲のどのあたりに宿をとっているのであろうか。○あかつきがた　明け方。○宵ながら　まだ宵であるという気持のまま。あっという間に。○やどる　空行く月を旅人になぞらえて、宿をとると見立てた。▽夏の短夜と暁の取り合わせから、恋の思いを読みとることもできる。すると、月は誰のところへ泊まっているのか、もう夜が明けて泊まっていられないかもしれない、という意味にもなる。『百人一首』に入る。

となりより常夏の花をこひにおこせたりければ、
惜しみて、この歌をよみてつかはしける
躬恒

167 塵をだにすゑじとぞ思ふ咲きしより妹《いも》とわが寝《ぬ》るとこ夏の花

みなづきのつごもりの日よめる

168 夏と秋とゆきかふ空のかよひぢはかたへ涼しき風や吹くらむ

167　咲いたときからほんの少しの塵さえも置かせるまいと思っているのです。妻と私が共寝をする床だという名前の、常夏の花は。○常夏　なでしこ。『万葉集』には見えない呼び方。○こひに　「乞ひ」で、頂戴したい。○おこせたり　手紙を寄こした。○塵　寝床に積もるのは、夫婦仲が疎遠な証拠。万葉以来、床の塵を払い夫婦仲の持続を願うのは、歌の典型の一つ。○とこ夏　「床」と「常夏」の掛詞。▽常夏をさし上げるのは、われわれ夫婦の床をさし上げるのも同然なのですよ、というユーモア。

168　夏と秋とが行きちがう空のかよい路は、片側に涼しい風が吹いているのだろうか。○みなづきのつごもりの日　六月の末日。夏の終わり。○かよひぢ　ほかに「夢のかよひぢ」（五五九）「雲のかよひぢ」（八七二）など。○かたへ涼しき　この日まで地上は夏の暑さにおおわれている。秋の到来を待ち望む思いが馳せた想像。▽季節が空の路ですれちがうという卓抜な想像は、美しくかつユーモラス。季節が空から来るという見方、→三三〇。

古今和歌集巻第四

秋歌上

秋立つ日よめる　藤原敏行朝臣

169 秋来ぬと目にはさやかに見えねども風の音にぞおどろかれぬる

秋立つ日、上のをのこども賀茂の河原に川逍遥《かはせうえう》しけるともにまかりてよめる　貫之

170 川風の涼しくもあるかうち寄する波とともにや秋は立つらむ

題知らず　よみ人知らず

171 わがせこが衣のすそを吹き返しうらめづらしき秋の初風

172 きのふこそ早苗とりしかいつのまに稲葉そよぎて秋風の吹く

古今和歌集巻第四

秋歌上

169　秋が来たと目にははっきりと見えないけれど、風の音にはっとその到来に気がついたのだった。○秋立つ日　立秋。○おどろかれぬる「おどろく」は、不意に気がつくこと。「れ」は、自発。▽風の音は、秋の風物として『万葉集』にも多く詠まれるが、秋の到来を告げる例はない。『古今集』では、春の到来のしるしも風であり(→二)、春秋を対にする。以下、一七三まで風の歌。

170　川風がなんと涼しいことよ。打ち寄せる波とともに秋は立っているのであろうか。○上のをのこども　殿上人たち。○賀茂の河原　鴨川の河原。○川逍遥　「逍遥」は、広く遊びに出かけること。○ともに　お伴として。○立つ　波が「立つ」と秋が「立つ」とを掛ける。波と立秋が直接結びつき、風は背景に退いているように見えるが、風によって波が立つ、という連想でつながる。

171　わが夫の衣の裾を吹き返して裏が美しく見える——何と新鮮な秋の初風よ。○せこ　妻からみた夫。→二五。○うら　「衣の裏」と接頭語の「うら」を掛ける。夏の単衣から秋の裏の着いた着物に替えている。▽女性の裳裾を詠む歌は、『万葉集』にも多く見えるが、男性の衣の裾を詠む歌はめずらしい。

172　昨日早苗を取ったばかりだと思っていたのに、いつのまに稲葉がそよそよと鳴って秋風が吹くようになったのだろう。○二句　苗代の早苗を取って田植えをする。「しか」は、「こそ」の結びで助動詞「き」の已然形。「…なのに」という逆接で下に続く。○下句　稲葉がそよそよと鳴り、秋風が吹くのがわかる、という関係。まず感覚として聞こえる音を示した後、その原因を言う。現代語では、「秋風が吹いて稲葉がそよぐ」とするのが自然だが、ここは語順どおりの訳をつけた。

173 秋風の吹きにし日よりひさかたの天《あま》の河原に立たぬ日はなし

174 ひさかたの天の河原の渡し守君渡りなばかぢ隠してよ

175 天の川紅葉を橋に渡せばやたなばたつめの秋をしも待つ

176 恋ひ恋ひてあふ夜はこよひ天の川霧立ちわたり明けずもあらなむ

寛平御時、七日《なぬか》の夜、上にさぶらふをのこども、歌奉れと仰せられける時に、人にかはりてよめる　友則

177 天の川浅瀬しら波たどりつつ渡りはてねば明けぞしにける

同じ御時、后宮の歌合の歌　藤原興風

178 契りけむ心ぞつらきたなばたの年にひとたびあふはあふかは

173　秋風の吹いた日から天の川の河原に立たない日はない。○初二句　立秋の日から、の意。○ひさかたの　「天」「日」などにかかる枕詞。▽彦星の訪問を待ち受ける織姫の立場に立った歌。「秋風の吹きにし日より天の川瀬に出で立ちて待つと告げこそ」（万葉・巻十・二〇八三）。七夕は、『万葉集』にも数多く詠まれる。ここから一八三まで七夕の歌群だが、この歌は風の歌群の最後でもある。異なる歌群の最後と最初を重ねてなだらかに交替してゆくのは、『古今集』にしばしば見られる配列の工夫。

174　天の川の渡し守よ。あの方が渡ってきたならば、帰れないように楫を隠しておくれ。○ひさかたの　→一七三。○君　彦星。▽織姫の立場の歌。「わが隠せる楫棹なくて渡り守舟貸さめやもしましはあり待て」（万葉・巻十・二〇八八）は、織姫が楫を隠したもの。

175　天の川は紅葉を橋として渡しているので、織姫は秋を待っているのだろうか。○秋　「飽き」の連想があるか。「しも」による強調もそのため。「飽き」を連想させるのに「秋」を待つのは、美しい紅葉の橋が架かっているからか、の意。▽天の川を渡ってくるのは、舟か徒歩が普通。しかも、紅葉でできた橋という空想はめずらしい。参考「かささぎの橋つくるより天の川水もひななむ川渡りせむ」（家持集）。

176　ひたすら恋いこがれてやっと逢えるのは今夜。天の川に霧が立ちこめて夜が明けないでほしい。○上句　六三四に類似。▽牽牛、織女いずれの立場の歌とも解せる。天の川に立ち込める霧は、「天の川霧立ち曇れたまくしげあけなばあかず別れまくをし」（家持集）など。

177　天の川の浅瀬がどこかわからないので、白波をたどりながら何とか渡ろうとするが、渡りきれずに夜が明けてしまった。○寛平御時　宇多天皇の治世。○七日　七月七日。○上にさぶらふをのこ　殿上人。○仰せられける　天皇からの仰せ。詞書全体は、一六一と似るが、天皇の下命であることを明示する点、異なる。○人にかはりて　殿上人のための代作。○浅瀬しら波　「しら」に「知ら（ず）」と「白」が掛かる。「しらな」が「知らなく」を予想させながら、「白波」へ転じたともいえるか。○たどりつつ　一つ一つ見当をつけながら。徒歩で渡る。▽彦星が天の川を渡りきれない、という意外な事態を詠み、座を盛り上げる。と同時に、彦星と違って自分は、天皇の求めに応えて夜が明ける前に歌を献上できる、という意味もこめるか。

178　その昔（年に一度という）約束をした気持が恨めしい。織姫が一年に一度しか逢わないのは、逢ううちに入らない。○けむ　伝聞としての過去を示す。○つらき　彦星の気持を汲みながら、詠み手が織姫を恨む気持。○かは　反語。▽「つらし」を彦星の気持とする説は、「けむ」と矛盾し、「たなばた」を彦星、織姫二人とする説は、用例がなく、いずれも不可。

七日の日の夜よめる

凡河内躬恒

179 年ごとにあふとはすれどたなばたの寝《ぬ》る夜の数ぞすくなかりける

180 たなばたにかしつる糸のうちはへて年の緒《を》長く恋ひやわたらむ

題知らず

素性

181 こよひ来む人にはあはじたなばたのひさしきほどに待ちもこそすれ

七日の夜のあかつきによめる

源宗于《むねゆき》朝臣

182 今はとて別るる時は天の川渡らぬさきに袖ぞひちぬる

八日の日よめる

壬生忠岑

183 けふよりは今来む年のきのふをぞいつしかとのみ待ちわたるべき

題知らず

よみ人知らず

184 木の間よりもりくる月の影見れば心づくしの秋は来にけり

179 毎年逢うことは逢うものの、織姫が共寝をする日数は少ないのだ。○七日　七月七日。○とはすれど「…とす」は、…ということをする、の意。

180 たなばたに供えた糸が長く延びている――そのようにこれからずっと長い間恋しく思い続けることになるのであろうか。○かしつる「かす」は、諸注明解を得ないが、七夕の行事に五色の糸を供えることかという。○うちはへて　糸が延びているさまと、将来にわたって、という意味との掛詞。○年の緒　年月を長く続く緒に見立てた。糸の縁語的表現。

181 今夜来る人には逢うまい。あの織姫のように長い間待ち続けることになるといけないから。○もこそ　心配、懸念を表す。▽作者素性が女性の立場に立って詠んだ歌。「題知らず」であるが、配列から七月七日の歌。

182 これでお別れといって別れる時は、天の川を渡らないうちから袖が濡れてしまう。○詞書　七日の夜がまだ明け切らない夜明け。○袖ぞひちぬる　悲しみのあまり涙で袖が濡れる。川の水に濡れるより先に、の意。彦星の立場の歌。

183 今日からは、またやってくる年の昨日という日を、ただただ早く来ないかと待ち続けなければいけないのだろう。○詞書　七月八日。一八二との比較では、夜が明けて、織姫と彦星が別れた後。○いつしか「いつしか来なむ」の意で、早く来てほしい。▽織姫、彦星二人の思い。「来年の昨日を待つ」という表現におもしろみがある。以上、一七三から七夕の歌群。

184 木の間からもれてくる月の光を見ると、もの思いの限りを尽くす秋がやって来たのだとしみじみ感じる。○影　ここは月の光。○心づくし　あらゆるもの思いの限りを尽くす。『源氏物語』須磨巻の「須磨には、いとど心づくしの秋風に」と始まる哀感をたたえた場面は古来著名。

185 大かたの秋来るからにわが身こそかなしきものと思ひ知りぬれ

186 わがために来る秋にしもあらなくに虫の音聞けばまづぞかなしき

187 ものごとに秋ぞかなしきもみぢつつうつろひゆくをかぎりと思へば

188 一人寝《ぬ》る床《とこ》は草葉にあらねども秋来る宵はつゆけかりけり

是貞親王《これさだのみこ》の家の歌合の歌

189 いつはとは時はわかねど秋の夜ぞもの思ふことのかぎりなりける

かんなりのつぼに人々集まりて、秋の夜惜しむ歌よみけるついでによめる

躬恒

190 かくばかり惜しと思ふ夜をいたづらに寝て明かすらむ人さへぞ憂き

題知らず

よみ人知らず

191 白雲に羽うちかはし飛ぶ雁の数さへ見ゆる秋の夜の月

185 誰にでもやって来る秋、それが来たとたんに、わが身にはとくに悲しいものだと思ってしまう。○大かたの　一般的な。一通りの。ここは、特別なものではなく、ごく普通に誰の身の上にも訪れる、という意味。○からに　…するやいなや。○こそ　自分だけがとくに、と強調。▽大江千里『句題和歌』によれば、白居易の「秋来たりて転（うたた）此身の衰へを覚ゆ」（白氏文集・巻一九・新秋早起有懐元少尹）を題とする。『句題和歌』は千里の歌集であるが、この歌がなぜ「よみ人知らず」であるか不明。

186 私のために来る秋だというわけではけっしてないのに、虫の音を聞くとすぐに悲しい気持になる。○しも　強意を表す助詞。

187 一つ一つのものにつけて秋は悲しい。木々が紅葉しながら衰えてゆくのが、最後の姿だと思うと。○かぎり　木々のうつろいゆく果ての姿。衰えゆくものの代表として紅葉をあげる。「悲しみの極致」の意ではあるまい。▽一八四から秋を悲哀の季節として詠む歌。秋という季節そのものを悲しいものとする捉え方は、『万葉集』には見えず、平安初期の漢詩文から見られる。『楚辞』や『文選』秋興賦などに見える中国文学の伝統によるもの。

188 独り寝の床は、草葉ではないのに、秋が来る宵には涙の露で濡れてしまうのであった。○草葉　歌語。「露」とともに詠まれることが多い。○つゆけかり　「つゆけし」は、露に濡れることから転じて多く涙に濡れることをいう。

189 いついつは何々にふさわしい、と時を区切ることはできないが、やはり秋の夜がもの思いの極みなのだった。○詞書　是貞親王は、光孝天皇第二皇子。宇多天皇の兄。この歌合は、寛平五年（八九三）九月以前の催行と推定され、すべて秋の歌。『古今集』に二十三首入集。『古今集』にとって、『寛平御時后宮歌合』とともに宇多朝の和歌の重要な採歌源。○いつは　「いつは…がふさわしい」の意。○わかねど　「わく」は、分ける、区切って区別する。○かぎり　極致、極限。

190 これほどに明けて行くのが惜しい秋の夜を、むなしく寝てしまって明かす人までいやなことよ。○かんなりのつぼ　雷の壺。宮中五舎の一つ、襲芳舎。○ついで　「秋の夜惜しむ歌」が詠まれた歌会で、正式の出席者のほかに、専門歌人として躬恒にも詠む機会が与えられたのであろう。○らむ　現在寝ているであろう、という推量。○さへ　秋の夜が明けて行くことに加えて。

191 白雲に羽を重ねるようにして飛ぶ雁の、数までもはっきり見える秋の夜の月よ。○さへ　白雲に加えて。▽白雲を背景に雁が黒く連なって飛ぶ風景。澄明な美しさを持った構図であり、このようにくっきりとした映像が見える歌は、『古今集』には少ない。明るい月光によってもものの数が数えられるという歌、→二八九。

192 さ夜中と夜はふけぬらし雁がねのきこゆる空に月わたる見ゆ

是貞親王の家の歌合によめる　大江千里

193 月見ればちぢにものこそかなしけれわが身一つの秋にはあらねど

忠岑

194 ひさかたの月の桂も秋はなほもみぢすればや照りまさるらむ

月をよめる　在原元方

195 秋の夜の月の光しあかければくらぶの山も越えぬべらなり

人のもとにまかれりける夜、きりぎりすの鳴きけるをききてよめる　藤原忠房

196 きりぎりすいたくな鳴きそ秋の夜の長き思ひは我ぞまされる

192　もう真夜中と夜はふけたらしい。雁の声が聞こえる空に、月が渡ってゆくのが見える。○と　という状態に。▽雁の姿は見えず、声だけが聞こえる。『万葉集』巻九・一七〇一と同じ歌。仮名序に、万葉歌は採らないとあるが、わずかな例外の一つ。→二四七。

193　月を見ると心が乱れに乱れて悲しい。わが身一つのためにある秋ではないのだが。○ちぢ　普通「千々」とあてるが、「ぢ」は、「はたち」「よそぢ」などの例と同じく数に添える語。○一つ　「ちぢ」の「千」と対。○下句　「燕子楼中霜月の夜秋来たりて只一人の為に長し」(白氏文集・巻十五・燕子楼三首序)をふまえる。『百人一首』に入る。

194　月の桂も秋はやはり紅葉しているから、このように月は一段と照り輝いているのだろうか。○ひさかたの　「天」「月」などにかかる枕詞。○月の桂　月の中に桂の木が生えているという、中国の伝説による。▽月の光が紅葉を照らすという歌は多いが、これは、その関係を逆転させたところにおもしろみがある。

195　秋の夜の月の光がこんなに明るいので、(暗いはずの)くらぶの山も越えられそうだ。○し　強意を表す助詞。○くらぶの山　諸所にあり、特定できない。名前から「暗い」を連想。→三九。▽「比ぶ」「越ゆ」ということばの遊びもあるか。

196　こおろぎよ、そんなにひどく鳴くなよ。この長い秋の夜と同じく長い間のもの思いは私の方がまさっているのだ。○人　友人とする説、思いを寄せる女性とする説がある。ここは後者をとる。○きりぎりす　今のこおろぎ。○な…そ　禁止の表現。○長き　「秋の夜が長い」と「長いもの思い」との二重の意味。「長いもの思い」は、長い間相手を思い続けていながらなかなか恋がかなわないということか。

是貞親王の家の歌合の歌　　敏行朝臣

197 秋の夜の明くるもしらず鳴く虫はわがごとものやかなしかるらむ

題知らず　　よみ人知らず

198 秋萩も色づきぬればきりぎりすわが寝ぬごとや夜はかなしき

199 秋の夜は露こそことに寒からし草むらごとに虫のわぶれば

200 君しのぶ草にやつるるふるさとはまつ虫の音ぞかなしかりける

201 秋の野に道もまどひぬ松虫の声する方に宿やからまし

202 秋の野に人まつ虫の声すなり我かと行きていざとぶらはむ

203 もみぢ葉の散りてつもれるわが宿に誰をまつ虫ここら鳴くらむ

204 ひぐらしの鳴きつるなへに日は暮れぬと思ふは山の陰にぞありける

197　秋の夜が明けるのも知らずに鳴く虫は、私と同じように悲しい気持なのだろうか。▽同じ作者の五七八は、発想、表現とも酷似する。

198　秋萩も色づいてきたので、こおろぎも、私がつらくて眠れないように、夜は悲しいのだろうか。○色づき　萩の下葉が色づく。→二二〇。萩の色づきに秋の深まりを感じ、もの思いも深まる。『万葉集』には見られない新しい受け止め方。○ごと「ごとし」の語幹。▽前歌と同様、秋の虫に人と同じ思いを見出す歌。

199　秋の夜は露がとりわけ寒いのだろう。どの草むらでも虫がつらそうに鳴いているので。○寒からし「寒かるらし」の約。

200　あなたをしのぶという名前の忍草でみすぼらしくなった、この捨てられた邸では、人を待つ、松虫の声が悲しい。○君しのぶ草に「しのぶ」に「君を偲ぶ」と「忍草」とを掛ける。「忍草」は、軒忍（のきしのぶ）のこと。→七六九。○やつる　忍草がはびこり荒れ果てた様子に、詠み手の女のやつれた様子を重ねる。○ふるさと　男に見すてられた邸。同時に現在の女のありようそのもの。○まつ虫「待つ」と「松虫」を掛ける。以下三首同じ。もはや「待つ」ことはむなしい。▽よみ人知らずであるが、女の立場の歌。かつて男が通ってきていたその邸に住み続けている。

201　秋の野で日も暮れ、道もわからなくなってしまった。「待つ」と言ってくれている松虫の声のする方へ行って、今夜の宿を借りようか。○まし　現実には宿がないことを承知の上で軽い意思を示す反実仮想。

202　秋の野で人を待つという松虫の声がしているな。その相手は私か、とそこまで行って、さあ確かめてみよう。○なり　推定の助動詞。耳で捉えた事態を示す。▽名前と実態が一致するかどうか、わざと戯れた。→四一一。

203　紅葉の葉が散り積もっているわが宿に、誰を待つ松虫がこんなにしきりに鳴いているのだろうか。○上句　誰も訪れる人がいない情景。○まつ虫「待つ」と「松虫」を掛ける。○ここら　たくさん。しきりに。▽女の立場の歌。ここまで松虫の歌。

204　ひぐらしが鳴いたとともに、その名のとおり日が暮れたと思ったら、山の陰なのだった。○なへに　…するとともに。…するにつれて。○日は暮れぬ　ひぐらしの声を聞き、さらに「日暮らし」という名前から、山の陰をてっきり日暮れだと思いこむ。○と　三句の字余りではなく、四句の句頭。▽前歌までの虫の声から蜩の声に移る。

205 ひぐらしの鳴く山里の夕暮れは風よりほかにとふ人もなし　在原元方

初雁をよめる

206 待つ人にあらぬものから初雁のけさなく声のめづらしきかな　友則

是貞親王の家の歌合の歌

207 秋風に初雁が音《ね》ぞ聞こゆなる誰《た》が玉づさをかけて来つらむ

題知らず

208 わが門《かど》にいなおほせ鳥の鳴くなへにけさ吹く風に雁は来にけり　よみ人知らず

209 いとはやも鳴きぬる雁か白露の色どる木々ももみぢあへなくに

210 春霞かすみていにしかりがねは今ぞ鳴くなる秋霧の上に

205　ひぐらしの鳴く山里の夕暮れには、風のほかには誰一人尋ねてくる人もいない。

206　待っている人ではないけれど、初雁の今朝鳴く声が新鮮だな。○初雁　渡り鳥である雁が、秋になって初めて渡ってきたもの。それを待ち望む気持から恋と関わらせて詠まれることがある。→四八一。○初二句　二〇五の「とふ人もなし」から続く気分。○ものから　逆接を表す。▽以下、二一三まで雁の歌群。前歌までの蟬の声から雁の声に移る。

207　秋風に初雁の声が聞こえる。いったい誰の手紙を携えてやって来たのだろうか。○玉づさ　手紙の意。『万葉集』では、「たまづさの」という形で「使ひ」にかかる枕詞であり、さらに使者そのものの意味になったが、『古今集』から使者が携えてくる手紙の意となる。▽雁が手紙を運ぶ、いわゆる雁信の故事による。中国の漢の時代、胡国に捕われた蘇武が雁の脚に文をつけて祖国に無事を知らせた。

208　わが家の前の門田でいなおおせ鳥が鳴くとすぐに、けさ吹く風にのって雁がやって来たのだった。○門　門の所、門前の意だが、実際には、門田であろう。○いなおほせ鳥　秋の田にいる鳥らしいが、古来不明とされる。三〇六にも詠まれる。中世にはその正体が秘伝扱いされ、「ももちどり」「よぶこどり」と並ぶ、いわゆる古今三鳥の一つ。「稲負ほせ鳥」で、稲の収穫を促す鳥という意味か。

209　ずいぶん早く雁が鳴いたな。まだ白露が色づかせる木々ももみじしきれていないのに。○白露　当時、秋の草木に置いた露が、木の葉を紅葉（黄葉）させると考えられていた。→二五七、二五九。○もみぢ　動詞「もみづ」の連用形。○あへ　「あふ」で、「…しきる、…しおおせる」の意。

210　春霞の彼方へ霞んで去っていった雁は、今、鳴いている、秋霧の上で。○かすみて　霞がかかっての意と、雁の姿が霞んでの意をかける。○いにし　「往ぬ」の連用形に過去の助動詞「き」の連体形。○上句　雁は春に帰る。→三〇、三一。○今ぞ　「いにし」の対で、今を強調。○秋霧　春霞との対照。春の霞、秋の霧という区別は、おおむね『万葉集』でもなされていたが、『古今集』になると固定する。

211 夜を寒み衣かりがね鳴くなへに萩の下葉もうつろひにけり

この歌は、ある人のいはく、柿本人麿がなりと

寛平御時后宮の歌合の歌　藤原菅根朝臣

212 秋風に声をほにあげて来る舟は天《あま》の門《と》わたる雁にぞありける

雁のなきけるを聞きてよめる　躬恒

213 憂きことを思ひつらねてかりがねの鳴きこそわたれ秋の夜な夜な

是貞親王の家の歌合の歌　忠岑

214 山里は秋こそことにわびしけれ鹿の鳴く音に目をさましつつ

よみ人知らず

215 奥山にもみぢふみわけ鳴く鹿の声聞くときぞ秋はかなしき

211　夜が寒いので衣を借りたくなる、そんな秋の夜、雁が鳴くとともに萩の下葉も色移ろってしまった。○衣かりがね　「衣借り」と「雁がね」との掛詞。▽類歌「雲の上に鳴きつる雁の寒きなへ萩の下葉はもみちぬるかも」（万葉・巻八・一五七五）。他にも、秋の寒さに雁と萩の黄葉を取り合わせた歌がある。人麿の歌という左注も、そうした古風な類型のためか。

212　秋風に声を高く帆に上げて来る舟は、天の門を渡る雁なのであった。○ほに　「秀に」（はっきりと）と「帆に」の掛詞。○天の門　「門」は、海が陸地で狭められている所。海峡。天を海に見立てる。▽雁と舟の見立て。列をなして飛ぶ雁を海峡を渡る舟に見立てるが、「声を帆に上げる舟」「空の海を渡る雁」という複雑な組立て。この歌について、雁の声を舟の櫓の音として聞いたものと見て、『白氏文集』巻五四「河亭晴望」の「晴虹橋影出で　秋雁櫓声来る」が指摘されるが、櫓の音は詠んでいない。むしろ、『菅家文草』などでもよく詠まれたその表現を前提にしながら、櫓の音と言わずに帆に上げると一捻りした点に作者の工夫がある。作者藤原菅根は、菅原道真の弟子で、文章博士にもなった漢学者。

213　つらいことを思いつらねて雁が鳴きながら空を飛んで行く秋の夜な夜なよ。○初二句　主語は雁。○つらねて　雁の「列（つら）」を効かせる。○かりがね　ここは、「雁の声」ではなく、「雁」。○下句　雁と詠み手とが重なる。鳴いて飛んで行く雁と泣きつづける詠み手。そこから初二句にもつらい気持を抱えた詠み手の姿が重なる。一首全体として、表向きはあくまで雁の歌でありながら、同じ境遇にある詠み手の姿が彷彿とする。

214　山里は秋が格別につらいものだ。鹿の鳴き声にくり返し目をさましては。○つつ　反復を表す。一晩のうちともとれるが、幾夜にもわたって、であろう。▽鹿の鳴き声を詠んだ歌は、『万葉集』にも多く、とくに妻を呼ぶ声と見なして寂しさを感じ取っていたが、鹿の声からそのまま秋の悲しみを感じ取るのは、『古今集』から。以下、二一八まで鹿の歌群。前歌までの雁の声から鹿の声に移る。

215　奥山にもみじを踏み分けて鳴く鹿の声を聞くときこそ秋は悲しいものだ。○もみぢ　鹿と取り合わされるのは、主に萩の黄葉。続く二一六～二一八も鹿と萩の組合せ。後に、鹿と紅葉の構図が一般化する。○ふみわけ　主語が鹿か人か、両説あるが、鹿ととる。人だと、続く「鳴く」との間で主語が転換して不自然。ただし、「ふみわく」には、人の訪問への期待と諦めの気持を表す例がある（二八七、三二二など）。ここも、初二句に人の訪問を連想させながら、それが鹿であったことによって一層孤独感が深まるものと見る。▽この歌、藤原公任の『三十六人撰』、『百人一首』などでは、猿丸大夫の作とする。

題知らず

216 秋萩にうらびれをればあしひきの山下とよみ鹿の鳴くらむ

217 秋萩をしがらみふせて鳴く鹿の目には見えずて音のさやけさ

是貞親王の家の歌合によめる　藤原敏行朝臣

218 秋萩の花咲きにけり高砂《たかさご》の尾上《をのへ》の鹿は今や鳴くらむ

昔あひ知りてはべりける人の、秋の野にあひて、物語しけるついでによめる　躬恒

219 秋萩の古枝《ふるえ》にさける花見ればもとの心は忘れざりけり

題知らず　よみ人知らず

220 秋萩の下葉色づく今よりやひとりある人のいねがてにする

221 鳴きわたる雁の涙や落ちつらむもの思ふ宿の萩の上の露

216　秋萩に心しおれているので、山の麓を響かせて鹿が鳴くのだろう。○初二句　萩に対する鹿の恋心。『万葉集』以来、萩は鹿の妻と見られることがある（万葉・巻八・一五四一など）。「うらびれ」は『万葉集』では「うらぶれ」。恋心を抱きながら、沈んだ気持でいる。○山下とよみ　「山の麓が響いて」と、そのまま現代語訳にすると不自然になる。鹿の鳴き声に「とよむ」を用いた例、「…萩の枝を　しがらみ散らし　さを鹿は妻呼びとよむ…」（万葉・巻六・一〇四七）。→五八二。○らむ　鹿の鳴く理由を初二句で示した推量。▽類歌「君に恋ひうらぶれをれば敷の野の秋萩しのぎさを鹿鳴くも」（万葉・巻十・二一四三）。この類歌から、初二句の主語を作者ともとれそうだが、「ば」と「らむ」の関係からは無理。以下、二二四まで萩の歌群。二一八までは鹿との組合せ。

217　秋萩を脚に絡ませ倒して鳴く鹿は、姿は目には見えないが、その声が澄み切ってはっきり聞こえている。○しがらみ　ここは、「絡みつける」の意の動詞。二一六引用の、『万葉集』巻六・一〇四七参照。○さやけさ　「さやけし」は通常視覚的な対象に用いるが、「さやけさ」の形では音に用いる例が多い。鹿の声に用いた例、「この頃の秋の朝明に霧隠り妻呼ぶ鹿の声のさやけさ」（万葉・巻十・二一四一）。また、本集一〇八二参照。

218　秋萩の花が咲いた。高砂の尾上の鹿は今ごろ鳴いているだろうか。○高砂　歌枕。現在の兵庫県高砂市。仮名序「高砂、住の江の松も、相生のやうにおぼえ」。松や鹿と取り合わされる。高砂も海岸であり、実際には「尾上」と呼べるような山や丘はないが、住の江（住吉）との対、あるいは高砂という名から、山があるというイメージが持たれるようになったか。

219　秋萩の古い枝に咲いた花を見ると、あなたは昔の心を忘れてはいないのだった。○あひ知りてはべりける人　どのような間柄か不明だが、女性か。○物語　あれこれと語り合うこと。特定のまとまった内容の話ではない。○古枝にさける花　「物語」している相手の比喩。「古枝」は去年以前からの枝。「百済野の萩の古枝に春待つとをりし鶯鳴きにけむかも」（万葉・巻八・一四三一・山部赤人）。○もとの心　かつての心持ち。思いを交わし合っていた頃の心と見てもよいか。→八八六。

220　秋萩の下葉が色づいた今からは、一人でいる人は眠りづらくなるのだろうか。○初二句　二句切れともとれる。▽萩の黄葉は、肌寒さにつながる。→二一一。「風寒みわが唐衣うつときぞ萩の下葉は色まさりける」（拾遺集・秋・貫之）は、ひとり砧を打つ女の秋のさびしさ。

221　鳴きながら空を渡ってゆく雁の涙が落ちたのであろうか、もの思いをしている人の庭の萩の上に置いた露は。▽露を雁の涙に見立てる。雁の鳴き声に悲しみを聞く歌、→二一三。鳥の涙、→四、三〇六。露を鳥の涙に見立てる表現は、『万葉集』

222 萩の露玉にぬかむととれば消《け》ぬよし見む人は枝ながら見よ

ある人のいはく、この歌はならのみかどの御歌なりと

223 折りて見ば落ちぞしぬべき秋萩の枝もたわわに置ける白露

224 萩が花散るらむ小野の露霜にぬれてをゆかむさ夜はふくとも

是貞親王の家の歌合によめる　文屋朝康

225 秋の野に置く白露は玉なれやつらぬきかくるくもの糸すぢ

題知らず　僧正遍昭

226 名にめでて折れるばかりぞ女郎花《をみなへし》われおちにきと人にかたるな

僧正遍昭がもとに、奈良へまかりける時に、男山にて女郎花を見てよめる　布留今道《ふるのいまみち》

227 女郎花憂しと見つつぞ行き過ぐる男山にし立てりと思へば

には見られない。雁の涙から「もの思ひ」をしている人の悲しみや涙へ連想が赴く。以下、二二五まで露の歌群。二二四までは、萩との組合せ。

222　萩の露は玉として緒に通そうと思ってとると消えてしまう。しかたがない、見たいと思う人は枝についたまま見るがよい。○玉にぬかむ「玉」は露の見立て。「ぬく」は、「貫く」で、緒に通すこと。○消ぬ「消（け）」は、下二段活用の動詞「消（く）」の連用形。「ぬ」は完了。○よし　満足できないながら、事態をやむをえず受け入れる気持。「よしや」（七九四、八二八）も同じ。○ならのみかど　平城天皇。左注では、二八三にも。▽露を玉に見立てて緒に貫く、という歌は『万葉集』以来多い。「わが宿の尾花が上の白露を消たずて玉にぬくものにもが」（万葉・巻八・一五七二）など。

223　手折って見ようとすればきっとこぼれ落ちてしまうにちがいない。秋萩の枝もたわむほどにびっしりと置いた白露は。○たわわに　撓みしなっているさま。『万葉集』では「とををに」。底本「とを、」と傍記する。

224　今ごろは萩の花が散っているであろう小野の露や霜に濡れてでも、あの人のもとへ行こう、夜がふけても。○小野　固有名詞ではなく、普通名詞であろう。「小」は接頭語。「を」は間投助詞。○さ夜　「さ」は接頭語。▽類歌「露霜に衣手ぬれて今だにも妹がりゆかな夜はふけぬとも」（万葉・巻十・二二五七）。

225　秋の野に置く白露は玉なのであろうか。それを貫いて掛けている蜘蛛の糸（の美しいこと）。○かくる　露を糸に掛ける。▽露を玉に、蜘蛛の巣の糸を緒に見立てる。蜘蛛の巣と露（玉）との組合せ、四三七にも。二二一からここまで露の歌群。

226　名前にひかれて手折っただけだ、女郎花よ。私が堕落したなどと人に語ってくれるなよ。○名「女」を含む「女郎花」という名。○おちにき　僧侶である遍昭が女性と関わり破戒の罪を犯した、ということ。▽いかにも遍昭らしいユーモアがあふれる。遍昭が「堕つ」のような強い印象を与える語をしばしば用いること、→一六五注。以下、二三八まで女郎花の歌群。

227　女郎花をいやなものだと思って見ながら通り過ぎる。こともあろうに、「女」なのに「男山」に立っていると思うと。○男山　京都府八幡市の石清水八幡宮のある山。○男山にし　「し」は強調。こともあろうに、という気持。▽上句で意外なことを述べて謎掛けをして、下句で軽やかに解く。前歌で女郎花にひかれると詠んだ遍昭のもとへ行く作者が、女郎花を「憂し」と詠むのも、おもしろい。遍昭の歌を知っていたか、この歌を遍昭に語ったか、という興味もわく。

是貞親王の家の歌合の歌

敏行朝臣

228 秋の野に宿りはすべし女郎花名をむつましみ旅ならなくに

題知らず

小野美材《よしき》

229 女郎花多かる野辺に宿りせばあやなくあだの名をや立ちなむ

朱雀院の女郎花《をみなへし》合《あはせ》によみて奉りける

左大臣《ひだりのおほいまうちぎみ》

230 女郎花秋の野風にうちなびき心一つを誰に寄すらむ

藤原定方朝臣

231 秋ならであふことかたき女郎花天《あま》の河原に生《お》ひぬものゆゑ

貫之

232 誰《た》があきにあらぬものゆゑ女郎花なぞ色に出でてまだきうつろふ

228 秋の野に泊まることにしよう、女郎花の名にひかれるから。旅に出ているわけではないけれども。
○むつましみ 「み」は理由を表す接尾語。○旅ならなくに 旅でもないのに泊まるというのは、それだけ女郎花の名にひかれたから。

229 女郎花がたくさん咲いている野辺に泊まったならば、いわれなく浮名を立てることになるだろう。
○あやなく 筋が通らない。→四一。○立ち 女郎花が生えているという意味の「立つ」(二二七など)への連想もある。▽配列の上では、二二八に反論している趣。『紫式部日記』冒頭部に、若い藤原頼通が作者たち女房と語り合った後、「多かる野辺に」と口ずさんで去る場面があり、紫式部は頼通の落ち着いたふるまいをほめている。

230 女郎花は、秋の野風に吹かれてあちこちになびいているが、そのたった一つの心は誰に寄せているのだろう。○朱雀院の女郎花合 昌泰元年(八九八)の秋、宇多上皇が朱雀院で催した。○野風 「吹きまよふ野風」(七八一)とあるように、吹く向きが定まらない。○うちなびき あたかも多くの男性に「女」である女郎花がなびいている風情。▽女郎花の心の中を忖度。ここまでの男の側の行動や心情を詠んだ歌から転換。

231 秋でなくては逢うことのむずかしい女郎花よ。織姫と彦星が一年に一度しか逢えないあの天の川の河原に生えているわけでもないのに。○生ひぬ 「ぬ」は打消。○ものゆゑ 接続助詞。順接、逆接いずれの意味もあるが、ここは逆接。▽同じ趣の歌に、「たなばたに似たるものかな女郎花秋よりほかに逢ふ時もなし」(後撰集・秋中・躬恒)がある。

232 誰かの秋ではなく、誰にとっても訪れた秋なのに――誰かに飽きたというわけでもないけれど、女郎花よ、どうしてはっきりと、こんなにも早く色移ろうのか。○初二句 誰かのために来た秋でもない、すなわち誰にとっても訪れた秋だということ。「秋」に「飽き」が掛かるが、下句から戻って掛詞であることがわかる。○下句 女郎花の様子でありながら、心変わりという内面を感じさせる。▽すべての物に訪れた秋でありながら、いち早く女郎花が色移ろったことに疑問を呈し、もしかするとそれは、女郎花にとって「飽き」が来たゆえの心変わりなのか、と疑う。

躬恒

233 妻こふる鹿ぞ鳴くなる女郎花おのがすむ野の花と知らずや

234 女郎花吹き過ぎてくる秋風は目には見えねど香こそしるけれ

忠岑

235 人の見ることやくるしき女郎花秋霧にのみ立ち隠るらむ

236 ひとりのみながむるよりは女郎花わがすむ宿に植ゑて見ましを

ものへまかりけるに、人の家に女郎花植ゑたりけるを見てよめる

兼覧王《かねみのおほきみ》

237 女郎花うしろめたくも見ゆるかな荒れたる宿にひとり立てれば

寛平御時、蔵人所《くらうどどころ》のをのこども、嵯峨野に花見むとてまかりたりける時、かへるとてみな歌よみけるついでによめる

平貞文

233 妻を恋い慕って鹿が鳴くのが聞こえる。女郎花が自分の住む野の花、その名のとおり女性であることを知らないのだろうか。○おの　自分。ここは鳴いている鹿。○野の花　女郎花が「をみな（女）」という名前のとおり女であること。妻を捜し求めなくとも、女である女郎花がいるよ、と戯れたもの。

234 女郎花を吹いて過ぎてくる秋風は、目には見えないが香ではっきりわかる。▽女である女郎花を吹いてきた風だから、よい香を運んできている。一〇三に似る。

235 人が見るのがつらいのか女郎花よ、それで秋霧に隠れてばかりいるのだろうか。○初二句　五句「立ち隠る」の理由を推量する。○立ち隠る「立ち」が霧の縁語。▽霧に隠れる女郎花→一〇一八。

236 一人ぼんやりともの思いをしているより、女郎花をわが家の庭に移し植えて一緒に暮らしてみたいものだがなあ。○ながむる「ながむ」はぼんやりともの思いにふけって時を過ごすこと。主語は、作者。○見ましを　「見る」は男女が逢うこと、結婚すること。女郎花を人間の女性に見立てて、ということ。「まし」は、実際には不可能なことを仮想する意。▽この女郎花は、作者の思う女性の比喩ではなく、花そのもの。野に咲く女郎花をその名のとおり女性と見て、一緒に暮らすことを夢想する。

237 あの女郎花がなんとも気がかりだな。荒れ果てた邸に一人で立っているので。○ものへまかりける「もの」は行き先を明示しない場合の言い方。○ひとり　女郎花を女性に見立てる。▽王朝の物語には、荒れ果てた邸に住む薄幸の女性を男性が見出し結ばれるという、いわゆる「葎（むぐら）の宿の女」という型がある。『うつほ物語』の俊蔭娘と藤原兼雅、『源氏物語』の夕顔と光源氏など。女郎花（女）からそうした物語が連想される。また、配列の上からは、二三六の後日談として、女郎花を庭に植えた男が心変わりをして去った後の情景とも読める。

238 花にまだ飽き足りないのに、どうして皆さんはお帰りになるのでしょう。女郎花がたくさんあるこの野辺で寝てしまえたらと思っておりますのに。○蔵人所　蔵人の勤める役所。蔵人は、天皇の側近として諸々の実務にあたる。○をのこ　下級役人。○嵯峨野　平安京の西郊。逍遥に出かけたり、別荘が構えられたりする風流の地。「嵯峨の大堰のわたりの野山、むとくにけおされたる秋なり」（源氏物語・少女）は、光源氏の六条院秋の町の風情。○ついで　折。機会。作者は、蔵人所の役人ではなく、専門歌人としてこの逍遥に付き従い、「をのこども」が歌を詠んだ折に詠む機会を与えられたものであろう。→一九〇。○あかで「飽く」は満ち足りる。○三四句　二二九にも。○寝なましものを「女」である女郎花への関心をあけすけに歌って座を盛り上げる。「まし」→二三六。▽『平中物語』一四段にも見える。

238 花にあかでなに帰るらむ女郎花多かる野辺に寝なましものを
敏行朝臣

是貞親王の家の歌合によめる

239 なに人か来てぬぎかけし藤袴《ふぢばかま》来る秋ごとに野辺をにほはす
貫之

藤袴をよみて、人につかはしける

240 宿りせし人の形見か藤袴忘られがたき香ににほひつつ
素性

藤袴をよめる

241 主しらぬ香こそにほへれ秋の野に誰《た》がぬぎかけし藤袴ぞも
平貞文

題知らず

242 今よりは植ゑてだに見じ花すすきほに出づる秋はわびしかりけり
在原棟梁《むねやな》

寛平御時后宮の歌合の歌

243 秋の野の草のたもとか花すすきほに出でて招く袖と見ゆらむ

239 どのような人が来て脱いで掛けていったのか、この藤袴は。毎年来る秋ごとに野辺によい香りを漂わせている。○来て「着て」ととる説もあるが、四句との関係で「来て」がよい。○藤袴 花の名であるが、その名から「袴」を連想する。○来る秋ごとに 藤「袴」を脱いだ人はもう来ないが、秋は毎年来る。▽藤袴は、秋の七草。「萩の花尾花葛花なでしこが花 女郎花また藤袴朝顔の花」（万葉・巻八・一五三八・山上憶良）。以下、二四一まで藤袴の歌。すべて香が詠まれる。藤袴の芳香は、人の袴にたきしめられた薫香という機知。「宮人のその香にめづる藤袴君のおほもの（御物）手折りたる今日」（『類聚国史』所引『日本後紀』・嵯峨天皇）は、平安時代初めの歌。

240 宿をとった人が残していったものであろうか、この藤袴は。忘れがたい香をいつまでも漂わせていて。○宿りせし人 宿をとった場所が貫之の邸か野辺かで説が分かれる。詞書の「人」とも同じ人かどうか不明。ここは、貫之が女の立場に立った虚構の設定と見る。○形見 人を思い出すもの。亡くなった人とは限らない。▽難解な歌。藤袴の「袴」を訪問した男性のものと見立てて、そのたきしめた香りが花の香りとして残り、その人をいつまでも思い出す。藤袴の名前のおもしろさから虚構の恋の人間関係を作り上げた歌。「宿り」の語感からは、山里の女がかつてかりそめにやって来た男に贈った歌という風情が感じられる。四二と少し似る。

241 用い主のわからない香が匂っている。秋の野に誰が脱いで掛けていった藤袴なのか。○主知らぬ香 主が誰であるか知らない香。藤袴の名から人の薫香と見なす。○こそ 秋の野に人の薫香が残る、という奇妙な事態を強調する。

242 今からは秋の野に出かけることはもちろん、庭に植えてさえ見ることはすまい、花薄を。それが穂に出る秋は、恋の思いがこらえきれずに表に出て、つらい思いをするから。○だに わざわざ秋の野に出かけずに、手近に薄を見ようとすること。○ほに出づる 薄が穂を出すことと、思いが顔色など表に表れる、の意を掛ける。↓五四九、六五三など。○わびしかり 心に秘めた思いが外に表れて噂になるなどして、つらい思いをすること。

243 秋の野の草の袂なのか、花薄は。それで穂が出ると袖が招いていると見えるのだろう。○初二句 「秋の野の草」を着物に見立て、薄をその袂に見立てる。○招く 薄の穂が風に揺れるさま。その様子を手招きするものと見なす。▽『新撰万葉集』は、次の漢詩と対にする。「秋日遊人遠方を愛す 野外に逍遥して蘆芒を見る 白き花揺動して招く袖に似たり 疑ふらくはこれ鄭生任氏嬢か」。この漢詩は今は失われた白居易の『任氏怨歌行』によるらしく、美人の任氏が鄭生を招く場面があったと思われる。唐代伝記小説『任氏伝』は、任氏と鄭との悲恋の物語。

244 われのみやあはれと思はむきりぎりす鳴くゆふかげのやまとなでしこ

素性法師

題知らず

245 みどりなるひとつ草とぞ春は見し秋はいろいろの花にぞありける

よみ人知らず

246 ももくさの花のひもとく秋の野に思ひたはれむ人なとがめそ

247 月草に衣はすらむ朝露にぬれてののちはうつろひぬとも

仁和の帝、親王《みこ》におはしましける時、布留《ふる》の滝御覧ぜむとて、おはしましける道に、遍昭が母の家に宿りたまへりける時に、庭を秋の野につくりて、御物語のついでによみて奉りける

248 里はあれて人はふりにし宿なれや庭もまがきも秋の野らなる

僧正遍昭

244　私だけがしみじみ心ひかれるのであろうか。こおろぎの鳴くなか、夕日に照らされた大和撫子の姿に。○や　疑問か反語か決め手がないが、後述の理由で疑問ととる。○きりぎりす　→一九六。多く夜のものとして詠まれる。○ゆふかげ　夕日の光。「ゆふぐれの」とする本が多い。▽夕方のこおろぎと夕日に照らされた大和撫子はややめずらしい。それゆえ、その魅力を感じるのは自分だけだろうかといぶかる気持。

245　緑色をした同じ種類の草だと春は思っていた。しかし、秋は色とりどりの花を咲かせるので、みな種類が違うことがわかるのだった。▽「緑」と「いろいろ」、「草」と「花」、「春」と「秋」という細かな対。春の花は、梅や桜など木の花が代表格であるが、秋は、草の花の方に目が行く。

246　たくさんの種類の花が咲く、その「紐を解く」秋の野で、心楽しく戯れようと思うのだ、人よ、とがめないでほしい。○ももくさ　「百種」。多くの種類。○ひもとく　「花が開く」に「衣の下紐を解く」を掛ける。男女の共寝のイメージを生み、下句へつながる。○思ひたはれむ　「たはる」は奔放な性関係を結ぶこと。和歌にはほとんど用いない。「…人皆の　かく惑へれば　うちしなひ　寄りてぞ妹は　たはれてありける」(万葉・巻九・一七三八　珠名娘子を詠む歌)。▽男の立場の歌。

247　月草であなたの衣を摺（す）って染めましょう。たとえ朝露に濡れて帰った後は色うつろうとしても。○月草　露草のこと。色が変わりやすいものとして『万葉集』以来詠まれる。○衣　歌の詠み手を女ととり、男の衣と見る。「月草に衣ぞ染むる君がためまだらの衣摺らむと思ひて」(万葉・巻七・一二五五)。○すらむ　「摺る」は染料を塗った形木(かたぎ)を布にこすりつけて染めること。○朝露にぬれて　男が女のもとから帰ること。○うつろひ　衣の色があせることと心変わりをすることを掛ける。二四六が男女の恋に寄せた歌なので、これも恋の意味合いを持つ。▽『万葉集』・巻七・一三五一に同じ。仮名序に『万葉集』の歌は採らない方針が示されているが、一九二とこの歌二首が入集。染色を歌うことと、二四六が男の立場であることから、女の立場の歌と見る。

248　里は荒れて、住む人は年老いてしまった宿だからでしょうか、庭も垣根も秋の野さながらです。○仁和の帝　光孝天皇。→作者略伝。遍昭とは関わりが深い。→三四七、三四八。○親王におはしましける時　即位の元慶八年（八八四）以前。→二一、三四八、三九六。○布留の滝　今の奈良県天理市の布留川の上流にあった滝。布留、→一四四。親王の布留の滝への遊覧、→三九六。○遍昭が母の家　所在は不明。布留に近い所か。○秋の野　ここはさびれた風情。○里はあれて　平安京に都が移り、荒廃が進んでいた。○人はふりにし　「人」は遍昭の母。遍昭は、弘仁七年（八一六）生まれ。○下句　荒れた庭であるという謙遜。

古今和歌集巻第五

秋歌下

是貞親王の家の歌合の歌　文屋康秀

249 吹くからに秋の草木のしをるればむべ山風をあらしといふらむ

250 草も木も色かはれどもわたつうみの波の花にぞ秋なかりける

秋の歌合しける時によめる　紀淑望

251 紅葉せぬときはの山は吹く風の音にや秋をききわたるらむ

題知らず　よみ人知らず

252 霧立ちて雁ぞ鳴くなる片岡の朝《あした》の原は紅葉しぬらむ

古今和歌集巻第五

秋歌下

249 吹くとたちまち秋の草木がしおれるので、なるほどそれで山風を「嵐」と書いて、「荒らし」というのだろう。○からに …するとすぐに。○下句 「嵐」が「荒らし」に通じ、漢字を分解すれば「山風」になることによる機知。▽漢詩の離合詩と似た着想。→三三七。作者名を「文屋朝康」（康秀の子）とする本がかなりある。『百人一首』に入る。

250 （秋になると）草も木も色が変わるけれども、海の波の花には秋はなかったのだった。○わたつうみ 「わたつみ」から変化した語で、『万葉集』には見えない。○波の花 白い波を花に見立てる。→一二、四五九。○秋なかりける 秋がない、という表現はめずらしい。→二六八。

251 紅葉をしない常盤山は、吹く風の音に秋を聞き続けているのだろうか。○ときはの山 京都市右京区常盤にある山。その名から、常緑で紅葉しない印象がある。二五〇に対して、海の波の花だけでなく、陸地でも常盤の山は、目に見える秋がない、という関係。○らむ 常盤山の立場に立って、秋を知る方法を想像する。

252 霧が立ち雁が鳴くのが聞こえる。片岡の朝の原では、もう紅葉したことだろう。○なる 音が聞こえることを示す助動詞「なり」の連体形。○片岡の朝の原 奈良県北葛城郡王寺町のあたりの岡か。

253 神無月時雨もいまだ降らなくにかねてうつろふ神奈備《かむなび》の森

254 ちはやぶる神奈備山のもみぢ葉に思ひはかけじうつろふものを

貞観《ぢやうぐわん》の御時、綾綺殿《りようきでん》の前に梅の木ありけり。西の方にさせりける枝のもみぢはじめたりけるを、上にさぶらふをのこどものよみけるついでによめる

藤原勝臣《かちおん》

255 同じ枝《え》をわきて木の葉のうつろふは西こそ秋のはじめなりけれ

石山にまうでける時、音羽山の紅葉を見てよめる

貫之

256 秋風の吹きにし日より音羽山峰のこずゑも色づきにけり

是貞親王の家の歌合によめる

敏行朝臣

257 白露の色は一つをいかにして秋の木の葉をちぢにそむらむ

壬生忠岑

258 秋の夜の露をば露とおきながら雁の涙や野辺をそむらむ

253　十月に降る時雨もまだ降らないのに、もう早々と木々が色変わりしている、神奈備の森よ。○神無月　十月。秋の歌の今の時点ではない。冬に入って十月に降るものである時雨、ということ。○かねて　木々を紅葉させるはずの時雨がまだ降らないうちに。○神奈備の森　もともと普通名詞で、神が降りる森。そのため各地にあるが、ここは、固有名詞とすれば、竜田川に近い奈良県生駒郡斑鳩町の森。

254　神奈備山の紅葉は美しいけれども思いを寄せないでおこう、色変わり（心変わり）するものだから。○神奈備山　前の歌同様、もともと普通名詞。固有名詞とすれば、前の歌と同じ斑鳩町の山。○うつろふ「紅葉する」の意味に、「人が心変わりする」の意味を響かせる。▽配列の上では、前の歌を受けて、紅葉のあまりにも早い色変わりから心変わりを連想して、紅葉といえば賞美するものという常識に対して、軽く意表をつくもの言いをしてみたもの。

255　同じ一つの木の枝であるのに、ほかとちがってこちらが紅葉しているのは、秋が西から来るものだったからなのだ。○貞観　清和天皇の時代の年号。八五九―八七七年。○綾綺殿　内裏の殿舎の一つ。仁寿殿の東、温明殿の西。一時、清和天皇が居所とした。○させりける　「さす」は、枝を伸ばす。○もみぢ　ここは動詞「もみづ」の連用形。○をのこども　殿上人たち。○わきて「わく」は、他と区別する。○下句　五行思想では、秋は西に相当する（春は東、夏は南、冬は北）。

256　秋風の吹いたその日から、音という名を持つ音羽山の峰の梢も色づいていたのだな。○石山　大津市石山寺の石山寺。○音羽山　京都市山科区と大津市との境にある山。○秋風の吹きにし日　立秋の日。→一六九。▽音羽山は、その名から「音」と関連して詠まれる。→一四二。ここも、「音」という名を持つ音羽山だから、たしかに秋風の「音」を聞き取り、紅葉し始めていたのだ、ということ。

257　白露の色は一つであるのに、どのようにして秋の木の葉を色とりどりに染めるのであろうか。▽露が紅葉を染めるという当時の把握が前提。紅葉の色とりどりの美しい彩りを、白「一つ」と「ち（千）ぢ」との対照に興じて知的に捉える。「一」と「千」の対は、→一九三。

258　秋の夜の露は露として置いてはいるが、それとは別に雁の涙が野辺を染めるのであろうか。○ながら　ある状態の継続を示すが、しばしば逆接の意味になる。ここも、露は置いてはいるがそれと別に、という運び。○雁の涙　涙が色とりどりの紅葉を生み出すという美しい幻想。紅涙ととる注が多く、二五七の「白露」との対照が生まれる点はよいが、二五七の「ちぢ」、二五九の「ちくさ」を見合わせると、多彩な紅葉である方がよい。なお、露を雁の涙に見立てる歌、→二二一。▽二五七とあたかも問答をなす体。同じ歌合の歌なので、あるいは番えられていたかも

題知らず　よみ人知らず

259 秋の露色々ことにおけばこそ山の木の葉のちくさなるらめ

守山《もるやま》のほとりにてよめる　貫之

260 白露も時雨もいたくもる山は下葉のこらず色づきにけり

秋の歌とてよめる　在原元方

261 雨降れど露ももらじをかさとりの山はいかでかもみぢそめけむ

神の社《やしろ》のあたりをまかりける時に、斎垣《いかき》のうちの紅葉を見てよめる　貫之

262 ちはやぶる神の斎垣にはふくずも秋にはあへずうつろひにけり

是貞親王の家の歌合によめる　忠岑

263 雨降ればかさとり山のもみぢ葉はゆきかふ人の袖さへぞ照る

しれない。

259 秋の露が、色さまざまにおくからこそ、山の木の葉が色とりどりに色づくのだろう。○ことに「異に」。露じたいが色々な色を持っている。○ちくさ「千種」であるが、ここは木の葉の種類ではなく、さまざまな色。一〇二、二九〇など。▽配列の上では、前の二首に対して、雁の涙を持ち出さずとも、やはり木の葉は露が染めるものだ、「白露」とはいうが、実際には露の輝きは色とりどりではないか、と主張する趣。以上三首で一組。いずれも、「らむ」で結び、二五七、二五八が「いかにして」「涙や」と疑問を伴うのに対して、これは「おけばこそ」とやや確定的に述べて「問答」をしめくくる。

260 白露も時雨もひどく「漏る」、もる山では、下葉まですっかり色づいているのであった。○守山　今の滋賀県守山市。○白露・時雨　いずれも木の葉を紅葉させる。○もる山「漏る」を掛ける。遮るものがない、という意味で下に続く。

261 雨が降っても露一つ漏れることはないだろうに、笠をとってかぶるという笠取山では、どのようにして紅葉しはじめたのであろうか。○雨　木々を紅葉させるもの。○露　雨露の「露」と、少しも…ないの意の「つゆ」を掛ける。○かさとりの山　笠取山。京都府宇治市の山。その名から「笠をとってかぶる」ものとして詠まれる。○もみぢ　ここは動詞「もみづ」の連用形。▽二六〇の「漏る」守山と対照的。いずれも名前のおもしろみに即した興。

262 威光のある神社の玉垣に這う葛も、秋の力にはこらえきれずに色うつろうのだった。○斎垣　神域の清浄を保つ垣。「瑞垣(みづがき)」ともいう。「いかき」と清音で訓む。○ちはやぶる　「神」「わが大君」などにかかる枕詞。この歌では、「力のある」という本来の意味がこもる。○はふ　神の力によりすがる趣。▽神社は神を祀る場所なので、神事に榊を用いるように、そこに生える植物も常緑のイメージがある。この歌では、神の力をもってしても秋の力にはかなわない、と少し大げさな対比をしながら、万物がうつろう秋に感慨を抱く。

263 雨が降ると笠をとる、その笠取山の紅葉は、そこを行き交う人の袖までも照り輝くほどだ。○かさとり山　→二六一。笠をかぶって雨を防ぐはずなのに、そうではなく、雨によって紅葉の色が深まる。○さへ　紅葉はもちろんのこと、袖までも。○照る　照り輝く、の意で色が深まることを示す一方、「雨降れば…照る」と対照になることばのおもしろみもある。

寛平御時后宮の歌合の歌　　よみ人知らず

264 散らねどもかねてぞ惜しきもみぢ葉は今は限りの色と見つれば

大和の国にまかりける時、佐保山に霧の立てりけるを見てよめる　　紀友則

265 誰《た》がための錦なればか秋霧の佐保の山辺を立ちかくすらむ

是貞親王の家の歌合の歌　　よみ人知らず

266 秋霧は今朝はな立ちそ佐保山のははそのもみぢよそにても見む

秋の歌とてよめる　　坂上是則

267 佐保山のははその色はうすけれど秋は深くもなりにけるかな

人の前栽に菊にむすびつけて植ゑける歌　　在原業平朝臣

268 植ゑし植ゑば秋なき時や咲かざらむ花こそ散らめ根さへ枯れめや

264 まだ散ってはいないけれど、もうその前から惜しまれる。もみじ葉とは、これでお別れ、今がその美しさの極みの色であると見たから。○かねて　あるできごとの前から。前もって。あらかじめ。○惜しき　「ぞ」の係り結び。ここで切れるが、三句にもゆるやかにつながる。○今は限り　これで終わり、お別れ、という意味の決まった言い方。ここはさらに、「限り」に「極限、極み」という意味が重なる。

265 いったい誰のための錦だからというわけで、秋霧は佐保山の山辺に立って、紅葉を隠しているのだろうか。○佐保山　奈良市法蓮町のあたりの丘陵。平城京の東にあたり、この後の時代には、西の竜田姫(秋)に対して、佐保姫という春の女神があてられる。○錦　紅葉の見立て。例が多い。「錦」だけで紅葉を表す例は、二九一、二九六にも見られ、当時の一般的な表現。○なればか　「か」は疑問で、一首全体にかかる。○立ちかくす　霧が立って隠す。霧に隠すだけの理由があるものと見なし、誰かのための錦かと推測した。▽梅を隠す闇、桜を隠す霞、と同様の趣向。霧が隠す紅葉という構図と、紅葉と錦の見立てを巧みに組み合わせる。

266 秋霧は、今朝は立ってくれるな。佐保山の柞のもみじを遠くからでも見たいから。○ははそ　楢のこと。黄葉する。▽「今朝は」「よそにても」から、朝に旅立ってゆく人の歌とも読める。

267 佐保山の柞の色は薄いけれども、秋はもう深くなったのだ。○うすけれど　柞は、黄葉するので、紅葉のように色が深くならない。「まだ薄い」の意味ではない。▽「薄けれど」と「深く」の対。薄い柞の色以外から秋の深まりを感じ取る。『古今六帖』一には「長月」の項に入れる。

268 心をこめて植えたならば、秋のない年には咲かないであろうか、そのような年はないので毎年咲くだろう。花は散るだろうが、根までが枯れることがあろうか。○詞書　人の家の植え込みのために菊を贈り、その菊に結びつけた歌。「植ゑける歌」は、ややととのわないが、「植えたときの、その歌」という意味合い。○初句　「し」は同じ動詞のくり返しを強調。○二三句　「秋なき時」は業平らしい誇張。秋がなければもちろん咲かないが、そのような年はないので、毎年咲く。○花こそ散らめ　菊は長寿をもたらす植物とされていたので、その菊でもさすがに花は散るということ。▽『伊勢物語』五一段にも。以下二八〇まで菊の歌群。

寛平御時、菊の花をよませたまうける　敏行朝臣

269 ひさかたの雲の上にて見る菊は天つ星とぞあやまたれける

この歌は、まだ殿上ゆるされざりける時に、召し上げられてつかうまつれるとなむ

是貞親王の家の歌合の歌　紀友則

270 露ながら折りてかざさむ菊の花老いせぬ秋の久しかるべく

寛平御時后宮の歌合の歌　大江千里

271 植ゑし時花待ち遠にありし菊うつろふ秋にあはむとや見し

同じ御時せられける菊合《きくあはせ》に、州浜《すはま》をつくりて、菊の花植ゑたりけるにくはへたりける歌。吹上《ふきあげ》の浜のかたに菊植ゑたりけるによめる　菅原朝臣

272 秋風の吹き上げに立てる白菊は花かあらぬか波の寄するか

269　雲の上である宮中で見る菊は、天の星かと見まがうのでした。
○よませたまうける　主語は、宇多天皇。○ひさかたの　「天」「空」などにかかる枕詞。○雲の上　宮中のこと。○天つ星　菊を、雲の上、すなわち天の星に見立てた。菊と星との見立ては、漢詩文由来のもので、当時例が多い。○左注　敏行は、寛平年間（八八九―八九八）にはすでに五位であり、昇殿が許されていたと考えられる。歌の内容を、初めて殿上に上がる機会を得た時のものと判断したものか。殿上以前にすでに歌才を発揮していた、という一種の説話。▽菊と星の見立てを、「雲の上」ということばに引っ掛けて詠んだものので、初めて昇殿した折と見る必要はない。

270　露がついたまま折って挿頭（かざし）にしよう菊の花を。不老長寿のこの菊の秋がいつまでも続くように。○露　菊は不老長寿の花と見られていたが、とくに菊に置いた露にその力があるとされた。○かざさむ　挿頭にすること。花を挿頭にするのは、単なる飾りではなく、本来は花の持つ生命力にあやかる行為。

271　植えたとき花が咲くのを待ち遠しいと思っていた菊、それが色変わりをする秋にあうなどと思ったことであろうか。○うつろふ　菊の花が薄紅や薄紫に色変わりする意。菊の場合は、色変わりが賞美された。通常の色あせ衰えるの意味を予想させながら、色あせ衰える秋ではなく、美しい色変わりの秋を迎えるとは、という気持。

272　秋風が吹く吹上の浜に立っている白菊は花なのか、それともちがうのか、波が寄せているのか。○同じ御時　前歌と同じ寛平の御時。○菊合　いわゆる『寛平御時菊合』。年次不明。左右二組に分かれた歌人が趣向を凝らした菊に即して歌を詠む。○州浜　洲のある海岸をかたどった台。ここでは、それぞれに名所や仙宮などの形をつくり、趣向を凝らす。○くはへたりける歌　ここまでが、二七五までにかかる。○吹上の浜　和歌山県和歌浦の北。風光明媚な地として、当時の作品によく出る。○秋風の吹き上げ　秋風の「吹く」と、地名「吹上」とを掛ける。○あらぬか　やや破格の表現。「花にあらぬか」。→七四七。○波　菊の花の見立て。→二五〇。

仙宮に菊をわけて人のいたれるかたをよめる　素性法師

273
ぬれてほす山路の菊のつゆのまにいつかちとせをわれは経にけむ

菊の花のもとにて人の人待てるかたをよめる　友則

274
花見つつ人待つ時は白妙の袖かとのみぞあやまたれける

大沢の池のかたに菊植ゑたるをよめる

275
ひともとと思ひし菊を大沢の池の底にも誰か植ゑけむ

世の中のはかなきことを思ひける折に、菊の花を見てよみける　貫之

276
秋の菊にほふかぎりはかざしてむ花よりさきと知らぬわが身を

白菊の花をよめる　凡河内躬恒

277
心あてに折らばや折らむ初霜のおきまどはせる白菊の花

273 濡れて干した山路の菊の露、そのほんのわずかの間にいつのまに千年もの時を私は経たのであろうか。○仙宮　仙人の住む宮殿。○菊をわけて　菊の咲いている中に分け入って。○いたれる　到着する。○つゆ　菊の「露」と、「つゆの間（つかの間）」とを掛ける。下の「ちとせ」との対照。▽菊の露に濡れることは、長寿を得ることであった。仙界は時間の経過が人間界とは比べものにならないくらい遅いので、山路の菊の露によって千歳の長寿を得ながら、千年の経過という実感が得られない、その不思議さを詠んだ歌。

274 花を見ながら人を待っているときは、ふと白妙の袖ではないかと見誤ってしまうのだ。○人の人待てる　ある人が誰かほかの人を待っている。○白妙の袖　白菊の見立て。▽人を待つ思いが菊を袖であると見せる。州浜の風景を詠んだのではなく、州浜に作られた人物の心中に即して詠んだ歌。何かを待つ気持による見立ては、→七、三四。

275 一本だけ植えられていると思っていた菊を、誰が大沢の池の底にも植えたのであろうか。○池の底　水面に映った菊を水底のものとする。ここは、州浜なので実際には水もなく、想像による。▽以上、四首、『寛平御時菊合』の歌。

276 秋の菊が美しく咲いている間は、挿頭にさしておこう。花よりも命短いかどうかわからぬわが身なのだから。○にほふ　香りがするという意味もあるが、ここは、咲き誇る。○かざしてむ　菊の花が持つ長寿の力にあやかる行為。→二七〇。

277 見当をつけて折るならば折れるだろうか。初霜が置いてわからなくしている白菊の花を。○心あてに　これがそうだ、という見当をつけて。「あてずっぽう」ではない。○折らばや折らむ　「や」は疑問。「折らむ」は、文法的には「折られむ」となるべきところ。▽三句以下の情景は、現実のものではなく、霜と菊が同じ「白さ」によって紛れるという、想像上の美の世界。それゆえに、手も触れることもかなわないだろうか、という、美への接近を断念する気持が生まれる。白一色の現実ばなれした紛れの世界は、躬恒好み。たとえば、月光と白梅の紛れ、→四〇。この歌は『百人一首』にも入る。

是貞親王の家の歌合の歌　よみ人知らず

278 色かはる秋の菊をばひととせにふたたびにほふ花とこそ見れ

仁和寺に菊の花召しける時に、歌そへて奉れと仰せられければ、よみて奉りける　平貞文

279 秋をおきて時こそありけれ菊の花うつろふからに色のまされば

人の家なりける菊の花をうつし植ゑたりけるをよめる　貫之

280 さきそめし宿し変れば菊の花色さへにこそうつろひにけれ

題知らず　よみ人知らず

281 佐保山のははそのもみぢ散りぬべみ夜さへ見よと照らす月影

宮仕へ久しうつかうまつらで、山里にこもりはべりけるによめる　藤原関雄

282 奥山の岩垣もみぢ散りぬべし照る日の光見る時なくて

278　色が変わる秋の菊を一年に二度美しく咲きにおう花と見るのだ。○色かはる　白菊の花は、薄紅、薄紫へと色が変化する。▽花は、色が変わるといえば、色あせることをいうのが普通だが、菊は白い色の盛りも美しいが色の変化も美しい、と少し常識の逆を行く歌。「ひととせ」と「ふたたび」の対→一三二。

279　秋の花盛りの時をおいて、また花盛りの時があったものだ。菊の花は色移ろい、場所が変わるとともにいよいよ色が深くなるのだから。○仁和寺　仁和四年（八八八）宇多天皇により創建。退位落飾後の延喜四年（九〇四）より移住。○菊の花召しける時　宇多法皇が菊の献上を求めたか、菊の宴が開かれた折であろう。○秋　文字通りの秋ではなく、秋の花盛りと見る。○時　盛りの時。ここは、法皇に賞美される、という特別な「時」。○うつろふ　菊の色変わりすることと菊が移されることを掛けた。

280　咲き始めた宿から新しい宿に移ったので、菊の花は色までが変わってゆくのだ。○うつろひ　前歌同様、菊の花が植えられる場所が変わる意と、菊の花が色変わりする意とを掛ける。▽以上二六八から十三首、菊の歌群。人の家の前栽のために贈った歌（二六八）で始まり、自分の家の庭に移し替えられた歌（二八〇）で終わる、構成の工夫がある。

281　佐保山のははその紅葉が散りそうなので、昼だけでなく夜も見よ、と照らしているこの月影よ。○佐保山のははそ　→二六六、二六七。○べみ　助動詞「べし」の語幹に理由を表す接尾語「み」が付いたもの。古今集時代には、少し古風な語法。

282　奥山の岩垣に這う紅葉はきっと散ってしまうだろう。照り輝く日の光を見ないままに。○山里　作者関雄は、東山に隠棲していた。ここも東山か。○岩垣　岩がそそり立ち、垣のようになっている場所。「岩垣沼」「岩垣淵」などの語は、ひっそりした所として歌に詠まれる。○もみぢ　岩に這う葛などの紅葉であろう。▽単なる風景の歌ではなく、山里に隠棲したまま、帝の恩顧を蒙ることができない、という寓意がある。「もみぢ」が作者、「照る日の光」が帝の恩沢を表す。関雄は、もともと東山で隠逸生活を好む人物であったと伝えられるが、この詞書と歌の内容は、不遇感を感じさせる。

題知らず　　　　　　　　　　　　よみ人知らず

283 竜田川紅葉乱れて流るめり渡らば錦中や絶えなむ

この歌は、ある人、ならのみかどの御歌なりとなむ申す

284 竜田川もみぢ葉流る神奈備《かむなび》の三室の山に時雨降るらし

または、あすか川もみぢ葉流る

285 恋しくは見てもしのばむもみぢ葉を吹きな散らしそ山おろしの風

286 秋風にあへず散りぬるもみぢ葉のゆくへ定めぬわれぞかなしき

287 秋は来《き》ぬ紅葉は宿に降りしきぬ道踏みわけてとふ人はなし

288 踏みわけてさらにやとはむもみぢ葉の降りかくしてし道と見ながら

283　竜田川に紅葉が散り乱れて流れているようだ。もし川を渡ったら紅葉の錦が途中で断ち切られてしまうだろうか。○竜田川　生駒山脈沿いに南に流れ、大和川に合流する川。紅葉の名所。『万葉集』には詠まれない。○錦　紅葉の見立て。○中や絶えなむ　紅葉の錦が織り出されている、その川の流れが断ち切られること。「中絶ゆ」は、もっぱら橋の途絶と男女関係の断絶に用いる。ここも単に紅葉の錦が裁たれるだけでなく、「(川を)渡る」から橋のイメージが川と重なって紅葉の流れが途絶えるという想像。○左注　「ならのみかど」は、平城天皇。二二二の左注にも既出。

284　竜田川に紅葉が流れている。上流の神奈備の三室の山では、きっと時雨が降っているのだろう。○神奈備　↓二五四。○三室の山　神の降りる山。神奈備と同様もともと普通名詞であるが、ここは竜田山をさす。○時雨　秋から冬にかけて降る通り雨。紅葉を染めるものと考えられていた。○らし　ある根拠を持った推定。竜田川に紅葉が流れて来ているということは、上流の三室の山で時雨に染められて散ったからだ、という推定。○左注　初二句の異伝を示す。「あすか川もみぢ葉流る葛城の山の木の葉は今し散るらし」(万葉・巻十・二二一〇)という類歌がある。▽底本、左注の下に「此歌不注人丸歌　他本同」と注記がある。

285　紅葉の盛りが恋しいときは、見て偲ぼうと思う。地面に散り敷いた紅葉の葉を吹き散らしてくれるな、山おろしの風よ。○しのばむ　初句からはここで一旦切れるが、「盛りをしのぶ、そのもみぢばを」とゆるやかに三句にも続く。○もみぢ葉　すでに散り、地面にある紅葉の葉と解する。○吹きな散らしそ　「な…そ」は穏やかに禁止を促す表現。

286　秋風にこらえられずに散るもみじ葉のように、どこへどうなるのか身の行く末の定まらぬ私がしみじみ悲しい。○あへず　「あふ」は、何とかこらえる。↓二六二。○ゆくへ定めぬ　「もみぢ葉の」に対する述語であり、同時に「われ」にもかかる。直前の「の」は主格でもあり、「のように」という比喩を表す連用格でもある。「ゆくへ」は、生死を含めた身の行く末。○かなしき　ここは、現代語とほぼ同じで、いとおしみを含んだ悲哀。▽はかない自然の姿がそのまま自己の存在の悲しみとなる。下句だけを見れば、雑部にも入るような歌。↓九八九。しばしば、ヴェルレーヌの「秋の歌」と比較される。

287　秋は来た。紅葉は庭に降り敷いた。しかし、その紅葉に埋もれた道を踏み分けて尋ねてくれる人はいない。○降りしきぬ　「降り敷く」。おもに雪に用いる。↓三二一、三二四。「きぬ」が「来ぬ」と同音のくり返し。▽「秋は」「紅葉は」「とふ人は」と「は」を重ねたリズムが、秋の寂しさを漸層的に深める。全体に三二二と似る。

288　踏み分けてまでことさらに尋ねてみたものだろうか。もみじ葉が降り隠してしまった道であると見

289 秋の月山べさやかに照らせるは落つる紅葉の数を見よとか

290 吹く風の色のちくさに見えつるは秋の木の葉の散ればなりけり

291 霜のたて露のぬきこそ弱からし山の錦の織ればかつ散る

関雄

雲林院の木のかげにたたずみてよみける

292 わび人のわきて立ちよる木《こ》のもとは頼むかげなく紅葉散りけり

僧正遍昭

二条の后の東宮の御息所と申しける時に、御屏風に竜田川に紅葉流れたるかたをかけりけるを題にてよめる

293 もみぢ葉の流れてとまるみなとには紅深き波や立つらむ

素性

294 ちはやぶる神代もきかず竜田川　韓紅《からくれなゐ》に水くくるとは

業平朝臣

ていながら。○さらに　あえて、ことさらに。○や　ためらいの気持。○降りかくし　紅葉が降って道を隠す。宿の主が人の訪問を拒むものと見なし、紅葉がその意を体している趣。▽二八七と一種の贈答歌のように読める。

289　秋の月が山のあたりを皓々と照らしているのは、落ちるもみじ葉の数を見ようというつもりであろうか。▽月の明るさで、物の数が数えられるという歌、→一九一。

290　吹く風が色とりどりに見えたのは、秋の木の葉が散っていたからなのであった。○ちくさ　→一〇二。▽風に色を見る歌は当時めずらしい。美しい見立て。「吹く風は色も見えねど冬来れば一人寝る夜の身にぞしみける」（寛平御時后宮歌合）のように、色はないのに「身にしむ」という歌はある。

291　霜の縦糸、露の横糸が弱いらしい。山の錦が織るそばから散るのは。○初二句　紅葉は霜や露によると考えられていたので、錦に見立てられる紅葉は、霜の縦糸と露の横糸で織られる、とした。「たてもなくぬきも定めずをとめらが織れる黄葉に霜な降りそね」（万葉・巻八・一五一二・大津皇子）、「山機霜杼葉錦を織らむ」（懐風藻・大津皇子「述志」）などに類似の発想を見るが、「霜のたて露のぬき」という対は細やか。

292　世の中をつらいと思っている人がとくに選んで立ちよる木のもとでは、頼りにする蔭もなく紅葉が散っているのだ。○雲林院　→七五。○わび人　「わぶ」は、つらい思いをする、悲しむこと。ここは、作者。個別の事情によるのではなく、出家者として世の中そのものを嘆く人、という意味合い。○わきて　「わく」は、ほかの物と区別する。特別に選ぶ。○かげ　花や紅葉の蔭は憩う場所。▽世を嘆く出家者にふさわしく、身を寄せた木には、花紅葉の憩いなどはない、という歌。底本作者名を欠くが、傍注と他本により補う。

293　もみじ葉が流れていってたどり着く河口では、深い紅色の波が立っているだろうか。○二条の后　→八。○東宮の御息所　→八。○屛風　そこに描かれた絵を題として歌が詠まれた。○かた　絵のこと。○みなと　もともとは「水門」で、川が海に出てゆくところ。河口。ただし、当時、現在と同じ港という意味もあり、「とまる」との組合せで、もみじ葉に船のイメージもあるか。→三〇一。▽屛風の画面からはみ出した、紅葉が流れてゆく果ての時間と空間を詠む。

294　あの不思議なことが多かった神代でも聞いたことがない。竜田川が、韓紅色に水をくくり染めにするとは。○くくる　くくり染め（絞り染め）にすること。川の水を染められた布地に見立てる。紅葉が点々と流れている図柄であろう。契沖までの古注は、「潜る」と読み、韓紅の紅葉の下を水が潜って流れてゆくととっていた。この歌を『百人一首』に入れた定家も同様。▽二九三と逆に、時間を遡り、紅葉の括り染めは神代と比較しても前代未聞のできご

是貞親王の家の歌合の歌　　敏行朝臣

295 わが来つる方もしられずくらぶ山木々の木の葉の散るとまがふに

忠岑

296 神奈備《かむなび》の三室の山を秋行けば錦たちきる心地こそすれ

北山に紅葉折らむとてまかれりける時によめる　　貫之

297 見る人もなくて散りぬる奥山の紅葉は夜の錦なりけり

秋の歌　　兼覧王

298 竜田姫たむくる神のあればこそ秋の木の葉のぬさと散るらめ

小野といふ所に住みはべりける時、紅葉を見てよめる　　貫之

299 秋の山紅葉をぬさとたむくれば住むわれさへぞ旅心地する

ととする。比較のスケールが大きく、大胆な見立てで意表をつくあたり、業平らしい。神代との比較という大げさな発想と紅葉の括り染めという細やかさとの対照もおもしろい。

295　自分のやって来た方向さえわからない。くらぶ山では、木々の木の葉が散って視界を紛らせているので。○くらぶ山　→三九。○散るとまがふ「と」は、ということで、の意。「来じと思ふ心はなきを桜花散るとまがふにさはるなりけり」(貫之集)。→七二、三四九。▽くらぶ山の暗さに紅葉の乱舞という、幽艶な風景。

296　神奈備の三室の山を秋に越えてゆくと、紅葉の錦を裁断して仕立て直して着るような気持がする。○神奈備の三室の山→二八四。○たちきる「裁ち着る」。紅葉が散ることを紅葉の錦の裁断と見て、身体に降りかかる紅葉を仕立て直したものと受けとめる。

297　見る人もないまま散ってしまう奥山の紅葉は、あの夜の錦なのであった。○北山　→九五。この歌では「奥山」とあるので山に入っている。○夜の錦「富貴にして故郷に帰らずんば、繡を衣て夜行くがごとし。誰かこれを知る者ぞ」(史記・項羽本紀)。朱買臣の著名な故事にふさわしい風景を見出した。▽美しいものが賞美されないことを惜しむ気持、→五〇、六八。

298　竜田姫が手向けをする神があるからこそ、秋の木の葉がぬさとなって散っているのだろう。○竜田姫　秋を司る神。竜田は平城京の西にあたり、五行思想で西は秋にあてられる。木の葉を染める女神。春の女神は、佐保姫。○神　道の神、道祖神。西に帰る竜田姫が、神に道中の無事を祈り、手向けをする。○ぬさ　幣。布や帛を細かく切ったもので、旅人は、道の神の前でこれを撒く。→四二〇。ここは、紅葉の見立て。○と　…となって。…のように。→一一一。▽神である竜田姫が、さらに道の神に手向けをするというおもしろみ。

299　秋の山は紅葉をぬさとして手向けているので、住んでいる自分までもが旅にある心地がする。○小野　もともと山麓のあまり広くない野という普通名詞。平安京周辺に固有名詞化した所が複数あるが、ここは、現在の京都市左京区一乗寺から修学院、八瀬へのあたり。○たむくれば　主語を「秋」とする説もあるが、むしろ、旅などするはずのない山が手向けをしているからこそ、近くに住んでいる自分まで旅の気分になると見た方がおもしろい。

神奈備《かむなび》の山を過ぎて竜田川をわたりける時に、紅葉の流れけるをよめる

清原深養父

300 神奈備の山を過ぎゆく秋なれば竜田川にぞぬさはたむくる

寛平御時后宮の歌合の歌

藤原興風

301 白波に秋の木の葉の浮かべるをあまの流せる舟かとぞ見る

竜田川のほとりにてよめる

坂上是則

302 もみぢ葉の流れざりせば竜田川水の秋をばたれか知らまし

志賀の山越えにてよめる

春道列樹《はるみちのつらき》

303 山川《やまがは》に風のかけたるしがらみは流れもあへぬ紅葉なりけり

池のほとりにて紅葉の散るをよめる

躬恒

304 風吹けば落つるもみぢ葉水きよみ散らぬ影さへ底に見えつつ

300　神のいる神奈備の山を過ぎてゆく秋だから、竜田川に紅葉のぬさを手向けるのだ。○神奈備の山　→二五四。ここは、現実には竜田山であるが、文字どおりの「神のいる山」という意味を活かす。○過ぎゆく秋　秋の季節が終わりに近づき、秋は西へと帰る。○ぬさ　紅葉の見立て。西に帰る秋が紅葉をぬさとして手向けた、と見なす。

301　白波に秋の木の葉が浮かんでいるのを、漁師が流してしまった舟かと思って見る。○白波　川の波。続く「木の葉」とは、白と紅の対。▽木の葉と舟の見立て。参考「みな人々の舟出づ。これを見れば、春の海に秋の木の葉しも散れるやうにぞありける」（土佐日記）。舟を木の葉に見立てる。「白波」を海の波と見る説もあるが、前後の歌が川の紅葉であり、見立てによって川の風景が海の風景に大きく転じたと見て、川ととる。

302　紅葉の葉が流れていなかったならば、この竜田川では、水にも秋があるということを誰が知ろうか。○水の秋　川の水に浮かぶ紅葉から、水それじたいも季節の移ろいを持つ世界であると見なして、いま秋になっているとする。四五九に「水の春」の例がある。

303　山川に風がかけた柵は、流れようとしても流れることのできない紅葉なのであった。○詞書　→一一五。○山川　山中を流れる渓流。あまり速くもなく深くもない。「やまがは」と濁る。○しがらみ　川の流れをせき止める柵。ここは、紅葉の見立て。○流れもあへぬ　「あへ」は「あふ」で、何とか…できる。▽上句は、人が掛けるのではなく、風が掛けるしがらみとは何か、という一種の謎掛け。普通はしがらみに掛かり吹き溜まっているはずの紅葉が、ここでは、それじたいが風の掛けたしがらみとして美的な存在に変容する。「風のかけたる」はただの柵ではない暗示。『百人一首』に入る。

304　風が吹くと落ちる紅葉は水面に浮かんで見え、池の水が澄んでいるのでまだ散らずに枝にある紅葉の影も底に見えていて。○もみぢ葉　二句切れともとれるが、「池の水面に浮かび」という意味合いを含み持ちつつ、下句で水に映る枝の紅葉とともに見えるものとなる。○きよみ　「きよ」は形容詞「きよし」の語幹。「み」は理由を表す接尾語。○さへ　枝に残る「散らぬかげ」までも。○底　水底。当時は、水面に反射する景を水底に見えるものと受けとめる。→一二四、二七五。▽水面と水底とによってできる立体的な景。枝の紅葉が水底に見えるので、落ちた紅葉の下にまだ落ちていない紅葉が見えるという、現実とは上下が転倒した景。風で水面にさざ波が立つと見る説もあるが、静謐な景と見たい。

亭子院《ていじのゐん》の御屏風の絵に、川渡らむとする人の、紅葉の散る木のもとに、馬をひかへて立てるをよませたまひければ、つかうまつりける

305 立ちとまり見てを渡らむもみぢ葉は雨と降るとも水はまさらじ

是貞親王の家の歌合の歌　忠岑

306 山田もる秋のかりいほに置く露はいなおほせ鳥の涙なりけり

題知らず　よみ人知らず

307 ほにも出でぬ山田をもると藤衣いなばの露にぬれぬ日ぞなき

308 かれる田におふるひつちのほに出でぬは世を今さらにあきはてぬとか

北山に僧正遍昭と茸《たけ》狩りにまかれりけるによめる　素性法師

309 もみぢ葉は袖にこき入れてもて出でなむ秋は限りと見む人のため

305　立ち止まって紅葉をゆっくり見てから、川を渡ろう。紅葉は雨のように降っても川の水は増えはしないのだから。○亭子院　宇多法皇の居所。延喜九年（九〇九）以降か。○立てるを　立っているという場面を題として、の意。○よませたまひ　宇多法皇の下命。○見てを　「を」は強意の助詞。○雨と　雨となって。まるで雨のように。▽紅葉の雨という見立ての華やかさと、「雨なのに水は増えない」という機知の調和。

306　山田を守る番をするため設けた仮小屋に置く露は、いなおおせ鳥の涙なのであった。○いなおほせ鳥　いかなる鳥か不明。古今伝授の三鳥の一つ。その名から「稲」と関係する鳥か。二〇八では雁の到来と同時期のものとして詠まれ、この歌では露がその涙に見立てられるので、比較的秋の早い時期の鳥か。↓二〇八注。▽露を鳥の涙と見る見立て、↓二二一。

307　まだ穂も出ていない山田を守っていると、粗末な藤衣が稲葉の露に濡れない日はないのだ。○藤衣　藤の繊維で織った粗末な衣。前歌と「山田の露」でつながる。▽恋歌ではないが、前後とも併せて、どこかしら恋の情調が漂う。

308　刈りとりをした田に生えてきたひつちが穂を出さないのは、今あらためて、世の中に飽きてしまった――秋も終わりだというのであろうか。○ひつち　稲を刈り取ったあとの株から伸びる新芽。穂は出ない。○ほに出でぬ　「穂を出さない」と「思いが外に表れない」とを掛ける。○あきはてぬ　「飽きはてぬ」と「秋果てぬ」とを掛ける。三句からの繋がりで恋の気分が漂う。▽前歌と「田」「ほに出づ」でつながる。三〇六から「田」の歌が並び、紅葉の歌に割り込みつつ、次の三〇九へは「秋の終わり」という主題でつながる。三〇六の「いなおほせ鳥」が秋の早い時期の鳥だとすれば、「田」の主題で秋の流れをたどりなおしたものとなる。

309　紅葉の葉は袖にしごき入れてでも持って出よう。秋はもう終わりだと見る人のために。○僧正遍昭　素性の父。○茸狩り　きのこ取り。○こき入れ　「こく」は、枝から花や葉をもぎとること。↓五六。『万葉集』に「袖にこきれ（「こきいれ」の略）」という表現で梅や橘などの花を袖に入れる例が散見するが、紅葉は例がない。▽桜をみやげに持ち帰る歌、↓五四、五五。五五の作者は素性。

寛平御時、古き歌奉れと仰せられければ、竜田川もみぢ葉流る、といふ歌をかきて、そのおなじ心をよめりける

興風

310 み山より落ち来る水の色見てぞ秋は限りと思ひ知りぬる

秋のはつる心を竜田川に思ひやりてよめる

貫之

311 年ごとにもみぢ葉流す竜田川みなとや秋のとまりなるらむ

長月のつごもりの日、大堰《おほゐ》にてよめる

312 夕月夜《ゆふづくよ》をぐらの山に鳴く鹿の声のうちにや秋は暮るらむ

同じつごもりの日よめる

躬恒

313 道知らばたづねもゆかむもみぢ葉をぬさとたむけて秋はいにけり

310 深山から落ちてくる水の色を見て、秋は終わりだと本当にわかったのだった。○寛平御時　宇多天皇の治世。→二六九。○古き歌奉れ　古歌を献上せよ。宇多天皇の下命。他にも古歌の収集がおこなわれた。大江千里の『句題和歌』も「古今の和歌」の献上を命じられた折のもの。○竜田川もみぢ葉ながる、といふ歌　→二八四。○水の色　奥山の紅葉を浮かべる水の色。二八四との関係では、時雨に染まった紅葉となる。水の色に秋の季節を感じる歌、→三〇二。▽献上した古歌と同じ趣を、自分ならこう詠みます、と添えたもの。

311 毎年毎年もみじ葉を流す竜田川、そこでは、河口が秋が行き着いてとどまるところなのだろうか。○思ひやりて　思いをはせて。竜田川の風景を想像して詠む。○みなと　→二九三。○とまり　行き着く先。ここでは（船の）停泊地という意味も兼ね、秋が紅葉とともに竜田川の河口まで行き、そこにとどまる情景を想像する。

312 夕月夜がほの暗い、小倉山に鳴く鹿の声の内に秋は暮れてゆくのだろうか。○長月　九月。○つごもりの日　月末の日。○大堰　京都市右京区の嵐山と小倉山にはさまれた、大堰川（桂川）の流れるあたり。○夕月夜　夕暮れ時の月。三日月から上弦の月。ここは、月末なので、実景ではない。ほの暗いイメージによって、名前に「暗（し）」を持つ小倉山へつながる。五句の「暮る」とも響き合う。○をぐらの山　嵯峨野の小倉山。「小暗し」と「小倉」の掛詞。○声のうち　声がしているその中で。「暮れぬとて鳴かずなりぬる鶯の声のうちにや春の経ぬらむ」（貫之集）。▽「夕されば小倉の山に鳴く鹿は今宵は鳴かずいねにけらしも」（万葉・巻八・一五一一）をふまえる。月末には出ていない夕暮れ時の月をイメージとして提示しながら、その視覚的な印象と鹿鳴の聴覚的な印象が一体となり、夕暮れの時間と季節が暮れる時間とが重なる。

313 道を知っていたならば、あとを追って尋ねてもゆこう。もみじ葉を幣として手向けて秋は行ってしまった。○道　秋の帰ってゆく道。秋を擬人化して、地上のどこかへ帰ってゆくものと見なした。→一六八、三一一。○ぬさ　旅の無事を祈るため神に捧げる。→二九八。

古今和歌集巻第六

冬歌

題知らず　　　　　　　　　よみ人知らず

314 竜田川錦織りかく神無月時雨の雨をたてぬきにして

冬の歌とてよめる　　　　　源宗于《むねゆき》朝臣

315 山里は冬ぞさびしさまさりける人目も草もかれぬと思へば

題知らず　　　　　　　　　よみ人知らず

316 大空の月の光しきよければ影見し水ぞまづこほりける

317 夕されば衣手《ころもで》寒しみよしのの吉野の山にみ雪降るらし

古今和歌集巻第六

冬歌

314 竜田川では錦を織って掛けている。十月の時雨の雨を縦糸と横糸にして。○織りかく「かく」は諸説あり明解を得ないが、川一面の紅葉を、錦を織って掛けたものと見立てたと解する。○時雨　晩秋から初冬にかけての景物。○たてぬき　縦糸と横糸。→二九一。▽初句、「竜田山」とする本が多く、底本も、「河」の右に「山」と傍記する。「織りかく」からも「竜田山」の方がまさるか。竜田山の紅葉→一〇〇二。

315 山里は冬がことに寂しさがまさるのだった。人の訪問もなくなり、草も枯れてしまったと思うと。○ぞ　強調。ほかの季節でも人里から離れた山里はさびしいが、冬は格別であるということ。○人目　人の訪問。○かれ「離れ」と「枯れ」との掛詞。▽『百人一首』に入る。山里の閑寂な趣にふさわしく、歌の姿も掛詞一つですっきりと自然と人事を一体化している。

316 大空の月の光が冴え冴えと澄んでいるので、その姿を宿した水が真っ先に凍るのだった。○光し「し」は強意の助詞。○きよければ「きよし」は、冴えた冷え冷えとした澄み方。「月の光」の述語であるとともに、「影見し水」にも続く。○影見し水　「影」は、ものの姿や光。ここは水に映る月の姿。この「し」は過去の助動詞。ここはいつのことか特定できない。「水」は、どこのと示されていないが、池か。○まづ　澄んだ月を宿す澄んだ水という親和的な関係にふさわしく、月光の寒々しさに感応してその水が凍る。

317 夕方になると、袖のあたりが寒々とする。どうやら、吉野の山では雪が降っているらしい。○夕されば　「夕さる」は、夕方になること。○衣手　袖の歌語。▽同音のくり返しによるリズムが豊か。「寒し」「らし」、「み吉野」「吉野」、「み吉野」「み雪」。

318 今よりはつぎて降らなむわが宿のすすきおしなみ降れる白雪

319 降る雪はかつぞ消ぬらしあしひきの山のたぎつ瀬音まさるなり

320 この川にもみぢ葉流る奥山の雪げの水ぞ今まさるらし

321 ふるさとは吉野の山し近ければ一日もみ雪降らぬ日はなし

322 わが宿は雪ふりしきて道もなし踏みわけてとふ人しなければ

冬の歌とてよめる　紀貫之

323 雪降れば冬ごもりせる草も木も春に知られぬ花ぞ咲きける

志賀の山越えにてよめる　紀秋岑

324 白雪の所もわかず降りしけば巌《いはほ》にも咲く花とこそ見れ

318 今からは引き続いて降ってほしいものだ。わが家の庭の薄を押し伏せて降っている白雪よ。○今　初雪の降った今。○なむ　他者に対して「…してほしい」と望む意。○おしなみ　押しなびかせて。押し伏せて。「わがやどの尾花おしなべ」(万葉・巻十・二一七二)、「めひの野にすすきおしなべ」(万葉・巻十七・四〇一六)などの「おしなべ」と同じ。いずれも古風な趣の歌。

319 降る雪は、降るそばから解けてしまうらしい。山川の激しい流れがいよいよ音高くなっているから。○かつ　降る一方で。○なり　聴覚で捉えたことを示す。▽初二句の推量に対して四五句でその根拠を示す。

320 いまごろ、この川に紅葉の葉が流れている。奥山の雪解け水が今、増えているのだろう。○この川に　冬になったこの川に、という驚きを表す。○雪げ　「雪消」すなわち雪解け。冬の初めの降り始めたばかりの雪が、まだ根雪とならずにすぐに消えること。▽「らし」を用いた歌が、三一七、三一九、この歌と続く。

321 昔なじみのこの里は、吉野の山が近いので、一日たりとも雪の降らない日はない。○ふるさと　かつて住んでいたり、関わりを持っていたりした所。吉野離宮の跡または平城京とする説もあるが、限定できない。

322 わが家の庭には雪が降り敷いて通るべき道もない。雪を踏み分けて尋ねてくる人もいないので。○ふりしき　「降り敷き」で、雪が降って一面に積もっているさま。→二八七。▽二八七と歌全体の趣も似る。また、前歌との関係では、「ふるさと」に住む人の歌と見ることもできる。

323 雪が降ると、冬ごもりをしている草にも木にも、春に知られることのない花が咲くのだった。○詞書　底本「よめる」を欠く。他本に従い補う。○冬ごもり　『万葉集』では、「春」にかかる枕詞。貫之は、名詞や動詞として新たに用いた。「梅の花多かる里に鶯の冬ごもりして春を待つらむ」(貫之集)。→三三一。○春に知られぬ　春によって知られることのない。「れ」は受身。これも貫之好みの表現。「桜散る木の下風は寒からで空に知られぬ雪ぞ降りける」(拾遺集・春)は、『亭子院歌合』の貫之歌。▽雪を花に見立てた歌。「春に知られぬ花」と、見立てによって生じる矛盾をあえて表すことによって、冬の間だけ、見立ての想像による世界にだけ存在する、特別な花になる。

324 白雪が、どこと場所を区別することなく一面に降り敷くので、岩にも花が咲いたと見るのだ。○詞書　→一一五、三〇三。○わかず　「分く」は、区別をする、選り分ける、の意。○巌にも　花が咲くはずのない巌にまで、という驚き。

奈良の京にまかれりける時に、宿れりける所にてよめる　坂上是則

325 み吉野の山の白雪つもるらしふるさと寒くなりまさるなり

寛平御時后宮の歌合の歌　藤原興風

326 浦近く降りくる雪は白波の末の松山越すかとぞ見る

壬生忠岑

327 み吉野の山の白雪ふみわけて入りにし人のおとづれもせぬ

328 白雪の降りて積もれる山里は住む人さへや思ひ消ゆらむ

雪の降れるを見てよめる　凡河内躬恒

329 雪降りて人もかよはぬ道なれやあとはかもなく思ひ消ゆらむ

雪の降りけるをよみける　清原深養父

330 冬ながら空より花の散りくるは雲のあなたは春にやあるらむ

325　吉野の山に白雪が日に日に積もっているらしい。この奈良の古都では一段と寒さがつのっている。○ふるさと　ここは、古都である奈良。

326　海岸近くに降ってくる雪を見ると、白波が末の松山を越すのではないかと思われる。○白波　雪の見立て。あまり例がない。○末の松山　現在の宮城県多賀城市にあったという山。「波が末の松山を越す」とは、ありえないことが起こることの喩え。→一〇九三。「ちぎりきなかたみに袖をしぼりつつ末の松山波越さじとは」（後拾遺集・恋四・清原元輔。百人一首）も著名。▽海辺の広い眺望の中、雪の見立てである波ならば、末の松山をも越せるという想像。

327　吉野山の白雪を踏み分けて、山に入ってしまった人は、帰ってくるどころか、便りも寄こさない。○み吉野の山　吉野は、雪深い所。○入りにし　出家あるいは隠遁のため、山に入る。隠遁の地としての吉野、→九五一。○おとづれ　ここは、手紙を出す。「も」があるので、山を出るどころか、という含意がある。また、「ふみわけ」に伴う訪問の印象（→二一五）からは、山には「ふみわけ」たのに、こちらには「おとづれもせぬ」と縁語のような関係になる。

328　白雪が降り積もっている山里では、雪が万物を覆い隠すだけでなく、住む人までがさびしさで消え入りそうな思いをしているのだろうか。○消ゆ　消えるものである「雪」の縁語。▽雪が積もることと思いが消えること→六二一。

329　雪が降りつもって誰も通ってこない道であるのか、私は。それで跡形もないように消え入るような思いをしているのだろうか。○なれや　「や」は疑問。結句の「らむ」とも呼応する。上句全体に「私は」という隠れた主語がかかる。○下句　「あと」は痕跡。「はか」は、目当て。人が通った跡が雪に覆い隠されることと、存在じたいがかき消されるような気持を掛ける。

330　冬なのに空から花が散ってくるということは、雲の向こうは春なのであろうか。○ながら　二つの事柄を逆接でつなぐ。○花　雪の見立て。○雲のあなた　季節が空からやってくるという発想、→一六八。天上の季節は、地上よりも先に進んでいる。▽見立てによる冬の花という矛盾を、天上の春という美しい想像によって解消する。と同時に、天上の春の落花は、地上の冬へと時間を遡って訪れる、という不思議さ。同じ作者の一〇二一は、類似の構図による誹諧歌。また、本歌と逆に、地上の花を天からの雪と見た「わが園に梅の花散るひさかたの天より雪の流れ来るかも」（万葉・巻五・八二二・大伴旅人）は、著名。

雪の木に降りかかれりけるをよめる　　貫之

331 冬ごもり思ひかけぬを木の間より花と見るまで雪ぞ降りける

大和の国にまかれりける時に、雪の降りけるを見てよめる　　坂上是則

332 朝ぼらけ有明の月と見るまでに吉野の里に降れる白雪

題知らず　　よみ人知らず

333 消ぬがうへにまたも降りしけ春霞立ちなばみ雪まれにこそ見め

334 梅の花それとも見えずひさかたの天霧《あまぎ》る雪のなべて降れれば

この歌は、ある人のいはく、柿本人麿が歌なり

梅の花に雪の降れるをよめる　　小野篁朝臣

335 花の色は雪にまじりて見えずとも香をだににほへ人の知るべく

331　冬ごもりの季節の中で思いも寄らないことに、木の間から花だと思うほど、雪が降るのであった。○冬ごもり →三二三。○木の間より 木の間という場所なので、雪が花に見える。

332　明け方、有明の月が差し込んでいるのかと思うほどに、吉野の里に降っている白雪よ。○朝ぼらけ 夜がしらじらと明ける時分。「あけぼの」よりも後。○有明の月 夜明け方に残る月。下弦以降の月。▽曙光の中の雪明かりを月光に見立てる。雪を月光に見立てる表現は、漢詩文には見えるが、和歌ではこの歌が早い。「夜ならば月とぞ見ましわがやどの庭白妙に降りしける雪」(貫之集は、この歌より後。「月の耀(かかや)くは晴れたる雪のごとし」(菅家文草・巻一) は、月光を雪に見立てたもの。『百人一首』に入る。

333　まだ消えずに残っている上に、さらに降り敷いておくれ、白雪よ。春霞が立ったならば、雪を見ることはほとんどなくなってしまうから。○消ぬがうへ 「ぬ」は打消。その下に「雪」が省略されている。「が」は「…の」の意。○降りしけ →三二二。

334　梅の花は、それが梅の花だと見分けることもできない。空をかきくらし降る雪が一面に降っているので。○天霧る 「天をかきくもらせる」の意。「天霧らす」「天霧らふ」の形で、『万葉集』に数例見える。古今集時代には古風な語か。○左注 人麿の歌であるという伝承。『万葉集』の人麿の歌には見えないが、赤人の「わが背子に見せむと思ひし梅の花それとも見えず雪の降れれば」(万葉・巻八・一四二六)とよく似る。「天霧る」とも合わせて古風な歌の印象。

335　花の色は雪に紛れて見えないとしても、せめて香だけでも匂ってくれ、どこに梅の花があるか人にわかるように。○だに 「せめて…だけでも」という最低限の望み。▽梅の花の存在を色と香に分けてとらえようとする。平安和歌で梅の香を詠んだもっとも早い例。良岑宗貞の九一と似るが、こちらが先であろう。

雪のうちの梅の花をよめる　紀貫之

336 梅の香の降りおける雪にまがひせば誰かことごとわきて折らまし

雪のふりけるを見てよめる　紀友則

337 雪降れば木ごとに花ぞ咲きにけるいづれを梅とわきて折らまし

ものへまかりける人を待ちて、しはすのつごもり
によめる　躬恒

338 わが待たぬ年は来ぬれど冬草のかれにし人はおとづれもせず

年のはてによめる　在原元方

339 あらたまの年のをはりになるごとに雪もわが身もふりまさりつつ

寛平御時后宮の歌合の歌　よみ人知らず

340 雪降りて年のくれぬる時にこそつひにもみぢぬ松も見えけれ

336　梅の香が降り積もった雪に紛れてしまったならば、いったい誰が梅を雪と区別して折ることができようか。○せば　末尾の「まし」と呼応する反実仮想。○ことごと　異々。別のものとして。○わきて　「分く」は、物事を区別する、の意。▽梅の香が雪に紛れるとは、特異な想像。単に梅の香がなければ、というのではない。反実仮想ではあるが、いわゆる共感覚表現の先駆。共感覚は、視角、聴覚、嗅覚などの異なる感覚間が通じ合った知覚。配列の上では、前歌が、色で見分けがつかなければ香で、と歌うのに対し、香も頼れなくなったら、と想像を募らせる趣。

337　雪が降るとどの木にも花が咲くのだな。どれを梅と見分けて折ることができるだろう。○木ごと　「木毎」で、「木」と「毎」から「梅」になる。漢詩の離合詩にならったもの。→二四九。○わきて　前歌参照。第五句が等しい。▽雪を花に見立て、さらに「木ごと」の花が「梅」であるという機知によって、文字の上でも雪が花になる。

338　私が待ってもいない新しい年はもうそこまで来てしまったが、冬草は枯れ、離れていってしまった人からは、何の音沙汰もない。○ものへ　場所を特定しない言い方。○つごもり　月末と月の最後の日と二つの意味がある。「つごもりの日」という詞書が、一三三、一六八、三一二ほかに見られるので、ここは前者か。○来ぬれど　「ぬ」は、その出来事が確かに起こること。ここは、新年が目前に迫り、まちがいなく来ること。○かれ　「枯れ」と「離れ」の掛詞。→三一五。○おとづれ　訪問、音信いずれとも解せるが、「も」があるので、後者。→三二七。

339　毎年、年末になるごとに、雪も降りまさり、私も年をとってゆく、今年もまた…。○あらたまの　「年」「月」などにかかる枕詞。○ふり　「降り」と「古り」の掛詞。○つつ　毎年くり返される、という反復の意。

340　雪が降って年が暮れるその時になって、最後まで紅葉をしない松であることがわかるのだ。○時にこそ　底本「に」脱。諸本により補う。○つひにもみぢぬ　露霜や時雨、そして雪の寒さによっても松が色変わりしない、ということ。『論語』の「歳寒くして然る後に、松柏の凋(しぼ)むに後るることを知る」(子罕篇)をふまえる。苦難の後にものの真価が現れること。▽松が紅葉しないという情景だけでなく、色うつろい散る花や紅葉とは異なる、松の変節をしない高貴さへの賛嘆。一年の最後になってようやく、花や紅葉に奪われていた目が松に向く。

年のはてによめる

春道列樹《はるみちのつらき》

341 きのふといひけふとくらしてあすか川流れて早き月日なりけり

歌奉れとおほせられし時によみて奉れる

紀貫之

342 ゆく年の惜しくもあるかなます鏡見るかげさへにくれぬと思へば

341　昨日、今日、と日を送り、そして明日、新年を迎える。飛鳥川の流れが速いように、月日が流れ去るのも何と早いことよ。○いひ「と」を受けて上にあるものをとりたてて示す。○くらし「暮らす」で日が暮れるまでの時間を過ごす。日を送る。次の「あす」と合わせて、年が暮れるという連想へつながる。○あすか川「明日」と「飛鳥川」とを掛ける。詞書から、明日は新年。○流れて早き「飛鳥川」も「月日」も。飛鳥川の急流、またそれによる無常観、「きのふ・けふ・あす」という組合せ、↓九三三。

342　行く年がしみじみ惜しいなあ。ます鏡に映るわが姿を見ると、年が暮れるだけでなく、自分も老いてしまったと思うので。○詞書 ↓二二。○ます鏡　真澄の鏡。澄みきって、ものがよく映る。○さへに　年だけでなく、わが身も。↓八二。○くれぬ　この一年も人の一生も。

古今和歌集巻第七

賀歌

題知らず　　　　　　　　　　　　　　　　　よみ人知らず

343 わが君は千代に八千代にさざれ石のいはほとなりて苔のむすまで

344 わたつうみの浜の真砂《まさご》をかぞへつつ君がちとせのあり数にせむ

345 しほの山さしでの磯に住む千鳥君が御代をば八千代とぞ鳴く

346 わが齢君が八千代にとりそへてとどめおきてば思ひ出でにせよ

古今和歌集巻第七

賀歌

343 わが君は、千代にも八千代にも、小石が巌となって苔がむすようになるまで、長寿であっていただきたいものよ。○君　賀の歌では、祝われる人物をさす。「わが」は親愛の情を示し、「わが君」は帝や主君に限らない。→三五四。○千代　文字どおり千年ではなく、数え切れないほど長い年月。○八千代「八」は文字どおり「八」ではなく、数の多いこと。○いはほ　巌。小石の巌への成長は、中国の『酉陽雑俎』に載せる、ある寺に置かれた拳ほどの大きさの石が巨石になった、という伝説によるか。

344 大海の浜辺の砂を数えながら、それをあなた様の数え切れない長寿の齢の数といたしましょう。○わたつうみ　海の意で「わたつみ」に同じ。『万葉集』にはなく、平安時代から現れる語。○真砂　これも平安時代からの語。『万葉集』では、「まなご」。「浜のまさご」は、きわめて数の多いことの喩え。→八一八、一〇八五。

345 「しほの山」の「さしでの磯」に棲む千鳥は、あなた様の長寿を祝い、「八千代」と鳴いています。○初二句　歌の内容に関わる地名かもしれないが、未詳。○八千代　千鳥の鳴き声を、めでたい意味に聞きなす。

346 私の齢を、あなた様の限りない長寿に添わせ、残しておくことができましたならば、それを私を思い出すよすがにしてください。○思ひ出で　齢を譲った作者の死後のことであろう。▽自分の齢を相手に譲る、というのは、厚い祝意の表れ。

仁和の御時、僧正遍昭に七十《ななそぢ》の賀たまひける時の御歌

347 かくしつつとにもかくにもながらへて君が八千代にあふよしもがな

仁和の帝の親王《みこ》におはしましける時に、御をばの八十《やそぢ》の賀に、しろがねを杖につくれりけるを見て、かの御をばにかはりてよみける

僧正遍昭

348 ちはやぶる神やきりけむつくからに千歳の坂も越えぬべらなり

堀河の大臣《おほいまうちぎみ》の四十《よそぢ》の賀、九条の家にてしける時によめる

在原業平朝臣

349 桜花散りかひくもれ老いらくの来むといふなる道まがふがに

貞辰親王《さだときのみこ》のをばの四十の賀を大堰《おほゐ》にてしける日よめる

紀惟岳《これをか》

350 亀の尾の山のいはねをとめて落つる滝の白玉千代の数かも

347　このようにこれからもあなたの賀宴を幾度も催しながら、どうにかこうにか生き長らえて、あなたの八千代の齢にめぐりあいたいものです。○仁和の御時　光孝天皇の在位時代。元慶八年（八八四）から仁和三年(八八七)。○七十の賀　遍昭の七十歳は、仁和元年(八八五)。その年、光孝天皇は五十六歳。○御歌　作者は、光孝天皇。帝、后が作者の場合、詞書と分けて表記をしない。↓四。○かくしつつ　このようにしながら。遍昭の賀宴を今後くり返し催すこと。「つつ」は反復。

348　この杖は、神がお切り出しになったのでしょうか。つけばたちまち、八十どころか千歳の齢の坂も越えられそうです。○親王におはしましける時　光孝天皇の即位以前、親王時代。↓二一、二四八、三九六。作者名表記「遍昭」からは、嘉祥三年（八五〇）以後。○をば　父母の姉妹、また伯（叔）父の妻。誰とも不明。「おば」とする本文をとれば、祖母。○杖　算賀に贈られるならわし。一般には竹のものが多かったようで、銀製のものはめずらしい。○神やきりけむ　賀の杖は、仙人が切るものと考えられていた。ここは、親王からの豪華な贈り物のため、神といったか。▽「逢坂をけさ越えくれば山人の千歳つけとて切れる杖なり」(拾遺集・神楽歌)、「すめ神の深山の杖と山人の千歳を祈り切れる御杖ぞ」(神楽歌)など、この歌との前後関係は不明だが、関わりがあるか。

349　桜花よ、散り乱れてあたりを曇らせておくれ。老いが来るという道が紛れてしまうように。○堀河の大臣　藤原基経。貞観十七年（八七五）四十歳。当時、摂政右大臣。○九条の家　基経の別邸で、のち師輔らに伝領された。○老いらく　ここでは、人間のもとへやって来る擬人化された存在。同じく「老いらくが来る」という歌、↓八九五。○まがふ　区別がつかない。わからなくなる。↓七二、二九五。○がに　…するほどに。…するように。▽初二句に、「散る」「曇る」など、賀の歌にふさわしくない語を並べながら、三句以下であざやかに祝意へと転じる。賀の席で声に出して詠み上げられたものだとすれば、人々の反応が目に浮かぶようである。

350　亀の尾の山の岩をたどって落ちてくる滝は白玉となって散っているが、その白玉の数が、あなたの千代の長寿の数ですね。○貞辰親王　清和天皇第七皇子。母は、基経の娘佳珠子。「をば」はその姉妹か。○大堰　大堰川の岸で、嵐山、小倉山にはさまれたあたり。○亀の尾の山　いまの亀山。小倉山の峰つづきの山。○いはね　どっしりと根を下ろしたような岩。○とめて　「とむ」はたどり求める。ここは岩を這うさま。○白玉　滝の飛沫の見立て。▽山の名の亀は長寿なので、賀の歌にふさわしい。

貞保親王の、后の宮の五十《いそぢ》の賀たてまつりける御屏風に、桜の花の散る下に、人の花見たるかたかけるをよめる

藤原興風

351
いたづらに過ぐす月日は思ほえで花見てくらす春ぞすくなき

本康親王の七十《ななそぢ》の賀の、うしろの屏風によみてかきける

紀貫之

352
春くればやどにまづ咲く梅の花君がちとせのかざしとぞ見る

素性法師

353
いにしへにありきあらずは知らねどもちとせのためし君にはじめむ

354
臥して思ひ起きて数ふるよろづよは神ぞ知るらむわが君のため

藤原三善《みよし》が六十《むそぢ》の賀によみける

在原滋春

355
鶴亀もちとせののちは知らなくにあかぬ心にまかせはててむ

この歌は、ある人、在原時春がともいふ

351 何もせずに過ごす月日は、惜しいとは思われないが、こうして花を見て日を送る春の日というのは、本当に少ないものだ。○貞保親王　清和天皇第五皇子。○后の宮　藤原高子。貞保親王の母。その五十歳は、寛平三年（八九一）。▽歌の内容が、賀にそぐわない印象を受けるが、惜春の思いを歌うという典型的な春の歌なので、四季の屛風絵の画賛としてふさわしい。

352 春が来ると、わが家の庭にまっさきに咲く梅の花は、あなた様の千歳の齢の挿頭（かざし）だと思います。○本康親王　仁明天皇第五皇子。延喜元年（九〇一）薨去。生母が異なる第三皇子時康親王が天長七年（八三〇）生まれなので、本康親王の七十賀は、薨去の直前か。○うしろ　祝われる人の後ろに屛風を立てる。○かきける　画賛として屛風に書き付ける。○上句「春さればまづ咲くやどの梅の花一人見つつや春日暮らさむ」（万葉・巻五・八一八・山上憶良）をふまえる。平安時代、『万葉集』巻五の享受は少なく、貫之の万葉享受の広さを語る貴重な例。○かざし　宴の時などに髪に挿す草や花。もともとは植物の生命力を身につけるための行為。→二七〇。▽梅による寿ぎは、仁徳天皇の即位を祝った歌といわれる「難波津に咲くやこの花冬ごもり今は春べと咲くやこの花」（仮名序）に似る。

353 昔にあったかなかったかは知りませんが、千歳の先例は親王様をもって初めといたしましょう。○ありき「き」は過去の助動詞。▽詞書がないので、三五二と同じ折とすると、屛風の絵を詠んだにしては、やや抽象的で、図柄が想像しにくい。

354 寝ては思い、起きては数えているご長寿は、神様がご照覧くださるでしょう、あなた様のために。○初二句　作者のこと。○知る　支配下に置き、守ること。神が作者の祝意を知り、「よろづよ」を守ってくれること。

355 千年の寿命があるという鶴亀も、千年の後はどうなるかわからないが、あなたの寿命は、いくら長くても満ち足りることのない私の思いにまかせてしまおう。○藤原三善　伝未詳。○鶴亀　ともに千年の長寿を保つと見られていた。また、同じく鶴は千年、亀は万年とも言われていた。○あかぬ心　いくら長寿でも満ち足りない、という読み手の気持。○五句　長寿を「飽かぬ心」にまかせる、とは、永遠の命を寿ぐということ。○在原時春『在原氏系図』に滋春の子として載る。

356
良岑《よしみね》つねなりが四十《よそぢ》の賀に、むすめにかはりてよみはべりける　素性法師
よろづ代をまつにぞ君を祝ひつるちとせのかげにすまむと思へば

357
尚侍《ないしのかみ》の、右大将藤原朝臣の四十《よそぢ》の賀しける時に、四季の絵かけるうしろの屛風にかきたりける歌
春日野に若菜つみつつよろづ代をいはふ心は神ぞ知るらむ　（躬恒）

358
山高み雲居《くもゐ》に見ゆる桜花心の行きて折らぬ日ぞなき　（躬恒）

夏

359
めづらしき声ならなくにほととぎすここらの年をあかずもあるかな　（友則）

秋

360
住の江の松を秋風吹くからに声うちそふる沖つ白波　（躬恒）

356　万年を待ちながら、松にかけて父君をお祝い申し上げます。鶴と同じく千歳の松のご庇護のもとに住みたいと思っておりますので。○良岑つねなり　伝未詳。経也とすると、近い名前の人物に、貞観十七年（八七五）に逝去した良岑経世という人物がある。「也」と「世」との誤写を想定すれば、同一人物の可能性もある。作者素性も良岑氏。○まつ「待つ」と「松」の掛詞。○つる　助動詞「つ」の連体形と「鶴」の掛詞。○かげ　ここは娘にとっての父の庇護。▽祝賀の席に、鶴と松を描いた屏風があったか。

357　春日野に出て若菜を摘みながらご長寿を祝う私の気持は、春日の神様がご照覧下さることでしょう。○尚侍　藤原定国の妹満子。醍醐天皇の母胤子の妹。尚侍就任は、延喜七年（九〇七）。○右大将藤原朝臣　藤原定国。延喜六年没。四十の賀は、延喜五年。『貫之集』『躬恒集』などによれば、同年二月。○うしろの屏風　→三五二。○春日野　→二二ほか。○若菜　正月に長寿を願って摘む。○神　春日野にちなみ春日大社の神。藤原氏の氏神。▽この歌と次の歌、詞書にはないが、春の屏風絵の歌。▽詞書は、以下、三六三までかかる。

358　山が高いので雲のあたりに見える桜花、手は届かないが、心だけはそこまで行って折らない日はない。○雲居　雲のあるあたり。桜を雲に見立てたものではないが、通じるものがある。→五九。▽この歌から三六三まで底本など多くの本には、作者名表記を欠くが、前歌と同じ素性の歌ではない。以下、『古今集』他本や私家集により、それぞれの作者名を（　）に入れて付す。この歌は、凡河内躬恒。

359　毎年聞いてめずらしい声でもないのに、ほととぎすの声を何年も飽きずに聞いてきたものだなあ。▽ほととぎすの声は毎年変わらないものであると詠まれる。→一四四、一五九。作者は、紀友則。

360　住の江の松を秋風が吹くとたちまち声を添えて寄せてくる沖の白波よ。○住の江　大阪市住吉区。住吉大社のあるあたりの浜。松が著名な景物。○からに　…するやいなや。○うちそふる　松風の音に波の音が加わる。よく似た音の響き合い。▽松の緑と波の白、松風の音と波の音、という具合に、視角と聴覚がみごとに融合される。作者は、躬恒。

361 千鳥鳴く佐保の川霧立ちぬらし山の木の葉も色まさりゆく　（忠岑）

362 秋来れど色もかはらぬ常盤山よその紅葉を風ぞ貸しける　（是則）

冬

363 白雪の降りしく時はみ吉野の山下風に花ぞ散りける　（貫之）

春宮の生まれたまへりける時に、参りてよめる　典侍藤原因香朝臣

364 峰高き春日の山に出づる日は曇る時なく照らすべらなり

361　千鳥が鳴く佐保川の川霧が立ったのであろう。山の木の葉も紅葉の色がいよいよ濃いのだから。○千鳥　佐保川との結びつきは、「佐保川の清き河原に鳴く千鳥」(万葉・巻七・一一二三)など、『万葉集』以来見られる。「夕されば佐保の河原の川霧に友まどはせる千鳥鳴くなり」(拾遺集・冬・友則)は、川霧を加えた同時代の例。○らし　下句の紅葉を根拠として、川霧が立っていることを推定。ただし、霧が紅葉を染めるのではない。作者は、壬生忠岑。

362　秋が来ても色も変わらない常盤山には、ほかの山の紅葉を風が貸しているのだな。○常盤山　「常盤」という名のとおり紅葉をしないという印象がある。→二五一。▽その名前から紅葉しないはずの常盤山の紅葉を、風が運んできたものとして納得するという古今集歌らしい機知。作者は、雅俗山荘本などによれば、坂上是則。

363　白雪の降りしく時は吉野の山の麓を吹く風に花が散るのであった。○山下風　山から吹き下ろす風。『万葉集』にも「山下風」はあるが、「下風」を「あらし」と訓むことから、「山のあらし」と訓読される。古今集時代の訓読として「やましたかぜ」があったか。「山下水」(四九一)とともに新しい語。○花　雪の見立て。吉野は雪深い所として詠まれるが、吉野の雪を花に見立てる例はめずらしい。▽雪を花に見立て、季節を冬から春へとつなぐのは、循環する季節によって永遠性を寿ぐという意味で、賀歌にふさわしい。作者は、紀貫之。

364　峰が高い春日山に出た日は、これからずっと曇ることなく世を照らすにちがいないでしょう。○春宮　醍醐天皇第一皇子の保明親王。母は、藤原基経の娘の女御穏子。延喜三年(九〇三)生まれ。延喜四年に立太子。同二十一年に皇太子のまま薨去。○春日の山　藤原氏の氏神春日大社。→三五七。保明親王の母穏子が藤原氏なので、こう表現した。また、春日山の「春」と春宮の「春」とが通ずる。○出づる日　誕生した皇子。▽保明は、基経の孫であり、誕生時に伯父時平は左大臣。その誕生は、基経、時平の権力を盤石のものとすると慶賀されたであろう。賀の部立の中で、この歌だけが誕生の祝い、すなわち産養(うぶやしない)の歌。

古今和歌集巻第八

離別歌

題知らず　　　　在原行平朝臣

365 立ち別れいなばの山の峰に生《お》ふるまつとし聞かば今帰り来む

よみ人知らず

366 すがる鳴く秋の萩原朝たちて旅行く人をいつとか待たむ

367 限りなき雲居《くもゐ》のよそにわかるとも人を心におくらさむやは

小野千古《ちふる》が陸奥介《みちのくのすけ》にまかりける時に、母のよめる

368 たらちねの親の守りとあひそふる心ばかりは関なとどめそ

古今和歌集巻第八

離別歌

365 お別れをして、私は因幡の国へ去ってゆきますが、その因幡の山の峰に生えている松にちなんで、私の帰りを待っていて下さると聞きましたら、すぐにでも帰ってまいりましょう。○いなば　「去なば」と「因幡」の掛詞。○まつ　「松」と「待つ」の掛詞。○今　今すぐ。歌が詠まれた時点の「今」ではない。▽行平は、斉衡二年（八五五）因幡守。赴任の折、送別の宴で詠まれた歌であろう。二つの掛詞によって、切実な離別の情と遠い任地の風景とが融合した名歌。『百人一首』にも入る。

366 じが蜂が音を立てて飛ぶ秋の萩原を朝立って旅に出る人を、いつお帰りになると思って待てばよいのだろう。○すがる　じが蜂のこと。腰が細いことから女性の形容となる。「腰細の　すがる娘子の」（万葉・巻九・一七三八）は、細腰の美女、珠名娘子（たまなおとめ）の形容。平安後期になると、鹿と理解されてゆく。○鳴く　ここは蜂の羽音。めずらしい例であり、この例などが「すがる」を鹿と理解させてゆく原因であるかもしれない。○五句　『万葉集』に例が多い類型的な句。

367 雲のかかっているような限りなく遠い所へ私がお別れをしても、あなたを私の心から離して置いてゆくことがありましょうか。心の中では一緒にいます。○人　出かけてゆく詠み手に対して、あとに残る人。○心　詠み手の心。○やは　反語。▽三六六とは反対に旅に出てゆく人の歌。

368 わが子とは一緒には行けないが、親が子どものお守りとして添わせるこの心だけは、関所よ、どうかとどめないでほしい。○小野千古　小野道風の子。○陸奥介　陸奥国の次官。○たらちねの　「親」「母」にかかる枕詞。○守りと　お守りとして。○関　陸奥への道中、数多くの関所がある。▽詞書中に作者名を記すのは、帝や后以外では異例。↓七八四、八五七、九〇〇。いずれも固有名詞で表される人物の家族など。

貞辰親王《さだときのみこ》の家にて、藤原清生《きよふ》が近江介《あふみのすけ》にまかりける時に、むまのはなむけしける夜よめる

369 今日別れ明日はあふみと思へども夜やふけぬらむ袖の露けき

紀利貞

越《こし》へまかりける人に、よみてつかはしける

370 かへる山ありとは聞けど春霞たち別れなば恋しかるべし

人のむまのはなむけにてよめる

371 惜しむから恋しきものを白雲のたちなむのちはなに心地せむ

紀貫之

ともだちの人の国へまかりけるによめる

372 別れてはほどをへだつと思へばやかつ見ながらにかねて恋しき

在原滋春

あづまの方へまかりける人に、よみてつかはしける

373 思へども身をしわけねば目に見えぬ心を君にたぐへてぞやる

伊香子淳行《いかごのあつゆき》

369　今日別れても、明日は「会う身」という名の近江に行くのだとは思うけれども、夜がふけたのだろうか、袖が湿っている。○貞辰親王　→三五〇。○藤原清生　魚名の子孫、春岡の子。○むまのはなむけ　送別の宴。「むま」は馬。もともと、旅立つ人の馬の鼻をその旅先の方向に向けたことからいう。○あふみ　「会ふ身」と「近江（あふみ）」の掛詞。○露けき　多く涙で袖が濡れている状態を言う。ここは、袖が濡れているのを夜露のせいか、と強がってみせた。▽上句は、近江が「会う」を連想させるとともに、都からは近いので、それほど悲しくはないはずだ、という気持。なぜ貞辰親王の家で送別の宴が開かれたのか、不明。

370　「帰る」という名の「かえる山」というのがあるとは聞いていますが、春霞が立つ中を発って行かれたなら、恋しくてしかたないことでしょう。○越　北陸道の国の総称。越前、越中、越後。○かへる山　今の福井県南条郡南越前町今庄にある山。都へ帰る山という意味で受けとめていた。○たち　春霞が「立ち」と出立するの意の「発ち」の掛詞。「立ち別る」は、三六五にも。

371　別れを惜しむうちから恋しい気持になるのに、白雲が立つはるか遠くに発った後は、いったいどんな気持がすることだろうか。○むまのはなむけ　→三六九。○から　…すると同時に。…する一方で。○白雲の　「立つ」の枕詞。雲には、遠方の印象がある。三八〇、四八四等。○たち　白雲が「立ち」と出立するの意の「発ち」との掛詞。

372　別れてしまったら遠く隔たってしまうと思うからか、こうして会っていながらもう今から恋しい。○人の国　都のある山城国以外のよその国。○ほど　距離。○かつ　同時に起きている二つの事柄の一方をさす。○かねて　ある事態が本来起こる前より始まっていることを示す。ここは、もう早くも。

373　あなたのことを思っても、わが身を分けてついてゆくことはできないので、目に見えない心をあなたに寄り添わせてつかわします。○あづま　東国。逢坂の関の東の国々。○身をし　「し」は強意の助詞。○たぐへ　寄り添わせる。→一三、一三二。▽旅行く人に心を寄り添わせるという発想は、三六八等。

逢坂《あふさか》にて、人を別れける時によめる　難波万雄《よろづを》

374 逢坂の関しまさしきものならばあかず別るる君をとどめよ

題知らず　よみ人知らず

375 唐衣たつ日は聞かじ朝露のおきてしゆけば消《け》ぬべきものを

この歌は、ある人、つかさをたまはりて、あたらしき妻につきて、年へてすみける人をすてて、ただ明日なむたつとばかりいへりける時に、ともかうもいはでよみてつかはしける

常陸へまかりける時に、藤原のきみとしによみてつかはしける　寵《うつく》

376 あさなけに見べき君としたのまねば思ひたちぬる草枕なり

374　逢坂の関が、「逢う」というその名にふさわしい関であるならば、開かずに、いつまでも名残がつきないまま別れてゆく人をとどめてほしい。○逢坂　京都府と滋賀県との境にある山で、東国と都を行き来する折の関所があった。都の人は、そこで東国へ出かける人を見送り、また、戻ってくる人を出迎えた。○人を　「…と別れる」という場合、「を」を用いる。○別れ　送別する、の意。○まさしき　正当である。ここは、名と実が一致することで、「逢う」という名を持ち、「塞（せ）き」であるはずの「逢坂の関」ということ。○あかず　「開かず」と「飽かず」の掛詞。

375　唐衣を裁つ——発つ日がいつかは聞きたくありません。置く朝露のように、私を置いて起きて行ってしまえば、私は露のように消えてしまうにちがいありませんから。○唐衣　「裁つ」「着る」などにかかる枕詞。○たつ　「裁つ」と「発つ」の掛詞。○朝露の　「置く」にかかる枕詞。○おきて　「置き」（露が置く、私を置いてゆく）と「起き」（朝、起きる）の掛詞。○消ぬ　露さながらに消えてしまう。「露」の縁語。○つかさ　官職。○つきて　心を寄せて。○年へてすみける人　長年通っていた人。▽左注は、歌物語的な関心から後に付加されたもので、この歌に対する一つの解釈。「年へてすみける人」の歌だとする。この歌そのものは、必ずしも男女の別れとは限らない。

376　朝も昼も会うことができるあなたであると、公利様のことをあてにできませんので、思いきって常陸へ出かけることにした旅路なのです。○藤原のきみとし　藤原山陰の子、公利か。延喜十一年に備中介。○あさなけに　「朝にけに」の転、あるいは、「朝にけに」と「朝な朝な」などとの混淆。「け」は、昼。○見べき　「べし」は上一段活用の連用形にもついた。○君とし　名前の「きみとし」を詠みこむ。「し」は強意の助詞。○思ひたち　決心する、の意に、地名の「ひたち」を掛ける。

紀むねさだがあづまへまかりける時に、人の家にやどりて、暁出でたつとて、まかり申ししければ、女のよみて出だせりける

よみ人知らず

377 えぞしらぬいま心みよ命あらば我や忘るる人やとはぬと

あひしりてはべりける人の、あづまの方へまかりけるを、送るとてよめる

深養父

378 雲居《くもゐ》にもかよふ心のおくれねば別ると人に見ゆばかりなり

友のあづまへまかりける時によめる

良岑秀崇《ひでをか》

379 白雲のこなたかなたに立ちわかれ心をぬさとくだく旅かな

陸奥国《みちのくに》へまかりける人によみてつかはしける

貫之

380 白雲の八重に重なるをちにても思はむ人に心へだつな

人を別れける時によみける

381 別れてふことは色にもあらなくに心にしみてわびしかるらむ

377　私にはまったくわかりません。さあ試してみてください。もし私が生きながらえたならば、私があなたを忘れるか、それとも、あなたが尋ねてこないかを。○紀むねさだ　伝未詳。○人の家にやどりて　旅に出る前に日や方角の吉凶などによって、自邸からよそへ移り、そこから出発することがあった。紀むねさだは、「ほかの人の家に泊まって、明け方出発する」と言って、暇乞いをした。後出の詠み手の「女」はこの「人の家」に別の女性がいると考えているのであろう。○まかり申し　暇乞い。次の「女」に対してであろう。底本の表記は「まかり申しけれは」とあり、他本多く「まかりまうししけれは」なので、「申」を「申し」と訓む。底本は「申しける」の場合すべて「申ける」の表記で「し」を送らない。したがって底本の「し」は動詞「す」の連用形。○えぞしらぬ　二人の先行きを。

378　雲のいるはるかかなたにまで通う心は、あなたに後れずについてゆきますので、人から離れ離れになっていると見えるのは、ただ身体が離れているだけなのです。○おくれねば　「おくれ」は「後る」で、あとに残る。○人　他人。▽身と心の分離。

379　白雲が遮るこちらとあちら、という具合に旅立ちをして離れてしまい、心を幣のように砕く旅ですね。○白雲　「雲」は離別歌では、隔ての距離を表す象徴。○立ちわかれ　出立をする、の意と、雲が立つを掛ける。○ぬさ　旅の無事を祈って神に奉る幣帛。布を細かく刻んだもの。▽千々に乱れる心を、旅の無事を祈るぬさに喩えるのは、秀逸な比喩。「立ち」には、「ぬさ」とのつながりで「裁ち」も連想される。

380　白雲が幾重にも重なる遠方に行かれても、あなたを思うこの私に心を隔てないでください。○八重　「八」は、数が多いことを示す。○をち　あちら。遠方。ここまでで、「白雲」「八重」「をち」と重ねて、果てしない距離感を表す。○へだつ　上句で表された距離感との縁。

381　別れということは、色ではないのに、どうしてこんなに心にしみて悲しいのであろうか。○てふ　「といふ」の縮約形。○しみて　「染む」とは、普通衣の色が染まること。ここは、あたかも染色の色が衣を染めるように、別れが心を染めること。▽恋の思いが心を染めるという表現は、『万葉集』からあるが、「別れ」を「てふこと」と抽象的に捉えて、それが心を染めるというのは、新しい。貫之らしい詠みぶり。四一五なども似る。

あひしれりける人の、越《こし》の国にまかりて、年経《へ》て
京にまうで来て、また帰りける時によめる

凡河内躬恒

382 かへる山なにぞはありてあるかひは来てもとまらぬ名にこそありけれ

越の国へまかりける人に、よみてつかはしける

383 よそにのみ恋ひやわたらむ白山《しらやま》のゆき見るべくもあらぬわが身は

音羽の山のほとりにて、人を別るとてよめる

貫之

384 音羽山木高く鳴きてほととぎす君が別れを惜しむべらなり

藤原後蔭《のちかげ》が、唐物《からもの》の使《つかひ》に、長月のつごもり方にま
かりけるに、上のをのこども、酒たうびけるつい
でによめる

藤原兼茂《かねもち》

385 もろともになきてとどめよきりぎりす秋の別れは惜しくやはあらぬ

382　「かえる山」という山は何であろうか。都に帰るという意味だと思っていたのに、それが存在している価値は、都に来てもとどまらずに帰るという名だった、とわかることだった。○越の国　→三七〇。○かへる山　→三七〇。○なにぞは　何であるというのか。▽「かへる山」は、都に帰ってくるという意味だとばかり思っていたところが、それがある越の国に帰るという意味だったのか、と驚いてみせた。「あり」のくり返しがリズムを生む。

383　これからは遠く離れたまま恋しく思い続けなければならないのであろうか。白山の雪を見ることもできない、行って会うこともできないわが身は。越の国　→三七〇。○白山の　越の国の白山。「雪」をおこす枕詞。○ゆき　「雪」と「行き」を掛ける掛詞。

384　音羽山ではほととぎすが梢高くに鳴いていて、君との別れを惜しんでいるようだ。○音羽山　→一四二。▽「音」、「高く」、「鳴き」が縁語。

385　一緒に鳴いて、旅だって行く人をとどめておくれ、こおろぎよ。秋の別れは名残惜しいものではないか。○藤原後蔭　一〇八の作者。○唐物の使　外国船が筑紫に着いたときに貨物を検査するために、朝廷から派遣される勅使。○長月　九月。○上のをのこ　殿上人。一七七にも。○たうびける　下さった。○もろともに　私と一緒に。○秋の別れ　赴任のための秋の別れと、秋という季節との別れ。

386
秋霧のともに立ち出でて別れなば晴れぬ思ひに恋ひやわたらむ
平元規《もとのり》

源実《さね》が筑紫へ湯浴《あ》みむとてまかりけるに、山崎にて別れ惜しみける所にてよめる

387
命だに心にかなふものならばなにか別れのかなしからまし
白女《しろめ》

山崎より神奈備《かむなび》の森まで送りに人々まかりて、帰りがてにして、別れ惜しみけるによめる

388
人やりの道ならなくにおほかたは行き憂しといひていざ帰りなむ
源実

今はこれより帰りねと、実が言ひけるをりによみける

389
したはれて来にし心の身にしあれば帰るさまには道も知られず
藤原兼茂

386 秋霧が立つのとともに旅だって別れてしまったならば、私は晴れぬ気持で恋しく思い続けることだろうか。○秋霧　藤原後蔭の出発は、「長月のつごもり」。秋の最後。○立ち霧が「立つ」と出立の「立つ」との掛詞。○晴れぬ　霧が「晴れぬ」と気持が「晴れぬ」の掛詞。

387 せめて命だけでも心のままになるものであったならば、どうして別れがかなしいことがあろうか。○源実　次の三八八の作者。○筑紫へ湯浴みむとて　筑紫は、筑前、筑後の総称。また、九州全体をさすこともある。「湯浴み」は、湯治。どこと特定できないが、大伴旅人は、筑紫の次田（すいた）温泉（現在の二日市温泉）に出かけている。『竹取物語』のくらもちの皇子は、筑紫への湯浴みと偽って朝廷から休暇をとる。○山崎　京都府乙訓郡。山城と摂津、河内の国境。ここから船に乗って淀川を下る。○だに　最低限の程度を示す。したがって、「命」に用いるのは異例。ここは、今の別離とそれに伴う悲しみを如何ともしがたいものと受けとめたうえで、次に望みを持つのは、何をおいても、命生きながらえて再会することだ、という気持。

388 人に遣わされて出かけてゆく旅ではないのだから、普段なら行くのがいやだと言ってさあ帰ろう、となるのだが。○神奈備　神のいる所。固有の地名ではなく、どこであるか不明。○送りに　山崎で乗船するところを、名残惜しくて少し先まで陸路送ったものであろう。○帰りがてに　帰りにくそうに。○人やり　人から命じられてすること。ここは、「遣り」の意味が生きている。○ならなくに　…ではないので。○おほかたは　普段であれば。

389 恋い慕う気持にまかせてここまでやって来た心は、今この身にあるので、帰りはどうやって帰ればよいのか道もわかりません。○帰りね　お帰りなさい。「ね」は助動詞「ぬ」の命令形。○したはれて　「れ」は、自発の助動詞「る」。おのずと慕って。○身にしあれば　今は、心が身とともにあるので。ここからは心だけがあなたを追っていくことになるだろうから、という意を含む。離別歌における身と心の分離、三七三、三七八など。▽以上三首、同じ時の歌であろう。歌物語的な趣がある。

藤原のこれをかが武蔵介《むさしのすけ》にまかりける時に、送りに、逢坂《あふさか》を越ゆとてよみける

貫之

390 かつ越えて別れもゆくか逢坂は人だのめなる名にこそありけれ

大江千古《ちふる》が越《こし》へまかりけるむまのはなむけによめる

藤原兼輔朝臣

391 君が行く越の白山《しらやま》知らねども雪のまにまにあとはたづねむ

人の花山にまうできて、夕さりつ方帰りなむとしける時によめる

僧正遍昭

392 夕暮れの籬《まがき》は山と見えななむ夜は越えじと宿りとるべく

山にのぼりて帰りまうできて、人々別れけるついでによめる

幽仙法師

393 別れをば山の桜にまかせてむとめむとめじは花のまにまに

390　会うことの一方で越えて別れてもゆくのだな、逢坂は、その名のとおり人と「会う」ところだと思っていたのに、人をあてにさせながら頼りにならない所であった。○藤原のこれをか　長良の子、高経の子「惟岳」か。道綱母の祖父にあたる。○かつ　二つの事柄の一方を指す。○人だのめ　人をあてにさせること。

391　あなたが旅立って行く越の国の白山を私は知りませんが、あなたが行く、その雪がどのようであっても、後をしたって尋ねてゆきましょう。○大江千古　千里の弟。○越　→三七〇。○むまのはなむけ　→三六九。○越の白山　→三八三。○雪「行き」を掛ける。○まにまに　そのとおりに、それにしたがって。ここは、どんなに雪深くとも、という意。○あと　足跡、痕跡。▽二、三句は、「越」「白山」「知らね」と「し」のくり返しのリズム。「しら」もくり返す。

392　夕暮れ時の籬は山であると見えてほしいものだ。帰る人が、夜には越えられないと思って宿をとるように。○花山　→一一九。○籬　柴などで編んだ粗末な垣根。○ななむ　完了の助動詞「ぬ」の未然形「な」とあつらえのぞむ意の助詞「なむ」。▽籬を山だと見てほしいというのは奇抜な見立て。何らかの典拠の存在が推測されるが、未詳。

393　別れということは山の桜に任せましょう。引き留めるか否かは、花にどれくらい引かれるか次第ということで。○山　比叡山延暦寺。○帰りまうできて　どこであるか、不明瞭。比叡山麓に幽仙の庵があったとすれば、そこか。○人々　幽仙を送ってきてくれた比叡山の僧侶か。○とめむとめじ　「とむ」は引き留める。幽仙が「人々」を。○まにまに　→三九一。ここは、桜の魅力次第で。

雲林院《うりんゐん》の親王の舎利会《さりゑ》に山にのぼりて帰りけるに、桜の花のもとにてよめる　　僧正遍昭

394 山風に桜吹きまき乱れなむ花のまぎれに立ちとまるべく

幽仙法師

395 ことならば君とまるべくにほはなむ帰すは花の憂きにやはあらぬ

仁和《にんな》の帝、親王におはしましける時に、布留《ふる》の滝ご覧じにおはしまして、帰りたまひけるによめる　　兼芸法師

396 あかずして別るる涙滝にそふ水まさるとや下《しも》は見るらむ

雷鳴《かんなり》の壺に召したりける日、大御酒《おほみき》などたうべて、雨のいたく降りければ、夕さりまではべりて、まかり出でける折に、さかづきをとりて　　貫之

397 秋萩の花をば雨にぬらせども君をばまして惜しとこそ思へ

394　山風に桜がはげしく吹かれ散り乱れてほしいものだ。お帰りになる人が、花吹雪に道が見えなくなって立ち留まってくださるように。○雲林院の親王　→九五。○舎利会　仏舎利を供養し、その功徳を讃える法会。○吹きまき　この時代他に例を見ない語であるが、ここは、桜の花が風に吹き散らされ、人を取りまくようなさまであろう。

395　同じ咲くのであれば、親王がおとどまりになるように咲きにおっておくれ。顧みられずにお帰しするのでは、花として不名誉ではないのか。○ことならば　→八二。○君　雲林院の親王。○憂き　花がみずからを「憂し」と感じること、すなわち、花としてつらいこと。

396　飽きたらずにお別れをする悲しさで流す涙が、滝の水に加わる。下流では滝の水が増水したと思うであろうか。○仁和の帝…時に　→二一、二四八、三四八。○布留の滝　→二四八。この遊覧は、二四八と同じ時とも考えられるが、特定できない。

397　秋萩の花が雨に濡れたのは惜しいことでしたが、あなたさまとのお別れの方がなおいっそう惜しいことに思われます。○雷鳴の壺　宮中の襲芳舎。○召したりける　醍醐天皇が。○大御酒　天皇から賜った酒なので、こう言う。○たうべ　→一六一。○夕さり　夕方。○とりて下に「よめる」などがないのは異例。→三九八。▽次歌と贈答歌。次歌の作者兼覧王は、惟喬親王の子。惟喬親王と在原業平の主従の絆に憧れた貫之には、兼覧王との交わりは、この上ない喜びであっただろう。

とよめりける返し

兼覧王《かねみのおほきみ》

398 惜しむらむ人の心を知らぬまに秋の時雨と身ぞふりにける

兼覧王にはじめて物語して、別れける時によめる

躬恒

399 別るれどうれしくもあるか今宵よりあひ見ぬさきに何を恋ひまし

題知らず

よみ人知らず

400 あかずして別るる袖の白玉を君が形見と包みてぞゆく

401 限りなく思ふ涙にそほちぬる袖は乾《かわ》かじあはむ日までに

402 かきくらしことは降らなむ春雨にぬれぎぬ着せて君をとどめむ

403 しひて行く人をとどめむ桜花いづれを道とまどふまで散れ

398　別れを惜しんでくださるというあなたの気持を知らないまま、秋の時雨が降り、わが身もすっかり老いてしまった。○とよめりける　三九七から続く。三九七の詞書も含めて、歌物語のような書き方。『古今集』の詞書としては異例。○ふり　時雨が「降り」と、身が「古り」とを掛ける。

399　きょうはお別れをしますがうれしいことです、今夜からは、あなたさまを恋しく思うことができますので。もし、お会いしていなければ、次にお会いするまで何を恋しく思ったでしょうか。○今宵より　形の上では初二句と倒置。再会を願ってあなたを恋しく思うことができる、という意味を含む。○あひ見ぬさき　次に兼覧王と会う前。▽恋心にも似た深い親愛の情があふれる。三九七、三九八と同じ折であろう。貫之（三九七）と躬恒双方の並々ならぬ敬慕の情に、兼覧王と『古今集』撰集に何らかの関わりを想定する説がある。

400　名残を惜しみながら別れる私の袖にたまった涙の白玉を、あなたを思い出すよすがとして包んで旅立って行きます。○白玉　涙の見立て。→五五六、五九九、九二二。○形見　別れた人の思い出として残るもの。死別の場合に限らない。

401　限りなくあなたのことを思う涙で濡れてしまった袖は、けっして乾くことはないでしょう。また逢う日までは。○そほち　びっしょりと濡れること。平安時代には、「そほつ」「そぼつ」いずれであるか、明らかではない。

402　同じことなら空を真っ暗にして降ってほしい。春雨に逆に濡れ衣を着せてあなたを引き留めよう。○ことは　同じことなら。「ことならば」（八二、三九五）と同じ。○ぬれぎぬ　現在と同じく、無実の罪の意。ここは、普通は雨が衣を濡らし、濡れ衣にするところを、反対に濡れ衣を春雨に着せて無実の罪をかぶせてやろう、という機知。

403　むりに行く人を引き留めよう。桜花よ、どれが道であるかわからなくなるまで散り乱れておくれ。○しひて　無理をして。どうしても。○まどふ　物事の区別や判断がつかなくて困惑すること。▽桜が散り乱れて道がわからなくなる、という類似の歌に、七二、三四九、三九四がある。それぞれ、よみ人知らず、業平、遍昭の歌なので、六歌仙時代の流行かとする説がある。

志賀の山越えにて、石井のもとにて、もの言ひける人の別れける折によめる

404 むすぶ手のしづくににごる山の井のあかでも人に別れぬるかな　　貫之

道にあへりける人の車に、ものを言ひつきて、別れける所にてよめる

405 下の帯の道はかたがた別るとも行きめぐりてもあはむとぞ思ふ　　友則

404　すくう手から落ちる滴に濁ってしまい、少ししか飲めない山の清水のように、飽き足りない思いのままお別れをするのですね。○志賀の山越え　→一一五。○石井　石で囲った泉。○もの言ひ　ことばを交わしたの意。○むすぶ　同じ貫之の二参照。○あかでも　「飽かでも」の意。「山の井の水が十分に飲めない」と、「語り尽くすことができず満ち足りない」の両意。▽藤原俊成をはじめ、古来評価が高い名歌。『貫之集』の詞書によれば、相手は女性。貫之の歌における水をすくうモチーフは、二のほか、貫之の辞世の歌とされる「手にむすぶ水にやどれる月影のあるかなきかの世にこそありけれ」(拾遺集・哀傷)にも見える。

405　下の帯のようにそれぞれ別々の方向に別れても、帯がぐるりとめぐって結び合わされるように、またためぐり会おうと思います。○言ひつきて　ことばをかけて。○下の帯　下着の帯。下紐ともいう。○かたがた別る　帯を結ぶために両端をいったん別々の方向に離すイメージに、友則と出会った人（女性であろう）との別れを重ねる。○行きめぐり　帯の先がめぐりあうことと、二人の再会との両義。

古今和歌集巻第九

羇旅歌

もろこしにて月を見てよみける

安倍仲麿

406 天の原ふりさけ見れば春日なる三笠の山に出でし月かも

この歌は、昔、仲麿をもろこしにものならはしに遣はしたりけるに、あまたの年を経て、え帰りまうでこざりけるを、この国よりまた使《つかひ》まかりいたりけるに、たぐひてまうできなむとて、出で立ちけるに、明州といふ所の海辺にて、かの国の人むまのはなむけしけり。夜になりて、月のいとおもしろくさし出でたりけるを見てよめる、となむ語り伝ふる。

古今和歌集巻第九

羇旅歌

406 大空をはるかに仰いで見ると、そこにあるのは、かつて見た春日の三笠の山から出た月なのだなあ。

○もろこし　いまの中国。作者安倍仲麿が渡唐した当時は玄宗皇帝の時代。○天の原　広々とした大空。○ふりさけ見れば　「ふり」は接頭語。「さけ」は「放け」で、遠くに離すこと。空の広い空間をはるか遠くまで見ること。初二句、『万葉集』によくある表現。○春日　奈良市、春日大社のある一帯。○三笠の山　現在の三笠山。○かも　平安時代には「かな」が多く、「かも」は古い響きがある。○ものならはし　遣唐留学生。仲麿は、養老元年（七一七）に渡唐。○使　天平勝宝四年（七五二）の藤原清河を大使とする一行であろう。○たぐひて　一緒に連れ添って。○まうできなむ　帰ってこよう。○明州　現在の浙江省寧波。ただし、蘇州が正しいらしい。○むまのはなむけ　→三六九。王維らの送別の詩が残るが、船は難破して帰国はかなわなかった。▽仲麿が三笠山の月を思い出すのは、遣唐使が出発前に三笠山に渡唐の無事を祈ったからとも、安倍氏の社が三笠山にあったからともいわれる。『土佐日記』には、左注とほぼ同じ内容で、初句「青海原」として載る。左注は伝承であり、仲麿の歌であるかどうか不明だが、表現は古い。『百人一首』に入る。

隠岐《おき》の国に流されける時に、船に乗りて出でたつとて、京なる人のもとにつかはしける　　小野篁朝臣

407 わたの原八十島かけて漕ぎ出でぬと人にはつげよ海人《あま》の釣り舟

題知らず　　よみ人知らず

408 都出でて今日みかの原泉川川風寒し衣かせ山

409 ほのぼのとあかしの浦の朝霧に島がくれゆく船をしぞ思ふ

この歌は、ある人のいはく、柿本人麿が歌なり

407　広々とした海原に、多くの島を目指して漕ぎ出したと、都の人に伝えておくれ、漁師の釣り舟よ。
○隠岐の国　島根県隠岐島。○流されける時　承和五年(八三八)、遣唐副使であった篁は、大使藤原常嗣と船のことで争った末、病と称して出発しなかったため、流罪となった。同七年には召還される。○出でたつ　日本海側の港であろう。○八十島　「八十」は多く、の意。○かけて　目指して。▽『和漢朗詠集』下（行旅）に収める「渡口の郵船は風定まって出づ　波頭の謫処は日晴れて看ゆ」は、篁の「謫行吟」の一部と見られ、この歌と同じ折のものであろう。この歌、『百人一首』に入る。

408　都を出て今日で三日、いや瓶の原には泉川が流れ、その川風が寒い。衣を貸しておくれ、鹿背山よ。
○みかの原　京都府相楽郡。「みか」は、初句からのつながりで「三日」を呼び起こすが、必ずしも瓶の原まで三日かかったと見る必要はない。「三日」という日数が一瞬連想されるやいなや「瓶の原」という地名で打ち消される。掛詞の特殊な例。「見る」を掛けるとする説はとらない。○泉川　木津川。○衣かせ山　「衣を貸せ」と「鹿背山」との掛詞。▽旅人の状況から地名を緊密に連鎖させつつ、川風が身にしみる旅人の旅情へと至る巧みな運び。「原」「泉」「川」「山」と風景が展開。参考「みかの原わきて流るる泉川いつ見きとてか恋しかるらむ」(古今六帖・三・川。『新古今集』『百人一首』では作者藤原兼輔)。

409　ほのぼのと夜が明ける、明石の浦の朝霧の中、島に隠れてゆく船にしみじみとした思いを寄せるのだ。○あかし　「明かし」と地名「明石」を掛ける。「ともしびの明石大門に入らむ日や」(万葉・巻三・二五四)。ここは「夜が明ける」の意味も持つ。○島がくれ　上代には、「島隠り吾が漕ぎくれば」(万葉・巻六・九四四)のように、上二段活用もあったが、平安時代には下二段活用になった。○しぞ思ふ　『万葉集』に多く例を見る。▽左注に、人麿作との異伝を載せるように、古体な歌。

東《あづま》の方へ、友とする人、一人二人いざなひて行きけり。三河国八橋《やつはし》といふ所にいたれりけるに、その川のほとりに、かきつばたいとおもしろく咲けりけるを見て、木の陰に下りゐて、かきつばたといふ五文字《いつもじ》を、句のかしらにすゑて、旅の心をよまむとてよめる

在原業平朝臣

410 唐衣きつつなれにしつましあればはるばるきぬるたびをしぞ思ふ

410　唐衣、着物を着ては褄（つま）が馴染んだように、長年慣れ親しんだ妻を都に残してきたので、馴染んだ衣は洗い張りをして着た折を思い出しながら、はるばるやって来たこの旅をしみじみと思うのだ。○三河国八橋　三河国は愛知県東部。八橋は、知立市のあたり。○いたれり　底本「いたり」とあるが、諸本により改める。○句のかしらにすゑて　五七五七七の各句の頭に一文字ずつ置くこと。折句。○唐衣　「着る」に掛かる枕詞。唐衣を着るのではないが、「衣」の意味は下へつながる。○なれ　着物が馴染むことと、妻に慣れ親しむこととを掛ける。○つま　着物の褄と妻を掛ける。○はるばる　衣を洗い張りして「張る」の意と、遠路はるばるの意を掛ける。○きぬる　「着ぬる」と「来ぬる」を掛ける。○たび　「旅」と「度」を掛ける。→四一六、四二〇。▽衣に関わる縁語(衣・着る・馴れ・褄・張る)を重ねながら、衣装の世話をしてくれた妻への思いを歌う。『伊勢物語』九段に同じ内容の物語が載る。上句は、「唐衣着奈良の里の夫（つま）松に玉をし付けむよき人もがも」（万葉・巻六・九五二）に似る。

武蔵の国と下総《しもつふさ》の国との中にある隅田川のほとりにいたりて、都のいと恋しうおぼえければ、しばし川のほとりに下りゐて、思ひやれば、限りなく遠くも来にけるかなと思ひわびてながめをるに、渡し守、「はや舟に乗れ、日暮れぬ」といひければ、舟に乗りて渡らむとするに、みな人ものわびしくて、京に思ふ人なくしもあらず。さる折に、白き鳥のはしと足と赤き、川のほとりにあそびけり。京には見えぬ鳥なりければ、みな人見知らず。渡し守に、「これは何鳥ぞ」と問ひければ、「これなむ都鳥」といひけるをききてよめる

411 名にしおはばいざこととはむ都鳥わが思ふ人はありやなしやと

411　都鳥という都に関わる名前を持っているならば、では尋ねてみよう都鳥よ。私の思う人は元気でいるかどうかと。〇武蔵の国　東京都、埼玉県、および神奈川県の一部。〇下総の国　茨城県南部と千葉県北部。〇下りゐて　馬から下りて座って。〇渡し守　渡し船の船頭。〇はしくちばし。〇名にしおはば　「名に負ふ」は、名前を持つ。「し」は、強調。〇こととはむ　「言問ふ」は尋ねる。隅田川の言問橋は、この歌に由来する。〇都鳥　チドリ科のミヤコドリとカモメ科のユリカモメと説が分かれる。▽四一〇とともに『伊勢物語』九段と同内容。『古今集』中もっとも長い詞書で、他の長い詞書と比較してもあまりにも詳しい状況説明は詞書の文章として異質。物語の文章を直接取り込んだ印象がある。

題知らず　よみ人知らず

412 北へ行く雁ぞ鳴くなる連れて来《こ》し数は足らでぞ帰るべらなる

この歌は、ある人、男女もろともに、人の国へまかりけり。男まかりいたりて、すなはち身まかりにければ、女一人京へ帰りける道に、帰る雁の鳴きけるをききてよめるとなむいふ

東の方より京へまうで来《く》とて、道にてよめる　乙《おと》

413 山隠す春の霞ぞうらめしきいづれ都のさかひなるらむ

越《こし》の国へまかりける時、白山《しらやま》を見てよめる　躬恒

414 消えはつる時しなければ越路なる白山の名は雪にぞありける

東へまかりける時、道にてよめる　貫之

415 糸によるものならなくに別れ路の心細くも思ほゆるかな

412　北へ行く雁が鳴いている。一緒に連なって帰って渡ってきた時より、数が減って帰ってゆくようだ。○北へ行く雁　帰雁。春。○鳴くなる　「なる」は伝聞推定の「なり」。音が聞こえることを示す。○人の国　地方。▽『土佐日記』に、土佐で亡くした女児を哀惜しながら、この歌を思い出すくだりがある。左注の伝承では、地方官らしき夫を赴任直後に亡くした妻が、京へ帰る途中で詠んだ歌。

413　山を隠す春の霞がうらめしい。どの山のあたりが都なのであろうか。○いづれ　どれが。いくつもの峰が霞に隠されている風景。○さかひ　ここは境界ではなく、ある地域。▽羇旅部で唯一の都に近づいた折の歌。四一二が帰雁であることから、春の季節でつながる。この歌も地方から都へ帰る折の歌であろう。

414　すっかり雪が消えてしまう時はないから、越路の白山の名は、雪によるものであったのだ。○越の国　→三七〇。○し　強調。伝聞だけでなく実際に雪が消えないことを確かめた趣。○白山　→三八三、三九一。

415　糸に縒ることができるものではないのに、別れ路が心細く思われるなあ。○糸による　糸は、片糸を縒り合わせて作る。▽片糸の「細さ」と別れ路の「心細さ」が、ことばとともにイメージとしても結びつく。まったく異なるものを、否定しながら結びつけることによって、不思議な詩情を漂わせるのは、貫之の得意とした方法。→三八一、五九七。徒然草（十四段）は、この歌を「古今集の中の歌くづ」とする言い伝えに対して、今の世の人には詠めないすぐれた歌であると反論している。

416
甲斐《かひ》の国へまかりける時、道にてよめる
夜を寒み置く初霜をはらひつつ草の枕にあまたたび寝ぬ
躬恒

417
但馬《たぢま》の国の湯へまかりける時に、ふたみの浦とい
ふ所に泊まりて、夕さりのかれいひたうべけるに、
ともにありける人々の歌よみけるついでによめる
夕月夜《ゆふづくよ》おぼつかなきを玉匣《くしげ》ふたみの浦はあけてこそ見め
藤原兼輔

418
惟喬親王《これたかのみこ》の供に、狩にまかりける時に、天《あま》の川と
いふ所の川のほとりに下りゐて、酒など飲みける
ついでに、親王の言ひけらく、狩して天の河原に
至るといふ心をよみて、盃《さかづき》はさせといひければよ
める
狩り暮らしたなばたつめに宿からむ天の河原にわれは来にけり
在原業平朝臣

416　夜が寒いので置く初霜を払いながら、草の枕に幾度も寝るという旅寝であった。○甲斐の国　山梨県。躬恒が甲斐権少目（ごんのしょうさかん）に任官した折とすれば、寛平六年（八九四）。○初霜　その年初めて置く霜を含め、置き始めた頃の霜。○あまたたび寝ぬ　「あまた度」と「旅寝」を掛ける。掛詞というより、「旅寝」が物名のように詠み込まれる。▽同じ躬恒の六六三に「笹の葉におく初霜の夜を寒み」という類似表現がある。「初霜」は、二七七にも見え、躬恒が好んで詠んだ素材。

417　夕方の月であたりがぼんやりとしか見えないので、匣を蓋を開けて見るように、二見の浦は夜が明けてから見ることにしよう。○但馬の国の湯　但馬は兵庫県北部。湯は城崎（きのさき）温泉か。○ふたみの浦　明石市二見町あたりか。○夕さり　夕方。○かれいひ　米を蒸して固めたもの。旅の携行食で、水や湯でもどして食べる。○たうべ　いただく。→一六一。○玉匣　枕詞。「蓋」にかかる。匣は櫛などを入れる箱。○ふたみ　地名の「二見」に、「蓋」「身（蓋に対する中身を入れる方の箱）」を掛ける。○あけて　「（夜が）明けて」と「（匣を）開けて」を掛ける。

418　一日狩りをして過ごし、夕暮れになった。今夜は織姫に宿を借りよう。天の川原に私はやって来たのだから。○惟喬親王　→作者略伝。在原業平が親しく仕えた。○天の川　大阪府枚方市を流れる川。○下りゐて　馬から下りて座って。→四一〇、四一一。○心をよみて　「心」は題、テーマ。その題で歌を詠んで。○たなばたつめ　「七夕つ女」で、織姫のこと。○天の河原　地名の天の川を織姫の伝説にちなむ空の天の川と見なす。○われ　詠み手の業平のことであるが、親王の立場に立った、ととることも可能。▽次歌とともに、『伊勢物語』八二段に同内容の物語がある。→五三。

親王、この歌を返す返すよみつつ、返しえせずなりにければ、供に侍りてよめる　紀有常

419 一年《ひととせ》に一度《ひとたび》来ます君待てば宿貸す人もあらじとぞ思ふ

朱雀院の奈良におはしましたりける時に、手向山《たむけ》にてよみける　菅原朝臣

420 このたびは幣《ぬさ》もとりあへず手向山紅葉の錦神のまにまに

素性法師

421 手向けにはつづりの袖もきるべきに紅葉に飽《あ》ける神や返さむ

419 一年に一度だけいらっしゃるお方を待っているのだから、ほかに宿を貸す人はいないだろうと思う。○えせずなりにければ　とうとうできなかったので。○君　彦星。▽座興としての和歌なので、四一八の「われ」のとり方次第で、「君」の意味も変わる。「われ」が業平の場合、「君」は彦星、惟喬親王いずれともとれるが、親王とすれば、織姫が待つのは親王だ、という親王へのお世辞となる。また、「われ」が惟喬親王の立場とすると、「君」は彦星となり、さすがの親王様でも彦星にはかないますまい、という戯れになる。

420 この度の旅には、幣の用意もできませんでした。代わりに手向山の紅葉を幣として手向けますので、神の御心のままにお納め下さい。○朱雀院の…時に　昌泰元年（八九八）十月に、宇多上皇が都から奈良、吉野宮滝へ御幸した折か。○手向山　旅の無事を祈り、幣を手向ける山。普通名詞であり、どことも特定できない。○菅原朝臣　菅原道真。○たび　「度」と「旅」を掛ける。「この度は」という言い方からすると、道真はこれまでにもこの山に来ているかもしれない。道真の山荘が高市郡にあった。▽『百人一首』に採られる。

421 手向けには、この私の粗末な衣でも切って幣として捧げるべきですが、紅葉に満ち足りた神さまは受け取ってくださらずお返しになるでしょうか。○つづり　布地を継ぎ合わせて作った着物。転じて、粗末な着物、僧衣。○飽ける　満足している。▽この二首が詠まれた旅が昌泰元年の折とすると、奈良の寺にいた素性は、都を出た一行に十月二十三日に呼び出され、引き続き一週間ほど同道した。その日、一行は高市郡の道真の山荘に宿を取り、歌会を催しているので、この二首はその日の詠とも考えられるが、素性が同行している間、しばしば歌を詠む機会が設けられているので、いつであるか特定できない。

古今和歌集巻第十

物名

うぐひす　藤原敏行朝臣

422 心から花のしづくにそほちつつ憂く干《ひ》ずとのみ鳥のなくらむ

ほととぎす

423 来べきほど時すぎぬれや待ちわびて鳴くなる声の人をとよむる

うつせみ　在原滋春

424 波の打つ瀬見れば玉ぞ乱れける拾はば袖にはかなからむや

返し　壬生忠岑

425 袂《たもと》よりはなれて玉をつつまめやこれなむそれと移せ見むかし

古今和歌集巻第十

物名

※物名の歌は、ある語を、歌の表面の意味とはつながらない形で文字列として歌の中に詠み込むもの。隠し題ともいう。多く、複数の語にまたがって詠み込まれるため、掛詞と違い、詠み込まれた語の意味では、歌の意味をたどることができない。ただし、その語と一種の縁語になるような語や内容が詠まれることが多い。また、その語を詠み込むために、表現に多かれ少なかれ無理をしているところがある。清濁の違いも問わない。本書では、詠み込まれる語が隠れるような表記をとった。

422　自分から好んで花の雫に濡れながら、どうして、つらい、乾かない、とばかりあの鳥は鳴いているのだろう。○憂く干ず　「うぐひす」を詠み込む。○鳥　鶯のこと。

423　来るべき時が過ぎてしまったのだろうか。待ちわびた末にやっと鳴いた声が人をどっとわかすのは。○ほど時すぎぬれや　「ほととぎす」を詠み込む。○待ちわびて　人が。○とよむる　「とよむ」は、音や声を鳴り響かせるの意。ここは、待望のほととぎすの声を聞いて人があげる歓声を、ほととぎすがあげさせた、という言い方。

424　波が打ち寄せる浅瀬を見ると玉が散り乱れている。けれども、拾って袖に入れたならば、はかなく消えてしまうだろうか。○打つ瀬見れば　「うつせみ（空蟬）」を詠み込む。○玉　波のしぶきの見立て。○はかなからむ　「はかなし」で空蟬の縁となり、さらに「殻」も詠み込まれる。

425　袂以外のものでは玉を包むことができようか。「これがその玉だ」と移しなさい、消えるかどうか、私も見るよ。○なむ　語りの口調を表す助詞。ここは、「これなむそれ」が相手のことば。○移せ見む　「うつせみ」を詠み込む。

うめ　よみ人知らず

426 あな憂目に常なるべくも見えぬかな恋しかるべき香はにほひつつ

かにはざくら　貫之

427 かづけども波の中にはさぐられで風吹くごとに浮き沈む玉

すももの花

428 今いくか春しなければ鶯もものはながめて思ふべらなり

からもものの花　深養父

429 逢ふからもものはなほこそかなしけれ別れむことをかねて思へば

たちばな　小野滋蔭

430 あしひきの山立ち離れ行く雲のやどりさだめぬ世にこそありけれ

426 ああ、つらい。この目にはいつまでも咲き続けるものとも見えないな。散った後に恋しく思い出されるはずの香りは漂わせながら。○あな憂目に 「あな憂、目に」で、「梅」を詠み込む。○常 変わらないこと。

427 水中に潜っても、波の中には探すことができないで、風が吹くごとに浮き沈みしている玉よ。○かにはざくら 樺桜。○かづけ 「かづく」は水に潜ること。『万葉集』では「かづく」、平安後期には「かつぐ」。古今集時代にはいずれか不明であるが、「かづく」をとる。○二三句 「中にはさぐられで」に「かにはさくら」を詠み込む。○玉 波の飛沫、あるいは泡の見立て。→四二四、四三一。「かには桜」の見立てとする説はとらない。

428 春は、もうあと幾日もないので、鶯ももの思いにふけっているのだろう。○いくか 幾日。「いくか」と惜春の情を詠む歌 →一三三。○三四句 「すもものはな」を詠み込む。「ものはながめて」は無理をした表現。▽すももの花は、大伴家持の「わが園のすももの花か庭に散るはだれのいまだ残りたるかも」(万葉・巻十九・四一四〇) がよく知られる。行く春を惜しむ鶯のもの思い、→一二八。

429 逢ったとたんに、やはり何となしに悲しくなってくる。いずれ別れることを今から思ってしまうので。○からもも 杏。○初二句 「からもものはな」を詠み込む。○からも 「からに」に同じ。…すると同時に。「からもも」を詠み込むためやや無理な表現であるが、「からの」(六三六)という例もある。○ものは 「もの悲し」が、「からもものはな」を詠み込むために分割された。○かねて 前から。先だって。▽物名によるやや不自然な表現を別とすれば、哀切な恋の歌。

430 山を発って離れて行く雲のように、とどまる所も定めないこの世なのであった。○立ち離れ 「たちばな」を詠み込む。ただし、表記によっては、「あしひきの山橘」と「たちばな」が先に見えてしまうかもしれない。○行く雲 はかない無常の存在であるとともに、ここではとくに旅人のイメージを持つ。▽雑下に収まるような内容。→九八七、九八九。

431 みよしのの吉野の滝に浮かびいづる泡をか玉の消ゆと見つらむ

　をがたまの木　　　　　　友則

432 秋はきぬ今や籬《まがき》のきりぎりす夜な夜な鳴かむ風の寒さに

　やまがきの木　　　　　　よみ人知らず

433 かくばかり逢ふ日のまれになる人をいかがつらしと思はざるべき

　あふひ　かつら

434 人目ゆゑのちに逢ふ日のはるけくはわがつらきにや思ひなされむ

435 散りぬればのちは芥《あくた》になる花を思ひ知らずもまどふてふかな

　くたに　　　　　　　　　僧正遍昭

436 われは今朝《けさ》初《うひ》にぞ見つる花の色をあだなるものといふべかりけり

　さうび　　　　　　　　　貫之

431　吉野川の滝に浮かび出た泡を、玉が消えると見たことだろうか。○をがたまの木 『古今集』のいわゆる「三木（さんぼく）」の一つで、古今伝授の秘説とされた。→四四五、四四九。モクレン科の常緑高木。○下句「をかたまのき」を詠み込む。○見つらむ 「見る」の主体が不明瞭。「見ゆらむ」とする本も多く、その方がわかりやすい。

432　秋は来た。今は籬のもとでこおろぎが毎夜毎夜鳴くのだろうか、風が冷たいので。○やまがき 山柿。実が小さく、渋みが強い。○二三句「やまがきのき」を詠み込む。○きりぎりす 今のこおろぎ。▽山柿と歌の内容は関わらないが、季節は秋で揃う。

433　これほどに逢う日が少なくなってしまった人を、どうして薄情だと思わないでいられようか。○あふひ 葵。○かつら 桂。賀茂祭の折に、葵とともに車などにかざす。○逢ふ日 「あふひ（葵）」を詠み込む。○いかがつらし 「かつら」を詠み込む。

434　人目をはばかって、次に逢う日がずっと後になるならば、あの人は私が薄情なせいだと思うであろうか。○逢ふ日 「あふひ（葵）」を詠み込む。○はるけく ここは、時間が長く経つこと。○わがつらき 私（この歌の作者）の薄情さ。「かつら」を詠み込む。▽この二首、ともに「あふひ」を「逢ふ日」として詠み込み、「かつら」を「つらし」に掛けている点で、同工異曲。四三三が逢瀬が途絶えて久しい時点であるのに対して、これは将来の逢瀬の途絶えを懸念する。

435　散ってしまえば、そのあとはごみになってしまう花を、そうとも知らずにその色に迷って飛び回っている蝶よ。○くたに 「苦丹」という字をあて、牡丹や竜胆（りんどう）の一種ともいわれるが、不明。○芥になる 「くたに」を詠み込む。○まどふ あっちへ行ったりこっちへ行ったりする様子。上の句との関係で、色に迷うの意が出てくる。○てふ 蝶。▽美しいものもいずれは醜くなるという無常観に基づく。同じ遍昭の一〇一六も似た趣。「くたに」は花なので、内容とも関わる。

436　私は今朝初めて薔薇の花を見た。その花の色こそ艶なるものというにふさわしかった。○さうび 薔薇。○今朝初に 「さうび」を詠み込む。「初に」はめずらしい言い方で、「うひ」は普通、接頭語。物名のために無理をしたもの。○あだ 漢語「婀娜」で、なまめかしい、艶っぽいの意。華やかな女性の形容。○べかりけり 中国渡来の花である薔薇を初めて見て、「婀娜」とはどのような様子を言うのか、納得したということ。▽「婀娜」は古訓「たをやか」であり、「あだ」と訓む確例は中世以後であるが、ここは物名の歌としてことばの音への関心が出たものと見る。○芥「徒」と見て移ろいやすいの意味にとる説は、移ろいやすさの理由が歌の表現から説明できないので、とらない。ただし、前歌との関係で「徒」のイメージは自然に出る。作者貫之

をみなへし

437 白露を玉にぬくとやささがにの花にも葉にも糸をみな綜《へ》し　友則

438 朝露をわけそほちつつ花見むと今ぞ野山をみな経《へ》知りぬる

朱雀院の女郎花合《をみなへしあはせ》の時に、をみなへしといふ五文《いつも》字《じ》を、句のかしらにおきてよめる　貫之

439 小倉山峰立ちならし鳴く鹿の経《へ》にけむ秋を知る人ぞなき

きちかうの花　友則

440 秋近う野はなりにけり白露の置ける草葉も色変はりゆく

しをに　よみ人知らず

441 ふりはへていざ故里《ふるさと》の花見むと来しをにほひぞうつろひにける

りうたむの花　友則

442 わが宿の花ふみしだく鳥うたむ野はなければやここにしも来る

であるが、もとより実際の体験ではあるまい。

437 白露を玉にして貫こうというのだろうか。蜘蛛が花にも葉にも糸をかけわたしたのは。○ささがに　もともとは「蜘蛛」にかかる枕詞。平安時代には、蜘蛛そのものをいう。○五句「をみなへし」を詠み込む。かなり無理をした詠み込み。○綜　終止形「ふ」で、縦糸（たていと）を機（はた）にかけて織れるようにすること。▽女郎花の花に蜘蛛が糸をかけていると見る必要はない。参考「白露の置けるあしたのをみなへし花にも葉にも玉ぞかかれる」（新撰万葉集・下）

438 朝露を分けて濡れそぼちながら花を見ようとして、もう今は野山を経めぐったので、知らない所はなくなってしまった。○下句「野山をみな経知り」に「をみなへし」を詠み込む。▽女郎花は秋の野に群生するので、その女郎花を野山に探し回る趣。物名と内容とが関わる。この二首、二二五、二二六の配列と関わるか。いずれも、蜘蛛の糸と白露の玉から女郎花へと続く。類歌「露草に濡れそほちつつ花見むと知らぬ山辺をみなへしりにき」（新撰万葉集・下）。

439 小倉山の峰を平らにするほどに歩き回って鳴く鹿が、いくたび秋を過ごしてきたのか、知る人はいないのだ。○朱雀院の女郎花合　二三〇以下七首参照。○句のかしらにおきて　五句それぞれの初めに置く。折句。→四一〇。物名は隠し題だけでなく、折句も含む。○鳴く　妻を求めて鳴く。▽小倉山と鹿の取り合わせ、貫之好みの素材。同時代にほかに見られない。→三一二。小倉山は女郎花の名所である嵯峨野と近く、女郎花と鹿が求める妻とが重なる。なお、この歌は、現存する『朱雀院女郎花合』には見えないが、同歌合には、番えられなかった余興らしき歌として、「をみなへし」を折句にした歌を三首載せる。

440 野は秋が近くなってきた。白露の置いた草葉も色が変わってゆく。○きちかう　桔梗。○初二句「きちかうのはな」を詠み込む。「近う」はウ音便だが、和歌では音便形はあまり用いない。▽桔梗が歌の風景の中にあると見てよい。

441 わざわざ、さあ昔なじみの地の花を見ようとやって来たのに、花は色あせてしまっていた。○しをに　紫苑。○故里　昔なじみの土地。旧都。故里と花、→九〇、一一一。とくに一一一は「いざ」「ふるさと」「花」など語句がこの歌と共通。○四句「しをに」を詠み込む。

442 わが家の庭の花を踏み荒らす鳥を打ち懲らしめてやろう。野には花がないからだろうか、ことさらここにやって来るのは。○りうたむ　竜胆（りんどう）。○三四句「鳥うたむ野はなければ」に「りうたむのはな」を詠み込む。○なければ　花がないので。▽四四一は、人が「故里」へ花を見に行く歌で、この歌は、鳥が野ではなく庭の花にやって来る歌。

443 ありと見てたのむぞかたき空蟬の世をばなしとや思ひなしてむ

をばな　　よみ人知らず

444 うちつけに濃しとや花の色を見む置く白露の染《そ》むるばかりを

けにごし　　矢田部名実《なざね》

二条の后、春宮の御息所と申しける時に、めどに削《けづ》り花させりけるをよませたまひける

445 花の木にあらざらめども咲きにけりふりにしこのみなるときもがな

文屋康秀

しのぶぐさ

446 山高みつねに嵐の吹く里はにほひもあへず花ぞ散りける

紀利貞

やまし

447 ほととぎす峰の雲にやまじりにしありとは聞けど見るよしもなき

平篤行

443　あると思っても、あてにすることはむずかしいことだ。いっそはかないこの世をないものと思いこんでしまおうか。○をばな　尾花。穂の出た薄。○空蟬の　「世」の枕詞。平安時代には「はかない」の意をこめることが多い。↓七三。○世をばなし　「をばな」を詠み込む。○思ひなし　「思ひなす」で、つとめて思うようにすること。「世をばなし」に続けて「なし」をくり返す。▽題と内容は関わらない。現世を無と見る仏教思想による。↓九四二。

444　ちょっと見ると、なるほどその名のとおり濃い色だと思って花の色を見るだろうか。実際は置いた白露が染めているだけなのに。○けにごし　「牽牛子」と書く。朝顔。○うちつけ　唐突なさまや瞬間的な反応。○初二句　「うちつけに濃し」に「けにごし」を詠み込む。「けにごし」を「げに濃し」の意味にとりなして、花を見る。▽露は葉を染めるものとして詠まれるのが普通であり、花の色を染めるというのはめずらしい。↓四五〇。

445　花が咲く木ではないのでしょうが、咲きましたね。年老いたわが身も実がなる時があるとよいのですが。○二条の后…時に　↓八。○めど　萩の一種。○削り花　木を削って作った造花。○あらざらめども　「めど」を詠み込む。○このみ　「この身」と「木の実」を掛ける。○なる　「実がなる」で、昇進、出世する。▽「めどに削り花」は、古今伝授のいわゆる「三木（さんぼく）」の一つ。↓四三一、四四九。めどに造花を挿すとは、どのような情景かはっきりしないが、めどは茎を占いの筮竹（ぜいちく）に用いたので、それに造花を挿したものか。初二句とも意味が通じる。八と歌の詠まれた状況、内容が似る。

446　山が高いので、たえず嵐の吹く里では、咲き誇ることもかなわず花が散るのだな。○しのぶぐさ　↓二〇〇。○嵐の吹く里　「しのぶぐさ」を詠み込む。○にほひ　「にほふ」は花が美しく咲き誇ること。▽題の詠み込み方が自然。忍草は、歌の中の景物としては現れていない。

447　ほととぎすは、峰の雲の中に紛れ込んで行ってしまったのか、いるということは声でわかるが、姿は見るすべもない。○やまし　ユリ科の多年草。漢名「知母」。「花菅」の異名という。○雲にやまじり　「やまし」を詠み込む。▽題と歌の内容とは関わらない。ただし、下句のもどかしい気持は、「心やまし」という語に通じるかもしれない。ほととぎすに託した恋歌とも読める。↓七四七詞書。

からはぎ

448 うつせみのからは木ごとにとどむれど魂《たま》のゆくへを見ぬぞかなしき

よみ人知らず

かはなぐさ

449 うばたまの夢になにかはなぐさまむうつつにだにもあかぬ心を

深養父

さがりごけ

450 花の色はただひとさかり濃けれども返す返すぞ露は染めける

高向《たかむこの》利春《としはる》

にがたけ

451 命とて露をたのむにかたければものわびしらに鳴く野辺の虫

滋春

かはたけ

452 さ夜ふけてなかばたけゆくひさかたの月吹きかへせ秋の山風

景式王《かげのりのおほきみ》

わらび

453 煙立ちもゆとも見えぬ草の葉をたれかわらびと名づけそめけむ

真静法師

448 蟬の抜け殻は木ごとに残り、人の亡骸はそれぞれ棺に残るけれども、魂の行方を知ることができないのが悲しい。〇からはぎ 「唐萩」。どのような植物か不明。〇から 抜け殻の「殻」に亡骸の「から」を掛ける。〇からは木ごとに 「からはぎ」を詠み込む。〇木 「棺」を掛ける。▽上句は、まず蟬の抜け殻として読むが、下句まで行くと、人の亡骸の意味が出てくる。題と内容とは関わらない。

449 夢で逢ってもどうして心が慰められよう。現実に逢ってさえ、満ち足りることがないのに。〇うばたまの 「夢」の枕詞。〇かはなぐさ 「川菜草」とあてるか。古くから「水苔」を「かはな」と訓む。川に生える藻類であろう。古今伝授の「三木(さんぼく)」の一つ。→四三一、四四五。〇なにかはなぐさまむ 「かはなぐさ」を詠み込む。自然な詠み込み方。歌の内容とは関わらない。〇あかぬ心を 底本「あかぬ心は」。諸本により改める。

450 花の色はただ一時の盛りだけ濃いけれども、それは露が幾度も染めたものなのだ。〇さがりごけ 松蘿。「さるおがせ」ともいう。山の木の枝から垂れ下がる地衣類。〇ひとさかり ほんの一時の盛り。→七七。〇ひとさかり濃けれども 「さがりごけ」を詠み込む。自然な詠み込み方。〇返す返す 「ひとさかり」と対。▽題と内容とは関わらない。色の変わらないさがりごけと花とは対照的。露が花の色を染める例、→四四四。

451 命をつなぐものとして露を頼りにするのはむずかしいので、悲しそうに泣いている野辺の松虫よ。〇にがたけ 「苦竹」と、きのこの一種「苦茸」といずれか不明。〇初二句 当時、虫は命の糧として露を吸うと考えられていた。「はかもなき夏の草葉におく露を命と頼む虫のはかなさ」（寛平御時后宮歌合）〇たのむにかたければ 「にがたけ」を詠み込む。〇ものわびしらに 「ら」は形容詞の語幹につく接尾語。→一〇六七。

452 夜が更けて、半ば西へ傾いた月を吹き返しておくれ、秋の山風よ。〇かはたけ 「川竹」か。「あはれなるもの…川竹の風に吹かれたる、目さまして聞きたる」（枕草子）。一説に「皮茸」ともいう。〇二句 「かはたけ」を詠み込む。〇たけゆく 「長けゆく」で、盛りを過ぎること。▽題が歌の内容と関わっているとすれば、川竹か。四五一が「苦茸」の可能性があり、四五三が「蕨」なので、その点では「皮茸」ともとれる。

453 煙が立ち燃えているとも見えない草の葉を、誰が蕨（藁火）と最初に名づけたのであろうか。〇もゆ 「燃ゆ」から「萌ゆ」も連想される。〇わらび 「蕨」と「藁火」の掛詞。「藁火」という語は、当時、もっぱら「蕨」と掛ける。▽題を歌のことばに隠すタイプではなく、名前のおもしろさに興じた掛詞として表現する。誹諧歌にも近い趣。「物名」の範囲が隠し題だけでなく、折句なども含めて広がりがあることになる。

454
ささ　まつ　びは　ばせをば　　紀乳母

いささめに時待つまにぞ日は経《へ》ぬる心ばせをば人に見えつつ

455
なし　なつめ　くるみ　　兵衛

あぢきなし嘆きなつめそ憂きことにあひくる身をば捨てぬものから

456
からことといふ所にて、春の立ちける日よめる　　安倍清行朝臣

波の音のけさからことに聞こゆるは春のしらべやあらたまるらむ

457
いかがさき　　兼覧王《かねみのおほきみ》

かぢにあたる波の雫《しづく》を春なればいかが咲き散る花と見ざらむ

458
からさき　　阿保経覧《あぼのつねみ》

かの方にいつからさきに渡りけむ波路はあとも残らざりけり

454　ほんのわずか、時を待っている間に日が経ってしまった。思いだけは人に見せながら。○いささめに「ささ」を詠み込む。○待つ「まつ（松）」を詠み込む。○日は「びは」を詠み込む。○心ばせをば「ばせをば」（芭蕉葉）を詠み込む。○見え「見ゆ」は「人に見られる」の意であるが、そこから「人に見られるようにする」「人に見せる」の意となる。▽四つもの物名を詠み込む例はめずらしい。

455　どうにもならないことだ。嘆きを詰め込み、思い詰めることはない。つらいことに逢ってきたわが身を捨てることはしないのだから。○初句「なし（梨）」を詠み込む。○なつめそ「な詰めそ」に「なつめ（棗）」を詠み込む。「嘆きつむ」で、ただただ嘆く、の意だが、ここは、「嘆き」をわが身に詰め込む、という諧謔的な表現にもなる。○あひくる身「くるみ」を詠み込む。○ものから　逆接の意味になることが多いが、ここは順接。▽二句は、他人をいさめる意味とも、自らに言い聞かせる意味ともとれる。

456　波の音が今朝から違って聞こえるのは、春の調べにあらたまったからだろうか。○からこと　唐琴。現在の岡山県倉敷市児島唐琴のあたりかという。→九二一。○春の立ちける日　立春。○けさからことに「今朝から異に」に「からこと」を詠み込む。○春のしらべ　楽の調子のことで、季節ごとに変える。春は双調。ここは、波の音を唐琴の音と聞きなす。○あらたまる　立春なので、楽の調子も変わる、と受けとめる。▽九二一に唐琴で詠まれた真静法師の歌がある。真静と清行との間には親交があるらしく（→五五六）、この歌と九二一も関わりがあろう。以下、四六三まで、地名、所の名を題とする。

457　楫にあたってできる波しぶきを、春だからどうして咲いて散る花と見ないことがあろうか。○いかがさき　琵琶湖畔か。『蜻蛉日記』では、石山詣での帰路に通る。一説に淀川河畔の地名。○いかが咲き散る「いかがさき」を詠み込む。

458　あちらの方にいつの間に先に渡ったのだろうか。波の上には舟の跡ももう残っていないのだ。○からさき　唐崎。琵琶湖西岸の地。『蜻蛉日記』などでは、祓えに出かける所として知られる。○二句「からさき」を詠み込む。やや無理をした表現。

459 波の花沖から咲きて散り来めり水の春とは風やなるらむ
伊勢

460 うばたまのわが黒髪や変るらむ鏡の影にふれる白雪
かみやがは
貫之

461 あしひきの山辺にをれば白雲のいかにせよとか晴るる時なき
よどがは
忠岑

462 夏草の上はしげれる沼水の行く方のなきわが心かな
かたの
源忠《ほどこす》

463 秋来れど月の桂の実やはなる光を花と散らすばかりを
かつらのみや

464 花ごとにあかず散らしし風なればいくそばくわが憂しとかは思ふ
百《はく》和《わ》香《かう》
よみ人知らず

459　波の花は沖から咲いてこちらへ散ってくるようだ。水の春というのは、風がなるものなのだろうか。
○波の花　波の飛沫の見立て。○沖から咲きて　「からさき」を詠み込む。○水の春　水に季節があるものと見る。「水の秋」→三〇二。○風やなるらむ　風が花の姿となって、水に春をもたらすということ。

460　私の黒髪が変わったのであろうか。鏡に映った姿に降っている白雪は。○かみやがは　紙屋川。京都市北方の鷹峯に発し、桂川に注ぐ。現在の天神川。平安時代、この川の近くに官製の製紙所である紙屋院があった。○うばたまの　「夜」「黒」などにかかる枕詞。○黒髪や変る　「かみやがは」を詠み込む。自然な詠み込み。○影　姿。○白雪　白髪の見立て。→八。▽「黒髪」と「白雪」を対にする。貫之には「むばたまのわが黒髪に年暮れて鏡の影に降れる白雪」（拾遺集・雑秋）という、老いを嘆いた類歌がある。

461　山のほとりに住んでいると、ただでさえ寂しいのに、白雲がどうせよというのか、晴れる時がない。○あしひきの　「山」にかかる枕詞。○初二句　『万葉集』に類句がある。○下句　「よどがは」を詠み込む。内容の関連はない。○五句　「雲が晴れない」と「心が晴れない」との両義。▽白雲のかかる場所としての山、→九三七、九四五。また、人と人とを隔てる象徴としての白雲、→三七九、三八〇。

462　夏草が表面には茂っている沼水がどこへも流れてゆく先がないように、遣り所もないわが心であるよ。○かたの　交野。大阪府枚方市から交野市に広がる野。○夏草　繁茂のさまと恋心を関連させる例が多い。→六八六。○行く方のなき　「かたの」を詠み込む。「沼水」を受けつつ「わが心」にかかる。▽重苦しい風景が鬱屈した思いの象徴となる。恋の情調。

463　秋が来ても月の桂の実はなるだろうか、なりはしない。光を花のように散らしているばかりだから。○かつらのみや　桂宮。宇多天皇皇女、桂宮孚子（ふし）内親王の宮か。○来れど　ここは「来るとも」に同じ。○月の桂　月に生えているという伝説上の桂の木。○二三句　「かつらのみや」を詠み込む。▽光を花に見立てる表現、めずらしい。

464　どの花も満足に見ないうちに散らしてしまった風なので、どれほど私はつらいと思っていることか。○百和香　神仙世界にあるとされる伝説的な香。○いくそばくわが憂し　「いくそばく」は、どれほど多く。「はくわかう」を詠み込む。かなり無理をした詠み込み。

すみながし　滋春

465 春霞中し通ひ路なかりせば秋来る雁は帰らざらまし

おき火　都良香

466 流れ出づる方だに見えぬ涙川沖ひむ時やそこは知られむ

ちまき　大江千里

467 のちまきの遅れて生ふる苗なれどあだにはならぬたのみとぞ聞く

はをはじめ、るをはてにて、ながめをかけて、時の歌よめ、と人のいひければよみける　僧正聖宝

468 花の中目にあくやとて分けゆけば心ぞともに散りぬべらなる

465 春霞の中に通い路がなかったならば、秋に来る雁は春になっても帰らないであろうに。○すみながし　墨流し。墨を水面に浮かべてできた模様を、紙に移し染める染色法。○春霞中し「すみながし」を詠み込む。○通ひ路　空と地上とつなぐ路。雁の通り道としては、→三〇。ほかに一六八、八七二。霞の中の道は、この歌のみ。▽題と内容は関わらない。

466 流れ出てゆく方向さえわからない、この涙川。沖が干上がったときには水底も涙の行く手もわかるだろうか。○おき火　熾火。赤く熾った炭火。○流れ出づる　流れ出てゆく。「流れてくる」という説はとらない。○だに「涙川」の水量があまりにも多く、流れているとも見えない。流れる方向さえ見えず、まして、どれほど深いかわからない、ということ。○涙川　とめどなく流れる涙を川に見立てたもの。恋の歌に多い。五一一、六一七、六一八など。○沖ひむ時「おきび」を詠み込む。「沖」は海の沖。川が流れてゆく先。○そこ「水底」と「其処」、涙川が海に出てゆく所、の掛詞。▽題と内容は直接関わらないが、恋の思いの火と涙川とを関連させる歌はある。→五二九。

467 あとから蒔き遅れて育つ苗ではあるが、無駄にはならず田の実をつける、頼りになるものと聞いている。○ちまき　粽。餅を茅や笹にくるみ、藺草でしばる。端午の節句に食べる。○初句「ちまき」を詠み込む。○たのみ「頼み」と「田の実」とを掛ける。恋歌に多い。→八二二。▽古注は、晩学を勧める歌ととる。千里が『句題和歌』の作者で漢詩文に通じているためか。

468 花の中に、満足するまで見られるかと思って分け入ってゆくと、心が花とともに散ってしまいそうだ。○詞書　趣旨は、「は」を歌の初めに置き、「る」を末尾に置き、「ながめ」を詠み込み、時節にかなう歌を詠め、ということ。「ながめ」は、「長雨」とも「眺め」ともとれるが、春にふさわしいのは「長雨」。→六一六。○花の中目に「ながめ」を詠み込む。▽耽美的な歌。目で見て満足するどころか、花を惜しむ気持で心が千々に乱れてしまった、という。

古今和歌集巻第十一

恋歌一

題知らず　　よみ人知らず

469 ほととぎす鳴くや五月のあやめぐさあやめも知らぬ恋もするかな

素性法師

470 音にのみきくの白露夜はおきて昼は思ひにあへず消ぬべし

紀貫之

471 吉野川岩波高く行く水のはやくぞ人を思ひそめてし

藤原勝臣《かちおん》

472 白波のあとなき方に行く舟も風ぞたよりのしるべなりける

古今和歌集巻十一

恋歌一

469　ほととぎすが鳴く、五月のあやめぐさ。物のあやめもわからない恋をすることよ。○ほととぎす　五月になって鳴く。→一三七。多く恋心を持った鳴き声が詠まれる。→一五三など。○あやめぐさ　菖蒲。五月の端午の節句に、その強い芳香によって邪気を払うため、鬘（かずら）や薬玉を作り、また軒を葺いた。「節は、五月にしく月はなし。菖蒲、蓬などのかをりあひたる、いみじうをかし」（『枕草子』「節は」）。○あやめ　物事の道理、筋道。「あやめぐさ」と同音で別の語に転じる。▽上の句は、四句の「あやめ」に同音で転じてゆく、いわゆる序詞。「ほととぎす来鳴く五月のあやめ草」（万葉・巻十八・四一〇一）など類句がある。ほととぎすの声と菖蒲の香りによる官能的な雰囲気が恋心の象徴となる。恋歌の巻頭にふさわしく、恋というものは、理屈ではどうにもならぬものと、その本質を詠んだ歌。

470　あの人のことを噂に聞くばかりで、菊の白露が夜置き、昼は日の光にあたって消えてしまうように、私も夜は眠れず昼は恋しい思いにこらえきれずに消えてしまいそうだ。○音にのみきくの白露　「音にのみ聞く」と「菊の白露」とを掛ける。「音に聞く」は噂に聞く。○おきて　「置きて」と「起きて」の掛詞。○思ひ　「日」を掛ける。○あへず　こらえきれず。○消ぬ　白露と自分。▽訳では便宜的に「ように」としたが、掛詞を多用して、菊の白露の姿と恋の思いに苦しむ姿とが分かちがたく二重写しになる。四六九と異なる新しい歌風の歌で、対照的な配置になる。

471　吉野川は、岩にあたる波も高く流れる水が速い、私もずっと前にあの人のことを思い始めていたのだ。○吉野川　万葉では、美しい風景として詠まれることが多いが、古今集以後は、その激しい流れに恋の思いを喩えて詠むことが多い。○はやく　「行く水の」を速度の「速く」で受けつつ、時間的な意味の「早く」（とうの昔に）へと転じる掛詞。一説には「早く」ではなく「激しく」の意とする。

472　白波の跡も残っていない方へ進む舟でも、風が寄る辺として道案内になるのだ。○白波のあと　舟が通ったあとに残る波。はかなく消えるもの。「世の中を何にたとへむ朝ぼらけ漕ぎ行く舟の跡の白波」（拾遺集・哀傷・沙弥満誓）。○たより　拠り所となるもの。○しるべ　→一三。一三とは「風」「たより」なども共通する。▽この歌一首の表現だけでは、必ずしも恋の歌と理解されないが、広大な海原でただ風だけを頼みとする舟に比べて、わが身は何の拠り所もないという、暗示に富んだ歌。

473
音羽山音に聞きつつ逢坂《あふさか》の関のこなたに年を経《ふ》るかな

在原元方

474
立ち返りあはれとぞ思ふよそにても人に心をおきつ白波

貫之

475
世の中はかくこそありけれ吹く風の目に見ぬ人も恋しかりけり

右近の馬場《むまば》のひをりの日、向ひに立てたりける車の下簾より、女の顔のほのかに見えければ、よむでつかはしける

在原業平朝臣

476
見ずもあらず見もせぬ人の恋しくはあやなくけふやながめくらさむ

返し

よみ人知らず

477
知る知らぬなにかあやなくわきて言はむ思ひのみこそしるべなりけれ

473 音羽山の音――噂に聞きながら、逢坂の関のこちらで逢うこともなく年月を送ることだ。○音羽山 同音で「音に」を導きつつ、実際の地理の上でも逢坂よりも都側にある地という意味を持つ。○音に聞き 噂に聞くこと。○逢坂の関 →三七四など。○こなた こちら側、すなわち京都側。「逢ふ」という名を持つ逢坂のこちらなので、まだ逢うことができていない、という意味。

474 幾度でもいとおしいと思う。遠く離れていながら人に心を置く、沖の白波さながらに。○立ち返り くり返し。○おき 「置き」と「沖」を掛ける。○白波 初句「立ち返り」にイメージの上で結びつく。くり返し呼び起こされる恋の思いと、寄せては返す波とが分かちがたく重なる。▽初句と五句は、「おきつ白波立ち返り」などとあれば自然な表現だが（六八二参照）、あえて切り離し、五句から初句へ返ってゆく形をとる。心情を歌う流れが最後に予期せぬ風景を呼び起こしつつ初句と結びつくのは、作者の行き届いた計算がある。その結果、初句「立ち返り」に新たに波のイメージが生まれ、歌全体が循環的な構成となる。

475 世の中とは、こういうものであったのだ。吹く風が目に見えないように、逢ったこともない人も恋しく思われるのだった。○かく 三句以下をさす。○風 風が目に見えないものとして詠まれること、『万葉集』に「吹く風の見えぬがごとく」（十五・三六二五など）という類型句がある。○目に見ぬ 「吹く風」の述語であり、「人」にかかる修飾句。「吹く風の」に対しては「目に見えぬ」とあるのが自然だが、意味を二重にするため少し無理な形になった。▽風は、さらに、目には見えないが音は聞こえる、という意味で、逢ったことはないが噂にだけは聞く人、という比喩になる。

476 見なかったというわけでもなく、かといって見たというわけでもない人が恋しくて、おかしなことに今日一日もの思いにふけって過ごすのであろうか。○右近の馬場のひをりの日 未詳。当時、五月五日、六日に宮中で近衛府・兵衛府の官人たちが騎射をしたが、そのことと関わりがあろう。○ほのか はっきりとではなく。○よむで 「詠みて」の音便。○あやなく 理屈に合わずに。→四一。見た人を恋う、または見ぬ人を恋うのであれば、普通だが、そのいずれでもないのに恋しさが募ってもの思いをすることを、みずから省みたことば。▽この歌で初めて恋の相手の顔を見た歌となる。前歌と、「見ぬ」という表現でつながる。

477 相手を見たとか見ないとか、どうして区別するのでしょう、おかしなことです。思いの火こそが恋の道しるべですが…。○知る知らぬ 前歌の「見ずもあらず見もせぬ」を受ける。○あやなく 上の句全体にかかる。贈歌と同じ語を用いて、相手の煮え切らない姿勢を批判する。○思ひ 「火（灯）」を掛ける。▽今日一日もの思いをして過ごしても、「思ひ」の「火」があれば、夜でもや

春日の祭にまかれりける時に、物見に出でたりける女のもとに、家をたづねてつかはせりける　　壬生忠岑

478 春日野の雪間をわけて生ひ出でくる草のはつかに見えし君はも

人の花摘みしける所にまかりて、そこなりける人のもとに、後によみてつかはしける　　貫之

479 山桜霞の間よりほのかにも見てし人こそ恋しかりけれ

題知らず　　元方

480 たよりにもあらぬ思ひのあやしきは心を人につくるなりけり

凡河内躬恒

481 初雁のはつかに声を聞きしより中空にのみものを思ふかな

貫之

482 逢ふことは雲居《くもゐ》はるかになる神の音に聞きつつ恋ひわたるかな

って来られよう、という、相手の真情を試す歌。▽前歌とこの歌、詞書も含めて『伊勢物語』九九段に同様の内容で載る。

478　春日野の雪の間を分けて萌え出て来る若草が、かすかに姿を現すように、ほんのわずかに姿が見えたあなたであったよ。○春日の祭　春日大社の祭。二月と十一月にある。ここは、二月。○まかれりける　春日の祭には、朝廷から勅使が遣わされる。その一行として付き従ったか。○物見　春日大社に参る、勅使一行の行列を見物した。この参詣を「春日詣で」といい、盛大であった。『枕草子』「めでたきもの」に挙げ、『うつほ物語』の巻名にもある。○家をたづねて　祭の後。○春日野　若菜の名所。↓一八、二二。○はつかに見え「はつか」は、わずか、一部分。「草」と「君」との両方。▽五句「見え」までは初め「草」のことで、「君」によって一転して恋の歌になる。

479　山桜が霞の間からほのかに見える、そのようにほのかに姿が見えたあなたが恋しいのです。○花摘み　↓一三二。○そこなりける人　そこにいた女性。▽「霞に隠される花」は、貫之の好んだ構図。↓五八、九四。三代集中、恋歌にこの構図を用いたのは、この歌のみ。『源氏物語』で、紫の上をかいま見た夕霧の思いが「春の曙の霞の間より、おもしろき樺桜の咲き乱れたるを見る心地」(野分)とあり、女三の宮をかいま見た柏木の恋は、この歌を基調として語られる。配列の点では、四七六から似た状況の歌が並ぶ。

480　手紙を届ける使いでもない「思い」というもののふしぎなことは、心を、思う人のもとに届けることであった。○たより　手紙の意味もあるが、ここは使い、使者。○つくる「つく」は届ける。心を物のように見なして、「思ひ」が相手の元へ届けた、とする。思う相手に心が奪われた、ということで、思いを伝えたのではない。心が人に寄り添う例、↓三六八、三七三。▽使者と手紙、思いと心、とを類似の関係で捉える機知。

481　初雁の声のようにわずかに声を聞いて以来、すっかり上の空になって恋しい気持でいることよ。○初雁の　同音で「はつか」につながる。初雁の声は、秋になって待たれるもの。↓二〇六。○中空　中途半端。上の空。もの思いをする作者の状態であるが、初雁の飛ぶ空間として、初雁の縁語でもある。▽まだ見ぬ相手の声を聞いた歌。

482　逢うことは、雲の浮かぶ空のかなたのように隔たりがあってかなわず、その空のかなたに鳴る雷のように噂を聞きながら恋しく思い続けていることよ。○雲居はるかに　逢うことがかなわない隔たりを空間的に表現しながら、「鳴る神」を導く。○なる神　雷。○音　雷の「音」から「噂」の意味に転換する掛詞。▽人事から風景、そして再び人事、と流れるようなつながり。「雲居」や「鳴る神」は、思いを寄せる相手との距離を表す絶妙な比喩。身分違いの恋とまでする必要はない。前歌とは

よみ人知らず

483 片糸をこなたかなたによりかけてあはずは何を玉の緒にせむ

484 夕暮れは雲のはたてにものぞ思ふ天つ空なる人をこふとて

485 刈菰《かりこも》の思ひ乱れて我《われ》恋ふと妹《いも》知るらめや人しつげずは

486 つれもなき人をやねたく白露のおくとは嘆き寝《ぬ》とはしのばむ

487 ちはやぶる賀茂の社《やしろ》の木綿襷《ゆふだすき》一日《ひとひ》も君をかけぬ日はなし

488 わが恋はむなしき空にみちぬらし思ひやれどもゆく方もなし

489 駿河なる田子の浦波立たぬ日はあれども君を恋ひぬ日はなし

「中空」と「雲居」という関連。

483　片糸をこちらあちらと縒り合わせて糸をつくらなければ、何をもって玉をつなぐ糸にしようか、私も、あの人と逢うことがなくては、何をもって命を繋ぎとめるものとしようか。○片糸　縒り合わせて一本の糸になる前の細い糸。○よりかけて　縒りをかける。縒り合わせること。○あはずは　「あふ」は、片糸が一本の糸になることと、思う相手と逢うこととを掛ける。○玉の緒　玉をつなぎとめる糸の意味と、命をつなぎとめるものの意との掛詞。

484　夕暮れは雲の果て、はるか遠くに思いをはせる。空にいるような、手の届かないあの人を恋い慕うというわけで。○夕暮れ　恋の思いがつのる時間帯。○雲のはたて　漢語「雲端」の訳語であろう。「美人雲端に在り　天路隔たりて期無し」（『玉台新詠』巻一「雑詩九首・蘭若春陽に生ず」）。「はたて」は端の意味で、雲の端、すなわち、はるか彼方。○天つ空なる人　空にいる人。遠い存在。身分の高い人ともとれる。

485　刈り取った菰のように思い乱れて私が恋い慕っているのと、あの人はわかっているだろうか、誰かが伝えてくれなくては。○刈菰の　「刈菰」は刈り取った菰。「思ひ乱れて」の枕詞。初二句は、『万葉集』に見られる類型句。○妹　思いを寄せる女性。これも『万葉集』に多い語で、『古今集』には、他に一六七、一〇七二のみ。『古今集』では、代わりに「人」や「君」を用いる。○らめや　「や」は反語。○人　ここは、自分たち以外の他人。

486　私の思いを知らずにいるあの人を、しゃくなことに、白露の置く朝に起きてはため息をつき、夜寝ては慕うのであろうか。○つれもなき　「つれなき」に「も」が入った形。「つれなし」は、平然としている。ここは、こちらの思いがまだ伝えられていないため、相手が何の反応も示さない状態。冷たい、の意ではない。ただし、「こちらがこんなに思っているのに気づいていてくれないで」という気持はこもる。○ねたく　全体にかかる。○おく　「置く」と「起く」を掛ける。▽初句は、思いを伝えたのに、そしらぬふりをしている、ととることもできるが、配列の上からは、思いは伝えていない、ととるべきである。

487　賀茂神社の神官は、神事に木綿襷をかけるが、私も一日とてあなたを心にかけない日はないのです。○ちはやぶる　「賀茂の社」にかかる枕詞。多く「神」にかかり、ここも諸本多くは「神」。ただし、『古今集』中には、「ちはやぶる賀茂の社の姫子松」（一一〇〇）という表現がある。○木綿襷　神官が神事をおこなう際、袖をからげるのに用いる。五句「かけ」につながる。○五句　『万葉集』に「恋ひぬ日はなし」「泣かぬ日はなし」などの類句がある。→四八九。

488　私の恋は、虚空いっぱいになってしまったらしい。いくら思いをはせてみても、どこにも行き場がないのだ。○むなしき空　何もない空。○みちぬ　恋の思いがあたかも

490 夕月夜《ゆふづくよ》さすや岡べの松の葉のいつともわかぬ恋もするかな

491 あしひきの山下水のこがくれてたぎつ心をせきぞかねつる

492 吉野川岩きりとほし行く水の音にはたてじ恋ひは死ぬとも

493 たぎつ瀬の中にも淀はありてふをなどわが恋の淵瀬ともなき

494 山高み下行く水の下にのみながれて恋ひむ恋ひは死ぬとも

495 思ひいづるときはの山のいはつつじ言はねばこそあれ恋しきものを

496 人知れず思へば苦し紅《くれなゐ》の末摘花《すゑつむはな》の色にいでなむ

物のように虚空に充満した、ということ。▽恋が空に満ちるという想像は、当時ほかに例がなく、斬新。

489 駿河の国の田子の浦の波が立たない日はあっても、私があなたを恋しく思わない日は一日もない。○駿河　今の静岡県中部。▽類歌「韓亭能許（からとまりのこ）の浦波立たぬ日はあれども家に恋ひぬ日はなし」（万葉・巻十五・三六七〇）。この万葉歌の異伝とも見られるが、「…ぬ日はなし」という類句からすれば、上の句の地名が異なる多くの歌が存在した可能性がある。▽この歌まで三首、いずれも「なし」で歌を結ぶ。

490 夕月のさす岡のあたりの松の葉が、常緑なのでいつと区別できないように、私もいつ恋をしているなどと区別できないような恋をしていることよ。○夕月夜　ここは、「夜」ではなく、「月」。○岡べ　『万葉集』に多く見える語。○いつともわかぬ　松は常緑なので、「いつ」と時を区別できない。同様に、ずっと変わらずに恋い慕い続ける思いをいう。▽上句は、夕暮れ時のいかにももの寂しい気分を象徴する情景。

491 山陰の川の水が、木々に隠れながら激しく流れるように、私も沸き立つ思いをこらえかねてしまうのだ。○あしひきの　「山」にかかる枕詞。○山下水　山陰を流れる川の水。『万葉集』にない語で、「山下とよみ行く水」という類型句（巻十一・二七〇四など）からできた語であろう。人目にはつかないが、激しく絶えることなく流れる、というイメージがある。「山下水の絶えず」（仮名序）。また、四句までは、そのまま一〇〇一に取り入れられる。○せきぞかねつる　「せく」は「堰く」で、流れを止めること。「かね」は、…できない。

492 吉野川の岩を切り開いて流れる川の音、しかしそのようにはっきりと思いを声には出すまい。恋死にをしてしまうとしても。○吉野川　急流で知られる。↓四七一。○音　水の「音」と「声」との掛詞。▽「高山の石本たぎちゆく水の音にはたてじ恋ひて死ぬとも」（万葉・巻十一・二七一八）。「恋ひは死ぬとも」は、『万葉集』に見える類句。四句は、上の句から連想される激しい水音を、「声に出すまい」と打消しながら展開する、めずらしい形。

493 激しく流れる早瀬の中にも淀みはあるというのに、どうしてわが恋は淵も瀬もなく激しくたぎるばかりなのか。○たぎつ　↓四九一。○ありてふ　「ありといふ」の約。

494 山が高いので山陰を流れる川は、人目につかず流れるばかり、私もこれから先ずっとひっそり泣きながら恋しく思うこととしよう、たとえ恋死にをするとしても。○山高み　「み」は、理由を表す接尾語。○ながれて　「流れて」と「泣かれて」の掛詞。↓五九一。○恋ひは死ぬとも　↓四九二。▽目に見えぬ流れに寄せて恋心を詠む歌、「…したひ山　下行く水の　上に出でず　あが思ふ心やすきそらかも」（万葉・巻九・一七九二）。

497 秋の野の尾花にまじり咲く花の色にや恋ひむあふよしをなみ

498 わが園の梅のほつえに鶯の音《ね》になきぬべき恋もするかな

499 あしひきの山ほととぎすわがごとや君に恋ひつついねがてにする

500 夏なれば宿にふすぶる蚊遣火《かやりび》のいつまでわが身下燃えをせむ

501 恋せじと御手洗川《みたらしがは》にせし禊《みそぎ》神は受けずぞなりにけらしも

502 あはれてふことだになくは何をかは恋の乱れのつかねをにせむ

503 思ふにはしのぶることぞまけにける色には出でじと思ひしものを

495 あの人のことを思い出すときは——常盤山の岩つつじ——言わないので伝わらないが恋しくてならないのに。○ときは 「時は」と「常盤」の掛詞。「思ひ出づるときはの山のほととぎす」(一四八)。初二句も等しい。○いはつつじ 同音の「いはねば」を導く。また、ここでは、山中に咲く遠く離れた存在として、恋しい相手の比喩にもなる。「山越えて遠津の浜の岩つつじわが来るまでにふふみてあり待て」(万葉・巻七・一一八八)。夏、淡紅色の花をつける。○こそあれ 難解な語法。訳のように理解する説に従う。

496 人知れずあの人を思っているので苦しい。色あざやかな紅色の末摘花のように思いを表に出してしまおう。○末摘花 紅花。『源氏物語』の末摘花の女君は、鼻が赤いことからその呼び名がある。○三四五句 「よそのみに見つつ恋ひなむ紅の末摘花の色に出でずとも」(万葉・巻十・一九九三)と同様の類句。

497 秋の野のすすきにまじって咲く花のように、思いを表に表して恋い慕おうか、逢う手だてがないのだから。○花 何の花とも特定できない。萩、女郎花、りんどう、藤袴などが考えられる。白い薄のなかに混じれば、その色が際立つ。○色に 色になって。色と同様に。○なみ 「無し」の語幹と理由を表す接尾語の「み」。

498 わが家の庭の梅の伸びた枝で鶯が鳴くように、私も声に出して泣いてしまいそうな恋をしているよ。○園 『万葉集』に多く見られ、平安時代には例が少ない。梅、鶯とともに詠まれる例が多い。○ほつえ 「秀つ枝」の意で、他よりも伸びた枝。▽前歌の秋に対して春。

499 山から来たほととぎすは、私と同じように思う人を恋い慕いながら、よく眠れないのだろうか、あんなに鳴いているのは。○あしひきの 「山」にかかる枕詞。○山ほととぎす 山から里へ出てきたほととぎす。○がてに …できずに。▽前歌の春の鶯に対して、夏のほととぎすの歌。ほととぎすが眠れない、ということによって、間接的に、鳴いていることを表す。

500 夏なので家で燃えくすぶっている、蚊遣火のように、いつまで私は、心の中で恋の思いを燃やし続けるのであろうか。○蚊遣火 蚊を追い払うために焚く火。「あしひきの山田もる翁(をぢ)が置く蚊火の下焦がれのみわが恋ひ居(を)らく」(万葉・巻十一・二六四九)。○下燃え 蚊遣火が炎をあげずに燃えるさまと、恋の思いを表に表さず心の中に抱き続ける状態。▽蚊遣火は夏だけであるのに対して、忍ぶ恋の苦しみはいつ果てるともしれない。

501 もう恋はするまいと御手洗川でした禊ぎだったが、神様はお受けにならずじまいになったようだ。○御手洗川 神社の傍らにあり、参拝者が身を清める。○禊 罪やけがれを水によって清めること。▽『伊勢物語』六五段には、帝に仕えている女に思いを寄せる男の歌として載る。

504 わが恋を人知るらめやしきたへの枕のみこそ知らば知るらめ

505 浅茅生《あさぢふ》の小野の篠原しのぶとも人知るらめや言ふ人なしに

506 人知れぬ思ひやなぞと葦垣のまぢかけれどもあふよしのなき

507 思ふとも恋ふともあはむものなれやゆふ手もたゆくとくる下紐《したひも》

508 いでわれを人なとがめそ大舟のゆたのたゆたにもの思ふころぞ

509 伊勢の海に釣りする海人《あま》のうけなれや心一つを定めかねつる

510 伊勢の海の海人の釣り縄うちはへてくるしとのみや思ひわたらむ

502 もし、「ああ」という嘆きのことばさえなかったならば、いったい何をもって恋に乱れる心を束ねる紐にしようか。○あはれ　ここは、恋する者が発する嘆きのことば。○つかねを　物を束ねる紐。▽ことばと心をまるで物のように捉える。↓九三九。『余材抄』は、「あはれ」を思いを寄せられた側のことばとする。「あはれともいふべき人は思ほえで身のいたづらになりぬべきかな」（拾遺集・恋五・藤原伊尹。百人一首）など参照。歌じたいの解釈としては成り立つが、配列の上では、この「あはれ」は、まだ思いを訴えることができずに心乱れている人の嘆きととれる。

503 あの人を思う気持の強さには、堪え忍ぶことの方が負けてしまった。けっして表には表すまいと思っていたのに。▽恋の葛藤を詠んでいるが、巻十九の誹諧歌とも通じる、ユーモラスな趣がある。「しのぶれど色に出でにけりわが恋はものや思ふと人のとふまで」（拾遺集・恋一・平兼盛。百人一首）の本歌。

504 私の恋心をあの人が知っていようか。枕だけが、もし知っているならば知っているだろうが。○人　ここは恋しく思う相手。○らめや　「や」は反語。○しきたへの　「枕」「床」「袖」などにかかる枕詞。▽枕が秘めた恋心を知っているという歌、↓六七〇。

505 丈の低いちがやが生える野の篠原、堪え忍ぶとしても、あの人は知っているだろうか、いや、知りはすまい、誰も告げる人はいないのだから。○浅茅生　丈の低いちがやの生えている所。○小野　野、野原。「を」は接頭語。○篠原　篠の生えた原。同音の「しのぶ」を導く。○四句　↓五〇四。▽「しのはら」「しのぶ」「しる」と、「し」をくり返す。「の」の反復も多い。「浅茅生の小野の篠原しのぶれどあまりてなどか人の恋しき」（後撰集・恋一・源等。百人一首）の本歌。

506 人知れぬ思いとはいったい何だ、そんなものがあるのか、というほどに、葦垣の目が詰まっているように、すぐそばにいるのに、逢う手だてがない。○なぞ　何であるのか。○と　「人しれぬ思ひやなぞ」を受ける。というほどに。○葦垣　葦で編んだ垣。○まぢかけれど　垣根の目が小さく詰まっていることと、ごく近くにいることとを掛ける。

507 どんなに思っても恋い慕っても逢うことができようか。それなのに結び直す手がくたびれるほどに何度も解けるこの下紐よ。○五句　下紐が解けるのは、思いを寄せる相手と逢える前兆と信じられていた。▽参考「君に恋ひうらぶれをればくやしくもわが下紐の結ふ手いたづらに」（万葉・巻十一・二四〇九）

508 どうか私を誰もとがめないでください。大船のように、心が揺らいで落ち着かないもの思いをしている時なのです。○いで　相手への呼びかけ。○ゆたのたゆたに　ゆらゆらと揺れ動くさま。「あが心ゆたにたゆたに浮き蓴（ぬなは）辺にも沖にも寄りかつましじ」（万葉・巻七・

511 涙川なに水上《みなかみ》をたづねけむもの思ふ時のわが身なりけり

512 種しあれば岩にも松は生《お》ひにけり恋をし恋ひばあはざらめやは

513 朝な朝な立つ川霧のそらにのみうきて思ひのある世なりけり

514 忘らるる時しなければ葦鶴《あしたづ》の思ひ乱れて音《ね》をのみぞなく

515 唐衣ひもゆふぐれになる時は返す返すぞ人は恋しき

516 宵々に枕定めむ方もなしいかに寝し夜か夢に見えけむ

517 恋しきに命をかふるものならば死にはやすくぞあるべかりける

一三五二）。この「ゆたにたゆたに」が変化したものであろう。前歌とは、「たゆ」という音が共通する。

509　伊勢の海で釣りをしている漁師の浮子（うき）なのであろうか、私は。心一つを定めることができず、ふらふらさせている。○うけ　釣りをする時に使う浮子。○下句　恋の不安に揺れ動く心。▽「釣りするあまのうけばかり思ひ乱るるに」（蜻蛉日記・中巻）。『源氏物語』の六条御息所のもの思いの叙述にも引かれる。

510　伊勢の海の漁師の釣り縄は長く延ばしては手繰る――私もいつまでも苦しいとばかり思い続けるのであろうか。○釣り縄　釣り糸を多く垂らした長い縄のことか。○うちはへて　「釣り縄を長く延ばす」と「いつまでも」を掛ける。釣り縄の空間的な広がりからもの思いの時間的な持続への転換。○くるし　「繰る」と「苦し」を掛ける。ただし、「繰る」は、情景としては歌意に関わらない。

511　涙川の源がどこかなどと、どうして探し求めたのだろう。もの思いをしている時のわが身こそ、その源だったのだ。○涙川　涙のとめどなく流れるさま。↓四六六、六一七。▽「なみだ川なにみなかみをたづねけむ」と、折句のように「なみた」を詠み込む。

512　種さえあれば、固い岩にでも松は生えるのだった。一途に恋い慕い続けていれば、逢えないなどということがあろうか。○種し　「し」は強意。○恋をし恋ひば　「寝（い）を寝（ぬ）」などと同様の表現。「し」は強意。○やは　反語。▽「岩」も「松」も長寿の象徴。ここでは、それらの持つ長い時間の印象が、恋の成就までの長い時間を支える気分につながる。「し」と「ば」をくり返し、対句的な構造となる。

513　朝ごとに立つ川霧が空に浮かぶように、心が上の空で落ち着かない、そういう思いをするのが男女の仲というものであったのだ。○朝な朝な　↓一六。○そら　「中空」と「上の空」を掛ける。○うきて　川霧の状態と心の状態。「憂し」が掛かるとする説はとらない。▽霧は、『万葉集』以来、恋のもの思いの象徴となる景物。

514　あの人のことを忘れられる時がないので、葦鶴が乱れ飛び鳴くように、私も思い乱れてただただ声をあげて泣くばかりだ。○忘らるる　「忘ら」は、四段活用の「忘る」の未然形。「るる」は可能の「る」。○し　強意の助詞。○葦鶴　葦の中にいる鶴。「鶴（たづ）」は、鶴の歌語。「葦鶴の」が「乱れ」「音をなく」を導く。○思ひ乱れて　鶴が「乱れ飛ぶ」を掛ける。○音をのみぞなく　「鳴く」と「泣く」を掛ける。「音を泣く」は、声をあげて泣くこと。

515　紐を結う――日も夕暮れになる時は、しきりにあの人が恋しいのだ。○唐衣　「紐」にかかる枕詞。○ひもゆふ　「紐結ふ」と「日も夕」を掛ける。衣の下紐を結うことと夕暮れになることとは直接の関係はない。ただし、下紐が解けることは、恋しい人に会える前兆と考えられていた（↓五〇七）ので、人恋しい時

518 人の身もならはしものをあはずしていざこころみむ恋ひや死ぬると

519 忍ぶれば苦しきものを人知れず思ふてふこと誰に語らむ

520 来む世にもはやなりななむ目の前につれなき人を昔と思はむ

521 つれもなき人を恋ふとて山びこのこたへするまで嘆きつるかな

522 行く水に数書くよりもはかなきは思はぬ人を思ふなりけり

523 人を思ふ心はわれにあらねばや身のまどふだに知られざるらむ

524 思ひやるさかひはるかになりやするまどふ夢路にあふ人のなき

間帯の夕暮れと連想の上では結びつく。○返す返す　くり返して。唐衣、紐からのつながりで、「(衣を)返す」を連想させる。↓五五四。

516　毎夜毎夜枕をどちらに向けて寝ればよいのかわからない。どのようにして寝た夜に、あの人が夢に見えたのであろうか。○方　方向。枕の方向がうまく合うとよい夢が見られると信じられていたか。

517　恋しい気持を命と引き換えにできるものならば、死というものはたやすいものにちがいないよ。○死に　「死」と同じ。

518　人の身も習慣によってどのようにでもなるものなのだから、逢わずにいて、さて試してみよう、恋死にをするものかどうかと。○ならはしもの　「ならはし」は習慣づけること、の意。▽いかに恋の苦しみが大きくとも、人間というものは状況に慣れるものだから、苦しみに慣れて恋死になどはしないだろう、という歌。前歌に異を唱える趣。

519　心の中に思いを秘めていると苦しいものだけれども、しかし、あの人に知られずに思っているということを、誰に語ればよいのだろう。○人知れず　「思ふ」にかかる。「人」は、思いを寄せている相手。

520　来世に早くなってほしいものだ。目の前で無情なこの世の人を前世の人と思えるだろうから。○なむ　他に対して望む意。○つれなき　何も反応を見せないこと。こちらの思いを伝えていないので、相手の反応はないが、思いをわかってくれないというもどかしさがある。↓四八六。○昔　「来む世」から見た現世。

521　無情なあの人を恋い慕うというわけで、山びこが答えるほどに大きな嘆息を漏らしてしまった。▽嘆息に山びこが答える、というのは、誇張であるが、思う人が「つれなし」である代わりに、山びこが答えたというところにおもしろみがある。

522　流れてゆく水に数を書くよりはかないことは、自分を思ってくれない人を思うことだった。▽類想「水の上に数書くごときわが命妹にあはむとうけひつるかも」(万葉・巻十一・二四三三)。「あひ思はぬ人を思ふは大寺の餓鬼のしりへに額づくごとし」(万葉・巻四・六〇八)。また、『涅槃経』にも「是の身は無常なり、念々住（とど）まらず。猶雷光と暴水と幻炎とのごとし。亦水に画くがごとし。画くに随ひ合ふに随ふ」とある。

523　人を恋い慕う心はもはや自分自身ではないから、わが身がとまどっていることさえ、わからないのであろうか。○われにあらねばや　自分ではないからであろうか。「や」の表す疑問は歌全体にかかる。○まどふ　適切な判断ができず、うまく行動ができないこと。▽難解な歌。「心」と「身」が離れるという歌は多いが(三七三、六一九など)、「われ」が加わるのは、めずらしい。「われ」が「心」と「身」から成り立っている、という認識であろう。

524　思いをはせている所は、はるか遠くになったのだろうか。夢路

525 夢のうちにあひ見むことを頼みつつ暮らせる宵は寝む方もなし

526 恋ひ死ねとするわざならしむばたまの夜はすがらに夢に見えつつ

527 涙川枕流るるうき寝には夢もさだかに見えずぞありける

528 恋すればわが身は影となりにけりさりとて人にそはぬものゆゑ

529 篝火《かがりび》にあらぬわが身のなぞもかく涙の川に浮きて燃ゆらむ

530 篝火の影となる身のわびしきはながれて下に燃ゆるなりけり

531 早き瀬にみるめ生《お》ひせばわが袖の涙の川に植ゑましものを

をさまよってもあの人に会えないのは。○さかひ　ここは、場所の意。○夢路　夢の中の道。それが思いを寄せる人へとつながる。夢路を歩いても会えないくらい、思う人との距離が隔たっている、ということ。▽前歌とは「まどふ」でつながる。

525　夢の中で逢うことをあてにしては一日を暮らした宵は、どちらを向いて寝ればよいのかわからない。○つつ　…しては（〜する）、の意。

526　これは恋死にをせよというのでする仕業らしい。あの人が夜はずっと夢に見えていて、昼は逢えないというのは。○わざ　仕業。思いを寄せる相手のすること。下句をさす。○むばたまの　「夜」「闇」などにかかる枕詞。「ぬばたまの」「うばたまの」に同じ。○すがらに　…の間ずっと。

527　涙川に枕が流れて、つらい思いで浮き寝をしていると夢もはっきりとは見えないのであった。○涙川　↓五一一。○うき寝　水鳥が水の上で寝ること、また、人が舟の上で寝ること。ここは、涙川に浮かんで寝ること。誇張した表現。「しきたへの枕ゆくくる涙にそ浮き寝をしける恋のしげきに」（万葉・巻四・五〇七）。「浮き」に「憂き」を掛ける。▽五二四からこの歌まで、夢を詠む。

528　恋をしているので、私は影になってしまった。さりとて、あの人に寄り添うことはできないけれども。○影　存在はしているが、ぼんやりとしか感じ取れないもの。ここは、恋の苦しみのために、わが身がはっきりとした存在として感じられなくなっていること。「朝影にわが身はなりぬ玉かぎるほのかに見えて去にし子ゆゑに」（万葉・巻十一・二三九四）。○ものゆゑ　多く逆接の意。…だけれども。

529　篝火でもないわが身が、どうしてこのように涙の川に浮いて、恋の思いに燃えているのだろうか。○篝火　鵜飼や漁でたく火。川面の上にある。○涙の川　涙がとめどなく流れるさま。「涙川」ともいう。○燃ゆ　恋の思いの火が。▽わが身は篝火ではない、と否定しながら、水の上に浮かぶ篝火と涙川に浮かびながら恋の思いに燃えるわが身が、不思議に重なり合う様子。涙川に「身」が浮く、という歌、↓六一八。

530　篝火の水に映る影のようになったわが身の悲しさは、篝火が、流れる水の水底で燃えているように、泣かれて心の中で恋の思いに燃えていることだった。○なかれて　「流れて」と「泣かれて」の掛詞。○下　水の下と心の中。

531　早瀬に海松布が生えるものならば、私の袖の涙の川に植えてみようものを、きっと「見る目」、逢う機会があるだろうから。○みるめ　海藻の「海松布」と「見る目」を掛ける。○涙の川　↓五二九。ここは「早き瀬」と同じようなもの、という意味。▽五二七から「涙川」と「影」を交互に並べる。

532
沖辺《おきへ》にも寄らぬ玉藻の波の上に乱れてのみや恋ひわたりなむ

533
葦鴨《あしがも》の騒ぐ入江の白波の知らずや人をかく恋ひむとは

534
人知れぬ思ひをつねにするがなる富士の山こそわが身なりけれ

535
飛ぶ鳥の声も聞こえぬ奥山の深き心を人は知らなむ

536
逢坂《あふさか》のゆふつけ鳥もわがごとく人や恋しき音《ね》のみなくらむ

537
逢坂の関に流るる岩清水言はで心に思ひこそすれ

538
浮草の上はしげれる淵なれや深き心を知る人のなき

532　沖のあたりにも寄らない玉藻が波の上に乱れるように、私も思い乱れて恋しつづけるのであろうか。○沖辺「へ」は「あたり」の意。浜辺ととる説もあるが、「おきへ」の形では用例がないので、とらない。○玉藻「玉」は美称。▽参考「玉藻刈る沖辺は漕がじしきたへの枕のあたり忘れかねつも」（万葉・巻一・七二）

533　葦鴨が騒ぐ入江の白波――知らないのだろうか、あの人をこのように恋い慕っているとは。○葦鴨　鴨のこと。葦の生えた所にいるので、このように言う。○白波の　同音の「しら」で「知らず」につながる。○知らずや　思いを寄せる相手が。「や」は疑問。▽鴨の鳴き声や羽音、白波の立つ動きが、鴨の存在感を際だたせている。それは、もはや隠しようもなく募っている恋心の象徴である。にもかかわらず相手に知られない、という苦しみ。

534　あの人に知られない思いを常にする、常に火を燃やす駿河の富士の山こそ、わが身なのであった。○思ひ「火」を掛ける。○する「常にする」と「駿河」の掛詞。○富士の山　恋の思いとともにしばしば詠まれる。「わぎもこに逢ふよしをなみ駿河なる富士の高嶺の燃えつつかあらむ」（万葉・巻十一・二六九五）。「富士の煙によそへて人を恋ひ」（仮名序）。なお、仮名序に「今は富士の山も煙立たずなり」とあり、『古今集』成立当時、富士山の噴火は一時止んでいた。

535　飛ぶ鳥の声さえも聞こえない奥深い山のように、心の奥に秘めた深い思いをあの人には知ってほしい。○深き　奥山が「深い」と「深い」心。○なむ　他に対し望む意。▽上句が「深さ」を表す卓抜な比喩。▽前歌と「山」でつながる。

536　逢坂にいる木綿つけ鳥も私と同じように人が恋しくて声をあげて鳴いてばかりいるのだろうか。○逢坂「逢ふ」の意味を持つ。○ゆふつけ鳥　諸説あるが、都の四方の関で祓いをするために用いられた、木綿をつけた鶏のことか。他に、六三四、七四〇、九九五。▽「逢ふ」の意味を持つ逢坂なので、ゆふつけ鳥も恋しさのあまり鳴いているのか、という想像。前歌と「鳥」でつながる。

537　逢坂の関に流れ出る岩清水――何も言わずにただ心の中で思っているのだ。○岩清水　岩の間から流れる清水。逢坂の岩清水は、「木隠れたり」（一〇〇四）と詠まれるように、人目につきにくい。○言はで「岩清水」の「いは」を反復する。▽上句は、下句の恋心の象徴。「逢ふ」という名を持つ「逢坂」でありながら、人目につかずひっそりと流れ出す清水の風景が、秘めた恋心を抱く状態をみごとに象徴している。前歌と「逢坂」でつながる。

538　私は、水の上では浮草が茂っている淵なのであろうか、深い心を知ってくれる人がいないのは。○浮草　水に浮いている草。○上句　浮草が水面を覆って淵の深さがわからない、という情景。▽前歌とは、「淵」と「清水」の対照。

539 うちわびて呼ばはむ声に山びこのこたへぬ山はあらじと思ふ

540 心がへするものにもが片恋は苦しきものと人に知らせむ

541 よそにして恋ふればくるし入れ紐《ひも》の同じ心にいざ結びてむ

542 春立てば消ゆる氷の残りなく君が心は我にとけなむ

543 明けたてば蟬のをりはへ鳴きくらし夜は蛍の燃えこそわたれ

544 夏虫の身をいたづらになすことも一つ思ひによりてなりけり

545 夕さればいとど干《ひ》がたきわが袖に秋の露さへ置きそはりつつ

539　思いわずらって呼び続ける声に山びこが答えない山はあるまいと思う。だから、あの人も答えてくれるかもしれない。○呼ばはむ　「呼ばふ」は、「呼ぶ」に継続を表す「ふ」がついたもの。呼び続ける、の意。

540　心と心が取り替えられるものであったらなあ。片思いは苦しいものだとあの人に知らせようものを。○もが　願望を表す助詞。▽相手と自分を取り替える、あるいは心を取り替えるという歌、参考「恋するは苦しきものと知らすべく人をわが身にしばしなさばや」（拾遺集・恋二・よみ人知らず）。「わが魂を君が心に入れかへて思ふとだにも知らせてしかな」（忠岑集）。

541　遠く離れていて恋い慕うのはとても苦しい。入れ紐のように、同じように思い合って、さあ契りを結ぼう。○入れ紐　玉状に結んだ紐をもう一本の輪状にした紐に通して結ぶもの。袍、直衣、狩衣などに用いた。しっかりと結びつけられることの喩え。

542　春になると跡形もなく消える氷のように、あなたの心もすっかり私にうちとけてほしいものよ。○残りなく　氷がすっかり消える意と、心の底からの意。○とけなむ　「とく」は、うちとける。「氷」の縁語。「なむ」は、他に対して望む意。▽この歌から巻末まで、四季の順に歌が並ぶ。

543　夜が明けると、蟬のように一日中泣き暮らし、夜は蛍のように燃える思いに身を焦がし続けている。○をりはへ　ある事柄の時間がずっと続くこと。▽昼と夜、鳴き声と燃える思いの対照。蟬と蛍をともに詠み込んで恋の思いを詠んだ歌、「昼はなき夜は燃えてぞ長らふる蛍も蟬もわが身なりけり」（古今六帖・六・ほたる）。

544　夏虫が灯火に飛び込んで身を焼き滅ぼしてしまうのも、私と同じように、「思ひ」の「火」によってであった。○夏虫　夏の虫。多く、蛾のこと。○いたづらになす　むなしくする。身を滅ぼす。○一つ思ひ　「一つ」は、自分と同じ、の意。「思ひ」に「火」を掛ける。▽「…花のごと　笑みて立てれば　夏虫の　火に入るがごと…」（万葉・巻九・一八〇七）と、真間の手児奈に求婚する男たちの様子が詠まれる。

545　夕方になると、恋しさが募り、涙でいよいよ乾きがたくなるわが袖に、秋の露までが置き加わってきて。○いとど干がたき　ただでさえ思う人と会えない悲しみの涙で乾きにくい袖が、夕暮れ時の人恋しさによって、ますます涙で濡れる、ということ。○さへ　添加を表す。涙に加えて露までも。

546　とくにいつが恋しいということはなく、いつでも恋しい思いでいるのだけれど、秋の夕暮れは不思議なほど恋しい思いが募るのだった。▽夕暮れ時の人恋しさを詠む歌、「いつはしも恋ひぬ時とはあらねども夕かたまけて恋はすべなし」（万葉・巻十一・二三七三）など。前歌ともつながる。また、秋のもの思いの苦しさは、「大抵四時心惣べて苦し　中ん

546 いつとても恋しからずはあらねども秋の夕べはあやしかりけり

547 秋の田のほにこそ人を恋ひざらめなどか心に忘れしもせむ

548 秋の田の穂の上をてらすいなづまの光のまにも我や忘るる

549 人目もる我かはあやな花すすきなどかほに出でて恋ひずしもあらむ

550 あは雪のたまればかてにくだけつつわがもの思ひのしげきころかな

551 奥山の菅《すが》の根しのぎ降る雪の消《け》ぬとかいはむ恋のしげきに

ずく腸の断つは是秋の天」（白氏文集・巻十四・暮立）もあるが、恋の思いを「秋の夕べ」として、季節と時間を絞り込むのは、この歌が早い。

547　秋の田の穂――はっきりと恋心を表に表すことはないけれど、どうして心の中であの人のことを忘れることがあろうか。○ほ「穂」と、はっきり目に立つという意味の「秀」を掛ける。▽参考「石上布留の早稲田の穂には出でず心のうちに恋ふるこのころ」（万葉・巻九・一七六八）。

548　秋の田の穂の上を照らす稲妻のほんの一瞬の光の間だけでも、私はあの人のことを忘れようか。○いなづま　『万葉集』には見えない語。「稲の夫（つま）」が語源であるらしく、雷電と稲との交わりが稲穂を結ばせる、と考えられたらしい。ここは、ほんの短い一瞬の時間の比喩。

549　人目を憚るばかりの私なのであろうか。何とも筋の通らないことよ。どうして花薄が穂を出すように思いを表して恋をしないでいられようか。○もる「守る」。気にする。慎む。○かは　反語。○あやな「あやなし」の語幹。強い語調。○花すすき「ほ」にかかる枕詞。「ほに出づ」は、表面に表す。→六五三。○しも　強調。▽忍ぶ恋にそろそろ堪えがたくなってきたという心情。ここまで三首、「穂」による連続。

550　淡雪が積もるとその重みにこらえきれずにこぼれる、そのように私も心乱れては恋の思いが募る頃であるよ。○あは雪「淡雪」の意で、薄く積もった消えやすい雪。『万葉集』の「沫雪（あわゆき）」と同じであるが、平安時代には、「淡し」の意味から捉えられていた。○かてに　動詞「克つ」からできた連語。「こらえかねて」の意。他の動詞に付くと「がてに」の形となる。→七五、二二〇など。○くだけ　雪が葉や枝などから崩れ落ちるさまと、千々に心乱れるさま。○しげき　もの思いが募るさまであるが、雪の降り積もるイメージと重なる。

551　奥山の菅の根を押さえつけるように降る雪も消えてしまうもの――私もわが身が消えてしまうとでも言おうか、恋心が募るので。○菅の根「菅」は山菅。○しのぎ　覆いかぶさる。押さえつける。▽類歌「高山の菅の葉しのぎ降る雪の消ぬとか言はも恋の繁けく」（万葉・巻八・一六五五）「奥山の菅の葉しのぎ降る雪の消なば惜しけむ雨な降りそね」（万葉・巻三・二九九）。「菅の葉」が「菅の根」になっているのは、単なる異伝ではなく、根を覆う雪の方がより一層深い雪のイメージになるためか。▽降り積もった深い雪でも解ける、という風景と、恋心が積もるためにわが身が消える、という思いとのずれが、おもしろい。

古今和歌集巻第十二

恋歌二

題知らず　　　　　　　　　　　　　　小野小町

552 思ひつつ寝《ぬ》ればや人の見えつらむ夢と知りせばさめざらましを

553 うたたねに恋しき人を見てしより夢てふものはたのみそめてき

554 いとせめて恋しき時はむばたまの夜の衣をかへしてぞ着る

素性法師

555 秋風の身に寒ければつれもなき人をぞたのむ暮るる夜ごとに

古今和歌集巻第十二

恋歌二

552 あの人のことを恋しく思いながら寝たので、あの人が夢に見えたのであろうか。夢だと知っていれば、目をさまさずにいただろうに。○寝ればや「ば」は理由、「や」は疑問を表す。○せば…まし　いわゆる反実仮想。▽類想「思ひつつ寝ればかもとなぬばたまの一夜もおちず夢にし見ゆる」(万葉・巻十五・三七三八)。

553 うたた寝に恋しいあの人を夢に見てからは、夢というものをあてにするようになった。○夢てふものは「てふ」は「といふ」の約。それまであてにならないものとして、よそよそしい存在であったため、「てふ」という距離のある言い方をした。▽夢に思う相手が現れるのは、相手が自分を思っていてくれるから、という俗信を背景にする。

554 あの人がどうしようもなく恋しい時は、夜の衣を裏返して着るのだ。○せめて　胸がつまりそうに。○夜の衣　今日の寝間着にあたるが、着るだけでなく、掛けたり、敷いたりもした。▽夜の衣を裏返して着るのは、そうすると恋する相手が夢に見えるという当時の俗信によるものか。「白露のおきて逢ひ見ぬことよりは衣返しつつ寝なむとぞ思ふ」(後撰集・恋四)。また、「白たへの袖折り返し恋ふればか妹が姿の夢にし見ゆる」(万葉・巻十二・二九三七)は、袖を返して寝ると相手が夢に見える、という歌。

555 秋風が身にしみて寒く感じられるので、つれないあの人でも来てくれるのではないかと期待をしてしまう。日が暮れて夜になるごとに。○つれもなき　「つれなし」に「も」が入った形。○人をぞ　「ぞ」は強調。「つれない人でも」の意。▽女性の立場に立った歌。単に「つれない人」だがあてにする、というのではなく、秋風の寒さに、あの「つれない人」も人恋しくなり、来てくれるのではないか、という、はかない期待。ただし、恋二のこの位置では、まだ相手に思いを伝えられるかどうかという段階の歌が多く、来訪の期待は早すぎる。この歌本来の意味と、この位置の歌として読む場合とで、少し意味にずれが生じる。この位置の歌として読む場合は、漠然とした恋の成就への期待とも考えられるが、「夜ごとに」が具体的すぎる。あるいは、夢の中での逢瀬への期待か。

下つ出雲寺に人のわざしける日、真静法師の導師にて言へりけることを歌によみて、小野小町がもとにつかはしける　安倍清行朝臣

556 つつめども袖にたまらぬ白玉は人を見ぬ目の涙なりけり

返し　小町

557 おろかなる涙ぞ袖に玉はなす我はせきあへずたぎつ瀬なれば

寛平御時后宮の歌合の歌　藤原敏行朝臣

558 恋ひわびてうち寝《ぬ》るなかに行きかよふ夢の直路《ただち》はうつつならなむ

559 住の江の岸に寄る波夜さへや夢の通ひ路人目よくらむ

小野美材《よしき》

560 わが恋は深山がくれの草なれやしげさまされど知る人のなき

556 今日のお説教と違い、包んでも袖にたまらずに外にこぼれる白玉は、あなたにお目にかかれない私の涙なのでした。○下つ出雲寺　所在未詳。○わざ　追善法要。○真静法師　→四五三、九二一。○導師　法要の中心となる僧。○言へりけること　法話。ここは、『法華経』五百弟子受記品の、ある人が、友人の好意で衣の裏に付けられていた「無価の宝珠」に気づかないまま、貧しくなり、のちに教えられてようやく気づいたという話に基づくものであろう。▽白玉と涙、という常套的な見立て。

557 あまり心がこもっていない涙だからこそ、袖の上で玉になるのでしょう。私の方は、とても堰き止めることなどできません。激しく流れる涙なのですから。○おろかなる　いい加減である。おろそかである。▽清行の、涙が玉になる、ということばを捉えて、玉になる程度の涙しか流さない、浅い思いである、とやり返した。激しく流れる涙、といっても、深く清行を思っているというのではなく、相手をやり込めるために誇張したもの。六一七、六一八も似たような贈答。

558 恋の思いに苦しんで、そのまま寝てしまった夢の中で、あの人のもとへ行き通うまっすぐな道が、現実のものであってほしい。○詞書　→一二。以下、五七二までこの詞書が掛かる。○直路　何ものにも遮られることのない、まっすぐな道。当時の発音は、古辞書などによれば、「ただち」か。

559 住の江の岸に寄る波、昼だけでなく夜までも、夢の通い路で人目を避けるのでしょうか。○住の江　→三六〇。○初二句　くり返し打ち寄せる波は、募る恋の思いの象徴。参考「住の江の岸の浦みにしく波のしくしく妹を見むよしもがも」（万葉・巻十一・二七三五）。「寄る」から「夜」へ同音のくり返し。○夢の通ひ路　夢の中の思う相手へ通う路。「夢路」（五二四）に同じ。「通ひ路」は、ほかに「空の通ひ路」（一六八）「雲の通ひ路」（八七二）など。○人目よく　「よく」は、避ける。小町の「人目をよくと見るがわびしさ」（六五六）をふまえるか。▽『百人一首』に入る。

560 わが恋は、深い山に隠れて人目につかない草なのだろうか、思いはつのるけれども、それを知る人がいないのは。○深山がくれ　→一一八。○しげさ　草の繁茂するさまと、恋の思いが募るさまと、両方の意味。▽五三八と発想、表現ともに似る。

561 宵の間もはかなく見ゆる夏虫にまどひまされる恋もするかな

紀友則

562 夕されば蛍よりけに燃ゆれども光見ねばや人のつれなき

563 笹の葉に置く霜よりも一人寝《ぬ》るわが衣手《ころもで》ぞさえまさりける

564 わが宿の菊の垣根に置く霜の消えかへりてぞ恋しかりける

565 川の瀬になびく玉藻のみがくれて人に知られぬ恋もするかな

壬生忠岑

566 かきくらし降る白雪の下消えに消えてもの思ふころにもあるかな

藤原興風

567 君恋ふる涙の床《とこ》にみちぬればみをつくしとぞわれはなりぬる

561 宵の間からもうはかなく見える夏虫に比べても、はるかに迷いがまさる恋をしていることだ。○夏虫　ここは蛾。火に飛び込んで命を落とす。→五四四。すでに宵の中から、そうした運命が見えているので、「はかなく」という。○まどひ　あちらこちらに飛ぶ蛾の様子と、恋の惑乱と、両方の意味。「夏虫」からの連想で、「火」が掛かるか。「一つ思ひ」(五四四)でわが身を滅ぼす夏虫以上に、激しく「迷ひ」の「火」に燃え尽きようとする姿。

562 夕方になると、蛍よりはっきりと恋の思いに燃えているのだけれど、その思いの光をあの人は見ないので、つれないのであろうか。○夕されば　「夕さる」は、夕方になる。夕暮れ時は、恋の思いが募る時間帯。○蛍　蛍の火は恋の思いの象徴。→五四三。○けに　「異に」。はっきりと違いがわかるさま。○光見ねば　「見る」の未然形「見」に、打消の助動詞「ず」の已然形「ね」がつき、助詞「ば」がついた形。

563 笹の葉に置く霜よりも一人で寝る私の衣手の方が、涙が凍りついていっそう冷え冷えとしているのだった。○初二句　笹の葉に置く霜という情景は、『万葉集』以来見られる。「笹が葉のさやぐ霜夜に七重かる衣にませる子ろが肌はも」(万葉・巻二十・四四三一)。○衣手　袖。しばしば、「衣手寒し」という表現で、秋から冬の寒さ、霧や露がかかる寒さをいう。○さえまさり　「さえ」は終止形「さゆ」で、冷える、凍るの意。ここは、涙が凍った冷たさ。衣手に霜が置いた歌として、「…わが衣手に置く霜も　氷にさえわたり…」(万葉・巻十三・三二八一)があるが、この歌は葉に置いた霜と涙に凍った袖を比較した点が、新しい。

564 わが家の庭の菊の垣根に置いた霜がはかなく消えてなくなる——私も消え入るようなありさまで恋をしているのだ。○消えかへり　「かへる」は、すっかり…する。霜が消え失せるさまと、身も消えるような思い。▽菊に置く霜、→二七七。秋の終わりから冬にかけての寒さと霜の消える様によって、身も心も冷え切るような切ない恋の思いが表される。▽この歌は、現存の『寛平御時后宮歌合』にはない。

565 川の早瀬になびいている玉藻が水に隠れて見えないように、私も思う人に自分の思いを知ってもらえないつらい恋をしているなあ。○玉藻　「玉」は美称。○みがくれて　「みがくる」は「水隠る」。『万葉集』では、「水隠」は「みごもり」と訓む。「青山の岩垣沼の水隠りに恋ひやわたらむ逢ふよしをなみ」(巻十一・二七〇七)。古今集時代には、「みがくる」と訓んだか。○人　思いを寄せる相手。

566 空一面を曇らせて降る雪が下の方では消えてゆくように、私も心の中では消え入るような思いをしている、この頃であるよ。○下消え　積もった雪が下の方で消えることと、心の中で消えるような思いをすること。▽類歌「冬の池の鴨の上毛に置く霜の消えてもの思ふころにも

568 死ぬる命生きもやするとこころみに玉の緒ばかりあはむといはなむ

569 わびぬればしひて忘れむと思へども夢といふものぞ人だのめなる

よみ人知らず

570 わりなくも寝てもさめても恋しきか心をいづちやらば忘れむ

571 恋しきにわびて魂まどひなばむなしきからの名にや残らむ

紀貫之

572 君恋ふる涙しなくは唐衣胸のあたりは色燃えなまし

題知らず

573 世とともにながれてぞゆく涙川冬もこほらぬみなわなりけり

574 夢路にも露やおくらむ夜もすがらかよへる袖のひちて乾かぬ

あるかな」(後撰集・冬・よみ人知らず)。この歌は、現存の『寛平御時后宮歌合』にはない。

567　あなたを恋い慕う涙が寝床に満ちてしまったので、私は澪標となって恋の思いに身を尽くさんばかりになっている。○みをつくし　「澪標」と「身を尽くし」を掛ける。澪標は、「水脈(みを)つ串」で、水先案内のため、水脈の標識として立てた杭。難波のものがよく知られる。「わびぬれば今はた同じ難波なるみをつくしてもあはむとぞ思ふ」(後撰集・恋五・元良親王)は、『百人一首』にも採られ、著名。

568　この死んだも同然の命がもしかしたら生き返るかもしれないと、試しに、ほんの少しだけ逢おうと言ってほしい。○玉の緒　玉に通した緒。「短い」「切れやすい」ことから、はかなさの象徴。ここは、ほんのわずかの時間。○なむ　他に対して、…してほしいと望む意の終助詞。

569　恋の思いに苦しんでいるので、無理にでも忘れようと思うのだけれど、あの人が姿を現した夢というものが、期待を抱かせるものなのだ。○しひて　無理をして。○人だのめ　「だのめ」は、あてにさせるという意の「たのむ」の連用形「たのめ」が名詞となったもの。→三九〇。▽この歌は、相手が自分を思ってくれているので夢に現れた、という受け止め方による。→五五三。現実には逢うことがないので、むなしく期待させられているだけだ、という思い。

570　どうしようもなく寝てもさめても恋しいことだ。いったい心をどこへやれば忘れられるのだろう。○わりなく　理にあわない。→六八五。○やらば　「やる」は、自分から離れた場所へ送ること。心が自分の中にあるために恋の思いに苦しむので、その苦しみから逃れるために、心を放り出す先を求める。

571　恋しさに堪えかねて魂が身から離れて迷いだしてしまったなら、わが身は虚しい抜け殼となり、恋のために抜け殼になったという噂が立つことだろう。○上句　当時は、激しいもの思いをすると、魂が身体から抜け出すと考えられていた。→九九二。○から　「殼」。「むなしきから」は、魂の抜けた抜け殼。魂と殼、→四四八。○残らむ　「むなしきから」と「名」と両方を受ける。▽前歌に対して答えたような歌。

572　あなたを恋しく思う涙がなかったならば、胸のあたりに恋の思いの火が燃え上がった色を見てもらえるであろうに。○涙し　「し」は強調。恋の思いによる涙が、同じ恋の思いの火を消す。○唐衣　→四一〇。ここでは、単に「衣」の意。前歌の「から(殼)」とつながる。○色　恋の思いに燃え上がる色。▽涙で恋の思いの火が消えている、という理解は、諸注一致しているが、恋の思いの火がもし燃えていたならばどうなるかという点は、はっきりしない。単に「思ひ(火)」が燃えているとか、思い焦がれているという意味ではなく、「色に出づ」という表現があるように、「色」は、恋の思いに燃えている

575 はかなくて夢にも人を見つる夜は朝《あした》の床《とこ》ぞ起きうかりける

素性法師

576 いつはりの涙なりせば唐衣しのびに袖はしぼらざらまし

藤原ただふさ

577 音《ね》に泣きてひちにしかども春雨に濡れにし袖と問はばこたへむ

大江千里

578 わがごとくものやかなしきほととぎす時ぞともなく夜ただ鳴くらむ

敏行朝臣

579 五月山梢《こずゑ》を高みほととぎす鳴く音そらなる恋もするかな

貫之

580 秋霧の晴るる時なき心には立ちゐの空も思ほえなくに

凡河内躬恒

のが人にはっきりわかる、すなわち恋の思いが相手に伝わることであろう。→四九六、五〇三。この歌、現存の『寛平御時后宮歌合』に見えない。

573　わが人生とともに、泣いて流れてゆく涙川。それは、冬も凍ることなく泡を浮かべながら激しく流れる川だったのだ。〇ながれて「泣かれ」と「流れ」を掛ける。→五三〇。〇みなわ「水泡」。水の泡。

574　夢の中の通い路にも露が置いているのであろうか。夜通しあの人のもとへ通っていた私の袖が濡れて乾かない。〇夢路「夢の通ひ路」（五五九）に同じ。〇にも　夢路を行く前、すなわち起きている間はもとより、の意。▽露は、涙の見立て。夜が明けてなお涙で乾かない袖を、夢路に置いた露に濡れたものと見立てる。以上、貫之の三首、いずれも涙を詠んだ歌。

575　あの人にたしかに逢ったのかどうか、はっきりしないような夢を見た夜は、朝の床から起きるのがつらいのであった。〇はかなくて　二三句を修飾する。夢に人と逢った、その逢い方が不確かではっきりしないのである。▽前歌と、「夢」でつながる。前後の歌に涙が詠まれているので、「おき」から「露が置く」が連想されるか。

576　もしこれが、偽りの涙であったならば、こっそりと袖を絞ることなどはないであろうに。〇唐衣　ここは、「袖」の枕詞。▽見せかけの涙であったならば、むしろこれ見よがしに相手に訴えるだろうに、ということ。目立たないように袖を絞るからこそ、本物の涙だと訴えている。

577　あの人を思い、声を上げて泣いたために袖が濡れてしまったのだけれど、誰かに聞かれたら、春雨に濡れてしまったのですと答えることにしよう。〇ひち　→二。▽恋歌で、春雨に袖が濡れると詠む歌、→七三一。

578　私と同じように何か悲しいことがあるのか。ほととぎすは、それでいつと時を選ばず、夜通し鳴いているのだろう。〇初二句　同じ敏行の歌（一九七）に「わがごとものやかなしかるらむ」という、よく似た表現がある。〇夜ただ　→一六〇。

579　五月の山は枝が伸び梢が高いので、ほととぎすの鳴く声が空に響く。私は、空は空でも、「心も空」という恋をしていることよ。〇五月山　固有名詞ではなく、五月の山。『万葉集』にも例がある。〇そら　空間としての「空」と心のうつろな状態の「空」を掛ける。→五一三。▽ほととぎすの声を聞くと恋の思いが募る、という歌、→一四三、一六二。

580　秋霧が晴れるときがないように、晴れる時のない私の心には、立ったり座ったり、そんな日常の動作もおぼつかないほどなのだ。〇晴るる「秋霧の晴るる」と「晴るる時なき心」とが二重になる。〇空　ここは、方向、場所の意。「秋霧」「立ち」と縁語。秋霧に閉ざされた心には、空を思うこともできない、の意。

581 虫のごと声にたててはなかねども涙のみこそ下にながるれ
清原深養父

是貞親王の家の歌合の歌

582 秋なれば山とよむまで鳴く鹿にわれおとらめや一人寝《ぬ》る夜は
よみ人知らず

題知らず

583 秋の野に乱れて咲ける花の色のちくさにものを思ふころかな
貫之

584 一人してものを思へば秋の夜のいなばのそよといふ人のなき
躬恒

585 人を思ふ心はかりにあらねども雲居《くもゐ》にのみもなきわたるかな
深養父

581　虫のように声に立てては泣かないけれども、涙が心の中に流れて、泣いてはいるのだ。○下　心の中。○ながるれ　「流るれ」に「泣かるれ」を掛ける。「下にながる」は、→四九四。

582　いまは秋なので、山に響くまで大きな声で鳴く鹿に私も劣ることがあろうか、一人で寝る夜は。○是貞親王の家の歌合　→一八九。○とよむ　→二一六。○おとらめや　「や」は反語。

583　秋の野に咲き乱れている花が色とりどりであるように、私もいろいろなもの思いをしている頃であるよ。○咲ける　「る」は存続の助動詞「り」の連体形。…している。○ちくさ　種類が多いこと。→一〇一。「花の色のちくさ」と「ちくさにものを思ふ」との二重表現。

584　一人でもの思いをしていると、秋の夜の稲葉がそよそよと風に吹かれて音を立てているが、「そうそう」と私のことを思い出して尋ねてくれる人はいないのだ。○秋の夜「秋の田」とある本が多い。○そよ　稲葉が風に吹かれる音と、「そうだ」と思い出す気持を表す感嘆詞の掛詞。参考「有馬山猪名の笹原風吹けばいでそよ人を忘れやはする」（後拾遺集・恋二・大弐三位。百人一首）。

585　あの人を思う私の心は仮初めのものではなく、雁でもないのに、雁が空を鳴きながら渡るように、私も遠く離れた所で泣き続けている。○かり　「仮り」と「雁」を掛ける。○雲居　「遠く離れた場所」の意に、「雁が飛ぶ空」の意を響かせる。○なきわたる　「泣き続ける」の意に、「鳴いて飛ぶ」の意を響かせる。

586 秋風にかきなす琴の声にさへはかなく人の恋しかるらむ
忠岑

587 真菰《まこも》刈る淀の沢水雨降ればつねよりことにまさるわが恋
貫之

大和にはべりける人につかはしける

588 越えぬ間は吉野の山の桜花人づてにのみ聞きわたるかな

やよひばかりに、もののたうびける人のもとに、
また人まかりつつ消息すと聞きてつかはしける

589 露ならぬ心を花に置きそめて風吹くごとにもの思ひぞつく

題知らず
坂上是則

590 わが恋にくらぶの山の桜花まなく散るとも数はまさらじ

586 秋風の吹く中、かき鳴らす琴の音にまで、あてにならないとわかっていながら、どうしてあの人のことが恋しく思われるのであろう。○かきなす　かき鳴らす。詠み手が、ととるが、他人が、ととる説もある。○さへ　…までも。○はかなく　ここは、思いを寄せてもかなえられない虚しい恋をしている状態。○らむ　「どうして」の意を補って訳す。▽五七七から、春（五七七）、夏（五七八、五七九）、秋（五八〇以下）の歌という配列。声や音に関わる歌が多い。

587 真菰を刈る淀の沢水は、雨が降ると普段より水かさが増す――そのようにいつもより思いが募るわが恋よ。○真菰　「ま」は接頭語。菰は水辺に生え、刈り取って筵や枕の材料とする。○淀　京都南部の、宇治川、桂川、木津川が合流してできた水辺。→七五九。○つねよりことにまさる　沢水とわが恋との両方。▽風景から心情への移行がスムーズで、貫之が好んだ詠み方。

588 まだ越えないうちは、吉野山の桜花は、人づてに聞き続けるばかりです。あなたの所へもまだ行けないので、噂を聞くばかりです。○越えぬ間　吉野山を越えない間と女の所へ行けない間。「越え」は、吉野山との縁で用いられているが、実質的には「行く」の意味。▽吉野は、古くから川と雪が詠まれたが、古今集時代になり、桜も詠まれるようになる。→六〇。

589 露ではない心を花に置きはじめてから、風が吹くたびに吹き散らされるのではないかと、心配でなりません。○のたうびける　「のたうぶ」は、「のたまふ」の転と言われるが、他の用例からは「申し上げる」の意の謙譲語。ここは、恋の思いを伝える、の意。○また人　この「人」は貫之とは別の男。○まかり　「行く」の意の謙譲語。ここは、通う、の意。なお、「のたうぶ」も「まかる」も、必ずしも相手の女性の身分が高いことを示すのではなく、詞書中の人物の行為をへりくだって表現したもの。○花　相手の女性の比喩。○置き　露が花に置くの意と、心を相手に寄せるの意。○風吹く　別の男の文が相手の女性に届くこと。○もの思ひ　花に置いた露が風に吹き散らされるように、相手に寄せる心が散り乱れる、すなわち見込みがないと思い絶望する、ということ。

590 私の恋の思いに「比べる」というくらぶ山の桜花も、絶え間なく散るとはいっても、その数がまさることはないだろう。○くらぶ　「比ぶ」と「暗部（の山）」とを掛ける。「くらぶ山」は所在未詳。多く「暗し」のイメージで詠まれる。→三九、一九五など。○数　散る花びらの数。尽きぬ恋の思いを数え切れないものとして詠む歌、仮名序、「たとへ歌」の例歌にあげる「わが恋はよむともつきじありそうみの浜の真砂はよみつくすとも」。→八一八。

591 冬川の上はこほれるわれなれや下にながれて恋ひわたるらむ

宗岳大頼《むねをかのおほより》

592 たぎつ瀬に根ざしとどめぬ浮草の浮きたる恋もわれはするかな

忠岑

593 よひよひに脱ぎてわが寝《ぬ》る狩衣《かりごろも》かけて思はぬ時のまもなし

友則

594 東路《あづまぢ》の小夜《さや》の中山なかなかになにしか人を思ひそめけむ

595 しきたへの枕の下に海はあれど人をみるめはおひずぞありける

596 年をへて消えぬ思ひはありながら夜の袂《たもと》はなほこほりけり

597 わが恋は知らぬ山路にあらなくにまどふ心ぞわびしかりける

貫之

591　冬の川が表面は凍るのと思いを外に表さない私は同じなのか、それで川が下では流れているように、私も心の中で泣いて恋い慕いつづけているのだろうか。○なかれ　「流れ」と「泣かれ」を掛ける。→五三〇、五八一。「生きながらえて」を掛けるとする説はとらない。

592　激しい流れに根を土にとどめることのない浮草のように、不安な恋を私はすることだ。○たぎつ　水が激しく流れる。○根ざし　根が地中に伸びること。○浮草　不安な恋心の象徴となる典型的な景物。→五三八。

593　宵ごとに私が脱いでから寝る狩衣、それを衣桁に掛けるように、あの人のことを心にかけて思わないことは片時もない。○狩衣　ここは「かりごろも」と読み、歌語。普通は、「かりぎぬ」。○かけて　「衣桁に掛けて」と「心にかけて」を掛ける。

594　東国への道にある小夜の中山、なかなかに——生半可にどうしてあの人のことを思い初めてしまったのだろうか。○東路　都から常陸（現在の茨城県）へ至る東国の道。○小夜の中山　現在の静岡県掛川市と島田市の境にある峠。○なにしか　疑問副詞の「なに」+強意の助詞「し」+疑問の係助詞「か」。▽「なかやま」「なかなか」「なにしか」と続けて、「な」「か」のくり返しによるリズムを生む。

595　枕の下に涙の海はあるけれども、人に逢う「見る目」という名の「海松布」は生えていない、それで逢えないのであった。○しきたへの　「枕」にかかる枕詞。○海　涙をおびただしく流している様の比喩。○みるめ　「見る目」と「海松布」を掛ける。「海松布」と「海」が縁語。▽涙が床に満ちて海になるという想像、→五六七。

596　年月が経っても消えない思いの火はあるにもかかわらず、夜の袂はあいかわらず涙に凍っているのだった。○思ひ　「火」を掛ける。下の「夜」との対比では、「日」の連想もあるか。○こほり　恋の相手を思って流す涙が凍る。▽「思ひ」の「火」があるのにいつまでも「涙」の「氷」が解けないという矛盾。

597　私の恋は、道を知らない山道というわけでもないのに、どうすればよいか途方に暮れている心はまことにせつないことよ。○まどふ　判断や選択ができず、途方に暮れること。

598 紅のふり出でつつ泣く涙には袂《たもと》のみこそ色まさりけれ

599 白玉と見えし涙も年ふれば韓紅《からくれなゐ》にうつろひにけり

600 夏虫をなにか言ひけむ心からわれも思ひに燃えぬべらなり　　躬恒

601 風吹けば峰にわかるる白雲のたえてつれなき君が心か　　忠岑

602 月影にわが身をかふるものならばつれなき人もあはれとや見む

603 恋ひ死なばたが名は立たじ世の中の常なきものと言ひはなすとも　　深養父

598 紅を振って色濃く染めるように、声を振り絞るようにして泣く血の涙で、袂だけが色濃く染まっているのだった。○ふり出で　紅に染色をするとき、よく染まるように水の中で衣を振る。「声を振り絞る」の意の「ふりいづ」と掛ける。→一四八。○袂のみこそ　「袂」は「振る」の縁語なので、まさに袂だけが、という。

599 はじめは白玉と見えた涙も年月が経つと、真っ赤な色に変わってしまったことよ。○白玉　涙の見立て。→五五六。○韓紅　→一四八、二九四。ここは、血の涙としての色。▽白玉は真珠なので、本来色が変わるはずはない。その白玉の涙ですら色移ろう、としたところがこの歌の眼目。

600 夏虫をどうしてはかないものなどと言ったのであろう。私も自ら思ひの火に燃え尽きてしまいそうだ。○夏虫　→五四四、五六一。火に飛び込んでみずから命を落とすものとして、はかない印象がある。○なにか言ひけむ　「けむ」とあるので、夏虫をはかないものと詠んだ過去の歌、五四四などが念頭にあろう。必ずしも躬恒自身が詠んだ歌でなくてよい。○思ひ　「火」を掛ける。

601 風が吹くと峰から離れてゆく雲のように、すっかり私から離れてつれないあなたのお心よ。○たえて　雲が峰から離れる様子と、恋の相手が自分と関わりを持たない様子を掛ける。▽峰から離れる雲→七八四、七八五。

602 月の光にわが身を変えることができるならば、つれないあの人もしみじみとした思いで見てくれるであろうか。○月影　ここは月の光。○あはれ　恋する相手から「あはれ」と見られたい、というのは、「あはれとも言ふべき人は思ほえで身のいたづらになりぬべきかな」（拾遺集・恋五・藤原伊尹、百人一首）など、この時代の一つの類型。

603 私が恋死にをしたならば、誰の評判が立つのでしょうか。あなたの評判が立つのです。たとえ、「世の中は無常だから」と、私の死を無常のせいにするとしても。○たが名は立たじ　誰の評判が立たないだろうか。婉曲に、あなたが恋死にをさせたという噂が立つ、という。○言ひはなす　「は」は係助詞。「言ひなす」で、事実と違うことを強く主張する、の意。恋死にではなく、無常の世だから亡くなるのもやむをえない、と、恋の相手が言うこと。▽集中、深養父の歌に恋死にの歌が目立つ。→六一三、六九八。

604 津の国の難波の葦のめもはるに繁きわが恋人知るらめや
貫之

605 手もふれで月日へにける白真弓《しらまゆみ》おきふし夜はいこそ寝られね

606 人知れぬ思ひのみこそわびしけれわがなげきをばわれのみぞ知る

607 言《こと》に出でて言はぬばかりぞ水無瀬川《みなせがは》下にかよひて恋しきものを
友則

608 君をのみ思ひ寝に寝し夢なればわが心から見つるなりけり
躬恒

609 命にもまさりて惜しくあるものは見はてぬ夢のさむるなりけり
忠岑

604　津の国の難波の葦の芽が張ってはるばると見える、そのように思いが募ってならないわが恋をあの人は知っているだろうか、いや、知らないであろう。○津の国　摂津の国。現在の大阪府西部から兵庫県東部。○難波の葦　当時は、淀川の河口から難波潟にかけて、葦が群生していた。○めもはる　「芽も張る」に「目も遥る（か）」を掛ける。→八六八。○繁き　葦の繁茂と募る恋心の両意。○人　思いを寄せる相手。○知るらめや　「や」は反語。

605　手もふれないまま月日が経ってしまった白真弓、起きていても伏していてもあなたを思うばかりで、「寄る」はずの夜も少しも寝ることができない。○白真弓　白木の檀で作った弓。○おきふし　人が「起き」「臥し」と弓に関わる意味との掛詞。弓については、「弓弦を掛ける・はずす」「弓を手にとる・置く」など諸説がある。○いこそ　「い」は「寝」。「いを寝（ぬ）」の形で用いる。ここは、「射」を掛ける。○夜　「寄る」を掛ける。▽「起き」「伏し」「寄る」「射」という弓の縁語を連ね、男女の共寝のイメージを形成しつつ、それがかなわぬ嘆きを表す。

606　恋する人に知られない思いの火はせつないことだ。思いの火を燃やす私の嘆きという木は、私だけが知っているのだ。○思ひ　「火」を掛ける。○なげき　「嘆き」に「投げ木」を掛ける。「投げ木」が「思ひ」の「火」を燃やす。この掛詞、一〇五六、一〇五七という誹諧歌に見られる。この歌も表現としては少し滑稽味を持ったものと見るべきか。

607　ことばに出して言わないだけなのだ。水無瀬川のように外からは見えない心の中だけで思いが通じて恋しいのだけれども。○水無瀬川　水が地下で伏流となっている川。→七六〇、七九三。この時代は普通名詞。○下　地面の下と心の中の両義。○かよひて　思いがかよって。

608　あなたのことだけを思いながら寝て見た夢なので、自分の深い思いであなたの姿を見ることができたのであった。○思ひ寝　人を思いながら寝ること。ここは、「思ひ」に「君をのみ思ひ」と「思ひ寝」とが重なる。→五五二。▽下句は、夢で思う人に会えた喜びと、所詮は自分の片思いによって会えたに過ぎないという自嘲がこもる。

609　命以上に惜しいものは、最後まで夢を見終えることができずに、目が覚めてしまうことでした。○見はてぬ夢　最後まで見ることのできない夢。具体的に夢の内容は示されていないが、思う人との恋がかなう、とりわけ逢瀬を遂げるという内容であろう。

610 梓弓引けば本末《もとすゑ》わが方によるこそまされ恋の心は
春道列樹《はるみちのつらき》

611 わが恋はゆくへも知らずはてもなし逢ふを限りと思ふばかりぞ
躬恒

612 われのみぞかなしかりける彦星もあはで過ぐせる年しなければ

613 今ははや恋ひ死なましをあひ見むとたのめしことぞ命なりける
深養父

614 たのめつつあはで年経《ふ》るいつはりにこりぬ心を人は知らなむ
躬恒

615 命やは何ぞは露のあだものをあふにしかへば惜しからなくに
友則

610 梓弓を引くと、その本と末が自分の方に寄る、そう、その夜こそ恋の心がまさるのだ。○梓弓　梓の木で作った弓。多く枕詞に用いられるが、ここは実物のイメージ。○本末　弓の両端。弦を結びつけている所で、上側が「本」で下側が「末」。○よる「寄る」と「夜」の掛詞。↓六〇五。▽「寄る」は男女の逢瀬を連想させるが、ここはまだ「寄る」ことのない、すなわち逢瀬のかなわない男女なので、「夜」との掛詞が効いて「夜こそまされ」に切実な響きがこもる。

611 私の恋はどちらの方へ行くのかも、またどこに行き着くのかも、わからない。ただ逢うことがその最後になるのだと思うばかりだ。○はて　行き着く先。○限り　ここは、恋の広がりの限度。▽恋が空間時間にわたって広がりを持つイメージ。↓四八八。

612 私一人が恋しい人に逢えず悲しいのだった。あの彦星だって織姫と逢わずに過ごす年はけっしてないのだから。○彦星　一年に一度は七夕に織姫に逢える。○年しなければ　「し」は強意。

613 今ごろはもうとっくに恋死にをしていたはずなのだが、逢いましょうとあてにさせたあの人のことばがまさにわが命の支えだったのだ。○はや　早くも。とっくに。○まし　事実に反することを仮想する助動詞。実際には生きているが、本当ならば死んでいるはず、として、生きている理由を三句以下に詠む。○たのめ　「頼む」（下二段活用）は、あてにさせる。▽生きながらえている喜びとも、あてにならないことばをあてにし続けている自嘲ともとれる。恋死にの歌、同じ深養父の六〇三、六九八参照。

614 逢うことをあてにさせながら、逢わずに年月も経てしまったあの人の不実な偽りに、それでも懲りない私の思いをあの人に知ってほしいものだ。○たのめ　↓六一三。○なむ　相手に対して望む意。▽相手を恨みつつ愁嘆せざるをえない恋の悲しみ。

615 命だって。それが何だというのだ。露のようにはかないものではないか。もしもあの人に逢うことに代えられるものならば、少しも惜しくはないのだが。○やは　反語。○露の　「の」は「のような」。○あふにし　「し」は強意。▽切迫した調べが逢瀬を切望する気持を表す。

古今和歌集巻第十三

恋歌三

弥生のついたちより、忍びに人にものら言ひて後に、雨のそほ降りけるに、よみてつかはしける

在原業平朝臣

616 起きもせず寝もせで夜を明かしては春のものとてながめくらしつ

業平朝臣の家にはべりける女のもとに、よみてつかはしける

敏行朝臣

617 つれづれのながめにまさる涙川袖のみ濡れてあふよしもなし

かの女に代りて返しによめる

業平朝臣

618 浅みこそ袖はひつらめ涙川身さへ流ると聞かばたのまむ

古今和歌集巻第十三

恋歌三

616　起きているのでもなく、眠っているのでもなく、夜を明かしては、春の景物ということで、一日長雨に降りこめられてもの思いをしながら過ごしました。○ものら「ら」は婉曲の意味を表す接尾語。「ものら言ふ」で語り合うの意。→七四五詞書。○そほ降り　しょぼしょぼと降る。○ながめ「長雨」と「眺め」の掛詞。→一一三。▽『伊勢物語』二段にほぼ同様の物語とともに載るが、『伊勢物語』では「うちもの語らひて、帰り来て」「弥生のついたち」に詠んだ歌であるなど、小異がある。

617　長雨になると川の水かさが増しますが、私も所在なくもの思いをしているあいだに涙の川が増水してしまいました。その涙川を渡ってあなたのところへ行こうとするのですが、袖が濡れるばかりでお逢いする手だてがありません。○はべりける女　業平との関係、不明。○つれづれ　何もすることがない状態。○ながめ「長雨」と「眺め」の掛詞。→一一三、六一六。○のみ　強調。「だけ」という限定の意味ではない。▽『伊勢物語』一〇七段に次の歌とともに載り、四句「袖のみひちて」と異同がある。

618　お気持が浅くて涙川も浅いからこそ袖が濡れるのでしょう。涙川に身体ごと流されてしまうと聞きましたならば、あなたのお気持を本気にしましょう。○代りて　代作である。○浅み「浅し」の語幹に接尾語「み」がついた形で、理由を表す。相手の気持の浅さと涙川の浅さの両義。○さへ　添加を表す。袖が濡れるだけでなく、身体も流れるなら。○たのまむ「たのむ」は、あてにする。▽『伊勢物語』一〇七段に前歌とともに載る。前歌の「袖のみ濡れて」をあえて「袖だけが濡れて」ととりなし、その程度では気持が浅いと切り返す。いかにも贈答歌らしい呼吸。

題知らず

よみ人知らず

619 よるべなみ身をこそ遠くへだてつれ心は君が影となりにき

620 いたづらに行きては来ぬるものゆゑに見まくほしさにいざなはれつつ

621 あはぬ夜の降る白雪とつもりなばわれさへともに消《け》ぬべきものを

この歌は、ある人のいはく、柿本人麿が歌なり

業平朝臣

622 秋の野に笹分けし朝の袖よりもあはで来《こ》し夜ぞひちまさりける

小野小町

623 みるめなきわが身をうらとしらねばやかれなで海人《あま》の足たゆく来る

源宗于《むねゆき》朝臣

624 あはずして今宵明けなば春の日の長くや人をつらしと思はむ

619 あなたのそばに身を寄せる所がないので、身体は遠く離れているけれども、心はあなたの影となって寄り添ってしまいました。○よるべ　寄りつく場所。○なみ　「無し」の語幹に、理由を表す接尾語「み」がついた形。○二三句　「こそ…つれ」の形は逆接の文脈。○影　影法師。ぴったりと寄り添って離れないもの。→五二八。▽身は離れているが、心は寄り添いたいという歌は、三六八、三七三など。

620 お尋ねしてもむなしく帰ってくるだけなのに、お逢いしたいという気持に引かれては何度も出かけてしまうことよ。○いたづらに　何のかいもなく。むなしく。○ものゆゑに　逆接、順接いずれの意味にもなるが、ここは前者。○見まくほしさ　「まく」は助動詞「む」を名詞化したク語法。「ほしさ」は形容詞「ほし」の名詞化。○つつ　反復を表す。初句に返る。

621 お逢いできない夜が降る白雪となって降り積もったならば、その白雪とともに私までもが消えてしまうにちがいないのですが。○白雪と　「と」は、「となって」。「のように」よりも比喩の度合いが強い。→一一一。○さへ　添加を表す。雪だけでなく私までも。○消ぬ　雪と自分との両義。▽雪とともに（のように）わが身が消えるという発想、→三二八、五六六。上句は、万葉集時代には見られない発想。左注の人麿作という伝承の理由は不明。

622 秋の野の笹を分けて朝帰りをした折に濡れてしまった袖よりも、逢わずに帰ってきたこの夜の方が、涙で一層袖が濡れているのだった。○笹　『古今集』では、霜（五六三、六六三）や雪（八九一）との結びつきが強い。▽「笹分けし朝」は、別の女性との以前の関係。▽『伊勢物語』二五段に次の歌とともに贈答歌として載るが、『古今集』での隣り合った配列をもとに作られた段であろう。

623 逢う折のない私は、つらい思いでいます。そんな私は、海松布の生えていない浦と同じですが、その私に逢えないことを知らないので、あの人は絶えることなく足がだるくなるほど通ってくるのですね。まるで、海松布を刈ることもできないのに、海人がしきりに通ってくるように。○みるめ　逢う機会という意味の「見る目」と「海松布」との掛詞。○うら　「浦」と「憂」を掛ける。「憂」という思いの理由は不明。通ってくる相手に逢えない理由があったか、あるいは、詠み手には別の思い人があり、その人に逢えないためか。○かれなで　「離れ」と「刈れ」の掛詞。諸注「刈れ」を指摘しないが、「海松布なき」と「海人」から認める方がよい。▽海松布の生えない不毛の海岸風景と、詠み手の寂寥感とが渾然一体となった名歌。自然と人事の融合を詠む古今集歌の典型の一つ。訳では、やむをえず分けて訳した。

624 逢うことができずに今宵も明けてしまったならば、春の日のように長い間あなたのことをつれない人だと思い続けることでしょう。▽「春の日の」は、「長く」を修飾するだ

625 有明のつれなく見えし別れよりあかつきばかり憂きものはなし
壬生忠岑

626 あふことのなぎさにし寄る波なればうらみてのみぞ立ち帰りける
在原元方

627 かねてより風に先立つ波なれやあふことなきにまだき立つらむ
よみ人知らず

628 陸奥《みちのく》にありといふなる名取川なき名とりては苦しかりけり
忠岑

629 あやなくてまだきなき名のたつた川渡らでやまむものならなくに
御春有助

けに見えるが、女と逢うために長い春の日が暮れるのを待つというイメージが重なる。

625　有明の月が無情に見えた別れの時から、暁ほどつらいものはないのだ。○有明　明け方になっても空に残っている月。→三三二、六九一。○つれなく　そ知らぬ様子で。女と逢えなかった悲しみとは無縁に月が照らしている様子。○別れ　ここはいわゆる別離ではなく、逢うことができず女の家を後にしたこと。▽女の歌として読むことも可能であるが、配列から、まだ逢うことのかなわない男の歌と見る。藤原定家は、女と逢った明け方の歌と見て、「これほどの歌一つ詠み出でたらむ、この世の思ひ出にはべるべし」（顕注密勘）と激賞する。『百人一首』に入る。

626　私は、逢うことのない渚――あなたに寄る波なので、恨みに思うばかりで立ち帰るだけでした。渚に寄る波が浦を見るだけでまた引いてゆくように。○なぎさ　「無き」と「渚」を掛ける。○し　強意を表す助詞。○うらみて　「恨みて」と「浦見て」の掛詞。○立ち帰り　「男が女のもとから帰る」と「波が引いてゆく」の両義。→四七四。▽掛詞を巧みに用いて、むなしく女のもとから帰る男の姿と波の様子が一体となる。

627　私は、風が吹く前に早くから立つ波なのであろうか、それでまだ逢ってもいないのに――凪ぎに波が立つように――早々と噂が立つのであろうか。○上句　自分を、風より先に立つ波に見立てる。○あふことなきに　「なき」に「無き」と「凪ぎ」を掛ける。○まだき　早い時期に。○立つ　「波が立つ」と「噂が立つ」の両義。▽噂の意味を持つ「名」という語が歌の中になく、「立つ」だけで噂が立つという意味を表すのは、異例であるが、配列からは理解できるようになっている。「波」に「名」の連想があるか。次歌から「名」を詠む歌が並ぶ。前歌と「波」「なき」「立つ」など共通することばが多い。

628　陸奥にあるという名取川、その名前のように、なき名――事実無根の噂を立てられては苦しいことだった。○なる　伝聞の助動詞。○名取川　現在の宮城県名取市を流れて仙台湾にそそぐ川。『万葉集』に例がなく、この歌をはじめ、多く「名を取る」の連想によって詠まれる。○なき名　あらぬ噂。この場合、二人が恋仲である、すでに逢瀬を持った、などという噂。▽名取川を詠んだ歌としてはもっとも早いものの一つ。→六五〇。伝聞の「なり」を用いているのは、当時名取川があまりなじみのない地名であったためか。以下四首、「なき名」を詠み込む。

629　わけのわからないことに、早くも根も葉もない噂が立ってしまった。名の立つという竜田川を渡らずに終える、このまま逢わずにすますというわけではないが。○あやなく　「あやなし」は、道理がない、説明がつかない。→四一。○まだき　早い時期に。○たつた川　名の「立つ」と地名の「竜田川」を掛ける。竜田

630 人はいさわれはなき名の惜しければ昔も今も知らずとをいはむ

元方

631 こりずまにまたもなき名は立ちぬべし人にくからぬ世にし住まへば

よみ人知らず

東の五条わたりに、人を知りおきてまかりかよひけり。忍びなる所なりければ、門《かど》よりしもえ入らで、垣のくづれよりかよひけるを、たびかさなりければ、あるじ聞きつけて、かの道に夜ごとに人を伏せて守らすれば、行きけれどえあはでのみ帰りて、よみてやりける

業平朝臣

632 人知れぬわが通ひ路の関守《せきもり》は宵々ごとにうちも寝ななむ

題知らず

貫之

633 しのぶれど恋しき時はあしひきの山より月の出でてこそ来れ

川→二八三など。▽噂が立ったことを嘆きつつ、逢いたいという気持も詠み込む。

630 あの人はともかく私は事実無根の噂を立てられるのは困るから、昔も今も関係ありませんと言うことにしよう。○人　自分との噂を立てられている相手。○いさ　さあ（どうだろうか）。→四二。○とを　「を」は間投助詞。▽『後撰集』恋二に、貞元（「元良」とも）親王の歌への返歌として、「おほつぶね」が詠んだ歌として載る。「おほつぶね」は、元方の妹。この元方の歌じたい、女の立場の歌と見ることもできる。

631 懲りもせず、またもあらぬ噂が立ってしまうでしょう。人に関心を持たずにはいられない世に住んでいるので。○こりずまに　懲りないままに。○人にくからぬ　「人憎し」は、人から見て憎らしく思われる様子。無愛想な様子。したがって、愛想がよく、人との関わりを持とうとすること。▽『源氏物語』若菜上巻で、光源氏は久しぶりに再会した朧月夜とこの歌をふまえた贈答歌を交わす。

632 人に知られずひそかに私が通う路の番人は、夜ごと居眠りでもしてほしいものだ。○東　平安京の朱雀大路をはさんだ東側。○知りおきて　ここは、女と恋仲になって、というほどの意味。○あるじ　女の親などであろう。○関守　関所の番人。ここは、「あるじ」が見張りに置いた「人」のこと。○なむ　他に対して望む意を表す。▽『伊勢物語』五段にほぼ同内容の詞書とともに載る。配列は、この歌から、逢瀬を経た男女の歌。

633 人目をしのんで恋の思いを心中に秘めているけれども、どうしても恋しい時は、山から月が出るように、家から出てきてしまう。○あしひきの　「山」にかかる枕詞。○出でて　月が出ることと自分が家から出ることとの両義。▽参考「あしひきの山より出づる月待つと人には言ひて妹待つ我を」（万葉・巻十二・三〇〇二）。

634 恋ひ恋ひてまれに今宵ぞあふ坂のゆふつけ鳥は鳴かずもあらなむ

よみ人知らず

635 秋の夜も名のみなりけり逢ふといへばことぞともなく明けぬるものを

小野小町

636 長しとも思ひぞはてぬ昔より逢ふ人からの秋の夜なれば

凡河内躬恒

637 しののめのほがらほがらと明けゆけばおのがきぬぎぬなるぞかなしき

よみ人知らず

638 明けぬとて今はの心つくからになどいひしらぬ思ひそふらむ

藤原国経朝臣

寛平御時后宮の歌合の歌

639 明けぬとて帰る道にはこきたれて雨も涙も降りそほちつつ

敏行朝臣

634　恋い慕い続けて、ようやく今宵逢うことができた。逢うといえば、逢坂の関にいる「ゆふつけ鳥」――鶏もどうか鳴かないでほしいものよ。○恋ひ恋ひて →一七六。上句全体も似る。○まれに　機会が少なく貴重なこと。○あふ坂　「今宵ぞ逢ふ」と「逢坂」との掛詞。○ゆふつけ鳥 →五三六。ここは、「ゆふつけ鳥」から明け方の「鶏」へ意味が転じる。鶏が鳴く頃には、男は女のもとから去らねばならない。○なむ　他に対して望む意。▽ようやく思う相手と逢えた折の歌。ただし、「まれに」とあるので、初めてではなく、長い間逢えずにいて、久しぶりに逢うことができた折。

635　秋の夜も、長いというのは、そう言われているだけだった。思う人と逢うことになると、あっという間に明けてしまうのだから。○名　評判や通念。ここは、「秋の夜」といえば誰もが「長い」ものと考えるということ。○けり　初めてわかった、という意味合い。○ことぞともなく　大したこともなく。▽参考「秋の夜を長しといへど積もりにし恋を尽くせば短くありけり」（万葉・巻十・二三〇三）

636　秋の夜が長いものとも思い定めているわけではない。昔から逢う人次第のものだから。○思ひぞはてぬ　「はて」は「果つ」で、最後まで…する、の意。○逢ふ人から　好きな相手と一緒であれば短く、そうでなければ長い、ということ。▽秋の夜が長いものと信じていた、という前歌に対して、やや冷静に否定する趣の歌、とも読める。

637　明け方の空が晴れ晴れと明けて行くと、各々が着物を着て別れるのが悲しい。○しののめ　歌語。「あけぼの」にあたる。→一五六。○ほがらほがら　空の明るさが広々と広がってゆく様子。○きぬぎぬ　「衣々」。共寝をしていた男女がそれぞれに衣を着た姿になること。そこから男女の朝の別れをもいう。▽「ほがらほがら」と「きぬぎぬ」によるリズム。

638　夜が明けたということで、もうお別れだという気持になるやいなや、どうして言い表しようもない思いが加わるのであろうか。○今は　「今はお別れ」。「今はとて天の羽衣着る折ぞ君をあはれと思ひいでける」（『竹取物語』かぐや姫の歌）。○つく　「心つく」の形で、ふとある思いが萌すこと。○からに　…すると同時に。

639　夜が明けたということで帰る道には、幾度も、花や実をしごき落とすように雨も涙も降り、びっしょり濡れてしまう。○こきたれて　「こく」は、花や実をしごき落とす、という意味。「こきたれて」はおもに「泣く」という意味と結びつく。→九三一。参考「ひきまゆのかくふた籠もりせまほしみ桑こきたれて泣くを見せばや」（後撰集・恋四・藤原忠房）。○つつ　反復を表す。明け方帰る折には幾度もくり返して、という意味。

題知らず　寵《うつく》

640 しののめの別れを惜しみわれぞまづ鳥よりさきになきはじめつる

よみ人知らず

641 ほととぎす夢かうつつか朝露のおきて別れしあかつきの声

642 玉匣《たまくしげ》あけば君が名立ちぬべみ夜深く来《こ》しを人見けむかも

大江千里

643 けさはしもおきけむ方も知らざりつ思ひいづるぞ消えてかなしき

人にあひて、あしたによみてつかはしける　業平朝臣

644 寝ぬる夜の夢をはかなみまどろめばいやはかなにもなりまさるかな

640　夜明け方の別れを惜しんで、私の方が鶏よりもさきに泣き始めてしまった。○しののめ　→六三七。○鳥　夜明けを告げる鶏。▽鶏が鳴く頃には、男は女のもとから去る。作者は女性。

641　ほととぎすよ。夢だったのか現実だったのか。朝露が置く明け方に起きてあの人と別れた時に聞いたあの暁の声は。○おき　「置き」と「起き」の掛詞。▽「夢かうつつか」という問は、ほととぎすの声だけでなく、逢瀬についても向けられる。→六四五。

642　夜が明けたならばあなたの噂が立つにちがいないと思ったので、夜が深いうちに帰ってきたのだが、それを人は見たであろうか。○玉匣あけば　「（玉匣が）開けば」と「（夜が）明けば」の掛詞。○玉匣「開く」にかかる枕詞。→四一七。○べみ　「べし」の語幹「べ」に理由を表す接尾語「み」がついたもの。○来し　男が自宅へ帰ってきたこと。○かも　「か」は疑問。「も」は詠嘆。

643　けさはどこに霜が置いたのか、どのように目覚めたのかわからない。日が出て霜が消えるように、思い出すと、消え入りそうなほどに悲しいことよ。○しも　強意の助詞「しも」と「霜」との掛詞。○おき　「置き」と「起き」の掛詞。○思ひ　「日」を掛ける。→四七〇。○いづるぞ　次の「消え」と「出づ」が対照的なので、強意の「ぞ」を用いる。

644　共寝をした夜の夢のような時がはかないものだったので、うとうととしていると、いよいよはかないものになってゆくのだった。○あした　逢瀬の翌朝。○夢　実際の夢ではなく、夢のような一時の意味。○はかなみ　「はかなし」の語幹に理由を表す接尾語「み」がついたもの。▽『伊勢物語』一〇三段にも載る。

業平朝臣の伊勢国にまかりたりける時、斎宮《さいぐう》なりける人に、いとみそかにあひて、またのあしたに、人やるすべなくて、思ひをりけるあひだに、女のもとよりおこせたりける　　よみ人知らず

645 君や来《こ》し我や行きけむ思ほえず夢かうつつか寝てかさめてか

返し　　業平朝臣

646 かきくらす心の闇にまどひにき夢うつつとは世人定めよ

題知らず　　よみ人知らず

647 むばたまの闇のうつつはさだかなる夢にいくらもまさらざりけり

648 さ夜ふけて天の門《と》わたる月影にあかずも君をあひ見つるかな

649 君が名もわが名も立てじ難波なるみつともいふなあひきともいはじ

650 名取川瀬々の埋木《むもれぎ》あらはればいかにせむとかあひ見そめけむ

645　あなたがいらしたのでしょうか。それとも私が出かけていったのでしょうか、わかりません。夢だったのか現実だったのか、寝ていたのか起きていたのか。○業平朝臣　在原業平。○斎宮　伊勢神宮に奉仕する未婚の内親王または女王。また、その居所。天皇の代替りごとに遣わされた。「斎宮なりける人」は、斎宮であった人。「なりける」を「…にいた」の意味にとり、斎宮に仕えた女官などとする説はとらない。○人やる　人を遣わす。○夢かうつつか　逢瀬が。→六四一。▽次の歌と併せて、『伊勢物語』六九段にくわしい物語とともに載る。

646　まっくらな心の闇に閉ざされて何もわかりません。夢か現実かは、世間の人よ、定めてください。○まどひ　判断がつかないこと。○世人定めよ　世間の人に判断を委ねるということは、もし現実であれば、世間で噂になるだろうし、夢であれば、何も噂にならないだろう、ということ。斎宮との密通の罪が露顕してもかまわない、という決意。『伊勢物語』では、「今宵定めよ」とあり、もう一度逢いましょうの意味になる。

647　闇の中の逢瀬という現実は、はっきりとした夢の中の逢瀬と比べてどれほどもまさらないものであった。○むばたまの　「闇」「夜」などにかかる枕詞。▽はかない逢瀬に対する嘆き。『源氏物語』桐壺巻で、帝が亡き更衣を思い出す場面に「人よりは異なりしけはひ容貌の、面影につと添ひておぼさるるにも、闇のうつつにはなほ劣りけり」と引かれて、有名な歌。

648　夜が更けて、空を渡ってゆく月の光に照らされて、満ち足りることなくあなたと逢ったことだった。○天の門　「門」は海峡。空を海に見立てて、その海峡を月が渡るという想像。「天の門」は、七夕の歌によく見られる表現なので、ここも七夕の恋への連想があるかもしれない。○あかず　「飽かず」で、満ち足りない、の意であるが、「門」から「開かず」の連想もある。

649　あなたの噂も私の噂も立てないようにしようと思う。難波の御津——逢ったとも言わないで下さい。私も逢ったとは言いません。○みつ　港の意味の「御津」と「見つ」を掛ける。○あひき　「逢ひき」に、網を引くの意味の「網引（あび）き」を掛ける。▽初句と二句、四句と五句がそれぞれ対になってリズムを作る。三句以下、難波に引っ掛けて、逢瀬を持ったという意味を、「見つ（御津）」「逢ひき（網引き）」と両様に表現したおもしろみ。

650　名取川の浅瀬ごとに埋れ木が現れるように、二人の仲が世間に知られたらいったいどうしようというつもりで逢い始めたのであろうか。○名取川　陸奥の歌枕。→六二八。「名を取る」の縁で、男女の仲が知られる、という連想を導く。○埋木　川瀬に沈んで普段は見えない木。○あらはれば　埋れ木が姿を現すという意味と、二人の仲が世間に露顕するという意味の両義。▽ふつうは現れにくい埋れ木も、男女の仲が噂にな

651 吉野川水の心ははやくとも滝の音には立てじとぞ思ふ

652 恋しくは下にを思へ紫の根摺《ず》りの衣色に出づなゆめ

小野春風

653 花すすき穂に出でて恋ひば名を惜しみ下結《したゆ》ふ紐《ひも》の結ぼほれつつ

橘清樹がしのびにあひしれりける女のもとより、おこせたりける

よみ人知らず

654 思ふどち一人一人が恋ひ死なば誰によそへて藤衣《ふぢごろも》着む

返し

橘清樹《きよき》

655 泣き恋ふる涙に袖のそほちなばぬぎかへがてら夜こそは着め

題知らず

小町

656 うつつにはさもこそあらめ夢にさへ人目をよくと見るがわびしさ

るという連想を持つ「名取川」なら現れやすい、というつながり。

651 吉野川の水のように思いは激しくとも、滝のように音はたてるまい、噂にならないようにしようと思います。○吉野川　大和国の歌枕。急流で知られる。→四七一など。○はやく　激しいこと。水の流れと心の両義。→四七一。○音　滝の音と噂との両義。

652 恋しく思うのであれば、心の中で思っていて下さい。紫草の根で摺った衣のように、けっして顔色には出さないでください。○を　強調の間投助詞。○紫の根摺りの衣　紫草の根で摺って色を出した衣。紫草の根は染色力が強い。→八六七。○色　衣の色と顔色。○ゆめ　禁止の意味を強める副詞。▽類歌「恋しけば袖も振らむを武蔵野のうけらが花の色に出（づ）なゆめ」（万葉・巻十四・三三七六）。

653 花薄が穂を出すように、はっきりと思いを表して恋い慕うと、噂が立つのが心配なので、結ばれている下紐のように、私の心も固く塞いでいる。○花すすき　「穂」にかかる枕詞。→五四九。○名を惜しみ　「を…み」は理由を表す。○下結ふ紐　下紐に同じ。下裳などの紐。→五〇七。○結ぼほれ　下紐が結ばれていることと鬱屈した思いとの両義。

654 人に知られず思いを寄せ合う私たちのどちらか一人が恋死にをしたならば、誰にかこつけて喪服を着ればよいのでしょうか。○一人一人　複数の中の一人を指す。どちらか（誰か）一人。○よそへ　かこつける。口実にする。○藤衣　ここは、喪服。→八四一。

655 亡き人を泣いて恋い慕う涙で袖が濡れてしまったら、脱ぎ替えるついでに夜に喪服を着ましょう。○そほち　びっしょりと濡れること。→四〇一。▽前歌は、忍びの関係を恨む気持を巧みな機知に転じたが、この歌も、答歌にふさわしく、人に知られぬまま喪に服す方法がある、と軽やかにいなす。

656 現実の世界では、それもしかたないでしょうけれど、夢の中でまで人目を避けて逢ってくれないと見るのが、何ともつらいことです。○さも　「さ」は「人目をよく」を指す。○こそあらめ　ここでは、「こそ…已然形」の形が、逆接の意味。○さへ　現実だけでなく、夢の中でまでも。○よく　避ける。他本多く「もる」。▽夢の中でも人目を避けることへの嘆き、→五五九。類想「ただに逢はずあるはうべなり夢にだに何しか人の言の繁けむ」（万葉・巻十二・二八四八）。以下、六五八まで連作か。

657 限りなき思ひのままに夜も来む夢路をさへに人はとがめじ

658 夢路には足もやすめずかよへどもうつつに一目見しごとはあらず

よみ人知らず

659 思へども人目つつみの高ければかはと見ながらえこそ渡らね

660 たぎつ瀬のはやき心を何しかも人目つつみのせきとどむらむ

寛平御時后宮の歌合の歌　紀友則

661 紅の色には出でじ隠れ沼《ぬ》の下にかよひて恋ひは死ぬとも

題知らず　躬恒

662 冬の池に住むにほどりのつれもなくそこにかよふと人に知らすな

663 笹の葉に置く初霜の夜を寒みしみはつくとも色に出でめやは

657 尽きることのない思いにまかせて夜もやって来よう。夢の中の通い路まで人はとがめないだろうから。▽作者は小町であるが、女の立場とも男の立場とも解しうる歌。類想「人の見て言とがめせぬ夢にわれ今宵至らむ屋戸さすなゆめ」(万葉・巻十二・二九一二)。「人の見て言とがめせぬ夢にだにやまず見えこそあが恋やまむ」(万葉・巻十二・二九五八)。

658 夢の中の通い路では、足も休めずに通うけれども、実際に一目逢ったようにはいかない。○足もやすめず　同じ小町の歌（六二三）に「足たゆく来る」という表現がある。○一目　六五六から連作だとすれば、「人目」（六五六）と「一目」を詠み分ける。▽これも、男女いずれの立場とも解しうる。小町の夢の歌、恋二に三首（五五二—五五四）あり、夢で思う人に逢えた喜びを詠む。こちらの三首は、夢でさえ逢いがたくなった嘆き。

659 あの人のことを恋い慕っているけれども、人目をつつむ(憚る)堤が高いので、川が渡れないように、「彼(か)は」(あの人だ)と姿は見えていても、なかなか逢うことができない。○人目つつみ　憚るの意味の「慎(つつ)み」に「堤」を掛ける。○かは　「川」に「彼(か)は」を掛ける。▽「人目つつみ」は、「人目をつつむ」という表現を掛詞のために圧縮した表現。

660 早瀬のように激しくわきたつ思いをどうして人目を憚る「つつみ」が堰き止めているのであろうか。○たぎつ瀬　流れの速い瀬。↓四九三。○はやき　激しい。○人目つつみ　前歌参照。▽前歌は、堤の向こうにある川を渡れない、という歌だが、これは、自分の思いを川の流れに喩えてそれが堰き止められるというもの。

661 紅の色のようにはっきりと恋の思いを顔に出すようなことはするまい。隠れ沼のようにひっそりと思いを通わせるだけで恋死にをしてしまうとしても。○紅の　「色」にかかる枕詞ともいわれるが、単なる枕詞ではなく、あざやかな色の比喩。○隠れ沼　『万葉集』では「隠沼（こもりぬ）」。「下」にかかる。○かよひて　思いが通じて。↓六〇七。六〇七の「下にかよひて」は、相手に知られずにひっそりと思いを寄せている、の意で、この歌は、相手は知っているが他人には知られずに思いが通じている、の意。▽類歌「言ふ言(こと)のかしこき国ぞ紅の色にな出でそ思ひ死ぬとも」(万葉・巻四・六八三・大伴坂上郎女)

662 冬の池に住む鳰鳥（におどり）が平気な様子で底に通うように、私がそ知らぬ様子であなたの所に通っているということを、人に知らせないでください。○にほどり　かいつぶり。○つれもなく　「つれなく」に「も」がはさまった形。○そこ　「底」と「其処」の掛詞。ここでは、「其処」は恋の相手の所。

663 笹の葉に置く初霜は、夜が寒いために凍りつくことはあっても

664 山科の音羽の山の音にだに人の知るべくわが恋ひめかも
よみ人知らず
この歌、ある人、近江の采女《うねめ》のとなむ申す

665 満つ潮の流れひるまを逢ひがたみみるめの浦によるをこそ待て
清原深養父

666 白川の知らずともいはじ底清み流れて世々にすまむと思へば
平貞文

667 下にのみ恋ふれば苦し玉の緒の絶えて乱れむ人なとがめそ
友則

668 わが恋をしのびかねてはあしひきの山橘の色に出でぬべし

色づくことはない、私たちの間も、深い思いが染みていても、人にわかるように表に出すことがあろうか。○初二句　↓五六三。「初霜」は、二七七、四一六など、躬恒好みの語。○夜を寒み　「を…み」は、理由を表す。○しみはつくとも　「凍み」に「染み」を掛ける。○色に出で　文字どおり、発色するの意と、思いが外に表れるの意を掛ける。▽躬恒の四一六に「夜を寒み置く初霜を」というよく似た表現がある。

664　山科の音羽の山――その音、噂にさえ人に知られるような、そんな恋をするものであろうか。○音羽の山　歌枕。噂という意味の「音」への連想で詠まれることが多い。↓四七三。○恋ひめかも　反語。○近江の采女　「采女」は、宮中で食事などの世話をする女官。諸国から献上された。「近江の采女」とは誰か不明。七〇二および一一〇八（墨滅歌）に、天皇からの恋歌とされる歌があるので、天皇と采女との人知れぬ恋の伝承があったか。

665　満ちた潮が流れて引く――昼間にはなかなか逢えないので、海松布が海岸に寄る――夜にあなたと逢う機会（見る目）を待っています。○ひるま　「干る間」と「昼間」の掛詞。○を…み　理由を表す。○みるめ　「海松布」と「見る目（逢う折）」との掛詞。○よる　「寄る」と「夜」の掛詞。▽掛詞を巧みに用いて、潮の干満に昼と夜を対応させ、逢いたい思いを詠む。

666　白川の名のようにあの人のことを知らないとは言うまい。白川が底まで清らかでいつまでも澄んだ流れであるように、私も心の底からいついつまでもあの人と添い遂げようと思うので。○白川の　同音の「知らず」に続きつつ、「流れて世々にすむ」へも続く。「白川」は、京都の東山から流れて鴨川に合流する川。○底　心の底と川底の両義。○清み　「み」は理由を表す接尾語。○流れて　「川が流れて」と「生きながらえて」の両義。○世々　幾久しく。○すむ　「澄む」と「住む」の掛詞。

667　心の中に思いを秘めているばかりなので、とても苦しい。いっそ、玉を連ねる紐が切れて玉が散り乱れるように、思いきり恋に乱れてみようか。人よ、どうか咎めないでほしい。○玉の緒　玉を貫き通す緒。○乱れ　玉の緒が切れて玉が散乱する状態と、恋に乱れる状態の両義。○な…そ　禁止を表す。↓一七。▽類歌「息の緒に思へば苦し玉の緒の絶えて乱れな知らば知るとも」（万葉・巻十一・二七八八）。「乱れな」の「な」は、希望、決意を表す終助詞。

668　自分の恋心をどうにも隠しきれなくなってしまうと、山橘が色づいて目に立つように、私の思いもはっきりと表に出てしまいそうだ。○しのびかねて　「かね」は、…しようとしてもできない、の意。○山橘　やぶこうじ。冬、赤い実をつける。「あしひきの山橘の色に出でよ語らひつぎて逢ふこともあらむ」（万葉・巻四・六六九・春日王）。▽六三三に似る。

669
おほかたはわが名もみなとこぎ出でなむ世をうみべたにみるめ少なし
よみ人知らず

670
枕よりまた知る人もなき恋を涙せきあへずもらしつるかな
平貞文

671
風吹けば波打つ岸の松なれやねにあらはれて泣きぬべらなり
よみ人知らず
この歌は、ある人のいはく、柿本人麿がなり

672
池に住む名ををし鳥の水を浅み隠るとすれどあらはれにけり

673
逢ふことは玉の緒ばかり名の立つは吉野の川のたぎつ瀬のごと

674
群鳥《むらどり》の立ちにしわが名いまさらにことなしぶともしるしあらめや

669 この状況では、どうせ立つ噂なら、舟が港を漕ぎ出して海に出てゆくように、世間にはっきりと立ってもかまわない。この世をつらいと思い、海辺には海松布が少ないように、あの人と逢う機会も少ないのだから。○おほかたは　解釈の定まらない表現。おおよそ、とか、状況の全体から言えば、の意。○みなと　古くは河口の意の場合が多いが、ここは現在と同じ港の意。○二三句　噂が世間に広まる様子を、漁師が舟を漕いで広い海に出てゆく様子にたとえる。○うみべた　「うみ」は、(世を)「憂み」と「海」の掛詞。「べた」は、辺、あたり。○みるめ　「海松布」と「見る目」の掛詞。

670 枕のほかには知る人もいないこの恋を、涙をこらえきれずに人に知られてしまったことです。○枕　恋の秘密を知る。→五〇四。▽枕は、夢の中の逢瀬や夜流す恋の涙を知っている。しかし、不覚にも人前で涙をこぼしてしまったために、恋の思いを知られたという無念の気持。

671 私は、風が吹くと波が打ち寄せる海岸の松だというのだろうか。松は波に根を洗われ、私は、恋の思いが表れて人にわかるように、声に出して泣いてしまいそうだ。○ねにあらはれ　「根に洗はれ」と「音に表れ」の掛詞。松の様子と人の様子。「根に洗はれ」はやや無理な表現。○左注　掛詞や、平安時代に限られる「べらなり」の使用から見て、人麿作ではありえない。この歌、『古今六帖』(第六・松)に作者「人丸」として「風吹けば波越す磯のそなれ松根にあらはれてなきぬべらなり」と載る。→異17。左注が後代のものであれば、こうした歌の異伝と関わるか。

672 池に住む名を惜しむというおしどりが、水が浅いために、隠れようとしても姿が現れてしまうように、私も、あの人とのことが噂になることを恐れ、隠そうとするのだが、世間に知られてしまった。○名ををし鳥　「名を惜し」と「をしどり」とを掛ける。「名を惜しむという〈名〉を持つおしどり」の意。おしどりは、雌雄が常に共にいるので、仲の良い夫婦に喩えられる。また「名を惜しむ」は、詠み手のことでもある。○水を浅み　「を…み」は理由を表す。▽前歌と「あらはる」でつながる。

673 逢うことは、玉の緒ほどのほんのわずかの間、噂の立つのは、吉野の川の激流のような早さ。○玉の緒　短いことの喩え。→五六八。○吉野の川　吉野川。流れの速いことで知られる。→四七一。▽参考「さ寝らくは玉の緒ばかり恋ふらくは富士の高嶺の鳴沢のごと」(万葉・巻十四・三三五八)。

674 群がった鳥が飛び立つように、いっぺんに広まってしまった私の噂は、今さら何もなかったようにふるまってみても、何の効果もないだろうよ。○群鳥の　「立つ」にかかる枕詞。ここは比喩的な意味も持つ。○ことなしぶ　「ぶ」は、そのような様子であるという意味の動詞を作る接尾語。○や　反語。

675 君によりわが名は花に春霞野にも山にも立ちみちにけり

676 知るといへば枕だにせで寝しものを塵ならぬ名のそらに立つらむ

伊勢

675　あなたのために、私の噂は、はなばなしく、まるで花を隠す霞が野にも山にも立つように、立ってしまった。○花に　華々しくの意と、植物の花を掛ける。○立ち　「霞が」と「噂が」の両義。▽「わが名は立ち」という意味の続きに、「花に春霞…」が入り込んだ形。「花に春霞」のあたりは、意味のつながりがわかりにくくなる代わりに、花を隠す霞という類型的な構図が浮かび上がる。霞が花を隠すように「わが名」が世間に現れるのではなく隠れるのか、という予感を持たせて、結局「立つ」というところへ落ち着く、という屈折した展開。

676　枕は恋の秘密を知るというので、その枕もしないで寝たのに、塵が空に立つというのならわかるけれど、塵でもない噂がどうして推測で立つのでしょうか。○枕　恋の秘密を知るものとみられた。→五〇四。○だに　ここは、恋を知るもっとも身近な存在である枕を強調する意。○そらに　空間の「空」と、推測という意の両義。○らむ　事態の対立や矛盾の理由を問う働き。「なぜ」の意味を表す語がない場合は、補って訳す。→八四。▽六七三からこの歌まで、「名が立つ」ことを詠む。

古今和歌集巻第十四

恋歌四

題知らず　　よみ人知らず

677 陸奥《みちのく》の安積《あさか》の沼の花かつみかつ見る人に恋ひやわたらむ

678 あひ見ずは恋しきこともなからまし音にぞ人を聞くべかりける　　貫之

679 石上《いそのかみ》ふるの中道なかなかに見ずは恋しと思はましやは　　藤原忠行

680 君てへば見まれ見ずまれ富士の嶺《ね》のめづらしげなく燃ゆるわが恋

古今和歌集巻第十四

恋歌四

677　陸奥の安積の沼の花かつみ――「かつ」見る、一方ではこうして逢っている人を、その一方、恋い慕い続けるのであろうか。○安積の沼　現在の福島県郡山市にあった沼。○花かつみ　菖蒲、あやめ、薦（こも）などの説があるが、いかなる植物か不明。続く「かつ見」と同音でつながる。○かつ　一方では。「他方」の事柄も言い表されていることが多い。▽参考「をみなへし佐紀沢に生ふる花かつみかつても知らぬ恋もするかも」（万葉・巻四・六七五・中臣郎女）。

678　逢わずにいたならば、このように恋しいこともなかっただろうに。こんなことなら噂にだけあの人のことを聞いていればよかった。○まし　「見ずは」の仮定を受けて、事実とは異なることを仮想する、いわゆる反実仮想。○音　噂。→四七〇。▽恋歌の初めの方では、相手のことを噂に聞くだけの恋は苦しいもの、と詠まれていたが、逢った後の逢えない苦しみを知った今は、かえって逢う前の期待に満ちた頃のままがよかったという気持。

679　石上の布留へ行く道の途中、その「中道」と同じ「なかなか」――なまじっか逢わなければ、恋しいと思わなかっただろうに。○石上　大和国布留一帯の地名。○布留　現在の奈良県天理市石上町あたり。○中道　道の途中。「なか」の音で、「なかなか」につながる。「小夜の中山なかなかに」（五九四）。○やは　反語。▽下句は、前歌の上句とほぼ同内容。

680　あなたのこととなると、逢っていようが逢わずにいようが、富士の嶺のように、とくに代わりばえもせず燃えているわが恋であるよ。○てへば　「といへば」の縮まった形。○まれ　「AまれBまれ」の形で、AであろうとBであろうと。「とまれかうまれ、とく破（や）りてむ」（土佐日記・末尾）。○恋　「こひ」に「火」を掛ける。▽富士山の噴火は、燃える恋の思いの象徴。→五三四。

681 夢にだに見ゆとは見えじ朝な朝なわが面影に恥づる身なれば

伊勢

682 石間行く水の白波立ちかへりかくこそは見めあかずもあるかな

よみ人知らず

683 伊勢の海人《あま》の朝な夕なにかづくてふみるめに人をあくよしもがな

友則

684 春霞たなびく山の桜花見れどもあかぬ君にもあるかな

深養父

685 心をぞわりなきものと思ひぬる見るものからや恋しかるべき

凡河内躬恒

686 かれはてむ後《のち》をばしらで夏草の深くも人の思ほゆるかな

681　現実にはもちろん、夢の中でさえ、あの人に見られたくはありません。毎朝、鏡に映るわが容貌に恥じ入っている私なので。○面影　鏡に映った容貌。めずらしい例。○恥づる　相手となかなか逢えずに思い煩い、そのためにやつれている。▽夢は、普通は現実に逢えない代わりに期待するものだが、この歌では、かえって夢で逢うことを恐れている。朝の鏡に映る容貌の衰えを嘆くのは、閨怨詩によく見られる。「ただ知るは暁鏡玉顔の残（そこな）はるるのみ」（『文華秀麗集』中、巨勢識人「伴姫が秋夜の閨情に和す」）。

682　岩間を分けて流れてゆく水に白波がくり返し立つように、こうして幾度も逢おう。まだまだ飽き足りない思いであるよ。○水　ここは川の水。○立ちかへり　波が立ってはもとに戻る様子と、「くり返し」の意。○見め　「め」は「む」の已然形。ここは勧誘の意。▽以下三首、いずれも「見る」「飽く」を用いる。いくら逢っても飽き足りない思いを詠む歌。

683　伊勢の漁師が朝夕に潜って採るという海松布、その「見る目」、あの人にこれで十分というほど逢える手だてがあればなあ。○海人　男女を問わず漁師。ただし、海に潜るのは女か。○朝な夕な　『万葉集』に「朝菜夕菜」が見えるが、「朝な朝な」ということばが『万葉集』（十一・二八〇二）にも『古今集』（二六、五一三、六八一）にもあるので、朝に夕に、の意であろう。○かづく　海に潜ること。万葉集では「かづく」。平安時代後期には「かつぐ」。古今集時代にいずれか不明。→四二七。○てふ　「といふ」の縮まった形。○みるめ　「海松布」と「見る目」の掛詞。▽類歌「伊勢の海人の朝菜夕菜にかづくとふあわびの貝の片思（かたも）ひにして」（万葉・巻十一・二七九八）。

684　春霞がたなびく山の桜花は、いくら見ても飽き足りないが、そのように、いくら見ても満足することのないあなたなのです。○上句　→六九。▽霞と花という類型的な組合せ。四七九などとも似るが、こちらは、花が霞に隠されて見えにくいというのではなく、春霞のかかる山の桜という風景そのものをめでる趣。

685　心というものは、理に合わないものだと思った。逢っているにもかかわらず、恋しいなどということがあっていいものだろうか。○わりなき　理屈では割り切れない。不合理だ。○ものから　逆接の接続助詞。▽類歌「朝夕（よひ）に見む時さへやわぎもこが見とも見ぬごとなほ恋しけむ」（万葉・巻四・七四五・大伴家持）。逢っていながら恋しいという心を「わりなきもの」と発見したところが、この歌の新しさである。

686　すっかり枯れてしまう後のことはまるで知らずに、深々と生い茂っている夏草のように、離れ去ってしまう後のことなど想像もできずに、深くあの人のことが思われることよ。○かれ　「枯れ」と「離れ」の掛詞。「離れ」は、相手が自分から、という意味になるのが普通。○夏草

687 飛鳥川淵は瀬になる世なりとも思ひそめてむ人は忘れじ
よみ人知らず

寛平御時后宮の歌合の歌

688 思ふてふ言の葉のみや秋を経て色も変はらぬものにはあるらむ

題知らず

689 さむしろに衣かたしき今宵もやわれを待つらむ宇治の橋姫
または、宇治の玉姫

690 君や来むわれや行かむのいさよひに真木の板戸もささず寝にけり

691 今来むと言ひしばかりに長月の有明の月を待ち出でつるかな
素性法師

692 月夜よし夜よしと人につげやらばこてふに似たり待たずしもあらず
よみ人知らず

→四六二。繁茂したものという印象。○深く　夏草の様子と自分の思い。▽次の歌が、世の変化とは関わりない自分の思いを詠む歌なので、この歌も、自分が相手から離れることなど考えずに、という意味にもとれる。

687　飛鳥川の淵が瀬になるように、物事が移り変わる世であっても、思い始めた人のことは忘れまい。○飛鳥川　急流のため、しばしば川筋が変わるので、多く無常を象徴する地名として歌に詠まれる。→三四一、九三三。○淵　川の深い所。○瀬　浅瀬。○てむ　助動詞「つ」の連用形と助動詞「む」の連体形。「む」は、事態を仮想する働きがあるので、「思い始めたなら、その場合には」という意味。現在恋する人がいるというよりも、一般化した内容。▽上句は、世の中一般のことでありつつ、男女の仲の定めなさを連想させる。

688　あなたのことを思うという言葉だけが、秋が過ぎて木の葉の色が変わっても、変わらないものであるのだろうか。○言の葉のみ　「木の葉」が対比的に連想される。▽初句の「思ふ」を、私があなたを、の意に解したが、あなたが私を、の意味にとることも可能。前者の解でも、自分の思いが変わらないものであるかどうか、確信が持てない気持となるが、後者にとれば、一層不安の思いが強い。この歌、現存の『寛平御時后宮歌合』に見えない。

689　筵に衣を一人敷いて、今夜も私を待っていることだろうか、あの宇治の橋姫は。○さむしろ　歌語。「さ」は「さ夜」「さ衣」などと同じ接頭語。○かたしき　衣を重ねて共寝をするのではなく、一人寝で自分の衣だけを敷く。「あが恋ふる妹はあはさず玉の浦に衣かたしき一人かも寝む」（万葉・巻九・一六九二）。○宇治の橋姫　宇治橋を守る女神。多くの歌学書に説話が載る。『源氏物語』宇治十帖の第一巻は、橋姫巻。この歌では、実際に宇治にいる女性というよりは、遠く離れてなかなか逢えない女性の比喩か。○左注　五句の異伝。

690　あなたが来るのだろうか。私の方から行こうか。そうためらっているうちに、十六夜の月が出て、真木の板戸も閉ざさずに寝てしまった。○初二句　→六四五。○いさよひ　物事や行動が思うように進まないこと。転じて、なかなか出てこない十六夜の月をいう。ここは、両方の意。○真木　杉や檜など、固くて建築に適した木。▽参考「君が行き日長くなりぬ山尋ね迎へか行かむ待ちにか待たむ」（万葉・巻二・八五・磐姫皇后）。

691　今すぐに来ますよ、とあなたが言ったばかりに、九月の有明の月が出るまで待ってしまった。○今　今すぐに、の意。○初二句　「今来むと言ひて別れし…」（七七一）という遍昭（素性の父）の歌、何らかの関連があるか。○長月　九月。○三四句　参考「長月の有明の月夜ありつつも君が来まさば吾恋ひめやも」（万葉・巻十・二三〇〇）。▽どれくらい待ったかについて、古来、一晩

693
君来ずは閨《ねや》へも入らじ濃紫《こむらさき》わが元結《もとゆひ》に霜は置くとも

694
宮城野のもとあらの小萩露を重み風を待つごと君をこそ待て

695
あな恋し今も見てしか山がつの垣ほに咲ける大和なでしこ

696
津の国のなには思はず山城のとばにあひ見むことをのみこそ

貫之

697
しきしまの大和にはあらぬ唐衣ころも経ずしてあふよしもがな

深養父

698
恋しとはたが名づけけむ言《こと》ならむ死ぬとぞただに言ふべかりける

よみ人知らず

699
み吉野の大川の辺《へ》の藤波のなみに思はばわが恋ひめやは

待ったという一夜説と何か月も待ったという月来（つきごろ）説とが対立する。前後の歌の配列からは、一夜ともとれるが、歌の風情は、「長月」をはじめ三句以下、長い時間を感じさせる。この歌を『百人一首』に採った定家は、月来説。

692　月が美しい、すばらしい夜だと、あの人に伝えたならば、まるで「来てください」と言っているようなもの。もちろん、待っていないわけではないけれども。○こてふ　「来（こ）といふ」の約。▽月の出ている晩は、男性の来訪が期待できる。女性の立場の歌。「わが宿の梅咲きたりと告げやらば来といふに似たり散りぬともよし」（万葉・巻六・一〇一一）をふまえる。以上、三首、月に寄せる恋。「来」も共通する。

693　あなたが来ない限りは、私は寝室にも入りますまい。外で待ちながら、濃紫の私の元結に霜が降りるとしても。○濃紫　元結の色。元服の折の元結の色であったらしい。ここでは、「来む」を連想させるか。○元結　本来は、髻（もとどり）を結ぶ紐の意味で、転じて、髻そのものをいう。ここは、女の立場の歌なので、女の束ねた髪をいうか。類想「居明かして君をば待たむぬばたまのわが黒髪に霜は降るとも」（万葉・巻二・八九）。

694　宮城野の下葉もまばらになった小萩が、置いた露が重いために、その露を落としてくれる風を待っているように、私もあなたのお出でをひたすら待っています。○宮城野　陸奥国宮城郡の野。現在の仙台市あたり。○もとあら　根元の葉がまばらである状態。○露を重み　「を…み」は、理由を表す語法。「もとあら」のため、露の重みに耐える力がない。○風　多く露を吹き散らす風情のないものとして詠まれるが、ここでは逆にあてにされるもの。▽露の重みに苦しむ小萩は、相手の来訪がなく苦しむ女の状況の象徴。『源氏物語』桐壺巻の「宮城野の露吹きむすぶ風の音に小萩がもとを思ひこそやれ」は、この歌をふまえながら、幼い光源氏を思いやる桐壺帝の歌。

695　ああ恋しい。今すぐにでも逢いたいものだ。山住みの人の垣根に咲いている大和なでしこのような、あの人に。○てしか　希望を表す。→一二六。○山がつ　山住みの人。多く、身分賤しい者という扱い。○大和なでしこ　→二四四。ここは女性の比喩。▽『源氏物語』の夕顔の歌「山がつの垣ほ荒るとも折々にあはれはかけよ撫子の露」（帚木巻）は、この歌をふまえながら、娘の玉鬘に対する頭中将の配慮を求めた歌。

696　津の国の難波――私は、何もあれこれと思うことはなく、ただ、山城の鳥羽――永久（とわ）に逢い続けることだけを願っているのです。○津の国　摂津。現在の大阪府西部と兵庫県東部。○なには　「難波」に「何は」を掛ける。○山城　今の京都府南部。○とば　「鳥羽」に「永久」を掛ける。「永久」の意味でも「とば」と濁っていたらしい。▽「津の国の難波」と「山城の鳥羽」という対で、リズムを作る。

700 かく恋ひむものとはわれも思ひにき心のうらぞまさしかりける

701 天の原踏みとどろかし鳴る神も思ふなかをばさくるものかは

702 梓弓ひき野のつづら末つひにわが思ふ人に言のしげけむ
この歌は、ある人、あめの帝の近江の采女《うねめ》に
たまひけるとなむ申す

703 夏引きの手引きの糸をくりかへし言しげくとも絶えむと思ふな
この歌は返しによみてたてまつりけるとなむ

704 里人の言は夏野のしげくともかれ行く君にあはざらめやは

697 しきしまの大和ではないあの唐の国の衣──頃も経ず、時をおかないうちに逢う手だてがあればなあ。○しきしまの 「やまと」に掛かる枕詞。底本「しきしまや」。他本多く「しきしまの」とあることより、改める。○唐衣 「韓衣」という字をあてることもある。○ころも 「衣」と同音の「頃も」。「頃」に修飾語がつかない例として、「頃を経てあひ見ぬ時は白玉の涙も春は色まさりけり」（後撰集・恋一・藤原時平）。○もがな 願望を表す終助詞。▽上句、「大和」ではない「唐」、という打消が「大和」と「唐」の距離を感じさせ、離れ離れの男女を連想させる。

698 「恋し」とは、いったい誰がこの状態につけた言葉なのであろう。「死ぬ」とそのものずばり言うべきであったのだ。○名づけ 現代語の「名づける」より範囲が広く、事物や状態に言葉を与えること。○ただに 直截に。▽深養父の歌には、恋死にを詠んだ歌が多い。→六〇三、六一三。

699 吉野川のほとりに咲いている藤波──並みに、普通にあなたのことを思うのであれば、こんなに恋しい気持になるであろうか。○大川 あまり例を見ない語。「度会の大川の辺の」（万葉・巻十二・三一二七）「み吉野の大川淀を」（万葉・巻七・一一〇三）など。○藤波 連なって風に揺れる藤の様子をいう語。「藤」は「淵」と掛詞になることがある。ここは掛詞ではないが、「川」「淵」「波」という連想を呼ぶか。吉野と藤の取り合わせは、めずらしい。▽「若鮎釣る松浦の川の川波の並みにし思はば我恋ひめやも」（万葉・巻五・八五八）をふまえる。初二句も含め、全体に万葉調である。

700 このように恋しく思うであろうということは、私も思っていた。心の中の占いこそ正しかったのだ。○うら 占い。▽前歌に答えるような趣。初二句、下の句など、万葉歌に類似する。「かく恋ひむものと知りせば夕べおきて朝は消ぬる露ならましを」（万葉・巻十二・三〇三八）、「大船の津守の占に告らむとはまさしに知りてわが二人寝し」（万葉・巻二・一〇九）。

701 大空を踏みとどろかせて鳴る雷であっても、思い合う二人の仲を引き離すことができようか。○天の原 →四〇六。○鳴る神 雷。空を歩き回る「神」、というイメージ。→四八二。

702 日置野の蔓草が先の方が生い茂っているように、先々、私が思っている人にうるさく噂が立つことだろう。○梓弓 「ひく」にかかる枕詞。○ひき野 現在の大阪府堺市東区あたりか。○つづら 蔓草の総称。○末 「つづら」の先と、先々の意を掛ける。○言 ここは、噂の意。○しげけむ 「しげけ」は、形容詞「繁し」の未然形。上代に用いられた形。○あめの帝 天皇の意味とも、天智天皇を指すともいわれるが、不明。→一一〇八。○近江の采女 →六六四。

703 夏に糸を手で幾度も引き出すように、噂がうるさくても、二人

藤原敏行朝臣の、業平朝臣の家なりける女をあひしりて、文つかはせりけることばに、「今まうで来《く》、雨の降りけるをなむ見わづらひはべる」といへりけるを聞きて、かの女に代はりてよめりける

在原業平朝臣

705 かずかずに思ひ思はず問ひがたみ身を知る雨は降りぞまされる

ある女の、業平朝臣を所定めずありきすと思ひて、よみてつかはしける

よみ人知らず

706 大幣《おほぬさ》の引く手あまたになりぬれば思へどえこそたのまざりけれ

返し

業平朝臣

707 大幣と名にこそ立てれ流れてもつひに寄る瀬はありてふものを

題知らず

よみ人知らず

708 須磨の海人《あま》の塩焼く煙風をいたみ思はぬ方にたなびきにけり

709 玉かづら這《は》ふ木あまたになりぬれば絶えぬ心のうれしげもなし

の仲を絶とうとは思わないで下さい。○夏引きの手引きの糸　夏に引き抜いた麻から手で引き出した糸。○くりかへし「幾度も糸を繰ること」に「反復して」の意を掛ける。○左注　前歌の「近江の采女」の「帝」に対する返歌。

704　里人の噂は生い茂る夏野の草のようにうるさくても、草が枯れるように離れてゆくあなたに逢わないことがありましょうか。○里人　里の人。都人(九三七)などに対する語。○言　噂。○しげく　夏草が繁茂する様子と、噂が多い状態の両義。○かれ行く　相手が自分から離れてゆく、の意であるが、「しげく」からのつながりで「枯れ」を連想させる。→六八六。▽参考「人言は夏野の草の繁くとも妹と吾としたづさはり寝ば」(万葉・巻十・一九八三)。以上三首、「言繁し」を詠む歌。

705　私のことを思ってくれているのかそうでないのか、あれこれ思い悩み、尋ねにくいので、わが身のことを知ることができる雨が降りつのっています。○見わづらひ　見て困っている。出かけようかどうしようか悩んでいるということ。○かずかずに　あれこれと。→八五七。○問ひがたみ「難し」の語幹「かた」に接尾語「み」が付き、理由を表す。○身を知る雨　わが身が相手からどれくらい思われているかを知ることができる雨。▽『伊勢物語』一〇七段に、六一七、六一八の後日談として載る。『伊勢物語』では、敏行が、「身さいはひあらば（わが身が幸運ならば）、この雨は降らじ」とも言って寄こすが、その方が「身を知る雨」との対応がよい。この歌を受け取った敏行は、ずぶ濡れになって女のもとにやって来た。

706　あなたは、大幣のように、たくさんの女の人に引き寄せられるようになってしまいましたので、私もあなたのことを思ってはいますが、とても信頼はできません。○所定めずありきす　あちらこちらの多くの女性のもとへ出かけてゆくこと。○大幣　祓えの行事の折に用いられた大串に下げた長い布。祓えが終わった後、人々が争ってそれを身体にあて、罪を拭う。大幣で浮気心を喩えた歌、→一〇四〇。○え　打消の表現と呼応して、「とても…できない」の意。

707　大幣だなどと噂にはなっていますが、大幣も流れていった果てにどこかの瀬にたどりつくといいます。私も最後の拠り所はあなたなのですが…。○流れて　大幣は、祓えが終わると川に流される。▽前歌とともに『伊勢物語』四七段にも載る。

708　須磨の漁師が塩を焼く煙が、風がはげしいために思わぬ方向にたなびいてしまった。あの人の心も意外な人になびいてしまった。○須磨　塩焼きで知られる。「須磨の海人の塩焼衣の藤衣間遠にしあればいまだ着なれず」(万葉・巻三・四一三)。→七五八。○風をいたみ「を…み」は、理由を表す。▽類歌「志賀の海人の塩焼く煙風をいたみ立ちはのぼらず山にたなびく」(万葉・巻七・一二四六)。

710 誰《た》が里に夜離《よが》れをしてかほととぎすただここにしも寝たる声する

711 いで人は言のみぞよき月草のうつし心は色ことにして

712 いつはりのなき世なりせばいかばかり人の言の葉うれしからまし

713 いつはりと思ふものから今さらにたがまことをかわれはたのまむ

714 秋風に山の木の葉の移ろへば人の心もいかがとぞ思ふ

素性法師

寛平御時后宮の歌合の歌

715 蟬の声聞けばかなしな夏衣薄くや人のならむと思へば

友則

題知らず

716 空蟬《うつせみ》の世の人言のしげければ忘れぬもののかれぬべらなり

よみ人知らず

709 玉葛が這いまつわる木が多くなるように、あなたも多くの女性のところに通うようになってしまったので、私との縁が絶えないといっても、あまりうれしくはありません。○玉かづら 「玉」は美称の接頭語。「かづら」は蔓草の総称。○二三句 葛のからまる木々の様子と、思いを寄せる相手が多くの女性に通う状態。○絶え 「葛」の縁語。

710 どちらの里に夜離れをして、ほととぎすは、ただここが寝床といった風情で鳴いているのであろうか。○ほととぎす ここは、訪れた男の比喩。○しも 強意を表す。ほかには行かずここでだけ、の意。▽表現だけを見れば、文字どおりほととぎすを詠んだ歌とも解しうる。しかし、ほととぎすは、夜に恋人のもとへ行く鳥として詠まれるので、ここも、ほととぎすに寄せて、来訪した男への皮肉や不信を詠んだ歌となる。

711 いやはや、あの人は言葉だけは立派だ。露草で染めた衣が色が移りやすいように、移り気な本心は、はっきりと現れていて。○いで ここは、軽く打ち消す気持。○月草の 「月草」は露草のこと。月草で染めた衣は色変わりしやすいので、「うつし心」などの枕詞となる。→二四七。○うつし心 「移し心」と「現し心」との掛詞。○ことに 殊に。はっきりしていること。「異に」ととれば、言葉とは裏腹にということ。

712 いつわりのない世であったならば、どれほど人の言葉がうれしいことだろう。○世 男女関係を中心とした世の中。○せば…まし 典型的な反実仮想の構文。▽この歌、仮名序に挙げる六つの「歌のさま」のうちの「ただごと歌」の例に出る。

713 いつわりとは思うものの、今さらほかに誰の真心をあてにできましょうか。○ものから 逆接の接続助詞。○まこと うそいつわりのない真実の愛情。▽前歌に続き「いつはり」を詠んだ歌。

714 秋風に山の木の葉が色変わりすると、あの人の心もどうだろうか、心変わりするのではないかと思う。○秋風 「飽き」を連想させる。掛詞というほど強く働いていない。○移ろへば 「色変わり」と解したが、「散る」とも解しうる。▽木の葉の移ろいという自然の摂理に、人の心も従うかもしれない、という恐れ。「飽き」の連想も効いている。女の立場の歌。

715 蟬の声を聞くと悲しい。蟬の羽ならぬ夏衣が薄いように、あの人の心も薄情になってゆくのだろうかと思うと。○夏衣 蟬の羽からの連想。「薄し」にかかる枕詞。○薄く 夏衣の薄さと情の薄さの両義。▽『寛平御時后宮歌合』では、夏歌。

716 世の中の人の噂がうるさいので、忘れはしないものの、足が遠ざかってしまいそうだ。○空蟬の 「世」にかかる枕詞。ここでは、文字どおり抜け殻の空蟬を連想させ、「むなしい」という意味合いを含む。○かれぬ 「離れぬ」から「枯れぬ」が連想され、「繁ければ」と縁語になる。→七〇四。この「ぬ」は完了で、

717 あかでこそ思はむ中は離れなめそをだにのちの忘れがたみに

718 忘れなむと思ふ心のつくからにありしよりけにまづぞ恋しき

719 忘れなむわれをうらむなほととぎす人の秋にはあはむともせず

720 たえずゆく飛鳥の川のよどみなば心あるとや人の思はむ

この歌、ある人のいはく、中臣東人が歌なり

721 淀川のよどむと人は見るらめど流れて深き心あるものを

722 底ひなき淵やはさわぐ山川の浅き瀬にこそあだ波は立て

素性法師

723 紅の初花染めの色深く思ひし心われ忘れめや

よみ人知らず

「忘れぬ」の「ぬ」は打消。

717　飽きないうちに、思いを寄せ合っている同士は、別れた方がよい。飽きることなく思い合ったまま別れたということだけでも、後々の思い出にするために。○あかで　飽きずに。○そをだに　せめてそれだけでも。「そ」は「それ」の意で、ここでは、飽きることなく思い合ったまま別れたということ。○忘れがたみ　後々忘れずに思い出すもの。

718　もうあの人のことは忘れてしまおう、と思ったとたんに、それまでにもまして一段と恋しい気持が何より先におきてくる。○と思ふ　「と」は、初句の字余りではなく、二句に入る。→二〇四。○つく　ある思いが急激に萌すこと。→五八九、六三八。○けに　「異に」。一層。▽あやにくな心の動きを「からに」「けに」「まづ」などで生彩に捉える。

719　あなたのことはもう忘れてしまおう。どうか恨まないでほしい。夏に盛んに鳴いているほととぎすも、人が人に飽きるという秋までは待たずに姿を消してしまうのだから。私も、あなたに飽きられる目にはあいたくない。○初句　形の上では二句にもつながると読めるが、切れていると見る。○人の秋　めずらしい表現。「秋」に「飽き」を掛ける。「人の『飽き』が起こる秋」というつながり。「ほととぎす」からは「秋」にだけ意味がつながる。「人の心の秋」（八〇四）「心の秋」（八二〇）。七一六から「忘る」でつながる。

720　途絶えることなく流れてゆく飛鳥川がよどむようなことがあったならば――そんなことは起こりえないが、それと同じように――もし私の通いがとどこおることがあったならば、何かわけがある、とあの人は思うだろうか。○上句　飛鳥川の流れが滞る、というのは、ありえないことの喩え。○心　ここは、ふだんとは違う「心」。たとえば、浮気心など。○左注　中臣東人は、奈良時代前期の人。『万葉集』に一首入る。

721　淀川の名のように「よどむ」――通いが滞っていると、あの人は思っているだろうけど、本当は「流れて」――いつまでも続く、深い思いがあるのだが。○初二句　同音の「よど」のくり返し。○流れて　水の流れとそこから連想されるいつまでも続く思いとの両義。○深き　「川」「流れ」と縁語。

722　底知れない深い淵では、水は静かに音も立てない。山川の浅瀬にこそすぐに消えるような波が立つのだ。私も、深い思いがあるからこそ、あれこれ思いを訴えない。思いの浅い者ほど騒がしいのだ。○底ひ　極まる所、果ての意味に「底」を掛ける。○山川　山の中を流れる川。→三〇三。○あだ波　すぐに消えるような波。あてにならない心の比喩。▽七二〇、七二一が、思いが滞っているという意味で「よどむ」を用いるのと対照的に、「淀」と近い意味の「淵」を、深い思いを表すものとして用いた。「川」でつながる三首。

723　初めてとれた紅花で染めた色が深いように、深くあなたを思い始めたあの頃の心を私はけっして忘

724
陸奥《みちのく》のしのぶもぢずり誰ゆゑに乱れむと思ふわれならなくに
河原左大臣

725
思ふよりいかにせよとか秋風になびく浅茅《あさぢ》の色ことになる
よみ人知らず

726
千々の色にうつろふらめど知らなくに心し秋のもみぢならねば

727
海人《あま》の住む里のしるべにあらなくにうらみむとのみ人の言ふらむ
小野小町

728
くもり日の影としなれるわれなれば目にこそ見えね身をば離れず
下野雄宗《をむね》

729
色もなき心を人に染めしよりうつろはむとは思ほえなくに
貫之

れはすまい。○紅　紅花。○初花染め　その年の最初に採れた花で染めた衣。『古今集』以前に用例はないが、深い色に染まると受けとめられていたのであろう。○色深く　紅花の染色と恋の思いとの両義。▽類想「紅の深染めの衣色深く染みにしかばか忘れかねつる」（万葉・巻十一・二六二四）。

724　陸奥の信夫郡ならぬ忍ぶ草で摺ったもじ摺りの乱れ模様のように、あなた以外の誰のために心乱れて恋い慕おうとする私ではないものを。○陸奥　現在の東北地方。○しのぶもぢずり　「しのぶ」は、陸奥国の「信夫」郡と忍草の「忍ぶ」を掛ける。「もぢ」は、動詞「もぢる」の語幹か。「乱れ」を導く表現。信夫郡の生産品とする見方もある。▽『伊勢物語』初段では、「しのぶずり」の狩衣を着た若者が「春日野の若紫のすりごろもしのぶの乱れ限り知られず」という歌を女に詠みかけ、その歌は本歌と同じ趣向である、と語られる。『百人一首』に入る（四句「乱れそめにし」）。

725　こんなにも恋い慕っている以上にどうせよというので、秋風になびく浅茅が色を変えるように、あの人は飽きて心変わりするのだろうか。○より　より以上に。○秋風　「秋」に「飽き」を響かせる。○五句　浅茅の様子と恋の相手の様子との両義。▽秋風によって色変わりした浅茅は、恋の相手の比喩。同時に、「飽き」である「秋風」というあてにならない相手になびいて、枯れてしまう自分の姿も連想される。

726　あの人の心はさまざまに移り変わっているのだろうが、私にはわからない。心というものは、秋の紅葉とちがって目に見えるものではないから。○なくに　ここは詠嘆。○し　強調の助詞。「うつろふ」という草葉に関わる語を使いつつ、紅葉であることを打ち消す。▽心を浅茅の色に喩えた前歌と対照的。

727　私は、漁師の住む里の道案内ではないのに、どうしてあの人は浦を見たい、恨みますとばかり言うのであろうか。○しるべ　道案内。↓一三。○なくに　ここは逆接。○うらみむ　「浦見む」と「恨みむ」との掛詞。○らむ　「なくに」の逆接と呼応して、「なぜ」の意を補う。▽同じ小町の六二三も「海人」と「浦」を読む。

728　曇りの日の影法師さながらになっている私なので、目には見えませんがあなたの身からは離れません。○し　強調の助詞。影そのものではないので、「さながら」と訳した。○なれる　「る」は存続の助動詞「り」の連体形。…している、の意。○身　思いを寄せる相手の身。▽恋の苦しみで「影」になるという歌、↓五二八、六一九。

729　色もないわが心をあの人の色によって染めてから、色あせようとは思ってもみなかったのに。○人に　あの人という色によって。○うつろはむ　相手の心変わりによって、相手と同じ色に染まっている自分も色あせる。二人の関係が変わってしまうこと。▽「人に染め」る、という

730
めづらしき人を見むとやしかもせぬわが下紐《したひも》の解けわたるらむ

よみ人知らず

731
陽炎《かげろふ》のそれかあらぬか春雨のふるひとなれば袖ぞぬれぬる

732
堀江こぐ棚なし小舟《をぶね》漕ぎかへり同じ人にや恋ひわたりなむ

伊勢

733
わたつみとあれにし床《とこ》をいまさらに払はば袖や泡と浮きなむ

貫之

734
いにしへになほ立ち帰る心かな恋しきことにもの忘れせで

人をしのびにあひ知りて、あひがたくありければ、その家のあたりをまかりありきける折に、雁の鳴くを聞きて、よみてつかはしける

大伴黒主

735
思ひ出でて恋しき時は初雁のなきてわたると人知るらめや

表現はめずらしい。心変わりを、色のうつろいにたとえる歌は多いが(七二六、七九七など)、同じ色に染まった二人の関係が、片方の心変わりによって色あせるという捉え方は、恋における信頼と悲嘆をよく表している。

730　長く逢うことのなかった人に逢えるということで、解こうというつもりはないのに、下紐が幾度も解けているのであろうか。○しかもせぬ　そのようにもしない。「しか」は、下紐を解くことをさす。○解けわたる「わたる」は…し続ける、の意。ここは、幾度も解けること。↓五〇七。▽下紐が解けるのは、思う人に逢える前兆。→五〇七。類想「めづらしき君を見むとそ左手の弓とる方の眉根かきつれ」(万葉・巻十一・二五七五)。眉を掻くのも、思い人に会える前兆。

731　陽炎のように、あの人なのかそうでないのか、はっきりとわからないくらい久しぶりに会って、春雨が降る日のように涙で袖が濡れてしまった。○陽炎　存在がはっきりしないものの喩え。「かげろふのあるかなきか」という句が多く見られる。○それ　その人。かつての恋人。○ふるひと　春雨の「降る」と「古人」を掛ける。「古人」は、「ふるひと見れば」とする本が多いこともあり、昔なじみの人ととるが、古くなった自分という説もある。▽歌の詠まれた状況がわかりにくい歌。前歌との関係で、何かの機会に昔の恋人と出会った折の歌と解しておく。

732　堀江を漕ぐ棚無し小舟が行き来するように、私もいつまでも同じ人を恋しく思い続けるのであろうか。○堀江　運河のことであるが、この時代には、難波のそれをさすのが普通。○棚無し小舟　舟べりに板のない小さな舟。「いづくにか舟泊(は)てすらむ安礼の崎漕ぎたみゆきし棚無し小舟」(万葉・巻一・五八・高市黒人)など、『万葉集』以来の歌語。○わたり　…し続ける、の意。

733　大海のように荒れて——あの人が来なくなって寂しくなってしまった床を、今になって塵を払ったならば、袖は涙の海に沫となって浮いてしまうだろうか。○わたつみ　海。○あれ　海が「荒れる」の意に、「荒涼とした状態になる」の意を掛ける。後者の原因となる、恋の相手が来ないこと、「離(あ)れ」も掛かる。○払はば　袖で塵を払う。共寝の仕度。○泡　床を海に見立てているので、袖の見立てとなる。海は、涙の海。▽床を涙の海と見る比喩、和泉式部も「瑠璃の地と人も見つべしわが床は涙の玉と敷きに敷ければ」(和泉式部集)と詠む。

734　昔のあの人との恋の日々にやはり立ち戻ってゆく心であることよ。あの人を恋しいという気持で、昔をいつまでも忘れることなく。○下句　ほかのことはともかく、恋しいという気持について言えば、昔を忘れてはいない、ということ。

735　あなたを思い出して恋しい時は、初雁が鳴いて渡ってゆくように、私も泣きながら家のそばまで出かけて行っていると、あの人は知ってい

右のおほいまうちぎみ、住まずなりにければ、かの昔おこせたりける文どもを、とりあつめて返すとて、よみておくりける

典侍藤原因香《よるか》朝臣

736 たのめこし言の葉今は返してむわが身ふるればおきどころなし

返し

近院右大臣《こんゐんのみぎのおほいまうちぎみ》

737 今はとて返す言の葉拾ひおきておのがものから形見とや見む

題知らず

因香朝臣

738 玉鉾《たまほこ》の道は常にもまどはなむ人をとふともわれかと思はむ

よみ人知らず

739 待てと言はば寝ても行かなむしひて行く駒の足折れ前の棚橋

ようか。○なきてわたる　初雁が「鳴いて渡る」と、私が「泣いて出かける」との両義。▽詞書では、ひそかに知り合った相手とまだ逢えない時期の歌と読めるが、配列の前後関係からは、過去を思い出した折の行動と思いを詠んだ歌であり、ずれがある。「あひがたくありければ」を「いつまでも逢えなかったので」の意にとるべきか。類想、六三三。

736　私をこれまで信頼させてきたあなたの手紙を、今はもうお返ししてしまいましょう。わが身も年老いてしまいましたので、自分だけでなく手紙も置き所がありません。○右のおほいまうちぎみ　返歌の作者、近院の右大臣源能有。○たのめこし　「たのむ」（下二段活用）は、あてにさせる、の意。○言の葉　言葉の意であるが、ここは手紙。○ふるれば　「古る」は、古くなるの意。↓七八二。○おきどころなし　年老いた自分が身の置き所もないという意味と、手紙の置き所がない、との両義。

737　「今はこれまで」といって、お返しになった手紙を拾い集めて、もともと私の書いたものではありますが、あなたを思い出すよすがといたしましょうか。○拾ひ　「言の葉」の「葉」の縁語。○ものから　逆接を表す接続助詞。これらの手紙は自分の書いたものなので、「形見」というのはおかしいけれど、という意味。

738　恋の通い路では、いつでも道に迷ってほしいものです。本当は他の人を訪ねるつもりであっても、私の所へ来てくれたと思えるように。○玉鉾の　「道」にかかる枕詞。一般に「たまぼこ」と訓まれるが、この時代は、まだ「たまほこ」であろう。○なむ　相手に対して望む意の終助詞。

739　帰るのは待って下さいと言ったならば、共寝をしてから出かけてほしいものです。どうしても行くというのなら、馬の足を折ってしまいなさい、家の前の棚橋よ。○寝て　共寝をして。歌が詠まれた状況が、やって来た男が共寝もせず、急いで帰ろうとしていることと考えられるので、「泊まって」ではあるまい。○なむ　相手に対して望む意の終助詞。○駒　馬。○棚橋　板だけを渡した簡素な橋。▽古今集歌にはめずらしい、あけすけで強い心情表現だが、ユーモラスな感もある。

中納言源昇朝臣の近江介《あふみのすけ》にはべりける時、よみて
やれりける　閑院

740 逢坂《あふさか》のゆふつけ鳥にあらばこそ君が行き来をなくなくも見め

題知らず　伊勢

741 ふるさとにあらぬものからわがために人の心のあれて見ゆらむ

寵《うつく》

742 山がつの垣ほにはへる青つづら人はくれども言伝《ことつ》てもなし

酒井人真《ひとざね》

743 大空は恋しき人の形見かはもの思ふごとにながめらるらむ

よみ人知らず

744 逢ふまでの形見もわれは何せむに見ても心のなぐさまなくに

740 私が逢坂の関の木綿（ゆふ）つけ鳥であったならば、あなたの行き来を鳴きながら見られるでしょうに、私はただ家にこもって泣くばかりです。○中納言源昇　源昇が中納言になったのは、延喜八年（九〇八）。『古今集』の成立時期に関わる事柄として、注意されている。○逢坂のゆふつけ鳥→五三六、六三四。○行き来　都との往復。○なくなく　ゆふつけ鳥が「鳴く鳴く」と自分が「泣く泣く」とを掛ける。▽近江介である源昇は、仕事で都と近江を往復しているはず。しかし、訪問がないので、ゆふつけ鳥になって、その往復の姿を見られれば、という思い。

741 あの人の心は、古い里ではないのに、どうして私にとって荒れ果てて離れたように見えるのだろうか。○ふるさと　人が以前住んでいた所。旧都をさすこともある。荒れ果てた場所、というイメージ。○ものから　逆接を表す接続助詞。○わがために　私にとって。○あれて　「荒れて」と「離れて」とを掛ける。同じ伊勢の七三三参照。○らむ　原因を推量する。ここは、「どうして」を補う。

742 山人の垣根を伝って延びている青つづらを、人は繰るけれども、あの人は来るどころか、言伝てさえもない。○山がつ　山や山里に住む人。○垣ほ　垣根。「山がつの垣ほ」→六九五。○青つづら　「つづら」は、蔓草。○くれども　「繰れども」から「来れども」を連想させる。通説は、掛詞として「人は来るけれども」の意味にとるが、詠み手にとって「人が来る」という状況は、五句「言伝てもなし」とは矛盾する。「繰れども」は「来れども」であるはずなのに、の意味にとる。

743 大空は、恋しい人の形見であろうか、いや、そうではないのに、どうしてもの思うたびにおのずと眺められてしまうのであろうか。○形見　人をしのぶよすがとなるもの。○かは　反語。○らむ　原因を推量する。ここは、上句の反語を受けて、「どうして」を補う。▽恋の思いが空に向かう歌、→四八四、四八八。

744 また逢うまでの形見といっても、それが私にとって何になろうか。見ても心が慰められるわけではないのに。○形見　前歌参照。ここは、恋の相手が渡した物であろう。○何せむに　もともとは「何をするために」の意。そこから、「何になろうか」「何の役にも立たない」の意となる。『万葉集』には多く見られるが、古今集時代には少なくなった表現。

親のまもりける人の娘に、いと忍びにあひて、ものら言ひけるあひだに、親の呼ぶと言ひければ、いそぎ帰るとて、裳《も》をなむ脱ぎ置きて入りにける、そののち裳を返すとてよめる

興風

745 逢ふまでの形見とてこそとどめけめ涙にうかぶもくづなりけり

題知らず

よみ人知らず

746 形見こそ今はあたなれこれなくは忘るる時もあらましものを

745　また逢うまでの形見ということで残しておいたのでしょうが、もう逢えそうもなく、私にとっては、涙の海に浮かぶ、裳ならぬ藻屑だったのでした。○ものら　「ら」は婉曲を表す接尾語。「ものら言ふ」で語り合う。→六一六。○裳　女性が腰から下にまとった衣装。○裳を返す　男は、裳を持ち帰っていたが、その後、逢える見込みがなくなったためであろう。○形見　→七四三。○もくづ　「裳」と「藻」を掛ける。▽状況は異なるが、衣服を残して立ち去る女性は、後の『源氏物語』の空蟬などを連想させる。

746　形見の品こそ、今はかえって仇敵のようなものだ。これさえなければ、あの人のことを忘れられる時もあるだろうに。○形見　→七四三。○あた　ここは「仇」の意味。「こそ」は、本来大切なはずの「形見」が、今は逆に「あた」であることを強調する。○まし　「なくは」の仮定を受ける反実仮想。▽七四三から四首「形見」の歌が並ぶ。「形見」を「あ

た」と受けとめるこの歌によって、恋の思い出とも縁を切ろうとする。

古今和歌集巻第十五

恋歌五

五条の后の宮の西の対に住みける人に、本意《ほい》にはあらで、もの言ひわたりけるを、睦月《むつき》の十日あまりになむ、ほかへかくれにける。あり所は聞きけれど、えものも言はで、またの年の春、梅の花ざかりに、月のおもしろかりける夜、去年《こぞ》を恋ひて、かの西の対に行きて、月のかたぶくまで、あばらなる板敷《いたじき》にふせりてよめる　　在原業平朝臣

747 月やあらぬ春や昔の春ならぬわが身一つはもとの身にして

題知らず　　藤原仲平朝臣

748 花薄われこそ下に思ひしか穂に出でて人に結ばれにけり

古今和歌集巻第十五

恋歌五

747　月はかつての月ではないのか、春は以前の春ではないのか。わが身一つはもとの身のままで。○五条の后　仁明天皇の皇后藤原順子。冬嗣の娘。○西の対に住みける人　一般に、のちに清和天皇の皇后となる藤原高子とする。○本意にはあらで　「本意」は、もともとの気持。恋仲になるつもりなどなかったのに。○もの言ひわたりける　恋心を訴えつづけた。○睦月　一月。○ほかへ…言はで　高子が、入内するなど、とても近づけない所へ行ってしまったために、もはや何も訴えることができずに。○あばらなる　人がいなくなり傷んでいる。○月やあらぬ　二句の「春や昔の春ならぬ」と対になるので、「月や昔の月にあらぬ」の約と見るべき。「や」は下の「春や」とともに疑問。▽自分以外のいっさいが変わってしまったように思われるという絶望と孤独。『伊勢物語』四段に、この詞書とほぼ同内容の物語とともに載る。

748　花薄であるあの人、私は、心ひそかに思いを寄せていたのに、あの人は、誰からもわかるように、ほかの人と結ばれてしまった。○花薄　穂の出た薄。相手の女の比喩。「穂」にかかる枕詞にもなるが、ここは、変則的に離れている。→六五三。○下に思ひ　心の中で思うこと。→六五二。○穂に出でて　薄が穂を出すと目立つように、はっきりと表立って。「下に思ひ」と対。▽「花薄」「穂」「結ぶ」が縁語。『伊勢集』では、兄の時平と伊勢が結ばれてしまった、という仲平の嘆き。

749 よそにのみ聞かましものを音羽川渡るとなしにみなれそめけむ

藤原兼輔朝臣

750 わがごとくわれを思はむ人もがなさてもやうきと世をこころみむ

凡河内躬恒

751 ひさかたの天つ空にも住まなくに人はよそにぞ思ふべらなる

元方

752 見てもまたまたも見まくのほしければなるるを人はいとふべらなり

よみ人知らず

753 雲もなくなぎたる朝のわれなれやいとはれてのみ世をば経《へ》ぬらむ

紀友則

749　あの人の噂を、自分とは関わりのない人だと聞いていればよかったのに、どうして音羽川を渡ったわけでもないのに、「みなれ」（水馴れ―見馴れ）はじめてしまったのであろう。○まし　事実に反することの仮想。○音羽川　所在は説が分かれる。噂の意味の「音」を連想させる。○みなれ　「水馴れ」と「見馴れ」の掛詞。○けむ　過去の原因・理由を推量する。ここは、「どうして」を補う。

750　私が心から思うように、私のことを思ってくれる人がいればいいな。それでもこの世はつらいものかと試してみよう。○もがな　…があれば（であれば）よい、という願望を表す終助詞。○さて　そのような状況で。○世　ここは、男女の仲と限定せず、世の中ととる。

751　はるか遠くの空の上に住んでいるわけでもないのに、あの人は私のことを遠く隔たった者と思っているようだ。○ひさかたの　「天」「日」「光」などにかかる枕詞。○天つ空　遠く離れた場所、の意。→四八四。身分が高い、という意味にとる必要はない。似た表現に「雲（居）のよそ」→三六七、七八四。○住まなくに　主語は、「私」。

752　一度逢うと、またさらに逢いたくなるので、親しく馴れるのを、あの人は嫌がっているようだ。○見ても　「見る」は、男女が直接逢うこと。○見まく　「見む」を名詞化した、いわゆるク語法。「見ること」。○ほしければ　「欲しければ」。欲するので。「まく」と結合して「まくほし」ともなる。→六二〇。○人　恋の相手。▽あまりに慣れ親しむことは、倦怠につながるという恋の心理。

753　雲もなく風も静まっている朝が私なのか、それで「いと晴れて」、いや「厭はれて」ばかりいて、この世を過ごしてしまうのであろうか。○なぎ　「凪ぎ」で、風のおさまった状態。○朝の　「の」は主格。○いとはれ　「いと晴れ」と「厭はれ」の掛詞。▽初二句の清澄な風景が、掛詞によって一転して暗鬱な調子になる、転換の妙。

754　花筐が目が詰まっているように、大勢すてきな人がそばにいるので、忘れられてしまったことでしょう、ものの数にも入らぬ私のような者は。○花がたみ　目の詰まった竹籠。○めならぶ　難解な語。ずらっと並べて比較する、という意か。○忘られぬ　「れ」は受身の意味の助動詞。「ぬ」は完了の助動詞。○数ならぬ身　ものの数にも入らない。歌の詠み手のこと。「あまた」の対。この「ぬ」は打消。

755　「浮き布」ばかりが育って流れている浦には、それを刈りに漁師がやって来ます、私も、つらい目にばかりあって泣いていますので、あの人は、仮初めにしかやって来ないのでしょう。○うきめ　「浮き布」と「憂き目」の掛詞。○流るる　「泣かるる」を掛ける。○かり　「刈り」と「仮」の掛詞。○あま　漁師と、恋の相手との両義。▽漁師が海藻を採る海岸風景に、関係が疎遠になった男女の姿を重ねる。小町の六二三とも

754 花がたみめならぶ人のあまたあれば忘られぬらむ数ならぬ身は　よみ人知らず

755 うきめのみ生《お》ひて流るる浦なればかりにのみこそあまは寄るらめ　伊勢

756 あひにあひてもの思ふころのわが袖に宿る月さへ濡るる顔なる　よみ人知らず

757 秋ならでおく白露は寝覚めするわが手枕のしづくなりけり

758 須磨の海人《あま》の塩焼き衣筬《をさ》をあらみ間遠にあれや君が来まさぬ

759 山城の淀の若菰《わかごも》かりにだに来ぬ人たのむわれぞはかなき

760 あひ見ねば恋こそまされ水無瀬川《みなせがは》何に深めて思ひそめけむ

似る。恋の意味では、上句と下句との因果関係は、通常の場合と逆。やや捨て鉢な気分の表れか。

756 ちょうどぴったり、もの思いをしている私の袖は涙に濡れているが、そこに映る月までもが涙に濡れた顔をしている。○あひにあひて　涙を流す自分と涙に濡れたように見える月とが、ぴったり気持を合わせている、ということ。○さへ　…までも、という添加の意を表す。そこから、自分の袖も涙に濡れていることがわかる。

757 秋でもないのに置いている白露は、恋の苦しみで寝覚めをする私の枕のしずくなのでした。○白露　五句で涙の見立てとわかる。○寝覚め　夜に目をさましてしまうこと。歌では、多く恋の苦しみによるものとして詠まれる。○手枕　腕を枕にすること。共寝の場合が多いが、ここは、一人寝。○しづく　涙の雫。▽初二句に、意外なものを示したのち、種明かしをする。→三〇三。

758 須磨の漁師の塩焼き衣は筬が粗いため間があいている、そのように私たちの間にもすき間があいているということであろうか、あの人がお出でにならないのは。○塩焼き衣　塩焼きの仕事をする時に着用する服。○筬をあらみ　「筬」は、機を織る時に横糸をつめる道具。「…を～み」は、理由を表す。○間遠　塩焼き衣の目が詰まっていないことと、相手との関係にすき間があることとの両義。○来まさぬ　「ます」は尊敬語。▽類歌「須磨の海人の塩焼き衣の藤衣間遠にしあればいまだ着なれず」(万葉・巻三・四一三)。

759 山城の淀の若菰を刈りに――仮りそめにさえ来ない人をあてにする私は、何とはかないものだ。○淀　京都南部の、宇治川、桂川、木津川が合流してできた水辺。→五八七。○若菰　まだあまり伸びていない真菰。○かり　「刈り」と「仮」の掛詞。→七五五。参考「三島江の入江の薦をかりにこそ我をば君は思ひたりけれ」(万葉・巻十一・二七六六)。▽前歌同様、地名と生活の風景が詠まれている。

760 逢わないでいると、恋しい気持がいよいよ募る。地中を水が流れる水無瀬川のように、どうして深い思いで思い始めてしまったのであろうか。○水無瀬川　地表には水が流れていないが、地中では水が流れている川。「下」「深し」などにつながる。→六〇七。ここは、深い思いの比喩。○深めて　水無瀬川が地中深く潜る、の意と、思いを深くして、の意。

761 鴫は明け方に幾度も幾度も羽ばたきをする。あなたが来ない夜は、私があなたの来ない夜の数を数える。○暁　夜明け方のまだ暗い時分。○羽がき　羽ばたきをすること。○百羽がき　羽ばたきの数が多いこと。○数かく　諸説あり、明解を得ないが、「羽がき」の「かき」に合わせて「かく」を用いたものと見て、数を数えるの意にとる。来なかった夜の数を幾度も数える、ということであろう。

761
暁の鴫《しぎ》の羽がき百羽《ももは》がき君が来ぬ夜はわれぞ数かく

762
玉かづら今は絶ゆとや吹く風の音にも人の聞こえざるらむ

763
わが袖にまだき時雨のふりぬるは君が心にあきや来ぬらむ

764
山の井の浅き心も思はぬに影ばかりのみ人の見ゆらむ

765
忘れ草種とらましを逢ふことのいとかくかたきものと知りせば

766
恋ふれども逢ふ夜のなきは忘れ草夢路にさへや生《お》ひしげるらむ

767
夢にだにあふことかたくなりゆくはわれや寝《い》を寝《ね》ぬ人や忘るる

768
兼芸法師
もろこしも夢に見しかば近かりき思はぬ中ぞはるけかりける

762 もう二人の間は絶えてしまったというので、逢うことはもちろん、吹く風のように噂にもあの人のことを耳にすることがないのだろうか。○玉かづら　「かづら」は蔓草の総称。「玉」は美称。→七〇九。ここは「絶ゆ」にかかる枕詞。○風　目に見えないものの例。→四七五。○音　「（風の）音」と「噂」の両義。「噂」の意味では、「音に聞く」の形が一般的。→四七三。

763 私の袖に早くも時雨が降りかかったのは、あなたの心に秋――飽きが来たのでしょうか。○まだき　まだその時期ではないのに。○時雨　秋から冬にかけて降る通り雨。ここは涙の見立て。○あき　「秋」と「飽き」の掛詞。

764 私は、山の井のように浅い心であの人のことを思っているのではないのに、どうしてあの人は、はかなく水に映る姿のように、ただ面影にしか姿が見えないのだろう。○山の井　山の中の清水。○思はぬに　他本多く「思はぬを」。○影　ここは面影。現実の姿とする説もあるが、このあたり、すでに男女が逢えなくなっている関係の歌が並ぶ。▽「安積山影さへ見ゆる山の井の浅き心をわが思はなくに」（万葉・巻十六・三八〇七）をふまえる。七六二から三首、「らむ」で結ぶ歌が並ぶ。相手と逢えない関係になった理由を推し量る。

765 相手を忘れるという忘れ草の種を採っておけばよかった。あの人と逢うのがこんなにもむずかしいものと知っていたならば。○忘れ草　萱草のこと。その名から「忘れる」を連想させる。古今集時代には、もっぱら「人を忘れる草」として詠まれる。→次歌、八〇一、八〇二。○種とらましを　「種を採る」は、種を採って播くのに備える、の意。種を播いて相手のことを忘れたいというのである。「まし」は、末尾の「せば」と呼応して、反実仮想。「せば…まし」の形が一般的で、ここは倒置。

766 これほど恋しく思っても、現実にも夢の中でも逢える夜がないのは、夢路にまで忘れ草が生い茂っているのであろうか。○忘れ草　→前歌。○夢路　夢の中の道。→六五七。○さへ　添加を表す。現実にはもちろん、夢路でも。○生ひしげる　忘れ草が生い茂っていて、そのために相手が自分を忘れて来られない、ということ。

767 夢にさえ逢うことがむずかしくなってゆくのは、私がつらい思いで眠れないためなのか、それともあの人が私を忘れてしまったためであろうか。○寝を寝ぬ　「寝を寝（ぬ）」で、眠るの意。○人　恋の相手。相手が自分を思うと夢に現れる、という当時の俗信による。

768 遠いといわれる唐土も、夢に見たのだから近かった。思いのかよわない仲こそ、遠くかけ離れたものなのであった。○見しかば　「しか」は助動詞「き」の已然形。下の「近かりき」とともに、ここでは、確かな経験を表す。▽ここまで三首、「夢」によるつながり。前二首との関係からは、この歌も、夢で唐土は見たが、あの人とは夢の中でも逢えな

769 一人のみながめふるやのつまなれば人をしのぶの草ぞおひける

貞登《さだののぼる》

770 わが宿は道もなきまで荒れにけりつれなき人を待つとせしまに

僧正遍昭

771 今来むと言ひて別れし朝《あした》より思ひくらしの音をのみぞなく

772 来《こ》めやとは思ふものからひぐらしの鳴く夕暮れは立ち待たれつつ

よみ人知らず

773 今しはとわびにしものをささがにの衣にかかりわれをたのむる

774 今は来じと思ふものから忘れつつ待たるることのまだもやまぬか

775 月夜には来ぬ人待たるかきくもり雨も降らなむわびつつも寝む

い、という意味になるか。

769　長雨の降るなか、たった一人古びた邸でもの思いにふけっている妻なので、あの人を偲ぶ忍ぶ草が軒端に生い茂っていることよ。○ながめ　もの思いの意の「眺め」と「長雨」の掛詞。○ふる　「降る」と「古(屋)」との掛詞。○つま　軒の意の「端」と「妻」の掛詞。○しのぶ　「偲ぶ」と「忍ぶ」の掛詞。▽掛詞を多用した複雑な歌。作者は男性であるが、女性の立場の歌。一一三の小町の歌とも措辞が似る。

770　私の家は、道も見えなくなるほど荒れはててしまった。つれないあの人を待つなどということをしている間に。○二三句　草が生い茂っている様子。▽類似の状況は、二八七、三二二。五句は、一一三の小町の「ながめせしまに」と似る。これも、女の立場の歌。

771　すぐに来ますよと、あの人が告げて別れた朝から、私は毎日あの人を思いながら、日を暮らし、蜩のように声をあげて泣いてばかりいる。○今来む　相手のことば。↓六九一。○思ひくらし　「日暮らし」と「蜩」の掛詞。「朝より」から「日暮らし」へのつながりで、一日中もの思いをしている長い時間が表される。○のみ　強意の副助詞。長い月日の経過を思わせる。▽素性の六九一と類想。「今来むと言ひ」まで等しい。遍昭と素性は親子であり、二首は直接の関係があるかもしれない。『拾遺集』物名部にも収める。これも、女の立場の歌。

772　来てはくれないだろうとは思うものの、蜩が鳴く夕暮れになると、つい立ち上がってあの人を待ってしまう。○来めや　「め」は助動詞「む」の已然形。「や」は反語。○立ち　じっと座っていられずに、立ち上がること。外へ出るとは限らない。○待たれ　「れ」は、助動詞「る」の連用形。自発の意で、おのずと…する。○つつ　反復を表す。

773　もういよいよあの人との関係も終わりだと、つらい思いでいたけれど、蜘蛛が着物にとまって、私に期待を抱かせる。○今しはと　「今は」は、「もうこれでお別れ（最後）」の意。↓一八二、七三七。「し」は、強意を表す助詞。○ささがに　蜘蛛。蜘蛛を見ると、思う人が尋ねてくると信じられていた。↓一一〇。○衣にかかり　具体的な様子は不明。着ている衣か掛けてある衣などであろう。○たのむ　この「頼む」は、あてにさせる、の意。▽七七一から虫のつながり。

774　もう今となっては来ないだろうと思うものの、つい忘れてしまって、あの人の訪れを待ってしまう、そのくり返しがいまだにやまないことよ。○ものから　逆接を表す。○つつ　反復を表す。○るる　助動詞「る」の連体形。ここは、自発。

775　月夜には、やって来ないあの人のことが待たれる。いっそ空がすっかり曇って雨でも降ってはくれないものか。そうすれば、来ないことがつらくてもあきらめて寝るのだが。○月夜　↓六九二。○待たるる　「る」は自発を表す助動詞。○なむ

776 植ゑていにし秋田刈るまで見え来ねばけさ初雁の音にぞなきぬる

777 来ぬ人を待つ夕暮れの秋風はいかに吹けばかわびしかるらむ

778 久しくもなりにけるかな住の江のまつはくるしきものにぞありける

779 住の江のまつほど久になりぬれば葦鶴《あしたづ》の音になかぬ日はなし

兼覧王《かねみのおほきみ》

仲平朝臣、あひ知りてはべりけるを、離《か》れがたになりにければ、父が大和守《やまとのかみ》にはべりけるもとへまかるとて、よみてつかはしける

780 三輪の山いかに待ち見む年経《ふ》ともたづぬる人もあらじと思へば

伊勢

題知らず

781 吹きまよふ野風を寒み秋萩のうつりもゆくか人の心の

雲林院親王《うりんゐんのみこ》

他に対して望む意を表す。○五句 雨の夜であればまず相手は来ない。来ないことはつらいが、むなしく待つこともない、という複雑な気持。

776　早苗を植えて行ってしまってから、秋の田を刈る頃まであの人は来なかったので、今朝初雁の鳴き声を聞いたが、同じように私も泣いてしまった。○いにし「いに」は動詞「往ぬ」の連用形。立ち去る、の意。「し」は助動詞「き」の連体形。主語は、相手の男。○初雁　その秋初めて飛来した雁。ここは、二句の「刈る」との関係で、「初刈り」という連想も導くか。▽類想「住吉の岸を田に墾（は）り蒔きし稲かくて刈るまであはぬ君かも」（万葉・巻十・二二四四）。

777　訪れてこない人を待っている夕暮れの風は、どのように吹くからといって、こんなにもつらいのであろうか。○いかに吹けばか「か」は疑問で、末尾の「らむ」と呼応。▽秋風がつらい気持を起こさせる理由を推量する。秋の風じたい寂しさを呼び起こすものであるが、「秋風」はやはり「飽き」の風だから、という答えも予想される。七七二から相手の来訪を諦める歌。七七四からは、「来じ」「来ぬ」と打消の語をともなう。以下、七八〇まで「待つ」を詠み込む。

778　あの人と逢わなくなってからずいぶん経ってしまった。住の江の松は古くからあるが、なるほど「待つ」ということは、まことに長く苦しいものであった。○住の江　大阪市住吉区住吉のあたり。○まつ「松」と「待つ」の掛詞。住の江の松は著名。松は、常緑であることによって長い時間を連想させる景物。

779　住の江の松のように、あの人を待つことが久しくなってしまったので、鶴が声をあげて鳴くように、私も声をあげて泣かない日はない。○住の江　前歌参照。○まつ「松」と「待つ」の掛詞。○葦鶴　もとも と葦の生えた水辺にいる鶴の意味だったが、古今集時代には、鶴の歌語。鶴も長寿の鳥として、しばしば松とともに詠まれた。→三五六。○なかぬ「鳴かぬ」と「泣かぬ」の両義。

780　三輪山は人を待つという山ですが、どのように待って逢うことができるでしょうか。何年経っても訪ねてくる人はいないだろうと思いますので。○仲平朝臣　藤原仲平。時平の弟。○父　伊勢の父、藤原継蔭。大和守在任は、寛平三年（八九一）から。○三輪の山　三輪山。今の奈良県桜井市にある。山全体が三輪明神の神体。ここでは、九八二をふまえ、恋しい思いで訪ねてくる人を待つ所として詠む。○いかに待ち見む「いかに」は疑問を表すが、ここは、来ない人は待ちようがないという意味で、ほとんど反語に近い。

781　吹き乱れる野風が寒いので、秋萩が色移ろってゆく。そのように人の心も移ろうのか。○雲林院 →二三〇。○野風　→二三〇。○二句「を…み」は理由を表す。○四句「秋萩」と「人の心」双方が。○心の この「の」は四句に対する主格。▽女の立場の歌か。

782 今はとてわが身時雨にふりぬれば言の葉さへにうつろひにけり

小野小町

返し

783 人を思ふ心木の葉にあらばこそ風のまにまに散りも乱れめ

小野貞樹

業平朝臣、紀有常が娘に住みけるを、うらむることありて、しばしの間、昼は来て夕さりは帰りのみしければ、よみてつかはしける

784 天雲のよそにも人のなりゆくかさすがに目には見ゆるものから

業平朝臣

返し

785 行きかへりそらにのみしてふることはわがゐる山の風早みなり

業平朝臣

題知らず

786 唐衣なれば身にこそまつはれめかけてのみやは恋ひむと思ひし

景式王《かげのりのおほきみ》

782 もうお別れということで、わが身はあなたにとって古びたものになってしまったので、時雨が降って木の葉が色移ろうように、あなたの言の葉も、色あせてしまった。○今は　もうこれでお別れ。慣用的な言い方。○ふり「降り」と「古り」の掛詞。○言の葉　言葉。「時雨」の縁で「葉」を連想させる。○さへに「さへ」と同じ。…もまた、の意。ここは、時雨に降られた葉だけでなく言の葉も。○うつろひ　言葉に思いがこもらないことを葉が色あせることによそえる。▽掛詞によって、時雨が降ったので葉が色あせるという風景に、相手にとって古びてしまった自分なので相手の言葉が色あせる、という現実が、緊密に重ねられる。七三六と表現が似る。

783 あなたを思う心がもしも木の葉であったならば、風に吹かれるままに散り散りになってしまっていたことでしょう。もちろん、そうではないので、散り乱れることなく、あなたを思い続けています。○心　底本「心の」。他本により改める。○こそ「あらば」の仮定を強める。○まにまに　…にしたがって。▽贈歌の切実な訴えを軽くいなした趣。

784 空の雲が遠く離れてゆくように、あなたも私から離れてゆくのですね。それでも、お姿を目にはしていますけれど。○住み　男が女のもとに通うこと。○うらむ　業平が紀有常の娘を。○夕さり　夕方。夕方に訪問して翌朝帰るのが普通。○なりゆくか「か」は詠嘆。○ものから　逆接を表す。▽作者名が記されていないが、詞書の内容と次の歌が業平であることから、「紀有常が娘」とわかる。『古今集』では、作者名を記さないのは、天皇や中宮に限られ（四、一二一、三四七等）、ここは例外的。→三六八。業平に関わる詞書は、人物関係をやや詳しく書くことが多く、ここもそのため。次歌とともに、『伊勢物語』一九段に載るが、同じ所で宮仕えをする男女の歌であり、状況が異なる。

785 行ったり来たり落ち着かないまま過ごしているのは、雲である私が留まるはずの山の風が激しいからですよ。○そら「空」と「うわの空」の両義。○山の風　女の気持の比喩。

786 唐衣は着なれれば身によくなじむ、そのようにあの人と親しくすることができずに、衣を着ずに衣桁にかけたまま――ただ心にかけて恋い慕うようになるなどと思ったであろうか。○なれ　着物が馴れると相手と親しくなるの両義。○かけて　衣を「掛ける」と心に「かける」との掛詞。○やは　反語。

787 秋風は身をわけてしも吹かなくに人の心のそらになるらむ

友則

788 つれもなくなりゆく人の言の葉ぞ秋よりさきの紅葉なりける

源宗于《むねゆき》朝臣

心地そこなひけるころ、あひしりてはべりける人のとはで、心地おこたりてのち、とぶらへりければ、よみてつかはしける

兵衛

789 死《し》出《で》の山ふもとを見てぞ帰りにしつらき人よりまづ越えじとて

あひしれりける人の、やうやく離《か》れがたになりける間に、焼けたる茅《ち》の葉に、文をさしてつかはせりける

小町が姉

790 時過ぎてかれゆく小野の浅茅《あさぢ》には今は思ひぞたえず燃えける

787 秋風は、身を二つに分けて吹くわけではないのに、どうしてあの人の心は上の空になって、私から離れるのであろうか。○秋風「あき」は、「秋」と「飽き」の掛詞。○身　相手の身。○わけて　身体を分けて、の意。○しも　強意を表す助詞。○そら「空」と「上の空」を掛ける。▽やや難解な歌。「飽き」を意味する「秋風」が相手の身体の中を吹いているわけではないのに、なぜ、相手の「心」は風が吹く「空」＝「上の空」なのか、という歌。

788 私につれなくなってゆくあの人の言葉こそが、秋より先に色変わりする紅葉なのであった。○言の葉　言葉。「葉」を連想させる。○紅葉　ここは、心変わりの比喩。

789 死出の山の麓を見ただけで帰ってきました。つれないあの人より先には越えるまい、と思って。○とはで　訪ねて来ないで。○おこたりて　良くなって。○死出の山　死の世界へ行く時に越える山。三途の川と同様。○つらき人　具合の悪い時に見舞いにも来てくれないような薄情な人。▽薄情な相手に対して、意地でも先に死にはしないという思いを、ユーモラスな調子で詠む。

790 時節が過ぎて枯れてゆく小野の浅茅には、今は野焼きの火が燃えている。私も愛された時が過ぎてあの人が離れてゆく今、思いの火だけはいつまでも燃えているのです。○やうやく　だんだん。○時　盛りの時期。○茅　ちがや。○かれ「枯れ」と「離れ」の掛詞。○小野　あまり広くない野。ここは、特定の地名ではなく、一般名詞。作者が「小町が姉」なので、「小野」氏を掛ける。○思ひ「火」を掛ける。

もの思ひけるころ、ものへまかりける道に、野火の燃えけるを見てよめる　伊勢

791 冬枯れの野辺とわが身を思ひせば燃えても春を待たましものを

題知らず　友則

792 水の泡の消えでうき身といひながら流れてなほもたのまるるかな

よみ人知らず

793 水無瀬川《みなせがは》ありて行く水なくはこそつひにわが身を絶えぬと思はめ

躬恒

794 吉野川よしや人こそつらからめはやく言ひてし言《こと》は忘れじ

よみ人知らず

795 世の中の人の心は花染めのうつろひやすき色にぞありける

796 心こそうたてにくけれ染めざらばうつろふことも惜しからましや

791　あの人が離れていってしまったわが身を、冬枯れの野辺であると思うことができるならば、冬の野が野焼きによって春を待つように、私もあの人への思いにわが身を燃やして春を待とうものを。○ものへまかりける道　ある所へ出かけた道中。○野火　野焼きの火。○冬枯れ　「離（か）れ」を掛ける。○春　思いを寄せる人と再び逢える折の比喩。▽野焼きは、枯れ草を焼き払って春の草を芽吹きやすくするために行う。冬枯れの野辺に見立てたわが身を、恋の火で焼き尽くすことで、新たに生まれ変わった日々を生きたいという思い。

792　はかないものである水の泡が消えずに浮かんでいる、そのようにはかなくつらいわが身とはいうものの、泡が流れるように頼りなく生き続けて、やはりあの人の気持ちをあてにすることよ。○水の泡　はかないものの例。○うき　「浮き」と「憂き」を掛ける。○流れて　泡が流れて、の意に、詠み手が生き続けて、の意を重ねる。○たのまるる　「るる」は自発の助動詞「る」。▽同じ友則の八二七と似る。

793　水無瀬川の地中を流れてゆく水、それが本当になくなったならば流れが絶えてしまう、そのように、私も一縷の望みがなくなったならば、この身も終わりだと思うであろうが。○水無瀬川　普通名詞。地表には水がなく、伏流のある川。→六〇七。○ありて行く水　「水無瀬川」は、水が無いという名前であるが、実際には地下を流れてゆく水がある。○こそ　「なくは」を強調。

794　たとえあの人がつれなくても、まあ仕方がないけれど、ずっと前にあの人が言ってくれたことばは忘れはしない。○吉野川　ここは、同音の「よしや」を導く枕詞。→八二八。○よしや　まあよい。かまわない。○人　恋の相手。○はやく　ずっと以前に。吉野川の縁で「速く」が連想されるとすれば、恋の日々があっという間に過ぎ去った、という感慨もあるか。→四七一。○言ひてし　主語は、相手。

795　世の中の人の心というものは、花染めの色のように色あせやすいものであったことよ。○人　ここは、男であろう。「人」一般をさすと見ることも可能であるが、恋歌であり、恋五が女の嘆きを詠む歌が多いことから見て、男と見る。○花染め　花を用いて衣を染めること。→七二三。○ける　初めて気づいた、という意味合い。

796　心というものこそ困ったもので、憎らしい。恋の思いに染めなければ、心変わりを残念に思うこともないだろうに。○心　ここは自分の心。○うたて　いやだ、気にくわない。○染めざらば　自分の心を恋の思いで染めなければ。相手も同じ色に染まっている。○うつろふ　相手の心変わり。それによって恋の思いに染まった自分の心も色あせる。▽「…ば…まし」の、いわゆる反実仮想。

797 色見えでうつろふものは世の中の人の心の花にぞありける

小野小町

798 われのみや世をうぐひすとなきわびむ人の心の花と散りなば

よみ人知らず

799 思ふとも離《か》れなむ人をいかがせむあかず散りぬる花とこそ見め

素性法師

800 今はとて君が離れなばわが宿の花をばー人見てやしのばむ

よみ人知らず

801 忘れ草枯れもやするとつれもなき人の心に霜は置かなむ

宗于朝臣

797 色に現れずにあせてしまうものは、世の中の人の心という花なのであった。○ける　初めて気がついた、という意味合い。▽初二句、矛盾した表現ながら、人の心の本質をつく。「人の心」を「花」に見立て、「人の心の花」と言い切ったところが、秀逸。

798 私だけが、鶯となって、この世を「憂く」つらいと思って、いつまでも涙が乾かないと泣きながら嘆くのだろうか。あの人の心が変わり、花となって散ったならば。○のみ　鶯は鳴かずに、という意味を含む。○うぐひすと　「鶯」と「憂く・干ず」を掛ける。「と」は、「鶯となって」、「つらく、涙が乾かないという思いで」。→四二二。○心の　「の」は主格。○花と　花となって。▽この歌では、散る花は、人の心である。したがって、同じ花が散るのでも鶯は鳴かず、「われ」だけが泣く。

799 いくら思いを寄せても離れていってしまう人をどうしようか。十分満足するまで見ないうちに散ってしまった花だと見よう。○離れ　掛詞とはいえないが、「花」との縁で「枯れ」を連想させる。○あかず　満ち足りることなく。自分は、「飽かず」であるが、相手は自分に飽きたという意味をほのめかす。▽女の立場の歌。

800 もうこれでお別れということであなたが離れていってしまうならば、わが家の庭の花を一人でながめながらあなたを偲ぶことにしようか。○今は　これで最後、という意味の慣用句。→七三七、七八二。○離れ　掛詞とはいえないが、前歌同様、「花」との縁で「枯れ」を連想させる。○花をば　「ば」は強調。「枯れ」の連想を受ける。

801 もしかしたら私のことを忘れる忘れ草が枯れるのではないかと期待して、つれないあの人の心に霜が置いてほしいものだ。○忘れ草　人を忘れることに掛けて用いる。→七六五、七六六。ここは、忘れ草が相手の心に生えているために、自分が忘れられるという想像。○二句「もや」で軽い疑問。○なむ　他に対して望む意の終助詞。▽前二首で連想された「枯る」が詠み込まれる。

寛平御時、御屏風に歌書かせたまひける時、よみ
て書きける
素性法師

802 忘れ草何をか種と思ひしはつれなき人の心なりけり

題知らず

803 秋の田のいねてふ言《こと》もかけなくに何をうしとか人のかるらむ

紀貫之

804 初雁のなきこそわたれ世の中の人の心の秋しうければ

よみ人知らず

805 あはれともうしとももの思ふ時などか涙のいとなかるらむ

806 身をうしと思ふに消えぬものなればかくても経ぬる世にこそありけれ

典侍《ないしのすけ》　藤原直子朝臣

807 海人《あま》の刈る藻にすむ虫のわれからと音をこそなかめ世をばうらみじ

802　忘れ草は何を種として生えるのかと思っていたが、それはつれないあの人の心だったのだ。○寛平御時　宇多天皇の時代。○書かせ　歌を詠み、屏風の賛として書きつけさせる。○書きける　素性自身が書いたのであろう。○忘れ草　↓前歌。「種」とともに詠む例、↓七六五。▽前歌が、相手の心に生えた忘れ草を霜が枯らしてほしいとするのに対して、相手の心そのものが忘れ草の種だと詠む。

803　秋の田の稲は稲架けに架ける、飽きて「往ね」——去ってしまいなさいなどと言葉を掛けたわけでもないのに、何がいやだというのであの人は遠ざかってしまったのだろうか。○秋　「飽き」を掛ける。○いね　「稲」と「往ね」とを掛ける。○かけ　稲を「架く」と言葉を「掛く」の掛詞。○かる　「離る」と「刈る」の掛詞。▽秋の田の情景から、掛詞の緊密なつながりによって、相手の心変わりを詠む。この歌の作者、底本を含む定家本以外のほとんどの本で「兼芸法師」とする。

804　秋になると初雁が鳴いて空を渡ってゆくが、私も泣きながらずっと過ごしている。世の中の人の心の秋——飽きがつらいので。○初雁の　枕詞のように「鳴き」を導く働きをしつつ、具体的な秋の情景をも連想させる。○なきこそわたれ　「鳴き」と「泣き」の掛詞。雁が鳴いて飛んでゆく、の意と、私が泣き続けている、の両意。○人　世間一般の人も含みながら、その中心は恋の相手。「世の中の人の心」という表現、↓七九五、七九七。○秋　「飽き」を掛ける。

805　しみじみ恋しいとも思ったり、また、つらいとも思ったりする時、どうして涙がとめどなく流れるのであろうか。○いとなかる　「暇(いと)なし」の連体形「いとなかる」と「流る」との掛詞。「いと」が「流る」を修飾するという説はとらない。▽「あはれ」と「うし」という相反する感情に揺れながら、涙だけは変わらずに流れ続けるのはなぜか、という思い。

806　恋しい人に忘れられて、わが身をとてもつらいと思っても、命は消え失せるものではないから、死ぬこともかなわずこうして生きながらえてしまった世の中ということであった。○消え　主語は「身」。「露」や「泡」などに喩えずに、直接「消え」と詠むのはめずらしい。▽八〇三から「うし」を詠み込む。

807　漁師の刈る藻に住みつく虫のわれから——私も、この恋のつらさを我とわが身が招いたことと思って、声に出して泣きはしましょうが、あの人との仲を恨みはしますまい。○刈る　歌全体からは、「離(か)る」の連想もある。○われから　海藻などに棲みつく小さな節足動物。「我から」を掛ける。▽『伊勢物語』六五段に、帝が寵愛していたある女が別の男と関わりを持ち、仲を引き裂かれた時に女が詠んだ歌として出る。この歌を用いて創作された段。

808 あひ見ぬもうきもわが身の唐衣思ひ知らずもとくる紐《ひも》かな

因幡《いなば》

寛平御時后宮の歌合の歌

809 つれなきを今は恋ひじと思へども心弱くも落つる涙か

菅野忠臣《ただおん》

題知らず

810 人知れず絶えなましかばわびつつもなき名ぞとだにいはましものを

伊勢

811 それをだに思ふこととてわが宿を見きとないひそ人の聞かくに

よみ人知らず

812 逢ふことのもはら絶えぬる時にこそ人の恋しきことも知りけれ

813 わびはつる時さへものの悲しきはいづこをしのぶ涙なるらむ

808　あの人と逢うこともできないのも、逢えずにつらい気持でいるのも、すべてわが身から招いたことだが、そんな私の思いも知らずに解けてくる下紐であるよ。○唐衣　原因や理由を表す助詞「から」（…のせいで）を掛ける。○五句　下紐が解けるのは、思う相手に逢える前兆という俗信があった。→五〇七、七三〇。ただし、ここではそうした俗信を信じていない。

809　つれない人をもう今は恋い慕うまいと思うけれども、心弱くも落ちる涙であるよ。○涙か　「か」は詠嘆。

810　誰にも知られずに二人の仲が絶えてしまったならば、嘆き悲しみながらも、せめて根も葉もない噂だったと世間の人には言おうものを。○ましかば　下の「まし」と呼応して、いわゆる反実仮想。○名　噂。「なき名」、→六二八から六三一。○だに　別れた悲しみはやむをえないとしても、せめて。▽現実の恋の相手との別れが世間に知られている状況。

811　せめてそれだけでも私への気遣いとして、わが家を見たとは言わないで下さい。人が聞くと困りますから。○それ　三四句の、わが家を見たと言わないこと、をさす。○だに　前歌と同様、別れたことはやむをえないとしても、せめて、の意。○思ふこと　ここは、相手の自分に対する配慮の気持。○四句　類句「見つともいふな」（六四九）。○聞かく「く」は動詞などに付いて体言化する。いわゆるク語法。○に　理由を表す。…ので。訳はやや意訳。

812　逢うことがまったく絶えてしまったその時になってはじめて、ほんとうにあの人が恋しいということがわかるのだった。○もはら　まったく、すっかりの意。和歌にはほとんど用いられない語。

813　すっかり嘆き尽くした時に至っても、まだ何か悲しいのは、あの人以外のどこの誰を偲ぶ涙なのであろうか。○はつる　「果つ」で、すっかり…する。○さへ　添加を表す。…も。

814 うらみても泣きてもいはむ方ぞなき鏡に見ゆる影ならずして

藤原興風

815 夕されば人なき床《とこ》をうちはらひ嘆かむためとなれるわが身か

よみ人知らず

816 わたつみのわが身越す波立ち返り海人《あま》の住むてふうらみつるかな

817 あらを田をあらすきかへしかへしても人の心を見てこそやまめ

818 荒磯《ありそ》海《うみ》の浜の真砂《まさご》とたのめしは忘るることの数にぞありける

819 葦辺より雲居《くもゐ》をさして行く雁のいや遠ざかるわが身かなしも

820 しぐれつつもみづるよりも言の葉の心の秋にあふぞわびしき

821 秋風の吹きと吹きぬる武蔵野はなべて草葉の色変りけり

814 恨んでも泣いても、その思いを伝える相手はいない。鏡に映る自分の姿以外には。▽もはや相手に向かって嘆きを訴える段階ではなく、孤独と絶望のうちに自らを見つめるのみである。

815 夕方になると、人の訪れてこない床の塵を払って、まるで嘆くことを目的とするようになっているわが身であるよ。○うちはらひ　塵を払って寝床の準備をすること。↓七三三。○なれる　動詞「なる」に助動詞「り」がついた形。「り」は、…している、の意。○わが身か　「か」は詠嘆。▽床の塵を払っても思う相手は来ないことがわかっている、という嘆き。

816 大海のわが身の丈を超すような大波が寄せては返し、漁師が住むという海辺を見る、私もくり返し涙に濡れながら「浦見」ならぬ「恨み」の思いを抱いている。○わたつみ　海。○二句　わが身を越す波とは、波に濡れること、すなわち涙に濡れること。やや大仰な表現でめずらしい。○立ち返り　波の動きと「繰り返し」の意味との両義。○うらみ　「浦見」と「恨み」の掛詞。▽恋の嘆きと海岸風景、↓七二七。表現も似る。

817 新しく開いた田を荒々と鋤き返すように、くり返しくり返しあの人の気持をたしかめてから諦めることにしよう。○あらを田　新しく開墾した田。「あら」の反復で二句に続く。○二句　粗く少しずつ鋤く様子。「かへし」の反復で三句に続く。○上句　農耕の労苦の情景。▽当時の貴族たちは農耕とは直接関わりを持たないが、主に屏風絵などを通して農耕の様子を知った。

818 荒磯の海の浜の真砂の数を引き合いに、尽きることのない思いだとあてにさせたのは、忘れることの数の多さだったのですね。○荒磯海の浜の真砂　数が多くて数え切れないことの喩え。仮名序に「たとへ歌」の例歌として「わが恋はよむとも尽きじ荒磯海の浜の真砂はよみつくすとも」という歌を挙げる。○たのめ　この「頼む」は、あてにさせる、の意。

819 葦辺から空に向かって飛んでゆく雁のように、いよいよあの人が遠ざかってゆく、このわが身が悲しいことよ。○葦辺　葦の生えている水辺。○雲居　空。○さして　目指して。向かって。

820 秋が深まり、時雨が降っては木々の木の葉が深く色づく、それよりもあの人の言の葉が、飽きて心変わりをする心の秋と出会って色移ろい、すっかり変わってしまうことがつらくてならない。○つつ　反復を表す。時雨が降って紅葉する、その繰り返し。○もみづる　動詞「もみづ」の連体形。○言の葉　ことばを葉のイメージで捉えた語。↓七八八。○心の秋　↓八〇四。

821 秋風が吹きに吹いた武蔵野では、草葉の色がみな色変わりしているのであった。あの人も、私に飽き、すっかり変わってしまった。○秋風　「飽き」を掛ける。○と　同じ動詞をつなぎ強調する。「ありとある人」

822 秋風にあふたのみこそかなしけれわが身むなしくなりぬと思へば

小町

823 秋風の吹きうらがへす葛《くず》の葉のうらみてもなほうらめしきかな

平貞文

824 秋といへばよそにぞ聞きしあだ人のわれを古せる名にこそありけれ

よみ人知らず

825 忘らるる身を宇治橋の中絶えて人もかよはぬ年ぞ経《へ》にける
または、こなたかなたに人もかよはず

826 あふことを長柄《ながら》の橋のながらへて恋ひわたる間に年ぞ経にける

坂上是則

（竹取物語）。○武蔵野　↓八六七。○なべて　一様に。▽武蔵野は、八六七から、一本の紫草のために野の草すべてにひかれる、というイメージを持つ土地なので、ここも、心変わりによって相手のすべてが変わったことへ連想がつながる。

822　強い秋風に吹かれる田の実はかなしいことだ。実がならないと思うから。私も、頼みにしてきたあの人に飽きられて悲しい。恋が実らず、わが身がむなしくなってしまうと思うから。○秋風　ここでは激しく吹く秋風。「飽き」を掛ける。○たのみ　「田の実」と「頼み」の掛詞。○むなしく　「田の実」がならないことと「わが身」の虚しさ。▽掛詞を巧みに用いて自然の風景を自己のありようそのものとして詠む。冷え冷えとした悲哀と絶望。同じ小町の一一三参照。

823　秋風が吹いて裏返しにする葛の葉の裏を見て――いくら恨んでもまだ恨めしいことよ。○秋風　「飽き」を掛ける。○葛の葉　裏が白くて目立つ。○うらみて　「裏見て」と「恨みて」の掛詞。▽秋（飽き）風、葛の葉、うらみ（裏見、恨み）という緊密な結びつきによって、風景から心情へなだらかに転換する。▽「うら」を三回くり返すリズム。

824　秋といえばさほど気にもとめずに聞いていた。しかし、それは不実なあの人が私を古びた者として扱う、「飽き」ということばだったのだ。○秋　三句以下から「飽き」を連想させるものとなる。○よそ　自分とは関わりのないこと。よそごと。↓七四九。○あだ　不実、浮気の意。↓六二。○古せる　「古す」は、古いものとして扱う。↓九八六。○名　ことば。「秋」は「飽き」だったということ。▽八二〇からこの歌まで、秋＝飽きを詠んだ歌。秋という季節の持つ悲哀感と恋の終わりとが強く結びつけられる。

825　忘れられたわが身をつらいと思い、宇治橋が途絶え人が通らなくなるように、あの人が訪れないまま長い年月が経ってしまった。○宇治橋　宇治川に架かる橋。（身を）「憂（し）」との掛詞になる。○中絶えて　宇治橋は、宇治川の早い流れによって幾度も流失した。男女の「仲絶えて」も掛かる。○左注　下句の異伝。▽『源氏物語』宇治十帖では、しばしば宇治橋の中絶えを男女の隔たりの象徴とする。

826　逢うこともなく、長柄の橋のようにずっと長い間恋しく思い続けている間に、年月が経ってしまった。○長柄の橋　大阪市北区の淀川に架かる橋。古いものの喩えとされ、『古今集』編纂の前に掛け替えられたらしい。↓仮名序、一〇五一。ここは、「無し」の「無」を掛け、同音で「ながらへ」に続く。○わたる　橋の縁語。▽前歌と表現、発想がよく似るが、中絶えの宇治橋と長く保たれる長柄の橋とは対照的。

827
うきながら消《け》ぬる泡ともなりななむながれてとだにたのまれぬ身は

友則

828
流れては妹背《いもせ》の山の中に落つる吉野の川のよしや世の中

よみ人知らず

827　つらい思いを抱いたまま、水に浮いたまま消えてしまう泡のようになってしまえばよい。生きながらえればいつかは、とさえ期待できないわが身は。○うき「浮き」と「憂き」の掛詞。○なりななむ「なむ」は他に対して望む意。ここは自分の身を泡として見ている。○ながれて泡が「流れて」に、自分が「生きながらえて」の意を重ねる。○だに今は無理でもせめていつかは、という気持。○たのまれぬ「れ」は助動詞「る」で、可能の意味。▽同じ友則の七九二と似るが、この歌の絶望感は一層深い。

828　流れ流れては、妹背の山の中に激しく落ちる吉野の川の「よし」、まあよい、これが世の中というものだ。○妹背の山　紀伊国とも大和国ともいう。所在不明。吉野川が滝のように落ちるので、大和国の方がふさわしいが、「妹背」という男女のイメージが大切なので、必ずしも実在の山の名前でなくともよい。○世の中　直接には男女関係だが、人間関係一般にも広がる。▽恋五の最後。ままならぬ恋を、「それが恋というもの、人生というもの」と諦観した趣の歌。下の句の「よ」の三回のくり返しが独特のリズムを生む。▽八二五から本歌まで、川にちなむ歌。

古今和歌集巻第十六

哀傷歌

いもうとの身まかりにける時よみける　小野篁朝臣

829 泣く涙雨と降らなむ渡り川水まさりなば帰りくるがに

前太政大臣《さきのおほきおほいまうちぎみ》を、白川のあたりに送りける夜よめる　素性法師

830 血の涙落ちてぞたぎつ白川は君が世までの名にこそありけれ

堀河の太政大臣、身まかりにける時に、深草の山にをさめてけるのちによみける　僧都勝延

831 空蟬《うつせみ》はからを見つつもなぐさめつ深草の山煙だに立て

古今和歌集巻第十六

哀傷歌

829　泣いて流す涙よ、雨となって降ってほしい。渡り川が増水したら、妹が渡れずに、帰ってこられるように。○いもうと　男から見た女のきょうだい。年齢が下とは限らない。○身まかり　「死ぬ」の意の改まった表現。『古今集』では、詞書に用いられる。○雨と　「と」は、…となって、…のように。○なむ　他に対して望む意。○渡り川　三途の川。○がに　命令や願望の表現を受けて、理由や目的を表す。→三四九。▽『篁物語』に描かれる篁と異母妹との悲恋の物語は、この歌から発生した伝承によるか。

830　血の涙が落ちてわき返っている。白いという名の白川は、あなたが生きていた世までの名前であった。○前太政大臣　藤原良房。○白川　京都市左京区、白川の流れているあたり。○送り　野辺送り。葬送。○血の涙　激しい悲しみの涙。漢語「血涙」にあたる。○たぎつ　激しく流れること。▽血の涙で白川が赤く染まる。良房の死とともに白川という名も失われる。業平の歌にも通じるオーバーな表現と機知。

831　蟬の抜け殻を見てしのぶように、葬られる前は大臣の亡骸を見て心を慰めていた。今やその亡骸もない。深草の山よ、せめて煙だけでも立てておくれ。○堀河の太政大臣　藤原基経。良房の子。○深草の山　今の京都市伏見区深草から桃山にかけての山か。基経の墓所は、その先の宇治市木幡の藤原氏の墓所。○をさめて　埋葬して。○空蟬　ここは、蟬。○から　蟬の抜け殻と亡き大臣の亡骸との両義。○煙　火葬の煙。本来は悲しいものだが、いまは、それだけでも亡き人をしのぶよすがにしたい、という思い。▽作者は、基経の臨終から葬儀に立ち会っていたか。

832 深草の野辺の桜し心あらば今年ばかりは墨染めに咲け

上野岑雄《かんつけのみねを》

藤原敏行朝臣の身まかりにける時に、よみてかの家につかはしける

833 寝ても見ゆ寝でも見えけりおほかたはうつせみの世ぞ夢にはありける

紀友則

あひしれりける人の、身まかりにければよめる

834 夢とこそいふべかりけれ世の中にうつつあるものと思ひけるかな

紀貫之

あひしれりける人の、身まかりにける時によめる

835 寝《ぬ》るがうちに見るをのみやは夢といはむはかなき世をもうつつとは見ず

壬生忠岑

姉の身まかりにける時によめる

836 瀬をせけば淵となりてもよどみけり別れをとむるしがらみぞなき

832　深草の野辺の桜よ、もしも心があるならば、どうか今年だけは墨染めの色に咲いておくれ。○し　とりたてて強調する意。ここは、よその桜はともかく、という気持。○墨染め　喪服の色。▽基経の死は、寛平三年（八九一）一月十三日。『源氏物語』薄雲巻には、藤壺を亡くした光源氏がこの歌を口ずさむ場面がある。

833　亡き人の姿は、寝ていても夢に見える、寝なくても面影に見えるのだ。おおよそ、はかないこの世こそが夢であったのだ。○うつせみの　「世」にかかる枕詞。はかない、の意を持つ。▽寝ていても目覚めていても亡き人の姿が見える。夢と現実との区別がないということは、この世が夢だったのだ、という歌。

834　この世は、夢とこそ言うべきであったのだ。世の中にたしかな現実があるものだと思っていたことよ。○うつつ　現実。夢との対で用いられる。▽前歌同様、この世を夢と観じた歌。夢と現（うつつ）は、対で存在すると考えるのが普通だが、実は、現などは存在せず、この世は夢そのものだった、と詠む。

835　寝ているうちに見るものだけを夢というのであろうか。いや、そうではない。はかないこの世も現実だとは思わない。▽「見る」の対比に工夫がある。八三三から三首、同趣の歌。この歌は、前歌と詞書が酷似する。別々の時に、撰者である二人が同様の思いを抱いたことをあえて示すためか。

836　流れの速い瀬でも堰き止めれば淵となってもよどむものだ。しかし、死に別れてゆく人をとどめる柵はないのだ。○瀬　川の浅い所。ここは、下の「よどみ」との関係で、早瀬の意。○淵　川や滝の深い所。○しがらみ　流れを堰き止めるための柵。→三〇三。

藤原忠房が、昔あひしりてはべりける人の身まかりにける時に、とぶらひにつかはすとてよめる　閑院

837 先立たぬ悔いの八千度《やちたび》かなしきは流るる水のかへり来ぬなり

紀友則が身まかりにける時よめる　紀貫之

838 明日知らぬわが身と思へど暮れぬ間の今日は人こそかなしかりけれ

忠岑

839 時しもあれ秋やは人の別るべきあるを見るだに恋しきものを

母が思ひにてよめる　凡河内躬恒

840 神無月時雨にぬるるもみぢ葉はただわび人のたもとなりけり

父が思ひにてよめる　忠岑

841 藤衣《ふぢごろも》はつるる糸はわび人の涙の玉の緒とぞなりける

837　後悔先に立たずとは言いますが、まさしくあなたより先に死ななかった悔いのために、数えきれぬほど悲しい思いをいたしますのは、流れる水が戻らないのと同じことでした。○詞書　藤原忠房が昔親しくしていた女性が亡くなり、その弔問のため、代作した歌。○先立たぬ悔い「後悔先に立たず　流水源に還らず」という諺によるといわれる。出典未詳であるが、同様の諺があったものであろう。ここでは、「先立つ」に「先に死ぬ」の意を掛けたものと見る。忠房になりかわって、昔の知り合いより先に死ななかったことを悔いている、とする。▽忠房と閑院との関係は不明であるが、親しい仲なのであろう。

838　明日の命もわからないはかないわが身と思うものの、日の暮れない間の今日は、あの人のことが悲しく思われるのだ。○暮れぬ間　ここは、日没を一日の終わりと見る見方による。▽紀友則は、撰者の一人。没年は不明だが、両序から『古今集』の完成は延喜五年四月であるので、友則の没年はそれ以前か。それ以後とすると、本歌と次歌は増補歌か。解説参照。

839　時もあろうに、よりによって秋に人と死に別れるということがあってよいものか。生きていて会うことができる場合にさえ、会って別れると恋しい気持になるのに。○時　ここは季節。他にも季節はあろうに、の意。○やは　反語。○ある　生きている人。○見る　ここは、会うの意。

840　十月の時雨に濡れて赤く染まっている紅葉の葉は、まさに嘆き悲しむ人のたもとそのものなのだった。○思ひ　喪。親の喪は、一年。○わび人　ここは、母の死を悲しむ作者。○たもと　悲しみのあまり血の涙に染まったたもと。紅葉をそのように見立てる。▽類歌「もみぢ葉やたもとなるらむ神無月しぐるるごとに色のまされば」（拾遺集・雑秋・躬恒）。同じ躬恒の親を亡くした折の歌で、直接関係があるか。

841　喪服のほつれている糸は、悲しみに暮れている私の涙の玉の緒となったのでした。○思ひ　→前歌。○藤衣　喪服。もともとは藤などで織った粗末な服。→三〇七、六五四。○わび人　ここは父の死を悲しむ作者。→前歌。○涙の玉の緒　涙を玉に見立て、ほつれた糸をそれを貫く緒に見立てる。▽ほつれた糸を涙をつなぐ緒と見るのは、美しい見立てであるが、悲しみに堪える作者の弱々しい姿さながらである。

思ひにはべりける年の秋、山寺へまかりける道にてよめる

貫之

842 朝露のおくての山田かりそめに憂き世の中を思ひぬるかな

思ひにはべりける人を、とぶらひにまかりてよめる

忠岑

843 墨染めの君がたもとは雲なれやたえず涙の雨とのみ降る

女《め》の親の思ひにて山寺にはべりけるを、ある人のとぶらひつかはせりければ、返りごとによめる

よみ人知らず

844 あしひきの山べに今は墨染めの衣の袖は干《ひ》る時もなし

諒闇《りやうあん》の年、池のほとりの花を見てよめる

篁朝臣

845 水のおもにしづく花の色さやかにも君が御影《みかげ》の思ほゆるかな

深草の帝の御国忌《こき》の日よめる

文屋康秀

846 草深き霞の谷に影隠し照る日の暮れし今日にやはあらぬ

842　朝露が置く、晩稲（おくて）の山田を刈り始めている、かりそめのこととこの憂き世の中を思ったことよ。○思ひ　→八四〇。○おくて「置く」と「おくて（晩稲）」との掛詞。○かりそめ　「刈り初め」と、はかないの意の「かりそめ」との掛詞。「刈り初め」までは、山寺へ向かう道中の風景。「朝露」と「かりそめ」がはかないものとして響き合う。

843　墨染めの喪服を着たあなたのたもとは雲なのであろうか。絶え間なく涙がただ雨のように降っている。○思ひ　→八四〇。○とぶらひ　弔問。○雲　喪服のたもとを黒い雨雲に見立てる。○涙　作者の流す涙。涙で袖が濡れるといえば常套的な表現だが、たもとを雲に見立てることによって、自分も泣いているとしたところに工夫がある。

844　喪に服するために今は山に住み始めていますが、墨染めの衣の袖は涙で乾く間もありません。○女　妻。「女の」を主格にとる説はとらない。○思ひ　→八四〇。○とぶらひ　ここは弔問の手紙。○墨染め　「住み初め」を掛ける。

845　沈んでいる花の色が水面にくっきりと見えるように、帝の御面影があざやかに見えることです。○諒闇　天皇が父母の喪に服すこと、または天皇の崩御による国全体の喪。ここはいずれの年とも不明。○おも　面。表面。○しづく　沈んでいる状態の意。○さやか　水底の花が水面に見える状態と「君」（帝）の面影が見える状態の両意。前者は、現実には、「池のほとりの花」が水面に映っているさま。

846　草深い霞の谷に姿を隠して、照る日が暮れた今日なのではないのか、まさにそうなのだ。○深草の帝　仁明天皇。嘉祥三年（八五〇）三月二十一日崩御。今の京都市伏見区の深草陵に葬られたことから、この呼び名がある。○国忌　命日。ここは、次歌との関係から、一周忌か。○草深き　地名の深草の言いかえ。○霞の谷　晩春の霞が立ちこめた谷。○日　天皇の比喩。古代以来の伝統的表現。

深草の帝の御時に、蔵人頭《くらうどのとう》にて夜昼なれつかうまつりけるを、諒闇《りやうあん》になりにければ、さらに世にもまじらずして、比叡《ひえ》の山にのぼりて、頭《かしら》おろしてけり。そのまたの年、みな人御服《ぶく》脱ぎて、あるは冠《かうぶり》賜りなど、よろこびけるを聞きてよめる

僧正遍昭

847　みな人は花の衣になりぬなり苔《こけ》のたもとよかわきだにせよ

河原の大臣《おほいまうちぎみ》の身まかりての秋、かの家のほとりをまかりけるに、紅葉の色まだ深くもならざりけるを見て、かの家によみて入れたりける

近院右大臣《こんゐんのみぎのおほいまうちぎみ》

848　うちつけにさびしくもあるかもみぢ葉も主《ぬし》なき宿は色なかりけり

藤原高経朝臣の身まかりてのまたの年の夏、ほととぎすの鳴きけるをききてよめる

貫之

849　ほととぎすけさ鳴く声におどろけば君を別れし時にぞありける

847　世間の人は皆、喪が明けて華やかな服に改めたそうだ。私のこれからももう改まることない僧衣の袂よ、せめて涙に濡れず乾くだけでもしてほしい。○深草の帝　→前歌。○蔵人頭　蔵人所の長官。天皇の側近。○諒闇　天皇の崩御による国全体の喪。○比叡の…頭おろして　僧正遍昭、すなわち俗名良岑宗貞は、仁明天皇崩御の一週間後、三月二十八日に出家した。○冠賜り　官位が昇進すること。○なりぬなり　後の「なり」は伝聞を表す助動詞。詞書にあるように、人づてに都の人々の様子を聞いた。○苔のたもと　僧衣を「苔の衣」という。その袂。「花の衣」の対。出家した身は、もはや華やかな通常の服をまとうことはない。○だに　最小限の願望を表す。服は改めないが、せめて涙は乾いてほしい。

848　急にさびしくなったことだ。主（あるじ）を失ったこの家では、もみじの葉までも、まるで喪に服しているように色づいていないのだな。○河原の大臣　源融。寛平七年（八九五）八月二十五日没。○かの家に　底本に欠くが、他本により補う。○もみぢ葉も　喪に服している屋敷の人々と同様に。▽紅葉にも心があり、主を失った悲しみを抱いているという想像。→八三二。

849　ほととぎすが今朝鳴いた声にはっとすると、ちょうど去年あなたとお別れをしたその時分なのでした。○藤原高経　基経の弟。寛平五年（八九三）五月十九日没。○おどろけば　はっと注意がひかれると。○君を別れし　「…と別れる」という場合、「を」を用いる。→三七四、三八一。

桜を植ゑてありけるに、やうやく花咲きぬべき時に、かの植ゑける人身まかりにければ、その花を見てよめる

紀茂行《もちゆき》

850 花よりも人こそあだになりにけれいづれを先に恋ひむとか見し

あるじ身まかりにける人の家の、梅の花を見てよめる

貫之

851 色も香も昔の濃さににほへども植ゑけむ人の影ぞ恋しき

河原の左大臣《おほいまうちぎみ》の身まかりてのち、かの家にまかりてありけるに、塩釜といふ所のさまをつくれりけるを見てよめる

852 君まさで煙絶えにし塩釜のうらさびしくも見えわたるかな

850　花よりもそれを植えた人の方がさきにはかなくなってしまった。植えた時には、どちらを先に恋しく思うようになるだろうなどと思っただろうか。そんなことは思いもしなかった。○やうやく　やっと。○あだ　ここはむなしく亡くなってしまったこと。○下句　花と人とどちらが先にいなくなって恋しく思うようになるか、などということは、思いもしなかった。花の方が先に恋しくなると思った、というより、そうしたことはまったく考えなかった、という意味。

851　梅の花は、色も香も昔と同じように深く映え香っているけれども、これを植えた人は今は亡く、その面影が恋しく思い出される。○にほへども　「にほふ」は、視覚、嗅覚いずれにも用いられ、視覚の場合、色美しく映える、の意。○けむ　過去の推量を表す。この梅の木を植えたであろうその人。▽前歌と同じく、美しく咲く花を見て、それを植えた亡き人を恋しく思う歌。梅から昔を思う歌、→四二。

852　あなたがいらっしゃらなくなって、煙が絶えてしまった塩釜の浦は、うらさびしく見えていることです。○河原の左の大臣　源融。→八四八。○かの家　源融の河原院。○塩釜　陸奥の名所。○つくれりける　河原院に、塩釜さながらの庭を造ったこと。塩焼きの煙が立ち上る風景を模していた。○まさで　「ます」は「あり」の尊敬語。和歌で敬語が用いられることは少なく、ここは貫之の融への敬意の表れか。○うら　「浦」と接頭語「うら」との掛詞。▽河原院の塩釜を模した庭は、『伊勢物語』八一段や『今昔物語集』（巻二四・四六話）などに見え、著名であった。

藤原利基朝臣の右近中将にてすみはべりける曹司《ざうし》の、身まかりてのち、人もすまずなりにけるに、秋の夜ふけて、ものよりまうできけるついでに見入れければ、もとありし前栽も、いとしげく荒れたりけるを見て、早くそこにはべりければ、昔を思ひやりてよみける

御春有助

853 君が植ゑし一《ひと》むらすすき虫の音のしげき野辺ともなりにけるかな

惟喬親王《これたかのみこ》の、父のはべりけむ時によめりけむ歌どもと請《こ》ひければ、書きて送りける奥によみて書けりける

友則

854 ことならば言の葉さへも消えななむ見れば涙の滝まさりけり

題知らず

よみ人知らず

855 なき人の宿にかよはばほととぎすかけて音にのみなくと告げなむ

856 たれ見よと花咲けるらむ白雲の立つ野と早くなりにしものを

853　あなたが植えた薄の群れは、今では虫の音がしきりに聞こえる、生い茂った野になったことですよ。○藤原利基　藤原兼輔の父。寛平年間（八八九―八九八）に没したようだが、詳細は不明。○曹司　与えられた部屋。貴人の子弟は独立するまで邸の中に部屋を与えられる。ここはどこの邸ともわからない。○ものよりまうできける　どこかほかの所からそこへやってきた。「もの」は場所を漠然と示す言い方。○早く　以前に。○はべりければ　（作者が）仕えていたので。○一むらすすき　ひとかたまりの薄。○しげき　虫の音が「盛ん」の意と、「生い茂った」野の両義。

854　同じ消え失せてしまうならば、命だけでなく言葉も消えてしまってほしいと思います。この父の詠んだ和歌を見ますと涙が滝となってあふれてきます。○父　友則の父、有朋。元慶四年（八八〇）没。○書きて　書き写して。○奥　末尾。○ことならば　同じことなら。↓八二、三九五。○言の葉　ここは、有朋の和歌。○なむ　他に対して望む意。▽惟喬親王出家後のこと。親王の求めに応じて、友則が父有朋の和歌を書き写して送った折の歌。歌人たちの交流がうかがえ、興味深い。

855　もし亡き人の家に通って行くのであれば、ほととぎすよ、私もおまえ同様、あなたのことを心にかけて声をあげて泣いてばかりいると伝えてほしい。○なき人の宿　亡くなった人の死後の住まい。ほととぎすは冥界に通う鳥と信じられていた。亡くなった人が生前住んでいた家ともとれる。○なく　「（ほととぎすが）鳴く」と「（私が）泣く」とを掛ける。○なむ　他に対して望む意。▽『源氏物語』蜻蛉巻に、浮舟が死去したと思っている薫がこの歌を口ずさむ場面がある。

856　いったい誰に見てほしいというので、花は咲いているのであろうか。とうに主を喪って、白雲が立つ遠い所と同じような野になってしまったのに。○白雲の立つ野　「白雲」は遠い所に立つというイメージがある。↓三八〇、四六一。ここは主がなくなり、人々からは縁遠い場所となったことをいう。○早く　ずいぶん前に。とうの昔に。

式部卿の親王《みこ》、閑院《かんゐん》の五の皇女《みこ》に住みわたりけるを、いくばくもあらで女みこの身まかりにける時に、かのみこの住みける帳のかたびらの紐《ひも》に、文を結ひつけたりけるをとりて見れば、昔の手にて、この歌をなむ書きつけたりける

857 数々にわれを忘れぬものならば山の霞をあはれとは見よ

男の、人の国にまかれりける間《ま》に、女にはかに病をして、いと弱くなりにける時、よみおきて身まかりにける

よみ人知らず

858 声をだに聞かで別るる魂《たま》よりも亡き床《とこ》に寝む君ぞかなしき

病にわづらひはべりける秋、心地のたのもしげなくおぼえければ、よみて人のもとにつかはしける

大江千里

859 もみぢ葉を風にまかせて見るよりもはかなきものは命なりけり

857 あれこれと私のことを忘れずにいてくれるなら、山の霞をしみじみと思いをこめて見てください。私の火葬の煙が姿を変えたものですから。〇式部卿の親王　清和天皇の皇子貞保親王か。宇多天皇の皇子敦慶親王とする説が多いが、敦慶親王は、九二〇では「中務の親王」と呼ばれる。〇閑院の五の皇女　「式部卿の親王」が貞保親王とすれば、光孝天皇の皇女穆子内親王か。〇かのみこ　「女みこ」を指す。底本「かのみこすみける」とあるが、他本に従い「かのみこの」と訂する。〇帳　帳台。〇数々に　→七〇五。〇霞　ここは、火葬の煙の変じたもの。当時、火葬の煙が霞や雲になると信じられていた。類想「はかなくて雲となりぬるものならば霞まむ空をあはれとは見よ」(小町集)。▽この歌から以下六首、死に臨んだ人の辞世の歌。一条天皇の中宮定子が御帳のかたびらに文を結い付けて亡くなったことが『栄花物語』鳥辺野巻に見える。

858 声さえも聞かずに死に別れてゆくこの魂よりも、私のいない床に独り寝をすることになるあなたがいたわしく思われます。〇人の国　都から見た他国。〇女　都にとどまっていたのであろう。〇魂　「たましひ」に同じ。→四四八。▽前歌の「帳」と「床」が連想でつながる。

859 紅葉の葉を風が吹き散らすのにまかせて見るよりも、はかないものは命なのであった。〇もみぢ葉　風に散る紅葉ははかないものと見られていた。→二八六。〇はかなきもの　ほかに「水に書いた数」(五二二)「夢」(五七五)など。

身まかりなむとてよめる　藤原惟幹《これもと》

860 露をなどあだなるものと思ひけむわが身も草に置かぬばかりを

病して、弱くなりにける時よめる　業平朝臣

861 つひにゆく道とはかねて聞きしかど昨日今日とは思はざりしを

甲斐国《かひのくに》にあひしりてはべりける人とぶらはむとてまかりけるを、道中《みちなか》にてにはかに病をして、今々となりにければ、よみて、京にもてまかりて母に見せよといひて、人につけはべりける歌　在原滋春

862 かりそめのゆきかひぢとぞ思ひこし今は限りの門出なりけり

860　これまで露をどうしてはかないものと思っていたのだろうか。わが身も、草に置かないだけで、はかないことでは同じだったのに。○露　日にあたれば消え、風に吹かれては散る。「露のあだもの」（六一五）。→八四二。○あだなる　はかない。むなしい。

861　最後には行く道であると前から聞いてはいたが、昨日今日とは思わなかったものを。○つひにゆく道　死出の道。○昨日今日　差し迫った時をさすが、めずらしい言い方。生きてきた最後の日として昨日と今日と捉えているか。「今日か明日か」という言い方もあるが、それは出来事を待ち望む意。▽「とは」のくり返しでリズムを作る。『伊勢物語』の最終段（流布本では一二五段）に載る。

862　この甲斐への旅は、ほんの一時行き来するだけの旅だと思って来たのだが、この世の最後の門出だったのだな。○甲斐国　今の山梨県。○今々　死がいよいよ間近に。○つけ　託すこと。○かりそめ　一時的であること。○ゆきかひぢ　「行き交ふ」の連用形「ゆきかひ」に「甲斐路」を掛ける。▽『大和物語』一四四段には、相模国に出かけたのち、甲斐国に至り着いての歌として載る。

古今和歌集巻第十七

雑歌上

題知らず　よみ人知らず

863 わが上に露ぞ置くなる天の川門《と》渡る舟の櫂《かい》のしづくか

864 思ふどちまとゐせる夜は唐錦たたまく惜しきものにぞありける

865 うれしきを何につつまむ唐衣たもとゆたかに裁《た》てといはましを

866 限りなき君がためにと折る花は時しもわかぬものにぞありける

ある人のいはく、この歌は、さきのおほいまうちぎみのなり

に雉をつけて」献上した。

古今和歌集巻第十七

雑歌上

863 私の衣の上に露が置いているようだ。天の川の船路を渡ってゆく舟の櫂の雫なのであろうか。○わが上　ここは、衣の上。○なる　推定を表す助動詞「なり」の連体形。○門　川や海が陸地に狭められて細くなっている所。○舟　彦星の乗る舟。▽参考「この夕べ降り来る雨は彦星の早漕ぐ舟の櫂の散りかも」(万葉・巻十・二〇五二)。これをふまえて、雨を露に変えたか。『伊勢物語』五九段では、息絶えた人が顔に水をかけられて生き返った時の歌。

864 気の合っている者どうしが団欒をしている夜は、唐錦を裁つのが惜しいように、座を立つのが惜しいものでした。○まとゐ　「円居」。輪になって座り、団欒すること。○唐錦　中国から入ってきた高級な錦。○たたまく　たつこと。「裁つ」と「立つ」を掛ける。参考「花の蔭たたまく惜しき今宵かな錦をさらす庭と見えつつ」(元輔集)。

865 このうれしい気持を何に包めばいいだろう。衣の袂をゆったりと裁てと言えばよかったなあ。○唐衣　ここでは、舶来の着物そのものではなく、衣の歌語。○まし　事実とは異なる仮想。

866 この上なくすばらしいお方であるあなた様のためにと折って差し上げる花は、季節の区別なくいつでも咲いている花でした。○限りなき　ここは、身分に限りがない、すなわち最高の地位にある、の意。○しも　強調。時間さえ超越している、という意味合い。おそらく造花であろう。○さきのおほいまうちぎみ　前大臣の意。誰か不明。「さきのおほきおほいまうちぎみ」とあれば、七、五二などから前太政大臣藤原良房。▽『伊勢物語』九八段に、太政大臣に仕えていた男の歌として、初句「わが頼む」の形で載る。「梅のつくり枝

867 紫のひともとゆゑに武蔵野の草はみながらあはれとぞ見る

妻《め》のおとうとを持てはべりける人に、袍《うへのきぬ》をおくるとて、よみてやりける

業平朝臣

868 紫の色濃き時はめもはるに野なる草木ぞわかれざりける

大納言藤原国経朝臣の、宰相より中納言になりける時、染めぬ袍《うへのきぬ》綾《あや》をおくるとてよめる

近院右大臣《こんゐんのみぎのおほいまうちぎみ》

869 色なしと人や見るらむ昔より深き心に染めてしものを

石上並松《いそのかみのなむまつ》が宮仕へもせで、石上といふ所にこもりはべりけるを、にはかに冠《かうぶり》たまはれりければ、よろこび言ひつかはすとて、よみてつかはしける

布留今道

870 日の光やぶしわかねば石上ふりにし里に花も咲きけり

867　紫草の一本のために武蔵野の草はすべてしみじみいとおしいという思いで見ることよ。○紫　紫草。根から高貴な色である紫の染料を採る。○武蔵野　「武蔵」は、現在の東京都と埼玉県にまたがる地域。紫草を多く産すること、『延喜式』に見える。▽紫草ゆえの武蔵野の草への愛着という形で、大切な一人の人に連なる人たちへの思いを詠んだ歌であろう。『源氏物語』で、光源氏が藤壺の宮と血のつながる紫の上を愛するのは、この「紫のゆかり」という思想の代表的な結実。

868　紫草の色が濃い時には、芽を張った野の草木が区別なくはるばると見わたされるように、妻への思いが深い時には、そのゆかりの人も分け隔てなく大切に思われるのです。○おとうと　同性のきょうだいの下の方。ここは、妹。○持てはべりける人　結婚している人。藤原敏行か。業平と同じく紀有常の娘を妻とする。○袍　朝廷の儀式で着用する。○めもはる　「芽も張る」と「目もはる（遥々）」を掛ける。○わかれざりける　「わか」は動詞「分く」の未然形。「れ」は自発の助動詞「る」の未然形。▽『伊勢物語』四一段では、ある男の妻の妹が身分低い夫の袍を破ってしまったため、男が袍とともに贈った歌。歌の後に「武蔵野の心なるべし」と添え、前歌をふまえたものだとする。

869　何も色がついていないとあなたは思うでしょうか。しかし、これはずっと前からあなたへの深い心で染めてあったものなのです。○藤原国経　→作者略伝。○宰相　参議。中納言任官は寛平六年（八九四）。○袍綾　袍を仕立てるための綾。

870　日の光は藪を分け隔てしないでふりそそぐものだから、古びた里にもやはり花は咲くのだな。○詞書　石上並松は、仁和二年（八八六）に、従七位上から従五位下になる。「冠たまはる」は、五位に任ぜられること。○日の光　帝の恩顧の比喩。→二八二。○わかねば　「分く」は、分ける、差別をする。○石上　「ふる（古る）」にかかる枕詞。並松の名にも関わる。○五句　五位に任ぜられた栄誉の比喩。▽作者は並松と同郷で、ともに古い氏族の家系。風景に託して人事を詠む「そへ歌」（仮名序）。『源氏物語』早蕨巻冒頭に引かれる。

二条の后の、まだ東宮の御息所と申しける時に、
大原野にまうでたまひける日よめる　業平朝臣

871
大原や小塩《をしほ》の山も今日こそは神代のことも思ひ出づらめ

五節《ごせち》の舞姫を見てよめる　良岑宗貞

872
天つ風雲の通ひ路吹きとぢよをとめの姿しばしとどめむ

五節のあしたに、簪《かむざし》の玉の落ちたりけるを見て、
誰《た》がならむととぶらひてよめる　河原左大臣

873
主《ぬし》やたれ問へど白玉言はなくにさらばなべてやあはれと思はむ

871 大原の小塩の山も、今日という日には神代のことも思い出していることでしょう。○二条の后 清和天皇の后、藤原高子。→四。○東宮の御息所 東宮の母である御息所。「まだ」とあるのは、東宮が帝として即位する前、の意。○大原野 大原野神社。京都市西京区。春日大社を勧請した藤原氏ゆかりの神社。○神代のこと 天孫降臨神話で、大原野神社の祭神である天児屋根命（あめのこやねのみこと）が、天孫瓊瓊杵尊（ににぎのみこと）を先導したこと。二九四にも、業平と二条の后との関係で「神代」が詠まれる。▽小塩山の感慨という形で、藤原氏の后の栄華を神代の時代に遡って寿ぐ。

872 天の風よ、雲の中の通り道を吹き閉ざしてしまっておくれ。天女のような少女の美しい姿を今しばらく地上に留めておきたいから。○五節の舞姫 五節の舞は、大嘗会・新嘗会で行われる少女舞。○雲の通ひ路 雲の中を通る、天と地上とをつなぐ道。参考「空の通ひ路」（一六八）。○をとめ 五節の舞姫は天女に見立てられる。▽作者「良岑宗貞」は、遍昭の俗名。出家（嘉祥三年）以前の歌と見られる。→九一、九八五。『百人一首』に入る。

873 持ち主は誰ですか、そう問うても白玉は答えないので、それならば誰といわず、すべての舞姫をいとしいと思うことにしようか。○五節 前歌参照。○あした 翌朝。○簪の玉 舞姫が挿していた簪の玉。○とぶらひ 人に尋ねること。○白玉 「知らず」の「知ら」を掛ける。▽八六七と類似の発想。

寛平御時、上のさぶらひにはべりけるをのこども、瓶《かめ》を持たせて、后の宮の御方に、大神酒《おほみき》の下ろしと聞こえに奉りたりけるを、蔵人ども笑ひて、瓶を御前にもて出でて、ともかくも言はずなりにければ、使ひの帰り来て、さなむありつると言ひければ、蔵人の中におくりける

敏行朝臣

874 玉だれのこがめやいづらこよろぎの磯の波分け沖に出でにけり

女どもの見て笑ひければよめる

兼芸法師

875 形こそ深山隠れの朽木なれ心は花になさばなりなむ

方違《たが》へに人の家にまかれりける時に、主《あるじ》の衣を着せたりけるを、あしたに返すとてよみける

紀友則

876 蟬の羽の夜の衣は薄けれど移り香濃くもにほひぬるかな

題知らず

よみ人知らず

877 遅く出づる月にもあるかなあしひきの山のあなたも惜しむべらなり

874　あの「こがめ」はどこへ行ったのだろう。こよろぎの磯の波を分けて沖に出て行ってしまった。○寛平御時　宇多天皇の代。○上のさぶらひ　清涼殿の殿上の間。○后の宮　誰であるか不明。○大御酒の下ろし　大御酒のお下がりを下さい、の意。○蔵人　ここは女蔵人。○御前　后の宮の御前。○ともかくも言はず　何とも言わず。何の返答も反応もないということ。○玉だれの　「玉垂れ」は、玉を緒で貫いて垂らす飾り。そこから「玉だれの」は「緒」にかかる枕詞となる。ここは「こがめ」に続くが、「を」も「こ」も「小」の意味で通じるものとしたためであろう。○こがめ　「小瓶」に「小亀」を掛ける。○こよろぎの磯　相模国(現在の神奈川県)の地名。○沖　御前の意の「奥」を掛ける。▽一〇九四をふまえた即興の歌。

875　姿形こそ奥山に隠れた朽木のようにみっともないのですが、心は花にしようと思えばできるのです。○形　ここは僧侶としてのみすぼらしい姿をいうか。○こそ…なれ…ではあるが。▽女たちにからかわれた歌が続く。

876　夜の衣は蟬の羽のように薄いものでしたが、移り香は濃く匂うものでした。○方違へ　陰陽道による方角の禁忌。外出時に、天一神(なかがみ)の巡行の方角とぶつからないよう、人の家に泊まり方角を変えてから出かけること。○あした　翌朝。○移り香　実際には、「主」が衣にたきしめた香であるが、他の人の移り香だとして戯れた。▽「薄し」と「濃し」の対比。

877　ずいぶん遅く出る月だな。きっと山の向こうでもこの月をめでて、別れを惜しんでいたのだろう。▽「山のあなた」の人たちが月との別れを惜しみ、引き留めていたという想像。普段の月の入りを惜しむ気持を他者に託して表す。▽以下、八八五まで月の歌。

878 わが心なぐさめかねつ更級《さらしな》や姨捨山《をばすてやま》に照る月を見て

業平朝臣

879 おほかたは月をもめでじこれぞこの積もれば人の老いとなるもの

月おもしろしとて、凡河内躬恒がまうできたりけるによめる

880 かつ見れどうとくもあるかな月影のいたらぬ里もあらじと思へば

紀貫之

池に月の見えけるをよめる

881 二つなきものと思ひしを水底に山の端ならで出づる月影

題知らず

882 天の川雲の水脈《みを》にて早ければ光とどめず月ぞ流るる

よみ人知らず

883 あかずして月の隠るる山もとはあなたおもてぞ恋しかりける

878　私の心はどうしても慰めることができないでいる。更級の姨捨山に照る月を見ていると。○かね…しきれない。○更級　信濃国更級郡。▽歌の詠まれた状況は不明。『大和物語』一五六段、『俊頼髄脳』などに、この更級の姨捨山に叔母を棄てた棄老説話が載る。それらが『古今集』時代まで遡るかどうかは不明。

879　たいていは月を賞美するということはやめておこう。この月こそが積もり積もって人の老いとなるものなのだから。○おほかたは　おおよそでいえば。○これぞこの　「これが」という意味の強調。○積もれば　天体の「月」を暦の「月」と捉え直す機知。▽『伊勢物語』八八段では、若くはない者たちが集まり月を見ていた折に詠まれた歌。月を見ることを忌む思いが、『竹取物語』の翁の言葉や『白氏文集』巻十四・贈内（「月明に対して往時を思ふことなかれ　君が顔色を損じ君が年を減ぜむ」）に見られる。本歌の機知的な発想とは少し異なる。

880　こうして月を見ているとすばらしいと思う一方、うとましい気持にもなるのですよ。この月影が照らさない里はないと思いますので。あなたも、この月をめでるのは、この私の所ばかりではないのでしょう。○かつ　一方では…、また一方では…。ここでは、たしかにこの月はすばらしいが…、として二句に続く。○見れど　底本「見れば」。他本により改める。○月影　月の光。ここはさらに躬恒の比喩。▽一四七と同様の発想。

881　二つはないものと思っていたのに、水底に、山の端でもないのに、出た月だよ。▽水底に月を見るという発想は貫之好み。「空にのみ見れどもあかぬ月影の水底にさへまたもあるかな」（貫之集）「水底の月の上より漕ぐ船の棹にさはるは桂なるらし」（土佐日記）。参考「二十日の夜の月出でにけり。山の端もなくて、海の中よりもぞ出でくる」（土佐日記）。「二つ来ぬ春と思へど影見れば水底にさへ花ぞ散りける」（貫之集）。

882　天の川は雲が水の流れとなって早く流れているので、光がとどまらずに月が流れてゆく。○水脈　水の流れる道筋。天の川を雲でできた川と見る。▽「天の川」を「川」という名前に引っ掛けて、水の流れに見立てる。▽参考「天の海に雲の波立ち月の船星の林に漕ぎ隠る見ゆ」（万葉・巻七・一〇六八）。雲が月を隠す代わりに、天の川となって月を運んでしまう、と恨む。ゆっくり月を見ることができない、として次歌に続く。

883　まだ十分に堪能しないうちに月が隠れてしまう山のふもとでは、山の向こう側が恋しく思われるのだ。○あなたおもて　山の向こう側。月が出た所。▽八七七の逆の立場。

惟喬親王《これたかのみこ》の狩しける供にまかりて、宿りに帰りて、夜《よ》ひと夜《よ》酒を飲み、物語をしけるに、十一日の月もかくれなむとしけるに、親王酔《ゑ》ひて、うちに入りなむとしければ、よみはべりける

業平朝臣

884 あかなくにまだきも月の隠るるか山の端《は》逃げて入れずもあらなむ

田村の帝の御時に、斎院《さいゐん》にはべりける彗子《あきらけいこ》の皇女《みこ》を、母あやまちありといひて、斎院を替《か》へられむとしけるを、そのことやみにければよめる

尼　敬信《きやうしん》

885 大空を照りゆく月しきよければ雲隠せども光消《け》なくに

題知らず

よみ人知らず

886 いそのかみふるから小野のもと柏もとの心は忘られなくに

887 いにしへの野中の清水ぬるけれどもとの心を知る人ぞくむ

884　まだ満ち足りないのに、もう月が隠れてしまうのか。山の端よ、逃げて月を入れないでほしいな。○惟喬親王　→作者略伝。○宿り　宿所。『伊勢物語』八二段によれば、親王の水無瀬の離宮。○うち　月の見える廂などより奥の部屋。○まだきも　早くも。○月　親王を喩える。▽歌だけを詠めば、月の入りを惜しむ歌。『伊勢物語』に、親王と業平らの、狩や酒や歌を楽しむ主従の交わりの物語の中に載る。なお、『伊勢物語』では、紀有常の返歌として「おしなべて峰も平らになりななむ山の端なくは月も入らじを」という『後撰集』（雑三）の上野岑雄の歌を載せる。

885　大空を照り輝きながら行く月は清らかであるから、雲が隠しても光は消えないのだ。○田村の帝　文徳天皇。→九三〇。○彗子の皇女　文徳天皇第八皇女。天安元年（八五七）に斎院を廃せられている。○母　彗子内親王の母。藤原是雄の娘列子。○あやまち　過失。内容は不明。○やみにければ　斎院の交替がとりやめになった。○月　彗子の喩え。○消なくに　「消（け）」は、下二段活用の動詞「消（く）」の未然形。▽月と雲は、漢詩文などでは、それぞれ皇統や正義、邪心や疑惑の喩えを表す。この歌、彗子内親王を交替させようとする動きが一度は止んだ折のもの。作者と彗子内親王との関係は不明。もと女房か乳母などであろうか。

886　古い枯れた幹ばかりの野に古くからある柏——その柏のように以前からの気持を忘れてはいません。○いそのかみ　「ふる」にかかる枕詞。→一四四、六七九。○ふるから　「古幹」で、古くなった幹。○もと柏　「元」すなわち古くからあった柏、の意か。○もとの心　自分の心。相手の心ともとれるが、以下、自分を顧みる歌が続くので、自分の心とみる。→二一九。

887　昔は冷たい水がわき出していた野中の清水は今はもうぬるくなっているけれども、以前を知っている人は今も汲んでいることとよ。私のことも、古くからのなじみは気持をわかってくれる。○野中の清水　歌枕とする説もあるが、特定の場所と見る必要はあるまい。○下句　清水の以前の姿を知っている人に、古くからの自分を知っている人を重ねる。○くむ　水を汲むと心を理解するの両義。

888 いにしへの倭文《しづ》の苧環《をだまき》いやしきもよきも盛りはありしものなり

889 今こそあれわれも昔は男山さかゆく時もありこしものを

890 世の中に古りぬるものは津の国の長柄《ながら》の橋とわれとなりけり

891 笹の葉に降りつむ雪のうれを重み本《もと》くたちゆくわが盛りはも

892 大荒木の森の下草老いぬれば駒もすさめず刈る人もなし
　　または、桜麻《さくらあさ》の麻生《をふ》の下草老いぬれば

893 数《かぞ》ふればとまらぬものをとしといひて今年はいたく老いぞしにける

894 おしてるや難波の御津《みつ》に焼く塩のからくもわれは老いにけるかな
　　または、大伴の御津の浜べに

888 昔の倭文を織る時に用いた苧環――賤しい人も高貴な人も、かつては同じように盛りの時があったものなのだ。○倭文　日本古来の織物の一つで、模様を織り出したもの。○苧環　紡いだ糸を巻き取る道具。○いやしき「しづ」から身分の低い意の「賤」（しづ）を連想して続く。▽類想「いにしへのしづのをだまきくりかへし昔を今になすよしもがな」（伊勢物語・三二段）。

889 今でこそこんな有様だが、私も昔は男山の坂を行くように、男盛りの頃があったのだがなあ。○今こそあれ　今はこのような状態であるが。「今こそかくあれ」の略。○男山　京都府八幡市の石清水八幡宮のある山。○さかゆく「坂行く」と「栄ゆく」との掛詞。▽仮名序に「男山の昔を思ひ出でて」とある。

890 この世の中で古びてしまったものは、津の国の長柄の橋と私なのであった。○津の国　摂津の国。現在の大阪府と兵庫県の一部。○長柄の橋　大阪市北区の淀川にかかる橋。古くからあり、「長ら（ふ）」の連想もあるため、長くあるもの、古びたものの喩えになる。↓八二六、一〇五一。▽前歌に続き地名と時の経過を詠む歌が並ぶ。

891 笹の葉に降り積もった雪で葉先が重くなったために、茎がたわんでゆく、そのように衰えてゆくわが盛りであることよ。○うれ　茎や葉の先の方。○重み「…を…み」で理由を表す。○本「うれ」に対する茎。○くたち　衰える。「笹の茎が」と「わが盛りが」との両義。▽「うれ」「くたつ」など『万葉集』に多く見られる語で、『古今集』では他に用例がない。古い歌であろう。

892 大荒木の森の下草は盛りを過ぎてしまったので、馬も食べないし刈る人もいない。○大荒木　地名とすれば、奈良県五條市の荒木神社のあたりか。普通名詞ともとれる。「あらき」（殯）は、亡骸を仮に安置する場所。○左注「桜麻」は麻の一種。どのようなものか不明。「麻生」は麻の生えている場所。▽「桜麻の麻生の下草」は、『万葉集』にある句（十一・二六八七、十二・三〇四九）。現在は、「さくらをの」と訓む。▽老いて他人から相手にされない嘆き。

893 数えてみると、止まらずに過ぎ去ってゆくものを年といい、その名のとおり早いもので、今年はひどく年をとってしまったな。○数ふれば「とまらぬもの」と下句と両方にゆるやかにかかる。○とし「年」と「疾し」との掛詞。

894 難波の御津で焼く塩が辛いように、つらいことに私は老いてしまったことよ。○おしてるや「おしてる」は、もともと広く照らすという意の動詞。「難波」にかかる枕詞。八代集では本例のみ。万葉的な語。○御津「津」は港。ここは、「難波の浦」と同じ意味。○からく　塩が辛いこととつらいこととの両義。○大伴の「御津」にかかる枕詞。

895 老いらくの来むと知りせば門《かど》さしてなしとこたへてあはざらましを

この三つの歌は、昔ありける三人の翁のよめるとなむ

896 さかさまに年もゆかなむとりもあへず過ぐる齢やともにかへると

897 とりとむるものにしあらねば年月をあはれあな憂《う》と過ぐしつるかな

898 とどめあへずむべもとしとは言はれけりしかもつれなく過ぐる齢か

899 鏡山いざ立ちよりて見てゆかむ年経《へ》ぬる身は老いやしぬると

この歌は、ある人のいはく、大伴黒主がなり

895 老いというものがやって来るとわかっていたならば、門を閉ざして「留守だ」と答えて会わなかったものを。○老いらく　ここは、老いを擬人化して捉える。→三四九。▽左注は謎めいた伝承であるが、いかなる伝承であるか、手がかりがない。

896 さかさまに年月が流れてほしいものよ。つかまえることができずに過ぎ去ってしまった年齢が年月とともに戻ってくるかとも思うから。○なむ　他に対する願望。○あへず　「あふ」は…できる。▽「年」は歳月で「よはひ」は年齢。『源氏物語』若菜下巻で、光源氏がその正妻女三の宮と密通を犯した若い柏木に「さかさまにゆかぬ年月よ」と皮肉を言う場面がある。

897 引き留めることができるものではないので、年月を「ああ、年が経ったな」とか「ああ、つらい」といいながら過ごしてきたことよ。○あはれ　しみじみとした思いを表す。ここは、長い年月を経たことに対する感慨。○あな憂　「あな」は感動詞。「憂」は「憂し」の語幹。▽「あはれ」「あな憂」とも、心の中の思いとも口に出した言葉ともとれる。

898 留めることができないので、なるほど「年」（＝疾し）と言われるようになったのであった。そのとおりに、素知らぬ顔で過ぎてゆく年齢だな。○むべ　なるほど。→二四九。○とし　「年」の語源を「疾し」と見たもの。→八九三。○言はれ　「れ」は自発。おのずとそうなる、という意味。○しかも　そのようにも。→九四。○つれなく　無情に。知らん顔で。「年月の過ぎ去るのが早い」という人の思いと無関係に、年齢が積み重なってゆくことを、そのように受けとめる。

899 鏡山に、さあ立ち寄って見てゆこう。年を経たわが身が本当に老いてしまっているかどうかと。○鏡山　現在の滋賀県蒲生郡竜王町にある山。その名から鏡を連想させ、自分の姿を映すことができる所と興じる。○左注　大伴黒主が近江に住んでいたことからついたものか。▽年を経た身が、本当に齢を重ねて老いているかどうか確かめてみよう、という諧謔味のある歌。

業平朝臣の母の皇女《みこ》、長岡に住みはべりける時に、業平宮仕へすとて、時々もえまかりとぶらはずはべりければ、師走《しはす》ばかりに、母の皇女のもとより、とみの事とて、文を持てまうできたり。開けて見れば、ことばはなくて、ありける歌

900 老いぬればさらぬ別れもありといへばいよいよ見まくほしき君かな

返し

901 世の中にさらぬ別れのなくもがな千代もと嘆く人の子のため

業平朝臣

寛平御時后宮の歌合の歌

902 白雪の八重降りしけるかへる山かへるがへるも老いにけるかな

在原棟梁《むねやな》

同じ御時の上のさぶらひにて、をのこどもに大御《おほみ》酒《き》たまひて、大御《おほみ》遊びありけるついでに、つかうまつれる

903 老いぬとてなどかわが身をせめきけむ老いずは今日にあはましものか

敏行朝臣

900　老いてしまいますと、避けられぬ別れ――死別があるといいますので、いよいよお会いしたい君でありますよ。○母の皇女　伊都内親王。桓武天皇皇女。『伊勢物語』八四段に、この詞書と同様の物語で本歌と次歌を収める。○長岡　京都府長岡京市。『伊勢物語』五八段にも長岡に住む「色好み」の男の物語がある。○とみの事　急な用事。○さらぬ　「避らぬ」で、避けられない、の意。死別。○見まくほしき　「まく」は助動詞「む」の未然形に接尾語「く」がついた、いわゆるク語法。「見まく」で、会うこと。「ほしき」は形容詞「欲し」の連体形。→七五二。

901　この世の中に避けられない別れというものがなければよいですのに。千年も長生きしていただきたいと切に願う人の子のために。○嘆く　千年も長生きしてほしいと願いつつ、それは無理だという悲しい気持。『伊勢物語』は「祈る」。

902　白雪が幾重にも降り積もったかえる山――私も年月が繰り返し積もって頭が白くなり、老いてしまったことよ。○白雪　白髪を連想させる。○かへる山　「帰る」を連想させる。→三七〇、三八二。○かへるがへる　重ね重ね。ここは、毎年毎年齢を重ねるさま。▽初二句の雪が降り積もる情景を、「かへる」という音の繰り返しで、齢を重ねるさまへとつなげる、巧みな流れ。また、「かへる山」から「帰る」を連想するのが普通であれば(三七〇、三八二)、「若返る」とでも続きそうなところで、「老い」につなげるのは意表をつくか。作者棟梁は、前歌の作者業平の子。九〇〇が業平の母の老いで、これは業平の子の老い。

903　老いてしまったといってどうしてわが身を責めたりしたのだろうか。もし老いなかったなら、今日という日にめぐりあえなかっただろうに。○同じ御時　前歌を受けて、寛平の御時。宇多天皇の代。○上のさぶらひ　清涼殿の殿上の間。○をのこども　殿上人たち。○大御酒　天皇の御酒。○大御遊び　管弦の御遊。○せめき　「せめく」は責め立てる。▽この歌まで、老いを嘆く歌。

題知らず　　　　よみ人知らず

904 ちはやぶる宇治の橋守なれをしぞあはれとは思ふ年の経《へ》ぬれば

905 われ見ても久しくなりぬ住の江の岸の姫松いく世経ぬらむ

906 住吉の岸の姫松人ならばいく世か経しととはましものを

907 梓弓磯辺の小松誰《た》が世にかよろづ世かねて種をまきけむ

この歌は、ある人のいはく、柿本人麿がなり

908 かくしつつ世をやつくさむ高砂《たかさご》の尾上に立てる松ならなくに

藤原興風

909 誰《たれ》をかも知る人にせむ高砂の松も昔の友ならなくに

904　宇治の橋守よ。そなたのことをしみじみ心にかけて思うのだ。長い年月が経ってしまったのだから。○ちはやぶる　ここは「宇治」にかかる枕詞。○宇治の橋守　宇治橋を守る番人。橋の創建は大化二年（六四五）に遡るといわれる。○し　強意を表す助詞。○年の経ぬれば　橋守も歌の詠み手もともに年を取ったことをいう。▽年をとった詠み手が、自分と同類の存在として宇治の橋守に共感をおぼえる。「し」には、これまでは何とも思わなかったのだが、という含みがある。この橋守は、現実の人間というよりも、古い宇治橋にふさわしく年老いた伝説的な存在か。この歌から九〇九まで、水辺のものに関わって、年月の経過や老いへの感慨を詠む歌。

905　私が見るようになってからでも長い年月が経った。住の江の岸の姫松はどれほどの世を経たのであろうか。○住の江　現在の大阪市住吉区の住吉大社あたり。→三六〇、五五九。松の名所。「すみよし」とする本が多い。○姫松　小さな松。▽松は長寿の象徴なので、小さな松でもどれほど長い年月を経ただろうか、という感慨。

906　住吉の岸の姫松がもし人であったならば、どれほど長い年月を経たかと尋ねてみるだろうに。○住吉　「住の江」に同じ。○まし　反実仮想を表す。

907　磯辺の小松は、いったい誰の世に万代も先を見越して種をまいたのであろうか。○梓弓　ここは「弓」を「射る」ことから、「磯辺」の「い」にかかる枕詞。○かねて　「かぬ」は将来を期待する、の意。▽長寿を保つ松は生長がゆっくりなので、小松に生長するまでどれほど長い時間がかかったことか、という思い。→九〇五、九〇六。

908　このように過ごしながら世を終えてしまうのであろうか。高砂の峰の上に立っている松でもないのに。○かくしつつ　このようにしながら、の意であるが、「かく」の指示内容は、下の「高砂の尾上に立てる松」のようなあり方、である。次歌などから、長生きではあるが孤独なさま。○高砂　現在の兵庫県高砂市。仮名序「高砂、住の江の松も、相生のやうにおぼえ」。

909　誰を心知りの友とすればよいのだろうか。同じく年をとった高砂の松も昔からの友というわけではないのだから。○知る人　ここは知己。心を知り合った人。○高砂の松　→前歌。▽『百人一首』に入る。昔からの知り合いがみな亡くなってしまった、晩年の寂しい心境。九〇五からこの歌まで松を詠む。

910 わたつ海の沖つ潮合ひに浮かぶ泡の消えぬものから寄る方もなし

よみ人知らず

911 わたつ海のかざしにさせる白妙の波もてゆへる淡路《あはぢ》島山《しまやま》

912 わたの原寄せ来る波のしばしばも見まくのほしき玉津島かも

913 難波潟《なにはがた》潮満ちくらし雨衣《あまごろも》田蓑《たみの》の島に鶴《たづ》鳴き渡る

貫之が和泉の国にはべりける時に、大和より越え
まうで来て、詠みてつかはしける

藤原忠房

914 君を思ひおきつの浜に鳴く鶴の尋ねくればぞありとだに聞く

返し

貫之

915 沖つ波たかしの浜の浜松の名にこそ君を待ちわたりつれ

910　大海の沖の潮がぶつかり合っている所に浮かぶ泡のように、消えはしないものの身を寄せる所もない。○潮合ひ　潮流がぶつかり合っているところ。「八塩道（やしほぢ）の塩の八百合（やほあ）ひ」（大祓の祝詞）。○消えぬ　泡とわが身と両義。▽風景を詠んだ歌とも解せるが、泡に寄せてわが身を慨嘆する歌であろう。

911　大海が髪挿しに挿している白波をもって周りを結いめぐらしている淡路島山よ。○わたつ海　ここは海神の意で、「わたつみ」と訓むべきか。○かざし　髪に挿した花や枝。ここは、波の見立て。○ゆへる　「結ふ」は、紐や棒などを廻らせて一定の区画を示すこと。おもに、侵入や接触を禁じる目的で行う。○淡路島山　瀬戸内海の淡路島のこと。ここは、海から突き出ている点で、「山」と表現した。「ゆへる」からは、一種の神域の山と見ているか。▽九一三まで海の風景を詠む歌。

912　大海原から繰り返し寄せてくる波のように、何度でもくり返し見たい玉津島であるよ。○わたの原　大海原。四〇七。○しばしば　「波がしきりに寄せる」と「何度も見たい」との両意。○四句→七五二。○玉津島　和歌山市和歌浦の玉津島神社のあたり。

913　難波潟に潮が満ちてきたようだ。田蓑の島に向かって鶴が鳴いて飛んでゆく。○らし　ある確実な根拠に基づいた推量。ここは下句が根拠。○難波潟　現在の大阪市中心部あたり。干潟の広がる浅い海だった。○雨衣　雨具の連想で「蓑」にかかる枕詞。海を詠んだ歌なので、「海人衣」という連想もある。○田蓑の島　所在不明。▽山部赤人の「若の浦に潮満ち来れば潟をなみ葦辺をさして鶴鳴きわたる」（万葉・巻六・九一九）に似る。三句をくり返す形で神楽歌としても歌われた。

914　あなたを心に思い置いて、興津（おきつ）の浜に鳴く鶴のように尋ねてきたからこそ、元気であるということだけでも聞くことができました。○和泉の国　大阪府南部。○大和　忠房は、延喜二十二年（九二二）に大和守になっているが、その時期では古今集歌として時代が下りすぎる。○おきつの浜　大阪府泉大津市の浜。「おき」に「思ひ置き」と「興津」とを掛ける。○尋ね　「鶴（たづ）」と同音のくり返し。▽貫之の消息がわからなくて心配していたことを間接的に詠む。貫之の経歴に和泉国の役人はうかがえず、何かの所用で来ていたか。

915　沖の波が高い——高石の浜の浜松、その名のとおりあなたのお越しを待ち続けていました。○沖つ波　「興津」を掛ける。○たかし　「高し」と「高石」（地名。現在の大阪府高石市）との掛詞。高石の浜は歌枕。○名　「待つ」を連想させる浜松の名。○わたり　「わたる」は「…し続ける」の意だが、ここは、前歌の「鶴」の縁にもなる。▽九一四とは、「興津」と「高石」、「鶴」と「松」という対応をなす。

916
難波にまかれりける時よめる
難波潟おふる玉藻をかりそめのあまとぞわれはなりぬべらなる

917
あひ知れりける人の住吉にまうでけるに、よみてつかはしける
すみよしと海人《あま》は告ぐとも長居すな人忘れ草生ふといふなり
壬生忠岑

918
難波へまかりける時、田蓑の島にて雨にあひてよめる
雨により田蓑《たみの》の島をけふ行けど名にはかくれぬものにぞありける
貫之

919
法皇西河におはしましたりける日、「鶴、洲に立てり」といふことを題にて、よませたまひける
あしたづのたてる川辺を吹く風に寄せてかへらぬ波かとぞ見る

916　難波潟に生えている玉藻を刈る、ほんの一時の海人に私はなってしまうような気持だ。○玉藻「玉」は美称。○かりそめ「かり」に「刈り」と「仮」を掛ける。同じ貫之の八四二にも、同じ掛詞が用いられる。「かりそめの尼」という連想もあるか。

917　住吉は、その名のとおり住みよい所だと土地の漁師が言っても、長居はしないように。人を忘れるという忘れ草が生えているというから。○住吉　大阪市住吉区の住吉大社あたりの地。初句では、地名と「住み良し」を掛ける。○長居　長く滞在すること。平安中期に「長居の浦」という地名が見られ、ここも地名を掛けるか。現在は長居は住吉大社の東、長居公園が知られる。○人忘れ草　住吉の歌には、「恋忘れ貝」「忘れ草」などがよく詠まれた。「人忘れ草」はめずらしい語であるが、ここでは、人（忠岑）を忘れる草、の意。→八〇一。

918　雨に降られたので、濡れないように、田蓑の島に今日行ってみたが、蓑という名前だけでは雨から身を隠してくれないものであった。○田蓑の島　→九一三。○名には「難波」を詠み込む。雨を防げるはずの蓑という名。▽詞書と和歌とで少し状況が異なる。詞書によれば、田蓑の島でたまたま雨に降られた折の歌となるが、和歌では、雨が降ったので田蓑の島ならその名前どおり雨に濡れないかと思って通った、ということになる。底本「をけふ行けど」の箇所に「一本にきたれとも」と注記。「来たれども」の意。

919　鶴が立っている川辺は、吹く風によって寄せてはきたがそのまま返らない波かと見てしまう。○法皇　宇多法皇。○西河　桂川およびその上流の大堰川。○あしたづ　もともとは葦辺にいる鶴の意で、鶴の歌語。○波　白い鶴の見立て。▽延喜七年九月十日、宇多法皇は大堰川に御幸し、九つの題によって歌人たちに歌を献上させた。貫之のほか、躬恒、忠岑、坂上是則などが参加した。延喜五年成立後の増補歌の一首。→一〇六七。

中務《なかつかさ》の親王《みこ》の家の池に、舟をつくりて下ろし、はじめてあそびける日、法皇御覧じにおはしましたりけり。夕さりつ方、帰りおはしまさむとしける折に、よみて奉りける

920 水の上に浮かべる舟の君ならばここぞとまりと言はましものを　伊勢

からことといふ所にてよめる

921 都までひびきかよへるからことは波の緒《を》すげて風ぞひきける　真静法師

布引《ぬのびき》の滝にてよめる

922 こきちらす滝の白玉拾ひおきて世の憂き時の涙にぞかる　在原行平朝臣

布引の滝のもとにて、人々集まりて歌よみける時によめる

923 ぬき乱る人こそあるらし白玉の間なくも散るか袖のせばきに　業平朝臣

920 水の上に浮かんでいる舟が法皇様であるならば、ここが停泊するところです（お泊まりになるところです）と申しあげるでしょうに。○中務の親王　敦慶親王。→八五七。○下ろし　建造した舟の進水式。○法皇　宇多法皇。○上句　『荀子』王制「君は舟なり、庶人は水なり。水則ち舟を載せ、水則ち舟を覆す」による。○とまり　舟の停泊地という意味と宿をとる所の両意。▽伊勢は、宇多天皇の中宮温子が亡くなった後、宮仕えを退き、敦慶親王と結婚、中務（歌人）を生んだ。この歌は、温子が亡くなった延喜七年以後の歌。

921 都までその名と音色が響きわたっているこの唐琴は、波を絃として張って風が弾いているであった。○からこと　地名。唐の琴という意味にとりなす。→四五六。○すげ　糸などを張ること。ここは、唐琴という琴に、波が弦として張られているという見立て。▽作者真静法師には、四五三に物名歌がある。この歌も、物名歌に近い。また、同じく「からこと」を詠んだ四五六は安倍清行の歌であるが、真静と清行と小町とは同じ法会に出ていたこともある関係（五五六、五五七）。

922 まるでばらばらにしごき散らしたような滝の白玉を拾って取っておいて、世の中がつらい時の涙として借りておく。○布引の滝　神戸市中央区。新幹線新神戸駅の北にある。○こきちらす　「こく」は枝から花や実をとること。ここは、滝の飛沫の見立てである白玉が、木や枝に見立てられた滝からしごき落とされて、散り散りになったものと見ている。▽白玉と涙の見立て　→五五六。

923 緒を抜いて玉を散らしている人があるようだ。白玉がひっきりなしに飛び散っているよ、袖がこんなに狭いのに。○布引の滝　→九二二。○ぬき乱る　「白玉」に通してある緒を抜き取って、白玉をばらばらにしている、ということ。○白玉　滝の飛沫の見立て。○間なく　途切れることなく次々に。○袖のせばきに　「せばき」は狭いの意。せっかく「白玉」がたくさん飛び散って来るのに、袖が小さくてすべてを受けとめきれない、ということ。▽『伊勢物語』八七段に載る。

吉野の滝を見てよめる　承均《そうく》法師

924 誰《た》がためにひきてさらせる布なれや世を経て見れどとる人もなき

題知らず　神退法師

925 清滝の瀬々の白糸くりためて山分け衣織りて着ましを

竜門にまうでて、滝のもとにてよめる　伊勢

926 裁ち縫はぬ衣《きぬ》着し人もなきものをなに山姫の布さらすらむ

朱雀院の帝、布引《ぬのびき》の滝御覧ぜむとて、文月の七日の日おはしましてありける時に、さぶらふ人々に歌よませたまひけるによめる　橘長盛

927 主《ぬし》なくてさらせる布をたなばたにわが心とや今日はかさまし

比叡《ひえ》の山なる音羽の滝を見てよめる　忠岑

928 落ちたぎつ滝の水上年つもり老いにけらしな黒き筋なし

924　いったい誰のために張ってさらしてある布なのであろうか。長年見てきているのに、取る人もいない。○吉野の滝　吉野川上流の滝であろう。有名な宮滝など滝が多く、どの滝と特定できない。○ひきてさらせる　ぴんと張って曝してある。○布　滝の見立て。漢語にも「瀑布」がある。▽滝を布に見立て、長い年月にわたって取り込む人がいない、というのは古今集時代の歌らしい機知の働きであるが、同時に、吉野の滝の変わらぬ美しさを詠んだことにもなる。

925　清滝のあちこちの瀬の白糸を繰って貯めて、それを修行のために山に入る時の衣に織って着られたらなあ。○清滝　「清い滝」という意味の普通名詞であろう。固有名詞であれば、配列から見て大和国の滝か。○白糸　急流の見立て。「滝」は川が垂直に落下する所だけでなく、流れの速い所もいう。○山分け衣　山に分け入ってゆく時に着る衣。○まし　仮想を表す。ここは、滝が白糸であったならば、という仮定を受けた願望。

926　裁ったり縫ったりしない衣を着た人も今はいないのに、どうして山姫は布をさらしているのだろうか。○竜門　竜門寺。現在の奈良県吉野町にあった寺。○裁ち縫はぬ衣　天人や仙人が着る衣は、裁ったり縫ったりしない。天衣無縫。竜門寺には、仙人が住んでいたという伝承が『今昔物語集』などに見える。「裁ち」は「縫は」と並列で「ぬ」（打消）にかかる。○山姫　山の女神。竜田姫などの類。▽『伊勢集』によれば、伊勢が藤原仲平と別れて大和国に帰っていた折の歌。

927　持ち主がなくてさらしてある布を、織女に、私の心をこめたものとしてお供えいたしましょうか。○朱雀院の帝　宇多上皇。→二三〇。○布引の滝　→九二二。○文月　旧暦七月。○たなばた　ここは織女。

928　激しく落ちて流れる滝の上流は、年をとって老いたようだ、黒い筋がまったくない。○音羽の滝　比叡山西麓の、京都市左京区にある滝。○水上　上流の意味であるが、ここでは擬人化されている。「髪」を掛ける。○けらし　「けるらし」に同じ。「らし」は根拠を持った推定。ここは五句が根拠。▽滝を髪に見立てるのは、めずらしい。

同じ滝をよめる　　躬恒

929 風吹けど所も去らぬ白雲は世を経《へ》て落つる水にぞありける

田村の御時に、女房のさぶらひにて、御屏風の絵御覧じけるに、滝落ちたりける所おもしろし、これを題にて歌よめと、さぶらふ人におほせられければよめる　　三条町

930 思ひせく心のうちの滝なれや落つとは見れど音の聞こえぬ

屏風の絵なる花をよめる　　貫之

931 咲きそめし時よりのちはうちはへて世は春なれや色のつねなる

屏風の絵によみあはせて、書きける　　坂上是則

932 かりてほす山田の稲のこきたれてなきこそわたれ秋のうければ

929　風が吹いてもその場所から離れない白雲は、長い間ずっと落ち続けている水なのであった。▽前歌同様、めずらしい見立て。同じ時の歌と見れば、互いにめずらしい詠みぶりを競ったか。「年つもり」と「世を経て」も対応する。

930　ここに描かれているのは、思いを堰き止めている心の中の滝なのでしょうか、落ちているとは見えていますが、音が聞こえないのは。心の中で涙を流しつつ、泣き声は立てないのです。○田村の御時　文徳天皇の御代。○女房のさぶらひ　清涼殿内にある女房の詰所。○御覧じける　帝が。○滝落ち…歌よめ　帝のことば。○題　絵を題とする歌、→二九三、二九四。○さぶらふ人　ここは、帝お付きの女房たち。○思ひせく　「堰く」は滝の縁語。○滝　涙の見立て。○音　滝を涙に見立てるところから、泣き声。▽絵を題に詠まれた歌としては、もっとも古いもの。

931　咲き始めた時から後はずっと世の中は春であるのか、色が変わらないのは。○うちはへて　引き続き。→一八〇など。○世　屏風絵の中の世界。

932　刈り取って干す山田の稲が扱（こ）きこぼれるように、涙をぽろぽろと落としながら泣き続けている、鳴きながら空を渡る雁とも同じように。秋がつらいので。○よみあはせて　屏風の絵に合わせた歌を詠んで。○書きける　屏風絵に書きつける。○かりて　「刈り」に「雁」を掛ける。○こきたれて　「こく」→九二二。籾がこぼれるさまと涙がこぼれるさま。→六三九。○なき　「泣き」と「鳴き」の両義。○わたれ　「泣き続ける」と「鳴いて空を渡る」の両義。▽屏風の絵には、刈り取られた稲と空を飛ぶ雁が描かれていたであろう。

古今和歌集巻第十八

雑歌下

題知らず　　よみ人知らず

933 世の中は何か常なる飛鳥川昨日の淵ぞ今日は瀬になる

934 いく世しもあらじわが身をなぞもかく海人《あま》の刈る藻に思ひ乱るる

935 雁の来る峰の朝霧晴れずのみ思ひ尽きせぬ世の中の憂さ

小野篁朝臣

936 しかりとてそむかれなくに事しあればまづ嘆かれぬあな憂世の中

古今和歌集巻第十八

雑歌下

933　世の中には何が変わらないものとしてあろうか。飛鳥川は昨日の淵が今日は瀬になるのだ。◯常不変。変わらないこと。◯飛鳥川　奈良県高市郡明日香村を流れる川。「明日」を連想させ、下の「昨日」「今日」へ連なる。→三四一。▽飛鳥川の流れの変わりやすさから、時の推移、世の中の無常を詠む歌。飛鳥川は「昨日」と「今日」とで姿を変えるので、その名にある「明日」もどうなるかわからない。この歌から、「飛鳥川」や「淵瀬」ということばが、無常の象徴となった。

934　どれほど長くも生きられないにちがいないこのわが身であるのに、どうして漁師の刈る藻さながらに思い乱れているのであろうか。◯いく世　文字通りには、幾世代の意。ここは、どれほどの時間、というほどの意。◯あらじ　「じ」は打消推量の助動詞。ここは連体形で「わが身」にかかる。◯二三句　五二九に似る。◯海人の刈る藻に　海人が刈る藻のように。下の「思ひ乱るる」の比喩。刈った藻が浜辺に散乱している状態から、「乱る」の比喩となるか。類例、「刈菰」と「思ひ乱れ」→四八五。

935　雁が飛んでくる季節の峰の朝霧は晴れることがないが、私の心も晴れず、いつまでももの思いを抱えている、この世の中のつらさよ。◯雁の来る　秋の季節。◯晴れず　「霧が晴れない」ことと「晴れない思い」との両義。◯思ひ尽きせぬ　もの思いが尽きることがない。

936　そうだからといって、この世を棄てて出家することもできないのに、何かあると、まっさきにため息をついてしまうのだ、ああ、つらい世の中だ、と。◯しかり　「しかり」は、「しかあり」の縮まった形で、そうである、の意。ここは、下句を先取りして、世の中をつらいと思うこと。◯そむかれなくに　「れ」は自発の助動詞「る」。世の中がいやになったからといって、そのまま出家するわけにはいかない、ということ。◯事しあれば　「し」は強意の助詞。出家がかなわないにもかかわらず、何かあるたびに、という強調。◯嘆かれぬ　「れ」は自発の助動詞「る」。

甲斐守《かひのかみ》にはべりける時、京へまかり上りける人に
つかはしける
937 都人いかがと問はば山高み晴れぬ雲居《くもゐ》にわぶとこたへよ
小野貞樹

文屋康秀、三河掾《みかはのぞう》になりて、県見《あがたみ》にはえ出で立た
じやと、言ひやれりける返事《かへりごと》によめる
938 わびぬれば身をうき草の根を絶えてさそふ水あらば去《い》なむとぞ思ふ
小野小町

題知らず
939 あはれてふことこそうたて世の中を思ひ離れぬほだしなりけれ
940 あはれてふ言の葉ごとに置く露は昔を恋ふる涙なりけり
よみ人知らず
941 世の中の憂きもつらきもつげなくにまづ知るものは涙なりけり
942 世の中は夢かうつつかうつつとも夢とも知らずありてなければ

937 都の人が、あの男はどうしているか、と尋ねたならば、山が高いので雲が晴れない所で、心も晴れず嘆きながら暮らしていると答えて下さい。○甲斐守　甲斐は現在の山梨県。○まかり　遠方へ行くこと。○いかが　(作者の)小野貞樹はどうしているか、という都の人の問い。○山高み　「み」は理由を表す接尾語。○晴れぬ　「雲が晴れない」と「心が晴れない」との両義。▽わび住まいの嘆き、→九六二。五句「わぶとこたへよ」が共通。地方官にちなむ歌として次の九三八と関連する一方、内容面では、九三五とも対応する。

938 つらい思いで過ごしているうちに、わが身がいやになってしまいましたので、根のない浮草が水に乗って流れてゆくように、私も、誘ってくれる人がいるなら都を去ろうかと思っています。○三河掾　「三河」は現在の愛知県東部。「掾」は国司の三等官。○県見　地方の国の視察。○え出で立たじや　「え」は不可能を表す。「お出かけになるのは無理ですか」という控えめな誘い。○うき草　「憂き」と「浮き」との掛詞。○根を絶えて　「を」は間投助詞。「根が絶えて」の意。○水　ここは「人」の意味。浮草の縁。「三河」の「河」から一種の縁語関係が展開。○去なむ　「去ぬ」は去ること、出かけること。▽六歌仙の二人のやりとりとして注目される。地位の高くない地方官への赴任に際して、康秀は控えめな誘いの挨拶を寄こし、小町も、実際には同行できないものの、わが身のつらさから都を去ってもよいくらいだ、という好意的な返事を返す。

939 「あはれ」ということばこそ、困ったことに、世の中に見切りをつける思いになれない束縛なのだった。○あはれ　しみじみと心が動かされること。また、そうした時に発することば。訳せば、「ああ」とでもなるところだが、ここはそのままにした。○てふ　「といふ」の縮まった形。○うたて　三句以下全体にかかる。○思ひ離れ　「思ひ離る」は出家して俗世から離脱すること。○ほだし　もともと馬などの足かせで、行動を束縛するもの。そこから「束縛」「妨げ」などの抽象的な意味に広がるが、ここは、「あはれ」ということばが、まるで物のようにわが身をこの世に縛り付けている、というイメージ。▽「あはれ」という、もっとも人間らしい思いが、一方で当時の理想であった出家を妨げる、という葛藤。

940 「あはれ」という言葉を発するたびに置く露は、昔を恋しく思う涙なのであった。○言の葉　ここはとくに「葉」のイメージを持たせる。○露　「葉」の縁で涙の見立て。▽昔を恋い慕う心情は、現在に対して肯定的でない、厭世観にもつながる思い。

941 世の中が悲しいとかつらいとかいうことを誰にも告げてはいないのに、そのことをまっさきに知るものは涙なのであった。○つげなくに　涙も含めて、誰に対しても。○まづ知る　作者の悲しみやつらさを。

942 世の中は夢か現実か。現実とも夢ともわからない。存在してい

943 世の中にいづらわが身のありてなしあはれとやいはむあな憂とやいはむ

944 山里はもののわびしきことこそあれ世の憂きよりは住みよかりけり

惟喬親王《これたかのみこ》

945 白雲のたえずたなびく峰にだに住めば住みぬる世にこそありけれ

布留今道

946 知りにけむ聞きてもいとへ世の中は波のさわぎに風ぞしくめる

素性

947 いづこにか世をばいとはむ心こそ野にも山にもまどふべらなれ

よみ人知らず

948 世の中は昔よりやは憂かりけむわが身一つのためになれるか

て存在していないのだから。○ありてなければ　存在していると同時に、無であるので。▽存在と無は一つであるという、すぐれて哲学的な歌であり、多くの「はかなさ」を詠む古今集歌にとって、一種の思想的な支柱ともいうべき歌。天台の教理に基づくという説もあるが、限定する必要はあるまい。

943　世の中に、さあどのように、わが身は存在していて存在していないのか。この世はいいものだと言おうか、ああつらいと言おうか。○いづら　どのような状態か、という感動詞。○ありてなし　↓九四二。▽下句は、世の中にたしかに存在しているともいないともいえないような状況に対するとまどい。

944　山里は何かと心細いことはあるが、俗世のつらい暮らしに比べれば住みやすいのだな。○わびしき　底本「慘慄き」。諸本に従い「わびしき」と訓む。▽山里の寂しさ、↓三一五。この歌から、隠遁や厭世観を詠む歌が続く。

945　白雲が常にたなびいている峰でさえ、住んでみれば住むことができる世なのであった。○白雲　雲はしばしば都と遠隔地を隔てる象徴となる。↓三八〇。○峰　高い山。▽惟喬親王は出家して比叡山の麓の小野に隠棲した。↓九七〇、『伊勢物語』八三段。この歌も、「峰」とあるが、その地での詠か。親王の歌は、他に七四があるが、それも人と離れた寂しい思いを詠む。「たえずたなびく」「すめばすみぬる」など同音のくり返し、七四にも。

946　すでに知っていたことでしょう。そうでなくとも、ここで聞いて厭わなくてはいけません。世の中というものは、波が騒ぐうえに風がしきりに吹くようですから。○知りにけむ　「知る」のは、この歌の相手。内容は、三句以下。○聞きても　直接の体験でなく、人から聞いたことによっても。ここは、私のことばを聞いてでも、の意。○しく　同じことが重なる。▽下句は、騒々しい世間の比喩。次々に出来事が起きて落ち着かない、ということは、無常だということ。

947　どこにこの世を逃れて隠棲しようか。心だけは、野にも山にもさまよい出てゆくようなのだが。○いづこ　底本「こ」の右に「く」と傍書。○心こそ　「心」は「身」の対。「こそ」に、「身」はまだ俗世にあるけれども、の意を籠める。▽素性には、野や山に惹かれる歌が多い。↓九五、九六、一二六。この歌は、隠棲の決断はまだ下せずに、身を隠すべき地を定めかねている趣。

948　世の中は昔からつらいものだったのだろうか。いや、そんなはずはない。では、私一人にだけつらいものになっているのだろうか。○やは　反語。○わが身一つ　↓一九三、七四七。

949 世の中をいとふ山べの草木とやあなうの花の色に出でにけむ

950 み吉野の山のあなたに宿もがな世の憂き時のかくれがにせむ

951 世にふれば憂さこそまされみ吉野の岩のかけ道踏みならしてむ

952 いかならむ巌の中に住まばかは世の憂きことの聞こえ来ざらむ

953 あしひきの山のまにまに隠れなむ憂き世の中はあるかひもなし

954 世の中の憂けくに飽きぬ奥山の木の葉にふれるゆきや消《け》なまし

同じ文字なき歌　　　物部良名

955 世の憂きめ見えぬ山路へ入らむには思ふ人こそほだしなりけれ

949　世の中を厭わしく思って住む山辺の草木に私はなったということで、山里に咲く卯の花のように、ああいやだという気持が顔に出てしまったのであろうか。○草木　自分を見立てる。具体的には、「卯の花」。○あなう　「憂」と「卯」を掛ける。▽諸注多く、卯の花が「憂し」という思いを花の色に表している、と解するが、卯の花が主語では、厭世観を詠む歌を並べた配列が乱れる。

950　吉野の山の奥に宿がほしいものだ。世の中がつらい時の隠れ家にしよう。○み吉野　「み」は美称の接頭語。隠遁の地としての吉野、↓三二七など。○あなた　向こう。奥。▽吉野は隠遁の地であり、その奥を求めるのは深い厭世観の表れとも見えるが、むしろやや気楽な気持で吉野の奥を願っているもので、それは、「世の憂き時」という表現にもうかがわれる。

951　この世に生きているとただつらい気持がつのってくる。いっそ吉野山の岩に架かる桟道を踏みしめて山奥へ入ってしまいたい。○み吉野　↓九五〇。○かけ道　桟道。道のない崖に木で棚のように造った道。○踏みならし　直訳をすれば、「踏んで平らにする」。ずっと長い道を行くイメージ。▽九五〇より進んで、世の憂さから現実に隠遁を考え始めている歌。

952　いったいどのような深い岩山の中に住んだならば、世の中のいやなことが聞こえてこないのだろうか。○かは　疑問、反語いずれにもとれるが、「いかならむ」との関係で反語がまさる。疑問としても、強い疑問。

953　どんな山でもその山のあるにまかせて隠れよう。山には「峡」があるが、つらい世の中には生きている効がない。○まにまに　そのとおりに。ここは、山の様子や状態に従って、という意味。○あるかひもなし　「かひ」は「効」に「峡」を連想させる。また、「ある」は「生きる」の意味だが、「あるかひもなし」とことば遊びのようになり、ユーモラスな感じを生む。

954　世の中のつらいことがほとほといやになった。奥山の木の葉に降り積もった雪が人知れず消えるように、私も人知れず奥山に入って消えてしまおうか。○憂けく　「憂し」を名詞化するク語法。○飽き　「あく」は十分に堪能する、の意から進んで、いやになる、の意。○ゆき　「雪」と「行き」の掛詞。▽奥山に跡をくらますことを、奥山の木の葉の雪が消えるイメージに重ね合わせているので、訳には「人知れず」を補ってみた。「飽き」に常套的な「秋」を連想すれば、冬の「雪」へと時間の流れが生まれる。

955　世の中のつらさにあわずにすむ山路へ入ってゆくには、愛する人こそが自分をこの世につなぎ止めるものなのであった。○詞書　いろは歌などと同様の条件の歌。『万葉集』にも、「も」「の」「は」を用いない歌（十九・四一七五）などが見える。○こそ　「憂きめ」は、俗世ではむしろ「思ふ人」に味わわされるこ

山の法師のもとへつかはしける　凡河内躬恒

956 世をすてて山に入る人山にてもなほ憂き時はいづち行くらむ

もの思ひける時、いときなき子を見てよめる

957 いまさらになに生《お》ひ出づらむ竹の子のうきふししげきよとは知らずや

題知らず　よみ人知らず

958 世に経《ふ》れば言の葉しげき呉竹《くれたけ》のうきふしごとに鶯ぞなく

959 木にもあらず草にもあらぬ竹のよの端にわが身はなりぬべらなり

ある人のいはく、高津の皇女《みこ》の歌なり

960 わが身からうき世の中と名づけつつ人のためさへかなしかるらむ

隠岐国《おきのくに》に流されてはべりける時によめる　篁朝臣

961 思ひきや鄙《ひな》の別れにおとろへて海人《あま》の縄たきいざりせむとは

とが多いので、「こそ」で強調した。○ほだし →九三九。▽出家の困難を詠む歌。『源氏物語』で引歌として多く用いられる。

956 世を捨てて山に入る人は、山でもまだつらいことがあった時には、いったいどこへ行くのだろうか。○山 「山」だけで比叡山を表す場合もあるが、ここは一般的な意味か。▽隠遁生活の困難を思う、というよりも、隠遁者へのユーモラスな皮肉や揶揄が感じられる。二三句のリズムにもそうした感じが表れている。九五〇からの隠遁のテーマはここまでで区切りになる。

957 いまさらどうしてこの子は生い育ってゆくのだろうか。竹の子が節が多く重なっているように、つらいことが多い世の中だと知らないのだろうか。○いときなき 幼い。○ふし 竹の「節」と折という意味の「ふし」を掛ける。○しげき 竹の縁語。○よ 「世」と、竹の節と節との間を意味する「よ」との掛詞。

958 世の中に生きていると、いろいろつらい言葉を聞くことが多い。葉の多い呉竹の節にとまるたびに鶯が鳴くように、私もつらいことがあるたびに泣いている。○世 「よ」(竹の節と節との間) の連想がある。○言の葉 ここでは、下の「憂き」と合わせて、自分がつらい思いをするような他人の言葉。○しげき 「言の葉」が多いと、「葉」が多いとの両義。○ふし 竹の「節」と折という意味の「ふし」を掛ける。○鶯 「憂きふし」にふさわしく、「憂」という名を持つ鶯が、という含み。鶯の鳴き声を「憂く」と聞きとっているともとれる。→四二二。○なく 鶯も自分も。▽「よ」「葉」「しげき」「竹」「ふし」が縁語。

959 木でもなく草でもない竹のよのような中途半端なありさまに、私はなってしまいそうだ。○初二句 戴凱之「竹譜」の「植物ノナカニ竹トイフモノアリ。剛ナラズ、柔ナラズ、草ニ非ズ、木ニ非ズ」をふまえる。○よ 竹の節と節との間。○端 ここは「はした」と同じで、中途半端の意。○左注 高津内親王は、嵯峨天皇の即位とともに妃となったが、まもなく廃された。内親王には「直き木に曲がれる枝もあるものを毛を吹ききずをいふがわりなさ」(後撰集・雑二) という歌があり、詞書によれば自分が好色であるという噂を耳にして詠んだもの。「毛を吹きて小疵を求めず」(韓非子) をふまえる。左注なので、あくまで伝承である。

960 自分自身のせいで、くり返しこの世を「憂き世の中」と受け止めてきたのに、どうして他人のためにまで心を痛めるのであろうか。○から …が原因で。○名づけ 「名づく」は、そのように言うこと。→六九八。○人のため 「人」は他人ととったが、特定の人とも考えられる。○さへ 添加を表す助詞。▽状況のわかりにくい歌。世の中の悲しさは、自分に対して感じる「憂し」だけではない、ということ。

田村の御時に、事にあたりて、津の国の須磨といふ所にこもりはべりけるに、宮のうちにはべりける人につかはしける

在原行平朝臣

962 わくらばにとふ人あらば須磨の浦に藻塩《もしほ》垂れつつわぶと答へよ

左近将監《さこんのしやうげん》解けてはべりける時に、女のとぶらひにおこせたりける返事《かへりごと》に、よみてつかはしける

小野春風

963 あまびこのおとづれじとぞ今は思ふわれか人かと身をたどる世に

つかさ解けてはべりける時よめる

平貞文

964 うき世には門《かど》させりとも見えなくになどかわが身の出でがてにする

965 ありはてぬ命待つ間のほどばかりうきことしげく思はずもがな

親王《みこ》の宮の帯刀《たちはき》にはべりけるを、宮仕へつかうまつらずとて、解けてはべりける時によめる

宮道潔興《みやぢのきよき》

966 筑波《つくば》嶺《ね》の木《こ》のもとごとに立ちぞよる春のみ山のかげをこひつつ

961　今まで思いもよらなかったよ。都の人々に別れた遠い田舎暮らしにおちぶれて、漁師の釣り縄を操って漁をするようになろうとは。○詞書 →四〇七。○思ひきや 「や」は反語。九七〇に同じ表現。○たき 「たく」は長い物を手で操作すること。○いざり 中世以降は「いさり」と清音。▽「思ひきや」という反語で初句切れの強いしらべが特徴。

962　もしもまれに私の消息を尋ねる人がいたならば、須磨の浦で、塩をとるために海藻にかけた海の水さながらに涙を流しながら嘆いている、と答えてください。○田村の御時 文徳天皇の時代。→九三〇。○事にあたりて 事件に関わって。具体的にはどのようなことか不明。○津の国 摂津国。○宮のうち 宮中。○わくらばに たまたま。めずらしく。○藻塩垂れ めずらしい語。「藻塩」と「塩垂る」が結びついた形。塩を取るために海藻にかけた海の水が流れる様と、涙を流す様とを掛ける。▽以上二首、配流とそれに準ずる歌。篁と行平は真名序で和歌の衰えた時代に名を馳せた人として対にされるが、ここでも似たような経験をした者として並べられる。『源氏物語』では、光源氏の須磨の住まいを、この歌を引いて「行平の中納言の藻塩垂れつつわびける家居近きわたり」と紹介する。九三七とも似る。

963　山びこのようにすぐにお便りに答えてお尋ねすることはできそうもないと今は思います。あまりの嘆きに、自分と他人との区別がつかなくなっておりますので。○左近将監解けて 左近将監を解任されて。三善清行『藤原保則伝』に「前右近将監小野春風は、累代の将家にして、驍勇人に超えたり。前の年頻りに讒謗に遭ひ、宮を放たれて家居せり」とあることと関わるか。○あまびこ 例の少ない語。山びこ。○おとづれじ 「じ」は打消可能と見て、訪問しようにもできない、の意ととるべき。○たどる 手探りで進む意。ここは悲嘆のあまり自他の区別も容易につかない状態。それゆえ、山びこのように相手の見舞いに応えることもできにくいという。

964　このつらい世の中には、門を閉じているとも見えないのに、どうしてわが身はなかなかこの世から出て行くこと、すなわち出家ができないのであろうか。○つかさ解けて 官職を免ぜられて。▽解任の悲嘆を門の比喩を用いて少しユーモラスに表現する。「出で」を官界に出てゆく、すなわち復帰するの意にとる説もあるが、解任された現在の境遇も含めて「憂き世」であろうから、従いにくい。『平中物語』第一話にも載る。

965　この世にいつまでも生きていることができない、わが命の終わるのを待つ間くらいは、あれこれといやなことを考えずにいたいものよ。▽前歌と同じ時期の歌であろう。人間の生を死に至るまでのわずかなはかないものとする認識は当時一般的であるが、ここは、解任という具体的な事件に基づく悲嘆や厭世観が中心であろう。

時なりける人の、にはかに時なくなりて嘆くを見て、みづからの、嘆きもなくよろこびもなきことを思ひてよめる　清原深養父

967 光なき谷には春もよそなれば咲きてとく散るもの思ひもなし

桂にはべりける時に、七条の中宮とはせたまへりける御返事《かへりごと》にたてまつれりける　伊勢

968 ひさかたの中に生《お》ひたる里なれば光をのみぞたのむべらなる

紀利貞《きのとしさだ》が阿《あ》波介《はのすけ》にまかりける時に、馬の餞《はなむけ》せむとて、今日と言ひ送れりける時に、ここかしこにまかりありきて、夜ふくるまで見えざりければ、つかはしける　業平朝臣

969 今ぞ知る苦しきものと人待たむ里をば離《か》れずとふべかりけり

966 「筑波嶺のこのもかのも」の歌のように、木陰を求めては木のもとに立ち寄っています。春の山ならぬ春の宮さまのご庇護を恋い慕いながら。○親王の宮　歌に「春のみ山」とあることから、ここは東宮。誰であるかは不明。○帯刀　帯刀舎人。→八五。○解けて　解任されて。○筑波嶺　→一〇九五。「このも」まで共通するが、一〇九五では「この面」。○二三句　→一〇六八。○春のみ山　東宮のこと。東宮は春宮とも書く。「春の宮」を詠み込む。○かげ　ここは木陰から転じて庇護の意。▽一〇九五の下句「君がみかげにますかげはなし」を連想させながら、東宮の庇護を願う。

967 もともと光のささない谷には春も無縁なものですから、花が咲いてすぐに散るのを心配する、という気持はありません。○時なりける　時めいている。栄えている。○時なくなり　栄えを失う。○光なき谷　作者深養父の境遇の比喩。○四五句　花が咲けばすぐに散ることを心配するのが世の常であるが、春が来ないので、花も咲かず、そうした心配事もない、ということ。「咲きてとく散るもの思ひ」は、もの思いを花に喩えた表現と見ることもできる。「もの思ひの花」という表現もある。

968 月に生えている桂、その桂の名を持つこの里では、ただ月の光、中宮さまのご威光だけを頼りにするようです。○桂　現在の京都市西京区桂。○七条の中宮　宇多天皇の中宮、温子。○とはせたまへり　お見舞いくださった。○ひさかたの　「月」に掛かる枕詞であるが、ここでは、「ひさかた」が「月」の意。○上句　月には桂が生えているという中国伝来の故事。→一九四、四六三。○光　ここは中宮温子の威光。▽『伊勢集』によれば、伊勢が宇多天皇の皇子を生み、その皇子を桂に置いて温子のもとで仕えていた折の歌。温子の歌は「月のうちに桂の人を思ふとや雨に涙の添ひて降るらむ」。ただし、『古今集』の詞書では、皇子の出産など具体的な事情は明確でない。

969 今になってやっとわかりました。人を待つのは苦しいことだと。そのような思いで自分を待っていてくれる女の里に途絶えることなく通うべきであったのですね。○紀利貞　→作者略伝。○馬の餞　送別の宴。○今日　「今日宴をしましょう」の意。○ここかしこにまかりありきて　紀利貞があちらこちら出歩いていること。▽『伊勢物語』四八段にも載るが、『伊勢物語』では固有名詞もなく、簡略。業平の歌で『古今集』の詞書の方が詳しいのは、めずらしい。色好みで知られた業平が、待つ立場になって自分のふるまいを反省しているところにおかしみがある。もちろん、利貞への皮肉。

惟喬親王《これたかのみこ》のもとにまかりかよひけるを、頭《かしら》おろして小野といふ所にはべりけるに、正月にとぶらはむとてまかりたりけるに、比叡《ひえ》の山の麓《ふもと》なりければ、雪いと深かりけり。しひてかの室《むろ》にまかりいたりてをがみけるに、つれづれとして、いとものがなしくて、帰りまうできて、よみておくりける

970 忘れては夢かとぞ思ふ思ひきや雪踏みわけて君を見むとは

深草の里に住みはべりて、京へまうで来とて、そこなりける人によみておくりける

971 年を経て住みこし里を出でていなばいとど深草野とやなりなむ

返し　　よみ人知らず

972 野とならば鶉《うづら》と鳴きて年は経むかりにだにやは君が来ざらむ

970　ふと現実であることを忘れては夢ではないかと思います。かつて思ったことがあったでしょうか。雪を踏み分けて親王の君に会いに参ることになろうとは。○頭おろして　惟喬親王の出家は、貞観十四年（八七二）。○小野　比叡山の西麓。現在の京都市左京区上高野から八瀬にかけてのあたり。○しひて　無理をして。○かの室　親王の庵室。○忘れては　親王が出家をして小野に隠棲しているという現実を。○思ひきや　→九六一。「思ふ」「思ひきや」という同語の反復は業平歌の特徴。▽『伊勢物語』八三段では、業平が親王のもとを辞去する帰り際に詠まれた歌として載る。

971　何年もの間ともに住んできたこの里を出て行ったならば、深草という名にもましていよいよ草深い野になってしまうだろうか。○深草の里　現在の京都市伏見区深草のあたり。○まうで来　ここは「来る」という意味ではなく、「移り住む」の意。○深草　地名の「深草」に、「いとど」とのつながりで「草深い」の意味を持たせる。

972　ここが野となってしまったならば、私は鶉になって、悲しい、つらいといって鳴きながら長い年月を過ごすことでしょう。あなたが、仮そめにでも、狩りにやって来ないなどということはないでしょうから。○鶉　「う（憂し）　つら（辛し）」を掛ける。○年は経む　前歌の「年を経て」に対応する。○かり　「仮」と「狩り」の掛詞。○やは　反語。▽鶉になって恋しい人の来訪を待ちわびるという想像が哀切で、「かり」の掛詞が生きる。前歌とともに、『伊勢物語』一二三段に載る。二三句「鶉となりて鳴きをらむ」。この歌を本歌とした藤原俊成の「夕されば野辺の秋風身にしみて鶉鳴くなり深草の里」（千載集・秋上）は有名。俊成の自讃歌。

973 われを君なにはの浦にありしかばうきめをみつのあまとなりにき

題知らず

この歌は、ある人、昔男ありける女の、男とはずなりにければ、難波なる御津《みつ》の寺にまかりて、尼になりて、よみて男につかはせりけるとなむいへる

返し

974 難波《なには》潟《がた》うらむべきまもおもほえずいづこをみつのあまとかはなる

975 今さらにとふべき人も思ほえず八重葎《やへむぐら》して門《かど》させりてへ

友だちの久しうまうで来《こ》ざりけるもとに、よみてつかはしける

躬恒

976 水の面《おも》におふる五月《さつき》の浮草の憂きことあれや根をたえて来ぬ

973　私のことをあなたは何とも思ってくれず、私は難波の浦にいたので、浮き布を見た御津の漁師ならぬ、つらい目を見て、三津寺で尼になってしまいました。○なに「何」に続く文脈が消えている。「何とも思はず」の意ととる。→六九六。あるいは「何と思っていたのか」という疑問ともとれる。「難波」と掛ける。○うきめ　「浮き布」と「憂き目」との掛詞。○みつ　「見つ」と「御津」の掛詞。○あま　「海人」と「尼」の掛詞。○御津の寺　今の大阪市中央区にある三津寺のことか。▽掛詞を多く盛り込みすぎて、わかりにくい歌。左注が必要になる所以。

974　あなたが私を恨むようなそんな無沙汰はしたおぼえがありません。いったい私のどこを見て、御津の漁師ならぬ三津寺の尼になったのでしょうか。○うらむ　「浦」と「恨む」の掛詞。○みつ　「見つ」と「御津」の掛詞。○あま　「海人」と「尼」の掛詞。

975　今さら私を訪ねるような人があるとは思われません。八重葎で門を閉じていると言いなさい。○八重葎　幾重にも生い茂った葎。葎は蔓性の雑草。○させり　「鎖す」に助動詞「り」の付いた形。○てへ　「といへ」の縮まった形。▽詞書がないので、九七四とともに九七三への返歌となるが、内容の点で明らかに不自然。底本以外の多くの本に「題知らず」とあるのが妥当で、前二首とは関わりはない。

976　水面に生えている五月の浮草の、その「う」と同じ「憂き」（いやな）ことがあるからだろうか、浮草が根が絶えたようにちっとも訪れがないのは。○五月　梅雨の季節で浮草が繁茂する。○浮草の　同音で「憂き」につながり、「根をたえて」にもつながる。→九三八。○下句　参考「ほととぎす鳴く峯の上の卯の花のうきことあれや君が来まさぬ」（万葉・巻八・一五〇一）。「ね」を「根」と「音」の掛詞とする説はとらない。

人をとはで久しうありける折に、あひうらみければよめる

977 身をすてて行きやしにけむ思ふよりほかなるものは心なりけり

宗岳《むねをかの》大頼《おほより》が、越《こし》よりまうで来たりける時に、雪の降りけるを見て、おのが思ひはこの雪のごとくなむ積もれる、といひける折によめる

978 君が思ひ雪と積もらばたのまれず春よりのちはあらじと思へば

宗岳《むねをかの》大頼《おほより》

返し

979 君をのみ思ひこしぢの白山《しらやま》はいつかは雪の消ゆる時ある

越なりける人につかはしける

紀貫之

980 思ひやる越の白山知らねども一夜《ひとよ》も夢に越えぬ夜ぞなき

題知らず

よみ人知らず

981 いざここにわが世は経《へ》なむ菅原《すがはら》や伏見《ふしみ》の里の荒れまくも惜し

977　わが身を捨てて心だけは知らないうちにそちらへ行っていたのでしょうか。自分の思いと別にあるものは心だったのでした。○行きやしにけむ　心だけはあなたのもとへ行っていたのでしょうか。▽相手の恨みを軽くいなした歌。身と心が対になる歌は多い。身は相手とともになくとも心はともにある、という歌、→三七三、六一九。「思ふ」は意識的な精神活動であり、「心」は無意識のうちに働く情動というほどの区別。

978　あなたの思いが、雪のように降り積もるというのであれば、あてにできませんね。春以降には溶けてなくなってしまうと思いますので。○宗岳大頼　→作者略伝。○越　越前、越中、越後の総称。大頼がいずれの国かに赴任していたのであろう。いつのことかは不明。▽類歌「白雪のつもる思ひもたのまれず春よりのちはあらじと思へば」（後撰集・恋六・よみ人知らず）。兼輔の歌への返歌として載る。三四五句の一致から、本歌との直接の関係が想定される。

979　あなたのことをひたすら思ってやって来た越路の白山は、いつ雪の消える時がありましょうか。○こしぢ　「来し」と「越」とを掛ける。○白山　→三八三。雪の消えない山と見られていた。→四一四。▽軽妙な贈答歌。躬恒の機知が、大頼の任地にちなむ白山を引き出す。躬恒も越に出かけたことがある。→四一四。

980　思いをはせている越の白山は、実際には知らないのだけれども、一夜でも夢に越えない夜はないのです。○知らねども　「白山」の「しら」の音を反復させる。二三句全体は三九一に同じ。○五句　「越の白山」なので、「越える」という機知。

981　さあ、ここでわが生涯を過ごそう。菅原の伏見の里が荒れるのは惜しいから。○菅原や伏見の里　現在の奈良市菅原町。○荒れまく　荒れること。「まく」→九〇〇。▽以下、都から離れた場所に住む人の歌が続く。

982 わが庵《いほ》は三輪の山もと恋しくはとぶらひ来ませ杉立てる門《かど》

喜撰法師

983 わが庵は都の辰巳《たつみ》しかぞ住む世をうぢ山と人はいふなり

よみ人知らず

984 荒れにけりあはれ幾世《いくよ》の宿なれや住みけむ人のおとづれもせぬ

奈良へまかりける時に、荒れたる家に女の琴弾きけるを聞きて、よみて入れたりける

良岑宗貞

985 わび人の住むべき宿と見るなへに嘆き加はる琴の音ぞする

初瀬《はつせ》に詣《まう》づる道に、奈良の京に宿れりける時、よめる

二条

986 人古す里をいとひて来《こ》しかども奈良の都もうき名なりけり

982 私の庵は三輪山の麓にある。恋しければ訪ねてきてください。杉の木が立っている門を。○三輪の山もと　三輪山は、現在の奈良県桜井市三輪にある山。山じたいが神体として信仰される。○ませ「ます」は尊敬を表す補助動詞。▽三輪山の麓に隠棲した人の歌であろうが、平安後期の歌学書などでは、三輪明神の歌として、さまざまな伝説とともに語られる。

983 私の庵は都の東南。そのような所に住んでいます。世がつらいという宇治山だと人は言っているようです。○辰巳　東南の方角。○しか　そのように。都から離れた東南の方角に、ということ。「鹿」の連想もあるか。辰—巳—午というつながりから鹿へ連想が及ぶ。鹿の鳴き声は秋のもの悲しさを代表するもので、下句の「憂し」ともつながる。○うぢ山「憂（し）」と「宇治」との掛詞。○なり　伝聞の助動詞。人はそう言っているらしい。▽『百人一首』に入る。

984 荒れてしまっているなあ。ああ、いったい何世代経た家だというのだろうか。住んでいた人が訪ねても来ないというのは。○幾世　何世代。ここは、人が住まなくなってから過ぎ去った時間の長さ。何世代も住み替わったという意味ではあるまい。○下句　二三句に対する理由。住んでいた人が訪ねてこないことを根拠に、人が住まなくなってからだいぶ長い年月が経ったことを推測する。

985 世を厭う人が住むのにふさわしい宿と見ていると、嘆きがいっそう増すような琴の音が聞こえてきます。○良岑宗貞　この作者名表記は、宗貞（遍昭）の在俗時代の歌であることを示す。→九一、八七二。○わび人　世をはかなむ人。とくに誰と限定せず一般論とも、女を指すともとれるが、四句の「嘆き加はる」から見て、作者ととる。二九二でも、作者遍昭自身を指す。○なへに　…していると。

986 人を古びたものとする里を嫌ってここへ来たけれども、奈良の都も古いを思わせる「ふるさと」というつらい名であったよ。○初瀬　長谷寺。○古す　古いものとする。→八二四。○里　ここは京の都。○うき名　奈良は、平安京から見れば古都。古都を「ふるさと」という。「ふるさと」は「古くなった里」の意味なので、「古い」の連想がある。▽都を「里」として、奈良を「都」と表現するのは、通常とは逆で、工夫がある。

題知らず

987 世の中はいづれかさしてわがならむ行きとまるをぞ宿と定むる

よみ人知らず

988 逢坂《あふさか》の嵐の風は寒けれど行くへ知らねばわびつつぞ寝《ぬ》る

989 風の上にありか定めぬ塵の身は行くへも知らずなりぬべらなり

家を売りてよめる

990 飛鳥川《あすかがは》淵にもあらぬわが宿もせにかはりゆくものにぞありける

伊勢

筑紫《つくし》にはべりける時に、まかりかよひつつ碁打ちける人のもとに、京に帰りまうで来てつかはしける

991 ふるさとは見しごともあらず斧《をの》の柄《え》の朽《く》ちし所ぞ恋しかりける

紀友則

女ともだちと物語して、別れてのちにつかはしける

992 あかざりし袖の中にや入りにけむわが魂のなき心地する

陸奥《みちのく》

987　世の中はいったいどこを自分の宿と定めたらよいのだろう。たどり着いた所を宿と定めるのだ。○さして　それと指定して、の意。○わが　わが宿。▽上句と下句の間に、「まあ、どこでもよいのだ」といった気分がある。

988　逢坂の関に吹きすさぶ嵐の風は寒いけれど、これからどこへ行くというあてもないのだから、わびしいと思いながら寝る。○逢坂　逢坂の関あたりの地。▽あてのない旅に出た人物の思い。行く先を決めかねているので、ともかく今晩は、逢坂の寒い風に耐えながら寝ようという歌。

989　風に吹き上げられてどこにいるか居場所も定めない塵のようなこの身は、どこへ行くか行方しれずになってしまいそうだ。○風の…塵　はかないものの喩え。漢語の「風塵」などへの連想があるか。○塵の身　→一〇〇三。▽前歌と「風」、「行くへ知らず」という表現が共通する。

990　飛鳥川の淵でもないわが宿も瀬に変わってゆく――銭に変わってゆくものだったのだ。○飛鳥川　→九三三。無常の象徴として詠まれることが多い。○せに　「瀬に」と「銭」を掛ける。「銭」が歌に詠まれるのはめずらしい例だが、詞書に「家を売りて」とあり、物名のようにして詠まれている。

991　かつて住み慣れた都は、以前とは変わっていました。斧の柄の朽ちてしまった、あなたとともにいた地が恋しく思われるのでした。○筑紫　筑前、筑後の総称。九州北部。○友則が筑紫に赴任していたという記録は見出せないが、大宰府の役人であったか。○ふるさと　ここは以前に住み慣れていた都のこと。○見しごと　「ごと」は「ごとし」の語幹。「ご」に「碁」を詠み込む。○斧の柄の朽ちし所　次のような有名な故事による。中国の晋の王質という人が、木を伐りに石室山に入り、二人の仙人が碁を打っているところを見ていた。一番が終わらないうちに斧の柄が腐っていることに気づき、家に戻ってみると、はるか未来の世となっていて、知っている人は誰もいなかった、という話。ここは、友則が楽しく時を忘れて碁を打っていた相手と過ごした筑紫の地。なお、浦島伝説への連想もあるか。

992　いくら語り合っても満ち足りることなくお別れをしてしまったあなたの袖の中に入ってしまったのでしょうか、私の魂がなくなったような気持がします。○物語して　おしゃべりをして。○あかざりし　「あく」は満ち足りる。「袖」へのつながりは、かなり圧縮した表現なので、ことばを補って訳出した。→四〇〇。○魂　ここは玉に見立てる。魂と玉は、語源も等しく、当時も同質のものと見られていた。▽袖に入った魂（玉）という表現は、→五五六。この歌、後に、後朝の別れで男性が詠む歌などによく引かれる。

寛平御時に、唐土《もろこし》の判官《はうぐわん》に召されてはべりける時に、東宮のさぶらひにて、をのこども酒たうべけるついでによみはべりける

藤原忠房

993 なよ竹のよ長き上に初霜のおきゐてものを思ふころかな

題知らず

よみ人知らず

994 風吹けば沖つ白波たつた山夜半《よは》にや君が一人越ゆらむ

ある人、この歌は、昔大和国なりける人のむすめに、ある人住みわたりけり。この女、親もなくなりて、家もわるくなりゆく間《あひだ》に、この男河内国《かうちのくに》に人をあひ知りてかよひつつ、離《か》れやうにのみなりゆきけり。さりけれども、つらげなる気色も見えで、河内へ行くごとに、男の心のごとくにしつつ出《いだ》しやりければ、あやしと思ひて、もしなき間《ま》に異心《ことごころ》もやあるとうたがひて、月のおもしろかりける夜、河内

993　なよ竹の「よ」は長い――夜が長い上に、初霜が置き、起きたまま座って、もの思いを重ねている頃だよ。○寛平御時　宇多天皇の代。○唐土の判官　遣唐使の三等官。○東宮のさぶらひ　東宮御所の侍臣の詰所。この東宮は、のちの醍醐天皇。○たうべける　「たうぶ」は、いただく。→一六一など。○なよ竹　なよなよとしたしなやかな竹。○よ長き　「よ」は、竹の節と節の間を意味する「よ」と「夜」の掛詞。「長き」は「よ」と「夜」の両義。○おき　「置き」と「起き」の掛詞。▽遣唐使に任命されたことへの悩み。遣唐使の渡航は危険な旅であった。これは、菅原道真の建議によって中止された寛平六年（八九四）の遣唐使か。

994　風が吹くと沖の白波が立つ――その「立つ」という名を持つ立田山を夜半にあなたは一人で越えているのでしょうか。○たつた山　「たつ」は、白波が「立つ」と地名の「立田山」とを掛ける。参考「海（わた）の底沖つ白波立田山いつか越えなむ妹があたり見む」（万葉・巻一・八三）。○家もわるく　ここは、暮らしが貧しくなったこと。○河内国　今の大阪府東部。○離れやう　大和国の女との間が。○つらげなる気色　女が。○あやしと思ひて　男は、おかしいと思って。○異心　浮気心。○夜更くるまで…寝にければ　女の様子。○これを聞きて　以下は男。▽左注は、この歌とともに『伊勢物語』二三段に載せる物語とほぼ一致するが、琴を弾く場面は、二三段にはない。歌の力によって、相手の心を取り戻すという典型的な歌徳説話。左注は、『古今集』撰集当時からあったものではなく、後に付加されたものらしい。

へ行くまねにて、前栽《せんざい》の中に隠れて見ければ、夜更くるまで琴をかきならしつつ、うち嘆きて、この歌をよみて寝にければ、これを聞きて、それよりまた外へもまからずなりにけり、となむ言ひ伝へたる

995 たがみそぎゆふつけ鳥か唐衣たつたの山にをりはへて鳴く

996 忘られむ時しのべとぞ浜千鳥ゆくへも知らぬ跡をとどむる

貞観《ぢやうぐわん》御時、万葉集はいつばかりつくれるぞと問はせたまひければ、よみてたてまつりける　　文屋有季

997 神無月時雨ふりおけるならの葉の名に負ふ宮の古言《ふること》ぞこれ

寛平御時、歌奉りけるついでに、奉りける　　大江千里

998 葦鶴《あしたづ》の一人おくれて鳴く声は雲の上まで聞こえつかなむ

995　誰の禊ぎのための木綿をつけたゆうつけ鳥であろうか。立田の山でずっと鳴いているのは。○ゆふ　「木綿」と「ゆふつけ鳥」との掛詞。「ゆふつけ鳥」、→五三六、六三四、七四〇。○唐衣　「裁つ」の枕詞として「立田」につづく。○をりはへ　行為の持続を表す語。→一五〇、五四三。▽「木綿」（「結ふ」も連想）「唐衣」「たつ」は縁語。

996　忘れられるような時に思い出してほしいということで、浜千鳥が足跡をとどめてどこへ行ったかわからなくなるように、私も、筆の跡を残してゆきます。○忘られむ時　「れ」は受身の助動詞。詠み手が相手に。○跡　浜千鳥の足跡と筆跡とを掛ける。中国古代、蒼頡という人が鳥の足跡を見て文字を作ったという故事による。▽臨終の折、あるいは長旅に出る時の歌か。初二句は、「浜千鳥…」には掛からず、五句に掛かる。前歌とは、鳥でつながる。

997　十月の時雨が降り注ぐ楢の葉と同じ名を持った奈良の宮の時代の古歌が、『万葉集』です。○貞観御時　「貞観」は清和天皇の代の年号。八五九年から八七七年。→二五五。○古言　古歌。▽『万葉集』の成立は、今なお決着を見ていない大きな問題。仮名序、真名序では、平城天皇の時代とする。この歌の「名に負ふ宮」が平城天皇の代まで含むかどうか不明。

998　鶴が群れから離れて一人鳴く声は、雲の上まで届いてほしいものよ。私も官位が遅れているので、その嘆きの声が雲の上の帝まで届いてほしいものよ。○歌奉りけるついで　宇多天皇の勅命によって『句題和歌』を奉ったこと。○葦鶴　もともと葦の生えた水辺にいる鶴のことだが、鶴の歌語になる。→九一九。○一人おくれて　官位の進み具合が他の人より遅いこと。○雲の上　『詩経』小雅の「鶴九皐（きうかう）に鳴き　声天に聴ゆ」をふまえる。○聞こえつかなむ　聞こえるように届いてほしい。「なむ」は、他に対して…してほしいと望む意。

999
人知れず思ふ心は春霞立ち出でて君が目にも見えなむ

藤原勝臣《かちおん》

歌召しける時に、奉るとて、よみて奥に書きつけて奉りける

伊勢

1000
山川の音にのみ聞くももしきを身をはやながら見るよしもがな

999　人知れず思っている心は、春霞が立つように外に表れて、あなた様の目に見えてほしいものです。
▽前歌の詞書どおりであるとすると、この作者に献上を命じた歌とは何か、不明。この歌の内容も、前歌と同様、身の不遇を訴えるものか。あるいは、歌の献上を命ぜられた感謝の意か。作者藤原勝臣には、清和天皇の時代の歌があり(二五五)、宇多朝ではやや高齢か。

1000　山川の音のように、ただ遠くから噂だけで聞いている宮中を、以前と同じようなわが身で、見てみたいものです。○歌召しける時　『古今集』撰集の時か。○音　山川の「音」と噂の意の掛詞。○身を　「水脈」を響かせる。○はやながら　以前の時のままで。具体的には、宇多天皇在位中のように。

古今和歌集巻第十九

雑躰

短歌

題知らず　　　　よみ人知らず

1001 あふことの　まれなる色に　思ひそめ　わが身はつねに
天雲の　晴るる時なく　富士の嶺《ね》の　燃えつつとばに
思へども　あふことかたし　何しかも　人をうらみむ
わたつみの　沖を深めて　思ひてし　思ひは今は
いたづらに　なりぬべらなり　行く水の　絶ゆる時なく
かくなわに　思ひ乱れて　降る雪の　消なば消ぬべく
思へども　えぶの身なれば　なほやまず　思ひは深し
あしひきの　山下水《やましたみづ》の　木《こ》がくれて　たぎつ心を

古今和歌集巻第十九

雑躰

○雑躰　この巻には、長歌五首、旋頭歌四首、誹諧歌五十八首が収められる。雑躰は、真名序に「長歌・短歌・旋頭・混本の類、雑躰一にあらず」とある。「雑躰」と記さない本も多く、この「雑躰」が短歌以外の歌体を表すとすると、誹諧歌は「雑躰」に含まれないか。○短歌　一〇〇四をのぞき、一〇〇六までは、長歌である。なぜここに「短歌」とあるのか、古来不審とされる。何らかの誤りにちがいないが、『万葉集』の表記のように「歌并短歌」などという形がもともとあり、何らかの事情で「歌并」が脱落したという説がある。

1001　逢うことがめったにない人を思い始めてから、わが身はいつでも空にかかる雲のように心が晴れる時がなく、富士の嶺の煙が絶えないように、いつまでも思いの火に燃え続けているのだが、逢うことはむずかしい。

だが、どうしてあの人を怨むことがあろうか。大海の沖が深いように、深く思いを寄せたその思いは今はむなしくなってしまいそうだ。流れてゆく水が絶える時がないように、ねじれ菓子のように思い乱れて、降る雪が消えてしまうように、わが身も消えてしまいたいと思うのだけれども、この煩悩に満ちた人間世界に生まれた身だから、やはり思いは止むことがないほど深い。

山の麓を木の蔭に隠れて激しく流れる水のように、わきたつ思いを誰に語ろうか。そんな思いを顔に出せば人が知ってしまいそうなので、夕暮れ時になると、一人座って、「ああ、ああ」とため息をついてもおさまらず、どうすることもできないので、庭に出て、行ったり来たりしていると、衣の袖に露が置く、その露のように消えられるものならば消えてしまいたいと思うけれども、それでもやはりため息が出てしまう。春霞がかかるほど遠くでもよいから、あの人に逢いたいと思うので。

○まれなる色に思ひそめ　「色」は「そめ」（初め・染め）の縁語。○富士の嶺　富士山の噴煙は、恋の思いの火によって立ち上る煙の比喩。○何しかも　「どうして…であろうか」の意の「何か」に、助詞の「し」と「も」が加わったもの。○わたつみの沖を　「深めて」を修飾。「わたつみ」は大海。○かくなわ　緒を結んだような形をした菓子。ここは「かくなわに」で、「かくなわ」のように、の意。○えぶ　仏教語で人間世界を表す「閻浮提（えんぶだい）」の約。○あしひきの…たぎつ心　→四九一。○色に出でば　顔色に出たならば。○すみぞめの　「暗い」の意から「夕べ」にかかる枕詞。○せむすべなみに　何をしようにも、する術がないので。○立ちやすらへば　「やすらふ」は行為が定まらないさま。○白妙の　「衣」にかかる枕詞。○春霞　霞は遠くに立つものという意識から、

誰にかも　あひ語らはむ　色に出でば　人知りぬべみ
すみぞめの　夕べになれば　一人ゐて　あはれあはれと
嘆きあまり　せむすべなみに　庭に出でて　立ちやすらへば
白妙《しろたへ》の　衣の袖に　置く露の　消なば消ぬべく
思へども　なほ嘆かれぬ　春霞　よそにも人に
逢はむと思へば

古歌《ふるうた》たてまつりし時の目録の、序《ぞ》の長歌　　貫之

1002
ちはやぶる　神の御代より　くれ竹の　世々にも絶えず
天彦《あまびこ》の　音羽の山の　春霞　思ひ乱れて
五月雨の　空もとどろに　さ夜ふけて　山ほととぎす
鳴くごとに　誰も寝ざめて　唐錦　立田の山の
もみぢ葉を　見てのみしのぶ　神無月　しぐれしぐれて
冬の夜の　庭もはだれに　降る雪の　なほ消えかへり
年ごとに　時につけつつ　あはれてふ　ことを言ひつつ
君をのみ　千代にといはふ　世の人の　思ひするがの
富士の嶺《ね》の　燃ゆる思ひも　あかずして　別るる涙

「よそ」にかかる枕詞。

1002 和歌は、神代以来、幾世代も絶えることなく続いてきて、音羽の山の春霞に花が見えずに思い乱れて、五月雨が空も響くほどに降って、夜が更けて、山ほととぎすが鳴くたびに誰もが目覚めて、立田の山の紅葉の葉を見て賞美する。十月になって、時雨が降り続き、冬の夜の庭にむらむらに降った雪が、すっかり消えてしまうような思いをして、毎年、その折々に「ああ、すばらしい」ということを言いながら、あなた様だけは千代の長寿をと祈る世の人のような思いをする、駿河国の富士の嶺の燃える思いを詠んだ歌、満ち足りることなく別れる涙を詠んだ歌、喪服の藤衣を織って着る心、数多くの和歌のそのことば一つ一つに、帝の仰せを拝受して、巻々の中に収め尽くそうと、伊勢の海の浦の塩貝を拾い集めるように、数々の歌を収録したのですが、短慮では考えも及ばず、やはり何年も宮中でお仕えして、昼夜を分かたずお仕えするということで、顧みることもないわが宿のしのぶ草が生えている板間が荒れているありさまなので、降る春雨が漏るように、すぐれた歌を漏らしているのではないか、と心配しています。○詞書　下段▽参照。○ちはやぶる　「神」にかかる枕詞。○くれ竹の世々　「くれ竹の」は、竹の節と節との間をいう「よ」に続き、「世」を掛ける。○天彦の　「音」にかかる枕詞。↓九六三。○思ひ乱れて　春霞との関係で、「花が見えずに」という意味を含む。次の「五月雨の」で、「みだれ」が繰り返される。○五月雨の…鳴くごとに　↓一六〇。○唐錦　「裁つ」の連想で「立田山」にかかる枕詞。○神無月しぐれしぐれて　「もみぢ葉」からの続き。↓三一四。○はだれ　『万葉集』に用いられる語。雪や霜がまだらであるさま。○あはれてふこと　感慨を表す「ああ」ということば。○思ひするがの　「思ひをする」と「駿河」を掛ける。↓五三四。○富士の嶺の燃ゆる思ひ　↓一〇〇一。○あかずして別るる涙　↓四〇〇。○藤衣　喪服。↓八四一。○すべらぎ　帝。○おほせ　ここは、天皇から下された撰集の仰せ。○伊勢の海の…とれりとすれど　催馬楽「伊勢海」の「伊勢の海の　清き渚に　潮がひに　なのりそや摘まむ　貝や拾はむや　玉や拾はむや」による。○玉の緒の　「短き」にかかる枕詞。「短き」は、考えが足りない。○年を経て…つかふとて　撰集作業のため、宮中に詰めていたこと。○しのぶ草　軒しのぶ。荒れた宿に生える草の代表。▽詞書は、醍醐天皇による『古今集』撰集の勅命を受け、古歌を集成して献上した折の目録の序の歌、という意味。「序の」は、底本「その」。「古歌」が「仮名序」の「万葉集に入らぬ古き歌」、「真名序」の「古来旧歌」に相当するならば、この古歌献上は、真名序にいう『続万葉集』の段階のものか。この「序」は「目録」に付けられたものと思われるが、歌の内容は、部立を示し、その順序は、春、夏、秋、冬、賀、恋、離別・羇旅、哀傷、雑となっている。

藤衣《ふぢごろも》　織れる心も　八千種《やちくさ》の　言の葉ごとに
すべらぎの　おほせかしこみ　巻々の　中につくすと
伊勢の海の　浦の塩貝　拾ひあつめ　とれりとすれど
玉の緒の　短き心　思ひあへず　なほあらたまの
年を経て　大宮にのみ　ひさかたの　昼夜分かず
つかふとて　顧みもせぬ　わが宿の　しのぶ草おふる
板間あらみ　降る春雨の　もりやしぬらむ

古歌《ふるうた》に加へて、たてまつれる長歌《ながうた》　壬生忠岑

1003 呉竹《くれたけ》の　世々の古言《ふること》　なかりせば　いかほの沼の
いかにして　思ふ心を　のばへまし　あはれ昔へ
ありきてふ　人麿こそは　うれしけれ　身は下ながら
言の葉を　天つ空まで　聞こえ上げ　末の世までの
あととなし　今も仰せの　下れるは　塵に継げとや
塵の身に　積もれることを　問はるらむ　これを思へば
けだものの　雲にほえけむ　心地して　千々のなさけも
思ほえず　一つ心ぞ　ほこらしき　かくはあれども

1003 世々に伝わる古い歌がなければ、どのようにして思う心を述べればよいのでしょうか。ああ、その昔、いたという人麿という人こそは、ありがたい人です。身分は低いながら、歌のことばを帝のもとにまで申しあげ、末の世までの先例として、そのおかげで、今も勅命が下るのは、その例に倣いなさいということで、塵のような私に数多く詠まれてきた歌をお尋ねになるのでしょうか。このことを思うと、あの獣が薬を飲んで天に昇って吠えたという故事のように、とんでもなく畏れ多いという気持がして、数々の思いも吹き飛んで、ただこの道に励んできたことが誇らしく思われます。

　このように誇らしい気持ではおりますが、帝のお側を守るお役目でありましたのに、誰が秋の来る方に誘いだしたのでしょうか、皇居の外側を守る身となりましたが、きちんとお勤めが果たせるものとも思えません。内裏の中にいる間は、嵐の風も聞こえては来ませんでした。今は、野山が近いので、春は霞がかかるように心が閉ざされ、夏は蟬のように一日泣き続け、秋は時雨に袖を濡らすように涙に濡れ、冬は霜にせめられるように、つらい思いをしております。

　このように苦しいわが身ではありますが、宮仕えをしてからの年を数えてみますと、三十年にもあいなりました。これに自分の年も合わせてみますと、ますます老いが積もりますので、身分は低いまま、年をとってしまったことの苦しいこと。このようにしながら、長柄の橋のように今にも朽ち果てそうに長生きをして、難波の浦に立つ波、その波のように皺だらけになり、その皺に溺れてしまいそうですが、そうはいっても命は惜しいので、越の国の白山のように頭は白くなったとしても、噂に聞く不老不死の薬がほしいものです。そうすれば、帝の君の限りないご長寿を自分も若いままに拝見できましょう。

○詞書　前歌同様、『古今集』撰進の折と見られる。○呉竹の　→一〇〇二。○いかほの沼の　「いかに」にかかる枕詞。「いかほの沼」は「群馬県の榛名湖ともいわれるが、不明。○世々の古言…のばへまし　『源氏物語』総角巻にも「古言ぞ人の心をのぶるたよりなりける」とある。○昔へ　「昔へ」で一語。→一六三。○ありきてふ　「ありきといふ」の約。○人麿　柿本人麿。○言の葉を天つ空まで聞こえ上げ　「言の葉」は歌。「天つ空」は雲の上ということで、ここでは帝のもと。単に歌を献上したというのではなく、仮名序・真名序からは、『万葉集』を編纂して献上したということ。○仰せ　醍醐天皇による『古今集』撰進の勅命。○塵に継げ　「塵に継ぐ」はすぐれた人のあとを追うこと。○塵の身　塵にも等しいものの数でもないわが身。忠岑自身の謙称。「積もれる」は「塵」の縁語。○けだものの雲にほえけむ　『神仙伝』に見える、漢の淮南王劉安の仙薬を飲んだ鶏と犬とが昇天して、

照る光　近き衛《まも》りの　身なりしを　誰かは秋の
来る方に　あざむき出でて　御垣より　外の重《へ》守《も》る身の
御《み》垣守《かきもり》　をさをさしくも　思ほえず　九重《ここのかさね》の
中にては　嵐の風も　聞かざりき　今は野山し
近ければ　春は霞に　たなびかれ　夏はうつせみ
なきくらし　秋は時雨に　袖をかし　冬は霜にぞ
せめらるる　かかるわびしき　身ながらに　つもれる年を
しるせれば　五つの六つに　なりにけり　これにそはれる
わたくしの　老いの数さへ　やよければ　身はいやしくて
年高き　ことの苦しさ　かくしつつ　長柄《ながら》の橋の
ながらへて　難波《なには》の浦に　立つ波の　波のしわにや
おぼほれむ　さすがに命　をしければ　越《こし》の国なる
白山《しらやま》の　頭《かしら》は白く　なりぬとも　音羽《おとは》の滝の
音に聞く　老いず死なずの　薬もが　君が八千代を
若えつつ見む

1004
君が代にあふさか山の岩清水木隠れたりと思ひけるかな

天上で鳴いたという故事。本来、王が飲むべきであった薬を、身のほどしらずに鶏や犬が飲んだことになぞらえて、撰者に選ばれたことを畏れ多い大役だとした。『忠岑集』には、「これを思へば」と「けだものの」との間に「いにしへに　くすりけがせる」という二句があり、その方が意味が通じやすい。「けがす」は口にする、の意。○近き衛りの身なりしを　忠岑が近衛府の番長であったこと。○誰かは秋の来る方に　五行説では、秋は西の方角。○御垣より外の重守る身の御垣守　忠岑が右衛門府の府生になったことをいう。衛門府は内裏の外側を警備する役所で、右衛門府は、西側の担当。○九重　「ここのへ」と訓むことが多いが、ここは「ここのかさね」。○今は野山し近ければ　内裏の外を警備する役所に転じたことを誇張し、季節ごとにふれあう自然が悲しみを引き起こす、とする。○五つの六つ　五×六で三十。宮中で仕えるようになってからの年数。○やよければ　「やよし」は、いよいよ多い、の意。○長柄の橋の　↓八二六。○波のしわ　波が次々に押し寄せるさまを皺に見立てる一方、皺だらけの身体ゆえ、皺に溺れるかもしれない、という戯れ。○音羽の滝の　ここは「音」にかかる枕詞。○老いず死なずの薬　不老不死の薬。前出の仙薬を飲んだ鶏と犬の故事への連想を導きながら、年老いた自分にこそ必要だという。○もが　底本「かも」。諸本により改める。○若え　「若ゆ」は若返る。▽『古今集』撰集に加わることのできた感激と、低い官職のまま年をとったことの嘆きを訴える。一種の申し文になっている。

1004　こうしてお上の御代に生まれ合うことができました。逢坂山の岩清水が木々の中に隠れているように、自分もずっと人目につかない者のままだと思っておりました。○あふ　君が代に「会ふ」から「逢坂」へ転じる。○岩清水　逢坂山の岩清水。↓五三七。

冬の長歌《ながうた》　凡河内躬恒

1005
ちはやぶる　神無月とや　けさよりは　くもりもあへず
初時雨《はつしぐれ》　紅葉とともに　ふるさとの　吉野の山の
山嵐《やまあらし》も　寒く日ごとに　なりゆけば　玉の緒とけて
こきちらし　霰《あられ》乱れて　霜こほり　いやかたまれる
庭のおもに　むらむら見ゆる　冬草の　上に降りしく
白雪の　積もり積もりて　あらたまの　年をあまたも　過ぐしつるかな

七条の后うせたまひにけるのちによみける　伊勢

1006
沖つ波　あれのみまさる　宮のうちは　年経て住みし
伊勢の海人も　舟流したる　心地して　寄らむ方なく
かなしきに　涙の色の　紅は　われらが中の
時雨にて　秋の紅葉と　人々は　おのが散り散り
別れなば　頼むかげなく　なりはてて　とまるものとは
花すすき　君なき庭に　群れ立ちて　空を招かば
初雁の　鳴きわたりつつ　よそにこそ見め

1005　十月になったためというわけか、今朝からは、すっかり曇りきりもせずに、初時雨が紅葉とともに降り、古都に吹く吉野山からの山おろしの風も、日ごとに寒くなってゆくので、玉の緒がほどけて玉をしごき散らしたように霰が散り乱れて、霜が凍り、いよいよ凍てついて固まっている庭の地面に、あちこちに見える冬草の上に降りしきる白雪がますます積もり、そうして年を重ねて、私も多くの年を過ごしてきてしまった。○くもりもあへず　「あふ」は「…できる」の意。空一面曇りきらないうちに時雨が降る様。○ふるさと　時雨が「降る」と「古里」を掛ける。ここは、古都奈良をさす。→三一一、三二五。○山嵐　『古今集』当時の歌語としては例がなく、不審。他本にある「山おろし」をとるべきか。○玉の緒…霰乱れて　霰を玉に見立て、ほどけた玉の緒からしごき落としたように霰が降る様子。「こきちらす」は枝から花や実をしごき落とすこと。→九二二。○積もり積もりて　白雪と年齢が。▽詞書からは詠まれた背景が明らかではない。『躬恒集』に「大内に奉りたる長歌」とあるので、一〇〇二や一〇〇三のように、古歌奉献、それも『古今集』撰進の折に添えたものであった可能性がある。冬歌の部に収める歌と表現の一致が多く（三一四、三二五、三二八、三三九など）、冬歌の目録とでもいうべきものかもしれない。次の一〇〇六がまったく別の機会の歌であることからも、ここまでの長歌三首は、いずれも撰者のものでもあり、同一時のものと見てよいのではないか。

1006　沖の波が荒れるように、日に日に荒れて、人々も去ってゆくこの御殿の中では、長い年月住んでいた伊勢の漁師である私も、舟が流されてしまった気持がして、寄りつく所もなく、悲しいので、涙の色の紅は私たちの時雨であり、秋の紅葉が時雨に染められて散り散りになるように、人々もそれぞれ散り散りになって別れてしまったならば、いよいよ頼りとする蔭もすっかりなくなってしまい、留まるものといっては、花薄、その花薄がお后様のいらっしゃらない庭に群れになって立ち、空を招くしぐさをしたならば、初雁が鳴いて渡って来ることでしょう。私も、泣きながら遠くにこのお邸を見ることにいたしましょう。○七条の后　宇多天皇の中宮温子。延喜七年（九〇七）六月崩御。この歌は秋の歌なので、温子の四十九日あたりに詠まれたか。○あれのみまさる　「あれ」に「荒れ」と「離れ」を掛ける。○宮　温子の住んでいた亭子院。○伊勢の海人　作者の呼び名である伊勢に掛けた謙譲の表現。作者自身をさす。○舟　温子の比喩。○涙の色の紅は　いわゆる「紅涙」、血の涙。○時雨　ここは、紅涙の見立て。時雨は木の葉を染めると考えられていたので、次の「秋の紅葉」に続く。○散り散り　「人々」と「紅葉」の両方を受ける。人々の流した「紅の涙」が「時雨」であり、紅葉の連想を媒介に「散り散り」へとつなげる、すぐれた連想。○空を招かば　薄が風

旋頭歌

題知らず　よみ人知らず

1007 うちわたす遠方人《をちかたびと》にもの申すわれ　そのそこに白く咲けるは何の花ぞも

返し

1008 春されば野辺にまづ咲く見れどあかぬ花　まひなしにただ名告《なの》るべき花の名なれや

題知らず　貫之

1009 初瀬川布留川《ふるかは》の辺《へ》に二本《ふたもと》ある杉　年をへてまたもあひ見む二本ある杉

1010 君がさすみかさの山のもみぢ葉の色　神無月時雨の雨の染めるなりけり

に揺れ動く様子は招く動作に喩えられる。→二四三。○初雁の…よそにこそ見め　雁は死者の魂を運ぶものとされた。「行く蛍雲の上まで往ぬべくは秋風吹くと雁につげこせ」(伊勢物語・四五段)。薄の招きに応えて、雁が后の魂を運ぶさまを予感しつつ、雁と同じように泣いている、この邸を出た後の自分を想像する。▽両序にある延喜五年の日付より後の歌で、本集の成立に関わって問題となる歌。哀傷の主題が明確であるためか、先の三首の長歌に比べて、緊密な構成を持つ。とりわけ、海に始まり、涙、時雨、紅葉、薄、雁というイメージの連鎖が美しい。

旋頭歌　旋頭歌は、五七七・五七七の六句から成る歌体。もともとは、五七七と五七七で問答をなしていたらしい。万葉時代にすでに古くなっていた歌体。

1007　ずっと遠くにいるお方に申しあげます私は。そのそこに白くさいているのは何の花でしょうか。○うちわたす　はるか遠くに見える、の意。▽次の歌と問答をなすが、日常的な贈答ではなく、いささか芝居がかった歌であろう。『源氏物語』夕顔巻冒頭で、乳母の家の前に車をとめた光源氏が、隣家の垣根に咲く白い花（夕顔）に目をとめて「遠方人にもの申す」とつぶやいたところ、随身が「かの白く咲けるをなむ夕顔と申しはべる」と答える場面がある。

1008　春が来ると野辺でまっさきに咲く、いくら見ても見飽きない花です。お礼もないままに名のることができる花の名前でしょうか、そうはまいりません。○初二句　参考「春さればまづ咲く宿の梅の花一人見つつや春日暮らさむ」(万葉・巻五・八一八・山上憶良)、またそれをふまえた本集三五二参照。この表現から、花は梅であろう。○まひ　お礼に贈る物。▽前歌との贈答、文字どおりに花の名を尋ねられたのではなく、女性への語りかけとそれに対する戯れの返事であろう。遊女への呼びかけとする説もある。

1009　初瀬川と布留川とが流れ合うあたりに生えている二本の杉。年が経ったらまた会おう、あの二本の杉のように。▽もともとは、この杉の生えている土地を離れてゆく人の歌であったか。一種の土地ぼめであろう。参考「石走りたぎち流るる初瀬川絶ゆることなくまたも来て見む」(万葉・巻六・九九一)。→九〇五、九〇六。しかし、五六句からは、再会を約束する人、おそらくは男女の歌として詠まれるようになったと思われる。『源氏物語』手習巻に、初瀬詣でに誘われた浮舟が「はかなくて世にふる川のうき瀬にはたづねもゆかじ二本ある杉」と断ったのに対して、誘った尼君が「二本は、またもあひきこえんと思ひたまふ人あるべし」と言ったので、浮舟は二人の恋人（薫と匂宮）がいたことが無意識のうちに歌に出てしまったのか、と狼狽する場面がある。

1010　あなた様がさす御笠、その名と同じ三笠の山のもみじ葉の色は、十月の時雨の雨が染めているものな

俳諧歌

題知らず

よみ人知らず

1011 梅の花見にこそ来つれ鶯のひとくひとくといとひしもをる

素性法師

1012 山吹の花色衣《はないろごろも》主《ぬし》や誰《たれ》問へど答へずくちなしにして

藤原敏行朝臣

1013 いくばくの田をつくればかほととぎすしでの田長《たをさ》を朝な朝な呼ぶ

七月六日、七夕の心をよみける

藤原兼輔朝臣

1014 いつしかとまたく心を脛《はぎ》にあげて天《あま》の河原を今日やわたらむ

題知らず

凡河内躬恒

1015 むつごともまだ尽きなくに明けぬめりいづらは秋の長してふ夜は

のでした。○みかさ「御笠」と「三笠」を掛ける。「三笠の山」は、奈良市春日野町にある三笠山。▽一〇〇七から一〇〇九までは、旋頭歌本来の、五七七と五七七とによる問答の性格を受けて、前半と後半が対になっていたが、この歌は、ほとんど短歌と変わらない。貫之が旋頭歌の形で作ってみただけの歌か。

誹諧歌　誹諧歌は、おもに滑稽な歌のこと。風変りな掛詞、卑俗な語句、奇抜な着想によって、正調から外れた歌。

1011　梅の花を見にやって来たのに、鶯が「人が来た、人が来た」と、いやがっている。○ひとくひとく　鶯の声を「ひとくひとく（人来、人来）」と聞きなす。▽鶯が、人を邪魔者として梅の花の美しさを独占しようとしていると見なした歌。通常であれば、梅と鶯はそろって人から賞美されるもの。

1012　山吹の花の色の衣よ、そなたの持ち主はどなたか。そう尋ねても答えはない。「口無し」なのだから。○主や誰　戯れに持ち主を尋ねる。→八七三。○くちなし　植物の梔と「口無し」を掛ける。山吹色に染めるには、梔を用いた。▽物である衣が答えないことははじめからわかっているが、山吹色は梔＝口無しだから、という理屈をつける。八七三も「問へど白玉言はなくに」と似た表現。

1013　どれほど田を作っているからというので、ほととぎすは田長を毎朝呼ぶのだろうか。○いくばく　量や程度をあらわす副詞。『万葉集』には例があるが、平安和歌にはほとんど例がない。○しでの田長　農事を取り仕切る長。「しで」は諸説あるが、不明。ここは、ほととぎすの鳴き声を「シデノタオサ」と聞きなす。また、ほととぎすの異名ともなる。▽ほととぎすは、自分で田を作っているわけでもないのに、忙しい田長に呼びかけている、困った奴だ、という気持。

1014　早く逢いたいとはやる心ですねまで衣をまくり上げて、彦星は天の川を今日渡ろうとするのであろうか。○いつしか　ある事態の到来を待ち望む場合、「早く」の意。○またく　めずらしい語であるが、あせりはやる、の意。古くからの「待たく」説はとれないが、「いつしかと待た（るる）」なども連想されるので、「また」に「待た」の連想はあろう。さらに下の「脛」との縁で、「股」の連想もあるか。▽身体の部位を歌に詠むことは少ないが、まして男のすねではいかにも美からは遠い。織姫との逢瀬をまちわびる彦星の姿を滑稽なものとして詠む。

1015　寝物語もまだ終わらないのに、もう夜が明けてしまったようだ。いったいどこに行ったのだ、長いといわれている秋の夜は。○てふ「といふ」の縮まった形。▽秋の夜長とは名ばかりだという不満だけでなく、「いづら」＝どこへ行ったのだ、といぶかしんでみせるところにおもしろみがある。

1016 秋の野になまめき立てる女郎花あなかしがまし花もひと時

僧正遍昭

1017 秋来れば野辺にたはるる女郎花いづれの人か摘まで見るべき

よみ人知らず

1018 秋霧の晴れて曇れば女郎花花の姿ぞ見え隠れする

1019 花と見て折らむとすれば女郎花うたたあるさまの名にこそありけれ

寛平御時后宮の歌合の歌

1020 秋風にほころびぬらし藤袴つづりさせてふきりぎりす鳴く

在原棟梁《むねやな》

明日春立たむとしける日、隣の家の方より、風の雪を吹き越しけるを見て、その隣へよみてつかはしける

清原深養父

1021 冬ながら春の隣の近ければ中垣よりぞ花は散りける

1016 秋の野に色めかしい様子で競い立っている女郎花よ。なんとやかましいことだ、花もひと時の間だというのに。○なまめき立てる　美しさを競って立っている。○女郎花　その名から女に見立てる。→二二六以下の女郎花の歌群。○かしがまし　和歌にはほとんど用いられない。○花もひと時　無常観に基づく僧侶らしい捉え方。同じ遍昭の四三五。▽以下、一〇一九まで女郎花の歌。

1017 秋が来ると、野辺にみだらな様子で立っている女郎花。いったいどんな人が触って摘まないでいられようか。○たはる　「たはる」はみだらな様子。ここも女郎花を女に見立てているが、前歌とともに、遊女などのイメージを思い浮かべてよいか。これも、和歌ではほとんど用いない語。→二四六。○摘まで　「摘む」と「抓む」を掛ける。「抓む」は、男女の戯れとしての「抓る」。「摘む」は普通は若菜などに用い、女郎花なら「折る」となるが、掛詞のためにやや不自然な表現になっている。「妻」の連想もあるか。

1018 秋霧が晴れたり曇ったりすると、女郎花は、その花の姿が見えたり隠れたりする。○秋霧　何かを「隠す」とか「晴れず」と詠まれるのが普通で、「晴れて」と詠まれるのはめずらしい。女郎花との組合せは、→二三五。○姿　人間に用いるのが普通。▽何の変哲もない歌に見えるが、二三五の花が隠れているという構図と比較すれば、やはり「見え隠れ」のあたりにエロチックな感じがあろう。

1019 花だと思って折ろうとしたところ、女郎花。何とも困った名前なのだった。○うたた　厭わしい、不愉快だ、の意。ここは、ただ花と思って手折ろうとしたのに、「女」という名を持つ女郎花では、女に近づこうとしたのも同然だ、そういう誤解を招くような困った名前なのだった、という意味合い。

1020 秋風に吹かれて綻びてしまったようだ、藤袴は。「つづりさせ」と言ってこおろぎが鳴いている。○ほころび　「綻ぶ」と花が開く意の「ほころぶ」を掛ける。○藤袴　香を詠むのが普通。その名に含まれる「袴」の意味を生かした歌も多く、二三九—二四一参照。○つづりさせ　「綴り刺せ」の意で、綻びを縫い繕うこと。ここは、こおろぎの鳴き声をそのように聞いたもの。

1021 冬でありながら、春が隣に来ていて近いので、中垣から花は散るのであった。○中垣　隣家との間の垣根。「中垣こそあれ、一つ家のやうなれば、望みて預かれるなり」（土佐日記）。○花　雪の見立て。▽春が隣に来ているという点におかしみがある。同じ作者の三三〇と似るが、三三〇が天上と地上とで季節の違いを歌っていたのに対して、この歌は自分の家と隣家という日常的な次元で捉えたところが誹諧歌たる所以。一〇一一からここまで、四季の歌が並ぶ。

題知らず

よみ人知らず

1022 いそのかみ古《ふ》りにし恋の神さびてたたるにわれは寝《い》ぞ寝《ね》かねつる

1023 枕よりあとより恋のせめ来ればせむ方なみぞ床中にをる

1024 恋しきが方も方こそありと聞け立てれ居《を》れどもなき心地かな

1025 ありぬやとこころみがてらあひみねばたはぶれにくきまでぞ恋しき

1026 耳なしの山のくちなし得てしかな思ひの色の下染めにせむ

1027 あしひきの山田のそほつおのれさへわれをほしてふうれはしきこと

紀乳母

1028 富士の嶺《ね》のならぬ思ひに燃えば燃え神だに消たぬむなし煙を

1022　すっかり古くなった恋が神のようになって祟りをなすので、私はとても寝られないのだった。○いそのかみ　「古り」にかかる枕詞。○たたる　ここは過去の恋の思いがよみがえってきて、苦しい思いをすること。▽過去の恋を、単に古い恋というだけでなく、「いそのかみ」「古り」「神さび」「たたる」という縁語仕立てによって、大げさに表現したところにおもしろみがある。この歌から恋の歌。

1023　枕からも足もとからも恋が迫ってくるので、どうしようもなく、寝床の真ん中にじっとしている。○あと　足もと。○恋　相手を思う自分の心。自分の外からやってくるものと考えられていた。○なみ　「み」は理由を表す接尾語。▽攻めてくる恋と床の中で縮こまっている詠み手、というおよそ歌らしくない情景がおもしろい。

1024　恋の思いには向かってゆく方向というものがあると聞いていたけれど、立っていても座っていても、恋しさは鎮められず、そのようなものはないという気持だ。○方　方向。恋に方向があること、↓四八八、六一一。○立てれ居れども　「立てれ」と「居れ」がともに「ども」に続く。参考、「…しきたへの　床の辺去らず　立てれども　居れども　ともに戯れ…」（万葉・巻五・九〇四）。○なき心地　「方」がないような気持。▽古来、諸説が対立し、読み方の定まらない歌。「方」には諸説あり、「方法」ととる説は、「方」の用法に難があるが、誹諧歌なので成り立つ可能性がある。前歌「せむ方なみ」とも関係する。

1025　どれくらい逢わないままでいられるかと思って、ためしに逢わないでいたら、とてもじゃないが、そんな戯れなどやっていられないくらい恋しい気持になってきた。○ありぬ　前に「逢はずに」の意味を補う。「ぬ」は完了の助動詞。「逢わずにいおおせる」というほどの意味合い。○たはぶれにくき　逢わずにいる試みを「戯れ」とする。和歌にはめずらしい表現だが、『源氏物語』に多く用いられる。

1026　耳がないという耳成山の梔（口無し）を手に入れたいものだ。それを得たら、あの人を思う、私の思いの色（緋色）の下染めにしよう。耳も口もないという思いならば、誰にも知られずにすむだろうから。○耳なしの山　耳成山。大和国。ここでは、「耳無し」の意味を表に出す。○くちなし　梔。ここでは「口無し」の意味を表に出す。○思ひ　「ひ」に「緋」を掛ける。○下染め　本染めの前にあらかじめ別の色で染めておくこと。ここでは、緋色を出すために梔の濃い黄色で染めるというイメージを表しながら、「口無し」で下染めをすれば、思いの色は表れない、という理屈。

1027　山田の案山子よ。お前までもが私を欲しいというのか。困ったことだ。○あしひきの　「山」にかかる枕詞。○そほつ　案山子。ここは、案山子そのものではなく、みすぼらしい者や身分の低い者の比喩。○お

1029 あひ見まくほしは数なくありながら人につきなみまどひこそすれ
紀有朋

1030 人にあはむつきのなきには思ひおきて胸走り火に心焼けをり
小野小町

寛平御時后宮の歌合の歌

1031 春霞たなびく野辺の若菜にもなりみてしかな人も摘むやと
藤原興風

題知らず

1032 思へどもなほうとまれぬ春霞かからぬ山もあらじと思へば
よみ人知らず

1033 春の野のしげき草葉の妻恋ひに飛び立つ雉《きじ》のほろろとぞなく
平貞文

1034 秋の野に妻なき鹿の年をへてなぞわが恋のかひよとぞ鳴く
紀淑人

のれ　おまえ。相手をぞんざいに呼ぶ二人称。○ほし　形容詞「欲し」。催馬楽・山城「山城の　狛のわたりの　瓜作り…我を欲しといふ　いかにせむ…」。なお、「そほつ」には「濡れる」という意味の動詞もあり、その意味と対照的に「ほし」に「干し」を連想することもできる。この箇所、底本、嘉禄本など「我おほしてふ」という表記で、定家は、「多し」などと考えていたようであるが、それでは意味がとおらない。「われをほし」に校訂する。○てふ　「といふ」の縮まった形。

1028 富士山のように、かなわぬ思いに燃えるのならば燃えるがよい。神でさえ消すことのできないむなしくくすぶる煙よ。○富士の嶺　かなわぬ思いの喩え。→五三四。○ならぬ　「成らぬ」で、成就しない。○思ひ　「火」を掛ける。○神　富士山は、神の山と考えられていた。○煙を　「を」は詠嘆の終助詞。

1029 逢いたいと思う気持は、星の数のように数限りなくありながら、思う人に近づくてだてがないので、月のない闇夜のように迷っている。○ほし　「見まくほし」と「星」を掛ける。○つき　「手だて」という意味と「月」を掛ける。この掛詞による「つきなし」は、一〇三〇、一〇四八と、この巻に集中する。○なみ　「み」は理由を表す接尾語。○まどひ　「月なみ」から月のない闇夜を迷い歩くイメージ。なお、「星」「月」との関連で、「まどひ」の「ひ」に「日」を連想することもできるか。

1030 思う人に逢う手だてのない闇夜には、熾き火のような思いで起き、胸が騒いで走り火に心が焼けている。○つき　「手だて」という意味と「月」を掛ける。→一〇二九。○なきには　ない時には。他本多く「なきよ（夜）は」とあり、下の「おきて」との関係からも、その方がすぐれる。○思ひ　「火」を掛ける。○おきて　「起きて」と「熾（おき）」を掛ける。○胸走り火　「胸走り」と「走り火」とを掛ける。「胸走る」は、胸騒ぎがする、どきどきする、などの意で、ここは胸が張り裂けそうだ、というほどの意味。「走り火」は、ばちばちと跳ねる火。

1031 春霞のたなびく野辺の若菜にでもなってみたいものです。あの人が摘んでくれるかと思うので。○人　ここは恋の思いを寄せている相手。▽若菜といえば、新春に摘むものだが、その若菜になって摘まれてみたいという想像が意表をついていて、面白味がある。以下三首、春の恋の風情。

1032 あの人のことを思っているけれども、やはりうとましく思ってしまう。春霞がかからない山がないように、あの人が関わりを持っていないところなどあるまいと思うので。○うとまれぬ　「れ」は自発の助動詞「る」で、おのずとそのようになる、の意。「ぬ」は、ここは完了の助動詞「ぬ」。一四七の「なほうとまれぬ思ふものから」とよく似る。○かからぬ　霞が「かかる」と、関わりを持つ意の「かかる」。ただし、「霞」は、当時「立つ」「たなびく」とはいうが、

1035 蝉の羽のひとへに薄き夏衣なればよりなむものにやはあらぬ

躬恒

1036 隠れ沼《ぬ》の下よりおふるねぬなはの寝ぬ名は立てじくるないとひそ

忠岑

1037 ことならば思はずとやは言ひはてぬなぞ世の中の玉襷《たまだすき》なる

よみ人知らず

1038 思ふてふ人の心のくまごとに立ち隠れつつ見るよしもがな

1039 思へども思はずとのみいふなればいなや思はじ思ふかひなし

1040 われをのみ思ふといはばあるべきをいでや心は大幣《おほぬさ》にして

「かかる」とはあまりいわない。〇下句　関わらないところがない、とは、数多くの恋の相手がいる、ということ。

1033　春の野の茂った草葉のように繁くつのる妻への恋心で、飛び立つ雉がほろろと鳴くことよ。私も同じように、ほろほろと泣いている。〇草葉の　草葉のように。〇ほろろとぞなく　「ほろろ」は、雉の鳴き声。参考「山鳥のほろほろと鳴く声聞けば父かとぞ思ふ母かとぞ思ふ」(玉葉集・釈教・行基)。ここでは、人が涙を流して泣く様子でもある。▽参考「春の野にあさる雉(きぎし)の妻恋ひにおのがあたりを人に知れつつ」(万葉・巻八・一四四六)。「ほろろ」というめずらしい擬音語を用いたことが誹諧歌である理由か。

1034　秋の野に妻のいない鹿が何年もの年を経ているのに、どうして「これが私の恋の効よ」という意味で、「かいよ」と鳴いているのか。〇なぞ　疑問を表す副詞。ここは、鹿に向かって詠み手は疑問を発している。〇かひよ　「効よ」に鳴き声の「かひよ」を掛ける。

1035　蟬の羽のように薄い夏衣が、身になじむと皺が寄るように、ひとえに気持が薄い人でも、慣れ親しめば、心が寄り添うものではないであろうか。〇蟬の羽の　蟬の羽のように。「薄き」にかかる。〇ひとへに　夏衣が「単衣」であることと、副詞の「ただただ」「ひたすら」の意を表す「ひとへに」を掛ける。〇なれば　夏衣が「馴れ」ば(着なれれば)と、二人の仲が「慣れ」ば、の両義。〇より　衣に皺が「寄る」と心が「寄る」の両義。〇やは　反語。

1036　隠れ沼の下から生えている根蓴、「寝ぬ」という噂は立てないでおこう。だから私がやって来ることをどうかいやがらないでほしい。〇隠れ沼　『万葉集』の「隠沼(こもりぬ)」の異訓から生まれた語。人目につかないひっそりとした沼。〇ねぬなは　蓴菜(じゅんさい)。〇寝ぬ名は立てじ　「寝ぬ名」は共寝をしていないという噂。共寝をしていないという噂を立てるまい、ということは、共寝をしているという噂が立ってもいいようにしておく、ということ。「寝ぬ名は」は「ねぬなは」の繰り返しにもなっている。〇くる　「来る」と「繰る」の掛詞。蓴菜は根が長いので、「繰る」が連想される。〇ないとひそ　「な…そ」は禁止を表す。

1037　同じことならば、「恋しく思っていない」と言い切ってくれないものか。どうして世の中は、何につけても心にかかることばかりなのだろうか。〇ことならば　「同じことなら」という意味の常套句。→八二、三九五など。〇思はずとやは言ひはてぬ　相手が自分に、恋しく思っていない、と言うこと。「はて」は最後までやること。ここははっきりと断言すること。「やは」は願望をこめた反語。〇玉襷　多く「かく」(掛かる)にかかる枕詞として用いられるが、ここは、心にかかるということの喩え。▽以下、一〇四二まで「思ふ」を詠み込んだ歌が並ぶ。

1041 われを思ふ人を思はぬむくいにやわが思ふ人のわれを思はぬ

1042 思ひけむ人をぞともに思はましまさしやむくいなかりけりやは

一本深養父

1043 出でて行かむ人をとどめむよしなきに隣の方に鼻もひぬかな

一本よみ人知らず

1044 紅に染めし心もたのまれず人をあくにはうつるてふなり

1045 いとはるるわが身は春の駒なれや野がひがてらに放ちすてつる

1046 鶯の去年《こぞ》の宿りのふるすとやわれには人のつれなかるらむ

1038　私のことを思っている、と言うあの人の心の中の隠れた場所ごとに、こっそり入り込んで姿を隠しながら、あの人の本当の気持を確かめることができればいいな。○くま　隈。見えない場所。▽心の隈に入り込んで、そこから相手の心を見る、という発想が奇抜。

1039　あの人のことを思っているのに、あの人は私を思っていないとばかり言っているようなので、いやだな、思うのはやめよう、思うかいがない。▽「思ふ」を四回くり返す。そのいずれもが、「ども」「ず」「じ」「なし」などを伴っているので、全体に否定的なニュアンスが覆っている。参考「来むと言ふも来ぬ時あるを来じと言ふを来むとは待たじ来じと言ふものを」（万葉・巻四・五二七・大伴坂上郎女）。

1040　私のことだけを思っている、と言ってくれるならば、何とかやっていけそうなのだが、いや、もう、あの人の心は大幣と同じで引く手あまたで。○われをのみ思ふ　相手の自分へのことば。○あるべきを　「ある」は生きながらえる。○いでや　悲観的な思いを表す発語。○大幣　祓いの時に人がそれで身をなでて汚れを拭うもの。多くの人がそれを求めることから、ここでは多くの人に心を分ける意。「大幣の引く手あまたになりぬれば」（七〇六）。心と幣の比喩は、→三七九。

1041　自分を思ってくれる人を思わない報いであろうか、私が思う人が私を思ってくれないのは。▽この歌も、「思ふ」を四回くり返すくどさと「むくい」を仏教ではなく恋に用いたことが誹諧歌らしい。「われ」と「人」の対を順序を入れ替えてくり返すリズムの面白味と、内容の諧謔味を前面に出しつつ、ままならぬ恋の嘆きをこめる。

1042　私を思っていてくれたらしいあの人のことを私も同じように思っていればよかった。ぴったり、今、その報いがある。自分が思う人が自分を思ってくれない。○一本　→八八。○けむ　過去推量の助動詞。「思ひけむ人」は、ある人が自分を思ってくれていたらしい、ということ。○ともに　同様に。○まし　事実に反することを仮想する助動詞。○まさし　ぴったりである。当たりである。ここは、もののみごとに、といった語感。○むくいなかりけりやは　直訳すれば、「むくいがなかったなどということがあろうか、むくいがあったのだ」。「やは」は反語。

1043　私には出て行く人をひきとめるすべもないのに、隣の家ではくしゃみもしてくれないのだな。○鼻もひぬ　「鼻をひる」で、くしゃみをする。「ぬ」は打消。くしゃみは、思う相手に会える前兆とされた。「眉根掻き鼻ひ紐解け待つらむかいつかも見むと思へるわれを」（万葉・巻十一・二四〇八）。ただし『枕草子』（宮にはじめて参りたるころ）には、近くで人がくしゃみをしたために、清少納言のことばが嘘であると中宮定子が思う場面がある。そちらの意味でとると、「出てゆく」というのが嘘であってほしい、ということか。

1047 さかしらに夏は人まね笹の葉のさやぐ霜夜をわが一人寝《ぬ》る

平中興《なかき》

1048 逢ふことの今ははつかになりぬれば夜深からではつきなかりけり

左大臣《ひだりのおほいまうちぎみ》

1049 もろこしの吉野の山にこもるともおくれむと思ふわれならなくに

中興

1050 雲晴れぬ浅間の山のあさましや人の心を見てこそやまめ

伊勢

1051 難波《なには》なる長柄《ながら》の橋もつくるなり今はわが身を何にたとへむ

よみ人知らず

1052 まめなれど何ぞはよけく刈萱《かるかや》の乱れてあれどあしけくもなし

1044　紅色に深く染めた心もあてにはできない。人に飽きるという灰汁（あく）で洗うと紅の色があせるということだ。○紅に染めし心　相手が自分を深く思ってくれた心。○あく　「飽く」と「灰汁」の掛詞。○うつる　染めた色が色あせる、という意味と、心変わりをするという意味の両義。○てふ　「といふ」の縮まった形。▽「灰汁」という美的でないものを詠み込んだ点が誹諧歌らしい。

1045　あの人に嫌われるわが身は春の馬だというのか。放し飼いのように遠ざけるついでに捨てられてしまった。○いとはるる　「厭ふ」と受身の「る」の連体形「るる」。↓七五三。「はる」（春）を詠み込むか。○駒　馬の歌語。○野がひ　放し飼い、放牧をすること。人を遠ざける意味の「のがひ」を掛ける。○つる　底本「つつ」。他本により改める。

1046　鶯が去年宿った古巣のように、私は古びた女だというので、あの人はそっけない態度をとるのであろうか。○ふるす　「古巣」と「古す」（古いものとする）を掛ける。「古す」↓八二四、九八六。▽誹諧歌である理由が見出しにくいが、「ふるす」の掛詞がめずらしいためか。

1047　利口ぶって夏は人の真似をして独り寝をしていたが、笹の葉がさやさやと鳴る寒い霜の降りた夜に、私は本当にさびしく独り寝をしている。○さかしらに　利口ぶって。分別がありそうに。○夏は人まね　「一人寝るを」といった表現を後につけてみるとわかりやすい。○笹の葉　「霜」とともに詠まれることが多い。↓五六三、六六三。

1048　逢うことが今はわずかになってしまったので、二十日の月が夜深くにならないと出ないように、夜更けにならないと逢う手だてがないのだった。○はつか　「わずか」の意と「二十日」を掛ける。○つき　「手だて」の意と「月」を掛ける。↓一〇二九、一〇三〇。▽二か所の掛詞はほとんど駄洒落である。男が夜遅く女を訪れた時の男の言い訳とも、女の立場からの皮肉ともとれる。

1049　たとえあなたが、大和の吉野山ではなく、遠い唐土の吉野山に籠もったとしても、一人取り残される私ではないのだが。○もろこしの吉野の山　吉野山は大和（現在の奈良県）にあり、都からは遠いが、それがさらにはるか遠くの唐土にあると見なした表現。○こもる　隠遁する。○おくれむ　「後る」は、あとに取り残される。○なくに　…ないのだがなあ、という詠嘆。▽『伊勢集』では、本集七八〇の返歌として藤原仲平の詠んだ歌。本歌は左大臣という作者名から時平であり、『伊勢集』がこの歌を利用したもの。「もろこしの吉野の山」という大げさな表現が誹諧歌たる所以。

1050　雲が晴れずに姿の見えない浅間山のようにあの人の気持はいつまでもはっきりせず、あきれはててしまった。あの人の気持をはっきりと見届けて終わりにしよう。○浅間の山の　「あさまし」に同音反復でつながる。「山の」の「の」は「…のように」。下句　↓八一七。▽「浅間」

1053 何かその名の立つことの惜しからむ知りてまどふはわれ一人かは
興風

いとこなりける男によそへて、人のいひければ

1054 よそながらわが身にいとのよるといへばただいつはりにすぐばかりなり
くそ

題知らず

1055 ねぎごとをさのみ聞きけむ社《やしろ》こそはてはなげきの森となるらめ
さぬき

1056 なげきこる山とし高くなりぬればつらづゑのみぞまづつかれける
大輔

1057 なげきをばこりのみつみてあしひきの山のかひなくなりぬべらなり
よみ人知らず

1058 人恋ふることを重荷とになひもてあふこなきこそわびしかりけれ

と「あさまし」の組合せは例が少ない。

1051　難波にある長柄の橋も新たに造るということだ。これからは、わが身を何に喩えたらよいのだろう。○長柄の橋　「ながら」が「長」を連想させることから、長らえるもの（八二六）、古びたもの（八九〇）のたとえとなる。○つくる　「造る」で、ここは新たに造る、の意。仮名序「長柄の橋もつくるなりと聞く人は」。○なり　伝聞の助動詞。▽老いの喩えというあまり望ましくないものが失われた、というとまどいがかえっておかしみを生む。一首全体に「な」がくり返され（五か所）、「なに」（難波、何）の反復も利いている。以上三首、歌枕を詠む。

1052　まじめであっても何がいいことがあろうか。乱れたふるまいをしても何も悪いこともないではないか。○まめ　まじめ。恋の歌では一人の人を思い続けることにもいう。下の「乱れて」と対。○何ぞは　「何が…か」という反語。○よけく　形容詞「良し」のク語法。○刈萱　刈り取った萱。散らばりやすいので、「乱る」にかかる。○あしけく　形容詞「悪し」のク語法。▽まじめで誠実な男が、乱れたふるまいでも非難を受けない人たちを見て、少々自暴自棄になった趣。逆に「まめ」な人をからかう歌ともとれる。

1053　いったい何でそんな浮き名が立つことが惜しいのか。噂になったことを知ってどうしてよいかわからなくなるのは、自分一人ではあるまい。○その　続く「名の立つこと」を強調する。○名の立つ　ここは芳しくない評判が立つこと。浮き名。○知りて　すでに噂になったことを知って。○まどふ　どうしてよいかわからず困惑する。▽恋の浮き名に悩むのは誰でも同じだから心配しても仕方がない、という趣旨。以上三首、「何」が共通する。

1054　関係がないのに、わが身に糸を縒るように従兄弟が寄りついていると人が噂をするので、糸は針の穴に通すが、そんな噂は偽りとしてやり過ごすだけだ。○よそへ　関係がある。ここは「いとこ」と作者とが恋仲にあるということ。○いとこ　「従兄弟」と「糸」との掛詞。○よる　「寄る」と「縒る」の掛詞。○いつはり　「偽り」に「針」を掛ける。○すぐ　「過ごす」の意と、針に糸を通す意とを掛ける。▽「糸」「縒る」「針」「挿（す）ぐ」という縁語とそれぞれに掛詞を用いた巧みな歌。「針」などを用いたところが和歌らしくないので、誹諧歌なのであろう。

1055　お参りに来た人の願い事をそんなにたくさん聞き届けたというお社こそ、しまいには人々の「嘆きの木」で森になっていることであろう。○ねぎごと　祈りのことば。願い事。○さのみ　「さ」は、そのように。参拝者の祈りどおりに。○なげき　「嘆き」と「木」を掛ける。▽「嘆き」の「木」が集まって森となるという想像が誹諧歌的。霊験あらたかな神社の評判にでも接した時の歌か。

1056　嘆きが積み重なって、まさしく木を伐る山のように高くなって

1059 宵の間に出でて入りぬる三日月のわれてもの思ふころにもあるかな

1060 そゑにとてとすればかかりかくすればあないひ知らずあふさきるさに

1061 世の中のうきたびごとに身を投げば深き谷こそ浅くなりなめ

1062 世の中はいかに苦しと思ふらむここらの人に恨みらるれば

在原元方

1063 何をして身のいたづらに老いぬらむ年の思はむことぞやさしき

よみ人知らず

1064 身は捨てつ心をだにもはふらさじつひにはいかがなると知るべく

興風

しまったので、まず杖をついて登る、いや、つい頬杖をついてしまうことよ。○なげき「嘆き」に「木」を掛ける。○こる「樵る」の字をあて、木を伐ること。○山とし「し」は強意の助詞。まさしく山となって。○つらづゑ　頬杖。もの思いをしている時の所作。山を登る時に用いる「杖」を掛ける。嘆き（ため息）と連想関係。○つかれける「れ」は自発の助動詞「る」の連用形。「疲れ」の連想がある。▽嘆きでできた山に頬杖で登って疲れる、とのつながり。

1057　嘆きを重ねることは、ただただ木を伐っては積むことと同じで、最後には積まれた木が山の峡をなくしてしまうように、嘆きを重ねた効もなくなってしまうようだ。○なげき →一〇五五、一〇五六。○こりのみつみて　木を伐っては積むことを繰り返す。「のみ」は強調。○あしひきの「山」にかかる枕詞。○かひ　山の「峡」と「効」を掛ける。「効なし」は嘆きを重ねた効がないということ。▽一〇五六が積み重なった木が山になると詠むのに対して、木が峡を埋めるとする。→一〇六一。以上三首「なげき」を詠む歌。

1058　人を恋することを重荷として担い続けながら、「朸」ならぬ「逢ふ期(ご)」、逢う機会がないのはつらいことよ。○あふこ「朸」(天秤棒)と「逢ふ期（ご）」を掛ける。▽恋を重荷といい、歌に詠まれない朸を用いたところが誹諧歌らしい。

1059　宵の間に出てすぐに入ってしまう三日月のように割れて、心が割れて砕けてもの思いをする頃よ。○われて　三日月を満月が「割れ」たものと見て、心が千々に砕ける意と掛ける。「男、われて、『逢はむ』と言ふ」(伊勢物語・六九段)。▽三日月を「割れ」たものと見るのがおもしろい。甕（みか）の連想もあるか。

1060　そうだからといって、ああすればこうなるし、こうすればああなるしで、ああ、どう言ってよいかわからない、食い違いばかりで。○そゑに「それゆゑに」の縮まった形。○とすればかかり「とすればかくあり」。○かくすれば「かくすれば、とあり」となるところ、途中で言いさした形。○あないひ知らず「あな」は感嘆詞。「とすればかかり、かくすれば」という行き違いをいちいち言うのが面倒だ、という気持。○あふさきるさ「合ふさ切るさ」で、物事がうまくいかないこと。

1061　世の中がつらいと思われるたびごとに身を投げていたならば、深い谷も浅くなってしまうだろう。▽身投げは、できたとしても一人一度であるものを、幾度もできるならばという大げさな仮定をしたうえに、さらに亡骸で谷が埋まるという即物的な想像が、いかにも誹諧歌らしい。▽参考「世の中のうきたびごとに身を投げば一日に千度われや死にせむ」(藤原公任・和歌九品)。

1062　世の中の方では、どれほど苦しいと思っていることだろう。こんなに多くの人に恨まれているのだから。○恨みらるれば「らるれ」は受け身の助動詞「らる」の已然形。▽「世の中」を擬人化するというめず

1065 白雪のともにわが身はふりぬれど心は消えぬものにぞありける

千里

題知らず

1066 梅の花咲きてののちのみなればやすきものとのみ人の言ふらむ

よみ人知らず

法皇、西川におはしましたりける日、「猿、山の峡《かひ》に叫ぶ」といふことを題にて、よませたまうける

1067 わびしらにましらな鳴きそあしひきの山のかひある今日にやはあらぬ

躬恒

題知らず

1068 世をいとひ木のもとごとに立ち寄りてうつぶし染めの麻の衣《きぬ》なり

よみ人知らず

らしい発想。

1063 いったい何をしてこの身はむなしく老いてしまったのだろう。重ねてきた「年」がなんと思うか、それが恥ずかしい。○いたづらに　無駄に。むなしく。○年の思はむこと　「年」を擬人化する。「年」が何かを思うとすれば、その思うことが。○やさしき　「やさし」は、身が細る思いだ、の意。ここでは、恥ずかしさのあまり。▽これも「年」を擬人化することと和歌に少ない「やさし」を用いた点がおもしろい。

1064 身は捨てた。せめて心だけは放り出すまい。最後には、この自分がどのようになるのか、知ることができるように。○身は捨てつ　ここは「出家をした」とも、「この世に望みを抱くことをやめた」とも、どちらにもとれる。○はふらさじ　「はふらす」は「はふる（放る）」に同じ。▽身と心を詠んだ歌では、多く心が身から離れて出て行ってしまうことを詠むが（三七三、九七七など）、この歌は逆に「身」を捨てて俗世間から離れながら、この世への執着を断つ代わりに自己にこだわろうとするところが誹諧歌たるゆえん。

1065 白雪が「降る」のと同じようにわが身も年をとってしまったが、白雪は消えるけれども、わが心は消えないものであったよ。○白雪の　「の」は「と」に近い。→三八六。○ふり　「降り」に「古り」を掛ける。▽雪とわが身が「ふる」という歌、→三三九。雪とわが身を重ねつつ、身と心の対立にこだわったおかしみ。

1066 私は、梅の花が咲いて、その後に生る実のような身であるから、酸き物ならぬ好き者だとばかり、人は言うのであろうか。○み　「実」に「身」を掛ける。○なればや　「や」は疑問。○すきもの　酸っぱい物という意味の「酸き物」に「好き者」を掛ける。上句は、色や香りが賞美される梅の花が散った後の目立たない梅の実に掛けて、自分も人からはあまり見向きもされないことをいう。

1067 そんなに悲しそうに、猿よ、鳴かないでくれ。山に峡があるように、効がある今日ではないか。○詞書　→九一九。法皇は宇多法皇。宇多法皇の大堰川行幸で、九つの題が出されて歌人たちが歌を詠んだ。○わびしら　「わびし」に接尾語「ら」がついたもの。→四五一。○ましら　「猿」の意の歌語「まし」に接尾語「ら」がついたもの。「わびしら」の「しら」と同音の反復。○かひ　「峡」と「効」の掛詞。宇多法皇の行幸を迎えたことを、効がある、とする。○やは　反語。

1068 世の中を厭い離れ、木の下ごとに立ち寄っては、身をかがめて修行をする、その「うつぶし染め」の麻の衣だよ。○木のもと　「わび人」（二九二）や失意の人（九六六）が立ち寄る所という印象。○うつぶし　「うつむく」「下を向く」という意味の「うつぶし」に、白膠木（ぬるで）に寄生する虫によってできた瘤である「空五倍子（うつぶし）」を掛ける。前者は、修行をする僧の姿勢、後者は黒の僧衣を染める染料。

古今和歌集巻第二十

大歌所御歌

おほなほびの歌

1069 新しき年の始めにかくしこそ千歳《ちとせ》をかねて楽しきを積め

日本紀には、つかへまつらめよろづよまでに

古き大和舞の歌

1070 しもとゆふ葛城山《かづらきやま》に降る雪の間なく時なく思ほゆるかな

近江ぶり

1071 近江より朝立ち来ればうねの野にたづぞ鳴くなる明けぬこの夜は

古今和歌集巻第二十

大歌所御歌

▽宮廷の祭事で、楽器の演奏に合わせて歌う歌を大歌という。大歌所は、祭事で大歌を演奏し歌う人の所属する役所。以下五首、その大歌所に伝えられる歌である。

1069　新しい年の始めにこのようにして、千年もの未来を先取りして、楽しみを積み重ねるのだ。○おほなほびの歌　「大直日の神」を祭る神事の歌。「大直日の神」は『古事記』によれば、禍を吉に転じる神。○かくしこそ　「し」は、動詞「す」。○かねて　前もって。先取りして。○五句　『琴歌譜』に「多乃之支乎倍女（たのしきをへめ）」、『万葉集』に「正月立ち春の来たらばかくしこそ梅を招きつつ楽しき終へめ」（巻五・八一五）とあり、「楽しき終へめ」（楽しみを尽くそう）とも考えられる。○左注　『続日本紀』天平十四年正月十六日条に見えるこの歌の下句。

1070　葛城山に降る雪のように絶え間なくいつまでもあなたのことが思われるよ。○大和舞　大嘗祭などに奉納する舞。大和地方に伝承されたものか。○しもとゆふ　「しもと」は細長い枝。「しもとを結う葛」という連想で、葛城山にかかる枕詞。○間なく時なく　「降る雪の」を受けながら「思ほゆる」へとつながる二重の表現。○思ほゆる　恋人のことと解されるが、大和舞が宮廷の祭事で舞われることからすれば、帝への思いともとれる。

1071　近江の国から朝早く出発してくると、うねの野で鶴の鳴くのが聞こえる。夜が明けたのだ。○近江ぶり　「ふり」は曲。以下二首も同様で、曲調の名前を歌詞の始めの語によって呼ぶ。○うねの野　滋賀県近江八幡市、東近江市、蒲生郡にわたる蒲生野か。○たづ　鶴の歌語。○明けぬ　「ぬ」は完了。

水茎ぶり

1072
水茎《みづくき》の岡のやかたに妹《いも》とあれと寝ての朝けの霜の降りはも

しはつ山ぶり

1073
しはつ山うち出でて見れば笠結ひの島漕ぎ隠る棚なし小舟

神遊びの歌

採物《とりもの》の歌

1074
神垣の三室の山の榊葉は神の御前に茂りあひにけり

1075
霜八たび置けど枯れせぬ榊葉のたち栄《さか》ゆべき神のきねかも

1076
巻向《まきもく》の穴師《あなし》の山の山人と人も見るがに山かづらせよ

1077
み山にはあられ降るらし外山《とやま》なるまさきのかづら色づきにけり

1078
陸奥《みちのく》の安《あ》達《だち》の真弓《まゆみ》わが引かば末さへ寄り来《こ》しのびしのびに

1072 岡の仮屋で妻と私とが共寝をした夜の明け方の、霜の降り方といったら。○水茎の 「岡」にかかる枕詞。○岡 普通の岡の意にとるが、九州の地名とする説もある。○妹 恋人ともとれる。○あれ 「われ」に同じ。○朝け 明け方。『万葉集』に多く見られる。○降りはも 「はも」は詠嘆。ここは、何と寒いことよ、という意味。

1073 しはつ山を出て見渡すと、笠結いの島に漕いで隠れてゆくのが見える、棚なし小舟よ。○しはつ山 大阪市住吉区あたりの地名か。「笠結ひの島」とともに未詳。○うち出でて 「うち」は接頭語。○棚なし小舟 →七三二。▽「しはつ山うち越え見れば笠縫ひの島漕ぎ隠る棚なし小舟」（万葉・巻三・二七二）の異伝。

神遊びの歌

採物の歌

1074 神垣で囲まれた三室の山の榊葉は、神前で茂りあっています。○採物 神楽（かぐら）の舞人が神の依代（よりしろ）として手に持つ物。榊、幣（みてぐら）、杖、篠（ささ）、弓、剣、鉾、杓（ひさご）、葛の九つが用いられた。○神垣の 「神垣」は神の居場所を囲う垣根。○三室の山 神のいる山。

1075 霜が幾度置いても枯れることがない榊葉のように、ますます栄えてゆくにちがいない神に仕える巫女たちだよ。○八たび 多くの回数。○たち栄ゆ いつまでも枯れることのない榊と「きね」のありさま。○きね 神降ろしをする巫覡（かんなぎ）で、ここは巫女か。

1076 巻向の穴師の山に住む山人だと人が見るくらいにたくさん山葛をつけなさい。○巻向の 「穴師の山」にかかる枕詞。「まきもく」は「まきむく」の転。○穴師の山 奈良県桜井市穴師にある山。○山人 山に住む民。樵や炭焼き。○がに …するように。→三四九など。○山かづら ひかげのかずら。神事に用いる。▽普段山にいる山人と見まちがえるくらい葛をつけて、とは、大仰な表現によって、ますます盛んに神を祭ろうという思い。

1077 奥山には霰が降っているらしい。この外山に生えているまさきの葛がすっかり色づいたことよ。○外山 「深山」に対して人里に近い山。○まさきのかづら 「つるまさき」あるいは「定家葛」ともいわれるが、不明。▽壬生忠岑『和歌体十種』に「神妙体」とされ、藤原公任『和歌九品』が「上品中」とするなど、早くから評価された歌。類歌「神無月時雨降るらし佐保山のまさきの葛色まさりゆく」（寛平御時后宮歌合・冬）。

1078 陸奥の安達の檀で作った弓を引けば末が寄る。私が誘ったら、いつまでも寄り添ってください、人に知られないように。○安達 福島県二本松市のあたり。○末 弓の上端。ここは、さらに行く末の意を掛ける。▽わが引かば 「引く」は「弓を引く」と相手を誘うの両義。この場合の「相手」は、神とも恋人ともとれる。▽もともとは、恋歌と考え

1079 わが門《かど》の板井の清水里遠み人し汲まねば水草《みくさ》生《お》ひにけり

ひるめの歌

1080 ささのくま檜隈川《ひのくまがは》に駒とめてしばし水かへ影をだに見む

かへしものの歌

1081 青柳を片糸によりて鶯の縫ふてふ笠は梅の花笠

1082 まかねふく吉備《きび》の中山帯にせる細谷川《ほそたにがは》の音のさやけさ

この歌は、承和《じようわ》の御嘗《おほんべ》の吉備国の歌

1083 美作《みまさか》や久米の佐良山《さらやま》さらさらにわが名は立てじ万代《よろづよ》までに

これは水尾《みづのを》の御嘗《おほんべ》の美作国の歌

1084 美濃《みの》の国関の藤川絶えずして君に仕《つか》へむ万代までに

これは元慶《がんぎやう》の御嘗《おほんべ》の美濃の歌

られる。相手を誘う思いを神を招く思いに転用したもの。

1079 わが家の門前にある板囲いの井戸の清水は、人里から遠いので、人が汲まないために水草が生えてしまった。○板井　板で囲んだ井戸。○里遠み　「み」は理由を表す接尾語。人里から遠いので。○人し　「し」は強意の助詞。▽前歌と同じく本歌ももともとは恋歌であったと思われる。神遊びの歌としては、人が来ない代わりに神に来てほしいという意味になる。採物の杓による歌。

ひるめの歌

1080 檜隈川に馬をとめて、しばらく水をお与えください。その間にせめてお姿を拝見するだけでもいたしましょう。○ひるめ　天照大神のこと。○ささのくま　この歌は、「さひのくま檜隈川に馬とどめ馬に水かへ我よそに見む」(万葉・巻十二・三〇九七)の異伝歌と見られる。「ささのくま」も万葉歌の初句「さひのくま」の転であろう。○駒　馬の歌語。○かへ　「かふ」は水や食べ物を与えること。○影　姿。▽万葉歌は、馬に乗った男の姿を見たいという女の歌。それを日の神である天照大神の姿を見たいという歌とした。「影」に光の連想がある。

かへしものの歌

1081 青柳を片糸として縒った糸で鶯が縫うという笠は、梅の花笠であるよ。○かへしもの　呂から律への転調などともいわれるが、不明。○片糸　→四八三。○鶯の縫ふ　鶯が花から花へ飛び移っているさま。○梅の花笠　梅の花を鶯が縫い上げた笠に見立てた表現。→三六。

1082 吉備の中山が帯のようにめぐらせている、細谷川の流れの音のなんとすがすがしいことよ。○まかねふく　「吉備」にかかる枕詞。「まかね」は鉄。「ふく」は精錬すること。吉備が鉄を産出したことによる。○吉備　備前、備中、備後、美作の総称。現在の岡山県から広島県東部。○中山　所在不明。○細谷川　細い谷川。固有名詞ではない。○さやけさ　→二一七。○承和　仁明天皇の時の年号。転じて、仁明天皇。○御嘗　大嘗会。以下、一〇八五まで同じ。○吉備国の歌　大嘗祭では、その年の新穀を奉る国が二つ決められ(悠紀国・主基国)、その国に即した歌を献上する。ここは、仁明天皇の大嘗会で主基国になった備中国の歌。▽「大君の三笠の山の帯にせる細谷川の音のさやけさ」(万葉・巻七・一一〇二)の異伝か改作であろう。国ぼめの趣。『催馬楽』「真金吹く」もほぼ本歌と同じ歌詞を含む。

1083 美作の久米の佐良山―さらさら私の噂は立てるまい、いついつまでも。○美作　現在の岡山県北部。○久米の佐良山　美作国久米郡にある山。現在の津山市周辺の山と見られる。○さらさらに　けっして。打消の表現と呼応する。「佐良山」との同音反復。○わが名　噂、とりわけ恋の噂であろう。○水尾　水尾の帝、清和天皇。○御嘗　→一〇八二。○美作国　清和天皇の大嘗会で、主基

1085 君が代は限りもあらじ長浜の真砂《まさご》の数はよみ尽くすとも

これは仁和《にんな》の御嘗《おほんべ》の伊勢国の歌

1086 近江のや鏡の山を立てたればかねてぞ見ゆる君が千歳《ちとせ》は

これは今上の御嘗《おほんべ》の近江の歌

大友黒主

東歌《あづまうた》

陸奥歌《みちのくうた》

1087 阿武隈《あぶくま》に霧立ち曇り明けぬとも君をばやらじ待てばすべなし

1088 陸奥《みちのく》はいづくはあれど塩竈《しほがま》の浦漕ぐ舟の綱手《つなで》かなしも

1089 わが背子《せこ》を都にやりて塩竈の籬《まがき》の島のまつぞ恋しき

国に定められる。▽この歌はもともとは美作国の地名を詠み込んだ恋歌であろう。「万代までに」によって、天皇の代への寿ぎと結びつける。『催馬楽』「美作」も同様の歌詞を含む。

1084　美濃の国の不破の関あたりを流れる藤川は、流れが絶えることとはないが、私も同じように絶えることなく帝にお仕えしよう、いついつまでも。○美濃の国関の藤川　現在の岐阜県不破郡の不破の関付近を流れる川。現在の「藤古川」にあたる。○絶えず　川の流れと忠誠心との両義。○君　帝。○元慶　陽成天皇。○御嘗　↓一〇八二。▽前歌のような恋の趣はなく、天皇の代への寿ぎのみ。

1085　わが君の御代は限りなく長く続くことでしょう。たとえ、長浜の砂の数は数え尽くすことがあるとしましても。○君　帝。○長浜　伊勢国のどこかの地名であろうが、所在不明。あるいは普通名詞か。○よみ　「よむ」は一つ一つ数えること。○仁和　光孝天皇。○御嘗　↓一〇八二。

1086　近江の国には鏡の山を立てていますので、今から映って見えております、わが君の千歳に及ぶ齢が。○近江のや　「や」は語調を整える間投助詞。『万葉集』には、「石見のや」「淡海のや」など地名につく例が見える。○鏡の山　↓八九九。○かねて　前もって。今から。○今上　現在の帝の意味で、醍醐天皇。○御嘗　↓一〇八二。

東歌

東国の歌。本巻が宮廷の謡い物の歌を収めていることからすれば、東国で作られた歌というよりも、東遊びの歌であろう。

陸奥歌

1087　阿武隈川に霧が立ちこめ、そのまま夜が明けてしまっても、あなたをお帰しはしません。あなたのおいでをお待ちしていますと、どうしようもなくつらい気持になってしまうので。○明けぬ　「ぬ」は完了の助動詞。…してしまう。○君　ここは恋人である相手の男性。○やらじ　「やる」は人を行かせる意。

1088　陸奥はどこもそうであるが、塩竈の浦を漕ぐ舟が綱で引かれている光景が心にしみるものだ。○いづくはあれど　諸説あって確定しがたいが、下に述べられる内容を先取りする形で「いづくはさあれど」と見る。「さ」の内容は「かなし」である。○綱手　舟を引く綱。○かなし　しみじみと心ひかれること。

1089　わが夫を都へ送り出して、塩竈の籬の島の松——帰りを待っているのは、何とも恋しいことよ。○背子　女性が夫や恋人を呼ぶ語。○籬の島　塩竈湾にある島。○まつ　「松」と「待つ」の掛詞。▽参考「わが背子を大和へやると小夜ふけて暁露にわが立ち濡れし」（万葉・巻二・一〇五・大伯皇女）

1090 小黒崎《をぐろさき》みつの小島の人ならば都の苞《つと》にいざと言はましを

1091 みさぶらひ御笠《みかさ》と申せ宮城野《みやぎの》の木《こ》の下露は雨にまされり

1092 最上川《もがみがは》のぼればくだる稲舟《いなふね》のいなにはあらずこの月ばかり

1093 君をおきてあだし心をわが持たば末の松山波も越えなむ

相模歌《さがみうた》

1094 こよろぎの磯立ちならし磯菜《いそな》摘むめざし濡らすな沖にをれ波

常陸歌《ひたちうた》

1095 筑波嶺《つくばね》のこのもかのもに蔭はあれど君がみかげにますかげはなし

1096 筑波嶺の峰のもみぢ葉落ち積もり知るも知らぬもなべてかなしも

1090 小黒崎みつの小島が人であったならば、都への土産として、さあ一緒に行こうと言うところなのだが。○小黒崎みつの小島　所在不明。○苞　土産。○まし　上の「ば」を受ける反実仮想。▽都からやって来た人の歌。美しい風景を讃える歌であるが、土地の女性を誘う歌とも読める。類歌「栗原の姉歯の松の人ならば都のつとにいざと言はましを」(伊勢物語・一四段)。三句以下が本歌と一致する。異伝か改作の関係か。

1091 お供の方よ、ご主人に「お笠をどうぞ」とお勧めなさい。宮城野の木の下露は雨よりも濡れるのですよ。○みさぶらひ　「み」は美称、尊称の接頭語。「さぶらひ」は従者。○宮城野　→六九四。○木の下露　木からこぼれ落ちる露。▽宮城野は、萩と露で著名な歌枕。初二三句の頭で「み」を反復。

1092 最上川を上り下りしている稲舟の、その否ではないのです。今月だけどうしてもお逢いできないのです。○最上川　山形県を流れる川。○稲舟　稲を積んだ舟。○いな　否。稲舟の「いな」の同音反復。○この月ばかり　今月だけ都合が悪い。神事や物忌みなどの理由であろう。

1093 あなたをさしおいて他の人に心を移すようなことがあったならば、末の松山を波も越えてしまうことでしょう。○あだし心　「他し心」の意で、他の人を思う気持、浮気心。○末の松山　現在の宮城県多賀城市にあったという山。「末の松山」を波が越すとは、ありえないことが起こることの喩え。→三二六。「ちぎりきなかたみに袖をしぼりつつ末の松山波越さじとは」(後拾遺集・恋四・清原元輔。百人一首)も著名。

相模歌

1094 こよろぎの磯をさかんに歩き回って磯菜を摘んでいる少女を濡らすでない、沖にいなさい、波よ。○相模歌　相模国の風俗歌。○こよろぎ　→八七四。○立ちならし　→四三九。○磯菜　磯に生えている海藻。○めざし　子供の切りそろえた前髪。「目刺し」の意か。転じて、子供、少女をいう。▽『風俗歌』「こよるぎ」は、同様の歌詞を含む。

常陸歌

1095 筑波山のこちら側にもあちら側にも蔭はあるが、君の御蔭にまさる蔭はありません。○筑波嶺　筑波山。○このもかのも　参考「筑波嶺のをてもこのもに守部据ゑ母い守れども魂ぞ会ひにける」(万葉・巻一四・三三九三・東歌)。○みかげ　御蔭。恵みによって守られること。▽恵みの広さと筑波嶺の蔭との比較。仮名序にも「ひろき御恵みの蔭、筑波山の麓よりも繁くおはしまして」とある。九六六はこの歌をふまえる。なお、「みかげ」を「御影」(お姿)ととれば、この歌は本来恋歌であったかもしれない。

1096 筑波山の峰のもみじ葉が落ち積もって、知っている人も知らない人もすべていとしく思われることよ。○知るも知らぬも　参考「これやこの行くも帰るも別れつつ知るも

甲斐歌《かひうた》

1097 甲斐が嶺《ね》をさやにも見しかけけれなくよこほりふせるさやの中山

1098 甲斐が嶺を嶺越《ねこ》し山越し吹く風を人にもがもや言伝《ことつ》てやらむ

伊勢歌

1099 おふの浦に片枝《かたえ》さしおほひなる梨のなりもならずも寝てかたらはむ

冬の賀茂《かも》の祭の歌　　藤原敏行朝臣

1100 ちはやぶる賀茂の社《やしろ》の姫子松《ひめこまつ》よろづ世経《ふ》とも色はかはらじ

知らぬも逢坂の関」（後撰集・雑一・蝉丸。百人一首）。▽前歌が、恵みの広さに感謝する気持であるのに対して、慈しみを与える側（帝や国守など）から民への慈しみを詠む趣。恵みの蔭を作っていた葉がなくなっても民はいとおしい、という意になる。なお、前歌が春、こちらが秋であるとすれば、春秋に行われた筑波山の歌垣の歌とも読める。

1097　甲斐の嶺をはっきりと見てみたいなあ。それなのに目の前で心なくも横たわっている小夜の中山よ。○甲斐が嶺　甲斐の国の山。山々、富士山、白根山など諸説ある。○さやに　はっきりと、明瞭に。『万葉集』に多く、平安時代には減る。○しか　願望を表す助詞。○けけれなく　「こころなく」の東国訛りか。参考「父母が頭かきなで幸くあれて言ひしけとばぜ忘れかねつる」（万葉・巻二十・四三四六）。「幸くあれて（と）」「けとばぜ（ことばぞ）」。作者は駿河の国の防人。○よこほり　横たわるの意か。参考「東の方に山の横ほれるを見て、人に問へば、八幡の宮といふ」（土佐日記）。石清水八幡のこと。あまり高くないなだらかな山容をいう語か。○さやの中山　↓五九四。「さやに」見たいのに、「さやの中山」がじゃまをしている、というしゃれ。

1098　甲斐の嶺を、嶺を越し山を越して吹いている風が人であればよいのになあ。そうすれば、便りを託して送ろうと思うのだが。○嶺越し　嶺を越して。「嶺」は平安時代には、「筑波嶺」「甲斐が嶺」のように複合語の一部となり、単独で用いるのは古い言い方。○もがも　願望を表す助詞。平安時代には「もがな」の形になり、これも古い形。○言伝て　都にいる人への言伝てか。

1099　おふの浦に片方の枝が覆うように広がって実がなっている梨——二人の仲がうまくいくにしろいかないにしろ、ともかく共寝をして語り合おう。○おふの浦　所在不明。古注に言う「麻生の浦」であれば、仮名遣いは「をふ」。○片枝　片方の枝。○なる　実がなる。○梨　「無し」を連想させ、「無しが成る」という矛盾が生ずる。○なりもならずも　恋が成就するにせよ成就しないにせよ。「なる」「なし」「なり」「なら」というリズム。

1100　賀茂の社の姫子松は、万代を経ても色がかわることはあるまい。○冬の賀茂の祭　十一月の賀茂の臨時の祭。四月の例祭（いわゆる葵祭）のほかに、宇多天皇の代に始められた。○ちはやぶる　普通は「神」にかかる枕詞。賀茂にかかる例、↓四八七。○姫子松　「姫」「子」いずれも小さいことを表す接頭語。▽『大鏡』によれば、初めて賀茂の臨時祭が行われたときに作られた歌。この歌を全巻の締めくくりとしたのは、『古今集』そのものの永続を願う思いの表れ。仮名序「たとひ時移り事去り、楽しび悲しびゆきかふとも、この歌の文字あるをや」。

家々称証本之本乍書入以墨滅歌　今別書之

巻第十　物名部

ひぐらし　　　貫之

1101 そま人は宮木ひくらしあしひきの山の山彦よびとよむなり

在郭公下　空蟬上

勝臣《かちおん》

1102 かけりても何をか魂《たま》の来ても見む殻《から》は炎となりにしものを

をがたまの木　友則下

くれのおも　　　貫之

1103 来《こ》し時と恋ひつつをれば夕暮の面影にのみ見えわたるかな

忍草　利貞下

家々に証本と称する本に書き入れながら、墨を以ちて滅《け》ちたる歌　今別に之を書く

家々で、正しい本と称する本に書き入れてありながら、墨で消してある歌。いま、それらの歌を他の歌と分けて、ここに書き記す。▽藤原定家は、校訂本を作る際に、さまざまな伝本を参考にしたが、右に言うところは、家々が伝えてきた証本（正しい本）と称するものの中には、墨で見せ消ち（元の文字がわかるように線を引いて消す消し方）にしてあるものがあり、それらを、今別にして一括して掲げる、ということである。墨滅歌（すみけちうた）という。定家は、元の本に載せてあった位置も記している。なお、現存伝本では、墨滅歌を持つのは、定家の父俊成の伝えた本の系統に限られる。

1101　樵（きこり）たちが宮殿を造るための木を伐りだしているらしい。山の山彦が大きな声で呼び交わし合っているのが聞こえる。○そま人　山で生計を立てる人。樵。○宮木　宮（宮殿）を造るために用いられる木材。○ひくらし　「ひく」は伐採する。蜩の「ひぐらし」を物名として詠み込む。○とよむ　→二一六。○在郭公下　空蟬上　四二三（郭公の題）と四二四（空蟬の題）の間にある。

1102　天翔ってやって来ても、魂は何を見ることができるだろうか。亡骸はすでに炎となってしまっているのに。○かけり　空を翔ること。魂が空を翔るのは、『万葉集』などに例がある。○何をか魂の来て　「をがたまの木」を詠み込む。○殻　亡骸。○炎　火葬の火。○をがたまの木　友則下　紀友則の「をがたまの木」の歌（四三一）の次にある。

1103　あの人が来てくれた時間だと思いながら恋しい気持でいると、夕暮れの中、ただあの人の面影だけが見え続けていることよ。○くれのおも　セリ科の多年草。ウイキョウの古名という。○夕暮の面影　「くれのおも」を詠み込む。○忍草　利貞下　紀利貞の「忍草」の歌（四四六）の次にある。

おきのゐ　みやこしま　　　　　小野小町

1104
おきのゐて身を焼くよりもかなしきはみやこしまべの別れなりけり

からこと　清行下

そめどの　あはた　　　　　あやもち

1105
うきめをばよそめとのみぞのがれゆく雲のあは立つ山のふもとに

この歌、水尾の帝の、染殿より粟田へ移りたまうける時によめる

桂宮下

巻第十一

奥山の菅の根しのぎ降る雪下

1106
今日人を恋ふる心は大井河流るる水におとらざりけり

1104　炭火が置いて身体を焼くよりもつらいことは、都島のあたりでの別れなのであった。○おきのゐ・みやこしま　いずれも地名であろうが、所在不明。○おき　熾き火。○ゐて　ここは熾き火が人の身体に置いて、の意。「ゐる」は座っている、の意であるが、物名歌でもあり、熾き火が主語となる、普通とは異なる語法であろう。○からこと　清行下　安倍清行の「唐琴」の歌（四五六）の次にある。▽「みやこしま」をそのまま地名として詠み込んでいる点、物名歌としてはやや拙劣。

1105　この世のつらい思いをよそ目に見ようと思って、逃れてゆくのだ。雲がわき上がるように立つ山のふもとに。○そめどの　染殿。藤原良房の邸。○あはた　粟田。京都市左京区。逢坂山への道筋にある地名。○よそめとのみ　「よそめ」はよそから見ること。「そめどの」を詠み込む。○あは立つ　「あは」は、さかんに、の意か。参考「降る雪はあはにな降りそ吉隠（よなばり）の猪養（いかひ）の岡の寒からまくに」（万葉・巻二・二〇三・穂積皇子）。題の「あはた」を詠み込む。○左注「水尾の帝」は清和天皇。『日本紀略』によれば、清和上皇は元慶三年（八七九）五月四日に、清和院から粟田院に移り、翌年、出家の後、逝去。作者「あやもち」は伝未詳の人物だが、清和上皇に付き従った人物か。○桂宮下　桂宮の題の歌（四六三）の次にある。

1106　今日あの人を恋い慕う心は、大堰川を流れる水の激しさに劣らないものだった。○奥山の…下　五五一の次にある。以下、二首にかかる。ただし、恋一の終わりというその位置では歌の内容と配列の関係がふさわしくない。すでに、古今集歌としては疑念のある歌として、その位置に移されていたか。「奥山の菅」は、底本「奥菅」とあり、「山の」と傍記。傍記を採る。○大井河　京都市の嵐山のふもとを流れる川。堰を設けていたことから、大堰川とも書くが、流れの速い川というイメージがある。

1107
我妹子《わぎもこ》にあふさか山のしのすすき穂には出《い》でずも恋ひわたるかな

巻第十三

恋しくは下にを思へ紫の下

1108
犬上《いぬがみ》の鳥籠《とこ》の山なる名取川いさと答へよわが名もらすな

この歌、ある人、あめのみかどの近江の采女にたまへると

返し　采女のたてまつれる

1109
山科の音羽の滝の音にだに人の知るべくわが恋ひめやも

1107　いとしい恋人に「逢う」という名を持つ逢坂山のしのすすきは穂は出ない。私も表には気持を出さずに恋い慕い続けていることよ。○我妹子　恋人や妻。『万葉集』に多い表現。○あふ　我妹子に「逢ふ」と「逢坂山」の両義。○しのすすき　穂の出ていない薄。○穂には出でず　しのすすきの様子と恋する思いを表に出さないこととの両義。▽「我妹子に逢坂山のはだすすき穂には咲き出でず恋ひわたるかも」(万葉・巻十・二二八三)の異伝歌。

1108　犬上の鳥籠の山のふもとを流れる名取川――その名のように浮き名をとってはいけないから、人から聞かれたら「さあ」と答えてください。私の名を漏らさないように。○恋しくは…下　六五二の次にある。○犬上　近江国の郡名。○鳥籠の山　現在の滋賀県彦根市の正法寺山という。○名取川　→六二八。現在の仙台市を流れる川で、犬上とは場所が合わない。「いさや川」とする本も多く、その方が下の「いさと答へよ」ともつづき具合がよい。○左注　→七〇二。▽「犬上の鳥籠の山なるいさや川いさとを聞こせわが名のらすな」(万葉・巻十一・二七一〇)の異伝歌。

1109　山科の音羽の滝――その音、噂にさえ人に知られるような、そんな恋をするものでしょうか。○返し　前歌(一一〇八)への返歌。○だに　底本「のみ」。「だに」の傍記と他本により改める。▽六六四に二三句「音羽の山の音にだに」五句「恋ひめかも」として既出。

巻第十四

思ふてふことのはのみや秋をへて下

衣通姫《そとほりひめ》の、一人ゐて帝を恋ひたてまつりて

1110 わが背子《せこ》が来べき宵《よひ》なりささがにの蜘蛛《くも》のふるまひかねてしるしも

深養父　恋ひしとはたが名づけけむことならむ下

貫之

1111 道知らば摘みにも行かむ住の江の岸に生《お》ふてふ恋忘れ草

1110 私の恋しい人が来るはずの今宵です。蜘蛛の動きが今からそのことを予告するようにはっきりしています。○思ふてふ…下　六八八の次にある、の意。○衣通姫　允恭天皇に召された女性。膚の美しさが衣を通して輝いたほどであったことから、その名がある。→仮名序二二—二三頁。天皇・皇后以外の作者名が詞書中に含まれるのは異例。○ささがにの　「蜘蛛」にかかる枕詞。○かねて　前もって。○しるし　はっきりしている。明らかである。蜘蛛が目の前に現れると、思う人に会えるという俗信があったらしい。▽『日本書紀』允恭天皇にある「我が背子が来べき宵なりささがねの蜘蛛のおこなひ今宵しるしも」の異伝歌。

1111 道を知っていたならば摘みにでも行こう、住の江の岸に生えているという恋忘れ草を。○深養父…下　六九八の次にある。○恋忘れ草　恋を忘れるという草。参考「人忘れ草」（九一七）。『万葉集』では「恋忘れ貝」が多い。貫之には他に「住の江の朝満つ潮のみそぎして恋忘れ草摘みて帰らむ」（貫之集）がある。▽「暇あらば拾ひにゆかむ住吉の岸に寄るといふ恋忘れ貝」（万葉・巻七・一一四七）の改作。

古今和歌集序

紀淑望

夫和歌者、託㆓其根於心地㆒、発㆓其華於詞林㆒者也。人之在㆑世、不㆑能㆓無為㆒。思慮易㆑遷、哀楽相変。感生㆓於志㆒、詠形㆓於言㆒。是以、逸者其声楽、怨者其吟悲。可㆓以述㆒㆑懐、可㆓以発㆒㆑憤。動㆓天地㆒、感㆓鬼神㆒、化㆓人倫㆒、和㆓夫婦㆒、莫㆑宜㆓於和歌㆒。

和歌有㆓六義㆒。一曰風、二曰賦、三

1 以下、和歌を植物の比喩で捉える。「心」を「根」として、「詞」を「華」とする。仮名序「人の心を種として、よろづの言の葉とぞなれりける」に対応。

2 『毛詩』大序に「詩は志の之(ゆ)く所なり。心に在りては志と為り、言に発しては詩と為る。情中に動きて言に形はる」とある。

3 『毛詩正義』序の「以て懐を暢(の)べ、憤を舒(の)ぶる所」による。

4 『毛詩』大序の「天地を動かし、鬼神を感ぜしむるは、詩より近きは莫し」による。

5 『毛詩』大序の「人倫を厚くし」「夫婦を経(おさ)め」による。

6 『毛詩』大序の「詩に六義有り。一に曰く風、二に曰く賦、三に曰く比、四に曰く興、五に曰く雅、六に曰く頌」による。

7 風刺の詩。六義の意味は、中国でも解釈に変遷があるが、

古今和歌集序

紀《きの》淑望《よしもち》

夫《そ》れ和歌は、[1]其の根を心地に託《つ》け、其の華を詞林に発《ひら》くものなり。人の世に在《あ》るや、無為なること能《あた》はず。思慮遷《うつ》り易《やす》く、哀楽相変ず。[2]感は志に生《な》り、詠は言に形《あら》はる。是を以ちて、逸せる者は其の声楽しく、怨ずる者は其の吟悲し。[3]以ちて懐《おもひ》を述ぶべく、以ちて憤《いきどほり》を発すべし。[4]天地を動かし、鬼神を感ぜしめ、[5]人倫を化し、夫婦を和《やはら》ぐるは、和歌より宜《よろ》しきはなし。

和歌に[6]六義《りくぎ》あり。一に曰く、[7]風。二に曰く、[8]賦。三に曰

およそ以下のとおり。ただし、これらを真名序がどのように捉えていたかは不明。
8　比喩を用いない直叙の詩。
9　直喩を用いた詩。
10　暗喩を用いた詩。
11　正しい政治を讃える詩。
12　すぐれた人物を讃える詩。
13　『毛詩正義』序の「燕雀は啁噍（とうしょう）の感を表し、鸞鳳は歌舞の容有り」によるか。真名序は季節と結びつけて、春秋を対比させる。
14　ここは、表現の工夫、というほどの意味。
15　『文選』序の「物既に之有り、文も亦宜しく然るべし」による。
16　『日本書紀』神代上によれば、国常立尊（くにのとこたちのみこと）から伊弉諾尊（いざなぎのみこと）・伊弉冉尊（いざなみのみこと）までをいう。
17　『文選』序の「世質にして民淳く、斯文未だ作（おこ）らず」

曰比、四曰興、五曰雅、六曰頌。

若夫春鶯之囀二花中一、秋蟬之吟二樹上一、雖レ無二曲折一、各発二歌謡一。物皆有レ之、自然之理也。

然而神世七代、時質人淳、情欲無レ分、和歌未レ作、逮三于素戔嗚尊到二出雲国一、始有二三十一字之詠一。今反歌之作也。其後雖二天神之孫、海童之女一、莫乙不下以二和歌一通上レ情者甲。

爰及二人代一、此風大興。長歌短歌旋頭混本之類、雑躰非レ一、源流漸繁。譬猶下払レ雲之樹生レ自二寸苗之煙一、浮レ天之波起中於一滴之露上。至レ如下難波津之

による。

18　『日本書紀』神代上によれば、八岐大蛇（やまたのおろち）を退治して、奇稲田姫（くしなだひめ）と結婚するために宮殿を造ったときに、「八雲立つ出雲八重垣妻ごめに八重垣つくるその八重垣を」と詠んだ。

19　もともとは長歌の後に添えられた短歌のことで、ここでは短歌形式の和歌のこと。

20　天照大神の曾孫、彦火火出見尊（ひこほほでみのみこと）が海神の娘の豊玉姫と結婚をし、和歌を詠んだこと。

21　神武天皇以後。「神世」ではなく、天皇の時代。

22　「旋頭」は、旋頭歌。五七七五七七の歌体。『古今集』では、巻十九に四首（一〇〇七―一〇一〇）収められる。「混本」は、平安後期の歌学書などに、短歌より一句少ない歌体と説くが、実例がなく不明。

23　『文選』序の「茲より以降源

く、比。[9]四に曰く、興[10]、五に曰く、雅[11]。六に曰く、頌[12]。

若《も》し夫れ、春[13]の鶯の花の中に囀り、秋の蟬の樹の上に吟ずる、曲折[14]無しといへども、各《おのおの》歌謡を発す。物[15]に皆之有るは、自然の理なり。

然るに、神世[16]七代、時質[17]《すなほ》にして人淳《あつ》く、情欲分かるることなく、和歌いまだ作《おこ》らず。素戔嗚尊[18]《すさのをのみこと》の出雲国に逮《およ》びて、始めて三十一字の詠有り。今の反歌[19]の作《おこり》なり。其の後天神[20]《あまつかみ》の孫、海童《わたつみ》の女《むすめ》といへども、和歌を以ちて情を通ぜざる者なし。

爰《ここ》に人代[21]に及びて、此の風大きに興《おこ》る。長歌・短歌・旋[22]《せ》頭《どう》・混本の類、雑躰一にあらず、源流[23]漸《やうや》く繁し。譬へばなほ、雲を払ふ樹の、寸苗[24]の煙より生《な》り、天を浮かぶる波の、

流実に繁し」「衆制鋒起し源流間出す」などによる。

24　煙のようにかすかにしか見えないごく小さな苗。

25　王仁（わに）が仁徳天皇に奉った歌。→仮名序一一頁。「什」は詩編のこと。

26　「富緒川」は、底本「富緒」とあって、「川」を欠くので補う。『日本霊異記』など諸書に伝わる聖徳太子の説話。出典により小異があるが、路傍の飢えた人（あるいは病人）が、衣をかけてくれた太子の慈愛に感じて、太子の歌に返歌をしたという。「いかるがや富緒川の絶えばこそわが大君の御名を忘れめ」（拾遺集・哀傷）。太子の歌は、「しなてるや片岡山に飯（いひ）に飢ゑて臥せる旅人あはれ親なし」（同）。

27　難波津の歌や富緒川の歌のような話は、内容が日常的ではなく多分に伝説的だということ。

28　『文選』序に、詩文は「耳に

什、献二天皇一、富緒川之篇、報中太子上、或事関二神異一、或興入二幽玄一。但見二上古歌一、多存二古質之語一、未レ為二耳目之翫一、徒為二教戒之端一。古天子、毎二良辰美景一、詔下侍臣預二宴筵一者上献二和歌一。君臣之情、由レ斯可レ見、賢愚之性、於レ是相分。所下以随二民之欲一、択中士之才上也。

自三大津皇子之初作二詩賦一、詞人才子、慕レ風継レ塵。移二彼漢家之字一、化二我日域之俗一。民業一改、和歌漸衰。然猶有二先師柿本大夫者一。高振二神妙之思一、独歩二古今之間一。有二山辺赤人者一。並和歌仙也。其余業二和歌一者、綿々不レ

入る娯」「目を悦ばしむる翫」とある。

29　仮名序「いにしへの代々の帝、春の花の朝、秋の月の夜ごとに…心々を見たまひて、賢し、愚かなりとしろしめしけむ」（一六頁）に対応。

30　和歌によって人物を見定めていただきたいとの願い。ここは、仮名序にはない内容。

31　天武天皇の皇子。『懐風藻』に四編の漢詩を収める。皇子以前にも漢詩作者はいるが、ここは『日本書紀』持統天皇の朱鳥元年（六八六）十月条の「詩賦の興、大津より始まれり」という記述によるものであろう。

32　「…今も仰せの　下れるは塵に継げとや…」（一〇〇三）。

33　直接には漢字のことだが、ここは漢字を用いて作られる詩をも含む。

34　民の本来の言動。ここは、和歌を詠むことが本来の表現行為であったということ。このあ

一滴の露より起るがごとし。[25]難波津の什《じふ》を天皇に献じ、[26]富《とみの》緒川《をがは》の篇を太子に報ぜしがごときに至りては、或は[27]事神異に関はり、或は興幽玄に入る。但し、上古の歌を見るに、多く古質の語を存し、未だ[28]耳目の翫《もてあそび》となさず、徒《ただ》に教戒の端となすのみ。[29]古の天子、良辰《りやうしん》美景ごとに、侍臣の宴筵《えんえん》に預かる者に詔《みことのり》して和歌を献ぜしむ。君臣の情、斯《これ》に由りて見るべく、賢愚の性、是に於て相分かる。[30]民の欲《のぞみ》に随ひて、士の才を択《えら》ぶ所以《ゆゑん》なり。

[31]大津皇子の初めて詩賦を作りしより、詞人才子《しじんさいし》、風《ふう》を慕ひ[32]塵に継ぐ。彼の[33]漢家の字を移し、我が日域《じつゐき》の俗を化す。[34]民業一たび改まり、和歌漸く衰ふ。然れども猶[35]先師柿本《かきのもとの》大夫《たいふ》といふ者あり。高く神妙の思ひを振《ふる》ひ、独《ひと》り古今の間

たり、漢詩の隆盛が和歌の衰退につながったことを言う。仮名序では、その関係は明確には述べられていなかった。

35 「先師」は、ここは専門歌人としての先達。「大夫」は五位の称で、人麿の経歴としては確認できない。「あはれ昔へ　ありきてふ　人麿こそは　うれしけれ　身は下ながら…」（一〇〇三）ともやや齟齬する。仮名序には「正三位」（一八頁）ともあり、両序とも人麿にある程度の地位を認める扱い。

36 人麿と赤人を並べること、仮名序も同じ。

37 軽薄であること。

38 下の「華」と対。後の歌論の重要な概念となる「花実」のもっとも早い例。

39 「好色」は、恋をはじめとする風流を好むこと。「花鳥の使」は、もともとは、唐の開元（七一三―七四一）年中に後宮に迎える美女を探すべく諸国に使わ

絶。及下彼時変二澆漓一、人貴中奢淫上、浮詞雲興、艶流泉湧。其実皆落、其華孤栄。至レ有下好色之家、以レ此為二花鳥之使一、乞食之客、以レ此為中活計之媒上。故半為二婦人之右一、難レ進二丈夫之前一。

近代存二古風一者、纔二三人。然長短不レ同。論以可レ弁。華山僧正、尤得二歌躰一。然其詞華而少レ実。如三図画好女徒動二人情一。在原中将之歌、其情有レ余、其詞不レ足。如下萎花雖レ少二彩色一而有中薫香上。文琳、巧詠レ物。然其躰近レ俗。如三賈

された使い。転じて、男女の間の仲立ちをするものをいう。

40　「乞食の客」は、諸説あって明解を得ないが、芸を売って世を渡る者。「媒」は底本「謀」とあるが、改める。

41　女性の日常生活に役立つもの。

42　官人。「婦人」の対で、宮廷に仕える者。前に、古代の帝王は、官人の才のほどを和歌によって判断した、とあったが、もはや和歌は、そうした格式のあるものではなくなった、というのである。「丈夫」は「大夫」とある本も多い。仮名序では「まめなる所」(一九頁)。漢文にふさわしい対句を多用したリズミカルな文体である。

43　以下の六歌仙の時代。

44　ここは「六人」の意。ただし、仮名序の「ここに、いにしへのことをも、歌の心をも知れる人わづかに一人二人なりき」(一九頁)に相当するならば、

を歩む。[36]山辺赤人《やまのべのあかひと》といふ者あり。並びて和歌の仙《ひじり》なり。其の余、和歌を業とする者、綿々として絶えず。彼の時の澆《げう》[37]漓《り》に変じて、人の奢淫《しやいん》を貴ぶに及びて、浮詞《ふし》雲と興《おこ》り、艶《えん》流《りう》泉と湧く。[38]其の実皆落ち、其の華孤《ひと》り栄ゆ。[39]好色の家には、此を以ちて花鳥の使となし、[40]乞食《きつしよく》の客は、此を以ちて活計の媒《なかだち》となすことあるに至る。故《ゆゑ》に半《なか》ばは[41]婦人の右《たすけ》となり、[42]丈夫《ますらを》の前に進めがたし。

[43]近代、古風を存する者、纔《わづか》に[44]二三人なり。然れども長短同じからず。論じて以ちて弁《わきま》ふべし。[45]華山僧正は、尤《もつと》も歌の躰を得たり。然れどもその詞《ことば》華にして実《み》少なし。[46]図画の好《よ》き女の徒《いたづ》らに人の情《こころ》を動かすがごとし。[47]在原中将の歌は、その情余りありて、その詞足らず。萎《しぼ》める花の彩色少なし

二、三人の意となり、少ないことを強調する表現と見るべきか。

45　僧正遍昭。花山寺(元慶寺)にいたことによる。

46　仮名序では、絵に描かれた美女を見て心を動かすとあったが、こちらは、絵の美女が人の心を動かす、とあり、少し異なる。以下、それぞれの歌人の歌の特徴を「如…」と評する。

47　在原業平。評は、仮名序とほぼ同じ。

48　文屋康秀。「文琳」は中国風の呼び方で、「琳」が字(あざな)に相当する。こうした表記は、康秀がおそらく文章生出身で漢詩文にも長けていることを表すか。

49　物そのものを詠んだ漢詩を詠物詩という。これも康秀が詩人肌の歌人であったためか。『古今集』には少ないタイプの歌。

50　底本「撰喜」。仮名序「ことばかすか」(二二頁)。

51　仮名序には「よき女のなや

人之著ニ鮮衣一。宇治山僧喜撰、其詞華麗而首尾停滞。如下望ニ秋月一遇中暁雲上。小野小町之歌、古衣通姫之流也。然艶而無ニ気力一。如三病婦之著ニ花粉一。大友黒主之歌、古猿丸大夫之次也。頗有ニ逸興一而躰甚鄙。如三田夫之息ニ花前一也。

此外、氏姓流聞者、不レ可ニ勝数一。其大底皆以レ艶為レ基、不レ知ニ歌之趣一者也。俗人争事ニ栄利一、不レ用レ詠ニ和歌一。悲哉悲哉。雖下貴兼ニ相将一、富余中金銭上、而骨未レ

めるところあるに似たり」(二二頁)とある。「衣通姫の流」→仮名序(二二頁 注137)。

52 白粉。

53 黒主の評は仮名序には「猿丸」云々が欠け、以下はほぼ同じ。猿丸は『百人一首』中の作者の一人でもあるが、多分に伝説的な存在。この記述も猿丸についてのもっとも古いものであるが、何者であったかは不明。衣通姫と対で用いられ、もともと伝説的な存在であったのであろう。

といへども薫香あるがごとし。[48]文琳《ぶんりん》は、巧みに[49]物を詠ず。然れどもその躰俗に近し。賈人《あきびと》の鮮やかな衣を著《き》たるがごとし。宇治山の僧喜撰[50]は、その詞華麗にして首尾停滞す。秋の月を望みて暁の雲に遇《あ》へるがごとし。[51]小野小町の歌は、古《いにしへ》の衣通姫《そとほりひめ》の流《りう》なり。然れども艶《えん》にして気力無し。病める婦《をうな》の[52]花粉を著《つ》けたるがごとし。[53]大友黒主の歌は、古の猿丸大夫の次《ついで》なり。頗《すこぶ》る[54]逸興有りて躰《てい》甚だ鄙《いや》し。田夫の花の前に息《いこ》へるがごときなり。

此の外、[55]氏姓流れ聞こゆる者、勝《あ》げて数《かぞ》ふべからず。其の大底《おほむね》は皆艶[56]なるを以て基となし、歌の趣を知らざる者なり。俗人争ひて栄利を事とし、和歌を詠ずるを用ゐず。悲しきかな、悲しきかな。貴きことは[57]相将を兼ね、富めるこ

54　世俗を脱した自由なおもしろみ。仮名序には、この評価はない。

55　少しわかりにくい表現であるが、六歌仙評に続く記述なので、歌人として、という意味。

56　ここは表向きだけの華やかさ、ということで、よい意味ではない。

57　大臣と近衛大将。臣下としてもっとも高い地位。なお、『古今集』撰進時、藤原時平がまさに左大臣兼左大将の地位にあるが、撰者たちの自負はそうしたことに遠慮していない。

58　平城天皇。仮名序の「ならの御時」（一八頁）に相当し、より明確に特定した表現。『万葉集』が平城天皇による勅撰という認識。

59　平城天皇と醍醐天皇を含めて十代。『文選』序の「姫漢（きかん）より以来…時は七代を更（か）へ、数は千祀（せんし）を逾（こ）えたり」による。

腐二於土中一、名先滅二世上一。適為二後世一被レ知者、唯和歌之人而已。何者、語近二人耳一、義慣二神明一也。

昔平城天子詔二侍臣一、令レ撰二万葉集一。自レ爾以来、時歴二十代一、数過二百年一。其後和歌、棄不レ被レ採。雖下風流如二野宰相一、軽情如中在納言上、而皆以二他才一聞、不下以二斯道一顕上。

陛下御宇、于レ今九載。仁流二秋津洲之外一、恵茂二筑波山之陰一。淵変為レ瀬之声、寂々閇レ口、砂長為レ巌之頌、洋々満レ耳。思レ継二既絶之風一、欲レ興二久廃之道一。

60　勅撰和歌集が編まれなかったということ。平城に続く嵯峨、淳和天皇の代には、『凌雲集』『文華秀麗集』『経国集』と、勅撰漢詩集が編まれた。

61　超俗的な何物にもとらわれない生き方。底本「風」とあるが、改める。

62　小野篁。「宰相」は参議の唐名。次の在原行平とともに仮名序ではふれられない。

63　あまり例を見ない語で、よい意味だとすれば、自由な軽やかな心というほどの意か。「雅情」とする本によればわかりやすい。

64　在原行平。業平の兄。中納言に上る。

65　篁は漢詩人として著名。行平には、和歌以外にとくに伝わるものがないが、奨学院という在原氏の子弟のための学校を建てた経歴からは、漢学に造詣が深かったと見られるか。なお、篁、行平ともに、六歌仙の時代

とは金銭を余すといへども、骨いまだ土中に腐《く》ちざるに、名は先だちて世上に滅す。適《たまたま》後世のために知らるるは、唯《ただ》和歌の人のみ。何となれば、語《ことば》は人の耳に近く、義《こころ》は神明に慣らへばなり。

昔、平城天子[58]、侍臣に詔《みことのり》して、万葉集を撰ばしむ。それより以来《このかた》、時[59]は十代を歴《へ》て、数は百年を過ぐ。其の後[60]、和歌は、棄てて採《と》られず。風流[61]は野宰相[62]《やさいしやう》のごとく、軽情[63]は在[64]《ざい》納言《なごん》のごとしといへども、皆他の才[65]を以ちて聞こえ、斯《こ》の道を以ちて顕《あらは》れず。

陛下[66]の御宇、今[67]に九載なり。仁[68]は秋津洲《あきつしま》の外に流れ、恵みは筑波山[69]の陰よりも茂し。淵変[70]じて瀬となるの声、寂々として口を閉ぢ、砂[71]《いさご》長じて巌《いはほ》となるの頌《しよう》、洋々として耳

より少し前に活躍している。二人が挙げられるのは、和漢兼才と見られることや、地位が高いこととも関係するか。仮名序では「官位高き人をば、たやすきやうなれば、入れず」（二〇頁）と遠慮しているが、真名序は漢文の序なので、そうした遠慮は不要なのであろう。

66　醍醐天皇。この前に「伏惟」（伏して惟（おもん）みるに）とある本が多い。今上陛下に言及する文脈からは、その方がよい。

67　醍醐天皇の即位は寛平九年（八九七）で延喜五年（九〇五）まで足かけ九年。「于今」は底本「今」を改める。

68　「秋津洲」は日本のこと。「仁」が「流れ」るという表現は、和文的。

69　→一〇九五。

70　→九三三など。世の無常を嘆く声が聞かれないということは、今の世が栄えているということ。

爰詔㆓大内記紀友則、御書所預紀貫之、前甲斐少目凡河内躬恒、右衛門府生壬生忠岑等㆒、各献㆓家集、幷古来旧歌㆒、曰㆓続万葉集㆒。於㆑是重有㆑詔、部㆓類所㆑奉之歌㆒勒為㆓二十巻㆒、名曰㆓古今和歌集㆒。臣等、詞少㆓春花之艶㆒、名竊㆓秋夜之長㆒。況哉進恐㆓時俗之嘲㆒、退慙㆓才芸之拙㆒。適遇㆓和歌之中興㆒。以楽㆓吾道之再昌㆒。嗟乎人丸既没、和歌不㆑在㆑斯哉。于㆑時延喜五年歳次乙丑四月十五日、臣貫之等謹序。

71　↓三四三。
72　以下、仮名序と同じく四名の撰者。

に満てり。既に絶えたる風を継《つ》がんと思し、久しく廃《すた》れたる道を興《おこ》さんと欲したまふ。

爰《ここ》に、大内記紀友則《だいないききのとものり》[72]、御書所《ごしよのところの》預《あづかり》紀貫之《きのつらゆき》、前甲斐少目《さきのかひのせうくわん》凡河内躬恒《おほしかふちのみつね》、右衛門府生壬生忠岑《うゑもんのふしやうみぶのただみね》等に詔《みことのり》して、各《おのおの》家集、幷《ならび》に古来の旧歌を献ぜしめ、[73]続万葉集《しよくまんえふしふ》と曰ふ。是に[74]於いて、重ねて詔有り、奉る所の歌を部類して、勒《ろく》して二十巻となし、名づけて古今和歌集と曰ふ。臣等、詞は春の花の艶少なく、[75]名は秋の夜の長きを竊《ぬす》めり。況《いはむ》や、進みては時俗の嘲《あざけり》を恐れ、退きては才芸の拙《つたな》きを慙《は》づ。適《たまたま》和歌の中興に遇《あ》ひて、吾が道の再び昌《さかり》なることを楽しむ。嗟乎《ああ》、人丸[76]既に没したれども、和歌は斯《ここ》に在らずや。時に延喜五年、歳は乙丑《きのとうし》に次《やど》る四月[77]十五日、臣[78]貫之等謹みて序す。

73　真名序にのみ見える書名。どのような形のものであるか不明。

74　再度の詔勅によって、献上された和歌を分類して二十巻編成の『古今和歌集』を撰んだ。詔が二度あったことは、仮名序には見えないものの、仮名序も、ややあいまいな書き方ながら、二段階の成立過程と読むことができる。

75　勅撰和歌集の撰者という名誉。「秋の夜の」は「長き」にかかる修飾句。前の「春の花の」と対。

76　『論語』子罕「文王既に没したれど、文茲にあらざらむや」による。

77　仮名序は「四月十八日」。解説参照。

78　先の記述では、筆頭撰者は紀友則。ここで貫之が代表になっているのは、『古今集』撰進の途中で友則が没したためか（↓八三八）。

そもそも和歌というものは、その根を心の地に下ろし、その花を詞の林に咲かせるものである。人はこの世に生きている限り、無為であることはできない。思考は次々に移り変わり、悲哀と歓喜も絶えず変わってゆく。思いは心の中に現れ、歌はことばとして形になる。したがって、安楽に過ごしている者は、その声は楽しく、怨みを抱いて過ごしている者は、その声は悲しいのだ。それゆえ、歌によって思いを述べることができ、憤りを発することもできるのだ。天地を動かし、鬼神を感動させ、人々を教え導き、夫婦の仲を和らげるのに、和歌にまさるものはない。

和歌には、六義《りくぎ》がある。その第一は「風」、第二は「賦」、第三は「比」、第四は「興」、第五は「雅」、第六は「頌」である。

いったい、春の鶯が花の中で囀り、秋の蟬が木の上で鳴くのは、そこに特別な工夫はないとしても、それぞれ歌を歌っているのである。物皆すべてがこうして歌を歌うというのは、自然の理法である。

しかしながら、神世七代の間は、世の中が素朴で、人もまた醇朴《じゅんぼく》であって、感情や欲望が分化していなかったので、和歌はまだ作られていなかった。素戔嗚尊《すさのおのみこと》が出雲の国にお下りになって、始めて三十一文字の歌が作られた。今の反歌の起源である。その後、天の神の子孫や海の神の娘といっても、和歌を用いて心を通わせない者はいなくなったのである。

　こうして、人の帝の時代に入ると、和歌を詠む風潮が大いに盛んになった。長歌・短歌・旋頭歌・混本歌の類など、さまざまな歌体は一つにはおさまらず、もとの流れもしだいに複雑多岐にわたるようになってきた。たとえて言えば、雲を払うほどの大木が、ほんの小さな苗から育ち、大空を映す波が、一滴の露からわき起こるようなものである。かの王仁が「難波津」の歌を仁徳天皇に献じ、飢え人が富緒川《とみのおがわ》の歌を聖徳太子に奉ったような事例については、事が神秘的な内容に関わっていたり、はっきりとわかりにくかったりする。ただ、上古の歌を見ると、多くは古風で素朴な語を残していて、まだ耳目を楽しませるところまではいかず、ただ教戒の一端を担うに過ぎないのであった。古代の天皇は、よい時節や美しい景色につけて、侍臣で宴席に侍る者に詔して和歌を献上させなさった。君臣の情は、歌によって見ることができ、また、臣下の賢愚のほども見分けられたのである。民の希望に添って人材を抜擢《ばってき》なさったのは、そのような理由によるのである。

　大津皇子が初めて詩賦を作ってから、詩人や才学のある人は、その詩風を慕い、後塵を拝そうとした。かの中国の文字を移入して、我が国の風俗を変えてしまった。このため、国民の日常はすっかり変わり、和歌はだんだんと衰えていった。しかしながら、やはり先師というべき柿本大夫という人がいた。高らかに神のような歌を歌い出し、古今独歩の歌人であった。また、山辺赤人という人がいた。人麿と並んで和歌の仙《ひじり》であった。そのほかにも、和歌の詠作を務めとする人々は、綿々と連なり絶えることはなかった。しかし、そうした時代はやがて軽薄になり、人々が派手なことを重んじるようになってからは、うわついた詞が雲のように興り、華やかなだけの調べが泉となって湧くばかりであった。和歌の実はみな落ち、うわべばかりの花だけが咲き栄えたのである。色好みの家では、和歌を恋の仲立ちとして、芸を売る者は、これを生活の手段とするに至った。そのために、和歌は大方は婦人のためのものとなり、男子の前には持ち出しにくいものになってしまった。

近い時代で昔の風を伝える者は、わずかに六人だけである。しかしながら、その人たちにも、長所短所はそれぞれ異なっている。以下、それを論じることによって、明らかにしてみよう。華山僧正は、その中でもっとも歌のさまが整っている。しかしながら、その詞は華やかすぎて実が足りない。絵に描かれた美人がやたらに人の心を動かすようなものである。在原中将の歌は、その思いがあふれすぎていて、言葉が追いつかない。萎んだ花が色あせているのに、匂いが残っているようなものである。文琳は、巧みに物を詠む。しかしながら、そのさまは俗っぽい感じである。商人があざやかな服を着ているようなものである。宇治山の僧喜撰は、その言葉が華麗でありながら、首尾が整わない。秋の月を眺めていて明け方の雲に出会ってしまったようなものである。小野小町の歌は、古代の衣通姫の流れに属している。けれども、美しいが力に欠けている。病んだ女が白粉をつけているようなものである。大友黒主の歌は、古代の猿丸大夫の流れに属している。まことに自由奔放なおもしろさがあるが、そのさまははなはだ卑俗である。農夫が花の前で休んでいるようなものである。

このほかに名前が伝わっている歌人は、数えられないほど多い。だが、その多くは皆表面の華やかさを歌の基本だと考えていて、和歌のあるべき姿をわかっていない者ばかりだ。俗人は競って栄達や利益を求めてばかりいて、和歌を詠むことを大切にしていない。ただただ悲しいことだ。高い身分として大臣と大将を兼ね、豊かさではあり余る金銭を持っているといっても、死んでしまえば、その埋葬された骨がまだ土の中で腐ってしまわないうちに、そうした名声はこの世から消え去ってしまう。偶然にも後世に名を知られるのは、ただ和歌を詠んだ人だけである。なぜならば、和歌の言葉は人の耳に入りやすく、その心は神の心に従っているからである。

昔、平城天皇は、臣下に命じて、『万葉集』を撰進させなさった。それ以来、天皇の御代は十代を経て、年数は百年を経過した。その後、和歌は棄てられ顧みられなくなった。風流では、参議小野篁のような人、みやびな思いでは中納言在原行平のような人もいたが、いずれも他の才能によって知られた人であり、この和歌の道によって著名になったのではなかった。

今上陛下のご治世は、今、九年になった。ご仁徳は日本の外まで及び、ご恩恵は筑波山の木陰よりも繁く厚い。飛鳥川の変わりやすい淵瀬を嘆く声は、ひっそりと途絶え、さざれ石が巌となるまでを寿ぐ歌ばかりが、あふれるように耳に聞こえてくる。そこで、帝は、すでに絶えてしまった歌を詠む風習を継ごうとお思いになり、長らく廃れていた歌の道を復興しようとなさったのだ。

こうして、大内記紀友則、御書所預紀貫之、前甲斐少目凡河内躬恒、右衛門府生壬生忠岑らに詔して、各の家の集と古来の旧歌を献上させ、『続万葉集』と命名された。そこで、重ねて詔勅を下され、献上した和歌を部類して、二十巻編成として、『古今和歌集』と命名された。われら撰者たちは、詞は春の花の美しさに及ばないのに、名誉ばかりは秋の夜の長さをわがものとしている。ましてや、人前に出ては世間の嘲笑を恐れ、みずからを顧みてはその学才の乏しさを恥じている。たまたま、この和歌の復興の時にめぐりあって、わが志す歌の道が再び盛んになったことを、喜んでいる。ああ、人麿はすでに世を去っているけれども、和歌はここにたしかにあるではないか。時に延喜五年、乙丑にあたる歳、四月十五日、臣貫之ら謹んで序を記す。

異本の歌

よみ人知らず

異1 安積山《あさかやま》影さへ見ゆる山の井の浅くは人を思ふものかは

（題しらず　よみ人知らず）

異2 明日よりは若菜摘まむと片岡のあしたの原は今日や焼くらむ

桜の花の水に散るを見て　貫之

異3 ゆく水に風の吹き入るる桜花消えず流るる雪かとぞ見る

雲林院にまかりて、桜の散りけるによめる　貫之

異4 雪と見てぬれもやすると桜花散るに袂《たもと》をかづきつるかな

異本の歌

藤原定家の校訂した定家本にない歌。墨滅歌に比べれば、定家本との距離は大きいが、『古今集』の有力な諸本に載せる歌として、平安時代の伝本をうかがう資料にもなる。所載の本は、煩雑さを避けて代表的な本のみを掲げ、歌を載せる箇所を記した。なお、詞書と作者名は、各異本の前の歌のものが掛かっている場合は、（）にくくり、当該歌に直接付されているものと区別した。

異1　安積山の姿までも映している山の澄んだ清水は浅いものですが、私の思いは浅いものでしょうか。いいえ、そうではありません。○安積山　福島県郡山市にある山。歌枕。○影さへ見ゆる　「かげ」は、姿。水が澄んでいるうえに山の姿まで映っている。○山の井　山の清水がわき出してたまっている所。▽『万葉集』巻十六・三八〇七に下句「浅き心をわが思はなくに」として載る。底本の仮名序に補入された歌（一一頁七行目「この二歌は」の前。嘉禄本も同じ）なので、厳密には異本所載歌ではないが、従来広く用いられてきた貞応本にないので、ここに収める。

異2　明日からは若菜を摘もうということで、片岡のあしたの原では、今日野焼きをしているだろうか。○片岡のあしたの原　→二五二。「あした」は「あす」との類音のくり返し。○焼く　野焼きをする。→一七。▽昭和切など。二〇の次。『拾遺集』（春・人麿）に入る（歌詞に小異）。

異3　流れてゆく水に風が吹き入れている桜花は、消えずに流れる雪かと思われることよ。○水に散る　元永本に従ったが、「遣水に散りける」とある本も多い。▽元永本など、八〇の次。八一とは水に流れる桜でつながる。参考「群れてをる葦辺のたづを忘れつつ水にも消えぬ雪かとぞ見る」（貫之集）。

異4　雪だと思って濡れはしないかと、桜花が散るのに、袂で頭を覆ってしまったことよ。○雲林院　→七五。○かづき　頭を覆うこと。この語、『万葉集』では「かづく」、平安時代後期には「かつぐ」であるが、『古今集』ではどちらか不明。→四二七。▽六条家本など、八二の次に。

（寛平御時后宮の歌合の歌）　　貫之

異5　月影も花も一つに見ゆる夜は大空をさへ折らむとぞする

（朱雀院の女郎花合によみて奉りける）　　よみ人知らず

異6　女郎花なき名や立ちし白露の濡衣《ぬれぎぬ》をのみ着てわたるらむ

（題知らず　　よみ人知らず）

異7　わが門の早稲田《わさだ》の稲も刈らなくにまだきうつろふ神奈備の森

（題知らず　　よみ人知らず）

異8　しなが鳥猪名野《ゐなの》をゆけば有馬山夕霧たちぬ明けぬこの夜は

（題知らず　　よみ人知らず）

異9　落ちたぎつ川瀬に浮かぶうたかたの思はざらめや恋しきことを

（題知らず　　よみ人知らず）

異10　まなづるの葦毛の駒や汝《な》が主《ぬし》のわが前行かば歩みとどまれ

異5　月の光も花の色も白く一つに見える夜は、大空までも枝のつもりで折ろうとしてしまいそうだ。○寛平御時后宮の歌合　現存の『寛平御時后宮歌合』には見えない。『古今六帖』に貫之の歌として見える。○花　何の花と特定できない。『古今六帖』では菊の歌に入るが、ここにはあたらない。月光と梅の紛れ、↓四〇。○下句　やや奇抜な発想。似た例に、四三。▽元永本など。一〇三の次。以上三首、いずれも春下に属し、貫之の見立ての歌。編集作業の整理段階で削除されたものか。

異6　女郎花はあらぬ噂を立てられたのであろうか。それで、どの花も白露という濡衣を来ているのであろう。○なき名　事実無根の噂。↓六二八など。○立ちし　元永本「立てし」とあるが、他本により改める。○白露の濡衣　白露に濡れている状態を濡衣を着ているものと見立てる。「濡衣」↓四〇二。○わたる　一面に…する、の意。▽元永本など、二三六の次。二三〇の詞書に「朱雀院の女郎花合によみて奉りける」とあり、それが掛かると思われるが、現存の『朱雀院女郎花合』に見えない。作者についても、元永本などが二三五を詠み人知らずとしているのを受ける。

異7　わが家の門前の早稲田の稲もまだ刈り取っていないのに、もう今から紅葉している神奈備の森よ。○早稲田　早稲、すなわち早く生育する稲を植えてある田。○なくに　…しないのに。○まだき　こんなにも早く。○神奈備の森　↓二五三。▽元永本など、二五三の次。二五三の左注として掲げる本も多い。

異8　猪名野を旅してゆくと有馬山に夕霧が立ちこめてしまった。先へ進むことができず、このままここで夜を明かすことになるのだ。○しなが鳥　「にほ鳥」ともいう。かいつぶりの古名。「ゐ」に掛かる枕詞になるが、理由は不明。○猪名野　大阪府と兵庫県のほぼ境を流れる猪名川流域の野。○有馬山　兵庫県の有馬温泉付近の山。○下句　四句と五句との関係がわかりにくい。仮に現代語訳のように解した。▽「しなが鳥猪名野を来れば有馬山夕霧立ちぬ宿りはなくて」（万葉・巻七・一一四〇）の異伝であろう。五句に誤写があるか。一〇七一「明けぬこの夜は」は朝の歌。▽元永本など、四〇八の次。

異9　激しく流れ落ちる川の流れに浮かぶ泡のように、はかないわが思いではあるけれど、少しも思わないなどということができようか、恋しくてならないのだから。○たぎつ　激しくしぶきをあげて流れるさま。○浮かぶ　元永本をはじめ、「なびく」とする本が多い。○うたかた　「泡」と「少しも…ない」の意を表す副詞との掛詞。「うたかたも」とある本文の方がわかりやすい。○思はざらめや　「や」は反語。○恋しきことを　「恋しきものを」とある本文の方がわかりやすい。▽元永本など、五三二の次。

異10　葦毛の馬よ、おまえの主がわが家の前を通るならば、そこ

異11
（題知らず　よみ人知らず）
須磨の海人《あま》の塩焼衣なれぬれば疎くのみこそ思ふべらなれ

異12
（題知らず　よみ人知らず）
言出《ことで》しは誰ならなくに小山田《をやまだ》の苗代《なはしろ》水の中よどみする

異13
衣通姫の帝に奉る歌
とこしへに君もあへむやいそなとり沖の玉藻も寄るときどきに

異14
（題知らず　よみ人知らず）
年経《ふ》れば心や変る秋の夜の長きも知らず寝しはなにとき

異15
諒闇の年、冷泉院の桜を見てよめる　尚侍《ないしのかみ》　広井女王
心なき草木といへどあはれなり今年は咲かずともに枯れなむ

で歩みをとどめておくれ。○まなづるの「まなづる」は現在の鶴の一種をいう「まなづる」かどうか不明。鶴が水辺にいるところから「葦」にかかる枕詞。○葦毛　白い毛に黒や茶の混じった毛色。▽六条家本など、七三九の次。七三九に「駒の足折れ前の棚橋」とあり、つながりがよい。

異11　荒く固いという須磨の漁師の塩焼きの着物も、やがては柔らかくなる——私はあの人に馴れすぎてしまったので、あの人はよそよそしく思っているようだ。○上句　荒くて固い塩焼き衣は、なかなか柔らかくならない。それを引き合いにようやく相手に慣れ親しんだことをいう。→七五八。▽元永本、七五一の次。六条家本など六四九の次。元永本の位置の方がふさわしい。

異12　はじめに言葉をかけたのはほかならぬあなたの方であったのに、小山田の苗代水のように、今になって気持が滞っているとは。○言出しは「言出でしは」の略。○誰ならなくに　誰でもないのに。つまり、あなたであるのに。○小山田「小」は接頭語。○苗代水　苗代に引き入れられた水。▽「言出しは誰が言なるか小山田の苗代水の中よどにして」(万葉・巻四・七七六)の異伝歌。▽元永本など、七五八の次。

異13　いつまでもあなたのお気持が変わらずにあるでしょうか。沖の藻が岸に寄るように、時々立ち寄っていただきたいものです。○衣通姫　→一一〇。○あへむや「あへ」は動詞「あふ」。耐える。もちこたえる、の意。「や」は反語。初二句で、永遠に気持が同じままではいられない、の意。○いそなとり　枕詞「いさなとり」が「磯菜取り」と解釈されたものか。○玉藻「玉」は美称の接頭語。▽「とこしへに君もあへやもいさなとり海の浜藻の寄る時々を」(日本書紀・巻十三　允恭天皇)の異伝歌であろう。衣通郎姫(そとおりのいらつめ)が帝に詠んだ歌として載る。▽元永本、七六一の次。六条家本など、七五七の次。

異14　年が経つとあなたの気持も変わったのでしょうか。秋の夜が長いとも思わず共寝をしたのはいつだったでしょうか。○長きも知らず　長いということに気づかずに。▽六条家本など、七六二の次。

異15　心を持たない草木であってもしみじみ心がひかれる。今年は花を咲かせずに私と一緒に枯れてほしい。○諒闇　→八四五。○冷泉院　嵯峨天皇の用いた後院。ここで崩じたのは、文徳天皇。○あはれなり　桜に心ひかれる作者の気持であるが、初二句とのつながりがわかりにくい。「心なき草木」であっても、この度は悲しみに心動かされるはずだ、という期待から心ひかれる、ということか。▽類想、→八三二。▽志香須賀本、八四五の次。

兵衛府生《ひやうゑのふしやう》より左近将監《さこんのしやうげん》にまかりわたりて、舎人《とねり》ども酒賜《た》びけるついでによめる　忠岑

異16 柏木の森のわたりをうち過ぎて三笠の山にわれは来にけり

(題知らず　よみ人知らず)

異17 風吹けば波越す磯の磯馴《そなれ》松ねにあらはれて泣きぬべらなり

雲林院にてよめる　惟喬親王

異18 さわぎなき雲の林に入りぬればいとど憂き世の厭はるるかな

同じ文字なき歌　よみ人知らず

異19 沖つ波うち寄する藻にいほりしてゆくへさだめぬわれからぞこは

(題知らず)　躬恒

異20 ます鏡そこなる影に向かひゐて見る　時にこそ知らぬ翁にあふ心地すれ

異16　柏木の森のあたり、すなわち兵衛府の仕事から、三笠の山、すなわち近衛府に私は移ってきました。○兵衛府生　兵衛府の下級役人、府生。○左近将監　左の近衛府の将監。将監は、大将、中・少将の下の三等官。○まかり　動詞の上について謙譲の意を表す。○舎人　ここは近衛府の下級役人。○柏木の森　「柏木」は兵衛府や衛門府の異称。○三笠の山　近衛府の異称。▽元永本など、八七〇の次。作者名は元永本の「忠岑」を採ったが、不審が残る。忠岑は、仮名序によれば、右衛門府生、また、一〇〇三からは、近衛府から衛門府へ移ったことが確認されるが、詞書のような経歴は確認できない。他に、志香須賀本は「三井の貞のり」、曼殊院本は「御春のさだのり」とする。いずれもその出自、経歴は確認できない。

異17　風が吹くと波が越す磯の磯馴松は、根が波に洗われているが、私も声に出して泣いてしまいそうです。○磯馴松　磯馴れ松の約。風に吹かれて幹や枝が一方に傾いた松。○ねにあらはれ　「根に洗はれ」と「音に表れ」の掛詞。▽曼殊院本、九〇七の次。六七一の異伝歌であろう。『古今六帖』第六・松に作者人丸として載る。

異18　雲林院という名のとおり、静かな雲の林に入ってしまうと、いよいよつらい俗世が厭われてくることよ。○雲林院　→七五など。○厭はるる　「るる」は自発の助動詞「る」の連体形。▽志香須賀本、九四五の次。

異19　沖の波が打ち寄せる藻に住みついて、どこへ流れてゆくのかわからない割れ殻虫なのだ、これは。それは自分からあてどもない生き方をしている私なのだ。○いほりして　宿を作って住みついて。○われから　虫の名と「我から」を掛ける。→八〇七。▽元永本など、九五四の次。

異20　きれいに澄んだ鏡の底に映っている姿に向かい合って見ている、まさにその時にこそ見知らぬ老人に会うような気持がする。○ます鏡　よく澄んだ鏡。→三四二。歌の内容も、三四二と似る。○そこ　「底」と解したが、「其処」とも解せる。▽五・七・七・五・七・七の旋頭歌。意味の上では「向かひゐて」で切れるので、五・七・五・七・七・七となる。鏡に映る姿に思いもよらず老いた自分を見出すこと、ある程度の年齢になれば、誰しも経験することであろう。▽元永本、一〇一〇の次。

（題知らず　　　よみ人知らず）

異21　あはなくに夕占《ゆふけ》を問へば幣《ぬさ》に散るわが衣手《ころもで》はつげもあへなくに

（題知らず　　　よみ人知らず）

異22　心こそ心をはかる心なれ心のあたは心なりけり

人の牛を使ひけるが、死にければ、その牛の主《ぬし》のもとによみてつかはしける　　　源宗岳娘

異23　わが乗りしことをうしとや思ひけむ草葉にかかる露の命を

（題知らず　　　よみ人知らず）

異24　いかにして恋をかくさむ紅の八入《やしほ》の衣まくり手にして

（題知らず）　　　躬恒

異25　照る月を弓張りとしもいふことは山の端さしていればなりけり

異26　美濃山に繁《しじ》に生ひたる玉柏豊《たまかしはとよ》のあかりにあふがうれしさ

異21　今夜は逢えないとわかっていても夕べの占いをしてみると、幣として袖をどんどん切っていったら袖を継ぐこともできないくらいになってしまった。○なくに　…ないのに。ここは、相手と逢えないことがわかっている状況であろう。○夕占　夕方におもに辻で行われる占い。自分が道行く人の話を聞いて行ったり、専門の占い師が行ったりする。『万葉集』に多く見られるが、平安時代には廃れていたと見られる。○幣に散る　占いのために袖を細かく切って、幣として散らすのであろう。○つげ　動詞「継ぐ」。○あへなくに　「あふ」→異13。良い結果が出るように何度も占いをしたためであろうか。▽志香須賀本、一〇四七の次。誹諧歌である。「あはなくに」と「あへなくに」がリズムを作る。「逢はなくに夕占を問ふと幣に置くにわが衣手はまたそ継ぐべき」（万葉・巻十一・二六二五）の異伝歌か。

異22　心こそが心をだます大元なのだ。心の敵は心だったのだ。○はかる　諸注、「判断する」などの意にとるが、「謀る」「だます」の意ととる。▽志香須賀本、一〇六〇の次。いかにも誹諧歌らしい。各句に「心」を含む。三句の「心」は、根本、元という意味。

異23　私が乗ったことを牛は「憂し」と思ったのであろうか。草葉によって命をつないでいたはかない命であったよ。○源宗丘娘　志香須賀本には「源宗于朝臣」とある。○うし　「牛」と「憂し」の掛詞。○草葉にかかる　草葉に露がかかることと、牛が草を食べて命をつないでいることとを掛ける。○露　草葉にかかる「露」と、はかないという意味との両義。▽元永本、一〇六八の次。本により位置が異なる。『後撰集』『大和物語』にも載る。『後撰集』は作者を「閑院の御」とし、『大和物語』は源宗于娘とする。

異24　どのようにして私の恋を隠しましょうか。紅で何度も染めた衣の袖をまくり上げて隠しましょう。○八入　「八」は数の多いこと。「入」は衣を染料にひたす回数。「八入」「一入」（ひとしほ）などの形で用いられる。「紅の八入の衣朝な朝ななれはすれどもいやめづらしも」（万葉・巻十一・二六二三）。▽恋の思いは紅の色に喩えられる（六六一、七二三など）。その紅色の恋の思いを、「八入」に染めた袖をさらに腕まくりして隠そうという戯れ。▽元永本、前歌の次。前歌の詞書は掛からない。志香須賀本など、一〇二二の次。

異25　空に照る月を「弓張り」というのは、山の端をめざして入る——射るからなのだった。○弓張り　弓を張ったような形の月。上弦、下弦の月。○山の端　山の空に接している部分。○さして　「指す」は、ある方向をめざした動きのこと。○いれ　「入れ」と「射れ」の掛詞。▽月の形だけで弓張りという理由はわかるのに、わざわざ「いる」の掛詞によって納得しているところにおかしみがある。「さして」には、月の光が射して、という連想もあるか。『大和物語』一三二段によれば、醍醐天

異27　陸奥国《みちのくに》やいてはいくつよまねどもわれこそ知れれ四十《よそち》あまりは

寛平御時、八幡《やはた》の宮に参りて奉る歌

異28　祈りくる八幡の宮の石清水《いはしみづ》よろづ代までにつかへまつらむ

皇の、月を弓張りというのはなぜかという問いに、躬恒が答えた歌。『枕草子』には「謎々合わせ」に「天に張り弓」という謎が出された話が載る。▽元永本、前歌の次。

異26　美濃の国の山に生い茂っている玉柏、それが豊明（とよのあかり）の節会に用いられるとは、何とうれしいことよ。○美濃山　特定の山ではなく、美濃の国の山の総称。○繁に　たくさん生えていること。『万葉集』に多く見られ、平安時代には用いられない。○玉柏　歌語。「玉」は美称の接頭語。○豊のあかり

　新嘗会や大嘗会の翌日の豊明の節会。○あふ　都から離れた美濃山の玉柏が豊明に「会う」。柏の葉は宴で食物を盛る器として用いられた。▽志香須賀本など、一〇八六の次。一〇八四が美濃の国を悠紀国とした陽成天皇の大嘗会歌なので、何らかの関係があるか。催馬楽の諸本に五句をくり返す形で載る。なお、この歌以下三首は、巻二十に載る異本歌なので、作者名は付かない。

異27　陸奥国の櫓は幾つ。数えたてはしないけれども私は知っている。四十余りはあると。○陸奥国「みちのくに」を「陸奥国」と訓んだが、「陸奥（みちのく）に」とも訓める。○やいて　不明。『承徳本古謡集』に、陸奥の風俗歌として「陸奥のやぐらは幾つよまずとも我こそ言はめ八十ちあまり八つ」という類歌がある。その「やぐら」の誤伝か誤写であろう。○よまねども　「よむ」は声を出して数え上げること。○知れれ　「知れ」は動詞「知る」の已然形。「れ」は存続の意味の助動詞「り」の已然形。▽基俊本、一〇八九の次。

異28　今まで祈ってきた石清水八幡宮の石清水が、いつまでも涸れることがないように、私も万代まで君にお仕えいたしましょう。○寛平　宇多天皇の代の年号。○八幡の宮　石清水八幡宮。今の京都府八幡市。○石清水　岩からわき出る清水。ここでは永久に涸れないものとして詠まれる。▽志香須賀本など、一一〇〇の次。

解説

『古今和歌集』への道

十世紀の初めの年、すなわち九〇一年（昌泰四年、七月に改元して延喜元年）の正月、右大臣菅原道真の大宰権帥への左遷という大事件が出来した。その前年八月、道真は、祖父清公《きよぎみ》と父是善《これよし》、そして自身の詩集を合わせて醍醐天皇に献じていた。若い天皇はこの菅家三代の詩集に感激し、以後『白氏文集』を繙くことはないだろうと道真に御製の詩を贈った。だが、それから半年も経たぬうちに悲劇は起きた。大宰府に赴き二年、延喜三年（九〇三）二月、道真は没する。その頃、都では、二年後の延喜五年（九〇五）に完成する『古今和歌集』の編纂作業が始まっていた可能性が高い。

道真は、学者であり詩人であった。『菅家文草』『菅家後集』という詩文集を残す。その一方、宇多天皇の和歌の催しにも加わり（『古今集』に二首）、詩と歌とを番えた『新撰万葉集』も編纂した。九世紀の唐風文化の積極的な受容を家の学問として継承していった菅原家が、このような破局に見舞われた後、勅撰和歌集である『古今集』が成立した。しかし、それは唐の文化から和の文化への単純な交替などということではない。道真による遣唐使廃止の建議以前に、すでに唐文化は貴族の間で十分に消化され、その上に立ってこそめざましい和歌の展開がありえたのである。古今集歌には漢詩の出典が指摘されることが多いが、むしろ、あらわな引用は数少なく、ほとんどが日本語として馴化しているといってよい。宇多天皇の寵臣であった道真を追放して、醍醐天皇と藤原時平による政治は軌道に乗ったことになるが、国風文化の記念碑と見なされる『古今集』の中に、菅家三代の光芒を象徴とする中国文化の摂取は深々と息づいているのである。

『古今集』は、醍醐天皇の勅命によって撰進された最初の勅撰和歌集である。成立は、仮名序によれば、延喜五年四月十八日と考えられる。平安時代の作品としては、成立年が絞られることだけでもめずらしい例になるが、なぜこの時期にこのような勅撰和歌集が編まれたのか、どのような経緯で撰進に至ったのか、ということになると、とたんに謎が深くなる。平安初期に時間を遡りながら、『古今集』への道をたどってみよう。

平安遷都から二十年、八一〇年代の都は、嵯峨天皇による唐化政策に覆われていた。政治の制度から生活様式にいたるまで、唐を模すことによって、新しい時代を築き上げていこうとする息吹に充ち満ちていたのである。宮廷では、天皇と臣下が漢詩を詠みあう場が増え、漢詩集の編纂が、嵯峨、淳和の二代にわたって続いた。いわゆる勅撰三集（『凌雲集』『文華秀麗集』『経国集』）である。前述の道真の祖父清公はその中心メンバーであった。一方、和歌は、宴の折などには詠みあわれたものの、相対的にその地位は下落した。仮名序が、「色好みの家に、埋もれ木の人知れぬこととなりて、まめなる所には、花すき穂に出すべきことにもあらずなりにたり」と和歌史の衰微を慨嘆するのは、この時期をその極まりと捉えてのことであろう。かつて国風暗黒時代とも呼ばれたこの時代は、現在では唐風謳歌時代と呼ばれるのが一般的である。

やがて、九世紀半ばになると、再び宮廷に和歌が戻ってくる。この和歌の「復活」は唐から和への自然な揺り戻しというだけでなく、天皇家との身内関係を強化しようとする藤原良房による普及政策という一面があったことも見逃せない。すなわち、娘を入内させ、天皇家との血縁関係を深めてゆくために、後宮の女性を中心とする集団に緊密な人間関係を形成することが求められ、そこに天皇も含めた形で和歌が流通する場がつくられるのである。その背景には、天皇家とのつながりを強調する良房による、一種の復古主義がある。唐風の合理主義を排して陰陽道を重視するような政治のなかで、「古言《ふること》」としての和歌も宮廷に復活してくるのである。

こうした動きの魁として、嘉祥二年（八四九）の仁明天皇四十賀に興福寺の大法師らが奉献した長歌が注目される。「われらの歌は、日本古来の詞によるもので、漢語は用いず、博士の力は借りない」などと歌うこの長歌は、日本古来の文芸としての和歌の意義を強調してやまないが、これを載せる『続日本後紀』は、「季世陵遅、斯道既に墜つ。今僧中に至りてすこぶる古語を存す。礼失すれば則ちこれを野に求むと謂ふべし。故に、採りてこれを載す」と、長大なこの長歌を載せた理由を述べる。実は、この長歌奉献そのものが、興福寺とも関係の深い良房の演出であったと見られるが、たしかに和歌はまだ「野」にあり、宮廷にその地位を確立していなかった。

文徳天皇から清和天皇の時代に至ると、いわゆる六歌仙が活躍する時代が到来する。漢詩文の教養などを背景にした六歌仙の歌は、従来の和歌とは異なる斬新な表現のスタイルを切り開くことによって、新たな時代を画したものといえる。前代の小野篁などが本領は詩人であったのに対して、僧正遍昭、小野小町、在原業平など、いずれも歌をもって名を知られる歌人と呼んでよい人々といえよう。

六歌仙の時代が『古今集』にとっての近代であるとすると、それに対する現代は、『古今集』前夜、宇多天皇の時代から始まる。

宇多天皇は、和歌を好んだ父光孝天皇の好尚を受け継ぎ、若く卑官の歌人たちを集めて歌合などを催すようになる。寛平五年（八九三）頃、『寛平御時后宮歌合』と『是貞親王家歌合』という二つの歌合が開かれている。後者は、秋の主題に限定されているが、前者は、春・夏・秋・冬・恋という五部門で、おそらく総歌数二百首に及ぶ大きなものであった。ここにはすでに『古今集』二十巻のうち、二本柱ともいえる四季と恋という二つの主題が並んでいる。この時期、歌合や屏風歌などの題詠の場が繰り返し設けられることによって、和歌は芸術的な創作として集中的に鍛え上げられるようになったのである。

さらにこの時期、『新撰万葉集』（前出）や『句題和歌』（大江千里）など、漢詩と関わる形での歌集も編まれるが、それは、漢詩との比較によって和歌の地位を定めようとする動きの現れにほかならない。ここには、和歌が漢詩に伍してゆくことが可能であり、ひいては漢詩以上に和歌を重視しようという考えがうかがわれる。『古今集』が生まれる気運が高まりつつあったといえよう。

しかし、宇多天皇のもとでは『古今集』の編纂はなされなかった。醍醐天皇に代替わりがあって九年、ようやく『古今集』が成立するのであるが、なぜ、和歌の催しが盛んであった宇多天皇のもとで『古今集』ができなかったのかという問題は、まだよく解明されていない。宇多朝の度重なる和歌の催しに続いて『古今集』成立という事実が控えているので、おのずと勅撰集への意思を読み取ってしまうが、宇多に勅撰集撰進の構想があったかどうかは不明である。宇多にとって和歌はあくまで遊戯に過ぎなかったという見解もあり、謎が多い。宇多朝の和歌の催しが、『古今集』を担う歌人たちを育てたという点で、宇多朝は『古今集』勅撰への確かな下地を形成したということになる。

『古今和歌集』の成立

『古今集』成立の細かな事情については、資料が乏しいためもあって、わからないことが多い。おもな資料は、仮名序と真名序、および古歌を献上した折の紀貫之と壬生忠岑の長歌（巻十九）などである。両序の内容を総合してみると、成立は次のような二つの段階からなるものと考えられる。まず、『万葉集』に入っていない古歌と、撰者たちをはじめとする近現代の歌人たちの家集が集められ、それが『続万葉集』と名づけられたらしい。次いで、第二次の詔が下り、集められた歌が部立に分類されて再編成された。この『続万葉集』については、真名序以外に所見がないところからこれを疑う説もあるが、他の歌集の成立などに照らしても、おそらく二段階成立じたいは信用してよいだろう。貫之の長歌には、古歌献上の折にすでに部類が意識されていたふしがある。

歌集の完成がいつであるかについては、仮名序に記された「延喜五年四月十八日」という日付をめぐって古くから議論がある。それが奏覧（できあがった歌集を天皇のご覧に入れる）の日か奉勅（歌集撰進の勅命を承る）の日かという議論である。これは、文脈のとり方によっていずれにも解釈しうるが、真名序には、末尾に「四月十五日」とあって（「十八日」とする本もある）、奏覧の日付であることを示している。序文に奉勅の日付があって奏覧の日付がないとすれば不自然であることなどから、奏覧説が有力である。

しかし、現在の『古今集』には、延喜五年以後の歌が存在する。宇多法皇の大井川行幸における歌（延喜七年）や亭子院歌合の歌（延喜十三年）など十首ほどあるが、いずれも増補改訂に関わると見られている。それらのほとんどが宇多法皇に関わりがある機会や人物の歌なので、この増補改訂には宇多法皇の関与が濃厚であるが、詳細はよくわかっていない。宇多は、寛平九年（八九七）に醍醐に位を譲ってまもなく出家、その後しばし仏教に傾倒していた。『古今集』成立の頃もまだ仏道三昧であり、『古今集』撰進の下命や成立の過程には関与していないらしい。延喜五年の奏覧の後、再び宇多の和歌愛好が強まったと考えられる。

撰者は、紀友則、紀貫之、凡河内躬恒、壬生忠岑の四名である。このうち、紀友則は、四人のうちでは一番地位が高いが、完成を待たずに没した可能性があり（友則の死を悼む貫之と忠岑の歌が哀傷に載る）、両序の記述からも、撰者の中心は紀貫之であったと見られる。貫之の家集には、編集作業開始の喜びを表した歌がのこされている。

現在の文学史の常識では、『古今集』は最初の勅撰和歌集であるが、両序を読む限り、撰者たちは『万葉集』を勅撰和歌集だと見ていたようで、その『万葉集』を継承するものとして『古今集』を編纂している。そこにあるのは、『万葉集』を理想の古代と見て、これを継承しつつ新たな和歌の時代を創出しようとする意欲である。『古今集』が「古」と「今」から成り立つのも、和歌というものが常に伝統を新しく継承しながら創造をもくろむものであるからにほかならない。『万葉集』もまた、今日の研究が明らかにするように、幾段階もの成長過程を経た、和歌の一大集成なのであった。近時の研究で、両序にもふれられている平安時代初期の平城天皇との関係が見直されつつある。こうして「今」でき上がった『古今集』は、やがて自らが「古」として仰ぎ見られることを仮名序の末尾で予言している。驚くべき自信であるが、一つの「時」がそこに到来したことは、その後の和歌の、ひいては文学の歴史が証明している。

『古今集』の成立の意義は、最初の勅撰和歌集という点にとどまらず、より広く仮名文学という観点から強調されなくてはならない。ちょうど『古今集』と同じ頃、やはり仮名文字によって書かれた物語文学が生まれていたからである。『竹取物語』の成立が九世紀末頃であり、また、『伊勢物語』も九世紀末から十世紀初めにかけてその中枢部分が成立していたと考えられる。和歌においては万葉の伝統の継承と発展が目指され、物語においては口頭で語る「物語」から書く創作の「物語」への変換が成し遂げられた。仮名文字の獲得は、みずからの用いることばへの意識を研ぎ澄まし、古いものを呼び起こしながら新たな表現活動への意欲を強烈に呼び覚ましていったのだと思われる。このあと、和歌と物語は深く交流しながら豊かな平安文学の世界を築いてゆく。その意味で、『古今集』がその後に与えた影響はすこぶる大きい。本書の注解欄で、やや異例ながら『古今集』以後の作品との関連を少なからず指摘したのは、以上のような理由によっている。

『古今和歌集』の内容

『古今集』は、二十巻、一一〇〇首からなる。そのうち四季と恋が大きな柱となっていて、前者が六巻、後者が五巻ある。以下、各巻の内容と特徴について簡単にまとめよう。

初めの六巻は四季である。春と秋が上下に分かれる。いずれの巻も、四季の時間の進行に即した形で歌を配列している。おおよそ素材ごとのまとまりを保ちながら歌群が移り変わり、流れゆく時間の秩序を構成している。現実の四季を忠実に写したというよりも、あるべき規範とでもいうがごとく、一種の理想的な四季の運行が実現されている。春と秋がやはり素材の多さによって歌数も多くなっている。これに比べると、夏はほととぎす、冬は雪が大半を占め、やや単調ではある。

巻七は賀である。長寿を寿ぐ歌が並ぶ。

巻八、九は、離別と羇旅。前者はおもに旅立ちの折の歌で、送る側、送られる側いずれの歌もある。後者は、旅にある者の旅情を詠んだ歌であるが、遠方への旅とは限らず、自宅を離れたいろいろなケースで詠まれた歌である。

巻十は物名。歌の意味とは直接関わりのない形で、ものの名前を詠み込む。多く句またがりで詠み込まれているので、気づきにくい。和歌の遊戯としての側面をもっともよく伝える巻である。詠まれた内容による分類でない点、巻十九や二十と同様である。

巻十一から十五までの五巻は、恋一から恋五である。恋の歌は相手の噂を聞いて思いが高まるところから始まり、その後、文のやりとり、逢瀬、夜離れ、別れと続いてゆく。恋の始まりから終わりまでの種々相を、ゆるやかに時間の流れに沿って配列してあるが、配列の細部にはさまざまな要素による工夫が凝らしてある。四季の部と拮抗して後半の冒頭となる。歌数もほぼ等しい。

巻十六は哀傷歌。人の死を悼む歌、また辞世など近づくわが死を詠む歌などが並ぶ。

巻十七、十八は雑歌。これまでのいずれの分類にも入らない歌になるが、当時の日常生活の中で詠まれた歌も多く、多様な世界を示して貴重である。

　巻十九は、雑躰で、長歌、旋頭歌といった三十一文字ではない歌体のもの、そして、誹諧歌（ヒカイ歌と読む説が有力）という、滑稽感や不満を歌った歌を収める。前巻までとは趣を異にする。

　巻二十は、大歌所御歌で、当時歌謡として歌われていたものを収め、巻十九とともに、「歌」の世界の広がりを示す。

　以上一一〇〇首が、今日『古今集』の歌として認められるものであるが、関連して、墨《すみ》滅歌《けちうた》と異本の歌にもふれておこう。

　墨滅歌とは、藤原定家が校訂本を作る際に見た数多くの伝本の中に、墨で見せ消ちにしてあった歌、十一首をいう（おもに俊成の本と思われる）。定家も、『古今集』の歌としてまったく捨てることもできないと考えたためか、これを巻末にまとめている。今日定家本を底本とした場合、これに一一〇〇首に続く通し番号を付すことが通例である。異本の歌とは、定家本とは異なる系統の諸本に載る歌であり、墨滅歌よりは『古今集』との距離が大きいと判断されるが、『古今集』の平安時代の本文状況を考える上で参考になる。番号の扱いは注釈書によって異なるが、本書では、墨滅歌までとは別にして付した。

　二十巻それぞれの内部は、撰者たちが工夫を凝らした配列となっている。それぞれの歌は、素材や主題や表現、作者など、多様な要素によって歌群を構成しつつ、一首一首が隣り合う歌と緊密な関係を保ちながら進んでゆく。その配列には、なだらかな調べを奏でているところもあれば、思わぬ転調にはっとさせられることもある。たとえば、Aという景物を詠んだ歌が続くうちに、Bが加わり、やがてBのみの歌が続くと今度はCが入ってくる、という具合に自然な景物の移り変わりがなされてゆく。あるいは、ある歌に対して次の歌が贈答歌のような答え方をしたり、ときには反論めいた歌が続くこともある。さらに第三の立場の歌が続く場合もある。歌の配列が時間の流れを作ったり、時には人間の集まる場を仮構したりするなど、歌の一首一首が作品であるとともに、この歌集全体が「集」として一つの作品となっているのである。配列が歌の意味を決める決め手になる場合も少なくない。そのような配列の工夫については、本書でもできるだけ注を施したつもりであるが、なおさまざまな捉え方が可能であろう。配列から撰者の工夫や苦心を読み取るのも、『古今集』を読む楽しみの一つである。

和歌のほかに、序文が二種、仮名序と真名序がある。内容は、いずれも、和歌本質論、和歌の起源、六義、和歌の歴史、六歌仙評、『古今集』の成立事情から成り、大枠は一致するが、細部には違いも多い。二種類の序文を持つことは特異であるため、その先後関係やどちらが正式の序文であるかという問題に、種々議論がある。現在では、真名序が先に書かれ、それを基に書かれた仮名序が正式の序文になった、という説が有力である。仮名序はすべての伝本に備わるが、真名序は欠けていたり巻末に置かれていたりするなど、扱いが不安定であることや、仮名文字の普及が和歌の普及を支え、そこから『古今集』の編纂に至ったという歴史的経緯から見れば、仮名序の方がよりふさわしいといえることなど、いろいろと論拠がある。仮名序は、おそらく紀貫之の手になるものと思われ、『古今集』が和歌の悠久の歴史に連なり、『万葉集』を継承するものであるという認識のもと、その一大事業に携わることのできた感激と誇りをうたいあげた格調高い文章である。

時代区分と歌人たち

一般に、古今集歌の時代区分として、三期に分ける捉え方が通用している。第一期は、およそ仁明天皇の時代までであり、その多くが詠み人知らずで、小野篁などがわずかに知られるに過ぎない。万葉後期の歌風を受け継いでいる時代である。仮名序によれば、「万葉集に入らぬ古き歌」を集める方針であったはずであるが、実際には異伝歌も含めると数首万葉歌が入っている。

第二期は、六歌仙の活躍した時代で、およそ文徳天皇から陽成・光孝天皇くらいまでの時代である。この時期は、掛詞の発達、漢詩の積極的な受容、諧謔味などの演技性の発揮等々、大きく和歌が変化した時期である。のちの撰者たちの時代に比べると、派手で斬新である一方、何かしら過剰なところがあるともいえる。仮名序が六歌仙を「近き世にその名聞こえたる人」として挙げたのは、一つの「近代」として一時代が存在していたことを意識していたからであろう。一種の前衛的な時代といってもよい。僧正遍昭、在原業平、小野小町、それぞれに個性的な歌人である。この三人に比べると、残る文屋康秀、喜撰、大伴黒主は入集歌も少なく、落差がある。

第三期は、撰者および同時代の歌人たちの活躍する時代で、宇多、醍醐朝である。宇多朝に始まるさまざまな和歌の催しに参加していた人々で、入集数の多いところでは、撰者のほかには、伊勢、藤原興風、清原深養父などがいる。また、第二期と第三期をつなぐ位置にある歌人として、素性、藤原敏行の活躍も目立つ。六歌仙時代に比べると、少し古風な作風にも拠りながら、細やかな表現の彫琢へと向かっている。

なお、これら三期は、それぞれ、詠み人知らず時代、六歌仙時代、撰者時代と言いならわされてきた。いずれも、わかりやすい用語ではあるが、「詠み人知らず時代」についていえば、「詠み人知らず」とは「作者不明」の意であり、詠み人知らずの歌が必ずしも古い歌とは限らない。古い歌が多いことは疑えないが、中には、六歌仙時代や撰者時代のものもあると思われるので、適切な用語とはいえない。

入集歌数では、貫之が一〇二首と群を抜いて多く、次いで、躬恒六〇首、友則四六首、素性三七（三六）首、忠岑三六首と続き、さらに業平三〇首、伊勢二二首という順である。撰者四名をはじめとする撰者時代の歌人がやはり多い。一方、詠み人知らずの歌も、四割ほどを占める。

『古今和歌集』の表現

『古今集』が一一〇〇首もの歌からなり、収める歌の時期もおよそ百年にわたることからすれば、表現や歌風ということをひとしなみにまとめることはできない。『万葉集』の「ますらをぶり」に対して『古今集』は「たをやめぶり」だ、などと一語で規定する通弊は、批判されて久しい。そうでありながら、やはり『古今集』になって顕著に現れてくる特徴は存在する。そのような観点から、表現について述べてみたい。

具体例で見てみよう。

袖ひちてむすびし水のこほれるを春立つけふの風やとくらむ　（春上・二・紀貫之）

この歌の風景は記憶と想像からなる。現実に目の前で見ている風景は存在しない。厳密には風景ともいいがたい。前年の夏から現在の立春に至るまでの時間の流れに沿って、水と氷の変転する姿が詠まれているからである。「し（＝き）」「る（＝り）」「を」「や」「らむ」などの助詞、助動詞が、その時間の流れと事物の変容を緊密に結びつけながら、空間と時間、そして詠み手の心の動きを一体化させる、絶妙の働きをしている。現実に袖を濡らしてすくった水は、その後、想像の世界の中に移されながら、詠み手の心と細やかなことばの動きによって、あざやかに現前してくるのである。

このように事物を変化の相で見ることと、それに対する心の動きをも見つめる点に、古今集歌の大きな特徴がある。事物にせよ、心にせよ、それをそのままに見つめるのではなく、変化や因果関係から捉えるところに古今集歌の真骨頂がある。それは、事物同士や、事物と心との関係への強い関心となって表れる。

仮名序の冒頭部分に「世の中にある人、ことわざしげきものなれば、心に思ふことを、見るもの聞くものにつけて言ひ出せるなり」とある。これは、歌とは、この世に起こる「こと」やこの世にある「もの」に即して詠まれるものだ、という考えを示している。このことは、角度を変えて言うと、歌は事柄や物そのものを詠むのではなく、それらに即して心を詠むのだ、ということになる。「こと」や「もの」は心が寄り添うことで歌のことばとなる。たとえば、四季の歌を見ても、景物そのものを克明に描写しようとする歌はほとんどなく、おおよそは景物に即して四季折々の思いを歌い上げた歌である。

では、古今集歌は、三十一文字という限られた字数の中で、「こと」や「もの」と「心」とを、どのように工夫して関連づけているであろうか。

たとえば、掛詞である。掛詞を構成する二つの語は、単なる同音異義語（仮名表記の等しい語という方が正確である）ではない。多くの場合、「秋」と「飽き」、「長雨」と「眺め」というように、自然を表す語と人間の行為や心情を表す語からなっている。つまり、掛詞は、自然と人事とを緊密に結びつける方法として発達を遂げたものなのである。しかも、掛詞においては、仮名表記の等しい二つの語の間には何かしら親和的な関係が通い合って、そこから人間と自然とが新たな関係をとり結ぶようでもある。自然と人間を表す二つの語が同時に表現されることによって、自然と人間が融け合ってしまう。ことばが現実の関係を越えた新たな関係の創造への扉を開いている。

この掛詞と密接な関わりを持つのが、縁語である。縁語は、掛詞のようにはっきりそれとわかる形をしていないので、注釈書によっても見解が分かれることが多く、定義を下しづらい。具体例で説明しよう。

かれはてむのちをば知らで夏草の深くも人を思ほゆるかな　（恋四・六八六・躬恒）

「夏草」という景物が一つの要となって、「深く」が深々と繁茂する夏草の情景と思いの深さを表し、「かれ」が「枯れ」と「離れ」の掛詞になる。夏草の盛りから冬枯れへと向かう自然の定めが浮かび上がって、それとは別物と思いこんでいた恋の心情が、実はそうした自然の定めに抗いがたい同様なものとして定位されてくる。このように、「かれ」「夏草」「深く」と、歌に風景としての形を与えようとしてやや意識的に関連づけられた語群を縁語と捉えるのがよい。縁語による風景は、風景そのものとして歌に詠まれているわけではなく、多く掛詞を構成しながら、語と語をつないで現れてくる風景である。そのために、しばしば自然と人間とが区別をつけられないほどに一体化することになる。

しかし、掛詞や縁語に見られる、このような自然と人間とのつながりは、その当時人間が自然の懐に抱かれていたからではあるまい。むしろ、ことばによる表現の世界にこそ人間と自然との新たな絆を実現したいという、切実な希求の表れと見るべきであろう。

次に、事物の表現の方法として、古今集時代に発達を遂げた見立てをとりあげよう。

桜散る花のところは春ながら雪ぞ降りつつ消えがてにする　(春下・七五・承均法師)

竜田川紅葉乱れて流るめり渡らば錦中や絶えなむ　(秋下・二八三・よみ人知らず)

このように、花を雪と見たり、紅葉を錦と見たりという具合に、ある物を別の物に見立てる表現方法である（視覚が主であるが、聴覚の例もある）。そこには現実とは異なった想像の世界が切り開かれてくるが、二つの事物の類似を表現するという段階にとどまらずに、ある事物を別の事物に変容させるというところまで行っている。そこでは、ことばが作り上げた想像の世界の側に、現実の世界同様、あるいはそれ以上の真実を見出していたのだと考えられる。このことは、古今集歌がしばしば、見えないものに目を凝らし、聞こえないものに耳をすませながら、想像力でものを捉えようとする姿勢と、はっきりつながっている。

掛詞や縁語が恋などの人事詠に多く、見立てが自然詠に多いという相違はあるものの、現実を越える事物と人間との新しい関係を発見しようとする点で、共通の志向に根ざしている。こうした古今集歌の特徴を考えるには、『百人一首』にもとられた、

心あてに折らばや折らむ初霜のおきまどはせる白菊の花　（秋下・二七七・躬恒）

に注目したい。この歌については、正岡子規が「一文半文のねうちも無之駄歌」「嘘の趣向」「初霜が置いた位で白菊が見えなくなる気遣無之候」（『歌よみに与ふる書』）と酷評したことは、よく知られるが、まさしく「嘘の趣向」であることにこの歌の真髄がある。私たちがその中に否応なく押し込められている現実というものを、ことばによって超脱しつつ向こう側の世界への架橋を試みるこの歌は、まぎれもなく詩心の産物である。ここでは、初霜も白菊ももはや現実のそれとは別次元の存在へと変容して、その美の世界が我々を待ち受けている。現実のものとしては存在しないが、現実のはざまからふとその姿をかいま

見せる、架空の、それゆえ根源的な世界への限りない憧れにあふれているのである。

以上、掛詞や縁語、見立てといった表現方法に焦点をあててきたが、こうした表現方法をとらない歌も含めて、もう少し古今集歌の特徴を捉えておこう。

歌というものは、本質的には抒情であろうが、古今集歌の場合、抒情をそのままに結果として表出するのではなく、抒情の過程を含めて表現しようとする。そのために抒情は思惟としても表現されることになる。この点で、『古今集』は理屈っぽいとか観念的だとか評されるが、「情」と「理」とを兼ね備えた「心」の表現になっていることを忘れてはならない。「理」の裏打ちがいかに「情」を輝かせ、よりいっそう抒情的にするものか、本集を味読していただきたいと思う。

古今集歌は、事柄や事物を特定の時や場所に限定して捉えるのではなく、物事を個別の時間や空間の制約を取り払った次元で捉えようとする。そこから、あることば（事物）に特定の性格づけがなされることがある。たとえば、梅は香り、桜ははかなく散るもの、ほととぎすは恋の思いを抱いて飛んでゆくもの、などである。このような特定の性格づけのなされたことばを「歌ことば」と呼ぶ。「歌ことば」を共有することは、一定の枠組み、すなわち型を設けて、その中から独自の世界を築き上げるためである。一見、独創性に乏しく、似たような歌が多いと感じるかもしれないが、似たように見える歌をゆっくり読み比べてみると、型をふまえた創造がいかに繊細で豊かなものであるかがわかるであろう。

最後に、古今集歌にあらわれる相反する二つの精神について、簡単にふれておく。

古今集歌は、前述したように、時の流れということについて、やや過剰なまでに意識が強い。それも、常に滅びを意識した時の流れである。そこには深い絶望がある。満開の桜を堪能したり、男女の逢瀬の喜びを歌い上げたりする歌はほとんどない。その一方で、物名歌や誹諧歌を相当数収載していることは、並々ならぬ機知や諧謔への志向の表れといえる。この対極的な両面が『古今集』の歌風を形成していることになる。これは、当時の貴族の現実との関連からいえば、都市貴族や宮廷社会の日常からおのずと生まれる享楽性と、身分の浮沈に絶えず脅かされる貴族社会特有の存在の不安、ということになるだろう。しかし、それは貴族社会の単なる両面というにとどまるものではあるまい。現実の人生や社会に対する絶望が基盤にあるからこそ、耽美性や享楽性はそこに切実な表現の営みを求める場となるのであるし、一方、享楽性や耽美性は、これに身を委ねるほどに、人間存在に抜きがたい不安や絶望を見つめさせられることになる。ことばに自覚的になった古今集歌人たちは、現実社会の享楽や絶望を媒介としながら、ことばによってそれを突き抜けた次元に、もう一つの世界を現出させた。ことばによって、現実を発見しながら現実を越えてゆくこの営みが、やがて日記や物語の仮名散文の発達さえ導くことになるのである。

伝本と底本

平安時代の写本は数多く伝わるが、完本で伝わるのは、保安元年（＝元永三年、一一二〇）書写の元永本のみであり、その他は残欠本や断簡、古筆切である。とはいえ、『古今集』ほど平安時代の写本が多く伝わる作品は、ほかにはない。元永本は、最古の完本という点で大きな価値を有しているが、平安時代の他の写本との異同が大きいため、無条件に善本であるという結論を導くことはできない。平安時代の『古今集』の伝本は、系統として整理することの困難な多様なあり方を持っていたと考えられる。

その中で、藤原清輔が『袋草子』に「証本」として挙げる、「陽明院御本」「小野皇太后宮御本」「花園左府御本」といった本が、清輔や俊成など歌学の家の人々によって重んじられた。前二者は貫之自筆、花園左府本は貫之妹自筆と伝える。これらの系統を引く形で、清輔本、俊成本、定家本などが生まれた。このうち、長く流布本の地位を占めてきたのは定家本であり、中でも定家から二条家に伝わった貞応本がもっとも広く読まれ、同じく定家から冷泉家に伝わった嘉禄本も知られていた。現在でも、定家本のこの二系統が善本としての位置を占めている。

定家本のうち、今日では、定家自筆本が二本伝わる。一つは伊達家に伝わった伊達家旧蔵本、いわゆる伊達本であり、もう一つは近年影印が刊行された冷泉家所蔵の嘉禄本原本である。伊達本と嘉禄本とはかなり近い関係にあるが、嘉禄二年（一二二六）四月九日書写の奥書を持つ嘉禄本に対して、伊達本は書写の年号を欠くため、嘉禄本との前後関係など不明であり、両本の関係は今後の研究に待つところが大きい。

本書は旧版同様伊達本を底本にしたが、真名序を欠くため、冷泉家時雨亭文庫蔵の藤原為家奥書貞応二年本（複製本）によって補った。また、定家本以外の伝本に載る歌も、参考のため、「異本の歌」として巻末に掲げた。

底本の奥書は、左のごとくである。

此集家々所称雖説々多　且任師説　又加了見　為備証本書之

近代僻案之輩　以書生之失錯　称有識之秘説不可用之。

戸部尚書

貞応本や嘉禄本に比べると簡略であり、書写の年号も欠くために、数多く定家がおこなった『古今集』書写のどの時期に位置づけるべきか、まだ結論が出ていない。なお、この奥書に続いて、永仁二年（一二九四）八月四日付の京極為兼による識語があり、為兼の所有に帰していたことがわかる。

主な複製

『伊達本古今和歌集　藤原定家筆』　久曽神昇解題（一九七一年　笠間書院）

陽明叢書国書篇第一輯『古今和歌集』　久曽神昇解説（一九七七年　思文閣出版）

『藤原定家筆　古今和歌集』（久曽神昇編　一九九一年　汲古書院）

冷泉家時雨亭叢書『古今和歌集嘉禄二年本　古今和歌集貞応二年本』　片桐洋一解題（一九九四年　朝日新聞社）

主な校注本

佐伯梅友校注　日本古典文学大系『古今和歌集』（一九五八年　岩波書店）

奥村恆哉校注　新潮日本古典集成『古今和歌集』（一九七八年　新潮社）

小島憲之・新井栄蔵校注　新日本古典文学大系『古今和歌集』（一九八九年　岩波書店）

小沢正夫・松田成穂校注・訳　新編日本古典文学全集『古今和歌集』（一九九四年　小学館）

主な注釈書

窪田空穂『古今和歌集評釈』全三巻（新訂版　一九六〇年　東京堂出版）
松田武夫『新釈古今和歌集』上・下（一九六八年、一九七五年　風間書房）
竹岡正夫『古今和歌集全評釈』上・下（補訂版　一九八一年　右文書院）
片桐洋一『古今和歌集全評釈』全三巻（一九九八年　講談社）

主な研究書

小沢正夫『古今集の世界　増補版』（一九七六年　塙書房）
菊地靖彦『古今的世界の研究』（一九八〇年　笠間書院）
鈴木日出男『古代和歌史論』（一九九〇年　東京大学出版会）
片桐洋一『古今和歌集の研究』（一九九一年　明治書院）
小町谷照彦『古今和歌集と歌ことば表現』（一九九四年　岩波書店）
鈴木宏子『古今和歌集表現論』（二〇〇〇年　笠間書院）
『古今和歌集研究集成』全三巻（増田繁夫・小町谷照彦・鈴木日出男・藤原克己編　二〇〇四年　風間書房）

作者略伝・作者別索引

一　古今和歌集の作者名を現代仮名遣いによる五十音順に配列し、略伝を記した。末尾に歌番号を付し、作者別索引を兼ねる。
一　範囲は、巻二十までと墨滅歌に限り、異本の歌の作者は含めない。また、左注の作者名も含めない。
一　簡略を旨として、経歴などはおもなものにとどめた。

あ

安倍清行（あべのきよゆき）　天長二年（八二五）―昌泰三年（九〇〇）。大納言安仁の子。左衛門権佐、播磨守などを経て、讃岐守。従四位上。二首（四五六・五五六）

安倍仲麿（あべのなかまろ）　文武二年（六九八）―宝亀元年（七七〇）。中務大輔船守の子。霊亀二年（七一六）、遣唐留学生に選ばれ、吉備真備や玄昉らとともに翌年入唐。朝衡と改名して玄宗に仕え、李白や王維などと交わった。天平勝宝五年（七五三）帰国しようとしたが安南に漂着、唐に戻り、そこで没した。承和三年（八三六）贈正二位。一首（四〇六）

阿保経覧（あぼのつねみ）　？―延喜十二年（九一二）。算博士、主税頭。従五位下。一首（四五八）

洽子（あまねいこ）　参議春澄善縄の子。典侍。従三位。一首（一〇七）

あやもち　伝未詳。一首（一一〇五）

在原滋春（ありわらのしげはる）　生年未詳。延喜五年（九〇五）没か。業平の次男。在次の君と呼ばれる。六首（三五五・三七二・四三四・四五一・四六五・八六二）

在原業平（ありわらのなりひら）　天長二年（八二五）―元慶四年（八八〇）。平城天皇皇子阿保親王の子。母は桓武天皇皇女伊都内親王。天長三年、在原姓を賜り、臣籍降下。右馬頭、右近権中将などを経て、元慶三年蔵人頭。六歌仙。三十六歌仙。『伊勢物語』の中心人物。在五中将と呼ばれる。三十首（五三・六三・一三三・二六八・二九四・三四九・四一〇・四一一・四一八・四七六・六一六・六一八・六二二・六二三・六四四・六四六・七〇五・七〇七・七四七・七六五・八六一・八六八・八七一・八七九・八八四・九〇一・九二三・九六九・九七〇・九七一）

在原業平朝臣母（ありわらのなりひらあそんのはは）　？―貞観三年（八六一）。桓武天皇皇女伊都（登とも）内親王。平城天皇皇子阿保親

王の妃。一首（九〇〇）

在原棟梁（ありわらのむねやな）「むねはり」とも。？—寛平十年（八九八）。業平の長男。東宮舎人、雅楽頭、左衛門佐、筑前守。四首（一五・二四三・九〇三・一〇二〇）

在原元方（ありわらのもとかた）業平の孫。棟梁の子。藤原国経の猶子となる。十四首（一・一〇三・一三〇・一九五・二〇六・二六一・三三九・四七三・四七四・四八〇・六二六・六三〇・七五一・一〇六二）

在原行平（ありわらのゆきひら）弘仁九年（八一八）—寛平五年（八九三）。業平の兄。因幡守、蔵人頭、中納言、民部卿、正三位。奨学院を創設。『在民部卿歌合』を主催。文徳天皇の時代に須磨に流される。四首（二二・三六五・九二二・九六二）

い

伊香子淳行（いかごのあつゆき）伝未詳。一首（三七三）

伊勢（いせ）大和守藤原継蔭の娘。呼び名は父が伊勢守であったことによる。宇多天皇の中宮温子に仕える。宇多天皇の寵を受け、皇子を生む。のち宇多天皇の皇子敦慶親王との間に中務を儲ける。三十六歌仙。歌合の出詠、屏風歌も多い。家集は『伊勢集』。二十二首（三一・四三・四四・六一・六八・一三八・四五九・六七六・六八一・七三三・七四一・七五六・七八〇・七九一・八一〇・九二〇・九二六・九六八・九九〇・一〇〇〇・一〇〇六・一〇五一）

因幡（いなば）基世王の娘。呼び名は父が因幡権守であったことによる。一首（八〇八）

う

寵（うつく）大納言源定の孫で、大和守精の娘という。チョウと読む説や「内蔵（くら）」の誤写とする説がある。三首（三七六・六四〇・七四二）

釆女（うねめ）近江の釆女。伝未詳。一首（一一〇九）

雲林院親王（うりんいんのみこ）→常康親王《つねやすしんのう》。

お

大江千里（おおえのちさと）参議音人の子。兵部大丞、伊予権守。寛平六年（八九四）に『句題和歌』を奉る。十首（一四・一五五・一九三・二七一・四六七・五七七・六四三・八五九・九九八・一〇六五）

凡河内躬恒（おおしこうちのみつね）甲斐権少目、淡路掾。撰者の一人。延喜七年（九〇七）の宇多法皇の大堰川行幸などに供奉。三十六歌仙。家集は『躬恒集』。六十首（三〇・四〇・四一・六七・八六・一〇四・一一〇・一二〇・一二七・一三三・一三四・一六一・一六四・一六七・一六八・一七九・一八〇・一九〇・二一三・二一九・二三三・二三四・二七七・三〇四・三〇五・三一二・三二九・三三八・三五八・三六〇・三八二・三八三・三九九・四一四・四一六・四八一・五八〇・五八四・六〇〇・六〇八・六一一・六一二・六一四・六三六・六六二・六六三・六八六・七五〇・七九四・八四〇・九二九・九五六・九五七・九七六・九七七・九七八・一〇〇五・一〇一五・一〇三五・一〇六七）

大友黒主（おおとものくろぬし）「大伴」とも書く。生年未詳。延喜末年没か。近江国滋賀郡大友郷に住んだ。寛平九年（八九七）醍醐天皇の大嘗会に風俗歌を奉り、延喜十七年（九一七）、宇多法皇の石山寺御幸の折にも歌を奉る。六歌仙。三首（八・七三五・一〇八六）

乙（おと）遠江介壬生益成の娘。一首（四一三）

小野小町（おののこまち）伝未詳。清和朝（八五八―八七五）頃の人。六歌仙。三十六歌仙。家集は『小町集』。後世多くの伝説が生まれる。十八首（一一三・五五二・五五三・五五四・五五七・六二三・六三五・六五六・六五七・六五八・七二七・七六二・七九七・八二二・九三八・九三九・一〇三〇・一一〇四）

小野小町姉（おののこまちがあね）伝未詳。一首（七九〇）

小野貞樹（おののさだき）東宮少進、甲斐守、従五位上。貞観二年（八六〇）肥後守。二首（七六三・九三七）

小野滋蔭（おののしげかげ）？―寛平八年（八九六）。周防守、信濃介、掃部頭。一首（四三〇）

小野篁（おののたかむら）延暦二十一年（八〇二）―仁寿二年（八五二）。岑守の子。文章生から大宰少弐、参議、左大弁。従三位。承和元年（八三四）遣唐副使に任ぜられたが大使藤原常嗣と争い、病と称して出発しなかったので、隠岐国に流罪。同七年許されて召還された。漢詩人として著名で、野相公と称される。『篁集』（篁物語とも）は後人の作。六首（三三五・四〇七・八二九・八四五・九三六・九六一）

小野千古母（おののちふるがはは）小野道風の妻。一首（三六八）

小野春風（おののはるかぜ）鎮守府将軍、讃岐権守。昌泰元年（八九八）正五位下。二首（六五三・九六三）

小野美材（おののよしき）？―延喜二年（九〇二）。篁の孫、俊生の子。文章生、大内記、信濃権介。従五位下。漢詩人としても知られる。その死を悼む菅原道真の漢詩がある。二首（三九・五六〇）

か

景式王（かげのりのおおきみ）惟条親王（文徳天皇皇子）の子。従四位下。二首（四五二・七八六）

兼覧王（かねみのおおきみ）？―承平二年（九三二）。惟喬親王（文徳天皇皇子）の子。民部大輔、宮内卿。『古今集』編纂に関わりを持つか。五首（二三七・二九八・三九八・四五七・七七九）

河原左大臣（かわらのひだりのおおいもうちぎみ）→源融《みなもとのとおる》。

閑院（かんいん）延喜（九〇一―九二三）頃の人。命婦。二首（七四〇・八三七）

閑院の五の皇女（かんいんのごのみこ）伝未詳。一首（八五七）

上野岑雄（かんつけのみねお）寛平三年（八九一）藤原基経の死を悼む哀傷歌がある。一首（八三二）

き

喜撰法師（きせんほうし）伝未詳。宇治山に住んだ僧。六歌仙。一首（九八三）

紀秋岑（きのあきみね）　美濃守善峰の子。二首（二五八・三三四）

紀有常（きのありつね）　弘仁六年（八一五）―貞観十九年（八七七）。名虎の子。左近少将、信濃権守、雅楽頭、周防権守。従四位下。在原業平は娘婿。一首（四一九）

紀有常娘（きのありつねがむすめ）　在原業平の妻。一首（七八四）

紀有朋（きのありとも）　?―元慶四年（八八〇）。友則の父。武蔵介、宮内少輔。従五位下。二首（六六・一〇二九）

紀惟岳（きのこれおか）　元慶（八七七―八八五）頃の人。一首（三五〇）

紀貫之（きのつらゆき）　生年未詳。天慶八年（九四五）頃没か。茂行の子。撰者の一人。御書所預、大内記、木工権頭。従五位上。延長八年（九三〇）土佐守、帰路の旅日記が『土佐日記』。仮名序作者。他に『新撰和歌』『大堰川行幸和歌序』など。家集は『貫之集』。三十六歌仙。百二首（二・九・二二・二五・二六・三九・四二・四五・四九・五八・五九・七八・七九・八二・八三・八七・八九・九〇・九四・一一五・一一六・一一七・一一八・一二四・一二八・一五六・一六〇・一六二・一七〇・二三二・二四〇・二五六・二六〇・二六二・二七六・二八〇・二九七・二九九・三一一・三一二・三二三・三三一・三三六・三四二・三五二・三六三・三七一・三八〇・三八一・三八四・三九〇・三九七・四〇四・四一五・四二七・四二八・四三六・四三九・四六〇・四六一・四七一・四七五・四七九・四八二・五七二・五七三・五七四・五七九・五八三・五八七・五八八・五八九・五九七・五九八・五九九・六〇四・六〇五・六〇六・六三三・六七九・六九七・七二九・七三四・八〇四・八三四・八三八・八四二・八四九・八五一・八五三・八八〇・八八一・九一五・九一六・九一八・九一九・九三二・九六〇・一〇〇二・一〇一〇・一一〇一・一一〇三・一一一一）

紀利貞（きのとしさだ）　?―元慶五年（八八一）。貞守の子。大内記、阿波介。従五位下。四首（一三六・三六九・三七〇・四四六）

紀友則（きのとものり）　生年未詳。延喜五、六年（九〇五、六）頃没か。有朋の子。土佐掾、大内記。撰者の一人。三十六歌仙。家集は『友則集』。四十六首（一三・三八・五七・六〇・八四・一四二・一五三・一五四・一七七・二〇七・二六五・二七〇・二七四・二七五・三三七・三五九・四〇五・四二一・四三七・四三八・四四〇・四四二・五六一・五六二・五六三・五六四・五六五・五九三・五九四・五九五・五九六・六〇七・六一五・六六一・六六七・六六八・六八四・七一五・七五三・七八七・七九二・八二七・八三三・八五四・八七六・九九一）

紀乳母（きのめのと）　紀全子。従五位上。陽成天皇の乳母。二首（四五四・一〇二八）

紀茂行（きのもちゆき）　望行とも。貫之の父。有朋の弟。一首（八五〇）

紀淑人（きのよしひと）　長谷雄の子、淑望の弟。左近衛将監、伊予守、丹波守、河内守。一首（一〇三四）

紀淑望（きのよしもち）　?―延喜十九年（九一九）。長谷雄の子、淑人の兄。文章生、大学頭、東宮学士、信濃権介。従五位上。真名序の作者とされる。一首（三五一）

敬信（きょうしん）　藤原因香の母。一首（八八五）

清原深養父（きよはらのふかやぶ）　房則の子。元輔の父（祖父とも）。清少納言の祖父（曾祖父とも）。内蔵大允。従五位下。家集は『深養

父集』。十七首（一三九・一六六・三〇〇・三三〇・三七八・四二九・四四九・五八一・五八五・六〇三・六一三・六六五・六八五・六九八・九六七・一〇二二・一〇四二）

く

久曾（くそ）源作の娘。一首（一〇五四）

け

兼芸法師（けんげいほうし）伝未詳。伊勢少掾古之の子で、大和国城上郡の人という。陽成・光孝朝（八七六—八八七）の人か。四首（三九六・七六八・八〇三〈底本作者名表記なし。他本による〉・八七五）

こ

光孝天皇（こうこうてんのう）天長八年（八三一）—仁和三年（八八七）。仁明天皇の第三皇子。母は藤原沢子。諱は時康。一品式部卿。元慶八年（八八四）即位。小松天皇とも称す。家集は『仁和御集』。二首（二一・三四七）

惟喬親王（これたかのみこ）承和十一年（八四四）—寛平九年（八九七）。文徳天皇の第一皇子。母は紀名虎の娘静子。父帝の鍾愛にもかかわらず、染殿の后明子（藤原良房の娘）に惟仁親王が生まれたため、皇太子にはなれなかった。貞観十四年（八七二）出家、比叡山の麓小野の里に隠棲。小野宮と号す。『伊勢物語』に、在原業平や紀有常らとの交流が語られる。二首（七四・九四五）

近院右大臣（こんいんのみぎのおおいもうちぎみ）→源《みなもとの》能有《よしあり》。

さ

酒井人真（さかいのひとざね）？—延喜十七年(九一七)。備前権大目、土佐守。従五位下。一首(七四三)

坂上是則（さかのうえのこれのり）生没年未詳だが、延長二年（九二四）までは生存。大和権少掾、加賀介。従五位下。三十六歌仙。宇多法皇の大堰川行幸に供奉。家集は『是則集』。八首(二六七・三〇二・三二五・三三二・三六二・五九〇・八二六・九三二)

前太政大臣（さきのおおきおおいもうちぎみ）→藤原《ふじわらの》良房《よしふさ》。

貞登（さだののぼる）仁明天皇の皇子で、光孝天皇の弟。初め源姓を賜るが、母の過ちにより出家。還俗して貞姓を賜る。紀伊権守。正五位下。一首（七六九）

讃岐（さぬき）讃岐守であった安倍清行の娘。一首（一〇五五）

三条町（さんじょうのまち）紀名虎の娘、静子。文徳天皇の更衣で、惟喬親王の母。一首（九三〇）

し

下野雄宗（しもつけのおむね）伝未詳。一首（七二八）

勝延（しょうえん）天長四年(八二七)—延喜元年（九〇一）。延暦寺の僧。少僧都。一首（八三一）

聖宝（しょうほう）　?—延喜九年（九〇九）。光仁天皇皇子の春日親王の後裔という。権律師、東大寺別当、僧正。一首（四六八）

白女（しろめ）　摂津国江口の遊女で、大江玉淵の娘という。一首（三八七）

真静法師（しんせいほうし）　河内国の人。御導師。二首（四五三・九二一）

神退法師（しんたいほうし）　近江国滋賀郡の人という。一首（九二五）

す

菅野高世（すがののたかよ）　参議真道の子、嵯峨天皇の時代の人といわれるが、八一の詞書の「東宮」が保明親王であれば、撰者時代の人。一首（八一）

菅野忠臣（すがののただおん）　中宮大進。従五位下。一首（八〇九）

菅原朝臣（すがわらのあそん）　菅原道真。是善の子。承和十二年（八四五）—延喜三年（九〇三）。文章得業生、文章博士を経て、遣唐使に任ぜられたが建議して廃止。のち右大臣。延喜元年（九〇一）大宰権帥に左遷。配所に没する。贈正一位太政大臣。詩文に『菅家文草』『菅家後集』があり、他に『新撰万葉集』『日本三代実録』『類聚国史』の編著者。死後、天神として祀られる。二首（二七二・四二〇）

そ

承均法師（そうくほうし）　伝未詳。元慶（八七七—八八五）頃の人か。三首（七五・七七・九二四）

素性法師（そせいほうし）　生年未詳。延喜九年（九〇九）頃没か。遍昭の子。出家して大和国石上の良因院に住む。昌泰元年（八九八）の宇多上皇の吉野宮滝御幸に、良因朝臣と号して供奉、和歌を献じた。六歌仙時代から撰者時代にかけて活躍。撰者以外で最も入集歌数が多い。三十六歌仙。家集は『素性集』。三十七（三十六）首（六・三七・四七・五五・五六・七六・九二・九五・九六・一〇九・一一四・一二六・一四三・一四四・一八一・二四一・二四四・二七三・二九三・三〇九・三三三・三三四・三五六・三五七・四二一・四七〇・五五五・五七五・六九一・七一四・七二三・七九九・八〇三〈兼芸法師か〉・八三〇・九四七・一〇一二）

衣通姫（そとおりひめ）　允恭天皇の皇后大中姫の妹。容姿がすぐれ、その美しさが衣をとおして輝くほどだったため、この名がある。一首（一一一〇）

た

大輔（たいふ）　但馬守源弼の娘。延喜（九〇一—九二三）頃の人か。一首（一〇五六）

平篤行（たいらのあつゆき）　?—延喜十年（九一〇）。光孝天皇の孫、興我王の子。兼盛の父。文章生、加賀守、筑前守、大宰少弐。従五位上。一首（四四七）

平貞文（たいらのさだふん）　?—延長元年（九二三）。定文とも書く。好風の子。内舎人、三河権介。従五位上。延喜年間に二度『平貞文家歌合』を主催。色好みとされ、『平中物語』の主人公。九首（三八・二四三・二七九・六六六・六七〇・八三・九六四・九六五・一〇三三）

平中興（たいらのなかき）　?—延長八年（九三〇）。忠望王の子。文章生、大内記、美濃権守。従五位上。二首（一〇四八・一〇五〇）

平元規（たいらのもとのり）　生年未詳。延喜八年（九〇八）まで生存。まもなく没か。中興の子。蔵人、左衛門大尉。従五位下。一首（三八六）

高向利春（たかむこのとしはる）　甲斐刑部丞、延長六年（九二八）甲斐守。従五位下。一首（四五〇）

橘清樹（たちばなのきよき）　?—昌泰二年（八九九）。長谷雄の孫で数雄の子。大宰少監。阿波守。従五位下。一首（六五五）

橘長盛（たちばなのながもり）　秋実の子。大膳小進、延喜二十六年（九二六）長門守。従五位下。一首（九二七）

つ

常康親王（つねやすしんのう）　?—貞観十一年（八六九）。仁明天皇の第七皇子。母は紀名虎の娘、種子。嘉祥四年（八五一）出家し、雲林院に住む。雲林院親王と呼ばれる。この親王のもとには、遍昭や素性などが集まる文学集団が形成されていた。一首（七八一）

な

難波万雄（なにわのよろずお）　伝未詳。一首（三七四）

奈良帝（ならのみかど）　↓平城天皇《へいぜいてんのう》。

に

二条（にじょう）　源至の娘。伝未詳。一首（九八六）

二条后（にじょうのきさき）　↓藤原高子《ふじわらのたかいこ》。

仁

仁和帝（にんなのみかど）　↓光孝《こうこう》天皇《てんのう》。

は

春道列樹（はるみちのつらき）　?—延喜二十年（九二〇）。新名宿禰の子。文章生、壱岐守となるが、任地に赴く前に没す。三首（三〇三・三四一・六一〇）

ひ

東三条左大臣（ひがしさんじょうのひだりのおおいもうちぎみ）　↓源常《みなもとのときわ》。

左大臣（ひだりのおおいもうちぎみ）　↓藤原時平《ふじわらのときひら》。

兵衛（ひょうえ）　右兵衛督藤原高経の娘。藤原忠房と結婚。二首（四五五・七八九）

ふ

藤原興風（ふじわらのおきかぜ）

浜成の曾孫。道成の子。相模掾、延喜十四年（九一四）下総権大掾。三十六歌仙。家集は『興風集』。十七首（一〇一・一〇二・一三一・一七八・三〇一・三一〇・三二六・三五一・五六七・五六八・五六九・七四五・八一四・九〇九・一〇三一・一〇五三・一〇六四）

藤原勝臣（ふじわらのかちおん）越後介発生の子。元慶七年（八八三）阿波権掾。五位。四首（二五五・四七二・九九九・一一〇二）

藤原兼輔（ふじわらのかねすけ）元慶元年（八七七）—承平三年（九三三）。利基の子。紫式部の曾祖父。中納言、右衛門督。従三位。三十六歌仙。賀茂川堤に邸宅があったので、堤中納言といわれた。定方とともに貫之、躬恒らを後援した。家集は『兼輔集』。四首（三九一・四一七・七四九・一〇一四）

藤原兼茂（ふじわらのかねもち）?—延喜二十三年（九二三）。利基の子、兼輔の兄。参議、左兵衛督。従四位下。二首（三八五・三八九）

藤原国経（ふじわらのくにつね）天長四年（八二七）—延喜八年（九〇八）。長良の子、基経の兄。大納言。正三位。一首（六三八）

藤原言直（ふじわらのことなお）従五位下安縄の子。昌泰三年（九〇〇）因幡掾。一首（一〇）

藤原惟幹（ふじわらのこれもと）伝未詳。六位か。一首（八六〇）

藤原定方（ふじわらのさだかた）貞観十八年（八七六）—承平二年（九三二）。内大臣高藤の子。右大臣。従二位。贈従一位。三条右大臣と呼ばれた。兼輔とともに貫之、躬恒らを後援した。家集は『定方集』。一首（二三一）

藤原菅根（ふじわらのすがね）斉衡二年（八五五）—延喜八年（九〇八）。良尚の子。文章生、文章博士、蔵人頭。延喜元年（九〇一）菅原道真の左遷に関わって大宰少弐。のち参議。贈従三位。一首（二一二）

藤原関雄（ふじわらのせきお）弘仁六年（八一五）—仁寿三年（八五三）。真夏の子。文章生、勘解由判官、治部少輔兼斎院長官。俗塵を嫌い、東山に籠って風流文事をめで、琴と書を好んだので、東山進士と呼ばれた。二首（二八二・二九一）

藤原高子（ふじわらのたかいこ）承和九年（八四二）—延喜十年（九一〇）。長良の娘。清和天皇の東宮時代に妃となり、陽成天皇を生む。女御、中宮、皇太后となるが、寛平八年（八九六）僧善祐と通じたかどによって后位を止められた。天慶六年（九四三）本位に復された。一首（四）

藤原忠房（ふじわらのただふさ）?—延長六年（九二八）。信濃掾是嗣の子。蔵人、左近衛将監、山城守。正五位下。笛の名手で胡蝶楽を作ったといわれる。四首（一九六・五七六・九一四・九九三）

藤原忠行（ふじわらのただゆき）?—延喜六年（九〇六）。近江守有貞の子。遠江守、若狭守。従五位下。一首（六八〇）

藤原時平（ふじわらのときひら）貞観十三年（八七一）—延喜九年（九〇九）。基経の子。左大臣。正二位。菅原道真を大宰府に左遷させ

る。贈正一位太政大臣。二首（三三〇・一〇四九）

藤原敏行（ふじわらのとしゆき）?―延喜元年（九〇一）。延喜七年（九〇七）没とする説もある。陸奥出羽按察使富士麿の子。母は紀名虎の娘。少内記、蔵人頭、右兵衛督。従四位上。六歌仙時代から撰者時代にかけて活躍。三十六歌仙。家集は『敏行集』。十九首（一六九・一九七・二一八・二二八・二三九・二五七・二六九・二九五・四二二・四二三・五五八・五五九・五七八・六一七・六三九・八七四・九〇三・一〇一三・一一〇〇）

藤原直子（ふじわらのなおいこ）典侍。延喜二年（九〇二）正四位下。一首（八〇七）

藤原仲平（ふじわらのなかひら）貞観十七年（八七五）―天慶八年（九四五）。基経の子。時平の弟。左大臣。正二位。枇杷大臣と呼ばれた。一首（七四八）

藤原後蔭（ふじわらののちかげ）中納言有穂の子。延喜十九年（九一九）従四位下、備前権守。三八五詞書参照。一首（一〇八）

藤原好風（ふじわらのよしかぜ）左近少将兼陸奥守滋実の子。良風とも書く。延喜十一年（九一一）従五位下、出羽介。一首（八五）

藤原良房（ふじわらのよしふさ）延暦二十三年（八〇四）―貞観十四年（八七二）。冬嗣の子。蔵人から諸官を経て太政大臣。臣下で初めての摂政。贈正一位。一首（五二）

藤原因香（ふじわらのよるか）藤原高藤と尼敬信の娘。寛平九年（八九七）従四位下掌侍。のち典侍。四首（八〇・三六四・七三六・七三八）

布留今道（ふるのいまみち）伝未詳。下野介などを経て、従五位、三河介。三首（三二七・八七〇・九四六）

文屋朝康（ふんやのあさやす）康秀の子。延喜二年（九〇二）、大舎人大允。一首（二二五）

文屋有季（ふんやのありすえ）伝未詳。貞観（八五九―八七六）ごろの人。一首（九九七）

文屋康秀（ふんやのやすひで）縫殿助宗于の子。文琳と称した。三河掾、山城大掾。六歌仙。五首（八・二四九・二五〇・四四五・八四六）

へ

平城天皇（へいぜいてんのう）宝亀五年（七七四）―天長元年（八二四）。桓武天皇の第一皇子。延暦四年（七八五）立太子。大同元年（八〇六）即位。同四年譲位。藤原薬子を寵愛し、薬子の乱を引き起こした。平城京への強い愛着を持っていた。一首（九〇）

遍昭（へんじょう）弘仁七年（八一六）―寛平二年（八九〇）。遍照とも書く。俗名は良岑宗貞。桓武天皇の皇孫で、安世の子。左近少将、蔵人頭など歴任し、仁明天皇の死にあって出家。のち僧正。山科の花山に元慶寺を創設し、座主となり、花山僧正と呼ばれた。六歌仙。三十六歌仙。『古今集』では、在俗中の歌は「良岑宗貞」の名で載る。家集は『遍昭集』。十七首（二七・九一・一一九・一六五・二二六・二四八・二九二・三四八・三九二・三九四・四三五・七七〇・七七一・八四七・

八七三・九八五・一〇二六）

み

三国町（みくにのまち）　貞登の母。紀名虎の娘。仁明天皇の更衣。一首（一五二）

陸奥（みちのく）　従五位下石見権守橘葛直の娘。寛平（八八九—八九八）ごろの人。一首（九九二）

源実（みなもとのさね）　?—昌泰三年（九〇〇）。参議左衛門督舒の子。蔵人、左近衛少将、信濃守。従五位上。一首（三八八）

源融（みなもとのとおる）　弘仁十三年（八二二）—寛平七年（八九五）。嵯峨天皇の皇子。左大臣。従一位。塩釜の風景を模した風流な河原院に住んでいたため、河原左大臣と呼ばれる。二首（七二四・八七三）

源常（みなもとのときわ）　?—仁寿四年（八五四）。嵯峨天皇の皇子。左大臣。正二位。一首（三六）

源忠（みなもとのほどこす）　?—延長九年（九三一）。但馬守弼の子。恵とも書く。主殿助、丹波守。正五位下。一首（四六三）

源当純（みなもとのまさずみ）　右大臣能有の子。太皇太后宮少進、少納言。従五位上。一首（一二）

源宗于（みなもとのむねゆき）　?—天慶二年（九三九）。光孝天皇の孫で是忠親王の子。寛平六年（八九四）源姓を賜る。右京大夫。正四位下。三十六歌仙。家集は『宗于集』。六首（二四・一八二・三一五・六二四・七八八・八〇一）

源能有（みなもとのよしあり）　承和十二年（八四五）—寛平九年（八九七）。文徳天皇の皇子。民部卿、大納言、右大臣。正三位。近院右大臣。三首（七三七・八四八・八六九）

御春有助（みはるのありすけ）　左衛門権少尉。藤原敏行の家人で河内国の人という。二首（六二九・八五三）

壬生忠岑（みぶのただみね）　従五位下安綱の子。忠見の父。撰者の一人。藤原定国の随身という。右衛門府生、摂津権大目。六位。延喜七年の宇多法皇の大堰川行幸に供奉。『和歌体十種』の著者といわれる。三十六歌仙。家集は『忠岑集』。三十六首（一一・一五七・一六三・一八三・一九四・二一四・二二五・二三六・二五八・二六三・二九六・三〇六・三三七・三三八・三六一・四二五・四六二・四七八・五六六・五八六・五九二・六〇一・六〇二・六〇九・六二五・六二八・八三五・八三六・八三九・八四一・八四三・九一七・九二八・一〇〇三・一〇〇四・一〇三六）

都良香（みやこのよしか）　承和元年（八三四）—元慶三年（八七九）。従五位下主計頭桑原貞継の子。文章生、文章博士、大内記、越前権介。漢詩文にすぐれる。一首（四六六）

宮道潔興（みやじのきよき）　内舎人、越前権少掾。一首（九六六）

む

宗岳大頼（むねおかのおおより）　算博士。伝未詳。二首（五九一・九七九）

も

物部良名（もののべのよしな）吉名とも書く。伝未詳。一首（九五五）

や

矢田部名実（やたべのなざね）？—昌泰三年（九〇〇）。文章生、大内記。一首（四四四）

ゆ

幽仙法師（ゆうせんほうし）承和三年（八三六）—昌泰三年（九〇〇）。右近将監藤原宗道の子。律師、延暦寺別当。二首（三九三・三九五）

よ

良岑秀崇（よしみねのひでおか）文章生、伯耆守。寛平八年（八九六）従五位下。一首（三七九）

良岑宗貞（よしみねのむねさだ）→遍昭《へんじょう》。

初句四句索引

一、この索引は、本文の歌、仮名序引用の歌、付録の異本の歌のすべてを引くことができる。
一、右のうち、短歌と旋頭歌とは、初句、第四句、長歌のみは初句によって引くことができる。
一、句の下の数字は、それぞれの歌の番号である。仮名序の歌は、頁数を洋数字で示した。

あ

か

す

せ

そ

ひ

わ

を

新版《しんぱん》
古今和歌集《こきんわかしゅう》
現代語訳付《げんだいごやくつ》き
高田祐彦《たかだひろひこ》＝訳注

平成21年 6月25日　初版発行
令和2年 12月25日　27版発行

発行者●青柳昌行

発行●株式会社KADOKAWA
〒102-8177　東京都千代田区富士見2-13-3
電話 03-3238-8521（カスタマーサポート）
http://www.kadokawa.co.jp/

角川文庫 15767

印刷所●大日本印刷株式会社　製本所●大日本印刷株式会社

表紙画●和田三造

ISBN978-4-04-400105-6　C0192